中华经典名著

全本全注全译丛书

张启成 徐达 等◎译注

文选 四

中華書局

目　录

第四册

卷第三十六

卷第三十七

卷第三十八

卷第三十九

卷第四十

卷第三十一·诗庚

杂拟下

袁阳源

袁淑(407—453),字阳源,陈郡阳夏(今河南太康)人。南朝宋文学家。彭城王义康命为司徒祭酒,后补衡阳王义季右军主簿。卫军临川王义庆请为咨议参军,顷之迁司徒左西属,出为宣城太守,入补中书侍郎。后迁至太子左卫率。元嘉三十年(453)太子刘劭弑文帝自立,淑以不附逆见杀。宋孝武帝立,赠淑侍中、太尉,谥号忠宪公。《宋书》卷七十有传。

袁淑以死节而名著,《宋书》本传论中盛赞曰:“投躯殉主,世罕其人。若无阳源之节,丹青何贵焉尔。”有《袁忠宪集》,存诗五首,《文选》采录二首。张溥在《汉魏六朝百三家集题辞》中评论袁淑,曰:“御虏议世讥其诞,然文采遒艳,才辨鲜及,即不得为仪、秦纵横,方诸燕然勒铭,广成作颂,意似欲无多让。诗章虽寡,其摹古之篇,风气竟逼建安。此人不死,颜谢未必能出其上也。”

效曹子建乐府白马篇一首

【题解】

《文选》体列“杂拟”,皆摹仿汉乐府、古诗或前代文人诗之作,其旨要大率于比古志以明今情。袁淑此诗，仍袭曹植《白马篇》从军任侠，许国立功之旨。《宋书》本传载，北魏南侵至瓜州，宋文帝使百官议防御之术，淑上议曰："宜选敢悍数千，骛行潜掩，偃旗裹甲，钳马衔枚，桧稽而起……扫洗嗟类，漂卤浮山。"虽为时人所讥嘲，然其依重侠勇以成大功之意甚明，抑即袁淑在这首诗里所明的今情。胡应麟《诗薮》曰："袁阳源《白马》……大有建安风骨。"何焯《义门读书记》评此诗："音节悲壮，近太冲。"于光华《重订文选集评》引孙月峰评此诗语："闳壮而腴密，兼有文质。"

剑骑何翩翩①，长安五陵间②。秦地天下枢③，八方凑才贤④。
荆魏多壮士⑤，宛洛富少年⑥。意气深自负，肯事郡邑权⑦。
籍籍关外来⑧，车徒倾国鄽⑨。五侯竞书币⑩，群公亟为言⑪。
义分明于霜⑫，信行直如弦⑬。交欢池阳下⑭，留宴汾阴西⑮。
一朝许人诺⑯，何能坐相捐⑰。彯节去函谷⑱，投佩出甘泉⑲。
嗟此务远图⑳，心为四海悬㉑。但营身意遂，岂校耳目前㉒。
侠烈良有闻㉓，古来共知然㉔。

【注释】

①剑：仗剑。骑：跨马。翩翩：形容动作或形态轻疾生动。《诗经·小雅·四牡》："翩翩者鵻，载飞载下。"

②五陵：汉朝皇帝每立陵墓，都把四方富家豪族和外戚迁至陵墓附近居住。最著名的有：高祖之长陵、惠帝之安陵、景帝之阳陵、武帝之茂陵、昭帝之平陵，合称五陵。后来诗文中常用五陵称豪门贵族聚居之地。

③秦地：为古秦国之地。亦称秦中、关中，今之陕西。天下枢：指国之重要或中心地域。《战国策·秦策》："今韩魏中国之处，而天

下之枢也。”

④凑：聚合，会合。才贤：有才德之士。

⑤荆：古代楚国的别称，因其始建国于荆山一带，故名。魏：战国时之魏国，辖地为今山西、河南一带。

⑥宛：古县名。战国楚邑，治所在今河南南阳。洛：洛阳。王逸《荔枝赋》：“宛洛少年，邯郸游士。”

⑦肯：岂愿。事：侍奉。郡邑：郡县。权：权力。此指郡邑之长官。

⑧籍籍：形容名声甚盛。

⑨车徒：车骑与仆从。李康《运国论》：“故遂挈其衣服，矜其车徒，冒在货贿，淫其声色，脉脉然自以为得矣。”国：城邑。鄽：同“廛(chán)”，民居或集货贸易之所。《礼记·王制》：“市，廛而不税。”郑玄注：“廛，市物邸舍，税其舍不税其物。”国鄽犹言城市。此指长安城。

⑩五侯：汉成帝河平三年(前26)悉封诸舅：王谭为平阿侯、王商为成都侯、王立为红阳侯、王根为曲阳侯、王逢时为高平侯，时人谓之五侯。事见《汉书·元后传》。后泛称权贵之家为五侯家。书币：李善注：“古人相遗币，必书之于刺(名片)，故曰书币。”此指馈赠之钱财。

⑪群公：犹言诸公，即世人之谓。公，对尊长或平辈的敬称。亟(qì)：屡次，一再。《汉书·郭解传》载，郭解，河内轵人，自喜为侠。及徙豪茂陵，卫将军为言家贫，不中徙。上曰，布衣权至使将军，此其家不贫。解徙，诸公送出者千余。此句意为：世人皆赞誉此位被徙关中之游侠，为之辩解。

⑫义分：李善注：“义分则分义也。孙卿子曰：礼乐则修，分义则明。”分义即明辨情义。明于霜：比霜显明。

⑬信行：诚实之品行。直如弦：谓性行诚直如弓弦而无弯折。《后汉书·五行志》：“顺帝之末，京都童谣曰：‘直如弦，死道边；曲如

钩,反封侯。'"

⑭交欢:结交而取得对方欢心。池阳:古县名。李善注:"左冯翊有池阳县。"

⑮汾阴:古县名。李善注:"河东郡有汾阴县。"西:李善注:"西音先,协韵也。"

⑯许:应允。诺:诺言,应承给别人办事之话。《汉书·季布传》:"楚人谚曰:'得黄金百(斤),不如得季布诺。'"

⑰坐:无故。捐:舍弃。

⑱彯(piāo):抛弃。李善注:"《公羊传》曰:'曹子摽剑而去之。'刘兆曰:'摽,辟也。'彯与摽字同。"辟,抛弃。节:符节,古代使臣执以示信之物。《周礼·掌节》:"掌守邦节而辨其用,以辅王命。"函谷:即函谷关。函谷关秦汉所指有别:秦之函谷关在今河南灵宝县南,为秦之东关。汉之函谷关在今河南新安东北,去秦函关三百里。此处为泛指,未分秦、汉函关之别。

⑲投佩:扔掷玉佩。甘泉:秦汉时之宫名。秦始皇作甘泉前殿,汉武帝建元中增广之,建通天、高光、迎风诸殿。甘泉宫一名云阳宫,在陕西淳化西北甘泉山。

⑳务:致力。远图:长远之谋。《春秋左传·襄公二十八年》:"荣成伯曰:'远图者忠也。'"

㉑心为四海悬:李善注:"庄子曰:心若悬于天地之间。郭象曰:所希企者高而阔也。"此句意为:为天下而悬心。犹言志在解天下之急事。悬心,挂念。

㉒校(jiào):计较。

㉓侠烈:刚烈之侠士。良有闻:真有所闻。

㉔古来共知然:意谓自古来皆知侠士之志向、作为、际遇皆是如此。

【译文】

仗剑跨马,多么轻捷潇洒,来往尽都豪门家。在这天下枢纽的秦中，汇集多少英才高雅。

荆魏壮士，宛洛年少。谁个不恃才自负，意气风发，怎愿去事奉那郡守县衙。

仰慕你显赫的声名，京城里全都是跟从的人流、车马。权贵们竞送钱财，世人们赞誉争夸。

明辨情义，如秋霜似白而不假，秉性诚直，如弓弦似直而不斜。池阳县，侠士们交欢喧哗，汾阴西，又饯行别话。

为他人一旦许下承诺，又怎能无故失言耍滑。抛掷这符节，离去这函关，急匆匆走出甘泉殿厦，再将这玉佩抛砸。

叹此忠心，作长远的谋划，心系天下，志向高洁无瑕。唯求得志酬意满，又怎计较这眼前的屈辱荣华。

刚烈的壮士啊，听说过吗，自古如此，才算得真正的英雄豪侠！

效古一首

【题解】

《从军行》为乐府旧题。《乐府诗集》列入《相和歌辞》，为“平调曲”。吴兢《乐府古题要解》下：“《从军行》，皆述军旅苦辛之词也。”《文选》录有王粲、陆机五言《从军行》。王粲之作凡五首，列为“军戎”；陆机之作一首，为乐府。李善于王诗下引《魏志》曰：“建安二十年三月，公（曹操）西征张鲁。鲁及五子降，十二月至自南郑。是行也，侍中王粲作五言诗以美其事。”故诗作多有赞美魏武之词；而陆机一首，全显军旅征战辛苦之状。袁淑此诗，其意与陆机《从军行》同，所效之本或即陆诗。于光华《重订文选集评》引孙月峰论此诗语：“视前首（按，指《效曹子建〈白马篇〉》）骨力稍遒劲，而典腴不及。前类士衡，此类太冲。”

讯此倦游士[①]，本家自辽东[②]。

昔隶李将军[3],十载事西戎[4]。
结车高阙下[5],极望见云中[6]。
四面各千里,从横起严风[7]。
寒燠岂如节[8],霜雨多异同[9]。
夕寐北河阴[10],梦还甘泉宫。
勤役未云已[11],壮年徒为空[12]。
乃知古时人,所以悲转蓬[13]。

【注释】

①讯:问询。倦游士:生活漂泊潦倒之人。《北史·毛鸿宾传》:"羁寓倦游之辈。四座常满,鸿宾资给衣食,与己悉同。"

②本家:泛指同家同宗。此指原籍。辽东:郡名。战国燕地。秦置,属幽州,汉因之,治襄平,辖有今辽东东南部辽河以东地。

③李将军:西汉名将李广,与匈奴前后七十余战,匈奴惧之,号曰"汉之飞将军"。《史记》《汉书》有传。

④事:征讨。西戎:指匈奴。

⑤结车:驾车结交、往来。结,交,结交往来。高阙:塞名。故址在今内蒙古杭锦后旗。《史记·匈奴列传》谓战国赵武灵王自代旁阴山下,至高阙为塞。

⑥极望:犹言极目,尽眼力所及。云中:郡名。战国赵地。秦置郡。汉分云中郡之东北部置定襄郡,西南部仍为云中郡,治云中县,即今内蒙古托克托。东汉废。

⑦从横:即纵横。南北曰纵,东西曰横。严风:凛冽之塞风。

⑧寒燠(yù):冷暖。燠,热,暖。《诗经·唐风·无衣》:"不如子之衣,安且燠兮。"如:依照。节:节令。

⑨异同:不一样。诸葛亮《出师表》:"宫中府中,俱为一体,陟罚臧

否,不宜异同。"此句谓四方征战布霜降雨都不一样。

⑩北河:河名。黄河由甘肃流向河套,至阴山南麓,分为南北二河,北边的称北河。《汉书·武帝纪》:"北登单于台,至朔方,临北河。"阴:河之南岸为阴。

⑪勤役:辛劳地戍守边疆。

⑫壮年:古以三十岁为壮,称三四十岁壮盛时间为壮年。徒:但,只。《孟子·离娄》:"徒善不足以为政,徒法不能以自行。"空:事无实效。

⑬蓬:蓬蒿,草名。秋枯根拔,风卷而飞,故又名飞蓬。蓬草随风飘转,以喻身世飘零。曹植《杂诗》之二:"转蓬离本根,飘飘随长风……类此游客子,捐躯远从戎。"

【译文】

若问我,失意潦倒的军汉,家在辽东路漫漫。

往昔尾随李将军,与匈奴,苦苦地十年征战。

高阙要塞,我驾车往返,云中城外,我极目远看。

转战千里,西北东南,塞风凛冽,驰骋犹酣。

不合时令,哪顾寒暑冷暖,布霜降雨,四方又全不一般。

静夜里,躺卧在北河南岸,睡梦中,再回到甘泉宫里游转。

辛劳地戍边,何时才是尽端,年岁及壮,功名竟还是虚幻。

此时才知古代的征夫,几多磨难辛酸,长年飘零的我啊,唯有暗中长吁短叹。

刘休玄

刘铄,字休玄,刘宋文帝第四子。元嘉十六年(439)封南平王,翌年都督湘州诸军事,不之镇,领石头城戍事。元嘉二十七年(450)随文帝北伐,于寿阳败绩,翌年授散骑常侍、抚军将军,领兵戍石头城。元嘉三十年(453)刘劭弑文帝自立，以休玄为开府仪同三司。宋武帝入统，休玄归之，进侍中、司空。休玄不推事孝武帝，且为刘劭所任，孝武衔之，下药于食中毒杀之，时年二十三，追赠侍中、司徒。今存诗十首，其中五言诗九首。锺嵘《诗品》列刘铄为下品，谓其希慕宋孝武帝"雕文织彩，过为精密"之诗。观刘铄诗，亦多为字俳句对，雕刻有过，且显轻巧，为宋孝武一途耳。

拟古二首

拟行行重行行

【题解】

《行行重行行》为《古诗十九首》之首篇。拟诗之主旨，评说有异：张铣曰："此篇叙闺人思远之意。"逯钦立《先秦汉魏晋南北朝诗》引《宋书》本传曰："铄未弱冠，拟古诗三十余首，时人为亚迹陆机。"似谓此诗属闺思一类；而何焯《义门读书记》则曰："二诗(按，此诗及《拟明月何皎皎》)亦惧孝武之猜忌而作。"似另有寄托。若以刘铄附逆劭而孝武衔之的际遇看，以"有寄托"观此诗，则更有玩味之处。此诗运笔，于光华《重订文选集评》引孙月峰语曰："姿态虽浓，要不失纤冶，有古诗为墙壁，驱运自易。"此亦合于锺嵘"雕文织彩""轻巧"之论。

眇眇陵长道①，遥遥行远之②。
回车背京里③，挥手从此辞。
堂上流尘生④，庭中绿草滋。
寒螿翔水曲⑤，秋兔依山基⑥。
芳年有华月⑦，佳人无还期。

日夕凉风起，对酒长相思。
悲发江南调[8]，忧委子襟诗[9]。
卧觉明灯晦[10]，坐见轻纨缁[11]。
泪容不可饰，幽镜难复治[12]。
愿垂薄暮景[13]，照妾桑榆时[14]。

【注释】

①眇眇(miǎo)：辽远。陵：通“凌”，登，升高。长道：远道。

②远之：黄侃《文选平点》：“远之即远哉，改以合韵耳。”

③回车：回转车头。《上林赋》：“道尽途殚，回车而还。”背：转身，离开。京里：京城。

④流尘：浮尘。

⑤寒螀(jiāng)：《淮南子·说林训》曰：“兔走归窟，狐死首丘，寒螀翔水，各哀其所生。”高诱注：“寒螀，水鸟。哀，犹爱也。”水曲：岸随水势曲折，故称水畔为水曲。

⑥山基：山根，山脚。

⑦芳年：美好的年岁。指少年青春。华月：美妙的日子。

⑧江南调：即《江南曲》，乐府相和曲名。一作《江南可采莲》。《乐府解题》：“江南古辞，盖美芳晨丽景，嬉游得时。”

⑨委：委付，付与，亦即寄托于。子襟：即子衿。《诗经·郑风·子衿》：“青青子衿，悠悠我心。纵我不往，子宁不嗣音。”吕向注：“《子衿》诗，叹无音信也。”

⑩卧觉：睡醒。晦：暗淡。此谓夜久则灯暗。

⑪纨缁：黑色的绢帛。张铣注：“言昼夜坐卧，惟见此而已。”

⑫幽镜：曹植《七哀诗》：“膏沐谁为容，明镜暗不治。”幽镜，为明镜久不拂拭生尘而不明也。治：调治，此处作拂拭解。

⑬垂:将及。薄暮:接近日落,傍晚。景:日光。

⑭桑榆:桑树与榆树。李善注:“日在桑榆,以喻人之将老。”

【译文】

登上离别之路,远行啊,是一条多么漫长的旅途。

回转车头离京都,哪容得挥手辞别再踯躅。

厅堂上,已尘埃满布,庭院里,蔓草却滋润碧绿。

寒螿鸟,只在那水畔飞舞,秋兔啊,依恋的是那山脚洞窟。

芳龄华年,该有几多美好时光欢度,思恋的人啊,归期为何总是难卜。

黄昏后,秋风阵阵吹拂,把酒独酌,长长的相思有多苦。

几多悲伤,全由这“江南”调中引出,一腔忧愁,全寄托在《子衿》诗里倾诉。

醒来时,明亮的灯光已昏暗恍惚,孤寂默坐,顿觉妾身轻贱,真如这黑黑的绢素。

不再去掩饰满脸的泪痕、凄楚,不再去将镜面的灰尘扫除。

只愿那西斜的夕阳久久停住,照照我,不要步入那晚年迟暮。

拟明月何皎皎

【题解】

此诗拟《古诗十九首》之《明月何皎皎》。刘良曰:“此篇为远人未还,中闺见月而叹。”视其为闺思之作。然依何焯“有寄托”读之,似可一窥刘铄“惧孝武之猜忌”而以闺思寓之的无奈心境。评家看重的是这首诗的首尾开合处,于光华《重订文选集评》引孙月峰语,谓此诗开头之“半”字:“半虚半实,正是唐律所祖。”而结尾处急速收笔:“只是如此便住,含味乃更长。”

落宿半遥城①,浮云蔼曾阙②。

玉宇来清风③，罗帐延秋月④。
结思想伊人⑤，沉忧怀明发⑥。
谁为客行久⑦，屡见流芳歇⑧。
河广川无梁⑨，山高路难越。

【注释】

①落宿（xiù）：星落也。宿，列星，即天空中定时出现的恒星。此处以指星星。遥城：地处边远之城。

②蔼：暗淡貌。司马相如《长门赋》："望中庭之蔼蔼兮，若季秋之降霜。"曾阙：高大的城楼。曾，层。

③玉宇：天空。

④延：引进。此处解为照进。

⑤结思：凝思，犹言思念到专注聚神的地步。伊人：这个人，即恋人。《诗经·秦风·蒹葭》："所谓伊人，在水一方。"郑笺："伊当作'繄'，繄犹是也。"

⑥沉忧：深忧。明发：黎明，平明。此句意谓怀忧于心，自夜至旦。

⑦谁为：犹为谁。

⑧流芳：散布香气，指花气飘香。

⑨河广：河面宽阔。川：河流。梁：桥梁。

【译文】

边城上已坠落半天星斗，浮云遮暗了高高的城楼。

从天宇吹过来凉风悠悠，秋夜的月儿又将罗帷照透。

恋人啊，想念你，我聚神凝眸，总排不开一整夜深深的哀愁。

我为谁，远行的日子这么久，在这里，花开花落，经历了几多时候。

怎奈何，宽阔的河面无桥可走，又怎能攀越过，归程上的重重山头。

王僧达

见卷第二十六《答颜延之》作者介绍。

和琅邪王依古一首

【题解】

此诗所拟之本未详,《文选》评注家如李善、“五臣”、何焯于此题下都付阙如。此诗在评说“兴亡”事中,寄寓了守命无怨、苟且人生之意,这亦是刘宋王朝在经历了刘劭篡权被诛之后,士大夫的一种典型心态。王僧达之诗,锺嵘《诗品》列为中品,谓其诗与谢瞻等四人皆源于张华,因“才力苦弱,故务其清浅”,然亦“殊得风流媚趣”;而与谢瞻等四人相较,锺嵘以为王僧达成就最为突出,故有“征虏卓卓,殆欲度骅骝前”之评。于此诗,于光华《重订文选集评》引孙月峰语曰,“风骨亦苍劲”,“景语甚浓”。

少年好驰侠①,旅宦游关源②。
既践终古迹③,聊讯兴亡言④。
隆周为薮泽⑤,皇汉成山樊⑥。
久没离宫地⑦,安识寿陵园⑧。
仲秋边风起,孤蓬卷霜根⑨。
白日无精景⑩,黄沙千里昏。
显轨莫殊辙⑪,幽涂岂异魂⑫。
圣贤良已矣⑬,抱命复何怨⑭。

【注释】

①驰侠：驰马任侠。任侠指负气仗义，打抱不平。

②旅宦：宦游，即出游求仕。关源：刘良注："关源，谓关中、河源也。"此处泛指游迹无所不及。

③践：足迹所至，即游踪。终古：远古。

④讯：亦作"谇"。数说，评说。《诗经·大雅·皇矣》："执讯连连。"郑笺："讯，言也，亦作'谇'。"刘良谓开头四句："言少年好游侠，旅学关源，历远古之迹，问兴亡之事。"

⑤隆周：指周朝，誉其昌盛开平。薮泽：大水泽，即今之湖泊。

⑥皇汉：大汉。对汉朝的美称。皇，大。山樊：于光华《重订文选集评》："山樊，山林也。""薮泽"与"山樊"为互文。吕向谓："言周汉之居尽成薮泽山樊。"

⑦离宫：古代帝王于正式宫殿之外别筑宫室，以便随时游处，谓之离宫，言与正式宫殿分离。

⑧寿陵：汉代的陵园名。《汉书》张晏注："景帝作寿陵。"

⑨孤蓬：孤单的蓬草。霜根：蓬草根为白色，故曰霜根。霜，喻白色。

⑩精景：此指灿烂的阳光。景，同"影"。

⑪显轨：犹言显达者人生之路。辙：车迹印。此指人生必归于死之趋向。

⑫幽涂：人死之后到阴间所处之境。异魂：犹言人之死，于阴间皆成鬼魂而无异。

⑬圣贤：圣哲之士。良：诚，确实。已矣：此指如此度过一生。

⑭抱命：持守性命。此处指维系生命。

【译文】

年少翩翩，又喜好任侠扬鞭，出游四方，旅宦之迹无处不见。

既然将天下的古迹览遍，聊发这天下兴亡的评论之言。

兴隆的周朝早化成大泽湖堰，辉煌的汉朝已变成山林一片。

座座离宫，苑没埋掩，怎认得哪儿是皇家的寿陵园？

仲秋时节，边地风卷，掀起这连根的蓬草，抛洒满天。

白日里，那阳光已失去灿烂美艳，唯有这漫漫黄沙，把昏暗直延到天边。

盛极必衰，人生必死，纵是显贵亦不可改变，幽涂阴界，那鬼魂岂有异别，还分贵贱。

确实如此，终了一生，自古有多少哲人圣贤，渺小的我啊，就这般维系着生命，有何抱怨。

鲍明远

见卷第十一《芜城赋》作者介绍。

拟古三首

【题解】

鲍照存诗三百余首，其中以“代”“拟”“学”为题的仿拟之作近七十首，可谓刘宋一代的拟作大家。细观刘宋时的仿拟之作，已不能尽肖所拟之本，毕竟“文变染乎世情”，诚如严羽《沧浪诗话》所言：“虽谢康乐拟邺中诸子之诗，亦气象不类。至于刘休玄《拟行行重行行》等篇，鲍明远《代君子有所思》之作，仍是其自体耳。”锺嵘《诗品》谓鲍照“才秀人微，故取湮当代”。故其已成“自体”之拟作，多寓身世之叹。逯钦立《先秦汉魏晋南北朝诗》及《鲍氏集》(四部丛刊本)列《鲁客事楚王》一首为鲍照《拟古诗》一组八首的第一首，《十五讽诗书》在其次，《幽并重骑射》为第三。昭明所选这三首诗顺序有变，抑或是为了突出不为世用、怀才不遇的主旨，亦如刘良所言：“刺有德不仕，安于幽栖。”于光华《重订文选集评》引孙月峰语,评这三首诗,谓《幽并重骑射》一首"气劲而骨奇,调响而语峭,句含金石,字挟风霜";谓《鲁客事楚王》一首"特调比前篇稍平,然奇峭之气犹自跨俗";谓《十五讽诗书》一首"典腴中神气自振"。可谓推崇有加矣。

幽并重骑射①,少年好驰逐。
毡带佩双鞬②,象弧插雕服③。
兽肥春草短,飞鞚越平陆④。
朝游雁门上⑤,暮还楼烦宿⑥。
石梁有余劲⑦,惊雀无全目⑧。
汉虏方未和,边城屡翻覆。
留我一白羽⑨,将以分虎竹⑩。

【注释】

①幽并(bīng):幽州和并州。古代燕赵之地,居民以慷慨悲歌、尚气任侠著名,故多并称。骑射:骑马射箭。

②毡带:毡制的腰带。鞬:盛弓的袋子。李善注引《魏志》曰:"董卓有武力,双带两鞬,左右驰射。"

③象弧:即两头有象牙装饰的弓。雕服:即有彩绘的箭袋。服,通"箙",盛箭之器。

④飞鞚:驾驶快马。平陆:平道。即平坦之路。

⑤雁门:郡名。战国赵地,秦置郡。今山西北部皆其辖地。

⑥楼烦:古县名。汉置,属雁门郡。

⑦石梁有余劲:意谓挽弓劲射,箭没入山梁,犹有余劲。石梁,山梁。李善注:"阚子曰:'宋景公使工人为弓,九年乃成。公曰:何其迟也?工人对曰:臣不复见君矣,臣之精尽于此弓矣。献弓而

归，三日而死。景公登虎圈之台，援弓东面而射之，矢逾于西霜之山，集于彭城之东，其余力逸劲犹饮羽于石梁。'"

⑧惊雀无全目：意谓箭发能中惊雀之目，使之双目不全。无全目，双目不全。李善注："《帝王世纪》曰：帝羿有穷氏与吴贺北游，贺使羿射雀。羿曰：'生之乎？杀之乎？'贺曰：'射其左目。'羿引弓射之，误中右目。羿抑首而愧，终身不忘。故羿之善射，至今称之。"

⑨白羽：箭名。《史记·司马相如列传》："弯繁弱，满白羽，射游枭。"《正义》："文颖云：引弓尽箭镝为满，以白羽羽箭，故云白羽也。"

⑩分虎竹：意谓能立功以得分符的显官之位。虎竹，虎符与竹使符，古代调兵遣将或给予郡国守相的信物。《史记·孝文本纪》："初与郡国守相为铜虎符，竹使符。"《集解》引应劭曰："竹使符，皆以竹箭五枚，长五寸，镌刻篆书，第一至第五。"

【译文】

弯弓盘马，狩猎驰逐；少年的喜好，幽并的习俗。
彩绘的袋囊里满是利箭，腰带上悬挂一对强弩。
野兽是这般膘肥，春草是这般嫩绿；跃马驰骋，平川一路。
清晨，雁门关上信步；傍晚，楼烦城里投宿。
挽弓劲射，箭入山梁劲力足；一发中的，惊鸟休想保双目。
现今与胡虏正失和动武，边城的形势，屡次地苍黄反复。
留给我吧，只需一枝白羽箭镞，凭着它去厮杀，获得那分符的显位爵禄。

鲁客事楚王①，怀金袭丹素②。
既荷主人恩③，又蒙令尹顾④。
日晏罢朝归⑤，鞍马塞衢路。
宗党生光华⑥，宾仆远倾慕⑦。

富贵人所欲，道德亦何惧[8]。
南国有儒生[9]，迷方独沦误[10]。
伐木清江湄[11]，设罝守毚兔[12]。

【注释】

①鲁客：鲁人。李善注："鲁客，假言，盖言此为虚设之事，非有史所据。"

②怀金：怀揣金印。李善注："李轨曰：金，金印也。"袭：穿衣。《史记·司马相如列传》："袭朝衣，乘法驾。"司马彪注："袭，服也。"丹素：《诗经·唐风·扬之水》："素衣丹襮。"郑笺："襮，领也。诸侯绣黼丹朱中衣。"后因称士大夫的衣服为丹素。

③荷：承受，受恩感激。主人：指国君。

④令尹：李善注引《汉书》臣瓒注："诸侯之卿，唯楚称令尹，其余国称相。"此指国相。

⑤日晏：日暮。罢朝：散朝，即朝事完毕而返家。

⑥宗党：众多的亲族。宗，众。党，亲族。《礼记·坊记》："子云：睦于父母之党，可谓孝矣。"光华：光彩。

⑦宾仆：宾客与仆人。

⑧道德：李善注引《论语》："富与贵是人之所欲也，不以其道得之，不处也。"

⑨儒生：鲍照自称。

⑩迷方：迷失求仕的方向。沦误：自己沉沦而感到是错误的。

⑪伐木清江湄：意谓结友交欢于清江之滨。伐木，《诗经·小雅·伐木》序曰："伐木，燕朋友故旧也。"后用以比喻友谊深挚。湄，岸边。

⑫设罝(jū)：布置捕兔的猎网。罝，捕兔之网。毚(chán)兔：狡兔。吕向注："设网守兔喻怀德待禄。"

【译文】

鲁客事奉楚国的君主,怀揣金印,穿的是白质红领的官服。

既沐浴君王的厚爱恩抚,又蒙受相国的百般眷顾。

散朝返家,每日的薄暮,跟从的车马拥塞了通衢大路。

一个个脸生光彩,亲戚们扬威耀武,充满敬意,远远相迎,全都是宾客奴仆。

富贵荣华,世人谁个不思慕,取之有道,有什么羞愧心怵。

唯有我,这南国的一介寒儒,求仕无方,迷惑沉沦,竟将这前程耽误。

与挚友欢集在这清江岸渚,秉持节操,等待出仕,如这般的张网待兔。

十五讽诗书①,篇翰靡不通②。
弱冠参多士③,飞步游秦宫④。
侧睹君子论⑤,预见古人风⑥。
两说穷舌端⑦,五车摧笔锋⑧。
羞当白璧贶⑨,耻受聊城功⑩。
晚节从世务⑪,乘障远和戎⑫。
解佩袭犀渠⑬,卷帙奉卢弓⑭。
始愿力不及⑮,安知今所终⑯。

【注释】

①讽:背诵,熟读。

②篇翰:犹篇章,文字著作,一般指诗文。

③弱冠:《礼记·曲礼》:"二十曰弱冠。"后沿称年少为弱冠。参:拜谒。多士:李周翰注:"朝臣也。"

④飞步:健步如飞。秦宫:指西都长安之宫殿。

⑤侧睹:侧立而看。侧立即傍立,表示谦虚、尊敬。君子论:才德之

士的宏论。

⑥预见：犹谓早得目睹，与侧睹皆表尊敬之意。

⑦两说(shuì)：李善注：两说谓鲁仲连说新垣衍及下聊城。《史记·鲁仲连邹阳列传》载，秦东围邯郸，魏王使新垣衍入邯郸，说平原君尊秦昭王为帝。鲁仲连会见新垣衍，据理分析使其折服。又载，田单攻聊城不下。鲁仲连乃为书，约之矢以射聊城中。燕将得书自杀，齐国攻下聊城。穷舌端：使辩士的言辞尽竭。舌端，舌尖。此指言语，言辞。

⑧五车：《庄子·天下》："惠施多方，其书五车。"后以五车称人的博学。摧：挫败。笔锋：此指辩士辩辞的锋芒、气势。黄侃《文选平点》谓"两说""五车"两句："此言两说足以穷他人之舌端，五车足以摧他人之笔锋也。"

⑨羞当白璧贶：意谓以接收白璧之赐为羞。李善注："《韩诗外传》曰楚襄王遣使者持金千斤、白璧百双，聘庄子以为相，庄子不许。"贶，赐与、加惠之意。

⑩耻受聊城功：《史记·鲁仲连邹阳列传》载鲁仲连助田单降聊城，田单入则屠城，归而言鲁仲连，欲爵之，鲁仲连不受而逃隐于海上，以受爵为耻。

⑪晚节：晚年。《史记·外戚世家》："(吕后)及晚节色衰爱弛，而戚夫人有宠。"从：参与其事之意。世务：时务。

⑫乘障：戍守过关。乘，守。障，边境险要处戍守之堡寨，即亭障。和戎：古代称汉族与少数民族结盟友好为和戎。

⑬解佩：脱去华美的衣服。李周翰注："佩，文服也。"犀渠：甲胄。

⑭卷帙：收卷书籍。帙，书套，书函。此指书籍。奉：捧。卢弓：黑色之弓。《尚书·文侯之命》："卢弓一，卢矢百。"传："卢，黑也。"李周翰谓"解佩"二句意为"弃笔从戎"。

⑮始愿：初衷，最初的心愿。

⑯今所终：今在何处终老。吕延济谓“始愿”二句意为：“始愿为文，力已不及，今为武士，未知其终竟。”

【译文】

年方十五，《诗》《书》已能背诵，诗文篇什，无不烂熟精通。

二十少年，已跻身在朝臣当中，健步如飞，游遍了汉地秦宫。

若干次，傍立聆听过贤士们高论恢宏，若干次，瞻仰了贤士们古人般的风度姿容。

辩才如鲁仲连，使多少辩士理屈词穷，博学如惠施，挫败多少辩士的气势机锋。

羞于接受那白璧百双的丰厚馈送，耻于领受那破城屠敌的封爵军功。

到如今事务缠身，境遇竟这般悲痛，已迫晚景去戍边，与外族和好结盟。

脱去华服披甲胄，违愿地投笔从戎，掩藏熟读的诗书，违愿地捧上硬弩强弓。

作一名武士，这岂是初衷，从今后，前途难卜，无奈何啊，忧心忡忡。

学刘公幹体一首

【题解】

此诗虽短，但其旨存有异说：五臣以为是以景喻人，刘良曰：“此诗言正直被邪佞所损，虽行质素而衰盛相陵。”张铣曰：“风雪比佞人也，桃李比忠直也。未遇至明之时，虽忠直之人为佞者所乱，不成其美。”而何焯《义门读书记》谓此诗“不过识时之意”。细玩此诗，似觉五臣之说过于穿凿，于全诗不可通解，故当以何说为是。诗之旨似言冬之景自有一番气象，若移之于艳阳之时，则不可成其美，此亦戒人当识时之意也。

胡风吹朔雪①，千里度龙山②。

集君瑶台里[3],飞舞两楹前[4]。
兹辰自为美[5],当避艳阳年[6]。
艳阳桃李节[7],皎洁不成妍[8]。

【注释】

①胡风:北风。吕向注:“胡在北。”朔雪:黎明时所降之雪。朔,《释文》:“朔,旦也。”夏以平旦为朔,殷以鸡鸣为朔,周以夜半为朔。见班固《白虎通·三正》。

②龙山:山名。即逴(chuō)龙山。《楚辞·大招》:“北有寒山,逴龙赩只。”王逸注:“逴龙,山名也……言北方有常寒之山,阴不见日,名曰逴龙。”

③君:此指朔雪。瑶台:美玉砌成之台。屈原《离骚》:“望瑶台之偃蹇兮,见有娀之佚女。”

④两楹:殿堂的中间之地。楹,堂前直柱。

⑤兹辰:指风雪飞舞之晨也。辰,通“晨”。

⑥当避:当有别于。避,违背。艳阳年:指艳阳天。李善注:“《神农本草》曰‘春夏为阳’。盖春阳之时,阳光灿烂,景色佳美,故称艳阳天。”

⑦桃李节:桃李盛开的时节。

⑧皎洁:光白貌。此处指白雪。妍:美好。

【译文】

劲猛的北风将雪片漫天抛撒,一扫千里,直飘过逴龙山崖。

皑皑白雪,堆积在瑶台殿厦,飞舞飘扬,又铺满了殿堂的地下。

自有一番美啊,这清晨的色洁景佳,真不同阳光灿烂、色泽鲜美的春夏。

春夏时节,桃李正怒放着枝头的繁花,皎洁的白雪,又岂能绘得出妍美的图画。

代君子有所思一首

【题解】

此诗所拟之本为陆机之《君子有所思行》(见《文选》卷第二十八)。陆机之原诗,皆以讽喻警执事,一如何焯《义门读书记》谓陆诗为"此君子以戒有位者也"。陆诗运笔,如张铣所言:"言登山下见都邑,时俗奢泰,因思古之贤哲与前君子行有异也。"侧重讽劝;鲍照的这首拟作,以"满则欹""厚则没"之理启示昏昧,侧重警戒,故李周翰谓鲍照拟作"此言防渐忌满之戒",似得拟作之旨也。于光华《重订文选集评》引孙月峰语,评此诗"着意雕琢,然笔力遒劲,音调自是振拔",亦可谓得其大概。

西出登雀台①,东下望云阙②。
层阁肃天居③,驰道直如发④。
绣甍结飞霞⑤,琁题纳行月⑥。
筑山拟蓬壶⑦,穿池类溟渤⑧。
选色遍齐代⑨,征声匝邛越⑩。
陈钟陪夕宴⑪,笙歌待明发⑫。
年貌不可还⑬,身意会盈歇⑭。
蚁壤漏山河⑮,丝泪毁金骨⑯。
器恶含满欹⑰,物忌厚生没⑱。
智哉众多士⑲,服理辩昭昧⑳。

【注释】

①雀台:即铜雀台,曹操于建安十五年(210)所造。李善注引《邺中记》曰:"邺城西北立台,名铜雀台。"故址在今河北临漳西南。

②云阙:高入云霄的宫阙。吕延济注:"望云阙,言阙高至云。"

③层阁：重重叠叠的殿阁。层，重(chóng)。天居：帝王的居所。蔡邕《述征赋》曰："皇家赫而天居。"

④驰道：帝王所行之御路。《礼记·曲礼》："岁凶，年谷不登……驰道不除。"疏："驰道，正道，如今御路也。是君驰走车马之处，故曰驰道也。"

⑤绣甍(méng)：彩绘的屋梁。甍，栋梁，屋脊。

⑥琁题：美玉装饰的出檐。琁，同"璇"，美玉。题，榱(cuī)题，即屋檐的椽子头，今通称出檐。纳：吕向注："纳，引其光也。"此即照映之意。

⑦拟：仿效。蓬壶：传说中的神山。《史记·秦始皇本纪》："齐人徐市等上书，言海中有三神山，名曰蓬莱、方丈、瀛洲，仙人居之。"方丈又名方壶，见旧题晋王嘉《拾遗记》。

⑧溟渤：溟海与渤海。

⑨选色：挑选美女。齐代：地名。齐大致在今山东，代大致在今河北。

⑩征声：征招善歌者。匝：周，遍。邛(qióng)越：地名。邛在今四川，越在今浙江一带。张铣注："邛，越，二国名。其中人善歌，故征之。"

⑪陈钟：此谓击钟奏乐，即钟鸣鼎食之意。夕宴：晚宴。

⑫明发：平明，黎明。

⑬年貌：年龄与容貌。

⑭身意：此处指欢乐之宴会。盈歇：盈满与尽竭。此处举全取偏，为尽竭之意。

⑮蚁壤：蚁穴。《韩非子·说林》："管仲、隰朋从桓公伐孤竹，春往冬返，迷惑失道……隰朋曰：'蚁冬居山之阳，夏居山之阴，蚁壤寸而有水。'乃掘地，遂得水。"漏山河：使山倾河漏。山河，犹大堤。

⑯丝泪:如丝之泪。谓泪小而不断。金骨:骨之坚如铁。李善注:“金骨之坚,喻亲之笃者。言谗邪之人,但下如丝之泪,而金骨为之伤毁也。”吕延济注:“金骨之销,亦在如丝之泪,言积微至著。”

⑰器:欹(qī)器,也叫宥(yòu)坐器。器注满则倒,空则侧,不多不少则正。饮酒时置于座右,提醒饮者不要过与不及。《荀子·宥坐》:“此盖为宥坐之器。”注:“宥与右同,言人君可置于坐右,以为戒也。”恶:憎恨。刘良谓此句意为“器,欹器也,满皆覆,是以恶满也”。

⑱厚生:生活充裕优厚。刘良谓此句之意为“言人养生恐其不厚,养既厚矣,生理灭焉”。生理谓养生之道。

⑲智哉:聪慧啊。众多士:指群臣。

⑳服理:研习世间“满欹”“厚没”之物理。辩昭昧:刘良注:“言习理可以辩物情之明暗。”

【译文】

西出邺城,把铜雀台登上;折而东行,再将高入云端的宫阙眺望。

层层叠叠,皇宫的楼阁肃穆辉煌;笔直如发,御路是这般大道康庄。

彩霞轻飞,连接着色彩斑斓的屋梁;秦月慢踱,与玉饰的出檐相映生光。

垒土筑山,全似蓬莱、方壶的神岛模样;挖地筑池,逼真得如大海般宽阔汪洋。

宫女们,挑选的全是齐代的美女红妆;歌伎们,征招的尽是邛越的玉喉金嗓。

陪伴着这狂欢的晚宴,钟鼓阵阵悠扬;畅饮着直到天明,笙歌阵阵嘹亮。

恁美好的年容,终究会人老珠黄;再欢乐的宴集,终究会席散终场。

小小的蚁穴,可使大堤坝泄漏水淌;细细的泪水,可销毁铮铮汉子的铁骨钢肠。

坐右攲器，最厌恶盈满倾荡；养尊处优，定会让人沉沦消亡。

聪慧的公卿们啊，将世间的事仔细思量；防渐忌满，就能辨清这世理的昏暗、明亮。

范彦龙

见卷第二十六《赠张徐州谡》作者介绍。

效古一首

【题解】

张铣谓此诗之旨，曰“此言从征之义”；于光华《重订文选集评》亦谓“此言征伐之意”。故此诗所拟亦《从军行》之类也。诗叙征战境地苦寒，战事频仍，从军日久，军令严峻，然幸有天子圣明，终未以罹祸而结局。层层曲折，有合于锺嵘《诗品》“范诗清便宛转，如流风回雪”之评也。

寒沙四面平①，飞雪千里惊②。
风断阴山树③，雾失交河城④。
朝驰左贤阵⑤，夜薄休屠营⑥。
昔事前军幕⑦，今逐嫖姚兵⑧。
失道刑既重⑨，迟留法未轻⑩。
所赖今天子⑪，汉道日休明⑫。

【注释】

①寒沙四面平：意谓风吹寒沙，铺平四野。

②飞雪千里惊：意谓如受惊骇的飞雪自远方落下。

③断：折。阴山：今河套以北、大漠以南诸山的统称。《史记·秦始皇本纪》："自榆中并河以东，属之阴山。"

④雾失交河城：意谓重雾遮掩交河城，仿佛迷失了一般。交河城，古城名。故址在今新疆吐鲁番西北约五公里处。《汉书·西域传》："车师前国王治交河城，河水分流绕城下，故号交河。"失，迷。

⑤左贤阵：指匈奴左贤王之战阵。《汉书·匈奴传》："李将军广出右北平，击匈奴左贤王。"

⑥薄：迫，近。休屠：地名。《汉书·地理志》："武威郡有休屠县。"颜师古注："屠音储。"休屠为古匈奴之王都，在今甘肃武威北。

⑦前军幕：谓李广之军营。《汉书·李广苏建传》："大将军票骑将军大击匈奴，广数自请行，上以为老，不许。良久乃许之，以为前将军。"此处之"前军"即前将军。

⑧嫖姚兵：谓霍去病所率之师。《汉书·卫青霍去病传》："(霍去病)善骑射，再从大将军，大将军受诏，予壮士，为票姚校尉。"前句之"事"，此句之"逐"，皆从行之意也。

⑨失道：谓迷失行军之道。《汉书·李广苏建传》载，李广与右将军食其合军出东道。大将军问广失道状，广曰："诸校尉亡罪，乃我自失道。"引刀自刭。

⑩迟留：停留不前。张铣谓"失道"二句意为："言此刑法皆至死也。"故曰："刑既重""法未轻"。

⑪赖：幸蒙。

⑫汉道：汉代仁义之政。道，仁义。休明：美善旺盛。李周翰谓"所赖"二句意为："言蒙我天子同汉王之道。日日休明也。"

【译文】

风夹寒沙，将辽阔的四野抚平；从远方急骤落下，飞雪如受吓吃惊。

劲猛的风啊，折断了阴山的树茎；茫茫的雾啊，遮掩了交河边城。

一早驱马，直闯入左贤王的战阵；傍晚出击，又迫近休屠的军营。

过去，我跟随前将军的幕府出征；如今，我又作了一名嫖姚校尉的士兵。

行军迷路，将是死罪的重刑；逗留不前，惩罚又岂能得轻。

幸蒙当今皇上有慈爱的胸襟，行的是汉代的仁义之政，一天天地美善昌明。

江文通

见卷第十六《恨赋》作者介绍。

杂体诗三十首

【题解】

江淹《杂体诗》三十首前有序（“李善注”本仅录片断，“六臣注”本全录），略谓云：“夫楚谣汉风，既非一骨；魏制晋造，固亦二体……世之诸贤，各滞所迷，莫不论甘而忌辛，好丹而非素，岂所谓通方广恕，好远兼爱者哉……又贵远贱近，人之常情，重耳轻目，俗之恒弊……然五言之兴，谅非夐古，但关西邺下，既已罕同；河外江南，颇为异法。故玄黄经纬之辨，金碧浮沉之殊，仆以为亦合其美并善而已。今作三十首诗，学其文体，虽不足品藻渊流，庶亦无乖商榷云尔。”此序揭示江淹拟诗之旨，并非品藻前人五言制作，而在于显现其各含其美并善而已。这一点似为张溥所识见，他在《汉魏六朝百三家集题辞》中说：“文通杂体三十首,体貌前哲,欲兼关西、邺下、河外、江南总制众善。”若从“史”的角度看,江淹所拟的三十人,可大概自汉至于刘宋明帝时五言诗的主要诗人,他意欲以拟诗的形式来再现这众多诗人的风格,从而显见五言诗体的代变特征。此亦如何焯《义门读书记》所言:“爰自椎轮汉京,讫乎大明泰始,五言之变,旁备无遗矣。”这在当时及文史上都应占一定位置而得到肯定。

然而,自锺嵘《诗品》“文通诗体总杂,善于摹拟”语出,后之论家唯缪绕“似”与“不似”以评江淹拟作,重要的论家如严羽,他在《沧浪诗话》中说:“拟古惟江文通最长,拟渊明似渊明,拟康乐似康乐,拟左思似左思,拟郭璞似郭璞,独拟李都尉一首,不似西汉耳。”胡应麟《诗薮》曰:“文通拟汉三诗俱远,独魏文、陈思、刘桢、王粲四作,置之魏风莫辨,真杰思也。”更有甚者如潘德舆《养一斋诗话》说:“拟谢临川诗,只是状山水奇奥,此为神似,吾亦能之,何必五色笔也?”“文通一世俊才,何不自抒怀抱,乃为赝古之作,以供后人嗤点?”今人郭绍虞在《沧浪诗话·诗评》注中提出新解:盖因“拟古之作,并非诗家所贵”,故后之论家有贬损之辞。而如何看待拟古之作呢?“实则昔人拟古,乃古人用功之法,是入门途经,而非最后归宿。”“自陆机拟古之后,或称‘效’、或称‘代’、或称‘学’、或称‘绍’,甚至称为拟某某拟古者。此种风气,在后世固视可笑,在当时亦有其需要。”

综观后世论家漫评江淹三十首拟作,若以“似”或“不似”作评,则难有定论,比如严羽谓“独拟李都尉一首,不似西汉耳”,而冯班《钝吟杂录》卷三云:“江淹所拟从军一首最合,沧浪于处不解也。”而以“用功之法”释江淹拟作之旨,犹言以拟作为练笔之法,则轻觑江淹文才之盛。此皆有悖江淹拟诗之初衷,更未见到江淹拟作于文学史上的作用。

虽然以“似”或“不似”来探江淹拟诗之旨,固不可取,然若论拟诗之成功与否,则需将拟诗与原诗相较,故“似”或“不似”又自成标准,此亦不可不知。后之论家于同一首拟诗,论评又有互忤之处,极难准择可当定论之说，若再出“题解”，则徒添纷杂，是以只将论家之评，择要列入每首拟诗注中，以备参考。

古离别①

远与君别者，乃至雁门关。
黄云蔽千里②，游子何时还。
送君如昨日，檐前露已团③。
不惜蕙草晚④，所悲道里寒⑤。
君在天一涯，妾身长别离。
愿一见颜色，不异琼树枝⑥。
兔丝及水萍⑦，所寄终不移⑧。

【注释】

①古离别：《古别离》为乐府“杂曲歌辞”之旧题。《乐府诗集·杂曲歌辞·古别离》：“《楚辞》：‘悲莫悲兮生别离。’《古诗》曰：‘行行重行行，与君生别离。’后苏武使匈奴，李陵与之诗曰：‘良时不可再，离别在须臾。’故后人拟之为《古别离》。”吴兆宜《玉台新咏笺注》卷四：吴迈远《长别离》按，“梁简文帝又有《生别离》，吴迈远有《长别离》，唐李白有《远别离》，亦皆类此。”“后又有《古离别》《久别离》《新别离》《今别离》《暗别离》《别离曲》诸题，亦皆本此。”此类诗多写男女离别，具有极浓的感伤情调。于光华《重订文选集评》引孙月峰语，评此诗：“调最古，语最淡，而色最浓，味最厚，讽诵数十过，乃更觉意趣长。”

②黄云：谓埃尘与云相连而黄也。

③露已团：露珠呈圆圆的状态，犹言露水很浓。《诗经·郑风·野

有蔓草》:“野有蔓草,零露漙(tuán)兮。”漙,即团。

④蕙草:即蕙兰,香草也。比喻思妇。晚:本指年老。《史记·孔子世家》:“孔子晚而喜《易》。”此指色衰。

⑤道里:旅途。张铣注:“悲岁暮行人道路寒也。”

⑥不异琼树枝:琼树即玉树,生在昆仑山,故极难得见。李周翰注:“言君行之远,思见之难,不异琼树枝也。”

⑦兔丝:草名。蔓生,常缠附于其他植物而生长。水萍:即浮萍。兔丝与水萍皆喻思妇也。

⑧寄:寄托,委身。吕延济注:“兔丝,草名。感茯苓而生,萍草依水而长。亦犹妇人之附于夫。言此心终不移易。”

【译文】

这一次离别啊,我的君夫,将到那遥远的雁门关,你才停足。

遮蔽千里,是与浮云相连的黄沙尘土,夫君啊,何时你才踏上漫漫的归途。

那送别时的情景,如昨日历历在目,而今啊,屋檐前已布满浓浓的露珠。

思念你,我不惜容颜衰老,不再是往日的娇妩,悲伤的是啊,你一路远行忍受的寒苦。

你远在那天边末路,这难熬的久别,使我多么的身单影孤。

盼只盼见你一面啊,但有多少艰难险阻,难得如见到昆仑山的玉树。

兔丝攀缠松柏,绿萍只在水面漂浮,委身于你啊,如兔丝绿萍,永远把你依附。

李都尉 从军① 陵

樽酒送征人②,踟蹰在亲宴③。

日暮浮云滋④,渥手泪如霰⑤。

悠悠清川水，嘉鲂得所荐[⑥]。
而我在万里，结发不相见[⑦]。
袖中有短书[⑧]，愿寄双飞燕[⑨]。

【注释】

①从军：刘良注："此拟'携手上河梁'。""携手上河梁"为李陵《与苏武》诗，《文选》录入第卷二十九。于光华《重订文选集评》引孙月峰评语曰："清彻无尘，虽不甚似李，然诗却佳。"

②樽酒：怀酒。樽，酒器，形状似觚而中部较粗，口径较大，盛行于商代及西周。

③踟蹰：来回走动，犹言徘徊。亲宴：亲人饯行之宴会。

④滋：多，即浓厚之意。

⑤渥手：握手。霰(xiàn)：细雨。

⑥嘉鲂(fáng)：美味的鳊鱼。鲂，即鳊鱼。荐：献，进贡。《周易·豫》："殷荐之上帝，以配祖考。"此句何焯《义门读书记》释为："河鲂以味美获荐。"意为鲂鱼因依于清澈河流而味美，终可得作进献之物。

⑦结发：谓夫妻。此句何焯《义门读书记》释为："结发以命舛远离。"意为因我命运多舛，远行万里，夫妻不能相见。

⑧短书：简短的信札。

⑨双飞燕：雄雌并飞之燕。李周翰注："燕春南飞，就暖巢于人家，故愿以书寄之。"

【译文】

端杯酒，送到出征的军人面前，来回徘徊，在这亲人的离别筵宴。
傍晚时，浓浓的暮云连成一片，执手相看，离别的泪水如不断的雨霰。
长长的清澈河水，鲂鱼得自在其间，方可成进贡的珍馐，是那么肉肥味鲜。

命运多舛的我啊，纵有绵绵的思恋，远行万里，夫妻哪能团聚相见。袖中这一封短札小笺，带给我的妻吧，拜托给这南行的双飞燕。

班婕妤　咏扇①

纨扇如圆月②，出自机中素③。
画作秦王女④，乘鸾向烟雾⑤。
采色世所重⑥，虽新不代故⑦。
窃愁凉风至，吹我玉阶树⑧。
君子恩未毕⑨，零落在中路⑩。

【注释】

①咏扇：刘良注："此拟'新裂齐纨素'。"原诗为班婕妤所作《怨歌行》，《文选》卷第二十七"乐府"上有录。《玉台新咏》卷一录班诗并序曰："昔汉成帝班婕妤失宠，供养于长信宫，乃作赋自伤，并为怨诗一首。"江淹拟诗，袭班诗之旨，言弃妇之思也。于光华《重订文选集评》引孙月峰语，评此诗："比班稍着色相，然衬贴得好，亦不失古意。调和而语净，正是合作。"

②纨扇：细绢制成的团扇。

③机：织机。素：精致洁白的细绢。"纨扇"二句与班婕妤《怨歌行》"新制齐纨素，鲜洁如霜雪。裁为合欢扇，团圆似明月"意同。

④秦王女：指秦穆公之女弄玉。

⑤乘鸾：《列仙传》载，萧史，秦穆公时人，善吹箫，作凤鸣。穆公以女弄玉妻之，为作凤台以居。一夕吹箫引凤，与弄玉共升天，仙去。

⑥采色世所重：此句意谓看重色彩，为世之常情。

⑦新：以指新制之扇。故：此指画有弄玉乘鸾飞升之团扇。

⑧玉阶树：玉阶前之树也。刘良谓"窃愁"二句曰"凉风至谓秋也。言恐秋而轻弃不用也"。

⑨恩未毕：恩爱未终。毕，终止。

⑩零落：屈原《离骚》："惟草木之零落兮，恐美人之迟暮。"草衰曰零，木叶坠曰落，衰败之意。中路：半途。张铣注："言君子所爱未毕，而时已凉，故零落于中路。"

【译文】

绢制的团扇，如一轮满月，出自机杼，这制扇的细绢白净如雪。

团扇上再画出弄玉、萧史恩爱和谐，乘鸾驾凤，双双飞向烟雾迷蒙的天界。

世人都如此啊，喜爱色彩的艳美浓烈；世人也都如此啊，喜新而难将旧的抛却。

怕只怕秋凉乍至，秋风急切，玉阶旁落叶满地，枯枝抖瑟。

犹如我啊，夫君对我虽恩爱不绝，但时变境迁，这恩爱的情分将中途破裂。

魏文帝　游宴[①]　曹丕

置酒坐飞阁[②]，逍遥临华池[③]。
神飙自远至[④]，左右芙蓉披[⑤]。
绿竹夹清水，秋兰被幽涯[⑥]。
月出照园中，冠佩相追随[⑦]。
客从南楚来[⑧]，为我吹参差[⑨]。
渊鱼犹伏浦[⑩]，听者未云疲[⑪]。
高文一何绮[⑫]，小儒安足为[⑬]。

肃肃广殿阴⑭,雀声愁北林⑮。
众宾还城邑,何以慰吾心。

【注释】

①游宴:吕延济注:“此拟《芙蓉池作》。”即曹丕《芙蓉池作》。于光华《重订文选集评》引孙月峰语,评此诗:“比《芙蓉池作》稍较浓,是以顾盼有恣(姿)态。然其淡处正不易及。”

②飞阁:凌空耸立的高阁。

③逍遥:安闲自在。华池:传说在昆仑山的仙池。王充《论衡·谈天》:“《禹本纪》言河出昆仑……其上有玉泉华池。”此借指似华池的水池。

④神飙:自远方吹来的风。

⑤披:原为劈开之意。此处意为吹开。

⑥被:覆盖。幽涯:幽深的水边。

⑦冠佩:帽子与佩玉。用以借指贵官近臣。

⑧南楚:《史记·货殖列传》:“衡山、九江、江南、豫章、长沙,是南楚也。”此处指远方。

⑨参差:《楚辞·九歌·湘君》:“望夫君兮未来,吹参差兮谁思。”注:“参差,洞箫也。”

⑩渊鱼:深渊中之鱼。浦:水滨。

⑪疲:疲惫。吕延济谓“渊鱼”二句曰:“言深渊之鱼闻吹箫之声,亦涌而出,况听者能疲殆乎?”

⑫高文:才高之士所撰的文章。一何:何其,多么。绮:绮靡,华丽。

⑬小儒:见识浅薄的读书人。刘良谓“高文”两句:“高文绮靡,通达之才,非一经小儒之所为。”

⑭肃肃广殿阴:吕向注:“肃肃,静也。广殿阴谓日暮也。”

⑮愁:吕向注:“雀鸟之总名愁。”

【译文】

把酒宴,摆置在高阁之上;安闲地,驾临这如仙境般的水池旁。

远方吹来的风,令人神怡心旷;池旁的艳芙蓉,蕾绽花放。

穿过竹丛的流水,清澈荡漾;覆盖水边的秋兰,散发出阵阵幽香。

皎白的月光,照耀着庭院中央;陪宴的群臣们,相随宴赏。

一位客人,来自遥远的南方;他为我,把洞箫吹奏得韵味悠长。

涌出水面的深渊游鱼,好一副着迷模样;听歌的群僚们,自然是无一丝疲惫情状。

陪宴的文士,谁个不是一手华丽辞章;浅薄的书生,又岂可与之比量。

宽阔的殿厦静悄悄,已值日暮时光;归巢的雀鸟,在北林争鸣闹嚷。

驾辕回城,宾客们都离席退场;这时刻,可无法慰藉我心里的惆怅。

陈思王　赠友①　曹植

君王礼英贤②,不吝千金璧③。
双阙指驰道④,朱宫罗第宅⑤。
从容冰井台⑥,清池映华薄⑦。
凉风荡芳气,碧树先秋落⑧。
朝与佳人期,日夕望青阁⑨。
褰裳摘明珠⑩,徙倚拾蕙若⑪。
眷我二三子,辞义丽金臒⑫。
延陵轻宝剑⑬,季布重然诺⑭。
处富不忘贫⑮,有道在葵藿⑯。

【注释】

①赠友:李周翰注:“拟赠丁仪、王粲等诗。”何焯《义门读书记》谓此

诗:“拟陈王,亦自遒秀。”于光华《重订文选集评》引孙月峰语,评此诗:“较陈思不甚似。彼气雄,此骨秀;彼质素,此铅华。”

②君王礼英贤:刘良注:“君王谓曹公也,英贤谓丁仪、王粲等。”

③千金璧:谓珍贵之玉璧。

④双阙:宫阙,亦即宫殿。阙,古代宫、庙、墓门立双柱者谓之阙,其上连有飞檐罘罳者谓之连阙。古时帝王所居宫门双阙,故称宫殿为宫阙。指:直立,竖立。此指笔直。驰道:《礼记·曲礼》:“岁凶,年谷不登……驰道不除。”疏:“驰道,正道,如今御路也。是君驰走车马之处,故曰驰道也。”

⑤朱宫:朱楼。第宅:王侯之宅。

⑥冰井台:陆翙《邺中记》:“魏武于邺城西北立三台:中名铜雀,南名金兽,北名冰井。”故址在今河南临漳西南。

⑦清池:张铣注:“魏有冰井台,下有清池。”华薄:花木丛生。此指池中丛生的花。薄,草木丛生。

⑧碧树:绿树。先秋:初秋。

⑨望青阁:吕延济注:“朝夕望于青阁之上,思其来也。”青阁,青楼,指帝王之居。《南齐书·东昏侯纪》:“世祖兴光楼上施青漆,世谓之青楼。”

⑩褰(qiān)裳:用手提起衣裳。

⑪徙倚:徘徊漫步。蕙若:蕙草与杜若,皆香草。

⑫辞义:指辞章。丽金雘(huò):意为美丽如金雘之色。金,凡如黄金之色亦曰金。雘,赤石脂之类,为赤色。金、雘皆为美丽之色。

⑬延陵轻宝剑:延陵,春秋时吴公子,吴王寿梦之季子,欲传以位,辞不受,封于延陵,故称延陵季子。鲁襄公二十九年历聘鲁、齐、郑、卫、晋等国。张铣注:“延陵聘上国,过徐君。(延陵)心许徐君所佩剑。使还,徐君已死,乃挂剑于墓树而去。”

⑭季布:汉代楚国人。《史记》有传。重然诺:以应允的诺言为重。

楚人谚曰："得黄金百斤，不如得季布一诺。"张铣注"延陵"二句："言此二人义信，以广二三子。"

⑮处富不忘贫：李周翰注："言处富贵不可忘于贫者。"

⑯有道：有道德、才艺之士。葵藿：即葵。葵性向日，古人多用以比喻下对上赤心趋向之意。《三国志·魏书·陈思王植传》："上疏请存问亲戚：'若葵藿之倾叶，太阳虽不为之回光，然终向之者，诚也。'"此句意为如"二三子"之有道之士，不忘君王礼贤之恩，如葵藿之向日。

【译文】

贤明的君王，礼遇世上的俊杰群英；馈赐的白玉璧，哪惜价值连城。

殿前的御道，向远方笔直延伸；道两旁，尽都是王侯的高宅朱门。

登上这冰井台，安闲消停；台下的清池水，与丛生的花草色泽交映。

凉爽的轻风，荡漾着香气频频；摇曳的绿树，初秋时叶落飘零。

与友朋相约时，还在清晨；久盼在青阁上，不觉日近黄昏。

牵衣涉水，摘取珍珠亮晶晶；流连漫步，俯拾芳草馨香醉人。

至交密友，这几位多么可近可亲；精心雕饰的辞章，色彩是这般绚丽缤纷。

要像那延陵季子，守义然信；更要像楚人季布，重诺轻金。

身处富贵，岂可忘贫贱的故人；葵藿向日，道德之士，更应不忘君王的厚恩。

刘文学　感遇[①]　桢

苍苍中山桂[②]，团圆霜露色[③]。
霜露一何紧[④]，桂枝生自直[⑤]。
橘柚在南国[⑥]，因君为羽翼[⑦]。

谬蒙圣主私[8]，托身文墨职[9]。
丹彩既已过[10]，敢不自雕饰[11]。
华月照方池[12]，列坐金殿侧[13]。
微臣固受赐[14]，鸿恩良未测[15]。

【注释】

①感遇：吕延济注："感恩也，思其有幸遭遇。"诗中"君""圣主"指曹植、曹丕，故此首拟诗所述乃刘桢感遇曹氏兄弟之恩宠也。于光华《重订文选集评》引孙月峰语评此诗："刘以质率胜，此稍作意。"似较中肯。

②苍苍：茂盛貌。

③团圆：即团团，凝聚貌。李善谓此句意为："桂沾霜露而色不渝，身经夷险而操不易也。"

④紧：急。

⑤桂枝生自直：吕向注："言霜露虽急，不能损桂枝劲直之性。"

⑥橘柚：张铣注："大曰橘，小曰柚，皆果名。生于南国，此自喻。"

⑦君：指曹植。羽翼：鸟类借羽翼而飞。羽翼在身侧左右，故常以喻左右之人。"橘柚"二句意为：自身虽如橘柚生于南国而珍，实乃作君之辅臣而得贵也。

⑧谬蒙：错蒙。圣主：指文帝。私：李善注引郑玄《礼记》注："私之犹言恩也。"

⑨文墨职：指文学侍从一类的官员。

⑩丹彩：浅红色彩。此处喻恩遇。既已过：犹言受君恩遇已过。

⑪雕饰：刻镂，文饰。此处喻人的修饰。吕延济谓"丹彩"二句意谓："犹恩遇既过，敢不勉励自雕饰也。"

⑫华月：指朗月之夜。

⑬列坐：以次相坐。刘良谓"华月"二句意为："言良辰月夜，蒙提携

坐于金殿之侧。”

⑭微臣：小臣。

⑮鸿恩：大恩。良：真，确实。刘良谓“微臣”二句意为：“言我小臣受若大恩，不可测度。”

【译文】

多么茂盛，这桂树生长在山中，一层层地凝聚，露重霜浓。

任凭苍天布霜降露何其匆匆，桂枝劲直的天性，总不改动。

我如这橘柚，生在南国土中，只是侍候贤王左右，才得声誉日隆。

错蒙圣明的君主厚待恩宠，受官委职，作了文学侍从。

受恩遇，已然是如此殊荣，怎能不自黾勉，辛勤雕琢，尽力效忠。

池塘上，一轮朗月辉耀天空，蒙提携，陪末座，饮宴在这金殿皇宫。

官微身卑的我啊，真是诚惶诚恐，真不可测啊，主上对我的宠幸恩宏。

王侍中 怀德[①] 粲

伊昔值世乱[②]，秣马辞帝京[③]。
既伤蔓草别[④]，方知杕杜情[⑤]。
崤函复丘墟[⑥]，冀阙缅纵横[⑦]。
倚棹泛泾渭[⑧]，日暮山河清。
蟋蟀依桑野[⑨]，严风吹若茎[⑩]。
鹳鹄在幽草[⑪]，客子泪已零[⑫]。
去乡三十载，幸遭天下平。
贤主降嘉赏[⑬]，金貂服玄缨[⑭]。
侍宴出河曲[⑮]，飞盖游邺城[⑯]。
朝露竟几何[⑰]，忽如水上萍[⑱]。

君子笃惠义[19],柯叶终不倾[20]。
福履既所绥[21],千载垂令名[22]。

【注释】

①怀德:怀念恩德。张铣注:"怀德谓怀魏武帝之德。"于光华《重订文选集评》引孙月峰语,评此诗:"有建安风骨,所少逊者,畦径太分耳。"此诗以"去乡三十载,幸遭天下平"为过渡,此前拟王粲《七哀诗》写罹乱之忧戚,此后写遇魏武之恩待而怀德,畛界过明。

②伊昔:往昔。值世乱:遭逢战乱之世。王粲《七哀诗》之一:"西京乱无象,豺虎方遘患。复弃中国去,远身适荆蛮。"所谓为汉献帝初平元年(190)董卓乱京事,即此句之所本。

③秣马:喂饱马匹,即备马。辞帝京:辞别西京长安,避乱荆州。

④蔓草:此指《诗经·郑风·野有蔓草》。李善注:"《毛诗序》曰:《野有蔓草》,思遇时也。君之泽未流,民穷于兵革,男女失时,不期而合焉。"此句意谓感伤于世之兵乱而已失进仕之机也。

⑤杕(duò)杜:此指《诗经·唐风·杕杜》。毛序曰:"刺时也。君不能亲其宗族,骨肉离散,独居而无兄弟。"朱熹《诗集传》曰:"此无兄弟者,自伤其孤特而求助于人之辞。"后多用以比喻骨肉情谊。此句意谓遭离乱而去乡,方知骨肉情深。

⑥崤函:崤山与函谷关。丘墟:废墟。

⑦冀阙:古时宫廷外公布法令的门阙。《史记·商君列传》:"作为筑冀阙宫庭于咸阳。"《索隐》:"冀阙即魏阙也。冀,记也。出列教令,当记于此门阙。"缅:尽。潘岳《西征赋》:"窥秦墟于渭城,冀阙缅其堙尽。"纵横:谓乱军恣肆横行,无所忌惮。

⑧倚棹(jī zhào):独一人行船。倚,单独。棹,划水行船。泛:丁福保《文选类诂》:"泛通为涵。《吴都赋》:'涵泳乎其中。'注引扬雄

《方言》曰:‘南楚谓沉为涵。’则泛不作迅音也。”涵即涵泳,谓于水中潜行也。此处泛为渡河之意。泾渭:二水名。皆发源于甘肃,流经陕西,入黄河。

⑨桑野:植桑之田野。

⑩严风:凛冽之寒风。若茎:老树之树茎。李善注引贾逵《国语》注:“若,木晚矣。”意为年久之树。

⑪鹳(guàn)鹢(yì):皆水鸟。幽草:深草。

⑫客子:旅居异地之人。此指王粲。零:即涕零,谓泪落。

⑬贤主:指曹操。降:赐。嘉赏:重赏。

⑭金貂:胡广谓战国时赵武灵王始效胡服,以金珰饰首,前插貂尾,为贵职的冠饰。汉代则称武弁大冠,诸武官冠之。侍中、中常侍则加金珰,附蝉为文,貂尾为饰。李善注:“时粲为侍中,故云。”玄缨:结冠的黑色带子。

⑮侍宴:陪宴。河曲:河道曲折之处。

⑯飞盖:飞驰之车。盖为车盖,遮阳御雨之具,用以代车。邺城:建安十八年(213)曹操为魏王,定都于此。

⑰朝露:刘良注:“朝露日出则干,人命短促亦犹是焉。”

⑱忽:疾速。水上萍:浮生于水面的萍草。萍浮水面,随风漂荡,因喻漂泊无依之身世。“朝露”二句意谓人生短促,更如浮萍漂泊不定。

⑲笃惠义:自知所受恩义之笃厚。笃,厚重。

⑳柯叶:指如竹、松柏之茎叶。终不倾:此指竹、松柏之茎终不倾斜,其叶终不零落。张铣注“君子”二句意为:“言君子厚其恩义,履其礼度,则如松柏之有心,不改柯叶倾落。”亦即报魏武知遇之恩之意。

㉑福履:福禄。绥:安。《诗经·周南·樛木》:“乐只君子,福履绥之。”此句意为得福禄而自安。

㉒千载：犹言后世也。令名：美名。

【译文】

早年间，逢乱世，遍地甲兵；饲马整装，辞别长安，远途南行。

仕途失进，我悲伤地把《野有蔓草》诗吟；离乱时，也才知《杕杜》诗中的骨肉深情。

崤函关隘间，已然是废墟荒径；昔日的宫门前，乱军恣肆横行。

孤独一人，我撑舟渡过渭泾；夕阳下，山河是这般荒凉凄清。

蟋蟀在桑林田野，声声哀鸣；寒风凛冽，阵阵吹打着老树的残枝枯茎。

鹳、鹢水鸟，深草中蹇翼翩翎；漂泊无踪的我啊，早已是感慨涕零。

离乡远行，三十年整；今有幸，遇上了天下升平。

贤明的魏王，给我的赏赐不轻；金貂饰冠，再系上长长玄缨。

蒙幸陪宴，随魏王驾临河曲之饮；驾车飞驰，遍游邺城，酣畅尽兴。

人生啊，寿命短促，真如这朝露一瞬；更像这漂泊无依的水上浮萍。

应自知遇明主，恩宠笃殷；一心向主，如松竹，不会叶落茎倾。

享福禄，我已是安心宁神，在后世，将留下美好的名声。

嵇中散 言志[①] 康

曰余不师训[②]，潜志去世尘[③]。
远想出宏域[④]，高步超常伦[⑤]。
灵凤振羽仪[⑥]，戢景西海滨[⑦]。
朝食琅玕实[⑧]，夕饮玉池津[⑨]。
处顺故无累[⑩]，养德乃入神[⑪]。
旷哉宇宙惠[⑫]，云罗更四陈[⑬]。
哲人贵识义[⑭]，大雅明庇身[⑮]。
庄生悟无为[⑯]，老氏守其真[⑰]。

天下皆得一⑱,名实久相宾⑲。
《咸池》飨爰居⑳,钟鼓或愁辛㉑。
柳惠善直道㉒,孙登庶知人㉓。
写怀良未远㉔,感赠以书绅㉕。

【注释】

①言志:吕延济以此首拟诗之意为:“言志,本有高尚之志而横遭谗言。”逯钦立《先秦汉魏晋南北朝诗》引《晋书》载,东平吕安,服(嵇)康高致,康友而善之。后安为兄所枉诉,以事系狱,辞相证引,遂复收康。康乃作《幽愤诗》。吕向谓嵇康《幽愤诗》意为“言幽怨者,人莫能见明也”。故知此诗所拟之本乃嵇康之《幽愤诗》也。于光华《重订文选集评》引方伯海、孙月峰语,评此诗。方曰:“无一字一句不肖嵇叔夜,性情、面目、声口、胸次直忘其为优孟衣冠,当为三十首之冠。”孙曰:“虚处嫌太多。”《幽愤诗》以采薇散发于岩岫间,以颐养年寿为结,意在言不为冠冕所拘;而此诗则以嵇康幽愤未及真理,故写此诗以戒于人为收束,全不是嵇康声口,故知方伯海之评过矣。《幽愤诗》多由身世遭遇而发幽愤之概,多是实写;而此诗多是言志析理之辞,情味似不如原诗,故知孙月峰之论近乎公允也。

②曰余:自白。不师训:即不师不训,意为不服亲长教诲,不从师学习。嵇康《幽愤诗》:“母兄鞠育,有慈无威;恃爱肆姐,不训不师。”

③潜志:暗立志向。世尘:谓世间庸俗的生活。

④远想:久远地希望。宏域:宽阔的地域。

⑤高步:阔步。常伦:常辈,即一般世俗之人。

⑥灵凤:即凤鸟。《礼记·礼运》:“麟、凤、龟、龙,谓之四灵。”故称凤为灵凤。振:奋展。羽仪:羽饰。《周易·渐》:“鸿渐于陆,其

羽可用为仪。”朱熹注:“仪,羽旄旌纛之饰也……其羽毛可用以为仪饰。”此处指美丽的羽翼。

⑦戢(jí)景:即戢影,隐匿踪迹。戢,隐匿。景,同“影”。

⑧琅玕(láng gān):珠树,其果实似珠玉。《荀子·正论》:“琅玕龙兹华觐以为实。”注:“琅玕似珠,昆仑山有琅玕树。”

⑨玉池津:昆仑山仙池之水。李善注引傅玄《拟楚篇》:“登昆仑,漱玉池。”

⑩处顺:安于得失,哀乐无动于心。《庄子·大宗师》:“且夫得者时也,失者顺也,安时而处顺,哀乐不能入也,此古之所谓悬解也。”累:忧患,危难。《庄子·达生》:“夫欲免为形者,莫如弃世,弃世则无累。”

⑪养德:涵养德性。入神:《周易·系辞》:“精义入神,以致用也。”疏:“言圣人用精粹微妙之义,入于神化,寂然不动,乃能致其所用。”此指达到精妙的境界。

⑫宇宙:天地。惠:恩惠,赐予。

⑬云罗:如云之罗列。四陈:布于四方。

⑭哲人:智者。贵识义:贵于了解顺乎自然之义理。

⑮大雅:此指《诗经·大雅·烝民》诗句:“既明且哲,以保其身。”指明哲之人,能择安去危,以保全其身。

⑯庄生:庄子。悟无为:《庄子·刻意》:“夫恬淡寂寞,虚无无为,此天地之平,而道德之笃也。”此谓庄子悟得顺应自然,不求作为之道。

⑰老氏:老子。守其真:《老子》十九章:“见素抱朴,少私寡欲。”此谓老子能保持人的天然本性,不为物欲所惑,使本性不污也。

⑱得一:为纯正之意。“一”为数之始,又为物之极。《老子》三十九章:“昔之得一者,天得一以清,地得一以宁……侯王得一以天下为正。”此句意谓天下皆存纯正之道。

⑲名实:名称与实际。宾:宾从。《庄子·逍遥游》:“尧让天下于许由……许由曰:‘而我犹代子,吾将为名乎?名者,实之宾也。吾将为宾乎?’”此句意谓名实久相为宾主。

⑳《咸池》:古乐曲名。《周礼·大司乐》:“舞《咸池》以祭地示。”传说为黄帝之乐,尧增修沿用。飨:宴飨。爰(yuán)居:海鸟名。《庄子·至乐》:“海鸟止于鲁郊。鲁侯御而觞之于庙,奏九韶以为乐,具太牢以为膳。鸟乃眩视忧悲,不敢食一脔,不饮一杯,三日而死,此以己养养鸟也。”

㉑钟鼓:演奏钟鼓之乐。愁辛:悲愁辛酸。“《咸池》”二句意谓虽奏《咸池》之乐,击钟鼓,备太牢之食以飨爰居鸟,然爰居鸟仍悲愁辛酸。张铣谓寓意为:“言荣禄信美,而(嵇)康视之,亦犹鸟闻钟鼓之声。”

㉒柳惠:柳下惠。善:喜好。直道:正直之道。《论语·微子》:“柳下惠为士师,三黜。人曰:‘子未可以去乎?’曰:‘直道而事人,焉往而不三黜?枉道而事人,何必去父母之邦!’”

㉓孙登:曹魏时之隐士。《魏氏春秋》载,初,嵇康采药于中山北,见隐者孙登。康欲与之言,登默然不对。逾年,将去。康曰:先生竟无言乎?登乃曰:子才多识寡,难乎免于今之世也。庶:相近,差不多。知人:识别人的才智吉凶。李周翰谓“柳惠”二句意为:“言康以直道而被幽挚,故以登为知人也。”

㉔写怀:抒写胸臆。此指嵇康言志之《幽愤诗》。良未远:吕延济注:“谓康写《幽愤》之怀未能远及真理。”

㉕感赠:有所感以铭记而劝勉别人。赠,以正言相勉励。书绅:把要牢记的话写在绅带上。《论语·卫灵公》:“子张问行。子曰:‘言忠信,行笃敬,虽蛮貊之邦,行矣……’子张书诸绅。”绅,大带子。

【译文】

我就是不从师,不听教训,志向暗立,要离开这世俗凡尘。

早希冀，闯出这为畛域所困的大地，昂首阔步，一般俗人岂可比伦。

这犹如灵凤奋展美丽的羽翼飞腾，栖息在西海边，匿迹销声。

早吃琅玕果，如珠玉般晶莹圆润，夕饮玉池水，洁净甘醇。

不计得失，无动于衷，就不再有危难愁闷，涵养德性，精妙通达神明。

天地的恩赐，如此辽阔，不分远近，犹如布满天空的密雾浓云。

贵在通晓世间义理，明达才智之人，深明《大雅·烝民》的诗义，就能去危保身。

庄子悟道，顺应自然，不求作为而天成，老子守道，不为世污，以保全人性的本真。

纯正之道在普天之下遍存，循名责实，原来名、实相互为主宾。

名利虽美，于我却如爰居鸟栖于鲁国郊径，哪怕是奏乐击鼓设佳肴，仍解不了一腔悲辛。

对人生，我如柳下惠取直道而行，不为世容，身陷囹圄，才知道善认人，只有孙登。

抒写胸臆，然未达理，这就是我的诗作《幽愤诗》，感于此写此诗，权作劝勉后世为人的参证。

阮步兵　咏怀[①]　籍

青鸟海上游[②]，鸒斯蒿下飞[③]。
沉浮不相宜[④]，羽翼各有归[⑤]。
飘飖可终年[⑥]，沆漭安是非[⑦]。
朝云乘变化[⑧]，光耀世所希[⑨]。
精卫衔木石[⑩]，谁能测幽微[⑪]。

【注释】

①咏怀:此诗所拟之本为阮籍之《咏怀诗》。阮籍的咏怀之作,现存五言八十二首,四言十三首。阮籍身处晋代魏祚之时,进退不能,自有一腔忧懑交织的情感,进而产生忧生之嗟,视人之浮沉显隐为难知之事。江淹这首拟诗,言青鸟、鸒斯各得其安,而朝云光耀于世,精卫衔石填海,又各有所企,此皆幽微难知之理,似近于阮籍《咏怀诗》之旨,故于光华《重订文选集评》引孙月峰语评此诗:"言远意,仿佛近之。"何焯《义门读书记》谓此诗结尾两句为"阮公知己",为确当之论也。

②青鸟:即阮籍《咏怀诗》四十四"海鸟运天池"之海鸟,亦鹍鹏之类。《庄子·逍遥游》:"鹏之徙于南冥也,水击三千里,抟扶摇而上者九万里。"游:翱翔。

③鸒(yù)斯:鸟名。鸦类。《诗经·小雅·小弁》:"弁彼鸒斯,归飞提提。"蒿上飞:于蓬蒿之上飞翔。《庄子·逍遥游》:"斥鴳笑之曰:'彼且奚适也?我腾跃而上,不过数仞而下,翱翔蓬蒿之间,此亦飞之至也。'"

④沉浮:沉谓鸒斯之飞于蒿上。浮谓青鸟之游于海上。不相宜:不相同也。

⑤羽翼各有归:意为青鸟之翱翔海上,鸒斯之飞于蒿间,虽不相同,但能各得其所。

⑥飘飖:轻飞貌。此指鸒斯。终年:终了一生。

⑦沆瀁(hàng yàng):水深广貌。此指青鸟翱翔于大海之上。安是非:此言已知飘飖蒿下,或翱翔海上,其皆逍遥一也,故安于高翔低下、到底孰乐的是非之争。

⑧朝云:高唐神女。乘变化:乘云变化。

⑨光耀:此谓高唐神女乘云变化之光色。希:同"稀",稀少之意。

⑩精卫衔木石:《山海经·北山经》载,发鸠之山,有鸟名精卫。本

为赤帝之女娃，游于东海，溺而死，化为精卫，常取西山木石，以填东海。

⑪谁能测幽微：此谓有谁能探测精卫填海其中深微的道理呢？

【译文】

青鸟翱翔在海阔天空，鸦雀飞舞在蒿枝草蓬。

高翔低飞，自不相同，舒展羽翼，它们都乐在其中。

轻飞蒿间，鸦雀可把一生终了，直搏云天，青鸟怎与鸦雀争讼？

高唐神女，乘云潇洒，早晚间变幻无穷，为世间罕见，那异云奇彩布满苍穹。

精卫神鸟，衔石填海，哪顾疲劳、往来匆匆，如此劳顿，谁又能探究她深藏的初衷？

张司空 离情① 华

秋月照帘笼②，悬光入丹墀③。
佳人抚鸣琴，清夜守空帷④。
兰径少行迹⑤，玉台生网丝⑥。
庭树发红彩⑦，闺草含碧滋⑧。
延伫整绫绮⑨，万里赠所思⑩。
愿垂湛露惠⑪，信我皎日期⑫。

【注释】

①离情：此诗所拟之本为张华之《情诗》。张华诗作，力事艳丽，长于儿女之柔情，却少风骨之豪气，故锺嵘《诗品》评曰“务为妍冶”，“犹恨其儿女情多，风云气少”。观此诗，可谓儿女情多，然运笔却并非力事艳丽，而是写得明白晓畅。明乎此，方知于光华

《重订文选集评》引孙月峰评语:“借景阳(张协)语,思追茂先(张华),此为一巧。”确为的论。

②秋月照帘笼:所拟为张华《情诗》三“清风动帷帘,晨月烛幽房”之句。帘笼,竹帘。

③悬光:此指秋月之光。丹墀:古代宫殿前的石阶,漆成红色,称为丹墀。此处指石阶。墀,阶。

④空帷:空房。帷,指帷房,指妇女居住的内室。赵景真《与嵇茂齐书》:“翱翔伦党之间,弄姿帷房之里。”

⑤兰径:兰香充盈之小径。

⑥玉台:何焯《义门读书记》:“玉台似指镜台。”网丝:蛛网。

⑦红彩:红花。

⑧闺草:即小草,嫩草。碧滋:碧绿鲜润。

⑨延伫:延颈伫立。即伸颈久立远望。延,伸。绫绮:薄而有彩文的丝织物。此指丝质衣物。

⑩所思:所思之人。此指在万里之外之夫君。

⑪愿垂湛露惠:愿,思念。《诗经·卫风·伯兮》:“愿言思伯,甘心首疾。”笺:“愿,念也。”垂惠,指夫君给我的恩惠。湛露,浓重之露。《诗经·小雅·湛露》:“湛湛露斯,匪阳不晞。”吕延济谓此句意为:“湛露能润于物,喻夫之恩惠。”

⑫信我皎日期:意为:我发誓:有白日作证,相信我,终日都在盼你回来。皎日,白日。《诗经·王风·大车》:“谓予不信,有如皦日。”皦,同“皎”。

【译文】

朗朗的秋月,映照着竹帘;皎洁的月光,洒满红色的阶沿。

心上的人啊,轻轻地拨响琴弦;独守空房,在这清冷的夜间。

兰香小径上,少却了莲步翩跹;莹亮的镜台上,早已是蛛网高悬。

庭院中,一片春花色泽娇艳;小草长,遍地是碧绿嫩鲜。

整理衣物，伸颈久立，望穿双眼；寄给你啊，思念的人，行程万里有多艰。

你给我的恩爱如浓露，滋润心田；无时无刻不盼你归来，我发誓，对着苍天！

潘黄门 悼亡[①] 岳

青春速天机[②]，素秋驰白日[③]。
美人归重泉[④]，凄怆无终毕[⑤]。
殡宫已肃清[⑥]，松柏转萧瑟[⑦]。
俯仰未能弭[⑧]，寻念非但一[⑨]。
抚襟悼寂寞[⑩]，怳然若有失[⑪]。
明月入绮窗，仿佛想蕙质[⑫]。
消忧非萱草[⑬]，永怀宁梦寐[⑭]。
梦寐复冥冥[⑮]，何由觌尔形[⑯]。
我惭北海术[⑰]，尔无帝女灵[⑱]。
驾言出远山[⑲]，徘徊泣松铭[⑳]。
雨绝无还云[㉑]，华落岂留英[㉒]。
日月方代序[㉓]，寝兴何时平[㉔]。

【注释】

①悼亡：刘良注："谓悼妇诗。"故知此诗所拟乃潘岳之《悼亡诗》。潘岳丧妻，作《悼亡诗》三首（载《文选》卷第二十三）、《悼亡赋》（载《艺文类聚》卷三十四）、《哀永逝文》（载《文选》卷第五十七），故《晋书·潘岳传》谓："岳美姿仪，辞藻绝丽，尤善为哀诔之文。"

只是江淹的拟诗，非特只取《悼亡诗》为本，诚如于光华《重订文选集评》引孙月峰语谓此拟诗“兼摘‘永逝’（按，即《哀永逝文》），此可知江淹所仿为潘岳哀婉风格，或者说，江淹以为潘岳诗作风格，主要是以述哀痛丧为主。”锺嵘《诗品》论潘、陆（机）之轩轾，以“潘才如江”为评，似着重于潘诗辞藻华丽一面而言，与江淹之识见，似有不同也。

②天机：潘岳《悼亡诗》之三“曜灵运天机”句张铣注：“天机者，言天运动有机关也。”意即春、夏、秋、冬之天道运行，仿佛有机关控制。

③素秋：秋季，用以喻人之晚暮年衰。驰白日：时日急驰而逝。“青春”二句意谓：天道运行似有控制，所以春秋代序，时日驰逝，青春年少转眼已近人之迟暮。

④美人：此指潘岳之妻。归重泉：即死去。重泉，犹黄泉、九泉。

⑤凄怆：悲伤。无终毕：无终了之时。

⑥殡宫：古代临时停放灵柩的地方。此处指亡妻之坟墓。肃清：寂寞凄凉。

⑦松柏：李善注：“仲长子《昌言》曰：古之葬者，松柏梧桐以识其坟。”此谓亡妻坟上之松柏。转萧瑟：回旋着秋风萧瑟之声。

⑧俯仰：借指片刻时间。弭（mǐ）：平息，消灭。

⑨寻念：长思哀念。非但一：吕延济注：“非但一涂。”意即不仅一个方面。

⑩抚襟：抚摸亡妻的衣物。悼寂寞：哀伤自己孑然一身的寂寞。

⑪怳（huǎng）然：恍恍惚惚，心神不定。

⑫仿佛：此指模糊的形影。潘岳《悼亡诗》之一：“帏屏无仿佛，翰墨有余迹。”蕙质：吕向注：“蕙质言体质芬芳如兰蕙。”此指亡妻散发香气之体态。

⑬萱草：忘忧草。《诗经·卫风·伯兮》：“焉得谖草，言树之背。”毛

传:“谖草令人忘忧。”《释文》:“谖,本又作‘萱’。”

⑭永怀:永远的怀念。宁梦寐:宁愿长入睡梦之中。“消忧”二句意谓:此等亡妻之忧,非萱草可消除,宁愿长入睡梦得见亡妻而解永思。

⑮冥冥:昏暗不明。

⑯觌(dí):见。尔形:此指亡妻之形貌。

⑰北海术:谓与死者相见之术。《列异传》载,北海营陵,有道士能使人与死人相见。同郡人妇死已数年,闻而往见之曰:愿令我一见死人不恨。遂教其见之。于是与妇人相见,言语悲喜,恩情如生,良久乃闻鼓声,恨恨不能出户,掩门乃走,其裾为户所闭,掣绝而去。后岁余,此人死,家葬之,开见妇棺盖下有衣裾。

⑱帝女灵:指巫山神女梦与人会的灵术。帝女,即巫山神女。

⑲驾言:驱车。言,语助词。远山:坟墓。

⑳铭:墓碑。

㉑雨绝无还云:雨停后,雨云再也不回返了。

㉒华落岂留英:花已坠落,枝上岂可再有花片。华,花。英,花片。“雨绝”“花落”意谓妻死而不能再复生。

㉓代序:岁月、季节顺次更替。此指时日不断流逝,岁月已久。

㉔寝兴:坐卧。寝,卧。兴,起。何时平:指思忆亡妻之情何时可平。

【译文】

春秋代序,天道运行,真有机关暗藏,才是少年,不觉迟暮,时日竟如此匆忙。

魂归九泉,爱妻舍我而亡,无终无了,这份丧妻的悲怆。

亡妻的坟头寂寞凄凉,墓旁的松柏间,萧瑟的秋风阵阵回荡。

无一刻可把你忘,这长思哀念的事,非只一桩。

痛悼自己的孤寂,抚摸你昔日的衣裳,若有所失,精神总是这般惚惚恍恍。

明月透入雕花饰彩的纱窗，真想再见你，朦胧中如兰蕙般的身影、模样。

纵然是忘忧草，也排遣不了这丧妻的郁怏，再见亡妻，解我思念，宁愿长入梦乡。

睡梦中，却总是一片昏暗无光，何由得见到你体态脸庞。

自愧啊，没有那与亡妻会见的法术，爱妻啊，你也没有梦中与我相见的灵术，如神女在高唐。

就要驱车离开你的墓地坟岗，又一次徘徊悲泣在松林间，你的墓碑旁。

你死而不还，真如这雨后，雨云再不会聚集回往，你死而不还，真如花落后，枝头再不会有花朵开放。

一年四季，总这么顺次更替，时光就这么流淌，何时才能平复，我悼念亡妻的情思绵长。

陆平原　羁宦[1]　机

储后降嘉命[2]，恩纪被微身[3]。
明发眷桑梓[4]，永叹怀密亲[5]。
流念辞南澨[6]，衔怨别西津[7]。
驰马遵淮泗[8]，旦夕见梁陈[9]。
服义追上列[10]，矫迹厕宫臣[11]。
朱黻咸髦士[12]，长缨皆俊人[13]。
契阔承华内[14]，绸缪逾岁年[15]。
日暮聊总驾[16]，逍遥观洛川[17]。
徂没多拱木[18]，宿草凌寒烟[19]。
游子易感忾[20]，踯躅还自怜[21]。

愿言寄三鸟[22],离思非徒然[23]。

【注释】

①羁宦:旅居为官。据李善注,这首拟诗总含陆机《赴洛》诗二首、《赴洛道中作》二首、《吴王郎中时从梁陈作》及《答张士然》诸诗之意,故述陆机旅宦行迹之事多,而显“陆才如海”之貌则少也。

②储后:太子的别名。储,副。后,君。意谓太子为君主之副。嘉命:吉庆之令。

③恩纪:恩情。被:及。微身:微贱之身,自指谦辞。张铣注:“机为太子洗马,言太子之恩被于己。”

④明发:黎明。此处意为从傍晚直至黎明。桑梓:故乡。《诗经·小雅·小弁》:“惟桑与梓,必恭敬止。”桑与梓为古代住宅旁常栽之树木,东汉以来遂用以喻故乡。

⑤永叹:长叹。密亲:密友近亲。

⑥流念:因思念而流连。南澨(shì):河流的南岸水滨。澨,水滨。

⑦西津:河流西面的渡口。津,渡口。

⑧驰马:策马而驰行。遵:沿着。淮泗:淮河、泗水。

⑨旦夕:早晚,言时间短。梁陈:二郡国名。刘良注:“梁,汉景帝弟所封国;陈,曹植所封国。”辖地均在今河南境内。陆机《吴王郎中时从梁陈作》:“夙驾寻清轨,远游越梁陈。”

⑩服义:奉行仁义。《楚辞·招魂》:“朕幼清以廉洁兮,身服义而未沫。”追:追随。上列:大官。《后汉书·蔡邕传》:“臣季父质,连见拔擢,位在上列。”

⑪矫迹:矫正自己的足迹。意谓端正自己的行为、品德。厕:厕迹,插足、置身之意。

⑫朱黻:朱绂、黻衣。指显贵之官服。朱绂为古代系佩玉或印章的红色丝带。黻衣为古代的礼服。髦士:英俊之士。

⑬长缨：结冠的长带子。此处与“朱黻”对举，故为缨緌之意，即冠饰与冠带。亦为显贵之侍臣服饰。俊人：英才。与髦士意同。

⑭契阔：勤苦。承华：太子宫门。陆机《赴洛》诗：“羁旅远游宦，托身承华侧。”吕向注：“承华，东宫门名。”

⑮绸缪：情意殷切。岁年：岁月。

⑯总驾：系车。

⑰洛川：洛水，今之洛河。

⑱徂没：死亡。此指坟墓。徂，死亡。没，通“殁”。拱木：本为可用两手围抱的树。《春秋左传·僖公三十二年》：“尔何知！中寿，尔墓之木拱矣。”后因称坟旁之树木为拱木。

⑲宿草：隔年之草。《礼记·檀弓》：“朋友之墓，有宿草而不哭焉。”注：“宿草，谓陈根也。”凌：凝聚。寒烟：寒雾。

⑳感忾：感慨。

㉑踯躅：徘徊不前。自怜：哀怜自己。

㉒愿言寄三鸟：愿寄言于三鸟。三鸟，古代神话中西王母的使者。《山海经·大荒西经》：“有三青鸟，赤首黑目，一名曰大鵹，一名曰少鵹，一名曰青鸟。”郭璞注：“皆西王母所使也。”《楚辞·九叹·忧苦》：“三鸟飞以自南兮，览其志而欲北。愿寄言于三鸟兮，去飙疾而不可得。”张铣注：“三鸟者，《楚辞》本属当时所见，无定名也。言我寄言此鸟。”张说为是，此句似谓寄言于天上之飞鸟。

㉓离思：离别之情思。徒然：仅此而已。盖言旅宦于外，离乡别亲之情思，非只触景生情，徘徊自怜而已。

【译文】

皇太子降下这般吉庆的旨令，官授太子洗马；微贱的我，身受隆恩。

一整宵，勾起我对故乡的眷恋深情；长叹息，思念着密友亲人。

思念不尽，辞别在这南岸水滨；依恋不舍，再行过西岸渡口。

我暗衔离别的怨恨，沿着淮河泗水；我驱马疾行，转眼间，即看见梁、陈两城。

奉行仁义，我紧步高官显贵的后尘；端正品德，我身居太子的侍臣。

朱绂黻衣，贤士能人尽都是朝廷的重镇；冠系长缨，侍臣们尽都是时代精英。

在这承华宫内，我不辞辛劳，勤勤恳恳；年逝月移，君臣交欢，意合情殷。

系车驾辕，在这日暮时分；缓行于洛水，我逍遥览胜。

座座坟头的树，一片苍凉阴森；丛丛枯草，凝聚着寒雾湿润。

旅宦的游子，易唤起深沉的感慨；自怜自叹，我徘徊不进。

南飞的鸟啊，请带去我的问询；苦恋着家乡，非只是触景生情。

左记室　咏史[①]　思

韩公沦卖药[②]，梅生隐市门[③]。
百年信荏苒[④]，何用苦心魂[⑤]。
当学卫霍将[⑥]，建功在河源[⑦]。
珪组贤君眄[⑧]，青紫明主恩[⑨]。
终军才始达[⑩]，贾谊位方尊[⑪]。
金张服貂冕[⑫]，许史乘华轩[⑬]。
王侯贵片议[⑭]，公卿重一言[⑮]。
太平多欢娱，飞盖东都门。
顾念张仲蔚[⑯]，蓬蒿满中园。

【注释】

①咏史：左思《咏史》，多有身世之慨，故何焯《义门读书记》曰："题

为咏史，其实乃咏怀也。”江淹拟诗言士当求仕宦之显达，功成名遂而不忘蓬蒿之士，似未得太冲咏史之旨趣也。况此首拟诗用事多，却窘于布局，运笔匆忙，意不甚畅，此为论家所识见，如何焯《义门读书记》评此首拟诗曰：“左之咏史，大抵宾主相形，此作既以卫、霍诸公形容仲蔚，乃复以韩、梅发端，不已赘乎？”“太冲本诗虽用事错杂，而指趣了然；此则徒仿其体，不复能文从字顺矣。”于光华《重订文选集评》引孙月峰评语曰：“第用事多，意觉不甚串。”由此观之，此首拟诗自是江淹三十首拟作中败笔之作。何焯《义门读书记》评左思《咏史·郁郁涧底松》曰：“读太冲诗而论其世，可以为今之不病而呻者戒矣。”故知江淹此诗取败之由，盖在未能知人论事，追述原诗之旨。

②韩公：指韩康，字伯休，一名恬休，京兆人。常采名药卖于长安市，口不二价，三十余年。

③梅生：指梅福。西汉末年王莽擅权，梅福弃妻子去。其后，人见之于会稽，变名姓，为吴市门卒。市门：市肆之门，即今集市中的商店。

④百年：指人之一生。荏苒：即不多时。

⑤苦心魂：使精神痛苦。

⑥卫霍将：卫青与霍去病。皆为扫荡匈奴之西汉名将。

⑦河源：本指黄河发源地。此指西域匈奴所居之地。

⑧珪组：珪为帝王、诸侯所执的长形玉版，上圆或尖，下方，表示信符。组即组绶。古代帝王、诸侯、大夫皆佩玉为饰，系玉的丝带叫组绶。珪组即代指高官。贤君：与下句之“明主”皆指天子。眄（miǎn）：眷顾，垂爱关注之意。

⑨青紫：汉制，丞相、太尉皆金印紫绶，御史大夫银印紫绶，三府官最崇贵。后称贵官之服为青紫。

⑩终军：西汉官吏。年十八选为博士弟子，后以奏对合宜，为武帝

赏识。才始达：据《汉书·终军传》载，终军至长安上书，武帝异其文，拜为谒者给事中。“达”与下句之“尊”，皆是被赏识任用之意。

⑪贾谊位方尊：《汉书·贾谊传》载，贾谊为博士，文帝悦之，超迁，岁中至太中大夫。

⑫金张：金指汉代金日磾一家，自武帝至平帝，七世为内侍。张指汉代张汤的后代，自宣帝、元帝以来为侍中、中常侍者十余人，后因以金张为功臣世族的代称。貂冕：指貂珥。左思《咏史》之二：“金张藉旧业，七叶珥汉貂。”汉代宦官冠上插貂尾悬珥珰以为饰，后遂以貂珥喻显贵。

⑬许史：汉宣帝时两家外戚。许，宣帝许皇后家；史，宣帝母家，皆显贵。华轩：华丽之车，为显贵所乘。

⑭王侯贵片议：意为以简短的一席话而封王侯。片议，即片言，简短的几句话，与下文之“一言”意同。

⑮公卿重一言：意为以一番话而取公卿之重位。吕延济注：“片议谓娄敬议都而封奉春君。一言谓田千秋一言而登卿相。”

⑯顾念：眷念。张仲蔚：赵岐《三辅决录》载，张仲蔚，扶风人。隐身不仕，博学，好为诗赋，所居蓬蒿没人。

【译文】

卖药谋生，韩康沉沦在长安；弃妻抛子，梅福隐迹在货栈。

人生一世，光阴恁短；何用这般隐忍，心神劳烦。

当学那卫、霍名将；率兵征战，建功立业，在那西域边关。

手握朝笏，身系佩玉，君主格外垂青；官居显位，衣着华丽，君主恩重如山。

终军上书，一忽儿壮志得展；贾谊策对，一年间声名赫然。

金、张世家，常依君侧，世代都华服贵冠；许、史外戚，备受恩宠，驰驶都是彩车玉鞍。

一席话，轻取王侯显位；一席话，禄位到公卿高官。
世道升平，饮宴承欢；飞车东门，都市遍览。
别忘了，有隐士如张仲蔚那般；庭园中蓬蒿没人，日子忒是清寒。

张黄门　苦雨[①]　协

丹霞蔽阳景[②]，绿泉涌阴渚[③]。
水鹳巢层甍[④]，山云润柱础[⑤]。
有弇兴春节[⑥]，愁霖贯秋序[⑦]。
燮燮凉叶夺[⑧]，戾戾飔风举[⑨]。
高谈玩四时[⑩]，索居慕畴侣[⑪]。
青苔日夜黄[⑫]，芳蕤成宿楚[⑬]。
岁暮百虑交[⑭]，无以慰延伫[⑮]。

【注释】

①苦雨：锺嵘《诗品·序》有“景阳苦雨”句，并将其与“陈思赠弟”等同列，谓“斯皆五言之警策者也”。逯钦立《先秦汉魏晋南北朝诗》辑张协《杂诗》十首，其中二、三、四、九、十等五首皆写雨，且以第十首为最。就其句而言，如“飞雨洒朝兰”“翳翳结繁云，森森散雨足”“凄风起东谷，有渰兴南岑，虽无箕毕期，肤寸自成霖”，皆写雨景，可谓“苦雨”也矣。江淹所拟，正是张协之所长。

②丹霞：赤云。张协《杂诗》“丹霞启阴期”，李善注引《河图》曰：“昆仑山有五色水，赤水之气上蒸为霞，阴而赫然。”故丹霞为致雨之赤云。阳景：太阳。

③阴渚：阴湿的水边。

④水鹳(guàn)：水鸟名。层甍(méng)：极高的屋梁。层，高。甍，

屋子的栋梁。

⑤柱础:屋柱下的石礅。《淮南子·说林训》:“山云蒸,柱础润。”注:“础,柱下石,礩也。”

⑥有弇:张协《杂诗》之九有“有渰兴南岑”句。有弇,即有渰(yǎn),浓云密布貌。《诗经·小雅·大田》:“有渰萋萋,兴雨祁祁。”传:“渰,云兴貌。”春节:古代以立春为春节。此指春季。《后汉书·杨震传》:“又冬无宿雪,春节未雨。”

⑦愁霖:久雨。贯:达,延续。秋序:秋季。序,季节。吕向注:“言雨起春节而达秋不歇。”

⑧燮燮:渐渐。凉叶:秋叶。夺:落。

⑨戾戾:劲疾。颸(sī)风:疾风。

⑩高谈:高雅而无拘束的谈论。玩:即玩世,意为轻蔑世事。四时:四季,此处作岁月解。

⑪索居:离群独居。慕:思念。畴侣:同类之友。

⑫青苔:当作“青苕”。苕,草之尖端。

⑬蕤:草木华盛貌。宿楚:隔年之丛木。宿,隔年。楚,丛木。

⑭百虑交:百般思虑交织于心。

⑮延伫:久立等待。

【译文】

一片雨云,遮蔽太阳,布满天宇;绿泉淙淙,涌向水滨,升起阴气。

水鹳筑巢在高楼的屋脊;山间乌云密漫,水气润湿了屋基。

立春时,黑云就已浓聚;从春到秋,连续久雨。

渐渐地,树枝秋叶飘落坠地;猛劲的秋风,又骤疾而起。

高谈排遣,就这样消磨四季;离群独居,只思念情味相投的伴侣。

青青的草尖日日枯黄;盛开的繁花已成隔年的荆棘。

岁时将尽,心中泛起百般思虑;故人不来,何以慰我在这儿等候久立。

刘太尉 伤乱① 琨

皇晋遘阳九②，天下横雰雾③。
秦赵值薄蚀④，幽并逢虎据⑤。
伊余荷宠灵⑥，感激徇驰骛⑦。
虽无六奇术⑧，冀与张韩遇⑨。
甯戚扣角歌，桓公遭乃举⑩。
荀息冒险难，实以忠贞故⑪。
空令日月逝，愧无古人度⑫。
饮马出城濠⑬，北望沙漠路。
千里何萧条，白日隐寒树。
投袂既愤懑⑭，抚枕怀百虑。
功名惜未立，玄发已改素⑮。
时或苟有会⑯，治乱惟冥数⑰。

【注释】

①伤乱：此诗所拟之本为刘琨《答卢谌诗》，起首言晋乱，再言当以忠贞报国，结处发日暮途穷之慨。锺嵘《诗品》曰："琨既体良才，又罹厄运，故善叙丧乱，多感慨之词。"此诗合于锺嵘之论，似得刘琨诗作之味，故何焯高看此诗，于《义门读书记》中以"气味逼真"作评。

②皇晋：对晋朝的美称。皇，大，美。遘：遭遇。阳九：指灾荒年成和厄运。

③横：充塞。雰雾：谓尘土飞扬如雾。指战乱之烈。

④薄蚀：日月相掩食。《吕氏春秋·明理》："其月有薄蚀。"注："薄，

迫也。日月激会相掩，名为薄蚀。”此以喻晋室君、王之相侵。何焯《义门读书记》曰：“成都王颖据邺，河间王颙据关中，皆王室懿亲，故谓之薄蚀。”

⑤虎据：割据称强。《三国志·魏书·常林传》：“今主上幼冲，贼臣虎据，华夏震慄，雄才奋用之秋也。”李周翰注：“秦姚泓所据赵，石勒所据幽州，段匹磾所据并州。”

⑥伊余：即我。伊，语助词。《诗经·邶风·谷风》：“伊余来塈。”荷：感蒙。宠灵：恩宠，宠异。《春秋左传·昭公七年》：“今君步玉趾，辱见寡君，宠灵楚国。”疏：“言开其恩宠，赐以威灵。”

⑦感激：感动而激发。殉：此指为报君恩而不惜身。驰骛：此指奔走军务。骛，奔驰。

⑧虽无六奇术：《汉书·陈平传》载，陈平自初从，至天下定后，常以护军中尉从击臧荼、陈豨，凡六出奇计，辄益邑封。其计或颇秘，世莫得闻也。

⑨张韩：张良、韩信。

⑩“甯戚”二句：甯戚于齐之国门击牛角而歌商声，齐桓公遇而举之以为田官。事见《淮南子·道应训》。

⑪“荀息”二句：《春秋左传·僖公九年》载：“初，献公使荀息傅奚齐。公疾，召之曰：‘以是藐诸孤，辱在大夫，其若之何？’稽首而对曰：‘臣竭其股肱之力，加之以忠贞。其济，君之灵也；不济，则以死继之。’公曰：‘何谓忠贞？’对曰：‘公家之利，知无不为，忠也；送往事居，耦俱无猜，贞也。’”意为荀息受君嘱而冒触险难，实因忠贞的缘故。

⑫古人：此指甯戚、荀息。度：胸怀。

⑬城濠：护城的壕沟。

⑭投袂（mèi）：挥袖。古代衣袖统称为袪，析言也，袖口曰袂。愤懑（mèn）：郁闷，怨恨。

⑮玄发:黑发。素:白。此指白发。

⑯时:此指太平之时。会:时机。

⑰治乱:治理乱世。冥数:于光华《重订文选集评》:“冥数,言不可知也。”

【译文】

大晋朝竟遭此灾祸,遍天下燃起战火。

君主与群王同室操戈,外戚、权臣把幽、并分割。

我承受君主的无限恩泽,感激万分,不惜以身答报君主邦国。

纵不如陈平治国安邦,六出奇策,倒希冀如张良、韩信常伴君侧。

齐国都门,甯戚扣击牛角而歌,巧遇桓公,恩赐官爵。

冒触险难,荀息不负君托,缘只为忠贞之故,堪为楷模。

一事无成,任这岁月蹉跎,深深有愧啊,我没有古人的胸怀气度。

感伤时乱,立志平叛,饮马跨过护城河,举目北望,茫茫一片广漠。

千里之途,多么漫长萧瑟,白日的阳光,被丛丛的寒树遮隔。

年龄徒长,挥袖长叹,心里郁闷难遏,抚枕难眠,心里百感煎迫。

难扶君主,难匡国正,功名岂能轻得,可叹少年黑发,竟已是一片白色。

天下太平,且应有机遇把握,治理乱世,只待命数,这又如何寻索。

卢中郎 感交[①] 谌

大厦须异材[②],廊庙非庸器[③]。
英俊著世功[④],多士济斯位[⑤]。
眷顾成绸缪[⑥],乃与时髦匹[⑦]。
姻媾久不虚[⑧],契阔岂但一[⑨]。
逢厄既已同[⑩],处危非所恤[⑪]。
常慕先达概[⑫],观古论得失。

马服为赵将[13],疆场得清谧[14]。
信陵佩魏印,秦兵不敢出[15]。
慨无幄中策[16],徒惭素丝质[17]。
羁旅去旧乡[18],感遇喻琴瑟[19]。
自顾非杞梓[20],勉力在《无逸》[21]。
更以畏友朋[22],滥吹乖名实[23]。

【注释】

①感交:感激故交。故交指刘琨。此诗所拟之本为卢谌《赠刘琨》诗。卢诗避不涉刘琨幽愤,只以"感交"应付,故于刘琨"何意百炼刚,化为绕指柔",以"百炼或致屈,绕指所以伸"对,实属虚与委蛇之词。江淹此首拟诗,以"更以畏友朋,滥吹乖名实"作结,全合卢诗之旨。于光华《重订文选集评》引方伯海评语曰:"文真能传得神似。"

②大厦:大屋子。异材:粗大之材。

③廊庙非庸器:此句言宰辅重臣不可以庸才为任。廊庙,比喻宰臣。庸器,才能、器识平庸之人。

④英俊:才智杰出的人物。于光华《重订文选集评》"言英俊谓(刘)琨"。著:立。世功:济世之功。

⑤济:成就。此为辅佐之意。斯位:此指天子之位。吕延济谓此句之意为"众多之士共佐天子之位"。

⑥眷顾:垂爱关注。绸缪:情意殷切,关系亲密。

⑦时髦:谓一时的杰出人物。匹:匹敌,同列。刘良谓"眷顾"二句意为:"谌言蒙琨眷以成亲密,得与当时髦俊为匹偶。"

⑧姻媾:交互为婚姻,亲上结亲。于光华《重订文选集评》于卢子谅《赠刘琨》诗"申以婚姻,著以累世"句注云:"婚姻,琨之妻谌之从

母，谌之妹嫁琨之弟。”虚：即亏，减损。

⑨契阔：聚散，离合，偏指离散。吕向注：“契阔，谓同遭乱，杀其父母。”但一：只一桩事也。

⑩逢厄：遭遇困苦、危难。

⑪非所恤：无所忧虑。

⑫先达概：前辈人的志向、节操。概，风度，志向，节操。

⑬马服：战国时赵地，在今河北邯郸西北。赵将赵奢大破秦军，解阏与围，赵王封奢于此，故称赵奢为马服君。事见《史记·赵世家》。

⑭清谧：清静，安宁。此谓疆界安宁，战事得息。

⑮“信陵”二句：魏公子无忌为信陵君。秦昭王进兵围邯郸，公子进兵击秦军，遂解邯郸之围而存赵。公子留赵十年不归。秦闻公子在赵，日夜出兵东伐魏。魏王患之，便使请公子归救魏，魏王以上将军印授公子，公子遂将，破秦军于河外，乘胜逐秦王至函谷关，抑秦兵不敢出。事见《史记·魏公子列传》。

⑯慨：叹息。幄中策：决胜千里的密计。《汉书·高帝纪》：“夫运筹帷幄之中，决胜千里之外，吾不如子房。”幄，帷幄，军中营帐。

⑰素丝：白色的生绢。质：性质。《淮南子·说林训》：“墨子见练丝而泣之，为其可以黄，可以黑。”素丝的性质是随染而变，可以染成黄色，亦可染成黑色。吕向谓“慨无”二句意为：“叹无帷幄之谋而能从善迁变，故云惭也。”

⑱羁旅：此指卢谌寄居，依附并州段匹磾。

⑲感遇喻琴瑟：意谓卢谌感激刘琨之恩遇，彼此情谊融洽，如琴瑟共奏之和谐。感遇，感激恩遇。喻，譬如。琴瑟，琴瑟同时弹奏，其音和谐，故以比喻朋友的情谊融洽。

⑳杞梓：杞、梓皆为优质木材，用以比喻优秀人才。

㉑《无逸》：《尚书·周书》篇名。为周公诫成王勿耽于享乐之辞。

此指勿耽于享乐。

㉒畏:此处意为愧对。友朋:此指刘琨。

㉓滥吹:虚在其位,过分吹嘘。乖名实:名实不一致,即名不副实。

【译文】

栋梁之材,方建成大厦崔嵬;宰辅重臣,岂可用平庸之辈。

才智杰出,要建济世之功,多么宏伟;众多的良士,与您共辅君位。

您对我啊,情意殷切,垂爱增倍;方使我与时贤同列匹对。

亲上联亲,我两家交谊久不衰退;离乱中休戚与共,非只一回。

同遭困苦,我将您紧紧跟随;跟随您处困境,我无所忧虑,无所伤悲。

先贤的风度节操,我常常思慕以钦佩;纵观往事,论说其中的得失功亏。

赵奢作大将,统帅着全国的精锐;败秦军,边境安静,熄灭烽燧。

佩将印,信陵君率魏军从赵返回;逐秦兵至函谷,人人惧畏。

常喟叹,无古人帷幄决策,匡国济危;如素丝般柔怯随染变化,我徒增惭愧。

寄旅并州,与故国长久睽违;深谢您啊,对我恩情,如琴瑟齐奏,和谐完美。

自顾我,生就非如杞梓般优质珍贵;唯有自勉奋力,决不耽于金迷纸醉。

真有愧与您见面相对,承蒙夸誉;我感到徒占其位,名实相悖。

郭弘农　游仙[①]　璞

崦山多灵草[②],海滨饶奇石[③]。

偃蹇寻青云[④],隐沦驻精魄[⑤]。

道人读《丹经》[⑥],方士炼玉液[⑦]。

朱霞入窗牖[8]，曜灵照空隙[9]。
傲睨摘木芝[10]，凌波采水碧[11]。
眇然万里游[12]，矫掌望烟客[13]。
永得安期术[14]，岂愁濛汜迫[15]。

【注释】

①游仙：锺嵘《诗品》谓郭璞《游仙诗》之特点有二：一是“词多慷慨，乖远玄宗”；另一是“乃是坎壈咏怀，非列仙之趣也”。江淹拟作，尽叙脱离尘俗，游心仙境之事。何焯《义门读书记》谓此首拟诗“亦失本趣”，于光华《重订文选集评》引孙月峰评语曰：“太浓太质，知不似景纯；景纯故慷慨。”都是见到了江淹拟作的不足处。

②崦山：崦嵫山，在甘肃天水西。古代神话说是日入之处。屈原《离骚》：“吾令羲和弭节兮，望崦嵫而勿迫。”灵草：仙草。班固《西都赋》：“于是灵草冬荣，神木丛生。”李善注：“神木、灵草，谓不死药也。”

③海滨：李善注：“海滨，海中三山也。”即蓬莱三仙岛。奇石：何焯《义门读书记》：“奇石如丹砂、空青、琉黄之属，可炼药者。”

④偃蹇：原意为高耸，此处谓攀延高处而飞升。寻：依附。青云：谓高空。

⑤隐沦驻精魄：谓遗弃世事，保住魂魄不散不尽，则长生不死。隐沦，即遗弃世事之意。驻，保留住。精魄，魂魄。《抱朴子·论仙》曰：“人无贤愚，皆知己身之有魂魄。魂魄分去则人病，尽去则人死。”

⑥道人：有道术之人。与下句“方士”意同。《丹经》：炼丹之书。张铣注：“《丹经》，九转之法。”即谓九转金丹。道家谓炼烧金丹，以九转为贵。

⑦玉液：《楚辞·九思·疾世》“吮玉液兮止渴”，注：“玉液，琼蕊之

精气。”

⑧窗牖(yǒu):窗户。

⑨曜灵:太阳。隙:穴。言所居之处高。

⑩傲睨:放纵狂诞之貌。木芝:即紫芝,又名灵芝。

⑪水碧:水晶,即水玉,亦为仙药。

⑫眇然:辽远。

⑬矫掌:举手。烟客:传说神仙托身云烟,因称仙人为烟客。

⑭安期术:此指安期生长生之术。安期,古仙人。术,仙方。

⑮濛汜:喻人之暮年。《晋书·索纨传》:“又少不习勤,老无吏干,濛汜之年,弗敢闻命。”迫:逼近。

【译文】

崦嵫山上长满茂密的仙草;炼丹的奇石,富藏在蓬莱三岛。

攀延登高,追寻青云,直上云霄;遗世独立,守住精魂,不死不老。

得道之人将《丹经》仔细观瞧;方术之士将琼树蕊炼成不死之药。

鲜红的霞光把窗棂映照;和煦的太阳,把隐居的山洞照耀。

任性放浪,随意摘取紫芝;脚踏波浪,采取水晶珍宝。

辽阔万里,云游逍遥;远望之中忽见仙人,我把手招。

若将安期生长生之术永远学到;又怎愁垂暮之年逼在眉梢?

张廷尉 杂述[①] 绰

太素既已分[②],吹万著形兆[③]。
寂动苟有源,因谓殇子夭[④]。
道丧涉千载[⑤],津梁谁能了[⑥]。
思乘扶摇翰[⑦],卓然凌风矫[⑧]。
静观尺棰义[⑨],理足未常少[⑩]。

囧囧秋月明[11],凭轩咏尧老[12]。
浪迹无蚩妍[13],然后君子道[14]。
领略归一致[15],南山有绮皓[16]。
交臂久变化[17],传火乃薪草[18]。
亹亹玄思清[19],胸中去机巧[20]。
物我俱忘怀,可以狎鸥鸟[21]。

【注释】

①杂述:于光华《重订文选集评》引方伯海评此诗语曰:"会一部《庄子》,以立言大意总归于清虚无为,顺其自然而已。其曰去机巧,俱忘怀,乃作诗之旨。"此评论正合于锺嵘《诗品》所谓"世称孙(绰)、许(询),弥善恬淡之词"之论。按,张廷尉,当作孙廷尉,指孙绰。

②太素:古代指构成宇宙的物质。班固《白虎通·天地》:"始起先有太初,然后有太始,形兆既成,名曰太素。"万物形兆既成,乃为天地已分之后,故"太素既已分"意即宇宙由混沌的原始状态分为天地两域。

③吹万著形兆:意谓风吹所至,及于万物,使之得以生养而各具不同之形态。吹万,风吹所至,及于万物。形兆,迹象,征兆。此处意为形态。

④"寂动"二句:意为万物或动或静,非同一源,故亦无寿夭之分;倘若认为万物动静同是一源,则可以说长命者为寿,未成年死者为夭了。寂动,指万物各自的行动与止息。苟,假如。源,根源。殇子,未成年而死者。夭,夭亡。

⑤道丧:万物以生、万物以成之道已丧。道,《管子·内业》:"万物以生,万物以成,命之曰道。"涉:历。

⑥津梁:桥梁,或指起桥梁作用之事物。此指通晓道之途径。了:明白。

⑦扶摇:盘旋而上之暴风。翰:原意为鸟羽。此指大鹏。

⑧卓然:高飞貌。矫:飞。

⑨静观尺棰义:以尺杖日取其半而万事不竭,喻世间时日,人生亦往复无穷。尺棰义,《庄子·天下》曰:"一尺之棰,日取其半,万世不竭。"吕延济注:"棰,杖也。言一尺之杖,分五寸为夜,五寸为昼。昼,阳也,主生;夜,阴也,主死。昼复夜,死复生,虽一尺之杖,无有穷时。"

⑩理足未常少:意谓尺杖日分,以理推知,将足以分析以至无穷而未曾减少。此亦喻世间时日,生死往复足以无穷尽,而未有增减。

⑪冏冏:明亮。

⑫轩:栏杆。咏:歌颂,赞美。尧老:唐尧、老子。李善注:"尧及老子,玄宗之太师。"

⑬浪迹:放浪不拘。蚩(chī):丑。妍:美。

⑭君子道:德才之士所循之道。

⑮领略归一致:意为须领会到世间之理虽多而殊途,然其精要之处则是相同的。领略,领会。一致,相同。

⑯南山:指商洛山。绮皓:即商山四皓:东园公,绮里季、夏黄公、甪里先生。

⑰交臂久变化:李善注:"《庄子》仲尼谓颜回曰:'吾终身与汝交一臂而失之,可不哀与!'郭象曰:'夫变化不可执而留也,故虽执臂相守而不能令停。若哀死者,则此亦可哀也。今人未尝以此为哀,奚独哀死邪!'"

⑱传火乃薪草:用柴草续火,在前的柴草烧完,火也传到后面的柴草上,火种于是可得传续不绝。《庄子·养生主》:"指穷于为薪,

火传也，不知其尽也。”“交臂”二句意为：世间万物瞬刻皆在变化，谁也不可固守而令停；而柴草相继，则火种可以不灭。此喻人强求不死则不可得，唯养心则命可续而不绝。

⑲亹亹(wěi)：勤勉不倦貌。玄思：深思。清：清静无为之道。

⑳机巧：机巧之心，即智巧变诈之心。《庄子·天地》曰：“有机械者必有机事，有机事者必有机心，机心存于胸中，则纯白不备，纯白不备则神生不定，神生不定者道之所不载也。”

㉑狎：亲近，亲密。刘良注：“彼我忘怀，则禽兽不惧于已。”

【译文】

混沌的宇宙，已然分开了大地苍天；风吹万物，万物才能将各自的形态呈现。

假如万物的行止同出一源，才可说长命为寿；夭是死去的少年。

万物自然生存之道，丧失已千载久远；此道之理，谁能明了，谁能分辨。

直想骑上大鹏，在暴风中盘旋；卓然高飞，在云霄之间。

静静地思考这“尺棰”含义，时光、人生往复，不尽连绵；依理足证，这时光、这人生何曾损减。

多么明亮，秋月高悬；凭依栏杆，礼赞唐尧、老子圣贤。

若做到放浪无拘，无丑无妍；此后方可得君子所循之道不浅。

须领会天下之道虽殊途，但却有共同的至理真言；悟此理，才会有商山四皓的鹤发童颜。

交臂相守，谁又可扼住世物的瞬刻万变；以薪传火，养心顺变，方可使性命长延。

将这“无为”之道深思不倦；除却这心中的智巧权变。

不介意物与我差别万千；可与海鸥亲近，可与万物一然。

许征君　自序[1]　询

张子暗内机，单生蔽外像[2]。

一时排冥筌[3],泠然空中赏[4]。
遣此弱丧情[5],资神任独往[6]。
采药白云隈[7],聊以肆所养[8]。
丹葩耀芳蕤[9],绿竹荫闲敞[10]。
苕苕寄意胜[11],不觉陵虚上[12]。
曲棂激鲜飙[13],石室有幽响[14]。
去矣从所欲[15],得失非外奖[16]。
至哉操斤客[17],重明固已朗[18]。
五难既洒落[19],超迹绝尘网[20]。

【注释】

①自序:自述隐居之意。许询原有集八卷,已亡佚。江淹拟诗未详所本,故后世之评,只能就江淹之作而论,无从与原作参照而见出拟诗之优劣。如何焯《义门读书记》谓"采药白云隈"至"石室有幽响"几句:"有此即虚实相间,不复苦其平典,此似议之变化也。"于光华《重订文选集评》引孙月峰评语曰:"飘然有尘外意趣。"皆仅就江淹之作而言也。

②"张子"二句:事见《庄子·达生》:"田开之曰:'鲁有单(shàn)豹者,岩居而水饮,不与民共利,行年七十而犹有婴儿之色,不幸遇饿虎,饿虎杀而食之。有张毅者,高门县薄,无不走也,行年四十而有内热之病以死。豹养其内而虎食其外,毅养其外病攻其内。'"意谓张毅不明养内而病死,单豹不明隐蔽外貌而为虎食。此二人于养生之道,皆偏而不广。张子,人名。指张毅。暗,昏昧。内机,体内危殆之病。机,通"几",危殆。单生,人名。单豹。蔽,隐蔽。外像,外貌。

③一时排冥筌:意谓一时排去尘俗羁绊。冥筌,设于暗处的捕鱼之

器。李善注:“筌,捕鱼之器。言鱼之在筌,犹人之处尘俗。”

④泠然:轻妙貌。《庄子·逍遥游》:“夫列子御风而行,泠然善也。”空中赏:游于天空而心意欢乐。赏,赏心,即心意欢乐。

⑤遣:排遣。弱丧:吕延济注:“弱丧谓少失居而安于他方,不知归故里也。人知好生恶死,亦同弱丧矣。”

⑥资神:凭靠精神。

⑦药:刘良注:“药,仙药,灵芝属也。”白云隈:白云缭绕之深山弯曲处。隈,山之弯曲处。《管子·形势》:“大山之隈,奚有于深。”

⑧肆所养:放任本性地生活。

⑨丹葩:红花。葩,花。耀:显示,炫耀。芳蕤:芳香,鲜艳。

⑩阴:通“荫”,遮盖。闲敞:宽广、轩豁之栅栏。

⑪苕苕:高远貌。寄意:寄托自己的心意。胜:吕向注:“胜,谓胜于俗情也。”

⑫陵:升,登上。虚上:天空之上。虚,天空。

⑬曲棂:窗户上形状曲折的雕花木格子。激:急疾。鲜飙:新鲜之风。

⑭石室:指山中隐居之石穴。幽响:山中的响声。

⑮从所欲:追从人生之至道。

⑯得失:此谓人生得失全由心定。非外奖:不是外物所能奖劝、影响的。

⑰至哉操斤客:《庄子·徐无鬼》:“郢人垩慢其鼻端,若蝇翼,使匠石斫之;匠石运斤成风,听而斫之,尽垩而鼻不伤,郢人立不失容。宋元君闻之,召匠石曰:‘尝试为寡人为之。’匠石曰:‘臣则尝能斫之,虽然,臣之质死久矣,自夫子之死也,吾无以为质矣。吾无与言之矣。’”操斤客,即运斤成风之匠石。匠石所言其质死而不能为宋元君献技,是明得失之理,故以“至哉”赞之。至哉,犹言妙极。

⑱重明：自己明理，又使他人明理。《荀子·致士》："衡听、显幽、重明、退奸、进良之术。"注："重明，谓既明又使明也。"固已朗：自身原本已明理。

⑲五难：修养生性的五桩难事。李善注引向秀难嵇康《养生论》曰："养生有五难：名利不灭此一难；喜怒不除此二难；声色不去此三难；滋味不绝此四难，神虑消散此五难。"洒落：散落。

⑳超迹：超离尘世。绝：断绝。尘网：人在世间有种种拘束，如鱼在网中，故以尘网喻世事的羁绊。

【译文】

张毅不明养内，中岁而亡；单豹终被虎食，真不会将外貌伪装。

排除一时的世俗羁绊；轻妙地若游太空，心情欢畅。

好生恶死，这仿佛是少年流离，易安于他乡；除去这一俗念，凭借精神，任我独来独往。

采摘仙草，在白云缭绕的迂曲山岗；放纵本性地生活，以此作为供养。

红花显示出它的鲜艳、芳香；绿竹遮盖着这栅栏的宽敞。

寄托我胜乎俗情的高远志向；不觉地升腾到天空之上。

急疾地透过窗棂，这山风新鲜、清爽；隐居的岩洞内，有山中的声音回荡。

赶快去，追从人生的至道；人生的得失全由心定，并非受外物的影响。

高妙啊，匠石深知得失有当；要使他人明理，就须自身对世理了解、明朗。

抖落这修身养性的难事五桩；自可以超离尘世，断绝人间的种种拘绊、罗网。

殷东阳　兴瞩[①]　仲文

晨游任所萃[②]，悠悠蕴真趣[③]。

云天亦辽亮[4]，时与赏心遇[5]。
青松挺秀萼[6]，惠色出乔树[7]。
极眺清波深[8]，缅映石壁素[9]。
莹情无余滓[10]，拂衣释尘务[11]。
求仁既自我[12]，玄风岂外慕[13]。
直置忘所宰[14]，萧散得遗虑[15]。

【注释】

①兴瞩：因远眺而感怀赋诗。此诗所拟之本或为殷仲文《南州桓公九井作》，论家皆以此诗为成功之作。何焯《义门读书记》谓此诗："稍革孙、许之风余，有虚无之趣，推移方始，实之惟肖。"于光华《重订文选集评》引孙月峰评语曰："语浅而寄兴深，琢句入细，玩久趣愈出。"

②任所萃：任万物尽集于眼中。萃，聚集。

③悠悠：无穷尽。真趣：合于自然本性的旨趣。

④云天：天空。云，言天空之高远。辽亮：辽阔明亮。

⑤赏心：心意欢乐。

⑥萼：原指环列花朵外部的叶状薄片，此处用以代花。

⑦惠色：柔媚怡目之色。惠，媚。乔树：高树。

⑧极眺：即极目，尽目力远望。

⑨缅映：远映。缅，远。素：白色。

⑩莹情：磨炼情怀，使之明净、觉悟。莹，磨炼。余滓：余存的鄙秽之念。

⑪拂衣：振衣。《后汉书·杨彪传》："孔融，鲁国男子，明日便当拂衣而去，不复朝矣。"后因称隐居谓拂衣。释尘务：抛却尘俗之事。

⑫求仁既自我：意谓我已然适如己意，如愿以偿。求仁，《论语·述而》："求仁而得仁，又何怨？"后泛指适如其愿。阮籍《咏怀诗》："求仁自得仁，岂复叹咨嗟。"

⑬玄风：谈论玄学的风气。此指谈玄论道。外慕：追慕尘俗之事。

⑭直置忘所宰：为物我两忘之意。直置，于光华《重订文选集评》："直置谓直置其心于不用。"忘所宰，忘却受外物之主宰。

⑮萧散：闲散。得：能，可。《韩诗外传》："不能勤苦，焉得行此。"遗虑：抛弃忧愁。谢灵运《从斤竹涧越岭溪行》诗："观此遗物虑，一悟得所遣。"

【译文】

清晨出游，任万物荟于眼中；大自然蕴藏的真趣，无尽无穷。

多么明亮辽阔，这高远的苍穹；大自然于此时与我心欢乐与共。

繁茂的松花，绽开于郁郁的青松；高树上显出悦目的色彩正浓。

极目远眺，清清的流水多么深泓；映衬着远处的石壁，一片素白融融。

磨炼情怀，内心明净，再无鄙秽懵懂；隐逸索居，抛却这尘俗迷蒙。

正如求仁得仁，我已然夙愿得从；谈玄论道，岂再将尘俗事追慕播弄。

对待世事，忘却受外物主宰；将心置于不用，闲散自在，即可摒除忧愁悲恸。

谢仆射　游览[①]　混

信矣劳物化[②]，忧襟未能整[③]。

薄言遵郊衢[④]，总辔出台省[⑤]。

凄凄节序高[⑥]，寥寥心悟永[⑦]。

时菊耀岩阿[⑧]，云霞冠秋岭[⑨]。

眷然惜良辰[⑩]，徘徊践落景[⑪]。

卷舒虽万绪⑫,动复归有静⑬。
曾是迫桑榆⑭,岁暮从所秉⑮。
舟壑不可攀⑯,忘怀寄匠郢⑰。

【注释】

①游览:此诗似拟谢混《游西池》诗。何焯《义门读书记》以"极似叔源"为评,于光华《重订文选集评》引孙月峰语,评曰:"调颇俊峭,意趣亦仿佛仆射。"皆是见到此诗仿得谢混绮丽之诗风。

②信矣:诚如此。劳:辛劳。物化:变化。《庄子·齐物论》:"昔者庄周梦为蝴蝶,栩栩然蝴蝶也……俄然觉,则蘧蘧然周也……此之谓物化。"此处指天地及万物之变化。

③忧襟未能整:意谓己之忧心未能与物之变化齐一也。忧襟,忧心。整,齐,相等。

④薄言:发语词。遵:沿着。郊衢:郊野之路。衢,路。

⑤总辔:系马。总,结、系之意。台省:汉代尚书治事之地为中台,在禁省中,故称台省。此指官衙。

⑥凄凄:寒风。节序高:谓节令深,即深秋。节序,节令的顺序。

⑦寥寥:高净貌。意指天高气清。心悟永:内心感悟亦长远。

⑧时菊:应时而开之菊花。岩阿:山崖边。

⑨冠(guàn):覆盖。

⑩眷然:留恋而回顾。良辰:美好的时光。

⑪落景:日暮之时。

⑫卷舒:屈伸。《淮南子·原道训》:"与刚柔卷舒兮,与阴阳俯仰兮。"注:"卷舒,犹屈伸。"此指世间万物屈伸、动静之变化。万绪:万般情状。

⑬动复归有静:意为万物并动,然终皆归于静息,还复本性。《老子》十六章:"夫物云云,各归其根,归根曰静,静曰复命。"王弼

注:“凡有起于虚,动起于静,故万物虽并动作,卒复归于虚静。”复命,还复本性。

⑭曾是:则是这样。迫:近。桑榆:日落处。喻年老。

⑮岁暮:谓人之晚年。从所秉:任随心所持之理而生活。秉,谓心所执。

⑯舟壑不可攀:意为世运之变化不可避免,更不可留止。舟壑,《庄子·大宗师》:“夫藏舟于壑,藏山于泽,谓之固矣,然而夜半有力者负之而走,昧者不可知也。”藏舟于深谷中,安全稳当之意,后转指世运。又,后以壑舟喻事物变化,无可避免。陶渊明《杂诗》之五:“壑舟无须臾,引我不得住。”攀,止。

⑰忘怀:此指不介意得失。陶渊明《五柳先生传》:“尝著文章自娱,颇示己志,忘怀得失,以此自终。”匠郢:匠石运斤成风之神技,得郢人为质而后显,郢人死而匠石不复献技。事见《庄子·徐无鬼》。后因以匠郢喻知交。

【译文】

万物瞬变,真是这般辛勤;未能与万物变化相齐,我真忧心。

沿着郊野之路而行;系马驾鞍,我走出官衙之门。

深秋时节,寒风阵阵;天高气清,我的内心感悟良深。

山崖旁的秋菊,与秋阳映衬;朵朵彩云,覆盖着秋天的山岭。

多么留恋,回顾这美景良辰;来回徘徊,脚踏着这落日的光影。

虽有万般情状,这世物变化的屈伸、动静;由动归静,万物总要还复本性。

正如此,人总是由少年渐入老景;持守着自然地生活,任意随心。

世运变化,岂可留止,岂可变更;世间得失,决不介意,将此意寄予知交之人。

陶征君 田居[1] 潜

种苗在东皋[2],苗生满阡陌[3]。
虽有荷锄倦[4],浊酒聊自适[5]。
日暮巾柴车[6],路暗光已夕[7]。
归人望烟火[8],稚子候檐隙[9]。
问君亦何为[10],百年会有役[11]。
但愿桑麻成[12],蚕月得纺绩[13]。
素心正如此[14],开径望三益[15]。

【注释】

①田居:此诗所拟为陶潜之《归园田居》。何焯《义门读书记》评此诗:"拟陶能得其自然。"于光华《重订文选集评》引李安溪语,评此诗:"淹拟古人作甚多,此首可谓逼肖。"

②东皋:泛指水岸或田野高地。

③阡陌:田界。此指田土。

④荷锄倦:耕作的辛劳。

⑤自适:自乐自足。

⑥巾柴车:即有车衣的简陋车子。巾,遮盖车子的布,即车衣。柴车,简陋粗糙的车子。

⑦路暗:道路昏暗。光已夕:时间已晚,阳光斜照。夕,斜。

⑧烟火:此指炊烟。

⑨檐隙:屋檐之下。

⑩何为:为何。指为何如此辛苦。

⑪百年:人之一生。会有役:都会有操劳辛苦之事。

⑫成:成熟。

⑬蚕月：忙于蚕事之月，即指夏历三月。《诗经·豳风·七月》："蚕月条桑，取彼斧斨。"纺绩：纺织。古代纺多指纺丝。绩，亦作"缉"，多指缉麻。

⑭素心：本心，素愿。

⑮开径：开辟门前小路。三益：原指三种交友之道。此指同好之友。《论语·季氏》："益者三友，损者三友。友直、友谅、友多闻，益矣。友便辟，友善柔，友便佞，损矣。"

【译文】

东皋之地，栽种禾苗；禾苗生长，布满田间小道。

虽然少不了耕作的辛劳；浊酒一怀，自足自乐也逍遥。

黄昏时，驾上柴车缓行在荒郊；路径昏暗，夕阳斜照。

归途中，远望炊烟袅袅，等待我的归来；小儿静候在屋檐下远眺。

若问我为什么生活这般劳苦、单调；人的一生，受役使总是不少。

唯愿这桑麻长势繁茂；纺丝缉麻，繁忙的蚕月才不会百事萧条。

本心如此，归隐需早；阔宽小径，盼望着知交来到。

谢临川　游山①　灵运

江海经邅回②，山峤备盈缺③。
灵境信淹留④，赏心非徒设⑤。
平明登云峰⑥，杳与庐霍绝⑦。
碧鄣长周流⑧，金潭恒澄澈⑨。
桐林带晨霞，石壁映初晰⑩。
乳窦既滴沥⑪，丹井复寥泬⑫。
岩崿转奇秀⑬，岑崟还相蔽⑭。
赤玉隐瑶溪⑮，云锦被沙汭⑯。

夜闻猩猩啼，朝见鼯鼠逝[17]。
南中气候暖[18]，朱华凌白雪[19]。
幸游建德乡[20]，观奇经禹穴[21]。
身名竟谁辩[22]，图史终磨灭[23]。
且泛桂水潮[24]，映月游海澨[25]。
摄生贵处顺[26]，将为智者说。

【注释】

①游山：于光华《重订文选集评》曰："灵运为永嘉太守，故纪游诗于永嘉太守作居多，此诗亦拟其在永嘉时作。"何焯对此诗评价极高，其《义门读书记》曰："模范之巧，工细无敌；兼以一幽一显，更互成奇妙，是谢公屐齿淹留，非复寻常登眺。"然细研此诗，知义门之论，倒不及《重订文选集评》引孙月峰评论"语不甚袭，然却乃绝似，以时代相迩，有暗入处耳"恰当。

②经：流经。邅(zhān)回：意为徘徊。此指婉曲盘转貌。

③山峤：尖峭的高山。备盈缺：此谓高山具备山峰与山谷。张铣注："盈亦山，缺谓谷。"

④灵境：美景。淹留：滞留，停留。

⑤赏心：心意欢乐。徒设：虚设。

⑥云峰：此指谢灵运所登之高山。

⑦杳：高远。庐霍：庐山与霍山，皆景致极美之名山。霍山在今山西霍州东南，《尔雅·释地》："西方之美者，有霍山之多珠玉焉。"绝：绝妙。

⑧碧鄣：即碧嶂，出碧玉之山。周流：长远貌。

⑨金潭：底有金砂之潭。吕延济注："金者，下有金砂，因名。"

⑩初晰：日出之光。

⑪乳窦:石钟乳丛生的洞穴。滴沥:石钟乳上之水滴下落。
⑫丹井:朱砂井。寥泬(xuè):深。
⑬岩崿(yán è):山崖。
⑭岑崟(yín):山峻险貌。蔽:相互遮挡。
⑮赤玉:红色的玉石。瑶溪:洁净的溪流。
⑯云锦:彩云。被:铺盖。沙汭(ruì):沙岸。
⑰鼯(wú)鼠:俗称飞鼠,形似蝙蝠。逝:飞过。
⑱南中:即南州。此处泛指南方。
⑲朱华凌白雪:意为木莲受雪侵而开花。朱华,即朱花,红花。此指木莲。凌白雪,受白雪犯凌。
⑳建德乡:地名。即建德县。汉属富春县地,三国吴时分设建德县,属今之浙江。“建德乡”与下句之“禹穴”皆指游观奇异之地。
㉑禹穴:传为夏禹之葬地,在今浙江绍兴之会稽山。
㉒身名:地位名誉。竟谁辩:竟与谁辩说。
㉓图史:图册与史籍。
㉔泛:驶舟。桂水:即桂江。在广西,漓江入临桂名桂江。
㉕海澨:海滨。
㉖摄生:养生。处顺:顺乎自然而居处。

【译文】

江水流入大海,一路盘曲蜿蜒;巍峨的大山,具有深谷和尖峭的山巅。
这美景让人停步流连;让人欢悦的美景,真不是虚设装点。
高上云峰,在黎明时间;佳美的景致,可与庐、霍并妍。
如碧玉之山,横亘连绵;含金沙之深潭,清澈常年。
萦绕桐林,朝霞一片;照映石壁,旭日光艳。
洞窟里的石钟乳,滴沥水溅;洞窟旁的朱砂井,难测深浅。
转换山势,奇美的景致在山崖呈现;盘转遮挡,险峻的山峰错杂相连。
洁净如玉的溪流,将红玉隐嵌;绚丽如锦的云彩,将沙岸罩严。

深夜，听到猩猩啼叫声喧；清晨，看见鼯鼠飞舞盘旋。
南方的气候，暖如春天；洁莹的白雪，催开红花朵朵的木莲。
真有幸将建德乡游遍；观奇景，又经过禹穴山岩。
名利之事，竟有谁能识辨；览奇记胜的图册史籍，终归磨灭不见。
且泛舟，顺着桂水一线；皎月朗照，直游到大海之边。
生活就得顺乎自然，这是养生的关键；这道理，只能给智者陈言。

颜特进 侍宴[1] 延之

太微凝帝宇[2]，瑶光正神县[3]。
揆日粲书史，相都丽闻见[4]。
列汉构仙宫，开天制宝殿[5]。
桂栋留夏飙，兰橑停冬霰[6]。
青林结冥濛[7]，丹巘被葱蒨[8]。
山云备卿蔼[9]，池卉具灵变[10]。
重阳集清气[11]，下辇降玄宴[12]。
骛望分寰隧[13]，矖目尽都甸[14]。
气生川岳阴[15]，烟灭淮海见[16]。
中坐溢朱组[17]，步榈簉琼弁[18]。
礼登伫睿情[19]，乐阕延皇眄[20]。
测恩跻逾逸[21]，沿牒懵浮贱[22]。
荣重馈兼金[23]，巡华过盈瑱[24]。
敢饰舆人咏[25]，方惭《绿水》荐[26]。

【注释】

①侍宴：颜延之"侍宴""侍游"诗有多首。锺嵘《诗品》谓颜诗好的一面是"体裁绮密，情喻渊深"，不好的一面是"喜用古事，弥见拘束"，并特别指出"雅才减若人，则蹈于困踬矣"。江淹此诗严于布局，多典实，且重雕饰工丽，于颜诗之长短处，悉尽仿得，以追拟颜诗风格而论，似属成功之作。何焯《义门读书记》谓此诗"拟颜遂蹈困踬，然颜之诗体本尔"，或可反证这一点。

②太微：即太微垣，天区名。按《步天歌》所说，太微为太微、紫微、天市三垣之上垣。《淮南子·天文训》注："太微者，太一之庭。"《史记·天官书》张守节《正义》："泰一（即太一），天帝之别名。"凝：构成。帝宇：原指天帝之居所。此指京都。

③瑶光：北斗星之第七星名。《淮南子·本经训》："瑶光者，资粮万物者也。"注："瑶光谓北斗杓之第七星也。"正：考定。神县：神州赤县，指中国。《周礼·匠人》曰："匠人建国……昼参诸日中之景，夜考之极星，以正朝夕。"吕延济谓"太微"二句意为"言匠人上法太微官以成帝宇，观斗柄以定神州县南北之正"。亦即是说建筑工匠仿效太微天区的布局而建成京城，观察北斗之柄判定四周方位。

④"揆日"二句：意谓测度时日以丽辞将此写入典籍，赞美占兆测视京都之所闻所见。揆日，测度时日。粲，灿烂。谓辞藻华丽。书史，典籍，指经史一类书籍。相都，占视，谓占兆测视京都。丽闻见，《重订文选集评》："美其闻见也。"

⑤"列汉"二句：皆言于京都所建宫殿之高。列汉，与天河并列。仙宫，与下句之"宝殿"皆指于京都所建之宫殿。开天，开辟天界。

⑥"桂栋"二句：进一层言宫殿之高。桂栋，指宫殿中桂木所做之正梁。夏飙，夏季之风。兰橑，木兰做的屋椽。《楚辞·九歌·湘夫人》："桂栋兮兰橑，辛夷楣兮药房。"注："以木兰为榱也。"榱，

屋椽。冬霰，冬雪。

⑦青林：宫苑内茂密之树林。冥濛：幽暗不明。

⑧丹巘：宫苑内红色之小山。葱蒨：草木青翠而茂盛。

⑨卿霭：即卿云，亦谓庆云、景云。古人认为是祥瑞的云气。霭，云气。

⑩池卉：宫苑池里的花卉。灵变：灵草奇花。曹植《灵芝篇》曰："灵芝生玉地。"

⑪重阳：指天。屈原《远游》："集重阳入帝宫兮，造旬始而观清都。"注："上为阳，清又为阳，故曰重阳。"此指高入天际之宫殿。清气：澄澈之气。

⑫玄宴：圣宴。李善注："《尚书》：'玄德升闻。'玄，犹圣也。"

⑬骛（wù）望：急望。骛，急，速。寰：寰内。《释文》："寰内，圻内也。"即京都。隧：通"遂"，郊外之地。

⑭睸（xǐ）目：即睸旷，远望之意。都甸：古代行政区划名。《周礼·小司徒》："乃经土地而井牧其田野，九夫为井，四井为邑，四邑为丘，四丘为甸，四甸为县，四县为都，以任地事而令贡赋。"此处指君主之皇土，即"率土之滨，莫非王土"之意。

⑮气：雾气。川岳：山河。

⑯烟：亦为雾气。淮海：淮河下游流经淮阴连山入海。此处以淮海泛指海疆。见：现。

⑰中坐：座中，指筵宴中入座之人。朱组：代称高官贵宦。朱，红色。组，组绶。古代王侯、士大夫佩玉之饰，系玉的丝带称组绶。李善注引《礼记》："诸侯佩山玄玉，而朱组绶。"

⑱步檐（yán）：长廊。簉（zào）：荟萃。琼弁：玉饰之冠。"琼弁"与"朱组"代称意同。

⑲礼登：礼成。此指宴礼已毕。伫：久留。睿情：皇恩。《尚书·洪范》："思曰睿……睿作圣。"

⑳乐阕:乐终。延:引颈。皇眄(miǎn):犹眄皇。回头尊视君王。眄,原为斜视,此处为顾看。

㉑测恩:深恩。测,深。跻:登,升。逾逸:耽乐纵逸。此指此次极度欢乐之圣宴。

㉒沿牒:随牒而为官上任。《汉书·匡衡传》:"平原文学匡衡材智有余,经学绝伦。但以无阶朝廷,故随牒在远方。"牒,授官之簿录。懵:惭愧。浮贱:浮浅微贱。

㉓荣重:所受之荣禄极重。馈:此指君王之赏赐。兼金:价值倍于平常之金银。

㉔巡华:未详所出。黄侃《文选平点》解为:"巡与循通。循谈循省之循。犹言巡省荣华之遇。六朝造语多未必合本训,当以意求之。"依黄侃说,循即巡视,此句意为巡视侍宴诸臣所得之赏赐,皆如盈瑱之重也。盈瑱:盈尺之玉。

㉕敢:意为冒昧作此诗。饰:即饬,告诫。舆人咏:众人之诵。《春秋左传·僖公二十八年》:"听舆人之诵曰:'原田每每,舍其旧而新是谋。'"此句意谓冒昧作诗,以舆人"弃旧图新"之诵来告诫自己。

㉖《绿水》:《文选》卷第五左思《吴都赋》:"或超延露而驾辩,或逾《绿水》而采菱。"李善注:"《淮南子》曰:互会《绿水》之趣。高诱曰:《绿水》,古诗也。趣,节也。"荐:频,一再。此指奏《绿水》一类歌乐数遍。

【译文】

构建都城,全仿效天区的太微;观察瑶光,判定都城四周的方位。

测度时日,用丽辞将此写入史书之内;尽情赞颂,占视都城见闻的种种祥瑞。

与天河并列,修建的殿阁如仙宫般崔嵬;如开辟天界,修建的殿阁如仙宫般华美。

桂树的栋梁，久经着夏季的风吹；木兰的屋椽，久留着冬季的雪粒。

宫苑内茂密的树林，一片浓集幽晦；宫苑内的红色小山，长满草木，一片青翠。

高山上，吉祥的庆云聚汇；池子里，尽都是灵异的花卉。

清澄之气，弥漫在高耸的宫殿；下车趋步，恭敬地陪侍皇家的盛宴。

急速一瞥，都城、郊野严有界限；注目眺望，君主的国土辽阔广远。

雾气腾升，山河阴晦不辨；云烟散尽，苍茫的淮水与大海呈现。

入宴的，全是达官贵显；长廊上，荟萃着尊爵时贤。

宴礼已毕，久久伫立，把皇恩思念；宴乐终结，引颈尊视君主的气宇威严。

擢拔得赴圣宴，君主的施恩不浅；随牒为官，有愧于自己的浮薄微贱。

蒙赐的荣禄极重，得赏的金银倍添；巡视侍宴的同僚，得赏的美玉尺径空前。

冒昧地陈述此诗，以弃旧图新当作诫鉴；正自愧，又听到《绿水》之乐演奏数遍。

谢法曹 赠别[①] 惠连

昨发赤亭渚[②]，今宿浦阳汭[③]。方作云峰异[④]，岂伊《千里别》[⑤]。
芳尘未歇席[⑥]，涔泪犹在袂[⑦]。停舻望极浦[⑧]，弭棹阻风雪[⑨]。
风雪既经时，夜永起怀思[⑩]。泛滥北湖游[⑪]，岧亭南楼期[⑫]。
点翰咏新赏[⑬]，开袠莹所疑[⑭]。摘芳爱气馥[⑮]，拾蕊怜色滋[⑯]。
色滋畏沃若[⑰]，人事亦销铄[⑱]。子襟怨勿往[⑲]，谷风诮轻薄[⑳]。
共秉延州信[㉑]，无惭仲路诺[㉒]。灵芝望三秀[㉓]，孤筠情所托[㉔]。
所托已殷勤[㉕]，祇足搅怀人[㉖]。今行嵘嵘外[㉗]，衔思至海滨[㉘]。

觌子杳未僝[29],款睇在何辰[30]。杂佩虽可赠[31],疏华竟无陈[32]。无陈心悁劳[33],旅人岂游遨[34]。幸及风雪霁[35],青春满江皋[36]。解缆候前侣[37],还望方郁陶[38]。烟景若离远[39],末响寄琼瑶[40]。

【注释】

①赠别:于光华《重订文选集评》曰:"惠连有《西陵遇风献灵运》五首,此诗即拟之也。"并引方伯海语曰:"篇中摹拟之过,不无损才;然其一片缠绵往复,亦可谓善于言情。"此评大体不差。

②赤亭:亭名。谢灵运《富春渚》诗:"定山缅云雾,赤亭无淹薄。"渚:水边。

③浦阳:地名。汭:河流弯曲处。

④云峰:高入云之山。异:分开。

⑤岂伊:岂惟。伊,助词。《千里别》:古曲名。

⑥芳尘:谓灵运所行处。未歇席:未得于席上歇息。席,坐垫等用具。

⑦涔(cén)泪:泪下流。

⑧舻:船。极浦:遥远的水边。

⑨弭棹:犹言停船。阻风雪:为风雪所阻。

⑩夜永:即永夜,长夜。

⑪泛滥:此谓漫游。

⑫岧亭:楼高貌。期:邀约同游。张铣注:"'北湖游''南楼期',谓却叙前事也。"

⑬点翰:挥笔。咏:写。新赏:赏心之新景。

⑭开袠(zhì):即读书。袠,即帙,书套。打开书套意含阅读之意。莹所疑:使所疑之处得以明白。莹,使明白、觉悟。

⑮擿(zhāi)芳:采摘花朵。擿,同"摘"。气馥:花之香气。

⑯拾蕊:拾起花瓣。蕊,此指花瓣。滋:润泽。

⑰沃若：即沃然，茂盛。

⑱销铄：销熔。此处意为衰散。吕延济谓"色滋"两句意为："草木滋繁则反枯槁，人事至盛亦畏销铄，谓衰散也。"

⑲子襟：同"子衿"。《诗经·郑风·子衿》："青青子衿，悠悠我心，纵我不往，子宁不嗣音。"怨勿往：因友朋间不复来往而生怨。

⑳谷风：《诗经·邶风》篇名。毛序曰："《谷风》刺幽王也。天下俗薄，朋友道绝焉。"诮轻薄：责备世俗交友的轻浮刻薄。刘良注："《子衿》《谷风》皆诗篇名。刺风俗轻薄而朋友道绝不相往来。"

㉑共秉延州信：共同持守如吴季札对徐君那样的信用。

㉒仲路诺：仲路指仲由，字子路，孔子弟子。《论语·颜渊》："子路无宿诺。"刘宝楠《论语正义》："《说文》：宿，止也。引申之有久义……子路有闻即行，故无留诺。"吕向谓"共秉"二句意为"言执信不惭此二人"。

㉓灵芝望三秀：意为如灵芝之盼同类，我亦期盼与至亲至友相处。三秀，灵芝草的别名。灵芝一年开花三次，故又称三秀。屈原《九歌·山鬼》："采三秀兮于山间。"

㉔孤筠情所托：意为我孤单地生活，只有向箭竹寄托坚贞高洁之情。孤筠，孤单的箭竹。箭竹性坚韧质美。

㉕所托已殷勤：意为我所寄托的思念之情，可谓诚挚恳切。

㉖祗足：只可。搅怀人：搅乱所思之人的心情。

㉗嵊嵊（tū shèng）：二山名。嵊山在今浙江嵊州北，嵊山在嵊州东，二山相对。

㉘衔思：心积思念之情。

㉙觌（dí）：见。杳：犹渺茫。未僎（zhuàn）：此指未有相见之时。僎，相见。

㉚款睇：犹言极欲相见。款，李善注引《字林》："款，诚也，意有所欲也。"睇，见。何辰：何时。

㉛杂佩：吕向注："杂，结也。言结芳草为佩。"

㉜疏华竟无陈：吕向注："折疏麻之华以赠离居。竟无陈谓无所寄。"《楚辞·九歌·大司命》："折疏麻兮瑶华，将以遗兮离居。"洪兴祖《楚辞补注》："瑶华，麻花也。其色白，故比于瑶。此花香，服食可致长寿。"

㉝悁（juàn）劳：急躁愁苦。

㉞旅人：此指谢灵运。岂游遨：难道是为了游乐。

㉟霁：风雪停息而天空放晴。

㊱青春：春色。江皋：江岸。

㊲解缆：解开系船之绳索，犹言乘船。前侣：李周翰注："解缆望前行之徒。"即谓先于我乘船之人。

㊳还望：意为回望又忆及思念之人。郁陶：忧思积聚貌。

㊴烟景：云烟缭绕的景致。

㊵末响寄琼瑶：意为此后将以书信投寄以报知音讯。末响，犹言在此后之音讯。响，音讯。琼瑶，《诗经·卫风·木瓜》："投我以木桃，报之以琼瑶。"后以琼瑶指别人酬答的礼品或投赠诗文、书信。

【译文】

昨日出发在赤亭水畔，今日已泊宿在浦阳水湾。我俩啊，已然分隔着这入云的高山，岂能再听您把《千里别》的古曲拨弹。

您行经之处，身不暖席，频频变换，涔涔泪下，打湿我袖口、衣衫。瞭望遥远的水边，我就此停船，就此停船，还因前途被风雪阻拦。

漫天风雪历久不断，漫漫长夜，勾起我的思绪缠绵。还记得在北湖遍游观览，高峻的南楼上，相约游玩。

挥笔作诗，写下这新的赏心景观，开卷阅读，一同解释种种困惑疑团。采摘鲜花，我们都爱它郁香飘散，更爱它色泽鲜润，才拾起零落的花瓣。

娇鲜至极则会枯槁，花儿也怕茂盛滋繁，兴隆之后必是衰败，人间事也是如然。《子衿》诗怨忿那朋友间不再往还，《谷风》诗责备那交友的轻薄、冷淡。

我俩啊，要学那吴季札执信无憾，我俩啊，要无惭于子路那样的重诺儿男。如灵芝盼同类，我渴望与亲朋朝夕相伴，唯将这坚贞的情愫，向孤单的箭竹倾谈。

寄托之情是一片诚挚肝胆，却只能把您的心情搅乱。如今我已越过崿、嵊两山，心里积淀的这份思念，已到海岸。

想见您，却渺茫无路，相见实难，这渴望着的相见，竟在何时、早晚。用芳草结成腰佩，虽想赠您，路途遥遥，连折下的麻花也无可寄传。

无可远寄啊，我心急躁愁烦，远行的您啊，难道是为了游玩。所幸啊，风雪骤停，天空放晴转暖，江岸上一派春色布满。

望着远行的人，我驶船解缆，总忆念着您啊，回头望，忧思积聚。这一路云烟缭绕的山水，将我们远远隔断，此后的音讯，只有靠寄远的信函。

王征君 养疾[①] 微

窈蔼潇湘空[②]，翠涧澹无滋[③]。
寂历百草晦[④]，欻吸鹍鸡悲[⑤]。
清阴往来远[⑥]，月华散前墀[⑦]。
炼药瞩虚幌[⑧]，泛瑟卧遥帷[⑨]。
水碧验未黩[⑩]，金膏灵讵缁[⑪]。
北渚有帝子[⑫]，荡漭不可期[⑬]。
怅然山中暮，怀痾属此诗[⑭]。

【注释】

①养疾：王微现仅存诗五首，《杂诗》二首咏思妇，其余《四气诗》《咏愁诗》《七襄怨诗》（只存五言两句），都与江淹拟诗之意不合，故未可知其所本。张铣注：“此诗被征不应，隐于潇湘之间。”亦只以拟诗之意反推之也。于光华《重订文选集评》引孙月峰语曰：“以景元（元即玄）前《杂诗》（即《文选》卷第三十王微《杂诗》一首）较之，则此犹觉稍涉板。”则是就布局运笔与王微诗相较而言之。

②窈蔼：幽静、深远貌。潇湘：犹言清深之湘水。潇，清深貌。诗文中多称湘水为潇湘。湘水即湘江。空：空阔。

③翠硐：翠绿的溪涧。硐，水涧。澹：即谈。无滋：无滋味。

④寂历：空旷。晦：败谢，凋零。

⑤欻（chuā）吸：呼吸之间，用以形容迅疾。鹍鸡：鸟名。宋玉《九辩》：“雁廱廱而南游兮，鹍鸟啁哳而悲鸣。”洪兴祖《楚辞补注》：“鹍鸡，似鹤，黄白色。”

⑥清阴：日。往来远：犹言日之出没离养疾的居处甚远。

⑦月华：月光。墀（chí）：庭前的台阶。

⑧炼药：炼丹。瞩：对着。虚幌：窗户。

⑨泛瑟：抚瑟。瑟，弹拨乐器。卧遥帷：养疾起卧于远山之居所。帷，谓山中。

⑩水碧：水晶。验：与下句之“灵”皆为灵验之意。未黩：未可玷污。

⑪金膏：《穆天子传》曰：“示汝黄金之膏。”即以黄金炼成之膏。讵：岂。缁：染黑。《周礼·钟氏》：“三入为纁，五入为緅，七入为缁。”注：“染纁者，三入而成……又复再染以黑，乃成缁。”此亦为玷污之意。“水碧”二句意为：灵验如水碧、金膏之仙药，岂可轻易受到玷污，亦即人世间实未可得此种仙药之意。

⑫渚：沙洲。吕延济注：“北渚谓所居之北。”帝子：娥皇、女英。此

指仙女。

⑬荡漭不可期：谓仙女随水荡漾，不可与之相会。荡漭，即荡漾。期，会合。

⑭怀痾（ē）：抱病。痾，病。属：连缀。属诗即作诗。

【译文】

这广阔的湘水，一派清幽；淡然无味的苍翠溪涧，涓涓流走。

空旷的山野，百草临秋凋残；倏然间，鹍鸡声声悲哀地啁啾。

隔了多远，日出日落，仿佛在天的另一端；离得多近，月光泼洒在屋前的台阶上头。

熬炼丹药，对着窗口；轻抚琴瑟，养病起居度过这山里的黑夜白昼。

治病神效的水晶，不可沾上凡人的污垢；治病灵验的金膏，又岂是凡人可以消受。

仙女降临，在北面的沙洲；随波荡漾，我岂可与她们相会结友。

怅然若失，这山里的迟暮时候；我且抱病将此诗写就。

袁太尉　从驾[①]　淑

宫庙礼哀敬[②]，枌邑道严玄[③]。
恭洁由明祀[④]，肃驾在祈年[⑤]。
诏徒登季月[⑥]，戒凤藻行川[⑦]。
云旆象汉徙[⑧]，宸网拟星悬[⑨]。
朱棹丽寒渚[⑩]，金镫映秋山[⑪]。
羽卫蔼流景[⑫]，彩吹震沉渊[⑬]。
辩诗测京国[⑭]，履籍鉴都廛[⑮]。
旷谣响玉律[⑯]，邑颂被丹弦[⑰]。
文轸薄桂海[⑱]，声教烛冰天[⑲]。

和惠颁上笏[20]，恩渥浃下筵[21]。
幸侍观洛后[22]，岂慕巡河前[23]。
服义方无沫[24]，展歌殊未宣[25]。

【注释】

①从驾：于光华《重订文选集评》引孙月峰语曰："太尉原诗不传。此作点景严密，似颜光禄，若袁《白马》等，固犹有跌宕气。"吕向注："为御史中丞时，从宋高祖拜庙并祭南郊之作。"盖亦释"从驾"之本事也。

②宫庙：祖庙，天子、诸侯祭祀祖先的处所。礼：按礼法祭祀。哀敬：尽哀致敬。

③枌（fén）邑：汉高祖为丰之枌榆乡人，初起兵时祷于枌榆社。事见《史记·封禅书》。张铣注："汉丰邑有枌社，宋汉之子孙故祭。"故知刘宋之君亦以枌榆为祖庙而祭。道：神道，即墓道。严玄：肃穆而幽远。玄，幽远。

④恭洁由明祀：意为肃敬、洁净地经历了对神明的祭祀。恭，肃敬。指祭祀时的态度。洁，洁净。指祭祀所用的祭物。由，经历。明祀，神明之祀。此处神明指天地之神。

⑤肃驾：君主恭敬地驾临。肃，恭敬。驾，总称帝王车乘。祈年：祈祷丰年。

⑥诏徒：下诏告示众官。徒，徒众。登：登程。季月：春、夏、秋、冬四季的末一月都称季月。此指秋九月。

⑦戒凤：戒备森严之凤凰宫车。凤，凤凰车，为帝王所乘之车。《通志·天子车辂》："大驾则御凤凰车，以金根车为副。"藻：文采。行川：所行之平野。川，平野。

⑧云旆（pèi）：侍从队伍之旗帜多如云。旆，旗帜的总称。汉：云汉，天河。徙：移动。

⑨宸网:天子车盖上珠玉连缀如网。宸,北极星所在为宸,后借用为帝王所居,又引申为王位、帝王的代称。拟:如,像。星悬:天星悬空。

⑩棹:划船拨水之具,状如桨,以红漆涂之,故称朱棹。丽:与下句之“映”相对,皆为映照之意。

⑪金鬉(zōng):金饰之马冠。“秋山”与上句之“寒渚”,皆为所游之处。

⑫羽卫:负羽侍卫,即仪仗队。蔼:映。流景:流动的日光。

⑬彩吹:穿彩衣的乐工吹奏笙、箫类乐器。渊:深渊。

⑭辩诗:分辨解析所陈之诗。李善注引《礼记》:“天子五年一巡狩,命太师陈诗以观民风。”测京国:考察国都之民风。

⑮履籍:君主履行耕藉之礼。籍,藉田,帝王亲耕之田。历代至孟春皆有耕藉之礼,以示重农。其礼先由皇帝亲耕,按犁三推三反,群臣以次耕,王公五等诸侯五推五反,公卿大夫七推七反,士九推九反,末由藉田令率其属耕毕。详见《礼记·月令》之“孟春之月”,《宋书·礼志》。鉴:明断。都廛(chán):京城中之集市。廛,市集。

⑯甿谣响玉律:意为加工收集来的民谣,使之符合玉律的声调。甿谣,乡村民谣。甿,古指村民。响,声调。玉律,玉制的标准定音器。

⑰邑颂:都市的颂歌。被丹弦:用琴瑟来演奏。丹弦,红色的琴瑟。

⑱文轸:此指书同文,车同轨,国家统一。薄:近。桂海:南海。《尚书·皋陶谟》:“外薄四海。”孔安国注:“薄,迫也。言至海也。南海有桂,故之桂海。”

⑲声教:声威与教化。烛:照,此处意为影响及于。冰天:严寒的地方。此指北方。

⑳和惠:君主宽和的恩惠。颁:分赏。上笏:大夫之爵。

㉑恩渥(wò):君主恩赐优厚。浃:滋润。下筵:小臣。

㉒幸:有幸。侍:侍奉君主,即从驾。观洛:游览洛水。洛水即洛河。

㉓巡河前:前代君王巡视河洛。前代君王指天乙(即成汤,殷王朝的立国者)、虞舜。李善注引《尚书中候》曰:"天乙在亳,东观乎洛,黄鱼双跃,出跻于坛,化为黑玉。"又引《孝经钩命决》曰:"舜即位,巡省中河,录图授文。"

㉔服义:奉行君主之仁义。无沫:不尽不止。沫,竭,终止。

㉕展歌:即作诗。展,陈述。殊未宣:还不能显示出君王的仁德仁政。宣,显示。

【译文】

祖庙的祭祀,至敬至哀,尽合祭典;枌榆的墓道肃穆幽远。

祭祀神明,始终肃敬净洁;君王恭敬地降临,为的是祈祷丰年。

秋九月下诏登程,跟从的是众官群贤;彩色散满平野,君王的凤凰车戒备森严。

旗帜多如浮云,仿佛是银河移动;君王的车盖上珠玉连缀如网,仿佛长夜星悬。

红漆的划桨与清寒的沙洲映衬,色泽更艳;金饰马冠与秋山相衬,黄白相间。

流动的日光照耀着负羽的侍卫;彩衣的乐工吹奏笙箫,震动深渊。

君王巡幸,考察民风,把陈诗析辨;履行耕藉之礼,君王将市集的民情调研。

收集民谣,使之符合玉律的声调;都市的颂歌,用红色的琴瑟奏演。

书同文,车同轨,国度已达南海之边;声威教化,影响于北方的雪地冰天。

君主宽和的恩惠,分赏于达官贵胄;君主优厚的恩赐,给小臣滋润非浅。

有幸从驾，随君王将洛水游遍；难道对前代君王的巡河，还会生羡。奉行君王的仁义之道，不尽不止；咏写此诗，君王的仁德善政乃未尽显。

谢光禄 郊游[1] 庄

肃舲出郊际[2]，徙乐逗江阴[3]。
翠山方蔼蔼[4]，青浦正沉沉[5]。
凉叶照沙屿[6]，秋荣冒水浔[7]。
风散松架险[8]，云郁石道深[9]。
静默镜绵野[10]，四睇乱曾岑[11]。
气清知雁引[12]，露华识猿音[13]。
云装信解黻，烟驾可辞金[14]。
始整丹泉术[15]，终觌紫芳心[16]。
行光自容裔[17]，无使弱思侵[18]。

【注释】

①郊游：此诗所拟为谢庄《自浔阳至都，集道里名为诗》《游豫章西观洪崖并诗》诸诗。于光华《重订文选集评》引孙月峰语曰："属对精工，全似唐。此正希逸体，与《集道里名》诗绝相类。"且此诗清雅，"良无鄙促"，诚为江淹拟诗中成功之作。

②肃舲（líng）：疾驶小船。肃，即肃肃，疾速。《诗经·召南·小星》："肃肃宵征，夙夜在公。"舲，有窗的小船。

③徙乐：行乐。逗：停留。江阴：江之南岸。

④蔼蔼：草木茂盛。

⑤青浦：浦，水滨。其水色青，故称。沉沉：深沉貌。

⑥凉叶:秋叶。照:映照。沙屿:沙洲。

⑦秋荣:秋花。荣,花之通称。冒:覆盖。水浔:水畔。

⑧风散:犹言风吹。松架:吕延济注:“松横生曰架。”犹言松枝横生。险:危险。

⑨云郁:犹言云之繁集。深:幽。

⑩静默:沉静缄默。镜:观看。绵野:绵邈之野地。

⑪四睇:四望。乱:杂乱。曾(zēng):高。岑:峰。

⑫气清:空气清澈。知:犹言见到。雁引:长长的雁阵。

⑬露华:露水晶莹。识:犹言听到。

⑭“云装”二句:意为见到云霞,即想到神仙之道,真可辞官而从游。云装,云衣。仙人以云霓为衣,故称。黻(fú),通“绂”,系印的丝带。烟驾,云车。仙人以云为车,故称。金,金印。解黻、辞金,皆谓辞官。

⑮整:信。丹泉术:长生不死之术。李善注引《外国图》云:“员丘有赤泉,饮之不死。”

⑯觌(dí):相见。此处意为了解。紫芳:灵芝。“紫芳心”与“丹泉术”意同。

⑰行光自容裔:意为超尘隐遁之心不灭。行光,张铣注:“神不灭曰行光。”容裔,即容与,从容自在。

⑱弱思:猥琐杂念。引申为生活琐事。

【译文】

一叶小舟,驶出郊外;疾速行进,逗留在这江之北岸,寻乐解闷。

苍翠的山峦,草木茂盛;水边的青色,一片深沉。

秋叶与沙洲映衬,秋花笼罩着江滨。

风乍起,旁逸的松枝迭现险景;云繁集,迷漫的山道更显幽深。

细观这绵邈的旷野,我缄默沉静;四面远眺,高高的山峰,一片嶙峋。

空气清澈，仰望那有序的长长雁阵；露水晶莹，犹听得悲鸣的猿声。

那天上的彩虹，定是仙人降临，见此真该归隐；那天上的烟云，定是仙人车行，见此真该抛却金印。

饮啜丹泉而不死；此时方信，食啖灵芝花蕊，定可长生。

终不灭，这超尘隐遁之心；绝不让尘俗事频频相侵。

鲍参军 戎行① 昭

豪士枉尺璧②，宵人重恩光③。
殉义非为利，执羁轻去乡④。
孟冬郊祀月⑤，杀气起严霜。
戎马粟不暖，军士冰为浆。
晨上成皋坂⑥，碛砾皆羊肠⑦。
寒阴笼白日⑧，太谷晦苍苍⑨。
息徒税征驾⑩，倚剑临八荒⑪。
鹪鹏不能飞⑫，玄武伏川梁⑬。
铩翮由时至⑭，感物聊自伤。
竖儒守一经⑮，未足识行藏⑯。

【注释】

①戎行：此诗所拟为鲍照《代出自蓟北门行》，皆言军旅之劳。然鲍诗以"时危见臣节，世乱识忠良。投躯报明主，身死为国殇"收束全诗，慷慨悲壮；江淹拟作却以"铩翮由时至，感物聊自伤。竖儒守一经，未足识行藏"作结，感伤无奈，意趣不合。至于风格，何焯《义门读书记》曰："明远之奇丽，是其天才绝伦，固非文通所能

到也。"可知此拟诗非为成功之作。

②豪士:权势之人。枉:枉受。尺璧:盈尺的璧玉。

③宵人:小人。恩光:犹言恩宠。

④执羁:执羁靮(dí)而从军。羁靮指马络头与马缰。轻:看轻。

⑤孟冬:冬季第一个月,即农历十月。郊祀月:郊外祭祀天地之月。

⑥成皋坂:成皋之旋门坂。薛综《东京赋》注:"旋门在成皋西南十数里。"坂,山坡,斜坡。

⑦碛(qì)砾:碎石。

⑧寒阴:寒云。

⑨太谷:谷名。晦:《尔雅·释天》:"雾,谓之晦。"苍苍:苍茫。

⑩息徒:停步。徒,步行。税:释放,解脱。此为解开。征驾:即征车。

⑪临:远视。八荒:此指四周荒远之地。

⑫鷦鹏:亦作"鷦明""焦明",神鸟,似凤凰之类。

⑬玄武:神龟。川梁:即桥。

⑭铩翮(hé):即铩羽。羽毛摧落,喻失意。翮,鸟羽或鸟之翅膀。

⑮竖儒:小儒。对儒生的鄙称。守一经:奉行一卷经书,犹谓只死啃经书。

⑯行藏:谓出仕即行所学之道,否则退隐藏道以待时机。后因指出处或行止。《论语·述而》:"子谓颜渊曰:'用之则行,舍之则藏,唯吾与尔有是夫。'"

【译文】

权贵们枉受尺璧之赏,群小们看重恩宠荣光。

不营私利,为正义宁可命丧;策马从军,义无反顾离开故乡。

祭祀天地的十月,寒冬始降;肃杀的寒气凝成浓霜。

战马的饲料,生冷冰凉;士兵们解渴,权以冰块作琼浆。

清晨将成皋坂登上;一路碎石,小道盘曲似羊肠。

寒云遮蔽了太阳;太谷中雾笼烟锁,一片苍茫。

卸下征车，停足车旁；手按佩剑，远眺八方。

鸼鹏神鸟，展翅却不能飞翔；神龟蛰伏桥下，默无声响。

如鸟羽的摧落，霜雪时节引出的失意惆怅；触景生情，暗自神伤。

短见的小儒，只会死啃经书不放；真不明了人生或进或退的道理深长。

休上人　别怨①

西北秋风至②，楚客心悠哉③。
日暮碧云合，佳人殊未来④。
露采方泛艳⑤，月华始徘徊。
宝书为君掩⑥，瑶琴讵能开⑦。
相思巫山渚⑧，怅望阳云台⑨。
膏炉绝沉燎⑩，绮席生浮埃⑪。
桂水日千里，因之平生怀⑫。

【注释】

①别怨：休上人即惠休，本姓汤，字茂远。善属文，齐世祖萧颐命使还俗，位至扬州刺史。锺嵘《诗品》谓“惠休淫靡，情过其才”，其《怨诗行》《杨花曲》《白纻歌》皆缠绵柔弱，思涉尘俗，亦为江淹所拟之本。

②西北秋风：肃杀的秋风。张铣注：“西北曰不周风。”《史记·律书》：“不周风居西北，主杀生。”

③楚客：旅居之楚人。此处作者自喻。悠哉：忧思长远。

④佳人：谓所思友人。殊：断绝。

⑤露采：即露彩，露珠。泛艳：浮光貌。

⑥宝书：旧称官修的史书。此指释门之经籍。

⑦瑶琴：有玉饰之琴。

⑧巫山渚：巫山之渚宫，为春秋时楚之别宫。

⑨阳云台：何焯《义门读书记》："阳云当作云阳，在云泽之阳也。""巫山渚""云阳台"皆在楚地，意皆为思念楚地之友朋。

⑩膏炉：李善注："炉，熏炉也。取其芬香，故加之膏。"即烧香膏之熏炉。绝：尽。沉燎：炉中有烟无焰。

⑪绮席：装饰华丽之床。李善注引邹阳《酒赋》："绡绮为席，犀璩为镇。"

⑫因之：顺着桂水。平生：平素。怀：怀念。

【译文】

秋风劲吹，一片肃杀阴霾；我的忧思绵长悲哀。

傍晚时分，会聚的暮云将四野覆盖；日日思念的故人，音讯断绝，何时再来。

晚霞泛着光彩；秋月初升，月光游移徘徊。

经书懒去翻阅，全为了思念之情难耐；思念之情难耐，又怎愿将琴盒打开。

终日思念，巫山的渚宫一带；终日怅望，南方的云阳高台。

香烟灭绝，不再袅袅飘于熏炉之外；华丽的卧床满布尘埃。

一日千里的桂水终年不竭；顺着这桂水的流向，寄去我平素的思怀。

卷第三十二

骚上

屈平

屈原（约前339—约前278），名平，字原。战国时期的楚国诗人、政治家，“楚辞”的创立者和代表作者。屈原曾为楚怀王左徒，还曾担任过“三闾大夫”。他辅佐楚怀王，推行变法之事，遭到旧贵族们的中伤打击，被疏远后，逐出朝廷，流放到汉北地区。顷襄王继位后，屈原被流放到江南地区，他回楚都既不可能，远游、求贤又不成，最后，在无可奈何之际，自沉于汨罗江中，以明其忠贞爱国之志。

屈原作品，据王逸《楚辞章句》认为有二十五篇，即《离骚》一篇，《天问》一篇，《九歌》十一篇，《九章》九篇，《远游》《卜居》《渔父》各一篇。屈原作品反映了现实社会中的种种矛盾，尤以揭露楚国的黑暗政治最为深刻。在表现手法上，屈原把赋、比、兴巧妙地糅合成一体，大量运用“香草美人”的比兴手法，把抽象的品德、意识和复杂的现实关系生动形象地表现出来。在语言形式上，屈原作品突破了《诗经》以四字句为主的格局，句法参差错落，灵活多变；句中句尾多用“兮”字来协调音节，造成起伏回宕、一唱三叹的韵致。总之，他的作品从内容到形式都具有巨大的创造性。鲁迅称屈原作品“逸响伟辞，卓绝一世”，“其影响于后来之文章，乃甚或在‘三百篇’以上”（《汉文学史纲要》）。

离骚一首

【题解】

“骚”,这里指楚辞。萧统为了区分楚辞与汉赋,把屈原楚辞中的代表作《离骚》突出出来,立一个“骚”类,作为楚辞体文学的代称,从此,在文体分类上人们习惯于称楚辞为“骚”或“骚体”。其实,把楚辞称为“骚”,这是不恰当的,因为《离骚》有其特定的含义,并非一种文学体裁的名称。

《离骚》是屈原的代表作品,是我国古典文学中最长的抒情诗。它的基本内容表现了诗人对崇高的政治理想的热烈追求和对邪恶势力的不懈斗争。诗中一面尖锐地抨击了当时贵族政治的投机取巧、苟且偷安,一面热烈地渴望着光明,表达了自己对祖国和人民的无限忠贞。这篇长诗大约写成于楚怀王十六年(前 313),是屈原被上官大夫谗毁而离开郢都时所作。《离骚》是屈原以自己的理想、遭遇、痛苦、热情以至整个生命所熔铸而成的宏伟诗篇,其中闪耀着鲜明的个性光辉,是屈原全部创作的重点。

本篇篇名的意义,司马迁引淮南王说:“离骚者,犹离忧也。”王逸解为别愁。

帝高阳之苗裔兮[①],朕皇考曰伯庸[②]。摄提贞于孟陬兮[③],惟庚寅吾以降[④]。皇览揆余初度兮[⑤],肇锡余以嘉名[⑥]。名余曰正则兮[⑦],字余曰灵均[⑧]。纷吾既有此内美兮[⑨],又重之以修能[⑩]。扈江离与辟芷兮[⑪],纫秋兰以为佩[⑫]。汩余若将不及兮[⑬],恐年岁之不吾与[⑭]。朝搴阰之木兰兮[⑮],夕揽洲之宿莽[⑯]。日月忽其不淹兮[⑰],春与秋其代序[⑱]。惟草木之零落兮[⑲],恐美人之迟暮[⑳]。不抚壮而弃秽兮[㉑],何不改此度也[22]？乘骐骥以驰骋兮[23]，来吾导夫先路[24]！

【注释】

①帝：当王的人死后又有庙主的称呼。《礼记·曲礼》："天王崩……告丧曰：'天王登假。'措之庙，立之主，曰'帝'。"高阳：远古帝王颛顼有天下时的称号。王逸《楚辞章句》："颛顼有天下之号也。"苗裔：后代子孙。《史记·楚世家》："楚之先出自帝颛顼高阳。"朱熹《楚辞集注》："苗裔，远孙也。苗者，草之茎叶，根所生也。裔者，衣裾之末，衣之余也。故以为远末子孙之称也。"

②朕：第一人称指示代词。王逸《楚辞章句》："我也。"先秦的人不论上下都可以称朕。至秦始皇，才是"朕"为帝王自称的专用词。皇考：亡父的尊称。皇，王逸《楚辞章句》："美也。"即光明、伟大的意思。这是古代习用的称颂赞美的定语。王逸《楚辞章句》："父死称考。"一说皇考指远祖。闻一多《离骚解诂》用刘向《九叹》及近人王闿运《楚辞释》之说。另一说皇考指曾祖。近人魏炯若《离骚发微》、陈直《楚辞拾遗》均主此说。按，从下文"皇览揆"句看来，皇考当指屈原父无疑。伯庸：王夫之《楚辞通释》："伯庸其字，古者讳名不讳字。"

③摄提：王逸《楚辞章句》："太岁在寅曰摄提格。"即指寅年。贞：正，正指着。孟陬：王逸《楚辞章句》："孟，始也。正月为陬。"即孟春正月，也是寅月。

④庚寅：王逸《楚辞章句》："日也。"正月里的一天，是寅日。按，以上二句根据王逸说屈原生于寅年寅月寅日。后人据此考据后，推算出屈原生日在楚威王元年正月十四日，即前339年。

⑤皇：皇考的省称。览：观察。揆：王逸《楚辞章句》："度也。"衡量，揣测。初度：初生的时节。度，朱熹《楚辞集注》："初度之度，犹言时节也。"

⑥肇:王逸《楚辞章句》:"始也。"

⑦正则:公正的法则。王逸《楚辞章句》:"正,平也。则,法也。"

⑧灵均:王逸《楚辞章句》:"灵,神也。"均,即均匀、公平的意思。灵均,实为一带有神灵身份、神性色彩的名字。洪兴祖《楚辞补注》:"正则以释名平之义,灵均以释字原之义。"按,正则、灵均,是辞赋里用的假名。

⑨纷:多的样子。在句子中作定语,修饰"内美"。现提到主语之前,这是楚辞中常见的特殊用法。此:指上文的"三寅"、出身和嘉名。内美:指先天具有的良好素质。

⑩修能:即修态,修饰的美态。是与内美相对的后天的修饰,指人对道德品质和学术的修养。闻一多《楚辞校补》:"能、态古字通。下文'扈江离与辟芷兮,纫秋兰以为佩',即承此言之。"

⑪扈:披。王逸《楚辞章句》:"扈,被也。楚人名被为扈。"江离:香草名。即川芎。辟芷:生长在幽僻处的芷草。辟,幽僻。芷,香草名。即白芷。

⑫纫:蒋骥《山带阁注楚辞》:"结也。"动词,把香草结成索。秋兰:秋天开花的兰草。兰,香草名。

⑬汩(yù):王逸《楚辞章句》:"汩,去貌。疾若水流也。"比喻时光如逝水。

⑭不吾与:不等待我。与,待。

⑮搴(qiān):拔取。阰(pí):土坡。木兰:香木名。又名辛夷。

⑯揽:采。宿莽:王逸《楚辞章句》:"草冬生不死者,楚人名曰宿莽。"

⑰日月:指时光。忽:形容时光迅速。淹:久留。

⑱代序:代谢。王逸《楚辞章句》:"春往秋来,以次相代。"

⑲惟:想到。

⑳美人:钱澄之《屈诂》:"美人自况为是。"一说指楚怀王。一说指

贤士。迟暮:年老。

㉑不:"何不"的省文。抚壮:凭借楚国的民心士气及其优越条件。抚,徐焕龙《屈辞洗髓》:"抚,凭也。"壮,朱冀《离骚辩》:"壮者,强也;盛也。以国势而言。"秽:秽政。朱冀《离骚辩》:"秽者,政事之杂乱,如草之荒秽而不治。"

㉒此度:指现行的政治法度。

㉓骐骥:骏马。比喻贤臣。

㉔来:钱杲之《离骚集传》:"来,引导之辞。"先路:前驱。王逸《楚辞章句》:"言己如得任用,将驱先行,愿来随我,遂为君导入圣王之道也。"按,全文共分三大段。以上是第一大段的第一层,诗人叙述家世出身,生辰名字,以及自己如何积极自修,锻炼品质和才能,并决心辅助楚王进行政治改革,使国家富强起来。

【译文】

我是古帝高阳氏的后代子孙,我已逝世的父亲字伯庸。岁星在寅的那年孟春正月,正当庚寅日那天我降生。父亲仔细揣测我的生辰时节,于是赐给我相应的美名。父亲把我的名取为正则,同时把我的字叫做灵均。上天赋予我很多良好素质,我还不断加强自己的修养。我把江离芷草披在肩上,把秋兰连接成索佩挂身旁。我好像跟不上快如逝水的时光,岁月不等待人使我心慌。早晨我在山坡上采集木兰,傍晚在小洲中摘取宿莽。时光迅速逝去不会久留,春秋相互代谢变化有常。想到草木已经由盛到衰,担心自己也一天天衰老。何不利用强盛时扬弃秽政,为什么还不改变这些法度?乘上千里马纵横驰骋吧,来呀,让我在前面引导开路!

昔三后之纯粹兮[①],固众芳之所在[②]。杂申椒与菌桂兮,岂维纽夫蕙茝[③]。彼尧舜之耿介兮[④],既遵道而得路[⑤]。何桀纣之昌披兮[⑥],夫唯捷径以窘步[⑦]。惟党人之偷乐兮[⑧],路幽昧以险隘[⑨]。岂余身之惮殃兮[⑩]，恐皇舆之败绩[⑪]！忽奔走以先后兮[⑫]，及前王之踵武[⑬]。荃不察余之忠情兮[⑭]，反信谗而齐怒[⑮]。余固知謇謇之为患兮[⑯]，忍而不能舍也[⑰]。指九天以为正兮[⑱]，夫唯灵修之故也[⑲]！初既与余成言兮[⑳]，后悔遁而有他[㉑]。余既不难离别兮[㉒]，伤灵修之数化[㉓]。

【注释】

①三后：王逸《楚辞章句》："谓禹、汤、文王也。"朱熹在《楚辞集注》中同此说，但在《楚辞辩证》中又说："疑谓三皇，或少昊、颛顼、高辛也。"戴震及近人马其昶均认为三后为楚先君熊绎、若敖、蚡冒三人。此说较妥。后，君。纯粹：没有杂质。指德行完美，公正无私。

②众芳：指下文的椒、桂、蕙、茝等香草。比喻群贤。

③"杂申椒"二句：比喻三后求贤的普遍和贤才的众多。杂，杂用，兼有。申椒，申地的椒。椒，落叶灌木，所结的子即称为花椒，是一种香料。菌桂，肉桂。桂树的一种，树干正圆如竹，皮薄可卷，也是一种香料。按，椒、桂都带刺激味，比喻直言急谏之臣。林云铭《楚辞灯》："椒桂带辣气，以其香犹用之，不但用纯香之蕙茝而已。"维，同"唯"，只，仅仅。夫，彼。

④耿介：光明正大。

⑤道：正道，正确的道理。路：比喻治国的正确途径。

⑥何：何等。是"昌披"的状语，现提到主语之前，这也是《楚辞》中常见的特殊句型。

⑦捷径：《楚辞补注》："捷，邪出也。《论语》曰：'行不由径。'径，步道也。"

⑧党人：钱杲之《离骚集传》："谓时小人相为朋党者。"即指当时结

党营私的腐朽贵族集团。偷乐:苟安享乐。

⑨路:比喻国家以及他们的前途。幽昧:昏暗不明。

⑩惮殃:畏惧灾难。

⑪皇舆:王逸《楚辞章句》:“皇,君也。舆,君之所乘,以喻国也。”败绩:戴震《屈原赋注》:“车覆曰败绩。”这里指国家颠覆。

⑫忽:匆匆忙忙的样子。先后:指跑前跑后。

⑬踵武:朱熹《楚辞集注》:“踵,足跟也。武,迹也。”

⑭荃:音义同“荪(quán)”,香草名。王逸《楚辞章句》:“以喻君也。”这里指楚怀王。忠情:内心。

⑮齐(jì)怒:盛怒。形容怒火很大。齐,本义是用急火煮饭的意思。

⑯謇謇(jiǎn):朱冀《离骚辩》:“直言貌。”

⑰舍:控制,止。

⑱正:通“证”。

⑲灵修:朱熹《楚辞集注》:“言其有明智而善修饰,盖妇悦其夫之称,亦托词以寓意于君也。”这里指楚怀王。

⑳成言:约定。

㉑遁:变心。有他:有了另外的打算。

㉒离别:指离开楚怀王。

㉓数化:王逸《楚辞章句》:“志数变易,无常操也。”按,这是第一大段的第二层。诗人用一系列比喻,说明治乱成败的道理,并且阐明自己的政治观点和立场,揭示了与楚王的矛盾。

【译文】

从前三君公正无私德行完美,因此天下贤臣聚集他们周围。杂聚着申椒、菌桂似的人物,岂止接纳优秀的蕙与茝。唐尧、虞舜多么光明正直啊,他们沿着正道登上坦途。夏桀、殷纣多么狂妄邪恶啊,贪图捷径最终走投无路。结党营私的人苟安享乐,他们的前途黑暗充满险阻。难道我是害怕招灾惹祸吗?我只担心祖国为此覆没。跑前跑后我奔走照料啊,希望君王能赶上先王的脚步。君王不深入了解我的忠心,反而听信谗言对我发怒。我早就知道忠言直谏有祸,原想忍耐却又控制不住。上指苍天请它给我作证,一切都是为了君王的缘故。你以前既然与我有过成约,现在另有打算又追悔当初。我并不难于与你别离啊,我只是伤心你的反反复复。

余既滋兰之九畹兮①,又树蕙之百亩②。畦留夷与揭车兮③,杂杜衡与芳芷④。冀枝叶之峻茂兮⑤,愿俟时乎吾将刈⑥。虽萎绝其亦何伤兮⑦,哀众芳之芜秽⑧。众皆竞进以贪婪兮⑨,凭不厌乎求索⑩。羌内恕己以量人兮⑪,各兴心而嫉妒⑫。忽驰骛以追逐兮⑬,非余心之所急⑭。老冉冉其将至兮⑮,恐修名之不立⑯。朝饮木兰之坠露兮,夕餐秋菊之落英⑰。苟余情其信姱以练要兮⑱,长顑颔亦何伤⑲。揽木根以结茝兮⑳,贯薜荔之落蕊㉑。矫菌桂以纫蕙兮㉒,索胡绳之纚纚㉓。謇吾法夫前修兮㉔,非时俗之所服㉕。虽不周于今之人兮㉖,愿依彭咸之遗则㉗!

【注释】

①滋:栽种。九畹(wǎn):表示栽种得多。九是虚数。畹,王逸《楚辞章句》:"十二亩曰畹。"《说文解字》说,一畹三十亩。

②树:种植。百亩:也是种得很多的意思。

③畦:田垄。用作动词。指一垄一垄地种植。留夷:香草名。即芍药。揭车:香草名。

④杂:动词。套种。杜衡:香草名。俗称马蹄香。芳芷:即白芷。按,以上四句用种植香草比喻培养人才。

⑤冀:希望。峻茂:高大茂盛。

⑥俟(sì):等待。刈(yì):收割。

⑦萎绝:枯萎凋落。王逸《楚辞章句》:"萎,病也。绝,落也。"

⑧芜秽:原指长满荒草。这里比喻人才变质。

⑨竞进:争先恐后地向上爬。

⑩凭:王逸《楚辞章句》:"楚人名满曰凭。"形容求索之甚。

⑪羌:王逸《楚辞章句》:"楚人语词也。"恕己:对待自己宽容。量:估量,揣度。

⑫兴心:起意。

⑬驰骛:汪瑗《楚辞集解》:"乱走也。"即狂奔乱跑。追逐:指追求权势与财富。

⑭所急:急迫的事。

⑮冉冉:渐渐。

⑯修名:美名。

⑰落英:零落的花。

⑱姱(kuā):美好。练要:意思是思想感情精练明确,集中于主要的东西。

⑲顑颔(kǎn hàn):《楚辞补注》:"食不饱,面黄貌。"

⑳木根:香木的根。茝(chǎi):香草名。

㉑薜(bì)荔:香木名。常绿灌木,蔓生,亦名木莲。

㉒矫:举,拿。

㉓索:动词。搓绳。胡绳:一种蔓生香草。纚纚(xǐ):又长又好的样子。

㉔謇(jiǎn):楚方言,发语词。前修:前代修习道德之圣贤。

㉕服:做,从事。

㉖周:相容,合。

㉗彭咸:王逸《楚辞章句》:"殷贤大夫,谏其君不听,自投水而死。"遗则:留下的榜样,遗留的教诲。按,这是第一大段的第三层。写自己为国家培养人才,但在"众皆竞进以贪婪"的环境中,群芳

芜秽了。自己却要积极自修，依照彭咸的遗教去做。

【译文】

我已经栽培了很多春兰，又种植香草秋蕙一大片。分垄培植了留夷和揭车，还把杜衡、芳芷套种其间。我希望它们枝叶茂盛，等待着我收割的那一天。如果它们枯萎死绝没什么伤害，令人痛心的是它们质变。群小都拼命争着向上爬，利欲熏心而又贪得无厌。他们猜疑别人宽恕自己，钩心斗角而且相互妒忌。急于奔走钻营争权夺利，这一切不是我追求的东西。只觉得老年在渐渐来临，我担心美好的名声不能树立。早晨我饮木兰上的露水，傍晚我用菊花残瓣充饥。只要我的感情贤贞不易，形清骨立又有什么关系。我用香木的根编结茝草，再把薜荔花蕊穿在一起。我拿菌桂枝条联结蕙草，胡绳搓成绳索又长又好。我效法的是古代圣贤，这不是世间俗人能够做到。我与现在的人虽不相容，我却愿依照彭咸的遗教！

长太息以掩涕兮，哀人生之多艰①。余虽好修姱以鞿羁兮②，謇朝谇而夕替③。既替余以蕙纕兮④，又申之以揽茝⑤。亦余心之所善兮，虽九死其犹未悔⑥！怨灵修之浩荡兮⑦，终不察夫人心⑧。众女嫉余之娥眉兮⑨，谣诼谓余以善淫⑩。固时俗之工巧兮，偭规矩而改错⑪。背绳墨以追曲兮⑫，竞周容以为度⑬。忳郁邑余侘傺兮⑭，吾独穷困乎此时也。宁溘死以流亡兮⑮，余不忍为此态也！鸷鸟之不群兮⑯，自前代而固然。何方圆之能周兮，夫孰异道而相安⑰！屈心而抑志兮⑱，忍尤而攘诟⑲。伏清白以死直兮⑳，固前圣之所厚㉑！

【注释】

①人生：或作“民生”。盖原为“民”字。李善唐人，避太宗讳，改

"民"为"人"。

②修姱:《楚辞补注》:"谓修洁而姱美也。"鞿(jī)羁:朱熹《楚辞集注》:"言自绳束,不放纵也。"

③谇(suì):辱骂。替:废弃。

④替:谮。即捏造事实,背后说人坏话。纕(xiāng):佩带。

⑤申:加上。

⑥九死:死亡多次。

⑦浩荡:王逸《楚辞章句》:"无思虑貌。"原指水很大,泛滥横流。这里指楚王行为放纵,变化无常,毫无思虑。有糊涂的意思。

⑧人心:或作"民心"。

⑨娥眉:同"蛾眉",指蚕蛾的触角,细长而弯曲。这里比喻女子的秀丽,她的眉毛就像蚕蛾的触角一样。蛾眉是古代美貌的象征。

⑩谣诼(zhuó):造谣中伤。

⑪偭(miǎn):违背。规矩:指法度。错:措施。

⑫绳墨:木工用的墨斗墨线,是定直线的工具。引申为判断是非的标准。

⑬周容:苟合取悦于人。度:法则。

⑭忳(tún):忧愁很深的样子。郁邑:烦恼苦闷。侘傺(chà chì):王逸《楚辞章句》:"失志貌。"

⑮流亡:姜亮夫《屈原赋校注》:"淹忽而死,随水以去。"

⑯鸷鸟:王逸《楚辞章句》:"鸷,执也。谓能执伏众鸟,鹰鹯之类也,以喻忠正。"

⑰异道:志向不同。

⑱屈心:委曲心志。抑志:抑制感情。

⑲尤:责怪。攘:容忍退让的意思。

⑳伏:保持。死直:为直道而死。

㉑厚:嘉许,称赞。按,这是第一大段的第四层。诗人写自己因直

言劝谏遭到废弃的命运，表示要坚持美与善的理想，至死不变。

【译文】

我揩着眼泪啊声声长叹，可怜人生的道路多么艰难。我虽爱好修洁严于责己，早晨被辱骂晚上又被罢官。他们攻击我佩带蕙草啊，又指责我爱好采集茝和兰。这是我心中追求的东西，就是多次死亡也不后悔！怨只怨君王糊里糊涂啊，他始终不体察别人的心情。那些女人妒忌我的丰姿，造谣诬蔑说我妖艳好淫。庸人本来善于投机取巧，背弃规矩而又改变政策。违背是非标准追求邪曲，争着苟合取悦作为法则。忧愁烦闷啊我失意不安，现在孤独穷困多么艰难。宁可马上死去魂魄离散，媚俗取巧啊我坚决不干！雄鹰不与那些燕雀同群，自古以来就是这般。方圜怎么能够互相配合，志向不同何能彼此相安！宁愿委曲心志压抑感情，把斥责和咒骂统统承担。保持清白节操死于直道，这本为古代圣贤所称赞！

悔相道之不察兮①，延伫乎吾将反②。回朕车以复路兮③，及行迷之未远④。步余马于兰皋兮⑤，驰椒丘且焉止息⑥。进不入以离尤兮⑦，退将复修吾初服⑧。制芰荷以为衣兮⑨，集芙蓉以为裳⑩。不吾知其亦已兮⑪，苟余情其信芳⑫。高余冠之岌岌兮⑬，长余佩之陆离⑭。芳与泽其杂糅兮⑮，唯昭质其犹未亏⑯。忽反顾以游目兮⑰，将往观乎四荒⑱。佩缤纷其繁饰兮⑲，芳菲菲其弥章⑳。人生各有所乐兮㉑，余独好修以为常㉒。虽体解吾犹未变兮㉓，岂余心之可惩㉔！

【注释】

①相道：看路。

②延伫：长时间的站立。这里是迟疑不决的意思。

③复路：走回原路。

④行迷：迷路。

⑤兰皋(gāo)：长有兰草的水边。皋，水边的陆地。

⑥椒丘：长有椒木的小山。

⑦进不入：意思是虽然进仕于朝廷，却未被楚王真正信任和接纳。离：通“罹(lí)”，遭到。

⑧初服：即篇首的扈离纫兰。在篇首为朝搴夕揽。这里指荷衣蓉裳。比喻继续进修原来的品德。

⑨制：剪裁。芰(jì)荷：菱。

⑩芙蓉：荷花。

⑪不吾知：即“不知吾”。

⑫信芳：真正芳洁。

⑬岌岌(jí)：高耸的样子。

⑭陆离：长貌。

⑮芳：指香洁的东西。泽：刘熙《释名·释衣服》：“汗衣，近身受汗垢之衣也。《诗》谓之泽(见《秦风·无衣》)，受汗泽也。”这里引申为污垢的意思。糅(róu)：掺和。按，芳泽杂糅，是比喻贤臣与奸佞同处朝廷。

⑯昭质：光辉纯洁的品质。

⑰游目：纵目远眺。

⑱四荒：指四面遥远的地方。王逸《楚辞章句》：“荒，远也。”按，此二句是下文“上下求索”的伏笔。

⑲缤纷：王逸《楚辞章句》：“盛貌。”

⑳菲菲：王逸《楚辞章句》：“犹勃勃。”即香气浓烈。弥章：更加显著。章，明显，显著。

㉑人生：一说人性。

㉒好修:爱好修饰。比喻加强自己道德品质和学术的修养。

㉓体解:即肢解。

㉔惩:警戒。按,这是第一大段的第五层。理想既然不能实现,就回来加强自修,在任何情况下也不放弃自己的理想。从开头至此是全篇的第一大段。在这一大段中,诗人自叙身世、德才和理想,以及辅助楚王进行政治改革的斗争。但因贵族群小的围攻迫害,楚王听信谗言而理想不能实现。诗人并没有屈服,他向腐朽的反动势力进行了猛烈的抨击,并且仍决心坚持自己的道德情操和政治理想。

【译文】

后悔当初不曾看清前途,迟疑了一阵我又将回头。调转我的车马走回原路,趁着迷途未远赶快罢休。我骑马在兰草水边行走,奔上椒木小山暂且停留。既然进取不成反而获罪,那就回来把我旧服重修。我要把菱叶裁剪成上衣,我还用荷花把下裳织就。没有人了解我也就算了,只要内心真正馥郁芳柔。把我的帽子加得高高的,把我的佩带增得长悠悠。虽然芳洁污垢混杂一起,纯洁品质不会亏损腐朽。我忽然回头啊纵目远望,我将游观四面遥远地方。佩着五彩缤纷华丽服饰,散发出一阵阵浓郁清香。人们各有自己的爱好啊,我独爱好修饰习以为常。即使粉身碎骨也不改变,难道我能受警戒改变志向!

女嬃之婵媛兮①,申申其詈予②。曰:"鲧婞直以亡身兮③,终然夭乎羽之野④。汝何博謇而好修兮⑤,纷独有此姱节⑥?薋菉葹以盈室兮⑦,判独离而不服⑧。众不可户说兮⑨,孰云察余之中情⑩?世并举而好朋兮⑪,夫何茕独而不予听⑫?"依前圣之节中兮⑬,喟凭心而历兹⑭。济沅湘以南征兮,就重华而陈词⑮:"启《九辩》与《九歌》兮⑯,夏康娱以自纵[17]。不顾难以图后兮[18]，五子用失乎家巷[19]。羿淫游以佚田兮[20]，又好射夫封狐[21]。固乱流其鲜终兮[22]，浞又贪夫厥家[23]。浇身被服强圉兮[24]，纵欲而不忍。日康娱而自忘兮，厥首用夫颠陨[25]。夏桀之常违兮[26]，乃遂焉而逢殃[27]。后辛之菹醢兮[28]，殷宗用而不长[29]。汤禹严而祗敬兮[30]，周论道而莫差[31]。举贤而授能兮[32]，修绳墨而不陂[33]。皇天无私阿兮[34]，览人德焉错辅[35]。夫维圣哲以茂行兮[36]，苟得用此下土[37]。瞻前而顾后兮，相观人之计极[38]。夫孰非义而可用兮，孰非善而可服？阽余身而危死兮[39]，览余初其犹未悔。不量凿而正枘兮[40]，固前修以菹醢。"曾歔欷余郁邑兮[41]，哀朕时之不当[42]。揽茹蕙以掩涕兮[43]，沾余襟之浪浪[44]。

【注释】

①女媭：王逸《楚辞章句》："女媭，屈原姊也。"《说文解字》引贾逵说："楚人谓姊为媭。"一说是侍妾。汪瑗《楚辞集解》："媭者，贱妾之称。"郭沫若《屈原赋今译》引申为"女伴"，并疑女媭是屈原的侍女。按，从《离骚》文例来看，女媭应是屈原虚构的一个"老大姐"式的人物，并不是实指。婵媛：眷恋牵持之貌。是多情、关切的意思。

②申申：繁絮貌，即一再地。詈（lì）：责备。引申为劝诫。

③鲧（gǔn）：禹的父亲。颛顼的后代。相传鲧偷了天帝的息壤来治洪水，被天帝杀死在羽山的郊野。婞（xìng）直：刚愎倔强。婞，同"悻"。亡身：当作"忘身"。意思是不顾自身的安危。

④夭（yāo）：早死。羽：羽山。神话中的地名。传说在东海之滨。

⑤博謇：钱澄之《屈诂》："謇，难于言而必欲言之。博謇，知无不言也。"意思是在各种事情上都实话实说。博，广泛，多方面。謇，

直言。

⑥姱节：美好的节操。

⑦赍(zī)：《说文解字》："草多貌。"菉(lù)：草名。亦名王刍。淡竹叶。葹(shī)：草名。即苍耳。菉、葹都是普通的草。戴震《屈原赋注》："喻众之所尚，原独判然舍弃之。"

⑧判：与众不同的样子。服：佩用。

⑨户说：一家一户地去解释。

⑩余：我们。这是女嬃站在屈原一边说话的口气。

⑪世并举：世俗的人彼此标榜。好朋：爱好成群结伙。朋，朋党。

⑫茕(qióng)：王逸《楚辞章句》："孤也。"按，女嬃的话到此为止。

⑬节中：王逸《楚辞章句》："言己所言，皆依前世圣人之法，节其中和。"节，节度，节制。中，中和。一说折中，不偏不倚。

⑭喟(kuì)：叹息。凭：满。指愤懑。历兹：至今。

⑮重华：虞舜的名。《淮南子·修务训》："舜二瞳子，是谓重明。"明，即华。是说舜的双目有异于常人的光彩。相传虞舜葬在九嶷山，即今湖南宁远境内，在沅水、湘水之南，所以向重华陈词要渡过沅湘南行。

⑯启：指夏启，禹的儿子，继禹为君。《九辩》《九歌》：乐曲名。《楚辞补注》："《山海经》云，夏后上三嫔于天，得《九辩》与《九歌》以下。注云，皆天帝乐名。启登天而窃以下，用之。"按，从这句起，即向重华所陈之词。

⑰夏：指夏启。康娱：寻欢作乐。按，王逸《楚辞章句》误以夏康连读，解为太康(启的儿子)，在《离骚》中"康娱"二字连用有三处，知实出于误解。自纵：放纵自己。

⑱图后：考虑将来。

⑲五子：游国恩《离骚纂义》："五子者，即五观。亦即武观。启之奸子。"用：因此。失：王引之说："五子用失乎家巷，'失'字因王注

而衍。”家巷：王引之说：“巷，读《孟子》邹与鲁閧之閧。刘熙曰，閧，构也。构兵以斗也。五子作乱，故云家閧。”按，根据《竹书纪年》载，夏启十年至十一年间，他的第五个儿子武观被放逐到西河。十五年，武观在西河发动叛乱。

⑳羿（yì）：善射的后羿。相传是夏代有穷国的君主，曾起兵推翻夏启之子太康。田：打猎。

㉑封狐：大狐狸。

㉒乱流：淫乱之徒。

㉓浞（zhuó）：人名。即寒浞，羿的相。按，据《春秋左传·襄公四年》《路史后纪》《淮南子》等书记载，寒浞因贪恋羿的妻子，勾结羿的家臣逢蒙等人把羿杀死。家：王逸《楚辞章句》：“妇谓之家。”

㉔浇（ào）：寒浞的儿子。被服：即披服。引申为身上具有的意思。强圉：王逸《楚辞章句》：“多力也。”传说浇勇猛有力，曾起兵灭了斟灌、斟寻二族，杀死逃在那里的夏相（太康之侄，仲康之子）。后来又被夏相的儿子少康杀死。

㉕厥：指浇。颠陨：坠落。

㉖常违：“违常”的倒文。违背常规。

㉗遂焉：于是就这样。一说遂是地名。逢殃：据《史记·夏本纪》夏桀被汤放逐于南巢，因而亡国。

㉘后辛：即殷纣王。菹醢（zū hǎi）：古代酷刑，把人剁碎做成肉酱。据《史记·殷本纪》载，纣王杀比干，醢梅伯，终致亡国。

㉙殷宗：殷朝的天下。宗，宗祀。

㉚严：严肃。祗（zhī）：与“敬”同义。

㉛周：指周初的文王、武王。

㉜授能：把政事交给有才能的人。

㉝陂（pō）：倾斜。

㉞阿:偏袒。

㉟错:安排。

㊱圣哲:指古代有德行才智的帝王。茂行:德行的多和好。

㊲苟得:才能够。用:享用。下土:即天下。相对上天而言。

㊳相观:观察。计极:最终的、最根本的打算。

㊴阽(diàn)余身:即余身阽。阽,面临危险。危死:濒于死亡。

㊵凿:器物的孔眼,安放榫头的地方。枘(ruì):榫头。

㊶曾:通"增",愈加。歔欷(xū xī):悲泣的声音。

㊷时之不当:等于说生不逢时。

㊸茹:柔软。

㊹浪浪:泪流不止的样子。按,这是第二大段的第一层。因女媭的劝诫,不得已去向重华陈述自己意见,诗人引用了前朝一系列史实来阐明自己的政治思想。从这一层起,以下描写的都是诗人对未来道路的探索。是诗人内心深处一层又一层展开的矛盾、彷徨、苦闷与追求,以及思想斗争过程。写的都只是一种思想意识的反映,并非叙述事实。

【译文】

女媭对我的遭遇十分关切,她曾经一再劝诫于我。她说:"鲧太刚直不顾性命,结果被杀死在羽山荒野。你为何忠言无忌爱好修饰,还独有很多美好的品德?满屋堆的都是普通花草,你却与众不同不肯佩用。无法挨家挨户向众人说明,谁会来详察我们的本心?世上的人都爱成群结伙,你为何对我的话总是不听?"我以先圣行为节制性情,愤懑心情至今不能平静。渡过沅水湘水向南走去,我要对虞舜把道理讲清:"夏启偷得《九辩》和《九歌》啊,他寻欢作乐而放纵忘情。不考虑将来也看不到危难,因此武观得以酿成内乱。后羿爱好田猎溺于游乐,对射杀大狐狸特别喜欢。本来淫乱之徒无好结果,寒浞杀羿把他妻子霸占。寒浇自恃有强大的力气,放纵欲望不肯节制自己。天天寻欢作乐忘掉自身，因此他的脑袋终于落地。夏桀行为总是违背常理，结果灾殃也就难以躲避。殷纣王把忠良剁成肉酱，殷朝天下因此不能久长。商汤、夏禹态度严肃恭敬，正确讲究道理还有文王。他们都能选拔贤者能人，遵循一定准则不会走样。上天对一切都公正无私，见有德的人就给予扶助。只有古代圣王德行高尚，才能够享有天下的土地。回顾过去啊把将来瞻望，观察做人的根本究竟怎样。哪有不义的事可以去干，哪有不善的事应该担当？我虽然面临死亡的危险，毫不后悔自己当初志向。不度量凿眼就削正榫头，前代的贤人正因此遭殃。”我泣声不绝啊烦恼悲伤，哀叹自己未逢美好时光。拿着柔软蕙草揩抹眼泪，热泪滚滚沾湿我的衣裳。

跪敷衽以陈词兮①，耿吾既得此中正②。驷玉虬以乘鷖兮③，溘埃风余上征④。朝发轫于苍梧兮⑤，夕余至乎县圃⑥。欲少留此灵琐兮⑦，日忽忽其将暮⑧。吾令羲和弭节兮⑨，望崦嵫而勿迫⑩。路曼曼其修远兮⑪，吾将上下而求索⑫。饮余马于咸池兮⑬，总余辔乎扶桑⑭。折若木以拂日兮⑮，聊须臾以相羊⑯。前望舒使先驱兮⑰，后飞廉使奔属⑱。鸾皇为余先戒兮⑲，雷师告余以未具⑳。吾令凤皇飞腾兮，又继之以日夜。飘风屯其相离兮㉑，帅云霓而来御㉒。纷总总其离合兮㉓，斑陆离其上下㉔。吾令帝阍开关兮㉕，倚阊阖而望予㉖。时暧暧其将罢兮㉗，结幽兰而延伫。世溷浊而不分兮㉘，好蔽美而嫉妒。

【注释】

①衽：衣服的前襟。

②耿：明亮的样子。中正：汪瑗《楚辞集解》：“中者无过不及之谓，

正者不偏不倚之谓,指己所陈之词得圣人中正之道也。"

③驷:古代用四匹马驾车,这四匹马叫驷。这里作动词,驾乘四马。虬(qiú):传说中无角的龙。鹥(yì):凤凰别名。

④溘(kè):有两解:一、王逸《楚辞章句》:"溘,犹掩也。"掩埃风,即乘着有尘埃的大风。二、朱熹《楚辞集注》:"奄忽也。"迅疾的样子。溘埃风,即迅速地乘着尘风向天上飞行。

⑤发轫(rèn):动身、启程的意思。轫为停车时用来阻止车轮转动的一块木头,行车时先把轫移开,叫发轫。苍梧:即九嶷山。

⑥县圃:王逸《楚辞章句》:"县圃,神山。在昆仑之上。"

⑦灵琐:琐,本指宫殿门上雕刻的花纹。这里指门。因县圃是神仙所居,所以称它的门为灵琐。王逸《楚辞章句》:"琐,门镂也……一云灵,神之所在也。"

⑧忽忽:很快地。

⑨羲和:神话中的人物,传说是给太阳驾车的。王逸《楚辞章句》:"羲和,日御也。"弭节:停鞭徐行。

⑩崦嵫(yān zī):王逸《楚辞章句》:"崦嵫,日所入山也。"

⑪曼曼:同"漫漫"。形容路远。

⑫求索:寻求。

⑬咸池:神话中的地名。王逸《楚辞章句》:"咸池,日浴处也。"

⑭扶桑:神话中的树名。据说是太阳升起的地方。《说文解字》:"榑(即扶)桑,神木,日所出也。"

⑮若木:神话中的树名。即扶桑。拂日:挡住太阳,不让它下落。钱澄之《屈诂》:"折若木以拂日,犹挥戈以返日也。吾既至西,犹当拂日,使不遽沉,得以逍遥相羊,庶可从容以求索耳。"拂,逆。

⑯须臾:王逸《楚辞章句》作"逍遥"。逍遥,优游自得的样子。相羊:通"徜徉",徘徊逗留。

⑰望舒:神话中给月亮驾车的人。王逸《楚辞章句》:"望舒,月

御也。”

⑱飞廉：神话中的人物。风神。奔属（zhǔ）：在后面跟随。

⑲鸾：凤一类的鸟。先戒：在前警戒。

⑳雷师：神话中的雷神。未具：行装没有准备好。

㉑飘风：旋风。离：《楚辞通释》：“离，丽也。附也。”附拢。

㉒云霓：泛指云霞。御：通“迓（yà）”，迎接。朱冀《离骚辩》：“言轻风阵阵，若断若属，云霓随风来往与我相遭，若帅之而迓我云尔。”

㉓纷总总：三字联绵词。聚集很多的样子。离合：指云霓在飘风中忽散忽聚，变化不定。

㉔斑：五光十色。陆离：参差错杂。指云霓的色彩变化多端。

㉕阍（hūn）：守门人。

㉖阊阖（chāng hé）：传说中的天门。

㉗暧暧（ài）：昏暗不明的样子。指天色渐晚。将罢：将尽。罢，王逸《楚辞章句》：“罢，极也。”

㉘溷（hùn）浊：混浊。按，这是第二大段的第二层。在阐述了“举贤授能”的政治主张后，引出神游天地，“上下求索”的幻想境界，表现出对理想的追求。这一层主要写自己上求失败的情况。

【译文】

铺开衣襟跪着慢慢细讲，我已获得中正之道心里亮堂。驾驭着玉虬啊乘着凤车，迅速乘着尘风飞到天上。早晨从南方的苍梧出发，傍晚就到达了昆仑山上。我本想在灵琐稍事逗留，夕阳西下已经暮色苍茫。我命令羲和停鞭慢行啊，莫让太阳迫近崦嵫山旁。前面的道路啊又远又长，我将上上下下追求理想。让我的马在咸池里饮水，把马缰绳拴在扶桑树上。折下若木枝来挡住太阳，我可以暂且从容地徜徉。叫前面的望舒作为先驱，让后面的飞廉紧紧跟上。鸾鸟凤凰为我在前面戒备，雷师却说还没有安排停当。我命令凤凰展翅飞腾啊，要夜以继日地不停飞翔。旋风结聚起来互相靠拢，它率领着云霓向我迎上。云霓越聚越多忽离忽合，五光十色上下飘浮荡漾。我叫天门守卫把门打开，他却倚靠天门把我呆望。日色渐暗时间已经晚了，我纽结着幽兰久久徜徉。这个世道混浊善恶不分，喜欢嫉妒别人抹煞所长。

朝吾将济于白水兮[①]，登阆风而緤马[②]。忽反顾以流涕兮，哀高丘之无女[③]。溘吾游此春宫兮[④]，折琼枝以继佩[⑤]。及荣华之未落兮[⑥]，相下女之可贻[⑦]。吾令丰隆乘云兮[⑧]，求宓妃之所在[⑨]。解佩纕以结言兮[⑩]，吾令蹇修以为理[⑪]。纷总总其离合兮，忽纬繣其难迁[⑫]。夕归次于穷石兮[⑬]，朝濯发乎洧盘[⑭]。保厥美以骄傲兮[⑮]，日康娱以淫游。虽信美而无礼兮，来违弃而改求[⑯]。览相观于四极兮[⑰]，周流乎天余乃下[⑱]。望瑶台之偃蹇兮[⑲]，见有娀之佚女[⑳]。吾令鸩为媒兮[㉑]，鸩告余以不好。雄鸠之鸣逝兮，余犹恶其佻巧[㉒]。心犹豫而狐疑兮，欲自适而不可[㉓]。凤皇既受诒兮[㉔]，恐高辛之先我[㉕]。欲远集而无所止兮[㉖]，聊浮游以逍遥[㉗]。及少康之未家兮[㉘]，留有虞之二姚[㉙]。理弱而媒拙兮[㉚]，恐导言之不固[㉛]。时溷浊而嫉贤兮，好蔽美而称恶[㉜]。闺中既邃远兮[㉝]，哲王又不寤[㉞]。怀朕情而不发兮，余焉能忍与此终古！

【注释】

①白水：神话中的水名。王逸《楚辞章句》："《淮南子》言，白水出昆仑之山，饮之不死。"

②阆(liáng)风：神话中的地名。王逸《楚辞章句》："阆风，山名。在昆仑之上。"緤(xiè)：同"绁"，系，栓。

③高丘：一说阆风山。一说楚山名，在巫山附近。按，此处非确指某处，应指上文天帝所居的地方，比喻楚宫。帝阍不开关欲行反顾，自然反顾的是帝居之处。女：比喻能了解屈原理想的贤人。

④溘：飘忽。春宫：王逸《楚辞章句》："东方青帝舍也。"

⑤琼枝：玉树的枝条。继佩：补充佩饰。

⑥荣华：指玉树上的花。

⑦下女：相对高丘而言，指下文的宓妃等人。贻：赠送。

⑧丰隆：神话中的人物。云神。王逸《楚辞章句》："丰隆，云师。一曰雷师。"

⑨宓妃：神话中的人物。据说是古帝伏羲氏的女儿，溺死于洛水，遂为洛水之神。宓，同"伏"。

⑩解佩纕以结言：古代书信是卷成卷子，外面用小带束住，在打结处加封泥。这就是说用佩带来束住给宓妃的书信。佩纕，佩带。言，指书信。

⑪蹇修：人名。诗中虚构的人物。理：媒人。朱熹《楚辞集注》："理，为媒以通词理也。"

⑫纬繣(wěi huà)：乖戾，不和合。难迁：难以改变。

⑬穷石：神话中的地名。相传羿的国土在这里。这句暗指宓妃与羿有爱情关系。

⑭洧(wěi)盘：神话中的水名。王逸《楚辞章句》："《禹大传》曰，洧盘之水，出崦嵫之山。"

⑮保：恃，仗着。

⑯来：招呼从者之词。

⑰览相观：三字同义而连用。四极：指天上四方的尽头。

⑱周流：周游。

⑲瑶台：以美玉砌成的台。瑶，美玉。偃蹇：高貌。形容台高耸的样子。

⑳有娀(sōng):传说中的古代国名。佚女:美女。据《淮南子》《吕氏春秋》说,有娀有两个美女,年长的叫简狄,她们都住在高台上。后来简狄嫁给帝喾,生商代的祖先契。

㉑鸩(zhèn):鸟名。传说它的羽毛有毒,浸入酒中可以致人死命。

㉒佻巧:指口吻轻薄,言词不实。

㉓适:往。

㉔凤皇:即给帝喾做媒的神鸟。《诗经·商颂·玄鸟》言简狄吞玄鸟(燕子)的卵而生契。受诒:是说凤凰接受了帝喾托付它送给简狄的聘礼。据说简狄因凤凰的媒介嫁给了帝喾。

㉕高辛:即帝喾。

㉖集:本义是鸟栖树上,和"止"同义,停留、居住的意思。

㉗浮游:飘荡。

㉘少康:夏后相之子。寒浞使浇杀夏后相,少康逃奔有虞,虞因妻以二女。

㉙有虞:国名。姚姓,舜后。二姚:有虞国的两位公主。

㉚理弱而媒拙兮:理、媒,都指媒人。

㉛导言:媒人传达双方意见的话。不固:没有成效。

㉜"时溷浊"二句:这两句是下索失败后得出的结论。

㉝邃(suì)远:深远。比喻不可接近。

㉞哲王:贤智的君王。这里指楚王。寤:觉悟,醒悟。按,"闺中邃远",所以下索失败;"哲王不寤",因此上求不成。这是上下求索失败的最主要的原因,是对"吾将上下而求索"的总结。按,以上是第二大段的第三层,写下索失败的情况。以上三层是全篇的第二大段。从女媭的劝诫,引入向重华陈词,进而上下求索,充分表达了诗人不见容于君,不受知于世的感情。

【译文】

清晨我将要渡过白水河,登上阆风山把马儿系着。忽然回头眺望涕泪淋漓，叹息高丘竟然没有美女。飘飘忽忽我到春宫一游，折下玉树枝条增添佩饰。趁琼枝上花朵还未凋零，把能受馈赠的美女找寻。我命令云师把云车驾起，我要去寻找宓妃的住地。解下佩带束好给她的书信，我请蹇修前去给我做媒。云霓纷纷簇集忽离忽合，很快知道事情乖戾难成。晚上宓妃回到穷石住宿，清晨到洧盘把头发洗濯。宓妃仗着貌美骄傲自大，成天放荡不羁寻欢作乐。她虽然美丽但不守礼法，算了吧放弃她另外求索。我在天上观察四面八方，周游一遍后我从天而降。遥望华丽巍峨的玉台啊，见有娀氏美人住在台上。我叫鸩鸟快去给我介绍，鸩鸟却说那个美人不好。雄鸠叫唤着争取前往啊，我又嫌它过分诡诈轻佻。我心中犹豫而疑惑不定，想自己去吧又觉得不妙。凤凰已接受托付的聘礼，恐怕高辛赶在我前面了。想到远方去又无处安居，只好四处游荡流浪逍遥。趁少康还未结婚的时节，还留着有虞国两位阿娇。媒人无能啊口才又笨拙，恐怕能说合的希望很小。世间混乱污浊嫉贤妒能，爱障蔽美德把恶事称道。闺中美女既然难以接近，贤智君王始终又不醒觉。满腔忠贞激情无处倾诉，我怎么能永远忍耐得了！

索琼茅以筳篿兮①，命灵氛为余占之②。曰："两美其必合兮③，孰信修而慕之④。思九州之博大兮，岂唯是其有女⑤？"曰⑥："勉远逝而无疑兮⑦，孰求美而释女？何所独无芳草兮，尔何怀乎故宇？时幽昧以眩曜兮⑧，孰云察余之美恶？人好恶其不同兮，惟此党人其独异。户服艾以盈要兮⑨，谓幽兰其不可佩。览察草木其独未得兮⑩，岂珵美之能当⑪？苏粪壤以充帏兮⑫，谓申椒其不芳。"

【注释】

①琼茅：传说中的一种灵草，可以用占卜。筳(tíng)：占卦用的小竹

片。筳(zhuān):楚方言。楚人名结草折竹以卜曰筳。

②灵氛:传说中的神巫,是个善于占卜吉凶的人。按,向灵氛求卜,也是诗人虚构的情节。

③两美:双方美好。比喻明君与贤臣。

④信修:真正好修。慕:爱慕,追求。

⑤是:此,此地。指楚国。

⑥曰:主语是灵氛。以下至段末是灵氛的答词。

⑦勉:自勉,努力的意思。

⑧幽昧:昏暗,黑暗。《楚辞通释》:"是非不察曰幽昧。"昡曜:本指阳光强烈,令人眼花。引申为眼光迷乱。

⑨户:家家户户,人人。要:同"腰"。

⑩未得:指没有正确理解和认识。

⑪珵(tǐng):通"珽",玉笏。戴震《屈原赋注》:"珵,玉笏之首。"当:指对美玉有恰当的认识和评价。

⑫苏:王逸《楚辞章句》:"苏,取也。"帏:即幐(téng),香囊。按,这是第三大段的第一层。屈原在去留问题上犹豫不决,于是请灵氛占卜前途。灵氛劝他走,并告诉他很多应该走的理由。

【译文】

我找来了灵草和细竹片,请求神巫灵氛为我占卜。"听说双方美好必将结合,看谁真正好修必然爱慕。想到天下多么辽阔广大,难道只在这里才有娇女?""劝你远走高飞不要迟疑,谁寻求美人会把你放弃?世间什么地方没有芳草,你又何必苦苦留恋故地?世道黑暗使人眼光迷乱,谁又能够了解我们底细?人们的好恶本来不相同,只是这帮小人更加怪异。人人都把艾草挂满腰间,说幽兰是不可佩的东西。对草木好坏还分辨不清,怎么能够正确评价玉器?用粪土塞满自己的香袋,反说佩带申椒没有香气。"

欲从灵氛之吉占兮，心犹豫而狐疑。巫咸将夕降兮[①]，怀椒糈而要之[②]。百神翳其备降兮[③]，九疑缤其并迎[④]。皇剡剡其扬灵兮[⑤]，告余以吉故[⑥]。曰[⑦]："勉升降以上下兮，求矩矱之所同[⑧]。汤禹俨而求合兮[⑨]，挚咎繇而能调[⑩]。苟中情其好修兮，何必用夫行媒[⑪]。说操筑于傅岩兮[⑫]，武丁用而不疑[⑬]。吕望之鼓刀兮[⑭]，遭周文而得举[⑮]。甯戚之讴歌兮[⑯]，齐桓闻以该辅[⑰]。及年岁之未晏兮[⑱]，时亦犹其未央[⑲]。恐鹈鴂之先鸣兮[⑳]，使百草为之不芳。"何琼佩之偃蹇兮[㉑]，众薆然而蔽之[㉒]。惟此党人之不亮兮[㉓]，恐嫉妒而折之[㉔]。时缤纷其变易兮，又何可以淹留。兰芷变而不芳兮，荃蕙化而为茅。何昔日之芳草兮，今直为此萧艾也[㉕]？岂其有他故兮，莫好修之害也。余以兰为可恃兮，羌无实而容长[㉖]。委厥美以从俗兮[㉗]，苟得引乎众芳[㉘]。椒专佞以慢谄兮[㉙]，椴又欲充其佩帏[㉚]。既干进而务入兮[㉛]，又何芳之能祗[㉜]。固时俗之从流兮，又孰能无变化？览椒兰其若兹兮，又况揭车与江蓠。惟兹佩之可贵兮，委厥美而历兹[㉝]。芳菲菲而难亏兮[㉞]，芬至今犹未沬[㉟]！和调度以自娱兮[㊱]，聊浮游而求女。及余饰之方壮兮[㊲]，周流观乎上下。

【注释】

①巫咸：传说中的古代神巫。降：请巫咸降神。这是古代一种巫术宗教仪式。由巫者请天神下降，附在他的身上，他就代表神说话。这种活动多在晚间，所以说"夕降"。

②椒：是用以焚香敬神，类似后世的烧香。糈（xǔ）：精米。要：通"邀"，迎接祈求。

③百神:泛指天上诸神。翳:蔽。指遮天蔽日而来。

④九疑:九嶷山众神的省称。

⑤皇剡剡(yǎn):光闪闪。皇,同“煌”,光。剡剡,闪烁貌。张诗《屈子贯》:“皇,犹煌也。”扬灵:显示灵验。

⑥吉故:吉利的故事。指下文所述君臣遇合的事例。

⑦曰:主语是巫咸。以下是巫咸代表神说的话。

⑧矩矱(yuē):引申为法度,准则。矱,量长短的工具。

⑨俨:敬。指律己严正。求合:访求志同道合的人。

⑩挚、咎繇:挚,伊尹名。汤臣。皋陶,禹臣。调:协调,指君臣和睦。

⑪用:因,借助。

⑫说(yuè):即傅说。操筑:操,持。筑,椿。谓操杵筑土而为贱役。傅岩:地名。在今山西平陆附近。傅说就是以这个地名为姓的。

⑬武丁:殷高宗的名字。用而不疑:根据《孟子》《帝王世纪》等书说,武丁梦得贤臣,后来发现傅说与梦中所遇的人形貌相同,就用他为相。

⑭吕望:即姜太公。姓吕,名尚,曾被称为太公望,所以又叫吕望。鼓刀:摆弄屠刀发出响声。王逸《楚辞章句》:“或言吕望太公,姜姓也。未遇之时,鼓刀屠于朝歌也……文王梦得圣人,于是出猎而遇之,遂载以归,用以为师。”

⑮周文:周文王。

⑯甯戚:王逸《楚辞章句》说,甯戚是春秋时卫国人。他经商到齐国,有一天晚上住宿在东门外,夜间喂牛,看见齐桓公夜出,就敲着牛角唱歌,慨叹怀才不遇。桓公听到后找他谈话,用他做客卿(一说做大夫)。

⑰齐桓:齐桓公。春秋时齐国的君主,春秋五霸之一。该辅:居于辅佐大臣的位置。

⑱晏:晚。

⑲犹其:是“其犹”的倒文,它还……。央:尽。

⑳鹈鴂(tí jué):即鹈鴂(tí jué),鸟名。鸣于夏初之时,正是落花时节。

㉑偃蹇:杰出貌。

㉒薆(ài)然:掩蔽的样子。

㉓亮:通“谅”,诚信。

㉔折:摧残。

㉕萧:李时珍《本草纲目》认为,这是到秋天就变老的百蒿。

㉖羌:楚方言,发语词。容长:谓徒有外好。

㉗委:弃。

㉘苟得:苟且地得到。指自身的才德与所取得的地位不相称。

㉙专:专横。佞:谄媚。慢谄:傲慢放肆。

㉚榝(shā):《说文解字》:“榝,似茱萸,出淮南。”是一种木本植物,屈原心目中的恶草。

㉛干进:与“务入”都是钻营、向上爬的意思。

㉜祗(zhī):王引之:“祗之言振也,言干进务入之人,委蛇从俗,必不能自振其芬芳,非不能敬贤之谓也。”

㉝委:积。引申为保持。

㉞亏:亏损。

㉟沫:泯灭,消失。

㊱和:指节奏和谐。调度:指行走时玉佩铿锵声和步伐搭配。

㊲方壮:正在美盛的时候。按,这是第三大段的第二层。屈原听了巫咸的话后,对照楚国的形势,他往观四荒的决心、离开楚国的意志才最后定下来。

【译文】

想听从灵氛占卜的好卦,心里犹豫迟疑决定不下。听说巫咸今晚将要降神,我带着花椒精米去接他。天上诸神遮天蔽日齐降,九嶷山的众神纷纷迎迓。他们灵光闪闪显示神灵，巫咸又告诉我不少佳话。他说："应该努力上天下地，去寻求意气相投的同道。汤、禹为人严正虚心求贤，得到伊尹、皋陶君臣协调。只要内心善良爱好修洁，又何必一定要媒人介绍。傅说持棒杵在傅岩筑墙，武丁毫不犹豫用他为相。姜太公曾经摆弄过屠刀，他被任用是遇到周文王。甯戚喂牛敲着牛角唱歌，齐桓公听见后任为大夫。趁现在年轻大有作为啊，施展才能还有大好时光。只怕杜鹃它叫得太早啊，使得百草因此不再芳香。"为什么这样美好的琼佩，人们却要掩盖它的光辉。想到这帮小人不讲信义，恐怕出于嫉妒把它摧残。时世纷乱而变化无常啊，我怎么可以在这里久留。兰草和芷草失掉了芬芳，荃草和蕙草也变成茅莠。为什么从前的这些香草，今天全都成为荒蒿野艾？难道还有什么别的理由，不爱好修洁造成的祸害。我原以为兰草最可依靠，谁知华而不实虚有其表。兰草抛弃美质追随世俗，勉强列入众芳辱没香草。花椒专横谄媚十分傲慢，茱萸想进香袋充当香草。它们既然这么热心钻营，又有什么香草重吐芳馨。本来世俗习气随波逐流，又还有谁能够意志坚定？看到香椒兰草变成这样，何况揭车、江离能不变心。只有我的佩饰最可贵啊，保持它的美德直到如今。浓郁的香气难以消散啊，到今天还在散发出芳馨！我调度和谐地自我欢娱，姑且飘游四方寻求美女。趁着我的佩饰还很盛美，我要周游观访上天下地。

灵氛既告余以吉占兮，历吉日乎吾将行[1]。折琼枝以为羞兮[2]，精琼爢以为粻[3]。为余驾飞龙兮，杂瑶象以为车[4]。何离心之可同兮，吾将远逝以自疏。邅吾道夫昆仑兮[5]，路修远以周流。扬云霓之晻蔼兮[6]，鸣玉鸾之啾啾[7]。朝发轫于天津兮[8]，夕余至乎西极[9]。凤皇翼其承旂兮[10]，高翱翔之翼翼[11]。忽吾行此流沙兮[12]，遵赤水而容与[13]。麾蛟龙使梁津兮[14]，诏西皇使涉予[15]。路修远以多艰兮，腾众车使径待[16]。路不周以左转兮[17]，指西海以为期[18]。屯余车其千乘兮，齐玉轪而并驰[19]。驾八龙之婉婉兮[20]，载云旗之委移[21]。抑志而弭节兮[22]，神高驰之邈邈[23]。奏《九歌》而舞《韶》兮[24]，聊假日以偷乐[25]。陟升皇之赫戏兮[26]，忽临睨夫旧乡[27]。仆夫悲余马怀兮，蜷局顾而不行[28]。

【注释】

①历：选择。

②羞：脯，干肉。

③精：凿，舀碎。靡：同“糜”，细屑。粻(zhāng)：米粮。

④杂：兼用。瑶象：指美玉和象牙。

⑤邅(zhān)：转。楚人名转曰邅。

⑥晻(ǎn)蔼：云彩蔽天的样子。

⑦玉鸾：玉铃。指挂在瑶车上的铃铛。

⑧天津：天河的渡口。

⑨西极：西边的尽头。

⑩翼：作动词用。指张开双翼。承旂(qí)：用两翼承负云霞。

⑪翼翼：指飞得整齐而有节奏。

⑫流沙：神话中的沙漠地带。

⑬遵：沿着。赤水：神话中的水名。相传源出昆仑山。容与：犹豫，踌躇不前之意。

⑭麾：指挥。梁：作动词用。架桥。

⑮诏：命令。西皇：神话中的西方之神。

⑯腾：传，为传言之意。径待：在路旁等待。

⑰路：经过。不周：即不周山，神话中的山名。王逸《楚辞章句》：

“不周，山名。在昆仑西北。”

⑱西海：神话中西方的海。期：指约会的地点，即目的地。

⑲齐：排列整齐。轪（dài）：玉轪，玉饰的车轴、车轮。

⑳婉婉（wān）：同“蜿蜿”，有蜿蜒的意思。形容龙形体摆动姿态。

㉑委移：即“委蛇”，形容旌旗随风招展。

㉒抑志：控制自己的感情，定下心来。

㉓神高驰：指思绪飞得很远很远。神，思绪。邈邈（miǎo）：遥远无际的样子。

㉔《韶》：王逸《楚辞章句》：“《韶》，《九韶》，舜乐也。《尚书》《箫韶》九成是也。”

㉕假：借。偷：同“愉”，乐。

㉖陟（zhì）：上升。升皇：初升的太阳。赫戏：形容太阳光明地照耀着。朱冀《离骚辩》：“赫者，言其赫赫然也。曦，日之光明也。”戏，义同“曦”。

㉗临：居高临下。睨（nì）：看见。

㉘蜷局：即卷曲，弯缩着身体。形容从上看下的姿势。按，这是第三大段的第三层。屈原接受了灵氛、巫咸的劝告，决定去国远游，最后终不忍离开的经过。这是他在迷离恍惚的心情中展开的最后一次幻想。

【译文】

灵氛已告诉我占得吉卦，选个好日子我准备出发。折下玉树枝叶作为肉脯，我舀碎美玉把干粮备下。给我驾车啊用飞龙为马，车上装饰着美玉和象牙。彼此不同心怎么配合啊，我将要远去主动离开他。我把目标转向昆仑山下，路途遥远继续周游观察。云霞虹霓飞扬遮住阳光，车上玉铃叮当响声错杂。清晨从天河的渡口出发，最远的西边我傍晚到达。凤凰展翅承托着旌旗啊，长空翱翔有节奏地上下。忽然我来到这流沙地带，只得沿着赤水缓行踌躇。指挥蛟龙在渡口上架桥，要渡赤水命令西皇引路。路途多么遥远多么艰险，我传令众车在路旁等待。经过不周山向左转去啊，我的目的地已指定西海。我再把成千辆车子聚集，把玉轮对齐了并驾齐驱。驾车的八龙蜿蜒地前进，载着云霓旗帜随风卷曲。定下心来啊慢慢地前行，难控制飞得远远的思绪。演奏着《九歌》跳起《韶》舞啊，且借大好时光寻求欢娱。太阳冉冉升起光芒万丈，忽然我看见自己的故乡。我的仆从悲伤马也怀念，退缩回头不肯走向前方。

乱曰①："已矣哉！国无人莫我知兮②，又何怀乎故都？既莫足与为美政兮③，吾将从彭咸之所居④。"

【注释】

①乱：古代乐曲的最后一章，结尾的齐奏合唱。从诗的结构看，这是全篇的尾声，是篇末概括全篇要旨的话。

②莫我知：即莫知我。

③美政：屈原心中的理想政治。

④从彭咸之所居：依照彭咸一生的行止来安排自己的生活道路。按，以上三层及乱辞是全篇的第三大段。写屈原在去留问题上的矛盾心情。

【译文】

[尾声]："算了吧！国内既然没有人了解我，我又何必怀念故国旧居！既然不能实现理想政治，我将追随彭咸安排自己。"

九歌四首

【题解】

《九歌》原是楚国流传很久的古代乐曲。相传是夏启从天上偷下来的。屈原这组诗借用了这一曲名。

《九歌》的创作与楚国原始巫术宗教有关。王逸说，楚国南方沅湘一带民间风俗相信鬼神，喜欢祭祀，祭祀时必定奏乐歌舞来娱乐鬼神。屈原流放在这一带，模仿这种祭歌形式，创作了《九歌》之曲。《九歌》中屈原塑造的一系列鬼神形象，就是这种巫术宗教的反映。

《九歌》共分十一章，可分三类：一、祭歌：《东皇太一》和《礼魂》；二、恋歌：《东君》与《云中君》，《大司命》与《少司命》，《湘君》与《湘夫人》，《河伯》与《山鬼》；三、挽歌：《国殇》。

从《九歌》的内容和形式看，似已具赛神歌舞剧的雏形。《九歌》中扮神的巫觋，在宗教仪式、人神关系的纱幕下，表演着人世间男女恋爱的活剧，形象是很美的，有强烈的艺术魅力。作品充满了浪漫主义的气息，优美丰富的想象，庄严富丽的情调，五彩缤纷的画面，活泼流畅的节奏，语言精美，韵味隽永，有一种深切感人的力量。

《文选》选了六篇。

东皇太一①

吉日兮辰良②，穆将愉兮上皇③。抚长剑兮玉珥④，璆锵鸣兮琳琅⑤。瑶席兮玉瑱⑥，盍将把兮琼芳⑦。蕙肴蒸兮兰藉⑧，奠桂酒兮椒浆⑨。扬枹兮拊鼓⑩，疏缓节兮安歌⑪，陈竽瑟兮浩倡⑫。灵偃蹇兮姣服⑬，芳菲菲兮满堂⑭。五音纷兮繁会⑮，君欣欣兮乐康⑯。

【注释】

①东皇太一：王逸《楚辞章句》："太一，星名。天之尊神，祠在楚东，以配东帝，故云东皇。"《史记·封禅书》："天神贵者太一，太一佐曰五帝。古者天子以春秋祭太一东南郊。"据闻一多考证，东皇

太一即伏羲,伏羲是苗族传说中的人类始祖,也是最尊贵的天神。

②辰良:即良辰,好的时辰。

③穆:虔诚,恭敬。将:愿,请。愉:这里是使动用法,使……快乐。上皇:谓东皇太一。

④玉珥:镶玉的剑把。珥,剑把。

⑤璆(qiú)锵:佩玉的撞击声。琳琅:美玉。

⑥瑶席:用瑶草编成的座席,放在神座前。瑶,香草名。瑱:通“镇”,玉镇,用玉制的镇压座席的器具。

⑦将:拿着。与“把”同义。琼芳:玉色的花。

⑧蕙肴蒸兮兰藉:献上兰草垫着的用蕙草和着蒸的祭肉。蕙肴,王逸《楚辞章句》:“以蕙草蒸肉也。”蒸,进献。兰藉,用兰草垫底。藉,指垫底用的东西。

⑨奠:放置。椒浆:椒子做的汤。浆,饮用的汤。

⑩枹(fú):鼓槌。拊:击。

⑪疏缓节:指音乐的节拍稀疏缓慢。安歌:指歌声随着节奏的疏缓而平稳。

⑫竽:古代乐器。笙类,三十六簧。瑟:古代乐器。琴类,二十五弦。浩倡:高声歌唱。倡,同“唱”。

⑬灵:指祭神的巫女。偃蹇:翩跹起舞的样子。姣:美好的。

⑭芳菲菲:指蕙、兰、椒和起舞的巫女们散发的香气。

⑮五音:指宫、商、角、徵、羽。繁会:错杂,交响。

⑯君:指东皇太一。按,《东皇太一》这篇是《九歌》这组祭神乐歌中的迎神曲。

【译文】

吉祥日子好时光,恭恭敬敬祭上皇。玉镶宝剑手按抚,全身佩玉响叮当。玉镇压在瑶席上,琼花供在神座旁。献上祭肉兰蕙垫,置上桂酒椒子汤。高举鼓槌频击鼓，轻歌曼舞节拍疏，竽瑟齐奏歌声扬。华服巫女翩跹舞，芳香馥郁满殿堂。各种音调成交响，东皇太一喜洋洋。

云中君

浴兰汤兮沐芳①，华采衣兮若英②。灵连蜷兮既留③，烂昭昭兮未央④。蹇将憺兮寿宫⑤，与日月兮齐光。龙驾兮帝服⑥，聊翱游兮周章⑦。灵皇皇兮既降⑧，猋远举兮云中⑨。览冀州兮有余⑩，横四海兮焉穷。思夫君兮太息，极劳心兮忡忡。

【注释】

①沐：洗头。芳：指香水。

②英：花。

③灵：指月神。连蜷：回环貌。留：指降神，神留在巫的身上。朱熹《楚辞集注》："既留，则以其服饰洁清，故神悦之，而降依其身，留连之久也。"

④烂昭昭：指月神降临时显现出的灿烂光辉。烂，光貌。昭昭，光明。未央：无穷无尽。

⑤蹇：发语词。憺(dàn)：安定。寿宫：神堂。

⑥龙驾：龙驾的车。帝服：天帝五彩的衣服。

⑦翱游：意是翱翔。周章：周流。

⑧皇皇：犹煌煌，光明的样子。

⑨猋(biāo)：很快地。

⑩冀州：中国的代称。据《尚书·禹贡》，古代中国划分为冀、兖、青、徐、扬、荆、豫、梁、雍九州。冀州为九州之首，所以代表全中国。按，关于这首诗祭祀的对象，有多种说法，现取姜亮夫说，祭

月神。

【译文】

沐浴着芳香四溢的兰汤，穿上那鲜艳华丽的衣裳。神灵啊回环降临我身上，闪耀无穷无尽灿烂光芒。享受祭祀你将降临神堂，璀璨的光辉与太阳争光。乘驾龙车穿着天帝服装，你在天上翱翔周游四方。神灵啊光灿灿已经降临，忽然间远远地飞回天上。你的光芒遍及九州有余，你的踪迹纵横四海无穷。思念你啊令人声声叹息，盼望你啊使人忧心忡忡。

湘　君

君不行兮夷犹①，蹇谁留兮中洲②。美要眇兮宜修③，沛吾乘兮桂舟④。令沅湘兮无波⑤，使江水兮安流⑥。望夫君兮归来⑦，吹参差兮谁思⑧。驾飞龙兮北征⑨，邅吾道兮洞庭⑩。薜荔柏兮蕙绸⑪，承荃桡兮兰旌⑫。望涔阳兮极浦⑬，横大江兮扬灵⑭。扬灵兮未极，女婵媛兮为余太息⑮。横流涕兮潺湲⑯，隐思君兮陫侧⑰。桂棹兮兰枻⑱，斫冰兮积雪⑲。采薜荔兮水中，搴芙蓉兮木末⑳！心不同兮媒劳㉑，恩不甚兮轻绝㉒！石濑兮浅浅㉓，飞龙兮翩翩㉔。交不忠兮怨长㉕，期不信兮告余以不闲㉖。朝骋骛兮江皋㉗，夕弭节兮北渚㉘。鸟次兮屋上㉙，水周兮堂下㉚。捐余玦兮江中㉛，遗余佩兮澧浦㉜。采芳洲兮杜若㉝，将以遗兮下女㉞。时不可兮再得㉟，聊逍遥兮容与㊱。

【注释】

①君：谓湘君。下同。夷犹：犹豫。

②蹇:发语词。中洲:即洲中。水中可居者曰洲。

③要眇:好貌修饰。宜修:善于修饰。按,这句应理解为湘夫人为了迎接湘君把自己打扮得很漂亮。

④沛:船走得快的样子。桂舟:用桂木做的船,取其芳香。下文的荃桡、桂棹、兰枻都与此同义。蒋骥《山带阁注楚辞》:“待神不来,故以舟往迎。”

⑤沅、湘:两条水名。从洞庭湖的南面流入湖中。

⑥江:长江。

⑦夫:语助词。

⑧参差:古乐器名。是用竹管排成的乐器,又叫排箫。因为形状像凤翅参差不齐,所以叫参差。谁思:等于说想念谁。

⑨飞龙:指龙舟。

⑩邅(zhān):回转。

⑪薜荔:香草名。柏:旌旗的总名。绸:帐幕。

⑫桡:船桨。旌:用羽毛装饰的旗子。

⑬涔(cén)阳:涔水北岸,今湖南丰县有涔阳浦,在洞庭湖和长江之间。涔,水名。极浦:遥远的对岸。

⑭扬灵:神驰远眺。

⑮女:或为湘夫人身边的侍女。

⑯潺湲(chán yuán):形容泪流不止。

⑰陫侧:同“悱恻”,内心忧痛。《楚辞补注》:“隐痛也。”

⑱棹(zhào):长的船桨。枻(yì):短的船桨。

⑲斫:“击”的假借字。积雪:比喻水光空明澄澈,像冰雪一样。

⑳搴(qiān):摘取。

㉑媒劳:媒人只是徒劳。

㉒恩不甚:意思是恩爱不深。按,此二句是湘夫人久候不至,对湘君的怨望。

㉓石濑:石间的急流。水激石间,则怒成湍。

㉔翩翩:形容船行驶轻快的样子。

㉕怨长:怨恨深长。

㉖不信:不践约。

㉗骋骛:奔走。

㉘北渚:洞庭湖北岸的小洲。

㉙次:栖止。

㉚周:环流。

㉛玦(jué):一种玉制的饰物。

㉜佩:指琼、琚等身上的佩玉。玦、佩可能都是湘君的赠物。澧浦:澧水的岸边。澧,水名。由湖南澧县纳涔水而入洞庭湖。

㉝杜若:香草名。

㉞下女:身边的侍女。

㉟时:指从前和湘君在一起的美好时光。

㊱容与:游戏貌。这里是从容宽缓的意思。按,本篇和《湘夫人》写的是湘水配偶神。这篇是女巫扮女神湘夫人的独唱。

【译文】

湘君你犹豫不前为哪桩?谁把你留在洲中使我想?我修饰好容貌前来接你,乘上桂木龙舟飞快启航。我令沅江、湘江波涛平息,让千里江水平静向前淌。盼望你哟为何迟迟不来,吹奏排箫为谁思绪悠长?驾着龙舟哟我顺江北行,为驶向洞庭湖扭转航向。薜荔饰船舱蕙草饰幕帐,兰草饰旌旗荪草饰船桨。眺望涔阳浦口遥远地方,飞舟横渡大江神采飞扬。神驰远眺思绪无穷无尽,侍女声声叹息为我悲伤。滚滚热泪腮边不断流淌,暗暗思念你啊痛断愁肠。桂木的棹啊木兰做的桨,划破像层冰积雪的水光。迎湘君好像水中采薜荔,又像摘取荷花在树梢上!两人心儿不同请媒徒劳,彼此恩爱不深容易轻抛!流水啊在石间急速地流,摇船啊在江上飞快地摇。相交不忠贞怨恨必然深,说话不算数还说没空闲。清晨我在江岸纵马驰骋,傍晚停鞭留宿江北小洲。一群小鸟栖息堂屋之上,淙淙泉水在堂屋下环流。我要把玉佩都抛进大江,我要将琼琚丢在澧水旁。摘取香岛上的香花香草,要送给我身旁美丽姑娘。美好的时辰一去不复返,暂且自由自在消磨时光。

湘夫人

帝子降兮北渚①,目眇眇兮愁予②。嫋嫋兮秋风③,洞庭波兮木叶下④。登白薠兮骋望⑤,与佳期兮夕张⑥。鸟萃兮蘋中⑦?罾何为兮木上⑧?沅有茝兮澧有兰⑨,思公子兮未敢言⑩。慌忽兮远望⑪,观流水兮潺湲。麋何为兮庭中⑫?蛟何为兮水裔⑬?朝驰余马兮江皋⑭,夕济兮西澨⑮。闻佳人兮召予⑯,将腾驾兮偕逝⑰。筑室兮水中⑱,葺之兮以荷盖⑲。荪壁兮紫坛⑳,播芳椒兮成堂㉑。桂栋兮兰橑㉒,辛夷楣兮药房㉓。罔薜荔兮为帷㉔,擗蕙櫋兮既张㉕。白玉兮为镇㉖,疏石兰以为芳㉗。芷葺兮荷屋㉘,缭之兮杜衡㉙。合百草兮实庭,建芳馨兮庑门㉚。九嶷缤兮并迎㉛,灵之来兮如云㉜。捐余袂兮江中㉝,遗余褋兮澧浦㉞。搴汀洲兮杜若㉟,将以遗兮远者。时不可兮骤得,聊逍遥兮容与。

【注释】

①帝子:谓湘夫人。

②眇眇(miǎo):形容极目远望、望眼欲穿的样子。愁予:使我痛苦、忧愁。

③嫋嫋(niǎo):微风吹动的样子。

④木叶:树叶。

⑤登白薠(píng):指站在长满白萍草的小洲上。薠,秋天长的草。骋望:纵目远望。

⑥佳:佳人。谓夫人。期:约会。夕张(zhàng):是说将要在晚上陈设起来。张,铺张陈设。

⑦萃:聚集。

⑧罾(zēng):捕鱼的网。

⑨芷(zhǐ):即白芷。

⑩公子:朱熹《楚辞集注》:"公子,谓湘夫人也。帝子而又曰公子,犹秦已称皇帝,而其男女犹曰公子、公主,古人质也。"

⑪慌忽:同"恍惚",形容神思迷惘。

⑫麋(mí):一种像鹿但比鹿大点的动物。

⑬水裔:水边。

⑭江皋:江边高地。

⑮澨(shì):水涯。

⑯佳人:湘夫人。予:指湘君。

⑰腾驾:驾着车奔腾。形容车行极快。偕逝:指湘君想与湘夫人一同前往。

⑱筑室兮水中:从这句至"灵之来兮如云",都是湘君设想的与湘夫人会面后共同生活的情境。

⑲葺:用草盖房子。荷盖:用荷叶盖在屋顶上。

⑳荃壁:用荃草做的墙壁。荃,一作"荪"。紫坛:用紫贝铺砌的庭院。朱熹《楚辞集注》:"紫,紫贝也。紫质黑点。坛,中庭也。"

㉑播:布。成堂:指用椒涂饰室内墙壁。这是古代习俗,取其温暖、芳香而多子。成,涂饰的意思。

㉒栋:屋梁。橑(lǎo):屋椽。

㉓辛夷:香草名。楣:门上的横木。这里代门框。药:香草名。即白芷。房:指卧房。

㉔罔(wǎng):编织。

㉕擗(pǐ):分散。蕙櫋(mián):用蕙草编织成的屋联。櫋,室中隔板,相当于现在屏风,古代称屋联。

㉖镇:压座席的器具。

㉗疏:分散陈列。石兰:香草名。

㉘芷葺:用芷草加盖在荷叶屋顶上。

㉙缭之:指房屋四周香草绕屋生长。

㉚庑(wǔ):即走廊。

㉛九嶷:指九嶷山的众神。

㉜灵:指众神。按,以上是湘君一种美好的幻想。湘夫人并没有来,幻想消失了,怨望的心情产生了。

㉝袂(mèi):一指衣袖,二指外衣。这里指有里子的外衣。《字林》:"袂,复襦也。"复襦有里子。

㉞褋(dié):没有里子的内衣。《方言》:"禅衣,江淮南楚之间谓之褋。"《说文解字》:"衣不重曰禅。"这里"袂""褋"对举成文。

㉟汀洲:水中平地。按,这是祭祀湘水女神的诗。本篇由巫扮男神湘君独唱。关于这两篇写的神,有几种说法:第一,顾炎武《日知录》认为湘水二神是配偶神,与神话传说无关。第二,朱熹《楚辞集注》本韩愈说,湘君为娥皇,湘夫人为女英。"娥皇正妃,故称君。女英自宜降称夫人也"。第三,有人认为湘君即舜,湘夫人即舜妃,尧之二女娥皇、女英。如《礼记·檀弓》:"舜崩于苍梧。"

【译文】

湘夫人已经来到北洲上,我望穿秋水心中忧伤。秋风轻轻吹拂天气初凉,树叶凋零洞庭微波荡漾。站在白苹草坡纵目远望,与夫人约会在今天晚上。为什么山鸟聚集水草中?为什么渔网撒在树梢上?沅水有芷草澧水有兰花,思念湘夫人啊向谁去讲。盼啊神思迷惘极目远望,只见沅水澧水静静流淌。为什么麋鹿会寻食庭院?为什么蛟龙游戏河岸上？清晨我在江畔纵马驰骋，晚上我渡到大江西岸旁。听说湘夫人啊召我前去，我将驾着飞车同她前往。我们把房屋建在湘水中，还要用荷叶盖在屋顶上。荃草做墙壁紫贝铺庭院，四壁涂饰香椒作为厅堂。木兰做屋椽桂木做屋梁，辛夷做门框白芷做卧房。薜荔香草编成巨大帐幔，蕙草做的隔扇安置中央。用雪白的美玉作为席镇，各处陈设石兰一片芳香。荷叶屋顶上面加盖香芷，芬芳杜衡围绕房屋四方。汇集各种香草充实庭院，各色香花陈列门前走廊。九嶷山的众神纷纷降临，接走了湘夫人神灵如云。算了，我把外衣抛江中，我要把内衣扔在澧水滨。我在小洲采摘香花香草，将花草送给那远方的人。美好时光不可立即得到，暂且自由自在打发时辰。

卷第三十三

骚下

屈平

见卷第三十二《离骚》作者介绍。

九歌二首

【题解】

见卷第三十二《九歌》介绍。

少司命

秋兰兮蘼芜[1]，罗生兮堂下[2]。绿叶兮素华[3]，芳菲菲兮袭予[4]。夫人自有兮美子[5]，荪何以兮愁苦[6]？秋兰兮青青[7]，绿叶兮紫茎[8]。满堂兮美人[9]，忽独与余兮目成[10]。入不言兮出不辞，乘回风兮载云旗[11]。悲莫悲兮生别离[12]，乐莫乐兮新相知[13]。荷衣兮蕙带[14]，倏而来兮忽而逝[15]。夕宿兮帝郊[16]，君谁须兮云之际[17]？与汝游兮九河，冲飙起兮水扬波[18]。与汝沐兮咸池[19]，晞汝发兮阳之阿[20]。望美人兮未来[21],临风怳兮浩歌[22]。孔盖兮翠旌[23],登九天兮抚彗星[24]。竦长剑兮拥幼艾[25],荃独宜兮为民正[26]。

【注释】

①蘼芜:香草名。《楚辞集注》:“芎䓖,叶名。似蛇床而香。”

②罗生:罗列着生长。

③素华:雪白的花。

④菲菲:形容香气浓重。

⑤美子:美好的子女。

⑥荪:这是对少司命的尊称。

⑦青青:同“菁菁”,形容草木茂盛。

⑧紫茎:指秋兰。

⑨美人:指参加祭祀的人。

⑩目成:指两心相悦,眉目传情。《楚辞集注》:“睨而相视,以成亲好。”

⑪载云旗:乘云。

⑫悲莫悲:悲没有比……更悲。

⑬乐莫乐:乐没有比……更乐。

⑭荷衣、蕙带:这都是指少司命的服饰。

⑮倏(shū):极快。

⑯帝郊:《楚辞章句》:“帝,谓天帝……言司命之去,暮宿于天帝之郊。”

⑰君:指少司命。

⑱“与汝游”二句:古本无,《楚辞章句》无注。《楚辞补注》曰:“此二句,《河伯》章中语也。”吕延济注:“汝,谓司命。九河,天河也。冲飙,暴风也。”

⑲咸池:神话中的水名。又称天池。据说是太阳沐浴的地方。《淮

南子·天文训》:“日出于旸谷,浴于咸池。”

⑳晞汝发:把你的头发晒干。晞,《楚辞章句》:“干也。”阳之阿:可能指神话中日出的旸谷。阿,丘陵。

㉑美人:指少司命。

㉒怳:指失意的样子。

㉓孔盖:孔雀羽毛装饰的车盖。翠旌:用翠鸟的羽毛做旗上的饰物。

㉔九天:九重天,指天的最高处。抚:用手挥动。彗星:俗称扫帚星。古人认为彗星出现,是扫除邪秽的象征。《楚辞章句》:“言司命乃升九天之上,抚持彗星,欲扫除邪恶,辅仁贤也。”

㉕竦(sǒng):高高举起。拥:保护的意思。幼艾:泛指人间年轻幼小的一代。

㉖为民正:做人们命运的主宰。正,本指官长。这里是主宰的意思。按,少司命是主持人间生儿育女的女神,与大司命是一对。本篇是巫独唱。

【译文】

秋天的兰花芳香的蘼芜,在祭堂四周并列着生长。绿色的叶片雪白的花朵,散发出阵阵袭人的清香。世人自有他们的好儿女,你为何还要为他们忧伤?堂下秋兰正在繁茂开放,嫩绿叶片长在紫色茎上。满堂啊都是祭祀的美人,你却忽然对我眉目传情。你来去没有对我说句话,离别时乘着旋风载云旗。悲啊最悲的是生的别离,乐啊最乐的是新的相知。穿着荷花衣裳蕙草衣带,忽然来临你转眼又不在。晚上你投宿在天国郊外,你啊在云端里把谁等待?我真想和你畅游天河中,冲起波浪扬东海。我真想和你在咸池沐浴,你的香发应到旸谷去晒。盼望你啊你却总是不来,临风高歌我的愁情难解。翠色旌旗孔雀毛的车盖,你乘着上九天为民除害。高举长剑保护下一代啊,只有你才是人命的主宰!

山鬼

若有人兮山之阿[①]，被薜荔兮带女萝[②]。既含睇兮又宜笑[③]，子慕予兮善窈窕[④]。乘赤豹兮从文狸[⑤]，辛夷车兮结桂旗[⑥]。被石兰兮带杜衡[⑦]，折芳馨兮遗所思[⑧]。余处幽篁兮终不见天[⑨]，路险难兮独后来[⑩]。表独立兮山之上[⑪]，云容容兮而在下[⑫]。杳冥冥兮羌昼晦[⑬]，东风飘兮神灵雨[⑭]。留灵修兮憺忘归[⑮]，岁既晏兮孰华予[⑯]！采三秀兮於山间[⑰]，石磊磊兮葛蔓蔓[⑱]。怨公子兮怅忘归[⑲]，君思我兮不得闲[⑳]。山中人兮芳杜若[㉑]，饮石泉兮荫松柏[㉒]，君思我兮然疑作[㉓]。雷填填兮雨冥冥[㉔]，猿啾啾兮狖夜鸣[㉕]。风飒飒兮木萧萧，思公子兮徒离忧[㉖]。

【注释】

①山之阿：山中深曲的地方。阿，《楚辞集注》："曲隅也。"

②带女萝：以女萝为佩带。女萝，蔓生植物。《楚辞集注》："女罗，兔丝也。"

③含睇（dì）：两眼含情而视。睇，《楚辞集注》："微盼貌，美目盼然……"宜笑：笑得很美。

④子：与下文的"公子""灵修""君"都是指山鬼所思念的人。窈窕（yǎo tiǎo）：马瑞辰《毛诗传笺通释》："《方言》：'秦晋之间，美心为窈，美状为窕。'"一说"善心为窈，善容为窕"。

⑤赤豹：皮毛呈赤褐色的豹。文狸：《山带阁注楚辞》："狸毛黄黑相杂也。"

⑥辛夷车：用辛夷木做的车。桂旗：桂枝为旗。

⑦石兰：香草名。

⑧所思:即“公子”“灵修”等。

⑨幽篁:竹林深处。篁,竹丛。

⑩险难:形容处境的恶劣,说明“独后来”的原因。

⑪表:突出的意思。《山带阁注楚辞》:“表,特也。升高特立,如植标然。”

⑫容容:同“溶溶”,形容云像流水似的慢慢浮动。

⑬杳:深。冥冥:幽暗。晦:暗。

⑭东风飘兮神灵雨:是说山中风雨无常,变幻多端。飘,疾风回旋地吹。神灵雨,指雨神指挥着下雨。

⑮憺:安定。

⑯岁既晏:《山带阁注楚辞》:“岁晏,言老之将至也。”晏,晚。华予:以我为美。

⑰三秀:即灵芝草。秀,是开花的意思。传说灵芝草一年开三次花,所以叫“三秀”。(据蒋骥说。)於山:巫山。於,通“巫”。

⑱磊磊:形容乱石攒聚。

⑲怅忘归:主语是山鬼。

⑳君思我兮不得闲:这句是说山鬼因怨恨而产生的怀疑。

㉑山中人:山鬼自称。芳杜若:《山带阁注楚辞》:“芳洁若此。”即说自己像杜若那样芳洁。

㉒饮石泉兮荫松柏:这句比喻品质坚贞,饮食居处都十分高洁。

㉓然疑作:即疑信交加,半信半疑。《楚辞集注》:“然,信也;疑,不信也。”

㉔填填:雷声。

㉕狖(yòu):即长尾猿。

㉖离忧:遭受忧愁。按,山鬼,即山林女神,与河伯是一对,可能不是正神,所以称鬼。本篇歌辞全由女巫扮山鬼独唱。

【译文】

有一个人啊仿佛在深山间，身披薜荔草女萝系腰前。眉目含情甜甜笑容满面，你爱慕我说我美好幽娴。我乘坐着赤豹带着文貍，辛夷车上桂枝飘动在前。披戴石兰花杜衡挂腰间，采香花送恋人了我心愿。我住竹林深处终日不见天，独自来迟了路途太艰险。我孤独地站在高高山巅，飘浮的云彩在脚下连绵。深山老林白日非常幽暗，飘风骤雨不定变幻多端。我要让你留下乐而忘返，人老了谁还认为我美啊！采摘灵芝我已走遍巫山，山上乱石攒聚葛蔓纠缠。怨恨你啊使我惆怅忘归，既然思念我为何不得闲？我这山中人芳洁像杜若，住在松柏下饮用山中泉，你想念我却又信疑参半！山中雷声隆隆阴雨绵绵，夜里猿猴悲啼声声不断。山里阴风阵阵叶落萧萧，思念你啊徒然忧愁无限。

九章一首

【题解】

九章包括屈原所作的九篇诗歌。这些诗歌不是一时一地的作品，是由后人辑录在一起的。至于这些作品从什么时候编在一起的，现已不可考。

九章的思想内容与《离骚》接近，反复地抒写诗人的理想，揭露批判楚国的黑暗政治，描写被疏远或流放在外的经历、处境和苦闷悲愤的心情。这些诗歌多直抒胸臆，感情激烈，文笔比较朴素，浪漫主义成分较少。诗篇运用白描的手法，描写了大量的自然景物，语言富有表现力，形式散而不乱，跌宕有致，语气随感情的起伏而变化。强烈的爱国主义精神和浓厚抒情成分的完美结合是九章的主要特色。

本文所选的这篇《涉江》，意思是渡江南行，大约作于楚顷襄王三年（前296）初春。《山带阁注楚辞》："《涉江》《哀郢》皆顷襄时放于江南所作。"这时屈原从鄂渚又被放逐到溆浦，从篇中的语气看，可能是到溆浦后写的。

涉江

余幼好此奇服兮[1]，年既老而不衰[2]。带长铗之陆离兮[3]，冠切云之崔巍[4]，被明月兮佩宝璐[5]。世溷浊而莫余知兮，吾方高驰而不顾[6]。驾青虬兮骖白螭[7]，吾与重华游兮瑶之圃[8]。登昆仑兮食玉英[9]，与天地兮比寿，与日月兮齐光。哀南夷之莫吾知兮[10]，旦余济兮江湘。乘鄂渚而反顾兮[11]，欸秋冬之绪风[12]。步余马兮山皋[13]，邸余车兮方林[14]。乘舲船余上沅兮[15]，齐吴榜以击汰[16]。船容与而不进兮[17]，淹回水而疑滞[18]。朝发枉渚兮[19]，夕宿辰阳[20]。苟余心其端直兮[21]，虽僻远之何伤[22]。入溆浦余儃佪兮[23]，迷不知吾之所如。深林杳以冥冥兮[24]，乃猿狖之所居。山峻高以蔽日兮，下幽晦以多雨。霰雪纷其无垠兮[25]，云霏霏而承宇[26]。哀吾生之无乐兮，幽独处乎山中。吾不能变心而从俗兮，固将愁苦而终穷[27]。接舆髡首兮[28]，桑扈臝行[29]。忠不必用兮，贤不必以。伍子逢殃兮[30]，比干菹醢[31]。与前世而皆然兮，吾又何怨乎今之人！余将董道而不豫兮[32]，固将重昏而终身[33]！

乱曰：鸾鸟凤皇[34]，日以远兮。燕雀乌鹊[35]，巢堂坛兮[36]。露申辛夷[37]，死林薄兮[38]。腥臊并御，芳不得薄兮[39]。阴阳易位[40]，时不当兮。怀信侘傺，忽乎吾将行兮[41]。

【注释】

①奇服：不平凡的服饰。指下文“带长铗”“冠切云”等。比喻好的道德品质和学术修养。

②不衰：不衰减。引申为不改变。

③铗(jiá):剑柄。举偏概全,这里指剑。陆离:很长的样子。

④冠:这里作动词用,戴帽。切云:形容冠很高,直冲云霄。也可以理解为一种高冠的名称。崔巍:高耸的样子。

⑤明月:珍珠名。即夜明珠。璐:美玉。

⑥高驰:远远地离去。

⑦虬(qiú):古代传说中有角的小龙。螭(chī):古代传说中的无角龙。

⑧瑶之圃:古代传说昆仑山产美玉,是上帝的花园。瑶,美玉。

⑨玉英:美玉的花朵。

⑩南夷:可能指南方没有开化的少数民族。

⑪乘:登上。鄂渚:地名。今湖北武昌。

⑫欸(āi):悲叹。绪风:余风。《山带阁注楚辞》:"绪,余也。谓初春而秋冬余寒未尽。"

⑬山皋:山湾。

⑭邸:通"抵",抵达,停止的意思。方林:地名。一说方同"傍"。一说方是大。

⑮舲船:《楚辞集注》:"舲船,船有窗牖者;或曰小船也。"

⑯榜:船桨。汰:水波。

⑰容与:这里是徘徊不前的意思。

⑱淹:停留。回水:指漩涡。疑:同"凝",凝滞,停滞不前。

⑲枉渚:地名。旧属湖南常德。

⑳辰阳:地名。故城在今湖南辰溪县。

㉑端直:正直。

㉒僻:荒僻。

㉓溆浦:溆水之滨。在湖南境内。

㉔杳:幽暗。冥冥:幽深晦暗的样子。

㉕垠:边际。

㉖承宇：弥漫天空。

㉗固：本来。这里有宁肯的意思。

㉘接舆：春秋时楚国隐士。时称“狂者”。髡(kūn)首：古代的一种刑法，剃掉头发。《楚辞集注》：“接舆，楚狂也，被发佯狂，后乃自髡。”

㉙桑扈：古代隐士。臝：同“裸”。

㉚伍子：即伍员。楚人，因报父仇投吴，为吴王阖庐所信用，后因谏吴王夫差被杀。

㉛比干：殷朝贤臣，被纣王杀害。

㉜董：《楚辞集注》：“董，正也。”这里是动词，守正的意思。

㉝重昏：《楚辞集注》：“重昏，重复暗昧，终不复见光明也。”

㉞鸾：传说中凤凰一类的鸟。比喻忠臣贤士。

㉟燕雀：比喻无能的小人。

㊱堂坛：代指朝廷。

㊲露申辛夷：比喻清廉的贤人。露申，一种芳香植物。

㊳林薄：《楚辞章句》：“丛木曰林，草木交错曰薄。”

㊴芳：芳香的东西。比喻贤人。

㊵阴阳：古代哲学概念。指矛盾中对立着的两个面。

㊶忽：飘飘忽忽。形容心里没有着落的样子。按，胡克家《文选》无以上“乱曰”，现据王逸《楚辞章句》增补。

【译文】

我从小爱好奇丽的服饰，到老来这爱好仍然不变。我身上悬挂着长长宝剑，头上戴的高冠直冲云天，佩着美玉身披明月宝珠。举世污浊没有人了解我，我要奔向远方不再回顾。乘上青龙白龙驾的飞车，和舜一起游览美玉园圃。登上昆仑山玉英作食粮，我的寿命和天地一样久，我的光辉与日月一样亮。悲叹南方蛮夷无人知我，清晨我将渡过湘水长江。我登上鄂渚后回头眺望，叹息秋冬余风使人凄凉。让我的马在山湾上徐行，把我的车在方林中停放。登上小船逆着沅水而上，船桨齐划啊拍击着波浪。船在江中渐渐不肯前进,在湍急漩涡中徘徊荡漾。清早我乘船从枉渚出发,晚上就只好留宿在辰阳。只要我的心地是正直的,放逐僻远之地于我何伤。进入溆浦后我踌躇不前,心里迷茫不知该往哪方。茂密的山林幽暗又阴深,这里是猿猴居住的地方。高峻的山岭遮住了太阳,山下幽深晦暗阴雨茫茫。大雪纷纷扬扬无边无际,乌云密密层层布满天上。可怜我的生活毫无乐趣,一人孤零零地住在山里。我不改变心志随波逐流,宁肯忧愁困苦贫穷到底。从前接舆装疯剃光头发,隐士桑扈出行总是裸体。忠诚的不一定被人重用,贤能的也难以被人推举。伍员直言敢谏遭遇祸殃,比干忠心耿耿剁成肉泥。自古以来情况就是这样,我何必怨恨现在的人呢!我要坚持正道毫不犹豫,宁愿终身处在黑暗境地!

尾声:高贵的鸾鸟和凤凰,一天比一天越飞越远。燕雀和乌鹊,筑巢在堂前,露申和辛夷,枯死在林间。腥臊之物一起进用,芳洁的事物却不能靠近。昼夜颠倒错乱明暗失调,时节反常一切都在改变。我怀抱忠信却失意彷徨,飘飘忽忽我将越走越远。

卜居一首

【题解】

这是一首叙事诗。卜,就是占卜,问卦,以卜决疑。居,处世的方法和态度。卜居的意思是通过问卦来决定自己在现实生活中的态度。

王逸在《楚辞章句》中指出:"《卜居》者,屈原之所作也。屈原体忠贞之性,而见嫉妒……乃往至太卜之家,稽问神明,决之蓍龟,卜己居世何所宜行。"但篇中有"屈原既放""屈原曰"等句,好像出自第三者的记述。因此不少研究者怀疑这不是屈原的作品。郭沫若《屈原赋今译》:"可能是深知屈原生活和思想的楚人作品。"但也还不能作定论。

屈原既放，三年不得复见[1]。竭智尽忠，蔽障于谗[2]。心烦意乱不知所从，乃往见太卜郑詹尹[3]，曰：“余有所疑，愿因先生决之[4]。”詹尹乃端策拂龟[5]，曰：“君将何以教之[6]？”屈原曰：“吾宁悃悃款款朴以忠乎[7]，将送往劳来斯无穷乎[8]？宁诛锄草茅以力耕乎[9]，将游大人以成名乎[10]？宁正言不讳以危身乎[11]，将从俗富贵以偷生乎？宁超然高举以保真乎[12]，将呢訾慄斯喔咿嚅唲以事妇人乎[13]？宁廉洁正直以自清乎，将突梯滑稽如脂如韦以洁楹乎[14]？宁昂昂若千里之驹乎[15]，将氾氾若水中之凫乎[16]，与波上下偷以全吾躯乎？宁与骐骥抗轭乎[17]？将随驽马之迹乎[18]？宁与黄鹄比翼乎[19]？将与鸡鹜争食乎？此孰吉孰凶，何去何从？世溷浊而不清。蝉翼为重，千钧为轻[20]，黄钟毁弃[21]，瓦釜雷鸣[22]，谗人高张[23]，贤士无名。吁嗟默默兮，谁知吾之廉贞？”詹尹乃释策而谢，曰：“夫尺有所短，寸有所长，物有所不足，智有所不明[24]，数有所不逮，神有所不通。用君之心，行君之意，龟策诚不能知此事。”

【注释】

①复见：指再见到楚王。

②蔽障：阻挠。

③太卜：替国家掌管卜筮的官。郑詹尹：太卜的姓名。

④因：依靠。

⑤端策：把蓍草放端正。《楚辞章句》：“策，蓍也。立蓍拂龟，以展敬也。”蓍，蓍草。筮要用蓍草作工具。拂龟：拂去龟壳上的灰尘。龟，龟壳。卜要用龟壳，火灼龟甲以观察裂纹预测吉凶。

⑥何以：以何，有什么。

⑦宁：应该。悃悃款款：诚实而勤恳的样子。《山带阁注楚辞》："悃款，诚实倾尽之貌。"

⑧送往劳来：指社会上的周旋应酬。《楚辞章句》："追俗人也。"

⑨力耕：《山带阁注楚辞》："力耕，所以隐退。"

⑩游大人：游说诸侯。

⑪正言不讳：实事求是地大胆讲话。讳，避讳。

⑫高举：远走高飞。保真：保全自己真实的本性。

⑬哫訾(zú zǐ)：即阿谀逢迎。《楚辞补注》："以言求媚也。"栗斯：与"哫訾"同义。喔咿：即嗫嚅，想说又不想说的神态，用来形容一种屈己从人的态度。嚅唲(rú ér)：强颜欢笑貌。一作"儒儿"。《楚辞补注》："喔咿、儒儿……皆强笑之貌。"妇人：《山带阁注楚辞》："指郑袖言。"郑袖是楚怀王的宠姬。

⑭突梯滑稽：形容处世圆滑，应付无穷，善于迎合别人。《楚辞补注》："委曲顺俗也。"如脂如韦：指像油脂那样光滑，像牛皮那样柔软。形容人没有骨气。洁楹：《山带阁注楚辞》："如工人之絜度其柱，而使之圆也。"意思是测量屋柱，顺圆而能。这里用来比喻顺圆随俗的处世作风。

⑮昂昂：昂首挺胸，堂堂正正的样子。

⑯氾氾：即泛泛。浮游不定的样子。凫(fú)：水鸟。

⑰抗轭：并驾齐驱。

⑱驽马：劣马。

⑲鹄(hú)：天鹅。

⑳钧：古代度量单位。三十斤为一钧。

㉑黄钟：古代的一种乐器。

㉒瓦釜：陶器。用普通黏土烧制的锅子。

㉓高张：大大的夸张。引申为得势。

㉔“夫尺有所短”几句:是说尺寸也不很标准,一尺可能会短一点,一寸可能会长一些。比喻卜筮虽然可以替人决疑,但不是所有的疑都能决。

【译文】

屈原啊他已经遭到放逐,三年不能与楚王再见。他为了国君用尽了心力,但他的进取却遭到谗言。他心烦意乱不知怎么办,就去见管卜筮的郑詹尹,屈原说:“有些问题想不通,特来请教先生帮我决断。”詹尹忙把卜筮工具备好,说道:“不知您有什么见教?”屈原说:“我应该诚实勤恳朴质忠厚,还是周旋应酬媚世取巧?应该努力耕作除草助苗,还是游说诸侯求取名爵?应该不惜性命大胆直言,还是贪图富贵可耻活着?应该远走高飞保性全真,还是阿谀逢迎屈己从俗?奴颜婢膝般去取媚妇人?应该廉洁正直清清白白,还是圆滑随俗没有骨气,像那油脂光滑牛皮柔软?应该昂首挺胸像千里驹,还是像水中鸟浮游不定,随波逐流苟且保全身躯?我应该与骏马并驾齐驱,还是追随那劣马的足迹?我应该与天鹅长空比翼,还是去与鸡鸭争食斗气?到底哪样好哪样不好,我应该如何做又如何行?这个世道真是浑浊不清。有人说千钧比蝉翼还轻,精致的黄钟被销毁抛弃,瓦锅作为乐器响如雷鸣,坏人得势,好人埋没无名。啊!我再也不说了,谁了解我的廉洁正直品行?”詹尹放下蓍草起身道歉,说:“衡量事物长短并无绝对,万事万物都有不足之处,聪明的人也有不明之理,数量也有达不到的高度,神灵有时也会变得糊涂。你想怎么做那就怎么做,龟壳蓍草实在对此无补。”

渔父一首

【题解】

这是一首散文诗。它通过渔父和屈原的对话,表现了屈原坚持真理,不同流合污、随波逐俗的人生态度。

本篇的作者难以确定。王逸《楚辞章句》说："《渔父》者，屈原之所作也。"又说："楚人思念屈原，因叙其辞以相传焉。"王逸的说法是矛盾的，既判定本篇是屈原作的，又认为不是屈原自己写的。篇中又有"屈原既放""屈原曰"，也好像源于第三者的记述。因此，不少研究者认为，《渔父》与《卜居》一样，也可能是楚人所作，但也还不能作为定论。

屈原既放，游于江潭①，行吟泽畔，颜色憔悴，形容枯槁②。渔父见而问之曰③："子非三闾大夫欤④？何故至于斯⑤？"屈原曰："世人皆浊我独清⑥，众人皆醉我独醒⑦，是以见放。"渔父曰："圣人不凝滞于物⑧，而能与世推移。世皆浊，何不淈其泥而扬其波⑨？众人皆醉，何不铺其糟而歠其醨⑩？何故深思高举⑪，自令放为？"屈原曰："吾闻之：新沐者必弹冠，新浴者必振衣。安能以身之察察⑫，受物之汶汶者乎⑬？宁赴湘流，葬于江鱼腹中。安能以皓皓之白，蒙世俗之尘埃乎！"渔父莞尔而笑⑭，鼓枻而去⑮。乃歌曰："沧浪之水清兮，可以濯我缨。沧浪之水浊兮，可以濯我足⑯。"遂去，不复与言。

【注释】

①江：指沅江。一说指沧浪江。潭：作"滨"解。

②形容：形体容貌。枯槁：枯瘦。槁，与"枯"同义。

③渔父：渔翁。父，古代对老年男子的尊称。

④子：古代对男子的尊称。三闾大夫：楚官职。据说是掌管楚国王族屈、景、昭三姓事务的官。

⑤至于斯：到这个地步。

⑥浊、清：指行为品质而言。

⑦醉、醒:指对现实环境的认识而言。

⑧凝滞:这里引申为拘泥、执着的意思。冻结不解叫凝,停留不前叫滞。

⑨淈(gǔ):搅混。

⑩餔(bū):吃。歠(chuò):饮。醨(lí):薄酒。

⑪高举:指行为高出世俗。

⑫察察:《山带阁注楚辞》:"皎洁。"

⑬汶汶:《山带阁注楚辞》:"玷辱也。"

⑭莞尔:微笑的样子。

⑮鼓:动词。敲打。

⑯"沧浪之水清兮"几句:这首《沧浪歌》是楚地流传的古歌谣,意思是比喻人的行为要适应客观实际。渔父唱这首歌,是劝屈原"不凝滞于物,而能与世推移"。顺时变化,世清则仕,世混则隐。沧浪,水名。汉水的支流,在湖北境内。濯,洗。缨,系帽的带子。

【译文】

屈原啊已经遭到放逐,他来到了沅江边上游荡,在江边一边走一边吟唱,他衰弱不振啊面色发黄,他形销骨立啊枯瘦模样。渔翁看到屈原向他问道:"您不就是三闾大夫吗?为什么会落到这种景况?"屈原回答说:"人人都肮脏只有我干净,个个都醉了只有我清醒,所以我才被流放。"渔翁听他说完就劝他道:"圣人不拘泥于任何事物,并能够顺随世道而变化。如果世间人人都混浊,何不搅混泥水助澜推波?如果世间个个都醉了,为何不吃酒糟把酒大喝?为什么遇事深思又超脱,以至于自己被人放逐?"屈原回答道:"我听说:洗完头要弹去帽上灰尘,洗完澡要抖净身上衣服。怎能让干净的身体,去沾染污浊的外物?我宁愿投入那湘江水中,让自己葬身在江中鱼腹。怎能让洁白纯净的东西,蒙受那世俗尘埃的玷污!"渔翁听完就微笑起来,拍着他的船桨边走边唱:"沧浪江的水哟清又清啊,可以用来洗洗我的头巾。沧浪江的水哟浊又浊啊,可以洗一洗哟我的脏脚。”他走了,不再和屈原说话。

宋玉

见卷第十三《风赋》作者介绍。

九辩五首

【题解】

《九辩》原是古代传下来的乐章名。本篇是宋玉借古乐章名为题抒写自己的感慨和愁思,是一篇自叙性的长篇抒情诗。

在作品中,宋玉抒发了“贫士失职而志不平”的悲叹,也透露了他对祖国命运的关心,诗中揭露楚国统治集团的腐朽黑暗和战乱带给人民的苦难,是有现实意义的。特别是他抒发个人失意的悲哀痛苦,曾引发无数受压抑的知识分子的强烈共鸣,受到很高的评价。“宋玉悲秋”已成为中国文学史上的熟语。

《九辩》的主要成就是艺术上具有独创性。作为抒情诗,它不是直接倾泻诗人内心的感情来感染读者,而是通过自然景物的描写,来抒发自己浓厚的感情,造成一种情景交融的境界,使诗人的感情和自然景物互相衬托而融合为一,对后世文学产生了不小的影响。

悲哉,秋之为气也①!萧瑟兮草木摇落而变衰。憭慄兮若在远行②,登山临水兮送将归。泬寥兮天高而气清③,寂漻兮收潦而水清④。憯凄增欷兮薄寒之中人⑤。怆怳圹悢兮去故而就新⑥,坎廪兮贫士失职而志不平⑦。廓落兮羁旅而无友生⑧,惆怅兮而私自怜。燕翩翩其辞归兮,蝉寂寞而无声。

雁廱廱而南游兮[⑨]，鹍鸡啁哳而悲鸣[⑩]。独申旦而不寐兮，哀蟋蟀之宵征。时亹亹而过中兮[⑪]，蹇淹留而无成。

【注释】

①气：气氛。

②憭慄(liáo lì)：凄凉的样子。若：句中语助词。一说是“若在”的意思。

③泬(xuè)寥：旷荡空虚的样子。

④寂漻(liáo)：清澄平静的状态。收潦(lǎo)：雨水退尽。潦，积蓄的雨水。

⑤憯(cǎn)凄：悲痛。增欷：悲叹不止。欷，叹息声。中人：侵袭人。

⑥怆(chuǎng)怳：失意的样子。圹悢(kuǎng lǎng)：失意怅惘。去故而就新：指离乡背井。

⑦坎廪：这里指生活道路坎坷，挫折很多。贫士：宋玉自称。

⑧廓落：孤独空虚。友生：知心朋友。

⑨廱廱：象声词。雁鸣声。

⑩鹍鸡：鸟名。似鹤，黄白色。啁哳(zhāo zhā)：大小相间，杂碎而急促的叫声。

⑪亹亹(wěi)：前进不停的样子。过中：已过中年。按，这是全诗第一段。诗人通过对秋景的描绘，对秋天季节的感受，抒发了自己对时序迁移、遭迁坎坷、事业无成的感慨。

【译文】

悲伤啊，秋天肃杀的气氛！草木在秋风中枯黄凋零。心情凄凉好像离乡背井，又如登山临水送别故人。碧空万里无云秋高气爽，雨停水退秋水清澄平静。微寒袭人使人倍增伤情。离家远行心中怅然失意，贫士受挫失位内心不平。留滞异乡孤独难寻知音，多么失望啊我暗自哀怜。燕子翩翩现又飞回南方，秋蝉默默终日寂寞无声。群雁廱廱和鸣向南飞去，鹍鸡急促悲啼令人伤心。我啊孤独一人通宵难寐，怎堪听那蟋蟀彻夜哀鸣。时光荏苒转眼人过中年，我还久留异乡一事无成。

悲忧穷蹙兮独处廓①，有美一人兮心不绎②。去乡离家兮来远客③，超逍遥兮今焉薄④？专思君兮不可化⑤，君不知兮可奈何！蓄怨兮积思，心烦憺兮忘食事⑥。愿一见兮道余意，君之心兮与余异。车驾兮朅而归⑦，不得见兮心悲。倚结軨兮太息⑧，涕潺湲兮沾轼⑨。慷慨绝兮不得⑩，中瞀乱兮迷惑⑪。私自怜兮何极，心怦怦兮谅直⑫。

【注释】

①穷蹙(cù)：处境穷困。廓：这里指空旷荒野。

②有美一人：作者自称。绎："怿"的假借字。愉快的意思。

③来远客：来为远客。

④超逍遥：远远游荡无着落的样子。薄：停止。

⑤君：这里指楚顷襄王。《楚辞集注》："此君字乃指楚王而言。"

⑥烦憺(dàn)：烦闷，忧愁。

⑦朅(qiè)：离去。

⑧结軨：古代车的前面和左右都有厢，用木条交错结成，所以叫结軨。軨，车厢。

⑨轼：车前横木。

⑩绝：与楚王决绝。

⑪瞀(mào)乱：烦乱。

⑫怦怦(pēng)：忠谨的样子。谅直：忠诚正直。按，这是第二段。诗人叙述自己有乡不能归、思君不能见的痛苦心情。

【译文】

悲伤穷困独处空旷境地，痛苦充满一个美人心底。离乡背井啊客居异地，到处漂泊如今留在哪里？一心思念君王忠贞不渝，君王不知道有啥办法呢？怨恨忧愁在他胸中蓄积，寝食俱废总是烦闷焦虑。希望见见君王陈述心意，但君王所想和我相异。车已驾出来了还得回去，我见不到君王心中悲戚。只好依靠车厢长长叹息，沾湿车扶手的是滚滚泪涕。实难做到啊与君王决绝，心中烦乱难解纷繁思绪。暗暗自怜此情何时终结，内心忠诚正直坚定不移。

皇天平分四时兮，窃独悲此凛秋①。白露既下降百草兮，奄离披此梧楸②。去白日之昭昭兮，袭长夜之悠悠③。离芳蔼之方壮兮④，余委约而悲愁⑤。秋既先戒以白露兮，冬又申之以严霜。收恢炱之孟夏兮⑥，然坎傺而沉藏⑦。叶菸邑而无色兮⑧，枝烦挐而交横⑨。颜淫溢而将罢兮⑩，柯仿佛而委黄⑪。萷櫹椮之可哀兮⑫，形销铄而瘀伤⑬。惟其纷糅而将落兮⑭，恨其失时而无当。揽騑辔而下节兮⑮，聊逍遥以相羊⑯。岁忽忽而遒尽兮⑰，恐余寿之弗将⑱。悼余生之不时兮，逢此世之俇攘⑲。澹容与而独倚兮⑳，蟋蟀鸣此西堂。心怵惕而震荡兮㉑，何所忧之多方！仰明月而太息兮，步列星而极明㉒。

【注释】

①凛(lǐn)：寒冷。

②奄：忽，很快地。离披：这里指草木叶萎不振的样子。《楚辞补注》："离披，分散貌。"梧楸：梧桐和楸树，都是早凋的树木。

③袭：沿袭，进入。

④芳蔼:芳菲则繁盛。

⑤委约:这里用草木枯萎衰败形容人贫病交加的样子。《楚辞集注》:"萎,草木枯也。约,穷也。"

⑥恢炱(tái):即广大而繁盛的样子。《楚辞集注》:"广大貌。"

⑦然:义同"乃"。坎傺(chì):坎,也作"飲"。《楚辞集注》:"飲,陷。傺,止也。言收敛长养之气,使陷止而沉藏也。"

⑧菸邑(yū yì):黯淡的样子。

⑨烦挐(rú):纷乱。

⑩淫溢:过甚。罢(pí):指凋零。

⑪柯:树枝的别名。仿佛:指颜色不鲜明。

⑫萷:同"梢",树梢。槭椮(xiāo sēn):指花叶已落,茎光秃秃的样子。

⑬销铄:指严霜下植物外部的凋零萧疏。瘀伤:指严霜下植物内部的损伤。

⑭纷糅:败叶衰草杂相委顿。

⑮騑(fēi):驾在车辕两旁的马。下节:停鞭。

⑯相羊:同"徜徉"。

⑰遒(qiú):迫近。

⑱将:长。

⑲俇攘(kuāng rǎng):纷扰不安。

⑳澹:水流徐缓的样子。这里指百无聊赖的心情。

㉑怵惕:戒惧,惊惧。

㉒步列星而极明:是说因忧愁而彻底不眠,在星光下一直徘徊到天明。按,这是第三段。诗人以凄艳的笔调,从不同的角度描写秋景、秋色、秋物、秋声,诗中一片衰败、萧条的暮秋景色,满含诗人幽怨哀悼的感情,带有浓厚的主观色彩,诗人痛心疾首的神情和贫困凄凉的境况,在冷落的秋景中宛然可见。

【译文】

上天把一年平分为四季，我只对凄凉的秋季悲伤。白露已经降临百草之上，梧桐楸树很快枝枯叶光。离开了阳光灿烂的夏日，进入茫茫秋夜无尽漫长。百花盛开时节已经逝去，草木枯萎衰败令人悲伤。白露下降警诫秋天来临，严霜又来告诫寒冬将降。秋天一扫盛夏繁茂景象，旺盛生机不知哪里躲藏。这时草木显得黯淡失色，枝条纷乱交横错杂无章。树叶凋敝零落即将萎谢，树木枝干衰败颜色枯黄。树梢光秃萧疏令人悲痛，枝丫形销骨立内受损伤。想到败叶衰草即将凋零，怅恨命乖运蹇失去时光。抓住边马缰绳缓缓而行，姑且漫无边际徘徊游荡。日月易逝眼看时近岁暮，我担心自己的寿命不长。自己生不逢时实堪悲伤，遭逢混乱世道令人沮丧。心中百无聊赖独倚栏杆，愁听蟋蟀声声鸣叫西堂。我的内心时时惊惧震动，为何百感交集时牵愁肠。夜里仰望明月长长叹息，在星光下徘徊直到天亮。

窃悲夫蕙华之曾敷兮①，纷旖旎乎都房②。何曾华之无实兮③，从风雨而飞扬？以为君独服此蕙兮，羌无以异于众芳。闵奇思之不通兮④，将去君而高翔。心闵怜之惨凄兮，愿一见而有明⑤。重无怨而生离兮⑥，中结轸而增伤⑦。岂不郁陶而思君兮⑧？君之门以九重⑨。猛犬狺狺而迎吠兮⑩，关梁闭而不通⑪。皇天淫溢而秋霖兮，后土何时而得乾！块独守此无泽兮⑫，仰浮云而永叹。

【注释】

①曾敷：曾经开放。敷，《楚辞集注》："布也。"引申为开放。

②旖旎(yǐ nǐ)：繁茂的样子。都房：指华屋。都，美。《楚辞集注》："房，北堂也。《诗》所谓背，盖古人植花草之处也。"

③曾华:一层层花朵。曾,同“层”。

④奇思:这里指自己委婉曲折的思虑。不通:不能达到君王那里。

⑤一见:指见到楚王。有明:即自己表白。《楚辞集注》:“有明,有以自明也。”

⑥无怨:无罪的意思。

⑦结轸(zhěn):忧思郁结而心情沉痛。

⑧郁陶:忧思郁结。

⑨九重:这里指国君的门很深,难以接近。《楚辞章句》:“君门深邃,不可至也。”

⑩狺狺(yín):象声词。犬吠声。

⑪关:门关。梁:桥梁。

⑫块:孤独的样子。无泽:《楚辞章句》:“不蒙恩施,独枯槁也。”按,这是第四段。诗人以蕙花的遭遇自比,因无法得到楚王的理解,处境又极为恶劣,心中充满了失意的愁闷。

【译文】

可悲啊那蕙花美丽芳香,在宫中枝繁叶茂地开放。为何层层花朵没有结果,花瓣顺着风雨到处飞扬?我还以为君王独爱蕙花,哪知蕙花也与众花一样。可怜曲折心思无人理解,我将离开君王远走他方。我的心啊多么忧愁凄凉,希望一见君王倾诉衷肠。并无怨恨却要生生离别,心中郁结痛苦更加悲伤。哪会不思君而忧思郁结?只是君门幽深重重关防。猛犬守门迎着来人狂叫,门关和桥梁都闭塞不畅。老天爷降下了绵绵秋雨,大地何时才有干燥地方?众人都蒙君泽独我不沾,仰望蔽日阴云喟叹深长。

何时俗之工巧兮,背绳墨而改错!却骐骥而不乘兮,策驽骀而取路[①]。当世岂无骐骥兮?诚莫之能善御。见执辔者非其人兮,故驹跳而远去[②]。凫雁皆唼夫粱藻兮[③],凤愈飘翔而高举。圆凿而方枘兮,吾固知其鉏铻而难入[④]。众鸟皆有所登栖兮,凤独遑遑而无所集[⑤]。愿衔枚而无言兮[⑥],常被君之渥洽[⑦]。太公九十乃显荣兮[⑧],诚未遇其匹合[⑨]。谓骐骥兮安归?谓凤皇兮安栖?变古易俗兮世衰,今之相者兮举肥[⑩]。骐骥伏匿而不见兮,凤皇高飞而不下。鸟兽犹知怀德兮[⑪],何云贤士之不处[⑫]?骥不骤进而求服兮[⑬],凤亦不贪餧而妄食。君弃远而不察兮,虽愿忠其焉得。欲寂寞而绝端兮[⑭],窃不敢忘初之厚德。独悲愁其伤人兮,冯郁郁其何极!

【注释】

①策:马鞭。这里作动词,用鞭赶马。驽骀(nú tái):劣马。比喻无能的人。取路:上路。

②驹(jū)跳:跳跃。这里比喻贤者离开昏庸的君王。

③凫:野鸭。唼(shà):水鸟或鱼吃食。

④鉏铻(jǔ yǔ):即彼此不相合。《楚辞章句》:"鉏铻:相距貌。"

⑤遑遑:匆匆忙忙。

⑥衔枚:古代行军时为了防止士兵说话,常令士兵口中衔一根木制短筷似的东西,这叫衔枚。这里指闭口不言的意思。

⑦渥洽(wò qià):即深厚的恩泽。《楚辞章句》:"渥,厚也。洽,泽也。"

⑧太公:指姜尚。

⑨匹合:配合。

⑩相者:指相马的人。

⑪怀德:恋慕有德的人。

⑫不处:指遁世隐居,不在朝廷做官。

⑬服:用。

⑭绝端:指与君王断绝感情。端,头绪。按,这是第五段。诗人诉说世道的昏暗,慨叹贤臣与明主遇合之难。

【译文】

为何社会风气善于取巧,改变良好措施背离正道!放着日行千里的骏马不用,却要赶着劣马慢慢上路。难道当今世上没有良马?实在没有人善于驾驭它。它看见驾驭的人不适当,就会连蹦带跳远远逃跑。野鸭大雁争着吞食米草,凤凰远远离去越飞越高。圆的凿孔配上方的榫头,不相合难容纳我早知道。群鸟都有自己歇宿的地方,只有凤凰安身之处难找。我情愿遇事情闭口不言,曾受君王恩泽难以做到。姜太公九十岁才显荣耀,贤臣明主配合未曾遇到。千里马的归宿究竟在哪?凤凰又应该在何处栖息?如今风俗变异世道衰败,相马的人只选肥的马匹。骏马只好隐藏不肯露面,凤凰高飞不愿下来停息。鸟兽都知恋慕有德的人,为何责怪贤士遁世隐居?骏马不图急进求人使用,凤凰不贪饲养乱吃东西。君王不辨是非远弃贤士,他虽愿效忠又怎能如意。想与君王断绝寂寞隐退,当初的深恩又怎敢忘记。独自悲愁令人肝肠可断,满腔忧愤何时才是终极!

霜露惨凄而交下兮①,心尚幸其弗济②。霰雪雰糅其增加兮③,乃知遭命之将至④。愿徼幸而有待兮⑤,泊莽莽与野草同死⑥。愿自直而径往兮⑦,路壅绝而不通。欲循道而平驱兮,又未知其所从。然中路而迷惑兮,自压按而学诵⑧。性愚陋以褊浅兮⑨,信未达乎从容。窃美申包胥之气盛兮⑩,恐时世之不固⑪。何时俗之工巧兮?灭规矩而改凿⑫。独耿介而不随兮,愿慕先圣之遗教。处浊世而显荣兮,非余心之所乐。与其无义而有名兮,宁处穷而守高⑬。食不偷而为饱兮,衣不苟而为温。窃慕诗人之遗风兮,愿托志乎"素餐"⑭。

蹇充倔而无端兮[15]，泊莽莽而无垠。无衣裘以御冬兮，恐溘死不得见乎阳春。[16]

【注释】

①霜露：比喻小人的诬陷，迫害。

②幸：希望。济：成功。

③霰(xiàn)雪：比喻比霜露更大的迫害。霰，雪米粒。雰：同“氛”，雪很大的样子。

④遭命：所要遭遇的命运。

⑤徼幸：同“侥幸”。

⑥泊：《楚辞集注》：“止也。”莽莽：草盛的样子。这里指荒野。

⑦自直：自己辩明曲直。

⑧压按：压抑。学诵：即学《诗》(专指《诗经》)。

⑨褊(biǎn)浅：狭隘浅薄。

⑩申包胥：春秋时楚国大夫。为救楚国，曾在秦廷上哭了七天七夜，终于感动秦哀公出兵救楚。《春秋左传·定公四年》：“及昭王在随，申包胥如秦乞师……秦伯使辞焉，曰：‘寡人闻命矣，子姑就馆，将图而告。’对曰：‘寡君越在草莽，未获所伏，下臣何敢即安？’立，依于庭墙而哭，日夜不绝声，勺饮不入口七日。秦哀公为之赋无衣，九顿首而坐，秦师乃出。”

⑪固：《楚辞集注》：“固，当作‘同’。叶通、从、诵、容韵。”

⑫凿：当为“错”，通“措”。措施。

⑬守高：保持高节。

⑭素餐：无功食禄。《楚辞集注》：“素餐，谓无功德而空食其禄也。”语出《诗经·魏风·伐檀》：“彼君子兮，不素餐兮。”

⑮充倔：充满委屈。倔，通“屈”，委屈。一说谓喜失节貌；另一说，充倔义犹“莽莽”，无边缘的样子。现取第一说。

⑯按,胡克家《文选》无以上辞句,现据王逸《楚辞章句》增补。以上是第六段。诗人抒写自己的不幸遭遇和穷困处境,并有感于楚国命运的倾危。

【译文】

凛冽的霜露啊一齐袭来,我曾盼望它们不能逞凶。大雪纷纷扬扬越下越大,才知悲惨命运即将降临。希望侥幸避难有所期待,我难免与野草同归于尽。我想面见君王辩明曲直,可是道路阻绝难以通行。想要遵循正道平稳前进,但又不知应该何去何从。行至中途就觉迷惑不解,只好压抑感情把《诗》朗诵。本性愚昧无知狭隘浅薄,阿谀奉迎实在一窍不通。我赞美申包胥志气壮盛,又怕时代相异实难求同。为何世俗小人善于投机,毁坏法度改变正常措施。我光明正大不随波逐流,愿把前代圣贤的教诲尊崇。处身混浊社会显名荣耀,这些绝非我心所愿乐从。与其没有道义博得虚名,宁可保持气节安于贫穷。不能苟且求食而得饱腹,不能苟且求衣以求温暖。我衷心仰慕诗人的风格,不愿过无功食禄的生活。我的心里充满无穷委屈,漂泊荒郊野外无边无际。没有棉衣皮袄抵御寒冬,恐怕不见春天突然死去。

招魂一首

【题解】

关于本文作者,历来有两种说法。司马迁认为是屈原的作品,王逸认为是宋玉所作。现在大多数研究者都采用前一种说法,认为本篇的作者是屈原,招的是楚怀王的魂。题标“宋玉”,以存原貌。

招魂是古代的一种巫术活动,当时在楚国很盛行。楚怀王被骗入秦,三年后死在秦国,这件事给楚国人民极大的震动。屈原用民间招魂的形式,来表达自己对楚怀王的悼念和热爱楚国的感情。因此,《招魂》含有较丰富的思想内容,有一定的积极意义。

《招魂》在艺术上也很有特色:诗篇的内容与形式结合很完美。作者描写上下四方的险恶,是用神话传说和浪漫主义的幻想来构成;宫廷生活和豪华的享受,用极大胆的夸张和层层的铺叙展开;游猎的盛况和江南的春景,用细腻的笔触和丰富的感情来表达。所以在文学史上,《招魂》占有一定的地位,它的结构和写法开了汉赋的先河,对后来汉赋的创作产生了直接的影响。

朕幼清以廉洁兮①,身服义而未沬②。主此盛德兮③,牵于俗而芜秽④。上无所考此盛德兮⑤,长离殃而愁苦⑥。帝告巫阳曰⑦:"有人在下⑧,我欲辅之⑨,魂魄离散,汝筮予之⑩。"巫阳对曰:"掌梦⑪!上帝⑫:其命难从;若必筮予之,恐后之谢⑬,不能复用巫阳焉。"

【注释】

①朕(zhèn):我。

②服:实行。沬:暗淡。引申为含糊不清。《楚辞集注》:"沬,与昧同。"

③主:保持。《楚辞章句》:"五臣云:主,守也。言己主执仁义忠信之德。"

④芜秽:草荒。比喻自身受世俗牵累而有缺点。

⑤考:察。

⑥离:同"罹",遭到。

⑦巫阳:神话中的巫师。

⑧有人:指楚怀王。

⑨辅:保佑。

⑩筮(shì):古代用蓍草卜吉凶的方法。

⑪掌梦:掌管占梦的官。一说梦指梦泽,代楚国。

⑫上帝:是掌管楚国的人,指楚王。

⑬谢:衰败。这里指躯体已坏。按,这是全文的序。用幻想的形式叙述招魂的原因。

【译文】

我从年轻时就清白廉洁,亲身实行仁义毫不含糊。我一直保持着这些美德,但受世俗牵累身受秽污。上天无法考察这些美德,我长期受难啊忧愁痛苦。上帝唤来巫阳并对他讲:"现在有一个人在下方,我正想要辅助他保佑他,他的魂魄已经离身散亡,你快占个卦给他帮帮忙。"巫阳很为难地回答说:"上帝啊,我的职务是掌梦!您的指示实在难于服从,如果定要占卦给他招魂,恐怕时期过了身躯已坏,对他的灵魂也不再有用。"

乃下招曰:"魂兮来归!去君之恒干[①],何为兮四方些[②]?舍君之乐处,而离彼不祥些。魂兮归来!东方不可以托些。长人千仞[③],唯魂是索些。十日代出[④],流金铄石些[⑤]。彼皆习之[⑥],魂往必释些[⑦]。归来归来,不可以托些。魂兮归来!南方不可以止些。雕题黑齿[⑧],得人肉而祀,以其骨为醢些。蝮蛇蓁蓁[⑨],封狐千里些[⑩]。雄虺九首[⑪],往来倏忽[⑫],吞人以益其心些。归来归来!不可久淫些。魂兮归来!西方之害,流沙千里些[⑬]。旋入雷渊[⑭],爢散而不可止些[⑮]。幸而得脱,其外旷宇些[⑯]。赤蚁若象[⑰],玄蜂若壶些[⑱]。五谷不生,丛菅是食些[⑲]。其土烂人,求水无所得些。彷徉无所倚,广大无所极些。归来归来!恐自遗贼些[⑳]。魂兮归来!北方不可以止些。增冰峨峨[㉑],飞雪千里些。归来归来!不可以久些。魂兮归来!君无上天些。虎豹九关[㉒],啄害下人些[㉓]。

一夫九首，拔木九千些。豺狼从目[24]，往来侁侁些[25]。悬人以嬉，投之深渊些。致命于帝[26]，然后得瞑些[27]。归来归来！往恐危身些。魂兮归来！君无下此幽都些[28]。土伯九约[29]，其角觺觺些[30]。敦脄血拇[31]，逐人駓駓些[32]。参目虎首[33]，其身若牛些。此皆甘人[34]，归来归来！恐自遗灾些。魂兮归来！入修门些。工祝招君[35]，背行先些[36]。秦篝齐缕[37]，郑绵络些[38]。招具该备[39]，永啸呼些[40]。魂兮归来！反故居些。

【注释】

①恒干：指灵魂经常寄托的人的形体。恒，常。干，躯体。

②些(suò)：句尾语助词。《说文解字》："语词也。"楚方言，与"兮"字义同。《楚辞补注》引沈括云："今夔、峡、湖、湘及南北江獠人，凡禁呪句尾，皆称'些'，乃楚人旧俗。"

③长人：《楚辞补注》："《山海经》：'东海之外，大荒之中，有大人之国。'"《山海经·大荒经》："有神名赤郭，好食鬼。"仞：古代长度单位。一仞，周制为八尺，汉制为七尺。

④十日：神话说东方的扶桑树上有十个太阳，它们轮流升起。

⑤流金：金属都熔为流动的液体。铄石：销熔石头。

⑥彼：指长人。

⑦释：熔解。

⑧雕题：在额上刻刺花纹。题，《楚辞集注》："额也。"黑齿：把牙齿染黑。

⑨蓁蓁(zhēn)：积聚的样子。

⑩封：大。

⑪虺(huǐ)：毒蛇。

⑫倏忽：极快的样子。

⑬流沙：神话说西方是一片沙漠，沙不停地流动。
⑭雷渊：神话中的深渊。
⑮靡：同“靡”，粉碎。
⑯旷宇：荒野。
⑰赤蚁：《山带阁注楚辞》：“《八纮译史》：‘蚁国在极西，其色赤，大如象，其聚千里。’”
⑱玄蜂：《山带阁注楚辞》：“《五侯鲭》：‘大蜂出昆仑，长一丈，其毒杀象。’”玄，黑。壶：通“瓠”，葫芦。
⑲菅(jiān)：茅草。
⑳贼：害。
㉑增冰：层冰。增，通“层”。峨峨：高高耸立的样子。
㉒九关：九重天门。《山带阁注楚辞》：“言天门九重，有虎豹守之也。”
㉓啄：用口咬人。
㉔从目：瞪大眼睛。从，同“纵”。
㉕侁侁(shēn)：众多的样子。
㉖致命：回报。
㉗瞑：闭上眼睛，指人死去。
㉘幽都：《楚辞章句》：“幽都，地下后土所治也。地下幽冥，故称幽都。”
㉙土伯：地府的君主。《楚辞章句》：“土伯，后土之侯伯也。约，屈也。”九约：九屈，可能指土伯的身体弯弯曲曲。
㉚觺(yí)：形容角很锐利。
㉛敦：厚。脄(méi)：指背上的肉。
㉜駓駓(pī)：跑得快的样子。
㉝参：同“三”。
㉞甘人：《楚辞集注》：“甘，美也。言此物食人以为甘美也。”

㉟工祝：有本领的巫师。工，巧。祝，男巫。

㊱背行：即后退着走，面向魂，一步步引入修门。《山带阁注楚辞》："却行而向魂，为之先导也。"

㊲秦篝：秦国出产的竹笼。篝(gōu)，《山带阁注楚辞》："竹笼，以栖魂者。"据说古代招魂把被招者的衣物放在竹笼中，象征他的魂就在笼里。篝也叫薰笼，可以用来薰衣。齐缕：产于齐的线。缕，线。

㊳郑绵络：产于郑国的笼衣。绵络，织物，指盖在竹笼上的笼衣。

㊴招具：招魂用的器具。指上文的秦篝、齐缕、郑绵络。

㊵永：长。按，以上是全文的第一部分，从上下四方召唤灵魂。

【译文】

于是巫阳降临人间召唤："魂魄啊！快回到你的身上！你离开了你常在的身体，为何要流散到四面八方？你抛弃了你安乐的处所，就会遇到不吉利的情况。魂魄啊！快回到你的身上！东方不是可安身的地方。那里的巨人啊身长千丈，专门搜寻人的灵魂品尝。那里十个太阳轮流出来，晒得石头销毁金属流淌。那种炎热巨人已经习惯，如果你去了一定要遭殃。回来吧！那不是安身地方。魂魄啊！快回到你的身体！南方啊也不可以去安居。额头刺花黑牙齿的野人，他们祭神要用人肉来祭，还要把人骨也剁成烂泥。那里蝮蛇很多盘绕聚集，大狐狸也遍布千里之地。还有那九个头的大毒蛇，它们穿梭似的窜来窜去，以吞吃活人来满足心意。回来吧！南方不可以久居。魂魄啊！还是快快回来吧！西方对你的危害会更大，那里是一望无际的流沙。风沙飞卷把你埋进雷渊，就要粉身碎骨十分可怕。即使能够有幸逃出深渊，外面荒野茫茫充满危险。那里的红蚁有象那么大，黑蜂也长得像只葫芦瓜。在那里五谷不能够生长，一丛丛野茅草便是食粮。西方的土使人皮肉腐烂，要找一滴水也非常困难。在那游荡徘徊无处安居，四周辽阔广大无边无际。回来吧！别招灾难害自己。魂魄啊！快回到你的身体！北方也不是那停留之地。一层层的坚冰如山堆积，一团团的大雪纷飞千里。回来吧！北方不可以久居。魂魄啊！快快回到你的身体！你千万不能够跑上天去。虎豹守着上面九重天门，它们咬得人们有来无去。那里有个怪人九个脑袋，一天能把九千大树拔起。成群的豺狼把眼睛瞪着，它们恶狠狠地跑来跑去。九头怪物把人吊起游戏，然后把人丢进深水潭里。掉进深渊只有报告上帝，死了才能够把双眼闭起。回来吧！怕去了危害自己。魂魄啊！快回到你的故都！你千万不能到地下城府。地下魔王身体弯弯曲曲，双角尖锐锋利难以接触。满爪的鲜血鼓起的背肉，它们飞快来往把人追逐。长着虎的脑袋和三只眼睛，它们的身体像牛又壮又粗。这些土伯吃人才能满足，回来吧！不要去受害受辱。魂魄啊！快回到你的身体！你快走进这高高的门里。请你的是有本领的巫师，他一步步倒退着引导你。秦国薰笼系着齐国丝绳，上面还盖着郑国的笼衣。招魂的器具都已经备齐，大家都拉长声调呼唤你。魂魄啊！请你快快回来吧！从四方上下返回你的故居。

天地四方，多贼奸些[①]。像设君室[②]，静闲安些[③]。高堂邃宇[④]，槛层轩些[⑤]。层台累榭[⑥]，临高山些。网户朱缀[⑦]，刻方连些[⑧]。冬有突厦[⑨]，夏室寒些。川谷径复[⑩]，流潺湲些。光风转蕙[⑪]，氾崇兰些[⑫]。经堂入奥[⑬]，朱尘筵些[⑭]。砥室翠翘[⑮]，絓曲琼些[⑯]。翡翠珠被[⑰]，烂齐光些[⑱]。蒻阿拂壁[⑲]，罗帱张些[⑳]。纂组绮缟[㉑]，结琦璜些[㉒]。室中之观[㉓]，多珍怪些[㉔]。兰膏明烛[㉕]，华容备些[㉖]。二八侍宿[㉗]，射递代些[㉘]。九侯淑女[㉙]，多迅众些[㉚]。盛鬋不同制[㉛]，实满宫些。容态好比[㉜]，顺弥代些[㉝]。弱颜固植[㉞]，謇其有意些[㉟]。姱容修态，絙洞房些[㊱]。蛾眉曼睩[㊲]，目腾光些。靡颜腻理[㊳]，遗视矊些[㊴]。离榭修幕[㊵]，侍君之闲些。

【注释】

①贼奸:指凶恶害人的东西。贼,害。

②像:仿照。设:设置。一说你的遗像陈设在房间里。

③闲:宽舒。

④邃:深。宇:庭院。

⑤槛(jiàn):栏杆。这里是动词,用栏杆围着。轩:长廊的厅堂。

⑥累:重叠。榭(xiè):建在台上的屋子。

⑦网户:指门上镂空格,像网眼一样。朱缀:联结的地方是红色的。

⑧方连:方格图案。

⑨突(yào)厦:结构重深,寒气不易侵入的暖房。突,深密的意思。按,以上写房屋的结构。

⑩川谷:指园中的小溪流。径复:往来环绕。

⑪转:摇动,吹动的意思。

⑫汜:同"泛",洋溢。崇:聚,指丛生。按,以上描写室外景色。

⑬奥:房屋的角落。这里指内室。

⑭尘筵:即天花板,顶棚。

⑮砥室:指四壁磨得光亮的房间。砥,磨刀石。这里是动词,磨平,磨光的意思。翠翘:翠鸟尾上的长毛。这里指用翠鸟尾羽做的拂尘用器,好比今天的羽毛掸子。

⑯曲琼:指玉钩。

⑰翡翠:本为鸟名。雄的毛色绯红,叫翡;雌的毛色青翠,叫翠。这里形容锦被的色彩红红绿绿,鲜艳美丽。珠被:缀有细珠的锦被。

⑱齐光:指被色和珠光交相辉映。

⑲蒻:当作"弱"。柔软的意思。阿:即缯。古代一种轻细的丝织品。(用林庚说。)拂壁:挂在壁上。

⑳帱(chóu):《楚辞集注》:"禅帐也。"

㉑纂组绮缟：各种颜色的丝带。《山带阁注楚辞》："缕带纯赤曰纂；五色曰组；绮，文缯；缟，白缯也。"

㉒琦(qí)：美玉。璜(huáng)：半圆形的玉器。

㉓观：名词。指室中所见之物。

㉔珍：贵重。按，以上十二句描写室中装饰与布置。

㉕兰膏：加了香料的油脂，用来制烛，燃时有香气。

㉖华容：美丽的容貌。指美女。

㉗二八：两列。古代宫中女乐或值宿以八人为一列。

㉘射递代：《楚辞集注》："射，厌也。递，更也。意有厌倦，则使更相代也。"递代，轮流值班。

㉙九侯：列侯，指楚国境内封的列侯。一说指各国诸侯。

㉚多迅众：真是众多。迅，通"洵"，真正。

㉛鬋(jiǎn)：鬓发。制：样式。

㉜好比：足可以比美。

㉝顺：通"洵"，真正。弥代：《山带阁注楚辞》："犹云盖世。"

㉞弱：柔嫩的意思。固：健壮的意思。植：指身体。

㉟有意：有情意。

㊱绠(gèn)：绵延。这里指往来不绝。洞房：幽深的内室。

㊲蛾眉：比喻女子眉毛如蚕蛾的触角一样，又细又弯。曼：柔婉。睩(lù)：眼珠的转动。

㊳靡：细腻的意思。理：肌理，指皮肤。

㊴遗视：含情的一视。矊(mián)：《楚辞通释》："从容有意貌。"

㊵离榭：即别墅。修幕：游猎时所设的大营帐。按，这二十句描写宫中美女。

【译文】

天上地下东南西北的四方，凶恶害人的东西非常多。依照你生前布置的居屋，就比在外面要宁静安乐。高大的房屋深深的庭院，一层层厅堂有栏杆围着。那重重叠叠的楼台亭榭,面临着高山一座又一座。朱红的大门上镂着花格,上面又雕刻着方格网络。冬天这里有温暖的大厦,夏天凉爽的屋子很适合。园中的小溪流纵横曲折,溪水清澈透明潺潺流着。阳光下微风吹拂着蕙草,一丛丛兰花散发出幽香。穿过层层厅堂走进内房,红色顶棚竹席铺在地上。房间四壁磨得光洁明亮,翠色羽毛掸子挂玉钩上。锦被色如翡翠缀饰珍珠,那一粒粒珍珠闪闪发光。墙壁上蒙着轻软的丝绸,大床上挂着美丽的罗帐。五彩的丝绸带各种各样,连接块块美玉挂满帐旁。室中所见之物真说不完,多么珍贵奇异非同一般。灯烛明亮散发兰草芳香,侍宿的美女们前来值班。十六位姑娘已分成两组,她们侍候过夜轮流替换。各国来的公主美丽娇艳,这么多的美女都做丫鬟。她们梳着各式各样发型,已充满了你的深宫后院。容貌姿态一个胜似一个,这些佳人真是美丽盖世。鲜嫩的脸色健壮的体魄,一个个心儿好更有情意。漂亮的脸蛋苗条的身材,往来不绝在你卧房里边。她们眉似蚕蛾又细又弯,眼睛轻柔一瞥光芒闪现。她们颜色如玉肌肤如脂,常常脉脉含情瞟你一眼。在你的别墅和大营帐里,你闲暇时侍候在你身边。

翡帷翠帱[①],饰高堂些。红壁沙版[②],玄玉之梁些[③]。仰观刻桷[④],画龙蛇些。坐堂伏槛,临曲池些。芙蓉始发[⑤],杂芰荷些[⑥]。紫茎屏风[⑦],文缘波些[⑧]。文异豹饰[⑨],侍陂陀些[⑩]。轩辌既低[⑪],步骑罗些[⑫]。兰薄户树[⑬],琼木篱些[⑭]。魂兮归来!何远为些。室家遂宗[⑮],食多方些[⑯]。稻粢穱麦[⑰],挐黄粱些[⑱]。大苦咸酸,辛甘行些。肥牛之腱[⑲],臑若芳些[⑳]。和酸若苦,陈吴羹些。濡鳖炮羔[㉑],有柘浆些[㉒]。鹄酸臇凫[㉓],煎鸿鸧些[㉔]。露鸡臛蠵[㉕],厉而不爽些[㉖]。粔籹蜜饵[㉗],有怅餭些[㉘]。瑶浆蜜勺[㉙],实羽觞些[㉚]。挫糟冻饮[㉛],酎清凉些[32]。华酌既陈[33],有琼浆些。归来归来反故室,敬而无妨些。

【注释】

①翡、翠:指翡翠鸟的颜色,有红有绿。帷、帱:都是指挂在厅堂里的帐幕。

②沙:《楚辞集注》:“沙,丹砂也。”版:指室中镶的木板。

③玄玉之梁:用黑漆漆成的屋梁,光泽如玉。

④刻桷(jué):指整整齐齐的方形椽子。桷,方形椽子。

⑤芙蓉:荷花。

⑥芰(jì):指菱叶。

⑦屏风:《楚辞集注》:“屏风,水葵也。又名凫葵,又名防风,即荇莱也。”这种植物是紫叶白茎。这里的紫茎是泛说。

⑧文:同“纹”。

⑨文异:指服装文采奇异。豹饰:这里指用豹皮为衣饰的卫士服装。

⑩陂陀(pō tuó):高低不平的山坡。

⑪轩:有篷的车。低:通“抵”,到达。一说通“邸”,舍,指车停下来。

⑫步骑:指步行和骑马的随从。

⑬薄:《楚辞集注》:“草木丛生曰薄。”

⑭琼木:《楚辞集注》:“嘉木之美名也。”

⑮室家:宗族。宗:这里指聚集一起祭祀。《山带阁注楚辞》:“尊也。言室家之人,欲尽其宗尊之意。”

⑯多方:多样。

⑰粢(zī):粟米,小米。穱(zhuō):早熟的麦子。

⑱挐(rú):掺杂。

⑲腱:蹄筋。

⑳臑(ér):通“胹”,烹煮,炖烂。

㉑濡鳖:炖甲鱼。炮:一种烹调方法。《楚辞集注》:“合毛裹物而烧之也。”

㉒柘(zhè):落叶灌木,叶厚而尖,可喂蚕,实像桑葚而圆。

㉓鹄酸:即酸鹄,加了醋烹制的天鹅肉。鹄,天鹅。臇(juǎn):少汁的羹。

㉔鸿、鸧(cāng):都是雁类。

㉕露鸡:指卤味鸡。臛(huò):红烧。蠵(xī):大龟。

㉖厉:指味道鲜香。不爽:不伤胃口。

㉗粔籹(jù nǚ):《楚辞集注》:“环饼也……以蜜和米面煎熬作之。”饵:糕饼。

㉘怅餭(zhāng huáng):干的饴糖。如今糖麻花儿之类。

㉙瑶浆:像玉一样透明的美酒。蜜勺:饮酒时加蜜。勺,通“酌”,饮酒。

㉚实:动词。斟满。羽觞(shāng):酒杯。形状像雀,有羽翼,所以叫羽觞。

㉛挫糟:指除去酒糟的清酒。

㉜酎(zhòu):酒味很醇。

㉝华酌:豪华的酒宴。酌,酒斗。这里指酒宴。按,以上二十六句描写饮食肴馔之盛。

【译文】

那红红绿绿鲜艳的幕帐,已经装饰着高高的厅堂。四壁墙板涂着朱红颜色,顶上是漆黑如玉的房梁。抬头可见方椽整整齐齐,上面刻画着龙蛇的形象。坐进厅堂中手扶栏杆上,对面是曲曲折折的池塘。池中荷花朵朵刚刚开放,菱叶和荷叶映衬在中央。荇菜紫叶白茎露出水面,水上映显出绿色的波光。卫士豹皮衣饰文采奇异,一个个守卫在四周山上。外出就乘坐舒适的篷车,很多步骑随从侍候身旁。门前种着一丛丛的兰花，四周的玉树一行又一行。灵魂啊！快回到你的身上！为什么你还要跑向远方？宗族举行祭礼祀飨亡魂，摆出的供品有多种多样。供品中有各色精细粮食，大米小米新麦掺杂黄粱。食品中有苦的咸的酸的，辣和甜这些味道也用上。供上一碗碗肥牛的蹄筋，蹄筋炖得烂熟散发清香。用酸味和苦味调配食物，陈列着吴国厨师的羹汤。还有清炖甲鱼火炮羔羊，烧菜调味的还有柘甜浆。醋溜天鹅肉野鸭煨浓汤，油煎鸿肉鸧肉又脆又香。红烧大鱼肉配上卤味鸡，味道真是鲜美十分清爽。各色各样点心又甜又脆，一盘盘蜜制糕饼麻花糖。美酒颜色如玉勾兑蜂蜜，已经斟满了华贵的酒具。除去酒糟的美酒已冰冻，冷饮时滋味又醇又清凉。豪华的筵席早就摆好了，等你回来品尝如玉酒浆。回来吧快返回你的故居，人们都尊敬你对你无妨。

肴羞未通[①]，女乐罗些[②]。陈钟按鼓[③]，造新歌些。《涉江》《采菱》，发《扬荷》些[④]。美人既醉，朱颜酡些[⑤]。娭光眇视[⑥]，目曾波些[⑦]。被文服纤[⑧]，丽而不奇些。长发曼鬋[⑨]，艳陆离些[⑩]。二八齐容[⑪]，起郑舞些。衽若交竿[⑫]，抚案下些[⑬]。竽瑟狂会[⑭]，搷鸣鼓些[⑮]。宫庭震惊，发《激楚》些[⑯]。吴歈蔡讴[⑰]，奏大吕些[⑱]。士女杂坐，乱而不分些。放陈组缨[⑲]，班其相纷些[⑳]。郑卫妖玩[㉑]，来杂陈些[㉒]。激楚之结，独秀先些[㉓]。菎蔽象棋[㉔]，有六簙些[㉕]。分曹并进[㉖]，遒相迫些[㉗]。成枭而牟[㉘]，呼五白些[㉙]。晋制犀比[㉚]，费白日些。铿钟摇簴[㉛]，揳梓瑟些[㉜]。娱酒不废，沉日夜些。兰膏明烛，华镫错些[㉝]。结撰至思[㉞]，兰芳假些[㉟]。人有所极，同心赋些[㊱]。酎饮既尽欢，乐先故些[㊲]。魂兮归来！反故居些。

【注释】

①肴:肉菜。羞:指美味的食品。通:遍。

②女乐:这里是女子歌舞乐队。

③陈钟:陈设乐钟。按鼓:安放乐鼓。

④“《涉江》”二句:《楚辞章句》:“涉江,采菱,扬荷,皆楚歌名。”《扬荷》,即阳阿,楚歌曲名。荷,当作“阿”。这大约是一种合唱曲。

⑤酡(tuó):指喝了酒脸上发红。

⑥娭光:欢乐逗人的目光。眇视:含情而视。

⑦目曾波:指两眼水汪汪的。曾,通“层”。

⑧文:通“纹”。指绣花衣服。纤:轻软的丝织衣服。

⑨曼:长。鬋:鬓发。

⑩陆离:形容女子打扮得五光十色,十分艳丽。

⑪二八:女乐两列,八人一列。齐容:一样的装束。

⑫衽:衣襟。交竿:《楚辞集注》:“言舞人回转衣襟,相交如竿也。”一说“竿”当为“干”的借字,为盾牌。以干盾的形状,形容舞衽之状如凤翼双展。(见汤炳正《楚辞类稿》。)

⑬抚案,舞袖低抚,和着节奏。案,同“按”。

⑭竽:古管乐器。笙类,三十六簧。瑟:古弦乐器。二十五弦。狂会:急管繁弦地合奏。

⑮搷(tián):急击。

⑯《激楚》:激昂的楚歌。一说是楚国歌舞名。

⑰歈(yú)、讴:《山带阁注楚辞》:“歈、讴,皆歌也。”

⑱大吕:古乐调名。十二律之一。

⑲组:用来系玉或印的丝带。缨:帽带。这里代冠。

⑳班:座位的秩序。相纷:纷乱不定。

㉑妖玩:《楚辞章句》:“妖玩,好女也。”

㉒杂陈:在一起娱乐。

㉓秀先：比前面演奏的音乐更优美动听。按，以上写歌舞娱乐场面。

㉔菎蔽(kūn bì)：即饰玉的赌博用的筹码。《楚辞章句》："菎，玉也。蔽，簙箸以玉饰之也。"象棋：象牙做的棋子。

㉕六簙：这是古代的一种棋戏。《楚辞章句》："投六箸，行六棋，故为六簙也。"

㉖曹：偶。相对的双方。

㉗遒(qiú)：使劲，紧张。

㉘成枭：可能是力争使棋子成为枭棋。枭、牟都是博戏的专门术语。《楚辞补注》："《古博经》云：'博法，二人相对，坐向局，局分为十二道，两头当中名为水。用棋十二枚，六白六黑，又用鱼二枚，置于水中，其掷采以琼为之……二人互掷采行棋，棋行到处即竖之，名为骁棋(即枭棋)。即入水食鱼，亦名牵鱼。每牵一鱼获二筹。'"牟：取的意思。指得鱼多而获胜。

㉙五白：指五颗骰子组成的一种特彩，走棋时双方掷骰子都希望出现五白求胜，所以大呼"五白"。

㉚犀比：不详。马茂元说可能是用犀角制成的一种赌具。

㉛铿：拟声词。这里指撞钟。簴(jù)：钟架。

㉜揳(jiá)：弹奏。梓瑟：梓木做的瑟。

㉝华镫：华丽的灯。镫，同"灯"。错：《说文解字》："金涂也。"此处指灯上错镂雕饰的花纹。

㉞结撰：构思写诗。至思：尽心思考。

㉟兰芳：指优美的辞藻。假：借助。

㊱赋：《楚辞集注》："不歌而诵其所撰之词也。"

㊲先故：死去的先辈。按，以上描写游戏情况和赋诗唱和的酒后余兴。以上是招魂的正文。作者用巫阳的口气极力描写上下四方的险恶，以及故乡居室、饮食、音乐、娱乐之美，召唤灵魂返回

故乡。

【译文】

丰盛的酒菜还没有吃遍，女乐队就开始列队表演。陈设好乐钟安放好乐鼓，将要表演新创作的歌舞。先唱《涉江》曲后唱《采菱》歌，最后大家都齐声唱《阳阿》。筵席上美女们喝醉了酒，一个个红光满面乐呵呵。她们目光逗人含情脉脉，两眼水汪汪频频送秋波。她们身穿绣花丝绸衣裳，色彩十分华丽款式大方。长长的头发柔美的鬓角，个个打扮成娇艳的模样。两列女乐一样的服饰装束，跳起了郑国的舞蹈出场。舞袖翩翩彼此交错回旋，抚手和乐徐徐走下场来。笙竽琴瑟急管繁弦合奏，响亮的大鼓不停地敲响。整个宫廷在音乐中振荡，奏出的楚歌紧凑又激昂。那吴国的民歌蔡国的曲，这些都用那大吕调来唱。男男女女交错坐在一起，乱纷纷地彼此相依相傍。脱下衣带冠帽随便乱放，座位次序变得杂乱无章。郑国卫国来的妖娆美女，一起玩乐姿态各式各样。作尾声的楚歌慷慨激昂，最出色只有这首大合唱。酒后余兴有菎蔽和象棋，消遣的还有六簙的游戏。对手分成两边运子进攻，双方各不相让紧紧相逼。个个都争取“成枭”而获胜，大声呼唤“五白”十分着急。要度闲日有晋国的犀比，玩玩消磨一天不算稀奇。用力撞击乐钟钟架震动，梓木琴瑟也拼命地弹起。饮酒取乐一刻也不停止，日日夜夜都会这样欢娱。芳香的灯烛明亮照耀，金涂的宫灯十分华丽。宴会上作诗都精心思考，写出佳作要用华丽辞藻。这时人们欢乐到了极点，共同朗诵诗作互相唱和。人们痛饮美酒尽情欢娱，使先辈灵魂也得到安乐。魂魄啊请你快快回来吧！快回到你的故乡安乐窝。

乱曰：“献岁发春兮[①]，汩吾南征些[②]。菉蘋齐叶兮[③]，白芷生些。路贯庐江兮[④]，左长薄[⑤]。倚沼畦瀛兮[⑥]，遥望博[⑦]。青骊结驷兮[⑧]，齐千乘。悬火延起兮[⑨]，玄颜烝[⑩]。步及骤处兮[⑪]，诱骋先[⑫]。抑骛若通兮[⑬]，引车右还。与王趋梦兮[⑭]，课后先[15]。君王亲发兮，惮青兕[16]。朱明承夜兮[17]，时不见淹。皋兰被径兮[18]，斯路渐[19]。湛湛江水兮，上有枫。目极千里兮，伤春心[20]。魂兮归来，哀江南[21]！

【注释】

①献岁：进入了新的一年。献，进。发春：春天开始了。

②汩(yù)：水流很快的样子。这里是行走匆匆的意思。吾：作者自称。南征：南行。可能指向南流放。《楚辞章句》："自伤放逐，独南行也。"

③菉：通"绿"。蘋：一种水草，也叫四叶菜。

④贯：直通。庐江：地名。一说即今青弋江，在安徽东南一带。又一说指长满庐丛的大江。

⑤长薄：连绵不断的丛林。

⑥倚：沿着。畦：动词，区划。瀛(yíng)：大泽。

⑦博：指荒野广阔。

⑧青骊：指青黑色的马。驷：指一辆车所用的四匹马。

⑨悬火：焚林驱兽的火把。延起：火势蔓延。

⑩玄颜：指天色被火光映照得黑里透红的样子。烝：火光冲天。

⑪步：指徒步的从猎者。骤处：指车马驰到的地方。

⑫诱：引导。这里指打猎中的向导。

⑬抑：勒住马。骛：奔驰。若：顺。通：通"畅"，指猎车不混乱堵塞，进退自如。

⑭梦：古代湖名。在长江之南，与江北的云泽合称"云梦泽"。《楚辞集注》："梦，泽名。楚有云梦泽。方八九百里，跨江两岸，云在江北，今玉沙、监利、景陵等县是也。梦在江南，今公安、石首、建宁等县是也。"

⑮课：比试。

⑯惮:尽的意思。郭沫若《屈原赋今译》认为:"'惮'当是'殚'字之误。"兕(sì):类似犀牛的一种野兽。

⑰朱明:又红又亮,指太阳。

⑱皋:水边陆地。

⑲渐:没。指被野草遮盖。

⑳伤春心:《楚辞集注》:"目极千里,言湖泽博平,春时草短,望见千里,令人愁思也。"又《楚辞章句》:"或曰荡春心。荡,涤也。言春时泽平望远,可以涤荡愁思之心也。"

㉑哀:旧注均作"可哀"解。唯郭沫若《屈原赋今译》认为:"'哀'与'爱'通,亦非悲哀之意。"现取后说。

【译文】

尾声:新的一年春天来临,我被流放向南匆匆而行。绿色的水草长齐了叶片,路上的白芷也开始萌生。南行道路一直通往庐江,江的左岸是连绵的丛林。我沿着片片沼泽地前行,那辽阔的荒野一望无垠。当年猎车驾着四匹青马,千辆车子出猎整整齐齐。火把点燃树林火势蔓延,天空黑里透红火光冲天。步行的赶到车马聚集处,狩猎的向导已一马当先。猎车指挥顺当进退自如,车队向右转弯继续向前。跟随着君王向梦泽驰去,大家比赛看看谁后谁先。君王弯弓搭箭亲自发射,围猎把青色的犀牛射完。明亮的太阳承接着黑夜,时光流逝不会停止不前。河岸上长满芳香的兰草,道路已被青青春草遮掩。春江水清清地向前流淌,江岸上还有着枫林一片。站在这里纵目遥望千里,满目春色使人愁思顿起。魂魄啊!快回到你的身体,快回到可爱的江南故居!

刘安

《文选》题《招隐士》作者为刘安。王逸《楚辞章句》则认为《招隐士》是"淮南小山之所作也"。又乐府《淮南王辞》,晋崔豹《古今注》,唐吴兢

《乐府古题要解》也都说《招隐士》是淮南小山所作。

淮南小山，西汉淮南王刘安一部分门客的共称。王逸说，汉初淮南王刘安，爱好文艺，广招天下文士，著作辞赋，这些作品，以类相从，有的称《小山》，有的称《大山》。这样看来，淮南小山也可能是文艺作品的体制名称，或文学团体的称号。

招隐士一首

【题解】

王逸认为本篇是"闵伤屈原"之作。王夫之《楚辞通释》认为："义尽于招隐，为淮南招致山谷潜伏之士，绝无闵屈子而章之之意。"近人金秬香《汉代词赋之发达》一文认为："小山招隐，何为而作也？详其词意，当是武帝猜忌骨肉，适淮南王安入朝，小山之徒，知谗衅已深，祸变将及，乃作此以劝王亟谋返国之作。"最后一说较为稳妥。

在《楚辞》中，本篇较有特色，篇中很少直接抒情，而刻意描绘形象和极力渲染气氛，来曲折地表达深沉的思绪和情感，是一篇有深远意境的抒情诗。王夫之认为："其可从类附《离骚》之后者，以音节局度，浏漓昂激，绍《楚辞》之余韵，非他辞赋之比。"

桂树丛生兮山之幽，偃蹇连卷兮枝相缭[①]。山气巃嵸兮石嵯峨[②]，溪谷崭岩兮水曾波[③]。猿狖群啸兮虎豹嗥，攀援桂枝兮聊淹留。王孙游兮不归[④]，春草生兮萋萋。岁暮兮不自聊[⑤]，蟪蛄鸣兮啾啾[⑥]。坱兮轧，山曲岪[⑦]，心淹留兮恫荒忽[⑧]。罔兮沕[⑨]，憭兮慄[⑩]，虎豹穴，丛薄深林兮人上慄。嵚岑碕礒兮，硱磳磈硊[⑪]。树轮相纠兮[⑫]，林木茷骫[⑬]。青莎杂树兮，薠草靃靡[⑭]。白鹿麏麚兮[⑮]，或腾或倚。状貌崟崟兮峨峨[16],凄凄兮漇漇[17]。狝猴兮熊罴[18],慕类兮以悲。攀援桂枝兮聊淹留。虎豹斗兮熊罴咆,禽兽骇兮亡其曹[19]。王孙兮归来,山中兮不可以久留!

【注释】

①偃蹇、连卷:都是屈曲的样子。缭:纠缠。

②陇岌(lóng zōng):云气四起的样子。《楚辞集注》:"云气貌。"嵯峨:高峻的样子。

③崭(chán):通"巉",巉岩。险峻的样子。曾:通"层"。

④王孙:古代贵族子弟的通称。

⑤不自聊:指生活或情感上没有依托,心情空虚。

⑥蟪蛄:昆虫名。蝉的一种,夏秋时鸣。

⑦"坱(yǎng)兮轧(yà)"二句:坱、轧,形容云气浓厚。曲岪(fú),形容山势曲折。

⑧恫(dòng):恐惧。

⑨罔兮沕(mì):忧疑彷徨。

⑩憭兮慄:恐惧战栗。

⑪"嵚崟(qīn yín)"二句:嵚崟、碕礒(qǐ yǐ)、硱磈(kǔn kuǐ)、磳硊(zēng wěi),都是形容石头各种各样的形状。

⑫树轮相纠兮:《太平御览》卷九百五十三引作"树轮囷以相纠兮"。

⑬茇骫(bá wěi):《楚辞集注》:"茇,木枝叶盘纡貌。骫,屈曲也。"

⑭靃(suǐ)靡:指草卉弥漫把路都掩盖住了。《楚辞通释》:"草卉弥漫,径路绝也。"

⑮麕(jūn):兽名。即獐子。麚(jiā):雄鹿。

⑯崟崟(yín)、峨峨:都是形容鹿角高耸。

⑰凄凄、漇漇(xǐ):毛色润泽。

⑱罴:马熊。熊的一种。

⑲亡其曹：离群。曹，同类。

【译文】

桂树丛生在那深山幽谷，枝条纠缠树干盘绕弯曲。山中云气弥漫岩石巍峨，岩下溪谷泛起层层水波。猿群声声悲啼虎豹吼叫，攀援桂树就在枝上栖息。王孙遨游深山乐而忘归，春草满山遍野十分茂盛。年齿已老心情空虚无凭，蟪蛄也一声声啾啾聚鸣。山势盘旋曲折云蒸雾迷，心想留下却又惊慌不定。行经虎豹巢穴忧疑彷徨，山中草茂林深令人心惊。山石奇形怪状，突兀险峻。树木盘根错节，枝叶茂盛。林间杂草丛生，掩盖路径。山里白鹿獐子，或立或腾。白鹿头上双角高耸兀立，它们身上皮毛光滑湿润。猕猴马熊来往深山老林，它们思慕同类声声悲鸣。攀援桂树就在枝上安身。虎豹恶斗马熊横行咆哮，禽兽闻风丧胆惊惧离群。王孙啊你还是快快回来，深山中不可以久久停留！

卷第三十四

七上

枚叔

枚乘(?—前140),字叔,淮阴(今属江苏)人。西汉辞赋家。先为吴王濞郎中;吴王反,乘谏不从,乃事梁孝武王武。景帝平七国,召拜乘为弘农都尉。后以病去官,复游梁,后归淮阴。武帝即位,以安车蒲轮征乘,卒于道。其时为武帝建元元年(前140)。《汉书》有传。枚乘有集二卷,今仅存辞赋三篇,散文二篇,其中以《七发》及《上书谏吴王》最为著名。《玉台新咏》卷一辑枚乘《杂诗》九首,实乃伪托。枚乘在文学史上以辞赋称名,刘勰《文心雕龙·诠赋》:"汉初词人,顺流而作,陆贾扣其端,贾谊振其绪,枚马同其风,王扬骋其势。"枚乘在汉赋的发展上是起了作用的,但若与司马相如同列并论,则嫌褒誉失准。

七发八首

【题解】

李善曰:"七发者,说七事以启发太子也。"开首一段以吴客探望楚太子疾病的叙述为缘起,以下用赋体"铺采摛文,体物写志"的笔法,分写音乐、饮食、车马、游览、田猎、曲江观涛,最后归结到"要言妙道”以启发太子，使之“霍然病已”。嗣后，仿效枚乘《七发》，傅毅作《七激》、崔骃作《七依》、张衡作《七辩》、崔瑗作《七苏》、曹植作《七启》、王粲作《七释》、张协作《七命》、陆机作《七徵》（又作《七微》），遂形成“七”这样一种文体。刘勰《文心雕龙·杂文》论及“七”体的文体风格曰：“观其大抵所归，莫不高谈宫馆，壮语畋猎，穷瑰奇之服馔，极蛊媚之声色；甘意摇骨髓，艳词动魂识，虽始之以淫侈，而终之以居正，然讽一劝百，势不自反。”近之论者认为《七发》首尾两段，对贵族公子骄奢淫逸的生活作了深刻的批判，从而很推崇《七发》。其实，把文学朗诵作为一种娱乐方式，当是汉代贵族生活的一方面。《汉书·王褒传》载：“其后太子体不安，苦忽忽善忘，不乐。诏使褒等皆之太子宫虞侍太子，朝夕诵读奇文及所自造作。疾平复，乃归。”枚乘曾作吴王濞的郎中，《七发》或作于此时，其创作目的，娱悦吴王濞的成分是最主要的。

楚太子有疾①，而吴客往问之②，曰：“伏闻太子玉体不安③，亦少间乎④？”太子曰：“惫⑤，谨谢客⑥。”客因称曰⑦：“今时天下安宁，四宇和平；太子方富于年⑧，意者久耽安乐⑨，日夜无极⑩；邪气袭逆，中若结轖⑪。纷屯澹淡⑫，嘘唏烦酲⑬；惕惕怵怵⑭，卧不得瞑⑮；虚中重听⑯，恶闻人声；精神越渫⑰，百病咸生。聪明眩曜⑱，悦怒不平⑲；久执不废⑳，大命乃倾。太子岂有是乎？”太子曰：“谨谢客。赖君之力，时时有之，然未至于是也㉑。”

【注释】

①楚太子：虚拟人物。

②吴客：当为枚乘自称。

③伏闻:俯伏听说,为下对上之敬语。

④少间:疾病稍微好些。

⑤惫:困乏至极。

⑥谨:恭敬。表示楚太子对吴客的礼貌。

⑦因称:乘机进言。

⑧方富于年:意指太子年岁正轻。李善注:“凡人之幼者,将来之岁尚多,故曰富也。”

⑨意者:料想。耽(dān):迷恋。

⑩无极:没有限度。

⑪中:指胸中。结轖(sè):郁结堵塞。轖,本指车厢间横木交错之处,此处则为“塞”之假借字。

⑫纷屯澹淡:李善注:“愦毷烦闷之貌。”愦毷,犹言昏愦糊涂。

⑬嘘唏:同“歔欷”,叹息声。烦酲(chéng):内心烦躁,似酒醉未解。酲,饮酒过量而不适。

⑭惕惕怵怵:心神不安貌。

⑮卧不得瞑:犹言惊恐而不能入睡。

⑯虚中:中气虚竭。重听:听觉不灵。

⑰越渫(xiè):犹言涣散。越,散。渫,除去,疏通。

⑱聪:听觉。明:视觉。眩曜:迷惑昏乱。

⑲悦怒不平:喜怒失常。

⑳久执不废:犹言久病不愈。不废,即不止,于病则为不愈之意。废,止,去。

㉑“赖君”几句:张凤翼《文选纂注》:“言赖我君之力,使我安乐;如客言者,虽时有之,未至此之甚也。”君,指国君。

【译文】

楚太子染病,吴客去问候他,说:“听说太子身体欠安,现在稍微好些了吗?”太子说:“还是困乏至极!很感谢你的关心。”吴客乘机进言说："现时天下安宁，四海和平；太子年岁正轻，我料想太子恐怕是长期迷恋安乐，日夜没有节制；邪气侵袭掠扰，心中郁结堵塞。昏愦烦闷，如病酒呻吟；心神不得安稳，夜卧不得入睡；中气虚竭、听觉失灵，厌恶人声；精神涣散，好像百病齐生。听觉、视觉昏乱，或喜或怒控制极难；长此久病不愈，只恐性命危在旦夕。太子你是否有这样的病呢？"太子说："谢谢你的关心。托国君的福，我虽然时有不适，但还没有达到你说的这种程度。"

客曰："今夫贵人之子，必宫居而闺处①，内有保母②，外有傅父③，欲交无所④。饮食则温淳甘膬⑤，腥醲肥厚⑥。衣裳则杂遝曼暖⑦，燂烁热暑⑧。虽有金石之坚，犹将销铄而挺解也⑨，况其在筋骨之间乎哉⑩？故曰：纵耳目之欲⑪，恣支体之安者⑫，伤血脉之和。且夫出舆入辇，命曰蹶痿之机⑬；洞房清宫⑭，命曰寒热之媒⑮；皓齿娥眉⑯，命曰伐性之斧⑰；甘脆肥脓⑱，命曰腐肠之药⑲。今太子肤色靡曼⑳，四支委随㉑，筋骨挺解，血脉淫濯㉒，手足堕窳㉓。越女侍前，齐姬奉后，往来游宴，纵恣于曲房隐间之中㉔。此甘餐毒药㉕，戏猛兽之爪牙也。所从来者至深远㉖，淹滞永久而不废㉗，虽令扁鹊治内㉘，巫咸治外㉙，尚何及哉！今如太子之病者，独宜世之君子，博见强识，承间语事㉚，变度易意㉛，常无离侧，以为羽翼。淹沉之乐，浩唐之心㉜，遁佚之志㉝，其奚由至哉㉞！"太子曰："诺。病已，请事此言㉟。"

【注释】

①宫居而闺处：居于宫室，处于内院。闺，宫中小门。此处泛指深

宫内院。

②内:指宫内。保母:即保姆。

③外:指朝廷之上。傅父:指教育太子的师傅。

④欲交无所:想结交朋友,也无办法。

⑤温淳甘膬(cuì):味浓的饮料与甘香可口的食物。淳,味浓。膬,同"脆"。

⑥脭(chéng)醲(nóng)肥厚:犹言脭肥醲厚,意为肥肉烈酒。脭,肥肉。醲,浓烈的酒。

⑦杂遝(tà):众多。曼暖:轻柔暖和。

⑧燂烁(xún shuò):炽热。

⑨销铄:熔化。挺解:分解。

⑩筋骨之间:指人之身体。

⑪纵:放纵。欲:享受。

⑫恣:与"纵"同义,放任。支体:肢体。支,同"肢"。

⑬命曰:名叫。蹶痿(jué wěi):瘫痪。机:征兆。《吕氏春秋·本生》:"出则以车,入则以辇,务以自佚,命之曰招蹶之机。"

⑭洞房:幽深的房屋。清宫:阴凉的宫殿。

⑮寒热之媒:引发寒热之病。媒,媒介。

⑯皓齿娥眉:美女的代称。

⑰伐性之斧:伤害人的性命的利斧。

⑱甘脆肥脓:指各种美味饮食。

⑲腐肠之药:使肚肠腐烂的毒药。

⑳靡曼:细嫩。

㉑四支:四肢。委(wěi)随:疲弱,不灵活。

㉒淫濯:不通。

㉓堕窳(yǔ):萎弱无力。

㉔纵恣:放肆。曲房:即上文之洞房。隐间:密室。

㉕甘餐:甘心去吃。

㉖所从来者至深远:身体亏损由来已久。

㉗淹滞:拖延时日。

㉘扁鹊:古代名医。《史记》有传。内:体内之病。

㉙巫咸:传说中古代的神巫。治外:即在体外,以祈神之法来祛病。外,在体外。

㉚承间语事:乘机会贡献意见。

㉛变度易意:改变(太子心中的)念头和意愿。

㉜浩唐:放纵散漫无约束。唐,通"荡"。

㉝遁佚之志:放纵的意志。

㉞其奚由至哉:这些又哪里会发生呢。

㉟请事此言:照你的话行事。

【译文】

吴客说:"现在贵族的子弟,一定居于宫室处于内院,内有照料生活的保姆,外有教习礼仪的师傅,想结交朋友也无门路。饮食是味浓香甜,肉肥酒烈。衣裳是量多轻柔,炽热得像过夏天。虽有金属、石头般的坚硬,也是要熔化而分解的,何况血肉之躯呢?所以说:放纵眼、耳的享受,放任身体的享乐,势必有伤血脉的调和。况且出入都乘车轿,这就叫瘫痪的征兆;起居都在深宫,这就会引发寒热病痛;妖艳的美女,这可说是伤害性命的斧钺;美味的酒肉,这可叫腐烂肚肠的毒药。现今太子的皮肤细嫩,四肢不灵,筋骨松弛,血管堵塞不通,手足萎弱无力。越国的美女服侍在前,齐国的娇娃侍奉在后,往来游乐宴饮,放纵情欲在深宫之中。这有如甘心去吃毒药,戏弄猛兽的爪牙。身体的亏损由来已久,拖延时久而不改过,即使让扁鹊来医治,让巫咸来祈祷,又怎么来得及呢!现在像太子这样的病,大概只有请世上的君子,有广博的见识、极强的记忆,乘机贡献意见,改变你心中的主意,而且要经常在你身旁,成为你的辅佐。这样的话,沉湎享乐,意志涣散,恣意放纵,又怎么会发生呢?”太子说:“好。病愈后就照你的话行事。”

客曰:“今太子之病,可无药石针刺灸疗而已[①],可以要言妙道说而去也[②],不欲闻之乎?”太子曰:“仆愿闻之[③]。”客曰:“龙门之桐,高百尺而无枝,中郁结之轮菌,根扶疏以分离[④]。上有千仞之峰,下临百丈之溪;湍流溯波[⑤],又澹淡之[⑥]。其根半死半生,冬则烈风漂霰飞雪之所激也[⑦],夏则雷霆霹雳之所感也,朝则鹂黄鳱鴠鸣焉[⑧],暮则羁雌迷鸟宿焉[⑨]。独鹄晨号乎其上[⑩],鹍鸡哀鸣翔乎其下[⑪]。于是背秋涉冬[⑫],使琴挚斫斩以为琴[⑬]。野茧之丝以为弦[⑭],孤子之钩以为隐[⑮],九寡之珥以为约[⑯]。使师堂操《畅》[⑰],伯子牙为之歌[⑱]。歌曰:‘麦秀蕲兮雉朝飞[⑲],向虚壑兮背槁槐[⑳],依绝区兮临回溪[㉑]。’飞鸟闻之,翕翼而不能去[㉒];野兽闻之,垂耳而不能行[㉓];蚑蟜蝼蚁闻之[㉔],拄喙而不能前[㉕]。此亦天下之至悲也[㉖],太子能强起听之乎?”太子曰:“仆病,未能也。”

【注释】

①药石:治病的药物。针刺:扎针治疗。灸疗:烧艾治病。

②要言妙道:中肯而精妙的道理。说(shuì):说服。去:除去疾病。

③仆:自谦之称。

④“龙门之桐”几句:言龙门桐树的高大,是制琴的好材料。龙门之桐,龙门山出产的桐树,其质坚细而轻,宜于制琴。无枝,无分杈。郁结,积聚。轮菌,形容树干上之纹理盘曲。根扶疏以分离,树根在土中向四周伸展而向外扩散。

⑤湍流:急流。溯(sù)波:逆流。

⑥澹淡：冲击摇荡。

⑦漂霰：飘洒的雪珠。漂，同“飘”。

⑧鹂黄：鸟名。即黄鹂。鳱鴠（hàn dàn），鸟名。郭璞《方言》注：“鸟似鸡，五色冬无毛，赤倮，昼夜鸣。”

⑨羁雌：失偶的雌鸟。迷鸟：迷失方向的鸟。

⑩独鹄（hú）：孤独的黄鹄。

⑪鹍鸡：鸟名。像鹤。

⑫背秋涉冬：犹言不知经历了多少岁月。

⑬琴挚：人名。以其工于鼓琴，故谓之琴挚。《论语·泰伯》：“师挚之始，《关雎》之乱，洋洋乎哉！”郑注：“师挚，鲁太师之名……鲁太师挚识《关雎》之声而首理其乱者，有洋洋盈耳，听而美之。”斫斩：指砍伐桐树。

⑭野茧：野蚕之茧。

⑮孤子之钩：孤儿衣带之挂钩。隐：琴上的装饰。

⑯九寡：春秋时国有九个儿子的寡妇。《列女传·鲁之母师》：“鲁之母师者，鲁九子之寡母也。”珥：耳环。约：琴徽，琴上指示音阶的标志。张铣注：“取孤子寡妇之宝而用之，欲其声多悲。”

⑰师堂：古之乐师，一名师襄。据《韩诗外传》载，孔子曾向此人学琴。操：奏。《畅》：相传是帝尧时的一种琴曲。

⑱伯子牙：即伯牙，春秋时以善于鼓琴而著名。

⑲麦秀蔪（jiān）：麦子抽穗时麦芒尖尖的样子。蔪，麦子抽穗或吐絮貌。

⑳向虚壑：（野鸡）飞向空谷。虚壑，空谷。背槁槐：离开枯槁的槐树。

㉑绝区：犹言悬崖。李周翰注：“绝区，谓危绝之地。”回溪：曲折的溪流。

㉒翕翼：合拢翅膀。

㉓垂耳：耷拉耳朵。此为野兽悲戚之状。

㉔蚑蟜（qí jiǎo）：爬虫。蝼蚁：蝼蛄与蚂蚁。

㉕柱喙（huì）：张开嘴巴。

㉖至悲：最感动人的悲伤的音乐。

【译文】

吴客说："现在太子的病，可不用药物、扎针、烧艾来治疗，而可以用中肯精深的道理除去疾病，您不想听听吗？"太子说："我愿意听听这些道理。"吴客说："龙门山上的桐树，高达百尺而不分杈，树干中积聚很多盘曲的纹路，树根在土壤中向四周延伸而扩展。上有千仞的高峰，下临百丈的深涧；湍急的逆流冲击摇荡着它。它的根一半已死一半仍活着，冬天寒风、雪珠、飞雪侵凌它，夏天闪电霹雳触击它，早上则有黄鹂鸣在它上面鸣叫，傍晚则有失偶的雌鸟、迷失方向的鸟雀在它上面栖息。孤独的黄鹄清晨在桐树上啼号，鹍鸡在桐树下翱翔悲鸣。就这样不知经历了多少岁月，让琴挚砍伐桐树来制成琴。用野蚕的丝来作琴弦，用孤儿的带钩来作琴的装饰，用养了九个孩子的寡妇的耳环来作琴的琴徽。让师堂弹奏《畅》的琴曲，让伯子牙为他配歌。歌词是：'当麦子长出麦芒时，野鸡在早晨飞翔；它飞向空谷，离开枯槁的槐树；它依傍在悬崖上，下临曲折的山涧。'飞鸟听到这歌声，合拢翅膀而不能飞离；野兽听到这歌声，耷拉耳朵而不能行走；蚑蟜、蝼蛄、蚂蚁之类的爬虫听到这歌声，张开嘴而不能向前。这是天底下最感人的悲伤音乐，太子能勉强起身来听听吗？"太子说："我有病，不能起身来听啊。"

客曰："犓牛之腴[①]，菜以笋蒲[②]；肥狗之和[③]，冒以山肤[④]。楚苗之食[⑤]，安胡之饭[⑥]，抟之不解[⑦]，一啜而散[⑧]。于是使伊尹煎熬[⑨]，易牙调和[⑩]，熊蹯之臑[⑪]，勺药之酱[⑫]，薄耆之炙[⑬]，鲜鲤之鲙[⑭]，秋黄之苏[⑮]，白露之茹[⑯]。兰英之酒[⑰]，酌以涤口[18]；山梁之餐[19]，豢豹之胎[20]；小饭大歠[21]，如汤沃雪[22]。此亦天下之至美也[23]，太子能强起尝之乎？"太子曰："仆病，未能也。"

【注释】

①犓牛：即小牛。胡绍煐《文选笺证》："牛之少者谓之犓，犹鸟之少者谓之雏。"腴：此指小牛腹部的肥肉。《说文解字》："腹下肥者。"

②菜：用菜拌和。蒲：香蒲，嫩叶可食。

③和：调制羹汤。

④冒：铺上，盖上。山肤：石耳菜。

⑤楚苗之食：李善注："楚苗山出禾，可以为食。""食"与下句之"饭"对称同义。

⑥安胡：一名雕胡，即菰米。

⑦抟(tuán)之不解：用手团紧，不会散开。此言饭的黏性重。

⑧一啜(chuò)而散：一吃到口里就化了。此言饭之润滑。

⑨伊尹：商朝宰相，相传善于烹调。煎熬：指烹饪。

⑩易牙：春秋时人，以善辨五味而得宠于齐桓公。调和：调和五味。

⑪熊蹯(fán)：熊掌。臑：通"胹(ér)"，烂熟。

⑫勺药之酱：五味调和的酱。勺药，作调和解。

⑬薄耆：把兽类脊上的瘦肉切成薄片。炙：烧烤。此处作烤肉解。

⑭鲙(kuài)：鱼片。

⑮秋黄之苏：秋天变成黄色的紫苏。苏，草药名。即紫苏，可食。

⑯白露之茹：经过秋露的蔬菜。茹，蔬菜。

⑰兰英之酒：用兰花泡的酒。

⑱酌以涤口：喝一点来漱口。

⑲山梁之餐：犹言野鸡这样鲜美的食物。山梁，《论语·乡党》："山

梁雌雉，时哉时哉！”此时“山梁”即“雌雉”的代称。餐，食物。

⑳豢豹之胎：豢养的豹子肚内的胎仔这样珍贵的食物。

㉑小饭大歠(chuò)：少吃饭，多喝粥。歠，饮，喝。

㉒如汤沃雪：如沸水浇在雪上一样。此言极容易吞咽消化。

㉓至美：最美味的饮食。

【译文】

吴客说：“煮熟小牛腹部的肥肉，用笋子和香蒲来拌和；用肥狗肉熬的汤来调和，再铺上石耳菜。用楚苗山的稻米做饭，或是用菰米做饭，这样的饭黏性极好，团紧就不会分开，但一入口即化。于是让伊尹掌勺烹饪，让易牙调和五味，熊掌煮得烂熟，再拌以五味调和的酱，把兽脊上的肉切成薄片制成烤肉，鲜活的鲤鱼切成鱼片，佐以秋天变黄了的紫苏，经秋露的蔬菜。用兰花泡的酒，喝一口来漱口；然后就吃野鸡这样鲜美的食物，和家养的豹子的胎仔这样的珍馐；少吃些饭多喝些粥，这犹如沸水浇在雪上一样，是极容易消化的。这也是天底下最美味的饮食了，太子能勉强起身来尝尝吗？”太子说：“我有病，不能啊。”

客曰：“钟岱之牡[1]，齿至之车[2]。前似飞鸟，后类距虚[3]。穱麦服处[4]，躁中烦外[5]。羁坚辔[6]，附易路[7]。于是伯乐相其前后[8]，王良、造父为之御[9]，秦缺、楼季为之右[10]。此两人者，马佚能止之[11]，车覆能起之[12]。于是使射千镒之重[13]，争千里之逐[14]。此亦天下之至骏也[15]，太子能强起乘之乎？”太子曰：“仆病，未能也。”

【注释】

①钟岱：春秋时赵国之地，以产马著名。“岱”应作“代”。牡：雄性。此指雄马。

②齿至之车:此言用年齿适中的马驾车。齿至,指马之年齿适中。

③"前似"二句:此言驾车之马,跑在前头的像飞鸟,跑在后面的像距虚。飞鸟,骏马名。李善注引黄子曰:"骏马有晨风、黄鹄,皆取鸟名马,言走疾若飞也。"距虚,兽名。《急就篇》:"豹狐距虚豺犀兕。"颜师古注:"距虚,即蛩蛩也,似马而有青色。"

④穱(zhuō)麦服处:李善注:"以穱麦分剂而食马。"穱麦,早熟的麦子。

⑤躁中烦外:此言马喂肥后,性子急躁,亟欲奔驰。

⑥羁坚辔:套上坚牢的辔头。

⑦附易路:沿着平坦的道路(奔跑)。附,遵循,沿着。易路,平坦之道。

⑧相其前后:观察、评品此马的头、尾部。

⑨王良:春秋时晋国大夫,为赵简子御马,亦称师良。造父:周穆王的御者,首驾八骏载周穆王西游。事见《穆天子传》。

⑩秦缺、楼季:皆为古代勇士。为之右:做车右的侍卫。

⑪马佚能止之:马如惊狂时,能把马止住。佚,同"逸",马受惊而发狂。

⑫车覆能起之:车翻了,可以把车扶起。

⑬于是使射千镒之事:意谓马行极快,可用此马同别人打赌,虽下千镒的赌注也能获胜。射,打赌。镒,银二十四两为一镒。

⑭争千里之逐:意谓用此马同别人竞赛,虽千里的长途,也能占先。争,竞赛。逐,奔跑。

⑮至骏:最好的骏马。

【译文】

吴客说:"钟代一带出产的雄马,年齿适当时用来驾车。跑在前头的像飞鸟,跑在后面的像距虚。用早熟的麦子按量喂它,使它的性子急躁起来,就急想奔驰。这时给它系上坚牢的辔头,沿着平坦之路奔跑。

于是让伯乐前后仔细地观察，让王良、造父来做车夫，让秦缺、楼季这样的勇士作车右的侍卫。秦缺、楼季这两个人，在马受惊而发狂时能把马制服，车翻了能把车扶起。用此马去同别人打赌，虽然下了千镒重的赌注，也能获胜；用此马同别人竞赛，虽然在千里的长途上奔跑，也能占先。这就是天底下最好的骏马了，太子能勉强起身去骑它吗？”太子说：“我有病，不能啊。”

客曰：“既登景夷之台①，南望荆山②，北望汝海③，左江右湖④，其乐无有。于是使博辩之士⑤，原本山川，极命草木⑥，比物属事⑦，离辞连类⑧。浮游览观⑨，乃下置酒于虞怀之宫⑩。连廊四注⑪，台城层构⑫，纷纭玄绿⑬，辇道邪交⑭，黄池纡曲⑮。溷章白鹭⑯，孔鸟鹍鹄⑰，鹓鸰䴔䴖⑱，翠鬣紫缨⑲，螭龙德牧⑳，邕邕群鸣㉑。阳鱼腾跃㉒，奋翼振鳞㉓。漃漻薵蓼㉔，蔓草芳苓㉕。女桑河柳㉖，素叶紫茎㉗。苗松豫章㉘，条上造天㉙；梧桐并闾㉚，极望成林；众芳芬郁㉛，乱于五风㉜；从容猗靡㉝，消息阳阴㉞。列坐纵酒，荡乐娱心㉟。景春佐酒㊱，杜连理音㊲。滋味杂陈，肴糅错该㊳。练色娱目㊴，流声悦耳㊵。于是乃发《激楚》之结风㊶，扬郑卫之皓乐㊷。使先施、徵舒、阳文、段干、吴娃、闾娵、傅予之徒㊸，杂裾垂髾㊹，目窕心与㊺。揄流波，杂杜若㊻，蒙清尘㊼，被兰泽㊽，嬿服而御㊾。此亦天下之靡丽、皓侈广博之乐也㊿。太子能强起游乎？”太子曰：“仆病，未能也。”

【注释】

①景夷之台：即景夷台。近人考得此台在今湖北监利北。

②荆山：王文濡《古文辞类纂音注》曰："疑即猎山，当在湖南华容县境，若荆山，则在湖北漳县西，不得云南望也。"

③汝海：即汝水，源出河南汝州，东南流入淮河。李善注："汝称海，大言之也。"

④江：长江。湖：洞庭湖。

⑤博辩之士：博学而善辩之人。

⑥"原本"二句：意谓考订山川的本原和草木的名称。李周翰注："言使博学辩辞之士，陈说山川之原本，尽名草木之所出。"

⑦比物属事：将事物排列归纳起来。比，排列。属，归纳。

⑧离辞连类：（将排列归纳的事物）编成文辞，按类相连。离，同"丽"，连缀。

⑨浮游览观：往还来回地观赏。浮游，徘徊。

⑩虞怀之宫：宫名。所在未详。

⑪连廊四注：宫殿前的回廊四面相连。注，连，通。

⑫台城：城楼上筑有台称为台城。层构：重叠。

⑬纷纭：多而盛貌。此处作缤纷解。玄绿：深绿，用以形容台城的颜色。

⑭辇道：行驶车辇的大道。邪交：纵横交错。邪，通"斜"。

⑮黄池：即潢池，围绕城墙的积水池，今名护城河。黄即潢的省文。纡曲：曲折。

⑯溷章：溷，通"混"。混章：李善注："鸟名。未详。"《汉魏六朝赋选》注为"水边的翠鸟"。

⑰孔鸟：孔雀。鹍鹄（kūn hú）：鸟名。一种大的水鸟。

⑱鹓鸰（yuān chú）：一种高冠彩羽的珍禽。鸡鹄（jiāo jīng）：赤头鹭。

⑲翠鬣（liè）紫缨：绿色的头毛，紫色的颈毛。鬣、缨，李善注："鬣，首毛也。缨，颈毛也。"

⑳螭(chī)龙:螭为雌龙,龙为雄龙。这里借指鸟之雌雄。德:背上的花纹。牧:腹部的花纹。

㉑邕邕:众鸟合鸣之声。

㉒阳鱼:李善注:"曾子曰:'鸟鱼皆生于阴,而属于阳。'"

㉓奋翼振鳞:此写鱼在水中游走之状。

㉔漃漻(jì liáo):清净的水。薵(chóu):藸草。蓼(liǎo):水草。李善注:"言水清净之处生薵蓼二草也。"

㉕芳苓:莲花。李善注:"苓,古莲字也。"

㉖女桑:柔嫩的小桑树。

㉗素叶:叶色单纯。此指女桑。紫茎:指河柳之茎为紫色。

㉘苗松:苗山之松。豫章:樟树。

㉙条:树枝。造:至,达到。

㉚并闾:亦作"栟榈",即棕榈树。

㉛众芳:指上述草木之香气。芬郁:浓郁。

㉜五风:有三解:一、李善注:"异色也。"二、张凤翼《文选纂注》:"宫、商、角、徵、羽之风也。"意谓五方之风。三、胡绍煐《文选笺证》用王引之说,以为五风即五音。此句意谓众芳之香气为五风所乱,则不宜颜色、声音解之,故张说为是。

㉝从容:指树木在风中呈现的从容姿态。猗靡:指树木在风中飘摇不定。

㉞消息:消,灭;息,生。消息因而引申为隐现。阳阴:指叶的正反两面。

㉟荡乐:恣意作乐。娱心:使心欢悦。

㊱景春:战国时的纵横家。此言用善于辞令之人来侍宴。

㊲杜连:一名田连,古之善弹琴者。理音:犹言奏乐。

㊳"滋味"二句:犹言各种美味非常齐备地错杂摆列。"杂陈"与"错该"义同。滋味,犹言各种美味。《说文解字》:"滋,益也。"益,犹

今之多也。肴糅,各种肉肴。

㊴练色:经过精选的美色。

㊵流声:流利的声音。

㊶《激楚》:歌曲名。结风:迅急之风。这里形容《激楚》的迅急音调。

㊷郑卫:李善注:"许慎曰:'郑卫,新声之所出国也。'"皓乐:李善注:"善倡也。"倡,同"唱"。善唱即悦耳动听的音乐。

㊸"使先施"句:李善注:"皆美女也。"疑非。张云璈《选学胶言》:"窃谓此七人中,必是杂举男女之美者,以侈陈游宴之乐,淳于髡所云'男女杂坐'是也。"张说近是。

㊹杂裾:各种色彩的衣裙。垂髾(shāo):发髻后垂,呈燕尾形。

㊺目窕:用眼色挑逗。心与:以心相许。

㊻"揄流波"二句:有二解。李善注:"言引流波以自洁,杂杜若以为芳。"张铣注:"谓目之光若引水之波;杜若,香草也,其衣之香与此相杂。"李说近是。

㊼蒙清尘:身上如披上一层薄雾。

㊽被兰泽:擦上芳香的兰膏。

㊾嬿服:嬿,同"燕"。燕服则燕居(闲居)之服,犹今言便服。御:侍奉。

㊿皓侈:豪华。广博:盛大。乐:宴乐。

【译文】

吴客说:"登上景夷台,向南远眺荆山,向北远眺宽阔的汝水,左面是长江,右面是洞庭湖,这种登临之乐,真是没有可比的了。于是让博学的辩士,考订山川的本原,尽数草木的名称,并把它们排列归纳,连缀成文,按类相连。往还观赏之后,下台到虞怀宫摆设酒宴。这里,宫殿前的回廊四面相连,台城重叠,色泽深绿,一片缤纷,车道纵横交错,护城河迂回曲折。养的溷章、白鹭、孔雀、鹈鹕、鹓鸰、鸡鹄之类的鸟,或冠毛翠绿、颈毛姹紫,或雌雄并栖、腹背皆有美丽的花纹,众鸟合鸣,发出邕邕之声。鱼儿翻腾跳跃，张开背鳍抖动鳞片。清净的水里，长满藷草、水蓼、蔓草、莲花。柔嫩的小桑树与河边的小杨柳，或叶色单一，或茎秆赤紫。松树、樟树，枝条高达天际；梧桐、棕榈，远远望去，蔚成森林；草木香气浓郁，被五方之风吹散而飘远；树木在风中或从容或摇曳，树叶正反两面在风中或隐或现。宾客们依次入宴，纵情饮酒，恣意作乐，心情何等欢悦。让景春那样善于辞令之人来劝酒，让杜连那样善于弹琴的人来奏乐。宴席上，各种美味交替陈列，各种肉肴错杂齐全。精选的美色多么悦目，流利的声音多么悦耳。然后引发《激楚》之迅急音调，高唱郑卫一带所作的悦耳动听的乐歌。再让先施、徵舒、阳文、段干、吴娃、闾娵、傅予那样的人，穿着各种色彩的衣裙，梳成燕尾形的发髻，彼此眼神挑逗、以心相许。这些俊男美女引流水洗身，衣内挟着杜若这样的香草，身上如披上一层薄雾，脸上再擦上兰膏，穿着便服来侍奉。这也是天底下最奢侈华丽、最豪华盛大的宴乐了。太子能勉强起来游乐吗？”太子说：“我有病，不能啊。”

客曰：“将为太子驯骐骥之马[①]，驾飞軨之舆[②]，乘牡骏之乘[③]。右夏服之劲箭[④]，左乌号之雕弓[⑤]。游涉乎云林[⑥]，周驰乎兰泽[⑦]，弭节乎江浔[⑧]，掩青蘋[⑨]，游清风[⑩]。陶阳气，荡春心[⑪]。逐狡兽[⑫]，集轻禽[⑬]。于是极犬马之才[⑭]，困野兽之足[⑮]，穷相御之智巧[⑯]。恐虎豹，慑鸷鸟[⑰]。逐马鸣镳[⑱]，鱼跨麋角[⑲]。履游麕兔[⑳]，蹈践麖鹿[㉑]。汗流沫坠[㉒]，冤伏陵窘[㉓]。无创而死者，固足充后乘矣[㉔]。此校猎之至壮也[㉕]。太子能强起游乎？”太子曰：“仆病，未能也。”然阳气见于眉宇之间，侵淫而上，几满大宅[㉖]。

【注释】

①驯:训练。骐骥:骏马。

②飞軨(líng)之舆:轻便的猎车。车上有窗,车前有铃。李善注引郑玄曰:"如今窗车也。"

③乘牡骏之乘:据王念孙、胡绍煐考证,"牡"是"壮"字之误。《广雅》:"壮,健也。"即矫健。骏,骏马。此句中前一个"乘",动词,乘坐。后一个"乘",名词,车。

④夏:夏后氏。服:"箙"之假借字,箭囊。

⑤乌号之雕弓:相传为黄帝使用的良弓。雕弓,弓之两端有彩饰之弓。

⑥游涉:漫步。云林:云梦泽之林中。云梦泽是楚国一块极大的沼泽地带,在今湖北荆州地区。

⑦周:匝,此处作围绕解。兰泽:生有兰草之洼地。

⑧弭(mǐ)节:缓步行走。江浔:江边。

⑨掩:同"奄",息。青蘋:草名。

⑩游:五臣本作"遡"。上文已有"游涉乎云林"之句,此处不当作"游",五臣本说是。遡:向,迎着。

⑪"陶阳气"二句:意谓在春日出外射猎,春天的气息使人舒畅,荡涤尽心中的感伤情绪。陶,作"畅"解;荡,作"涤"解,犹言清洗。春心,春日的感伤心情。《楚辞·招魂》:"目极千里兮伤春心。"

⑫逐狡兽:追逐狡黠的野兽。

⑬集轻禽:意谓许多支箭都射中了轻捷的飞鸟。李善注:"言射而矢集于轻禽也。"

⑭极犬马之才:让猎犬骏马竭尽追逐奔跑的能力。

⑮困野兽之足:使野兽被追逐得足力困乏。

⑯穷相御之智巧:犹言让向导与车夫都竭尽才智技巧。相,《尔雅·释诂》:"相,道也。"道,同"导",即射猎时的向导。

⑰慑(shè):畏惧。鸷鸟:凶悍的鸟。“慑”与上句的“恐”皆用如使动。

⑱逐马:奔驰之马。鸣镳(biāo):即马衔上所系之铃发出鸣响。镳,马衔。

⑲鱼跨:意谓游鱼受惊吓而潜入水中。李周翰注:“鱼跨谓入于水。”麋角:似言麋鹿受惊吓跳跃而角相碰撞。

⑳履游:犹言脚踩。麕(jūn):獐子。

㉑蹈践:践踏。麖(jīng):大鹿。

㉒汗流沫坠:汗流于身而口沫下坠,盖言被逐之野兽奔驰劳苦之状。

㉓冤伏陵窘:禽兽四处躲藏而窘迫已极。

㉔后乘:随从的车辆。

㉕校猎:设栏围猎。校,用木栏遮拦禽兽叫“校”。至壮:最雄伟壮观的景象。

㉖“然阳气”几句:言太子的神色开始变化。阳气,喜色。眉宇,眉额。侵淫,逐渐。大宅,脸部。

【译文】

吴客说:“准备为太子训练骐骥一样的良马,驾上轻便的猎车,你乘坐在矫健的骏马拉的车上。右边带着盛在夏后氏箭囊中的箭,左边带着黄帝使用的乌号良弓。到云梦泽的丛林中漫步,围绕生有兰草的洼地驰骋,到江边然后缓步行进,来到青蘋草地休息,迎面吹来阵阵清风。春天的气息使人陶醉,荡涤尽心中的感伤情绪。然后追逐狡黠的野兽,射中轻捷的飞鸟。让猎犬骏马尽其追逐奔跑的能力,使野兽被追逐得足力困乏,向导与车夫都竭尽其才智技巧。虎豹惶恐,猛禽畏惧。奔驰的骏马,马衔上的铃铛发出阵阵鸣响,惊吓得游鱼潜入水中,惊吓得麋鹿跳跃而角相碰撞。脚踩獐子兔子,践踏大鹿小鹿。这些野兽汗流于身而口沫下坠,四处躲藏而窘迫已极。没有创伤而吓死的,已足够装满随从的车辆了。这就是最雄伟壮观的田猎。太子能勉强起身去田猎吗?”太子说:“我有病,不能啊。”然而太子的喜色从眉额之间,渐渐溢出,几乎布满整个面部。

客见太子有悦色,遂推而进之曰①:“冥火薄天②,兵车雷运③。旍旗偃蹇④,羽毛肃纷⑤。驰骋角逐⑥,慕味争先⑦。徼墨广博⑧,观望之有圻⑨。纯粹全牺⑩,献之公门⑪。”太子曰:“善,愿复闻之。”

【注释】

①推而进之:推进一步。

②冥火:黑夜里烧的篝火。冥,夜。薄:近。

③雷运:像雷声一样滚动。

④旍(jīng)旗:即旌旗。偃蹇(yǎn jiǎn):高耸。

⑤羽毛:指旌旗上装饰的鸟羽及牛尾。肃纷:整齐而花色纷繁。

⑥驰骋角逐:指打猎的人飞奔追逐。

⑦慕味争先:人人贪得美味而奋勇争先。

⑧徼墨广博:意谓拦捕野兽而焚烧的野地很广阔。徼,同“邀”,拦捕。墨,烧田。古人捕捉禽兽,往往纵火除地,叫烧田。

⑨观望之有圻(yín):意谓虽然野地广阔,而借着火光,可以望到边界。圻,边界。

⑩纯粹全牺:意谓毛色纯粹、肢体完整的猎物。

⑪公门:诸侯之门。

【译文】

吴客见太子面有喜色,就更进一步说:“夜里篝火照天,兵车运行,如雷声滚动。旌旗高举,装饰在旌旗上的鸟羽和牛尾,整齐而色彩纷繁。打猎的人飞奔追逐，个个因贪得美味而奋勇争先。为拦捕野兽而焚烧的野地很广阔，便借着火光可望见广野的边界。打猎归来，将那些毛色纯粹、肢体完整的猎物敬献给侯门。”太子说：“你说得好。我愿意听你再说下去。”

客曰：“未既①。于是榛林深泽②，烟云暗莫③，兕虎并作④。毅武孔猛⑤，袒裼身薄⑥。白刃硙硙⑦，矛戟交错⑧。收获掌功⑨，赏赐金帛。掩蘋肆若⑩，为牧人席⑪。旨酒嘉肴，羞炰脍炙⑫，以御宾客⑬。涌触并起⑭，动心惊耳⑮。诚必不悔⑯，决绝以诺⑰。贞信之色⑱，形于金石⑲。高歌陈唱，万岁无斁⑳。此真太子之所喜也，能强起而游乎？”太子曰：“仆甚愿从，直恐为诸大夫累耳。”然而有起色矣。

【注释】

①既：尽，完。

②榛(zhēn)林：丛林。

③烟云：此指雾气。暗莫：阴暗。

④兕(sì)：兽名。或谓独角野牛，或谓雌犀。并作：一起出现。作，起。引申有出现之意。

⑤毅武：刚毅的武士。孔猛：非常勇猛。孔，甚。

⑥袒裼(tǎn xī)：赤身。袒，赤膊。裼，赤裸上身。《孟子·公孙丑》：“袒裼裸裎于我侧。”身薄：空手搏取野兽。薄，同“搏”。

⑦白刃：锋利的刀子。硙硙：刀光闪耀。

⑧矛：有尖刃的长杆兵器。戟：有钩的长杆兵器。

⑨掌功：记录功劳。

⑩掩蘋肆若：意谓在蘋草的草地上铺设席位，并把杜若香草陈设

好。掩，覆盖。肆，铺陈。

⑪牧人：官名。《周礼》有牧人之职，专管在四野中放牧牲畜。此处指参加射猎的官吏。

⑫羞：有滋味的食物。炰(fǒu)：烹煮的食物。脍炙：烧烤的肉。

⑬御：款待。

⑭涌触："触"，五臣本作"觞"。涌觞，把酒斟满杯子。并起：一同起立。

⑮动心惊耳：形容欢呼声之响亮。

⑯诚：忠诚。必：果决，说一不二。

⑰决绝：坚决。以诺：同"已诺"，已经许诺的事。

⑱贞信之色：忠实可靠的表情。

⑲形于金石：像镂刻在金石上一样。

⑳"高歌"二句：意谓左右宾客高歌万岁，久久不厌。陈唱，公开地歌唱出来。无斁(yì)，毫不厌倦。

【译文】

吴客说："射猎之事还未完呢。此时，莽莽丛林，深深沼泽，雾气笼罩，昏暗如墨，兕虎一齐出没。刚毅的武士甚是勇猛，赤身与猛兽搏斗。锋利的刀子寒光闪烁，长杆的矛戟挥舞交错。获取猎物，按数计功，赏赐金银与绢帛。在地上铺上杜若香草，为庆贺射猎的官吏摆设宴席。美酒佳肴，举凡美味、烹煮、生冷、烘烤的食物应有尽有，这些全用来款待宾客。大家把酒斟满杯，一同起立欢呼，语言入耳动心。一个个忠诚果决，语出不悔。他们对太子忠实可靠的表情，仿佛深深镂刻在金石上。左右宾客高歌万岁，长久不倦。这才是太子真正喜欢的事啊，太子能勉强起身去参加游乐吗?"太子说："我很愿意跟从大家去，只恐牵累大家罢了。"然而太子的病看起来已有好转。

客曰："将以八月之望[①]，与诸侯远方交游兄弟[②]，并往观涛乎广陵之曲江[③]。至则未见涛之形也；徒观水力之所到，则恤然足以骇矣[④]。观其所驾轶者[⑤]，所擢拔者[⑥]，所扬汩者[⑦]，所温汾者[⑧]，所涤汔者[⑨]，虽有心略辞给，固未能缕形其所由然也[⑩]。怳兮忽兮[⑪]，聊兮慄兮[⑫]，混汩汩兮[⑬]。忽兮慌兮[⑭]，俶兮傥兮[⑮]，浩瀇瀁兮[⑯]，慌旷旷兮[⑰]。秉意乎南山[⑱]，通望乎东海[⑲]。虹洞兮苍天[⑳]，极虑乎崖涘[㉑]。流揽无穷，归神日母[㉒]。汩乘流而下降兮，或不知其所止。或纷纭其流折兮[㉓]，忽缪往而不来[㉔]。临朱汜而远逝兮[㉕]，中虚烦而益怠。莫离散而发曙兮[㉖]，内存心而自持[㉗]。于是澡概胸中[㉘]，洒练五藏[㉙]，澹澉手足[㉚]，颒濯发齿。揄弃恬怠[㉛]，输写淟浊[㉜]，分决狐疑[㉝]，发皇耳目[㉞]。当是之时，虽有淹病滞疾[㉟]，犹将伸伛起躄[㊱]，发瞽披聋而观望之也[㊲]，况直眇小烦懑、酲醲病酒之徒哉[㊳]！故曰：发蒙解惑[㊴]，不足以言也。"太子曰："善！然则涛何气哉？"

【注释】

①望：阴历每月十五称"望"，十六称"既望"。

②交游：朋友。

③广陵：李善注："《汉书》：'广陵国，属吴也。'"然其地所在未详。清汪中《述学·广陵曲江证》，以广陵为扬州。曲江：长江。

④恤(xù)然：惊恐状。

⑤其：此指水力。驾轶(yì)者：后车超越前车，超越。此处犹言所凌驾的。

⑥擢(zhuó)拔者：高耸拔起的。擢，拔起。

⑦扬汩(gǔ)者:激荡的。

⑧温汾者:结聚的。

⑨涤汔(qì)者:冲刷的。

⑩"虽有心略"二句:意谓对于江涛的种种形状,虽然心中有智慧,言辞有辩才,也不能自始至终详尽细腻地形容出来。心略,心智,智慧。辞给,辞辩,言辞有辩才。缕形,详尽细腻地描述。所由然,犹言自始至终。

⑪怳兮忽兮:即怳怳惚惚。此指江涛无际,望不真切。

⑫聊兮慄兮:即聊慄,惊惧状。

⑬混:许多浪头合到一起。汩汩:波浪声。

⑭忽兮慌兮:即惚慌,亦"怳惚"之义。

⑮俶(tì)兮傥(tǎng)兮:即俶傥,与"倜傥"同义。这里作突出解。

⑯浩:大。瀇瀁(wǎng yǎng):水势巨大。

⑰慌:指江涛汪洋一片。旷旷:空阔无边。

⑱秉意:执意,犹言集中注意力。秉,执。南山:指江涛之发源地。

⑲通望:犹言一直望到。东海:指江涛之所归处。

⑳虹洞兮苍天:此言江涛汹涌,与天相连。虹洞,浑然一片,上下相连之貌。虹,"澒(hòng)"的假借字。

㉑极虑:原指竭尽智虑。此处指观涛者极目远望。崖涘(sì):边际。

㉒归神:集中注意力。日母:此指东方日出之处。李善注:"《春秋内事》云:'日者,阳徒之母。'"

㉓或纷纭其流折兮:李善注:"言众浪纷纭,其流曲折。"

㉔忽缪(liǎo)往而不来:意谓潮水忽然纠缠错杂起来,向上逆流而不见其返回。缪,缠结。往,水向上游逆行。来,顺流而下。

㉕朱汜:李善注:"朱汜,盖地名。未详。"刘良注:"朱汜,南方水涯也。"两说皆通。此处依刘说。

㉖莫离散而发曙兮:莫,通"暮"。姚鼐《古文辞类纂》:"'暮离散'

者,晚潮去也;'发曙'者,早潮来也。"

㉗内存心而自持:观涛者对江涛的印象极深,念念不忘。

㉘澡概胸中:胸中如像经过浸洗一样。澡,浸洗。概,同"溉",亦洗涤之意。

㉙洒练五藏:五脏都仿佛经过一番洗汰。洒,古"洗"字。练,汰。藏,同"脏"。

㉚澹澉(hàn)手足:洗涤手足。澹澉与下文之"颒(huì)濯"皆为洗涤之义。

㉛揄:扬弃,驱除。恬怠:犹言懒散。

㉜输写:排除。写,同"泻"。淟(tiǎn)浊:指身体中的污秽之物。

㉝分决狐疑:此指观涛后,对心中所存困惑之事,就能分辨是非而决定取舍了。

㉞发皇耳目:使耳目清新,开朗。发皇,清明。

㉟淹病滞疾:缠绵日久的疾病。

㊱伸伛(yǔ):将驼背伸直。伛,驼背。起躄(bì):抬起跛脚。

㊲发瞽(gǔ)披聋:张开盲眼,竖起聋耳。发、披皆作"开"解。

㊳直:只,仅仅。眇小:小病。烦懑:烦闷。

㊴发蒙:启发愚蒙。犹言使头脑清醒。

【译文】

吴客说:"将在八月十五,我们与诸侯及远方来的朋友、兄弟,一起到广陵观看长江的浪涛。刚到时还未见江涛的形状,但只见水力所到之处,就足以使人恐惧而吃惊。眼见水力所凌驾的,所拔起的,所激荡的,所结聚的,所冲刷的种种形状,虽然心有智慧,言有辨才,但仍不能自始至终详尽细腻地形容出来。江涛初起时的江面,浩荡无垠,望不真切,但已令人惊悸不已,既而随着汩汩的涛声,许多浪头滚滚而来。正在人们恍恍惚惚之时,忽然巨涛拔起,声势浩大,江涛翻涌,茫茫一片,空阔无边。此时,集中注意力看那江涛起源的南山,再一直望到江涛所归之东海。浩瀚江面，波涛汹涌，与天相连，纵然是极目远望，也难看到它的边际。再回望四周，观赏无穷的江涛之景，最终集中注意力于东方日出之处。江涛迅疾地随着江流直向下游泻去，真不知止于何处。江涛忽而纠缠错杂起来，向上游逆行而不见其返回。江涛向着南岸冲去然后消失，使人心神紧张，并有些倦怠。气势宏大的晚潮刚去，同样气势宏大的早潮又来，让人对江涛的印象极深，念念不忘。这时，人们心中受到荡涤，五脏受到冲洗，再将手足、头发、牙齿清洗。扬弃懒散，排除身上的污秽，心中的困惑已然分明，耳目全然一新。这里纵然是久疾缠身之人，也要伸直驼背，抬起跛脚，张开盲眼，竖起聋耳来观看江涛了，何况是小病、烦闷、沉醉病酒之人呢？所以说，观涛可以使人头脑清醒，解除困惑，这本来就用不着再细说了。”太子说：“你说得很好！但是，江涛是一种什么样的气象呢？”

客曰：“不记也。然闻于师曰，似神而非者三[1]：疾雷闻百里[2]；江水逆流，海水上潮[3]；山出内云[4]，日夜不止。衍溢漂疾[5]，波涌而涛起。其始起也，洪淋淋焉[6]，若白鹭之下翔。其少进也，浩浩溰溰[7]，如素车白马帷盖之张[8]。其波涌而云乱[9]，扰扰焉如三军之腾装[10]。其旁作而奔起也[11]，飘飘焉如轻车之勒兵[12]。六驾蛟龙[13]，附从太白[14]。纯驰浩蜺，前后骆驿[15]。颙颙卬卬[16]，椐椐强强[17]，莘莘将将[18]。壁垒重坚[19]，沓杂似军行[20]。訇隐匈礚[21]，轧盘涌裔[22]，原不可当。观其两傍，则滂渤怫郁[23]，暗漠感突[24]，上击下律[25]。有似勇壮之卒，突怒而无畏[26]，蹈壁冲津[27]。穷曲随隁[28]，逾岸出追[29]。遇者死，当者坏[30]。初发乎或围之津涯[31]，荄轸谷分[32]。回翔青篾[33]，衔枚檀桓[34]，弭节伍子之山[35]，通厉骨母之场[36]。凌赤岸[37]，篲扶桑[38]。横奔似雷行，诚奋厥武[39]，如振如怒[40]。沌沌浑浑[41],状如奔马。混混庉庉[42],声如雷鼓。发怒庢沓[43],清升逾跇[44],侯波奋振[45],合战于藉藉之口[46]。鸟不及飞,鱼不及回,兽不及走。纷纷翼翼[47],波涌云乱。荡取南山,背击北岸,覆亏丘陵[48],平夷西畔[49]。险险戏戏[50],崩坏陂池[51],决胜乃罢[52]。汩汩潺湲[53],披扬流洒[54],横暴之极。鱼鳖失势,颠倒偃侧[55],沋沋湲湲[56],蒲伏连延[57]。神物怪疑[58],不可胜言,直使人踣焉[59],洄暗凄怆焉[60]。此天下怪异诡观也[61],太子能强起观之乎?"太子曰:"仆病,未能也。"

【注释】

①似神而非者三:江涛看上去似有神助而其实并非神力所致的特点有三个。

②疾雷:言涛声如骤然而发之响雷。

③上潮:指潮头逆行而上扬。

④出内:即出纳,吞吐。内,通"纳"。

⑤衍溢:平满。漂疾:急流状。

⑥洪淋淋焉:指初起的潮水,像山洪淋淋下泻。

⑦浩浩溰溰:浩浩荡荡,白茫茫一片。

⑧帷盖之张:撑开帷帐。

⑨云乱:言波涛翻涌,如云一样纷扰。

⑩腾装:整束装急行。

⑪旁作:潮头从旁掀起。奔起:指潮向上翻滚。

⑫轻车:轻便的战车。勒兵:指挥军队。勒,部署,控制。

⑬六驾蛟龙:六条蛟龙驾的车。

⑭附从:跟随。太白:河神。李善注引许慎曰:"冯迟、太白,河伯也。"

⑮"纯驰"二句：意谓江涛巨大，或屯驻不行，或急驰不止，而又连续不断，或前或后。纯，通"屯"。屯驰，谓或屯或驰，犹下句"前后"之义。浩蜺，高大貌。蜺，高。骆驿，连续不断绝貌。

⑯颙颙(yóng)卬卬(áng)：形容波涛之高。

⑰椐椐强强：形容波涛前后相继。

⑱莘莘将将：形容波涛互相冲击。

⑲重坚：重叠而坚固。

⑳沓杂：众多貌。军行：军队的行列。

㉑訇(hōng)隐匈礚(kē)：波涛轰轰之声。

㉒轧盘涌裔：形容波涛汹涌沸腾而无边无际。

㉓滂渤：指水势受阻而有郁结。怫郁：指人的内心有所郁结。此处连用，似言波涛激怒翻滚。

㉔感突：犹言左冲右突。

㉕上击下律：意指波涛势猛而声音巨大。上击言波涛上升，如被物所击。律，五臣本作"硉"。硉，从高处推石而下。

㉖突怒：奔闯发怒。

㉗蹈壁冲津：冲击营垒抢占渡口。

㉘穷曲随隈(wēi)：遍及江湾曲折之处。隈，山水弯曲处。

㉙逾岸出追：越过江岸，漫过沙堆。追，古"堆"字。

㉚当者坏：言阻挡江涛的都要崩溃。

㉛或围：地名。今无所考。津涯：水边。

㉜荄轸(zhěn)谷分：言江涛遇到山陇或川谷而回转分流。荄，通"陔"，山陇。轸，转动。

㉝回翔：盘旋缓流。青篾：地名。

㉞衔枚：古代行军时，士兵与马口中皆衔一木筷，以免喧哗。此处喻江涛之突然无声。檀桓：地名。

㉟弭节：停车。伍子之山：山名。因纪念伍子胥而得名。

㊱通厉:远行。骨母:即胥母。吴国地名。今属江苏。"骨"为"胥"之误字。

㊲凌:侵逼。赤岸:地名。一说在广陵附近。李善注:"似在远方,非广陵也。""赤岸"与下文"扶桑"对举,应以李说为是。

㊳篲(huì):竹扫帚。此处作扫荡解。

㊴奋:奋发。厥:其。武:威武。

㊵振:同"震",震怒,盛怒。

㊶沌沌浑浑:江涛相逐之貌。

㊷混混庉庉(tún):形容江涛之声音。

㊸厔沓(zhì tà):言江涛一遇阻碍,即从旁涌溢而出。厔,"窒"之正写字,阻碍。沓,多,溢。

㊹清升逾跇:清波升起,后浪超过前浪。

㊺侯波:阳侯之波,犹言大波。侯即阳侯,水神名。

㊻藉藉之口:名叫藉藉的口岸。

㊼纷纷翼翼:张铣注:"交错貌。"

㊽覆亏丘陵:言江涛可使丘陵倾覆和亏损。

㊾平夷:扫平。西畔:西边的农田。畔,田界。此指农田。

㊿险险戏戏:倾倒危险之貌。

(51)陂池:蓄水池。此指堤防。

(52)罢:同"疲"。此处作衰歇解。

(53)沺(zhī)汩(gǔ):江涛相击之貌。潺湲:水流貌。

(54)披扬流洒:水花四溅之状。

(55)颠倒偃侧:形容鱼鳖在水中东倒西歪。

(56)沋沋(yóu)湲湲:李善注:"鱼鳖颠倒之貌。"

(57)蒲伏:即匍匐。原意是伏地不能行走。这里是形容鱼在水中危急狼狈之状。

(58)神物怪疑:水中的神物亦觉怪异。

⑲踣(bó):吃惊而跌倒。

⑳洄暗:惊骇失智。

㉑诡观:奇怪的景象。

【译文】

吴客说:“那是未见记载的。不过从师傅那里听说,江涛看上去似有神助而其实并非神助的地方有三点:涛声如骤然雷动,响及百里;江水逆流,浪涛也逆行而上扬;山口吞吐云气,日夜不止。起初江水平满而疾流,然后波涛涌起。江涛初起之时,像山洪淋淋下泻,如许多白鹭往下飞翔。再进一步,江涛浩浩荡荡,白茫茫一片,像白车白马撑开白色的帷帐。当江涛翻涌如云样的纷扰,此时就很像三军整装急行。当江涛从两旁掀起而向上翻滚,飘飘荡荡,则像将领乘着轻便的战车指挥军队。又像六条蛟龙驾车,跟随着海神。忽而但见江涛或停驻不行,或急驰不止,变得巨大磅礴,连续不断。或前或后,高大昂扬,纵横四涌,相互撞击。如军营之壁垒,重叠而坚固,纷纷众众,仿佛军队的行列。此时江涛轰鸣,汹涌沸腾,无边无际,势不可当。再看两旁江岸,江涛激怒翻滚,左冲右突,上涌如被物所击,一击而腾空,下降如高处推石,一推而急坠。真似勇壮的士兵,奔闯发怒而无所畏惧,冲击营垒抢占渡口。遍及江湾小港,越过江岸,漫过沙堆。碰到者即死,阻挡者即崩。江涛始发于或围的水边,遇上山陇或川谷而回转分流。在青篾盘旋缓流,到檀桓无声急进,到伍子山仿佛停驻不行,而后又远奔到胥母的战场。侵逼赤岸,扫荡扶桑。横奔如雷滚,确实是奋发威武,如发暴怒。相互追逐,形如奔马。其声混混,犹似雷鼓。一遇阻碍,即从旁涌溢而出,有如发怒,清波升起,一浪涌过一浪,巨浪奋起,会战于藉藉的隘口。这时鸟来不及起飞,鱼来不及转身回游,野兽来不及逃跑。纷乱交错,如波涛翻涌乱云飞渡。此时江涛冲激奔腾,向前冲击南山,再回头冲击北岸,使丘陵冲刷倾覆,又扫平了西岸的农田。此时浪涛高峻,冲毁堤防,获得胜利才渐次衰歇。待稍歇之后,江涛又相击涌起,肆意泛滥,水花四溅，横暴之极。鱼鳖不能自主，东倒西歪，颠颠倒倒，起伏不停，危急狼狈之极。水中的神物亦觉奇怪，这种种景象真难以尽述，直让人吓倒，惊骇失智，心境悲凉。这算得上天底下最奇怪的景象了，太子能勉强起身去看看吗？”太子说：“我有病，不能啊。”

客曰：“将为太子奏方术之士①，有资略者②，若庄周、魏牟、杨朱、墨翟、便蜎、詹何之伦③，使之论天下之释微④，理万物之是非⑤。孔老览观⑥，孟子持筹而算之⑦，万不失一。此亦天下要言妙道也，太子岂欲闻之乎？”于是太子据几而起曰⑧：“涣乎若一听圣人辩士之言。”涊然汗出⑨，霍然病已⑩。

【注释】

①奏：进，犹言推荐。方术：道术。

②资略：极富才智。

③之伦：之类。庄周及以下五人，皆是春秋战国时之学者。

④释微：应作“精微”。精微，指精深微妙的道理。李善注：“《家语》曰：‘卜商好论精微，时人无以尚也。’”

⑤理：此处作明辩解。

⑥孔老览观：意谓让孔子、老子陈其学说，供太子观览。

⑦持筹而算之：犹言筹划一切。六臣本此句为“孟子筹之”，筹划之意更明。

⑧据几而起：用力撑在几上而起身。几，几案。

⑨涊(niǎn)然：汗出透貌。

⑩霍然：忽然。病已：病止，犹言病愈。

【译文】

吴客说：“我要为太子推荐极富才智的道术之士，如像庄周、魏牟、杨朱、墨翟、便蜎、詹何之类，让他们论述天下精深微妙的道理，明辨万物的是非。让孔子、老子陈述其学说，以供太子览观，让孟子筹划一切，这就万无一失。这是天底下最中肯而精妙的道理了，太子难道不想听听吗？”此时太子撑着几案起身说：“我现在已恍然醒悟，好像听到了圣人辩士的言论。”这时太子出了一身透汗，忽然之间病就痊愈了。

曹子建

见卷第十九《洛神赋》作者介绍。

七启八首 并序

【题解】

曹植《七启》，仿拟枚乘《七发》，设镜机子以“肴馔”“服饰”“游猎”“宫馆”“声色”“游侠”“圣宰”七事启发岩穴之士玄微子，使之“愿反初服，从子而归”，实则以“七”体写招隐事。其主旨，刘良曰：“启，开也。欲开发天下，令归正道。故托言贤人在山林，待明君而后出，冀明君崇贤也。”如果说《七发》更多显出枚乘作为文学侍臣的能事，那么《七启》则更多反映出曹植的政治思想，将这两篇文章的最后一段相较，这一区别是相当明显的。应当说，曹植《七启》的思想性要强些。至于《七启》铺采摛文、引物连类，亦为至极，然文章气势大不如《七发》，诚如于光华《重订文选集评》引孙月峰评语曰：“非不珠含锦烂，顾其奈笔力弱何。”

昔枚乘作《七发》，傅毅作《七激》，张衡作《七辩》，崔骃作《七依》，辞各美丽[1]。余有慕之焉[2]，遂作《七启》[3]，并命王粲作焉。

【注释】

①美丽:指文辞华美艳丽。

②慕:慕效,即羡慕仿效。

③《七启》:以七件事来开启。王粲之作为《七释》。

【译文】

过去枚乘写了《七发》,傅毅写了《七激》,张衡写了《七辩》,崔骃写了《七依》,各自的文辞都华美艳丽。我有慕效之心,于是就写了《七启》,并且让王粲也写一篇。

玄微子隐居大荒之庭[1],飞遁离俗[2],澄神定灵[3];轻禄傲贵[4],与物无营[5];耽虚好静[6],羡此永生[7];独驰思于天云之际[8],无物象而能倾[9]。于是镜机子闻而将往说焉[10]。驾超野之驷[11],乘追风之舆[12],经迥漠[13],出幽墟,入乎泱漭之野[14],遂届玄微子之所居。其居也,左激水,右高岑[15],背洞溪[16],对芳林[17]。冠皮弁[18],被文裘[19],出山岫之潜穴[20],倚峻崖而嬉游。志飘飖焉,峣峣焉[21],似若狭六合而隘九州[22],若将飞而未逝[23],若举翼而中留[24]。于是镜机子攀葛藟而登[25],距岩而立,顺风而称曰[26]:"予闻君子不遁俗而遗名[27],智士不背世而灭勋[28]。今吾子弃道艺之华[29],遗仁义之英;耗精神乎虚廓[30],废人事之纪经[31]。譬若画形于无象,造响于无声[32]。未之思乎?何所规之不通也[33]!"玄微子俯而应之曰[34]:"嘻!有是言乎?夫太极之初,浑沌未分[35],万物纷错[36],与道俱隆[37]。盖有形必朽,有迹必穷[38];芒芒元气,谁知其终[39];名秽我身[40],位累我躬[41]。窃慕古人之所志[42],仰老庄之遗风[43];假灵龟以托喻,宁掉尾于涂中[44]。"

【注释】

①玄微子：虚拟人物。玄微，幽玄精微。以“玄微”比喻此人明了幽玄精微之理。大荒，此指极边远之地。《山海经·大荒西经》：“大荒之中，有山名曰大荒之山，日月所入。”庭，厅堂。此指居所。

②飞遁：离世隐退。离俗：超离尘俗。

③澄神定灵：使心神安静。澄，安定。灵，心。

④轻禄傲贵：轻视爵禄，傲视权贵。

⑤与物无营：与物无争。营，经营，谋划。此处作争斗解。

⑥耽虚好静：特别爱好虚无、清静之道。耽，耽好，即特别爱好之意，与“好”义同。

⑦羡此永生：思慕长生。

⑧驰思：放纵情思。

⑨无物象而能倾：李周翰注：“万物之象不可倾动于心，言执情定矣。”

⑩镜机子：虚拟人物。李善注：“镜机，镜照机微也。”言此人辨理之明，如镜照细微。说：游说。

⑪超野：马跑得飞快。李善注：“超野、追风，言疾也。”驷：古代一车套四马，因以称车之四马。

⑫舆：车。此指前文四马所拉之车。

⑬迥漠：张铣注：“迥漠、幽墟，皆远方之地。”

⑭泱(yǎng)漭之野：辽阔广远的荒野。

⑮高岑：此指高山。岑，原为小而高之山。

⑯背：背依。洞溪：明澈之溪水。洞，明澈。

⑰芳林：春意盎然之树林。

⑱皮弁(biàn)：《仪礼·士冠礼》：“皮弁者，以白鹿皮为冠。象上古也。”弁，帽子。

⑲文裘:文狐之裘。文狐,身有花纹之狐。

⑳山岫:山谷。潜穴:深穴。

㉑“志飘飖焉”二句:飘飖焉,指远。峣峣焉,指高。

㉒六合:谓天地四方之总称。“狭”“隘”皆为狭窄之义。

㉓未逝:犹言未飞。逝,流去,过去。此处作飞解。

㉔举翼:犹言展翼而飞。中留:犹言停滞于半空。中,半。《春秋·庄公七年》:“夜中,星陨如雨。”

㉕葛:蔓草。藟(lěi):藤。

㉖顺风:顺着风向。称:声言,说。《史记·淮阴侯列传》:“常称义兵不用诈谋奇计。”

㉗遁俗:即遁世。意为避世,隐居。遗名:忘却名利。

㉘背世:违反世俗。灭勋:消除功业之念。

㉙道艺:学问与技能。《周礼·宫正》:“会其什伍而教之道艺。”郑玄注引郑众:“道谓先王所以教道民者,艺谓礼乐射御书数。”“华”与下句“英”皆谓精粹。

㉚虚廓:空虚无为。廓,空。

㉛纪经:指常理。

㉜“譬若”二句:意谓在没有人、物的形状下画像,在没有声音的情况下制造音响,这是办不到的。李善注:“言像因形生,响随声发,今欲无声而造响,图像而无形,岂有得哉!”

㉝规:通“窥”,犹言窥测事理。不通:见闻学识浅陋。

㉞俯:低头作礼。应:回答。

㉟“夫太极”二句:犹言天地未分之时,只是一片元气笼罩。李周翰注:“太极,天地之前也。浑沌,为一气也。”

㊱纷错:指相并而生。

㊲隆:成长。《汉书·王莽传》:“臣莽夙夜养育隆就孺子。”颜师古注:“隆,长也。成就之使其长大也。”

㊳迹：业绩，事迹。

㊴“芒芒”二句：吕延济注：“芒芒，广大貌。元气，则一气也。言若以一气独运，周而复始，谁知其终乎？”

㊵名：指名利。秽：污浊。此处用如动词。身：此指自身之品节。

㊶位：此指位秩，即官位俸禄。躬：即身。

㊷所志：所追求的志向。

㊸遗风：遗留下来的风尚。

㊹“假灵龟”二句：意谓借灵龟之事来托喻，宁愿如灵龟般于泥涂中自由生活，不愿居庙堂华屋而形同身死。《庄子·秋水》记载楚王使二大夫往聘庄子，庄子曰：“吾闻楚有神龟，死已三千岁矣。王巾笥而藏之庙堂之上。此龟者，宁其死为留骨而贵乎？宁其生而曳尾于涂中乎？”二大夫曰：“宁生而曳尾涂中。”庄子曰：“往矣！吾将曳尾于涂中。”掉尾，摇尾。

【译文】

玄微子隐居在大荒的居所里，离世隐退，超脱尘俗，心神安静；轻视爵禄，傲视权贵，与物无争；喜好虚无清静之道，思慕长生；放纵情思于云天之际，万物之象都不可倾动心思。镜机子听说玄微子的这种情况，就去游说他。镜机子套上四匹骏马，乘坐追风之车，经过极遥远的迥漠，驶出极遥远的幽墟，进入辽阔广远的荒野，于是就到了玄微子的居所。玄微子的居所，左边是湍急的流水，右边是高高的山峰，背靠明澈的溪流，面对春意盎然的树林。玄微子头戴白鹿皮的帽子，身穿花狐皮的皮衣，出入于山谷的深洞中，游玩于峻崖边。他志向高远，仿佛觉得天地四方、神州赤县都很狭窄，又像是鹏鸟将飞而未飞，展翅飞翔而又留于半空。镜机子攀缘草藤而登越，到了悬崖上而站立，顺着风向说：“我听说君子不避世不忘却功名，聪明人不违反世俗，不摒弃功业之念。现在您却放弃学问技能，丢掉仁义精华；在空虚无为中耗费精神，废弃人事的常理。这就好比在没有人、物形状的情况下画像，在没有声音的情况下制造音响。您没有考虑过这是办不到的事吗？您窥探事理真是见识浅陋啊！”玄微子低头作礼而回答说：“嘻！有这种说法吗？天地未分之时，只是一片元气笼罩，万物相并而生，与道一同成长。大凡有形态的一定会朽烂，有业绩的一定有终绝；广大无边的元气独自运行，周而复始，谁又知道它的终极呢？名利、禄位只会玷污、连累我。我心里很倾慕古人所追求的志向，很敬美老子、庄子遗留下来的风尚；且借神龟之事来寄托心志，我宁愿如神龟那样在泥泞中自由生活，也不愿居庙堂华屋而形同身死。”

镜机子曰：“夫辩言之艳①，能使穷泽生流②，枯木发荣③，庶感灵而激神④，况近在乎人情⑤？仆将为吾子说游观之至娱⑥，演声色之妖靡⑦，论变化之至妙⑧，敷道德之弘丽⑨，愿闻之乎？”玄微子曰：“吾子整身倦世⑩，探隐拯沉⑪，不远遐路⑫，幸见光临，将敬涤耳⑬，以听玉音⑭。”

【注释】

①辩言之艳：华美的辩词。

②穷泽：枯竭的沼泽。

③发荣：开花。荣，花。

④庶感灵而激神：意谓大概是“穷泽”“枯木”为华丽的辩词所感动而激发的缘故。庶，推测之语。大概、差不多。感灵而激神，感动而激发。

⑤人情：人之感情。此指有感情之人。《礼记·礼运》：“何谓人情？喜、怒、哀、惧、爱、恶、欲。”

⑥说：解说。游观：游览观赏。至娱：极大的欢乐。

⑦演：讲说。声色：音乐女色。妖靡：艳丽轻柔。

⑧论：论说。变化之至妙：事物变化的神妙。

⑨敷：铺陈。弘丽：博大美妙。

⑩吾子整身倦世：意谓对于厌倦世间尘务之人，使之整饬而振作。倦世，李善注："倦于人间之世也。"

⑪探隐：寻访隐居之士。拯沉：拯救不改积习、溺于所好之人，亦指隐士。

⑫不远遐路：不以遥遥之途为远，即不远万里之意。

⑬涤耳：即洗耳，表示尊敬。

⑭玉音：对别人言辞的敬称，谓其贵重。

【译文】

镜机子说："华丽的辩词，能使干涸的沼泽再涌出流水，枯朽的树木再度开花，这大概是'穷泽'和'枯木'都为华丽的辩词所感动而激发的缘故吧，又何况是近在眼前有感情的人呢？我将为您解说游览观赏的极大欢乐，讲说音乐女色的艳丽轻柔，论说事物变化的神妙，铺陈道德的博大美妙，您愿意听听吗？"玄微子说："先生您对于厌倦世间尘务之人，使之整饬而振作，寻访隐士，拯救不改积习、溺于所好之人，不远万里，蒙幸光临，我将洗耳恭听您的高论。"

镜机子曰："芳菰精粺①，霜蓄露葵②，玄熊素肤③，肥豢脓肌④，蝉翼之割⑤，剖纤析微⑥，累如叠縠⑦，离若散雪⑧，轻随风飞，刃不转切⑨。山鵽斥鷃⑩，珠翠之珍⑪，寒芳苓之巢龟⑫，脍西海之飞鳞⑬，臛江东之潜鼍⑭，臇汉南之鸣鹑⑮。糅以芳酸⑯，甘和既醇⑰；玄冥适咸，蓐收调辛⑱；紫兰丹椒⑲，施和必节⑳；滋味既殊，遗芳射越㉑。乃有春清缥酒㉒，康狄所营㉓，应化则变，感气而成㉔；弹徵则苦发，叩宫则甘生㉕。于是盛以翠樽，酌以雕觞㉖，浮蚁鼎沸㉗，酷烈馨香㉘，可以和神[29]，可以娱肠[30]。此肴馔之妙也[31]，子能从我而食之乎?”玄微子曰：“予甘藜藿[32]，未暇此食也。”

【注释】

①菰：俗称茭白，其实如米，又称雕胡米、菰米，可食用，为六谷之一。粺：精米。

②霜蓄露葵：张铣注：“蓄，菜名。此物与葵宜于霜露之时。”

③玄熊素肤：黑熊刮毛后呈现的洁白皮肤。

④肥豢脓肌：饲养的牲畜肥美的肌肉。豢，饲养的牲畜。脓，肥。

⑤蝉翼之割：此言将黑熊之皮、肥畜之肉割得如蝉翼般轻薄。似指切片。

⑥剖纤析微：切割得如细纹丝帛一样细薄。似指切条。纤，细纹丝帛。

⑦累如叠縠(hú)：堆积如绉纱。縠，有皱纹的细纱。

⑧离若散雪：分散如同飘散的白雪。

⑨刃不转切：刀用不着转动切割。刃，刀。

⑩山鵽(duò)斥鷃：山鵽即鵽鸠，又名沙鸡。《尔雅·释鸟》：“鵽鸠，寇雉。”郭璞注：“鵽大如鸽，似雌雉，鼠脚，无后指，岐尾。为鸟憨急，群飞，出北方沙漠地。”斥鷃，即鹌鹑。

⑪珠翠之珍：张铣注：“谓蚌肉及翠鸟肉以为珍好也。珠生于蚌。”

⑫寒：五臣本作“搴”。吕向注：“搴，取也。”李善注：“寒，今胚肉也。”胚(zhēng)：煮鱼煎肉。此处之“寒”与下文之“脍”“臛”“臇”对举，有煮、煎之意，李善说近似。芳苓之巢龟：《史记·龟策列传》：“有神龟在江南嘉林中……常巢于芳莲之上。”苓与莲同。

⑬脍：细切为脍。飞鳞：即文鳐，一种海鱼。《山海经·西山经》：“泰器之山，濩水出焉，西流注于流沙。是多文鳐鱼，状如鲤鱼，鱼身而鸟翼，苍文而白首、赤喙，常行西海，游于东海，以夜飞。”

⑭臛(huò):原意为肉羹。此处指做成肉羹。鼍(tuó):一名鼍龙,或称扬子鳄,体长六尺至丈余,四足,背尾鳞甲。

⑮臇(juǎn):少汁的肉羹。这里作动词,烹煮肉羹。鹑:鹌鹑。

⑯糅:杂。芳酸:香料与酸醋。

⑰甘和:味美适度。醇:通"纯",指美味纯正。

⑱"玄冥"二句:刘良注:"孟冬之月,其神玄冥,其味咸。孟秋之月,其神蓐收,其味辛。故使调适其味也。""适"与"调"皆为调味之意。辛,辣味。

⑲紫兰:香草名。即木兰。丹椒:花椒。"兰"与"椒"皆为香料。

⑳施和必节:张铣注:"施张调和,必使有节。"

㉑遗芳:飘香。射越:远散。张铣注:"射越,言及远也。"

㉒春清:指春日之清酒,即春天酿造的清洁陈酒。《周礼·酒正》:"辨三酒之物,一曰事酒,二曰昔酒,三曰清酒。"郑注:"清酒,今中山冬酿,接夏而成。"后以清酒指清醇之酒。缥酒:谓酒色绿而微白也。李善注:"缥,绿色而微白也。"

㉓康狄:杜康与仪狄,皆传说古代之酿酒名手。《博物志》:"杜康作酒。"《战国策·魏策》:"梁王……请鲁君举觞。鲁君曰:'昔者帝女令仪狄作酒而美,进之禹。禹饮而甘之,遂疏仪狄,绝旨酒。'"

㉔"应化则变"二句:意谓麦黍作粬,感受气节而变化成酒。《淮南子·览冥训》:"物类之相应,玄妙深微,知不能论,辩不能解。故东风至而酒湛溢。"高诱注:"东风,木风也……木味酸,酸风入酒,故酒酢而湛者沸溢,物类相感也。"

㉕"弹徵则苦发"二句:意似谓弹奏徵与宫音,酒遂生出苦与甜之味来。李善注:"《月令》云:'季夏之月,其音徵,其味苦。中央土,其音宫,其味甘。'"李周翰注:"弹此二音,而其味随之而生矣。""徵"与"宫"皆为五音之一。

㉖"于是"二句:写盛酒器的精美。"樽"与"觞"皆为盛酒器,"觞"之

容量比“樽”大。翠樽,以翠玉装饰之酒杯。雕觞,有雕饰之酒器。

㉗浮蚁鼎沸:意谓酒杯里浮于表面的泡沫如鼎里之水沸腾。吕延济注:“开其浮蚁,如鼎之沸也。”浮蚁,浮于酒面上的泡沫。

㉘酷烈:形容香气盛。

㉙和神:似谓使人之精神得以调和而清爽。李善注:“神,人之精爽也。”

㉚娱肠:使肠胃舒适。

㉛肴馔(zhuàn)之妙:最美的佳肴。馔,食物。

㉜甘藜藿:犹言以粗茶淡饭为甘美。刘良注:“甘,美也。藜藿,贱菜,布衣之所食。”

【译文】

镜机子说:“用菰米与精米做成香喷喷的饭,用霜露时节的蓄菜与葵叶做菜,黑熊刮毛后的洁白皮肤,饲养的牲畜的肥美肌肉,该切片的切得如蝉翼般轻薄,该切丝的切得如丝帛般的细薄,堆放起来一叠如纱,分散开来犹如飘雪,细薄得如能随风飞转,再不用动刀割切。沙鸡鹌鹑,蚌肉与翠鸟肉做的珍馐,将栖宿在莲花上的乌龟煮煎好,将西海的文鳐鱼细细切好,将常潜于水中的扬子鳄熬成汤羹,将汉南的鹌鹑煨焖好。然后拌上香料与酸醋,味美适度而纯正;再让玄冥来调咸味,让蓐收来调辣味;添放木兰与花椒,一定适度而有节制;这样各种菜肴就具有了各不相同的美味,其香气飘溢远散。这时再呈上春天酿造的绿而泛白的清醇之酒,这是杜康与仪狄酿制的,用麦黍作粬,感受气节变化而成;弹徵则酒味苦,奏宫则酒味甜。于是用翠玉的酒盅盛酒,用有雕饰的酒杯斟满,杯里的酒泛起一层泡沫,仿佛开水沸腾,散发出浓烈的馨香,饮这种酒可以使精神调和,肠胃舒适。这就是最好的美味佳肴了,您能跟我一起吃喝吗?”玄微子说:“我以为粗茶淡饭就很好了,没有空闲去吃喝这样的佳肴。”

镜机子曰："步光之剑[①]，华藻繁缛[②]，饰以文犀[③]，雕以翠绿[④]，缀以骊龙之珠[⑤]，错以荆山之玉[⑥]。陆断犀象[⑦]，未足称隽[⑧]；随波截鸿[⑨]，水不渐刃[⑩]。九旒之冕[⑪]，散耀垂文[⑫]，华组之缨[⑬]，从风纷纭[⑭]；佩则结绿悬黎[⑮]，宝之妙微[⑯]，符采照烂[⑰]，流景扬辉[⑱]。黼黻之服[⑲]，纱縠之裳[⑳]，金华之舄[㉑]，动趾遗光[㉒]，繁饰参差[㉓]，微鲜若霜[㉔]。绲佩绸缪[㉕]，或雕或错[㉖]。薰以幽若[㉗]，流芳肆布[㉘]，雍容闲步[㉙]，周旋驰耀[㉚]，南威为之解颜[㉛]，西施为之巧笑[㉜]，此容饰之妙也[㉝]，子能从我而服之乎[㉞]？"玄微子曰："予好毛褐[㉟]，未暇此服也。"

【注释】

①步光之剑：叫"步光"的剑。张铣注："步光，越王之剑也，其光可照数步。"

②华藻繁缛：此谓剑上之文采繁密而华茂。张铣注："华藻，剑上文也。繁缛，彩色也。"

③文犀：有纹理的犀角。

④雕以翠绿：吕向注："又雕饰翠绿二色于上。"翠，青绿色。

⑤缀：点缀，装饰。骊龙之珠：宝珠。传说出自骊龙颔下，故名。《庄子·列御寇》："夫千金之珠，必在九重之渊而骊龙颔下。"

⑥错：雕饰、镶嵌。荆山之玉：即和氏璞玉。《淮南子·览冥训》高诱注："楚人卞和得美玉璞于荆山之下，以献武王。"楚，荆。《国语·晋语》："鄢之役，晋伐郑，荆救之。"徐元诰注："荆，楚也。"楚原建国于荆山一带，故名。

⑦陆断犀象：能劈断陆地上的犀牛与大象。《淮南子·修务训》："及加之砥砺，摩其锋锷，则水断龙舟，陆剸犀甲。"李周翰注："言剑之利也；犀象之兽，其皮坚。"

⑧隽:通“俊”,美,好。

⑨随波截鸿:随着波浪能截断洪水。鸿,通“洪”,洪水。《荀子·成相》:“禹有功,抑下鸿。”《楚辞·天问》:“不任汩鸿,师何以尚之。”

⑩渐:湿。

⑪九旒(liú)之冕:诸侯王公最尊贵的一种礼帽。帽面为黑色,里为朱红色,帽顶有延。延的前端垂有玉串,叫旒。天子之冠十二旒,诸侯九旒。《礼记·礼器》:“天子之冕,朱绿藻,十有二旒。”《周礼·弁师》:“诸侯之缫斿九就。”旒,同“斿”,古代天子、诸侯及大夫礼帽延之前端所垂的玉串。

⑫散耀垂文:散发光彩。

⑬华组之缨:华丽的系帽的带子。组,华丽。《荀子·乐论》:“乱世之徵:其服组,其容妇,其俗淫。”

⑭纷纭:犹言错杂飘飞。

⑮结绿悬黎:两种美玉之名。《战国策·秦策》载范睢献书:“臣闻周有砥厄,宋有结绿,梁有悬黎,楚有和璞。此四宝者,工之所失也,而为天下名器。”

⑯宝之妙微:犹言结绿、悬黎二玉为精美之宝器。

⑰符采:亦作“符彩”。玉的纹理光彩。照烂:光辉灿烂。

⑱流景扬辉:光彩闪动。辉,光辉,光彩。

⑲黼黻(fǔ fú)之服:古代诸侯所穿绣有花纹的礼服。

⑳纱縠之裳:犹言礼服外再套上绉纱的单衣。

㉑金华之舄:犹言用金作花的绣鞋。张铣注:“舄,履也。以金为华而饰之。”华,通“花”。舄(xì),鞋。

㉒动趾遗光:举足则光彩照人。

㉓繁饰:众多的彩饰。参差:相错杂。

㉔微鲜若霜:张铣注:“微,妙;鲜,明。如霜之洁白也。”

㉕绲(gǔn)佩:饰有珠玉的织带。绲,织带。佩,古代结于衣带上的饰物,如珠玉等。绸缪:紧密缠绕。

㉖雕:修饰。此疑指“金华之舄”而言。错:吕向注:“雕错谓为文章。”犹言服饰之色彩与花纹错杂。此疑指“黼黻之服而言”。

㉗幽若:香草名。即杜若,味辛香。

㉘流芳肆布:香气扩展散布。

㉙雍容:容仪温文。

㉚周旋驰耀:犹言往返而行光彩生辉。周旋,即周行,原作绕行解。此处作往返而行解。驰耀,生光。

㉛南威:古美女名。或作南之威。解颜:开颜而笑。

㉜巧笑:极美的笑貌。

㉝容饰:即服饰,指衣服及装饰。犹言穿着打扮。

㉞服之:穿戴这些华丽的衣饰。

㉟毛褐:布衣。

【译文】

镜机子说:“佩上名叫‘步光’的宝剑,剑上的文采繁密华茂,用有纹理的犀角来装饰,雕有翠绿两色,还有宝珠点缀,镶嵌和氏璞玉。此剑之锋利,劈断陆地上的犀牛与大象,未足以说好;随波能截断洪水,而水不湿剑。再戴上王侯所戴的最尊贵的礼帽,散发光彩,华丽的帽带,随风错杂飘飞;佩戴上‘结绿’‘悬黎’这样的美玉,真可算是精美的宝器了,美玉的纹理灿烂,光彩闪动。身着诸侯们所穿的绣有花纹的礼服,外面再套上绉纱的单衣,脚穿金花作饰的绣鞋,举足移步光彩照人,这众多的彩饰相互错杂,鲜美如霜之洁白。腰间饰有珠玉的织带紧密缠绕,既修饰极美,色彩花纹又错杂鲜艳。装扮好之后,再用杜若来熏,让香气扩展散布,然后容仪温文地散步,往返慢行而一路生辉,美女南威为此开颜而笑,美女西施为此而笑容妩媚,这就是最美的衣服与装饰了,您能跟我去穿戴这些华丽的衣饰吗?”玄微子说:“我喜好粗布衣裳,没有闲空去穿戴这些华丽的衣饰。”

镜机子曰：“驰骋足用荡思[1]，游猎可以娱情[2]。仆将为吾子驾云龙之飞驷[3]，饰玉路之繁缨[4]，垂宛虹之长缕[5]，抗招摇之华旌[6]，捷忘归之矢[7]，秉繁弱之弓[8]，忽蹑景而轻骛[9]，逸奔骥而超遗风[10]。于是磎填谷塞[11]，榛薮平夷[12]，缘山置罝，弥野张罘[13]；下无满迹[14]，上无逸飞[15]，鸟集兽屯[16]，然后会围。獠徒云布，武骑雾散[17]，丹旗耀野，戈殳晧旰[18]；曳文狐[19]，掩狡兔[20]，捎鹔鷞[21]，拂振鹭[22]，当轨见藉[23]，值足遇践。飞轩电逝，兽随轮转[24]。翼不暇张，足不及腾，动触飞锋[25]，举挂轻罾[26]，搜林索险，探薄穷阻[27]，腾山赴壑[28]，风厉猋举[29]，机不虚发[30]，中必饮羽[31]。于是人稠网密，地逼势胁[32]，哮阚之兽[33]，张牙奋鬣[34]，志在触突[35]，猛气不慑[36]。乃使北宫东郭之畴[37]，生抽豹尾，分裂貙肩[38]，形不抗手[39]，骨不隐拳[40]，批熊碎掌[41]，拉虎摧斑[42]；野无毛类[43]，林无羽群[44]，积兽如陵，飞翮成云[45]。于是骇钟鸣鼓[46]，收旌弛旆[47]，顿纲纵网[48]，罴獠回迈[49]，骏騄齐骧[50]，扬銮飞沫[51]，俯倚金较[52]，仰抚翠盖[53]，雍容暇豫[54]，娱志方外[55]。此羽猎之妙也[56]，子能从我而观之乎？”玄微子曰：“予乐恬静，未暇此观也[57]。”

【注释】

①荡思：荡涤忧思。

②娱情：使心情欢乐。

③云龙：此谓骏马。李善注：“马有龙称，而云从龙，故曰云龙也。《周礼·夏官》曰：‘马八尺以上为龙。’”飞驷：四马所驾飞驰

之车。

④玉路：玉饰的皇帝专用车。此谓四马所驾之车。《周礼·巾车》："王之五路，一曰玉路。"郑注："王在焉曰路。玉路，以玉饰诸末。"繁（pán）：通"鞶"，马腹带。缨：套驾车之马的皮带。

⑤宛虹：弧形的彩虹。緌（ruí）：古旌旗的一种。《礼记·王制》："天子杀，则下大绥；诸侯杀，则下小绥。"郑注："绥当为緌。緌，有虞氏之旌旗也。"

⑥抗：举。招摇：星名。《礼记·曲礼》："招摇在上，急缮其怒。"郑注："招摇，北斗第七星。"华旌：有文采之旗。旌，旗之总称。

⑦捷：《重订文选集评》："捷当作'搢'。"搢，插。忘归：箭名。

⑧繁弱：古代的良弓名。也作良弓的通称。《公孙龙子·迹府》："龙闻楚王张繁弱之弓，载忘归之矢，以射蛟兕于云梦之圃，而丧其弓。"

⑨蹑景：追赶日影。景，同"影"。轻骛：李周翰注："轻，疾。骛，驰。"

⑩逸奔骥而超遗风：李周翰注："逸、奔，皆过也。骥与遗风，皆良马名。"

⑪磎：同"溪"，山谷。

⑫榛薮平夷：吕延济注："大丛曰榛；泽无水曰薮；夷，亦平也。"

⑬"缘山"二句：意谓围绕丛山四面八方布下罗网。缘山，围绕丛山。罝（jū）、罘（fú），皆为捕兽之网。弥，遍。

⑭满迹：满，五臣本作"漏"。漏迹指兽而言。

⑮逸：遗。遗飞指鸟而言。

⑯屯：聚集。

⑰"獠（liáo）徒"二句：獠徒，猎手。獠，夜猎。武骑，此指参加打猎的骑手。武，勇猛。"云布""雾散"：刘良注："言多也。"

⑱殳（shū）：古兵器名。《诗经·卫风·伯兮》："伯也执殳，为王前驱。"毛传："殳长丈二而无刃。"略同后代的槊。晧旰（hàn）：

白色。

⑲曳(yè):拖。文狐:身有花纹之狐。

⑳揜(yǎn):捕取。

㉑捎:芟、杀。鹔鷞(sù shuāng):水鸟,雁的一种。

㉒拂:击斫。振鹭:原指群飞的白鹭。此指白鹭一类的水鸟。

㉓轨:车辙。见藉:被辗。吕向注:"藉,辗也。"

㉔"飞轩"二句:李周翰注,"飞轩,轻车。电逝,言疾也。随轮,言驱迫之甚。"

㉕飞锋:飞疾之箭。

㉖罾(zēng):网。

㉗薄:草木丛生处。阻:险要之地。

㉘腾山:奔往山峦。赴壑:趋往山谷。

㉙风厉焱举:言如风火之速。风厉,风之猛烈。焱,火花。此处作火解。

㉚机:弩机,即弓上发箭的装置。此处指弓。

㉛饮羽:箭中的,箭深入而尾部羽毛隐没不见。

㉜地逼势胁:犹言野兽受地形及打猎队伍的气势逼迫。

㉝哮阚之兽:发怒的猛兽。阚(hǎn),虎怒貌。

㉞奋鬣:竖起颈领之毛。鬣(liè),兽类颈领之毛。

㉟触突:冲闯。

㊱慑(shè):恐惧。

㊲北宫东郭之畴:李周翰注:"北宫东郭,皆勇者。"李善以北宫为北宫黝。《孟子·公孙丑》:"北宫黝之养勇也:不肤桡,不目逃,思以一豪挫于人,若挞之于市朝。"东郭,《吕氏春秋·仲冬纪》:"齐之好勇者,其一人居东郭,其一人居西郭,卒然相遇于涂曰:'姑相饮乎?'觞数行,曰:'姑求肉乎?'一人曰:'子,肉也;我,肉也……'因抽刀而相啖,至死而止。"畴,类。

㊳䝙(chū):兽名。六臣本作"貙"。《尔雅·释兽》:"貙似狸。"郭璞注:"今貙虎也,大如狗,文如狸。"

㊴形:指兽之身躯。抗:抵御。

㊵隐:筑,击。《汉书》服虔注:"隐,筑也。"

㊶批:手击。碎掌:此言剁下熊掌。

㊷拉:摧折。摧斑:此言剥下有斑纹的虎皮。

㊸毛类:指兽类。

㊹羽群:指鸟类。

㊺"积兽"二句:李周翰注:"兽叠如陵,翮落如云,言多也。"飞翮,指飞鸟之羽毛。翮(hé),羽茎。

㊻骇(hài):擂,击。

㊼弛:解。旆(pèi):旗帜的通称。

㊽顿纲纵网:吕延济注:"顿、纵,徹去也。纲,亦网也。"

㊾罴獠:喻勇猛多力之猎手。回迈:迂回而行。

㊿騄(lù):即騄骥,良马名。骧(xiāng):奔驰。

(51)銮:吕延济注:"銮,车上铃也。"飞沫:此言马疾驰而口吐飞沫。

(52)较(jué):车厢两旁横木。

(53)翠盖:以翠羽装饰的车盖。

(54)暇豫:悠闲逸乐。

(55)娱志:娱乐的志向。方外:世俗之外。

(56)羽猎:帝王狩猎,士卒携羽箭随从,因名羽猎。此指游猎。

(57)此观:指观赏如此场面的游猎活动。

【译文】

镜机子说:"策马驰骋足以荡涤忧思,出游打猎可使心情欢畅。我将为您驾上四匹骏马拉的飞驰之车,并将骏马的腹带装饰好,车上悬挂画有彩虹的旌旗,再举起画有北斗星的彩旗,插上楚王用过的忘归之箭,拿着名叫繁弱的良弓,迅速地去追赶日影而疾驰,超过良骥、越过遗风这样的良马。此时打猎的兵卒填满山谷，踏平丛林、涸泽，围绕丛山，四面八方布下猎网；地上没有野兽插足之处，天上没有飞鸟掠空之迹，鸟兽因此只得聚集起来，然后就开始合围。猎手多如云布，骑手多如雾散，红旗映照郊野，戈槊闪耀白光；捉花狐，捕野兔，追杀鹔鹈，击斫白鹭，被围的猎物碰上车辙就被辗死，遇上猎手的足就被践踏。轻车如电逝一般，野兽被追赶得随着车轮飞转。飞禽来不及张开羽翼，走兽来不及拔足逃遁，一动就碰上飞箭，一飞就挂上猎网，搜索丛林险隐之处，寻遍草丛险要之地，猎手们奔往山冈，趋往山谷，如风火般迅速，野物触机而擒，被射中者一定饮羽而亡。此时人多网密，野兽被地形及打猎队伍的气势威逼，使得发怒的猛兽张牙舞爪，竖起鬣鬃，冲闯撕斗，气势威猛而无所畏惧。于是北宫、东郭等勇士，将豹子的尾巴活生生地拉出来，将貙虎的双肩活生生地撕开，野兽的身躯抵御不了勇士的双手，野兽的骨头经不起勇士的拳击，再剁下熊掌，剥下虎皮；旷野之中没有了走兽，丛林之中没有了飞禽，猎得的野兽堆积如小山丘，满天鸟羽飘散像云片。于是敲钟鸣鼓，收起旌旗，撤去猎网，勇猛的猎手迂回而行，骏马齐奔车铃鸣响，骏马疾驰而口吐飞沫，低头则偎依在金饰的车子横木上，仰头则抚摸翠羽装饰的车盖，仪容平和悠闲逸乐，欢娱的心志似乎在世俗之外。这就是最美妙的游猎活动了，您能跟我去观赏吗？”玄微子说：“我以恬静为最大的快乐，没有闲空去观赏啊！”

镜机子曰：“闲宫显敞[①]，云屋皓旰[②]，崇景山之高基[③]，迎清风而立观。彤轩紫柱[④]，文榱华梁[⑤]，绮井含葩[⑥]，金墀玉箱[⑦]。温房则冬服絺纮[⑧]，清室则中夏含霜[⑨]。华阁缘云[⑩]，飞陛陵虚[⑪]，俯眺流星[⑫]，仰观八隅[⑬]。升龙攀而不逮，眇天际而高居[⑭]，繁巧神怪[⑮]，变名异形[⑯]，班输无所措其斧斤，离娄为之失睛[⑰]。丽草交植[⑱]，殊品诡类[⑲]，绿叶朱荣[⑳]，熙天曜日[21];素水盈沼[22],丛木成林,飞翮凌高[23],鳞甲隐深[24]。于是逍遥暇豫[25],忽若忘归,乃使任子垂钓[26],魏氏发机[27],芳饵沉水,轻缴弋飞[28],落翳云之翔鸟[29],援九渊之灵龟[30]。然后采菱华,擢水蘋,弄珠蚌,戏鲛人[31];讽《汉广》之所咏[32],觌游女于水滨[33]。耀神景于中沚[34],被轻縠之纤罗[35],遗芳烈而靖步[36],抗皓手而清歌[37]。歌曰:'望云际兮有好仇[38],天路长兮往无由[39];佩兰蕙兮为谁修,宴婉绝兮我心愁[40]。'此宫馆之妙也,子能从我而居之乎?"玄微子曰:"予耽岩穴[41],未暇此居也。"

【注释】

①闲宫:高大的宫殿。闲,大。《诗经·商颂·殷武》:"松桷有梴,旋楹有闲。"孔疏:"闲为楹之大貌。"显敞:显赫宽敞。

②云屋:李善注:"言高若云也。"晧旰:明亮貌。

③崇:立。景山:大山。基:宫殿之屋基。李善注:"基若景山,言极高也。"

④彤轩紫柱:红色的栏杆,紫色的屋柱。

⑤榱:屋之椽子。"文""华",谓花纹。

⑥绮井:屋之天花板装饰成凸出的井形。沈括《梦溪笔谈》:"屋上覆橑,古人谓之'绮井',亦曰'藻井',又谓之'覆海'。今令文中谓之'斗八'。吴人谓之'罳顶',唯宫室、祠观为之。"

⑦金墀:以金涂饰的地面。墀,经过涂饰之地。《汉书·梅福传》:"故愿壹登文石之陛,涉赤墀之涂。"应劭注:"以丹淹泥涂殿上也。"后泛称地为墀。玉箱:用玉装饰的厢房。箱,通"厢"。

⑧绨(chī):细葛布。纮:五臣本作"绤"。绤(xì),粗葛布。《诗经·周南·葛覃》:"为绨为绤,服之无斁。"毛传:"精为绨,粗为绤。"

⑨中夏:仲夏。含霜:是说室内很凉。

⑩缘云:攀缘至云。

⑪飞陛:高峻的台阶。陵虚:即凌空。

⑫俯眺:低头远眺。

⑬八隅:八方。

⑭眇:高远。高居:居于高空。

⑮繁巧:意谓殿阁构建装饰之繁杂巧妙。

⑯变名异形:意谓殿阁构建装饰改变成奇特的形状。变名,五臣本作"变容"。

⑰"班输"二句:似谓殿阁构建装饰之奇异,非常式所规范,故公输班也无从下手,离娄的眼力也看不透。班输,指鲁国公输班,是一位能工巧匠。无所措其斧斤,没有办法用他的斧子。离娄,相传为黄帝时人,目力极强,能于百步之外望见秋毫之末。失睛,失去目力。《孟子·离娄》:"孟子曰:'离娄之明,公输子之巧,不以规矩,不能成方圆。'"

⑱丽草:指芳草。交植:交错栽种。

⑲殊品诡类:意谓芳草的品种奇特怪异。

⑳绿叶朱荣:指树。荣,花。

㉑熙:照。照天曜日,言树之光明。

㉒素水:洁净之水。

㉓飞翮:飞鸟。凌高:凌空。

㉔鳞甲:即鳞介,泛指有鳞和介甲的水生动物。隐深:潜隐于深水之中。

㉕逍遥:安闲自得的样子。

㉖任子:任公子,即任父。古代传说中善钓之人。《庄子·外物》:"任公子为大钩巨缁,五十犗以为饵,蹲乎会稽,投竿东海,旦旦而钓,期年不得鱼。已而大鱼食之,牵巨钩,铪没而下,惊扬而奋

鬐，白波若山，海水震荡。”

㉗魏氏：古之善射者。据《吴越春秋·勾践阴谋外传》，越王欲伐吴，范蠡进善射者陈音。越王问其射所起焉，音曰：“黄帝作弓以备四方，后有楚弧父以其道传羿，羿传逄蒙，逄蒙传楚琴氏，琴氏传大魏，大魏传楚三侯：麇侯、翼侯、魏侯也。”

㉘缴（zhuó）：射鸟用的系在箭上的生丝绳。此处指箭。弋（yì）：以绳系箭而射。此处作射解。

㉙翳云：遮蔽天云。

㉚援：拉。此处犹言钓起。九渊：水之最深处。

㉛“然后”几句：菱华，菱角之花。擢（zhuó），抽，拔。水蘋，水草。珠蜯（bàng），蚌壳里的珍珠。蜯，同“蚌”。鲛人，神话传说中居于海底的怪人。张华《博物志》：“南海水有鲛人，水居如鱼，不废织绩，其眼能泣珠。”

㉜讽：朗诵。汉广：《诗经·周南》篇名。所咏：此指《汉广》诗所咏之事。《诗经·周南·汉广》：“汉有游女，不可求思。汉之广矣，不可泳思。”

㉝觌：相见。游女：游春之美女。

㉞耀神景：犹言游女光彩照人。神景，游女的光彩。沚：水中小沙洲。

㉟轻縠之纤罗：用又轻又薄的绸子所织的衣服。

㊱遗芳烈：散发浓烈的香气。靖步：细步，小步而行。靖，细小的样子。

㊲皓手：谓手之洁白。清歌：不用乐器伴奏的歌唱。

㊳仇：伴侣。

㊴无由：犹言无从起步。

㊵宴婉：即嬿婉，安顺的样子。引申为美好。《后汉书·文苑列传》：“设长夜之欢饮兮，展中情之嬿婉。”此即指前之“好仇”。

㊶耽岩穴:偏好隐居山洞。岩穴,山洞。

【译文】

镜机子说:"高大的宫殿显豁宽敞,高入云霄的屋子多么明亮,在像大山矗立般高高的屋基上,迎着清风修建楼阁。红栏紫柱,画栋雕梁,天花板上装饰成凸出的彩色井形,内中绘制花朵,以金涂饰地面,用玉装饰厢房。一些屋子很温暖,入则需穿上细葛布的衣裳;一些屋子很清凉,虽是仲夏入内犹觉寒意袭人。华丽的楼阁攀缘至云,高峻的台阶凌空腾飞,可低头远眺流星,可仰头观看八方。飞龙想攀附而够不着,宫殿高入天际而盘踞于云端,构建装饰得繁杂巧妙,奇形怪状,即使巧匠如公输班也无法修建,明眼若离娄也不可捉摸。芳草错杂栽种,品种奇特怪异,绿叶红花的树木,照耀天日;清水漫出水池,树木蔚然成林,飞鸟凌空,鱼龟潜隐于深水。此时心旷神怡,乐而忘归,于是让任父垂钓,魏氏发箭,芳香的食饵沉入水中,轻疾的箭缴射向飞鸟,高空的飞鸟被射落下来,深水的神龟竞衔钩而出。然后采摘菱花,拔起水草,把玩蚌壳里的珍珠,与鲛人嬉戏;高吟《汉广》诗所写的字句,在水滨与游女相会。那小沙洲上的游女光彩照人,穿着轻薄有皱纹的罗衫,散发浓烈的香气,细步而行,抬起白嫩的手而歌唱。歌词说:'仰望云端有好侣伴,天长路远无从往还;佩饰兰蕙为谁打扮,侣伴隔绝我心愁烦。'这就是宫殿阁馆之妙啊,您能跟我去居住吗?"玄微子说:"我喜爱隐居于山间,没有闲空去居住啊。"

镜机子曰:"既游观中原①,逍遥闲宫,情放志荡②,淫乐未终③。亦将有才人妙妓④,遗世越俗,扬《北里》之流声⑤,绍《阳阿》之妙曲。尔乃御文轩⑥,临洞庭⑦,琴瑟交挥⑧,左篪右笙⑨,钟鼓俱振⑩,箫管齐鸣。然后姣人乃被文縠之华袿⑪,振轻绮之飘飖⑫,戴金摇之熠耀⑬,扬翠羽之双翘⑭。挥流芳[15]，耀飞文[16]，历盘鼓，焕缤纷[17]，长裾随风[18]，悲歌入云[19]，跻捷若飞[20]，蹈虚远蹠[21]，凌跃超骧[22]，蜿蝉挥霍[23]，翔尔鸿翥[24]，濈然凫没[25]，纵轻体以迅赴，景追形而不逮[26]。飞声激尘[27]，依违厉响[28]，才捷若神[29]，形难为象[30]。于是为欢未渫[31]，白日西颓，散乐变饰，微步中闺[32]，玄眉弛兮铅华落，收乱发兮拂兰泽，形媠服兮扬幽若[33]；红颜宜笑[34]，睇眄流光[35]。时与吾子携手同行，践飞除[36]，即闲房[37]；华烛烂[38]，幄幙张[39]，动朱唇，发清商[40]，扬罗袂[41]，振华裳[42]，九秋之夕[43]，为欢未央[44]。此声色之妙也，子能从我而游之乎？"玄微子曰："予愿清虚[45]，未暇此游也。"

【注释】

①中原：内地，别于边境地区而言。

②情放志荡：即放荡情志，意谓恣意放任感情志趣。

③淫乐：极度的娱乐。淫，过度。《尚书·大禹谟》："罔游于逸，罔淫于乐。"

④才人：擅长歌舞之人。妙妓：艺高貌美的歌舞女艺人。妓，通"伎"。

⑤扬：指声音升高。此处作高唱解。《礼记·曲礼》："将上堂，声必扬。"《北里》：古舞曲名。《史记·殷本纪》："于是使师涓作新淫声，《北里》之舞，靡靡之乐。"流声：放荡的声乐。《礼记·乐记》："故制《雅》《颂》之声以道之，使其声足乐而不流。"下句之《阳阿》也是乐曲名。《淮南子·说山训》："欲美和者，必先始于《阳阿》《采菱》。"

⑥御：凭依。文轩：用彩画雕饰栏杆门窗的走廊，即画廊。

⑦洞庭：广庭。

⑧交挥：五臣本作“交弹”，即交错弹奏。

⑨篪(chí)：古管乐器。《尔雅·释乐》：“大篪谓之沂。”郭璞注：“篪，以竹为之，长尺四寸，围三寸。一孔上出一寸三分，名翘，横吹之。小者尺二寸。”

⑩俱振：一同奏响。

⑪姣人：美人。文縠：有花纹的绉纱。袿(guī)：妇女上衣。

⑫轻绮：轻柔的素色丝罗。

⑬金摇：即金步摇，钗的一种。以金制成，饰于头，每行步则摇动，故名。李善注引宋玉《讽赋》：“主人之女，垂珠步摇，来排臣户。”熠(yì)耀：光彩鲜明。

⑭翠羽：翠色的鸟羽。翘：举。

⑮挥流芳：散布出香气。

⑯飞文：张铣注：“谓光相照也。”

⑰“历盘鼓”二句：意谓踏着盘鼓分明的节拍，众多的舞女舞步分明不乱。历，分明。此指盘鼓之节拍分明。盘鼓，一种调节舞曲的鼓。焕，即焕别，清楚分明。缤纷，多貌。此指舞女众多。

⑱裾：衣袖。

⑲入云：张铣注：“言清彻也。”

⑳跻捷：身手轻灵敏捷。

㉑蹈虚远蹠(zhí)：足顿地而远跳。蹈，顿足。虚，《周易》认为“坤为虚”。坤也是八卦之一，代表地。蹠，跳。

㉒凌跃超骧：腾跃高举。

㉓蜿蝉：盘曲而行。挥霍：轻捷迅速貌。

㉔翔尔：行走时两臂张开。《礼记·曲礼》：“室中不翔。”郑注：“行而张拱曰翔。”鸿翥：如大雁飞舞。

㉕濈(jí)然：迅速貌。凫没：如野鸭沉入水中。

㉖“纵轻体”二句：意谓转圈舞步之迅速。迅赴，急趋。景追形，身

影追赶身体。

㉗飞声:高声。激尘:使梁尘飘起。刘良注:“激,飘也。言善歌飞声飘起梁尘。”

㉘依违:形容声音的忽离忽合。厉响:形容声音的高昂。

㉙才:通“材”,资质。

㉚形难为象:身形、舞姿难以比况。象,比。

㉛渫(xiè):止歇。

㉜微步:缓步。中闺:中庭。

㉝“玄眉弛兮”几句:吕向注:“言美人歌既毕,粉黛微落,乃复整理鬓发,拂涂兰膏,衣以好服,扬其芳香。”弛,废。此言所画之黑眉已坏。铅华,搽脸之脂粉。兰泽,兰草所做的香膏。媠(tuǒ),华美的衣服。

㉞宜笑:笑容恰到好处。

㉟睇眄(dì miǎn):流转目光观看。犹流盼。

㊱飞除:高高的台阶。

㊲闲房:宽大的屋子。

㊳华烛:彩烛。

㊴幄幙:帐幕。幙,同“幕”。

㊵发清商:吕延济注:“歌秋声也。”清商,指秋风。

㊶罗袂(mèi):绫罗质地的衣袂。

㊷华裳:有文采的衣裳。

㊸九秋:秋季九十天,即秋天。

㊹未央:未尽。

㊺清虚:清净虚无。

【译文】

镜机子说:“业已游览了中原内地,在高大的宫殿中自在逍遥,恣意放纵情志,极度的娱乐犹未终了。此时将有擅长歌舞的美貌艺人,仪态超脱世俗,先是高唱《北里》这样放荡的声乐,继而又演唱《阳阿》这样美妙的乐曲。于是凭依画廊,面对庭院,琴瑟交错弹奏,左篪右笙,演奏伴唱,钟鼓齐鸣,箫管齐响。然后美女们穿上华丽绸衣,抖动轻柔的素罗而飘扬,头上戴的金步摇光泽鲜明,头饰翠羽高翘婉欲飞起。香气袭人,光彩相照,踏着盘鼓分明的节拍,人数虽然众多但舞步不乱,长袖随风飘荡,悲壮的歌声清澈高亢,身手轻灵而敏捷,脚顿地而远跳,腾跃高举,盘曲而行,迅捷如野鸭沉水,舒展轻盈的身体而急趋,形影相追而总是不及。高扬的歌声使梁尘飘起,歌声忽离忽合而高昂,这些舞女资质如神,舞姿真难比况。于是欢乐未尽,白日西沉,美女们改换服饰,缓步中庭,画眉凌乱,脂粉已脱,于是重整散发,涂上兰草香膏,穿上华美衣服,再飘溢出杜若的芳香;艳丽的容貌加之恰到好处的笑容,目光流转生辉。此时和您携手同行,步上高高的台阶,走到宽敞的屋里;彩烛灿烂,帷帐徐张,歌女朱唇再启,将秋声咏唱,挥舞绫罗的衣袖,抖动华美的衣裳,秋夜里,无穷无尽地寻乐欢畅。这就是最美的音乐女色了,您能跟我一起去游玩吗?”玄微子说:“我愿守清净虚无之道,没有闲空去游玩啊。”

镜机子曰:“予闻君子乐奋节以显义①,烈士甘危躯以成仁②。是以雄俊之徒③,交党结伦④,重气轻命⑤,感分遗身⑥。故田光伏剑于北燕⑦,公叔毕命于西秦⑧。果毅轻断⑨,虎步谷风⑩;威慑万乘⑪,华夏称雄⑫。”辞未及终,而玄微子曰:“善!”

【注释】

①奋节:奋发气节。显义:表明忠义。

②烈士:刚烈之士。危躯:身处险境。成仁:成就仁德。

③雄俊之徒:英雄豪杰。

④交党结伦:结交志同道合之人。党,同伙。伦,同类。

⑤重气轻命:以气节为重,以性命为轻。

⑥感分遗身:为情谊所触动而忘身。分(fèn),情谊。遗,忘。

⑦田光:《史记·刺客列传》记载,燕太子丹对田光曰:“丹所报,先生所言者,国之大事也,愿先生勿泄也。”田光俯而笑曰:“诺。”后来,田光见到荆轲曰:“吾闻之,长者为行,不使人疑之。今太子……疑光也,夫为行而使人疑之,非节侠也。”“欲自杀以激荆卿,曰:‘愿足下急过太子,言光已死,明不言也。’因遂自刎而死。”伏剑:以剑自杀。

⑧公叔:未详。刘良注:“公叔,书传所不载。或云荆轲字公叔,刺秦王不中而死,故云‘毕命’。”存一说。毕命:了结性命,即“死”之意。

⑨果毅:果断而坚忍。轻断:决断无疑。

⑩虎步谷风:形容举止威武,如虎行而山谷风起。

⑪威慑万乘:威猛使天子畏惧。

⑫华夏:中国,或曰整个国家。《尚书·武成》:“华夏蛮貊,罔不率俾。”孔疏:“夏,大也。故大国曰夏。华夏谓中国也。”

【译文】

镜机子说:“我听说君子乐于奋发气节以表明忠义,刚烈之士甘愿身处险境而成就仁德。因而英雄豪杰结交志同道合之人,看重节气而轻视性命,能为情谊触动而献身。所以田光在北方的燕国伏剑身亡,公叔在西面的秦国壮烈牺牲。这类人果敢而坚忍,决断而不疑,举止威武,如虎行而山谷生风,威猛可使天子畏惧,能在天下称雄。”镜机子的话还没有说完,而玄微子就说:“妙啊!”

镜机子曰:“此乃游侠之徒耳[①],未足称妙也。若夫田文无忌之俦[②],乃上古之俊公子也[③]。皆飞仁扬义[④],腾跃道艺[⑤],游心无方[⑥],抗志云际[⑦],凌轹诸侯[⑧],驱驰当世[⑨],挥袂则九野生风[⑩],慷慨则气成虹蜺[⑪]。吾子若当此之时,能从我而友之乎[⑫]?”玄微子曰:“予亮愿焉[⑬],然方于大道[⑭],有累如何[⑮]?”

【注释】

①游侠:古代指好交游、勇于急人之难的人。

②田文:战国时齐公子孟尝君。无忌:战国时魏公子信陵君。俦:同辈,等类。

③俊公子:才智出众而贤明的贵公子。

④飞仁扬义:宣扬仁义。

⑤腾跃道艺:传播学问技艺。

⑥游心无方:似谓思想无一定的常式。游心,注意,留心。《庄子·骈拇》:“骈于辩者,累瓦结绳窜句,游心于坚白同异之间,而敝跬誉无用之言非乎?而杨墨是已。”无方,没有固定的法度。《庄子·人间世》:“有人于此,其德天杀。与之为无方,则危吾国;与之为有方,则危吾身。”

⑦抗志:坚持平素的志向。云际:言志向之高远。

⑧凌轹(lì):欺压,干犯。《史记·魏其武安侯列传》:“凌轹宗室,侵犯骨肉。”轹,车轮辗过。引申为干犯。

⑨当世:当代。此指田文、无忌所处之世。

⑩九野:九州。《淮南子·原道训》:“所谓一者,无匹合于天下者也。卓然独立,块然独处,上通九天,下贯九野。”

⑪虹蜺(ní):指虹。颜色鲜艳的叫虹。蜺,亦作“霓”,颜色较淡的叫霓。

⑫友之：以之为友。犹言和他们交朋友。

⑬亮：信，确实，的确。

⑭方：违背。大道：常理正道。《史记·滑稽列传》："（优旃）善为笑言，然合于大道。"

⑮有累：有所妨碍，有所顾虑。

【译文】

镜机子说："这些还只是游侠之类的人而已，还不能够算最好的。如像田文、无忌之辈，真算得上古代才智出众而贤明的公子。他们都宣扬仁义，传播学问与技艺，寄情四方，壮志凌云，干犯诸侯，驱驰纵横，挥袖则九州生风，激昂则气化为虹。您如处于这个时候，能够随我与他们交朋友吗？"玄微子说："我确实愿意与他们交朋友，然而又怕与常理正道相违背，我有所顾虑啊，怎么办呢？"

镜机子曰："世有圣宰①，翼帝霸世②，同量乾坤③，等曜日月④，玄化参神⑤，与灵合契⑥。惠泽播于黎苗⑦，威灵震乎无外⑧，超隆平于殷周⑨，踵羲皇而齐泰⑩。显朝惟清⑪，王道遐均⑫，民望如草，我泽如春⑬，河滨无洗耳之士⑭，乔岳无巢居之民⑮。是以俊乂来仕⑯，观国之光⑰，举不遗才，进各异方⑱；赞典礼于辟雍⑲，讲文德于明堂⑳，正流俗之华说㉑，综孔氏之旧章㉒，散乐移风㉓，国富民康㉔，神应休臻㉕，屡获嘉祥㉖。故甘露纷而晨降㉗，景星宵而舒光㉘，观游龙于神渊㉙，聆鸣凤于高冈。此霸道之至隆㉚，而雍熙之盛际㉛。然主上犹以沉恩之未广㉜，惧声教之未厉㉝，采英奇于仄陋㉞，宣皇明于岩穴㉟。此宁子商歌之秋㊱，而吕望所以投纶而逝也㊲，吾子为太和之民，不欲仕陶唐之世乎㊳？"于是玄微子攘袂而兴曰㊴："韪哉言乎㊵！近者吾子所述华淫㊶，欲以厉我，祇搅予心[42]。至闻天下穆清[43]，明君莅国[44]，览盈虚之正义[45]，知顽素之迷惑[46]，今予廓尔[47]，身轻若飞，愿反初服[48]，从子而归。”

【注释】

①圣宰：刘良注：“植谓其父魏太祖者也，为汉丞相，故云圣宰。”宰，宰相。

②翼：辅佐，辅助。霸世：称雄于世。

③同量乾坤：与天地同等分量。

④等曜（yào）日月：与日月一样明亮。

⑤玄化：至德的教化。参神：与神灵相并为一。

⑥灵：神灵。合契：彼此相合。

⑦惠泽：恩泽。黎：九黎，古代南方部落名。《国语·楚语》：“及少皞之衰也，九黎乱德……其后三苗复九黎之德。”韦昭注：“九黎，黎氏九人。”苗：三苗，古代部落名。《史记·五帝本纪》：“三苗在江淮、荆州。”《国语·楚语》韦昭注：“三苗，九黎之后也。”

⑧威灵：声威。

⑨隆平：盛平，升平。殷周：商汤、周武之朝。

⑩羲皇：伏羲氏。齐泰：统一安宁。泰，《周易·泰·象》：“天地交，泰。”又《周易·泰·象》：“‘泰，小往大来，吉，亨’，则是天地交而万物通也。”引申为通畅，安宁。

⑪显朝：显赫的朝廷、国家。清：政治清明。

⑫王道：三王之道。遐：远方。均：均一，均平如一。

⑬“民望”二句：李周翰注：“下之望上如草之仰雨，上之惠下如春之降泽，言和之至也。”

⑭洗耳之士：许由以为尧要把天子之位禅让给他，觉得这种说法玷污了他的耳朵，所以临河洗耳。洗耳，指许由。

⑮乔岳：高山。巢居之民：李善注：“巢居：巢父也。皇甫谧《逸士

传》曰:‘巢父者,尧时隐人。常山居,以树为巢,而寝其上,时人号曰巢父也。’”吕延济注:“此等之士,皆我君化尽已入仕矣,故河畔、高山皆无也。”

⑯俊乂(yì):贤德之人。

⑰观国之光:观周王国的光辉。此处犹言观察上国之光辉。李善注引《周易》曰:“观国之光,利用宾于王。”

⑱进:引荐。异方:言非一方。犹言各地。

⑲赞:赞美,颂扬。典礼:典法礼仪。辟雍:原为周王朝为贵族子弟所设之太学。此处似指太学而言。

⑳文德:礼乐教化。明堂:古代帝王宣明政教的地方。

㉑流俗:流行的坏的习俗。华说:虚假不实之词。

㉒综:整理。孔氏之旧章:李周翰注:“孔子删定诗书礼乐,故云旧章。”

㉓散乐移风:传播礼乐而移风易俗。《礼记·乐记》:“故乐行而伦清,耳目聪明,血气和平,移风易俗,天下皆宁。”

㉔康:安。

㉕神应:天神感应。休臻:即休征,犹谓吉祥的征兆。

㉖嘉祥:祥瑞。

㉗甘露:甘美的雨露。此指祥瑞之应。纷:盛貌。

㉘景星:星名。亦称瑞星、德星。《史记·天官书》:“天精而见景星。景星者,德星也。其状无常,常出于有道之国。”舒光:发光。

㉙神渊:深渊。因龙为神,故其所居之渊亦以神称之。

㉚霸道:本与王道相对。王道以文德治国,霸道以武力、刑惩治国。此处似指国家的治理。

㉛雍熙:和乐貌。

㉜沉恩:深恩。

㉝声教:声威与教化。厉:威严猛烈。

㉞英奇:此处指贤才。仄陋:同“侧陋”,出身卑微。《晏子春秋·外篇重而异者》:“晏子曰:‘如婴者,仄陋之人也。’”

㉟皇明:刘良注:“皇明,天子之诏也。”岩穴:岩穴之士,即隐士。

㊱甯子:甯戚,春秋齐桓公时人。曾击牛角而歌。遇桓公,举为大田之官。商歌:悲壮低音之歌。《淮南子·氾论训》:“夫百里奚之饭牛,伊尹之负鼎,太公之鼓刀,甯戚之商歌,其美有存焉者矣。”后以“商歌”喻自荐求官。

㊲吕望:周初人。姜姓,吕氏,名尚。相传钓于渭滨,周文王出猎相遇,与语大悦,同载而归,说:“吾太公望子久矣!”因号为太公望。投纶而逝:意谓扔掉钓丝,不再隐居,随文王而去。

㊳陶唐:帝尧。尧初居于陶,后封于唐,为唐侯,故称陶唐。《史记·五帝本纪》:“帝尧为陶唐,帝舜为有虞。”

㊴攘(rǎng)袂:挽袖挥臂,奋起之状。兴:起身。

㊵韡(wěi):犹“炜”,光明貌。引申为清楚明白。

㊶华淫:华美而过甚。

㊷祇(zhǐ):只。

㊸穆清:和睦安宁。穆,通“睦”。清,清谧,安宁。

㊹莅国:临国,犹言主政。

㊺盈虚:指事物满与空,损与益。正义:正确的含义。

㊻顽素:愚昧纯钝。

㊼廓尔:廓清事理而开悟。尔,助词。

㊽初服:张铣注:“未隐居时服。”

【译文】

镜机子说:“今世有德智、才能出众的宰相,辅佐君主称雄于世,功德与天地齐等,与日月同光,至德的教化与神灵仿佛相并而彼此一致。恩泽撒播到九黎、三苗,声威隆盛而遍及天下,这真比商汤、周武王时还要盛平,而直接继承了伏羲时的统一安宁。国家声势显赫,政治清明,行三王仁义之道，连远方都均平如一，百姓景仰君主如小草仰慕雨水，君主施恩于百姓如春天普降雨露，河畔既没有了许由这样的隐士，高山也没有了巢父这样的逸人。所以贤德之士都出来做官，观察上国的光辉，选拔人才而没有遗漏，引荐人才而遍及四方；在太学里赞颂典法礼仪，在明堂讲述礼乐教化，校正流行习俗的各种虚词华说，整理孔子删定的《诗》《书》《礼》《乐》等经书，传播礼乐而移风易俗，国家富强而百姓安宁，天神感应而显示吉祥的征兆，于是屡获祥瑞之物。因此甘美的雨露在清晨纷纷而降，显现祥瑞的星辰在夜里闪闪发光，观赏在深渊的神龙游水，聆听在山巅的凤凰鸣叫。这真是国家治理最兴隆之日，也是君臣、百姓最和乐之时。然而君主还以为深恩不够广远，唯恐声威与教化还不够威严猛烈，于是在出身卑微的人中收录贤才，向隐居之人宣谕君主之诏。这就是甯戚以悲壮低声之歌而自荐求官之时，太公望抛弃钓丝而跟随周文王的原因，您身为太平盛世的臣民，不想在这如唐尧盛世的时代出来做官吗?”于是玄微子挽袖挥臂，显出振奋的样子，起身说：“您说的话真明晰！稍前您所叙述的话华美而过甚，虽想以此来激励我，但只是搅乱了我的心思。而当我听到了当今天下和睦安宁，贤明的君主主管朝政之时，您让我鉴别了事物损益的正确含义，并了解了我这愚顽本性的迷惑，现在我终于廓清事理而开悟，抛弃顾虑而身轻若飞，我愿重穿未隐时的衣服，跟您回去。”

卷第三十五

七下

张景阳

见卷第二十一《咏史》作者介绍。

七命八首

【题解】

《尔雅·释诂》:“命,告也。”《七命》规抚《七启》,设殉华大夫以“音曲”“宫馆”“田猎”“剑术”“马驭”“饮馔”“晋治”劝告冲漠公子,使之“请寻后尘”而从仕,亦为招隐之意。只是用“命”,语气稍强直于“启”。何焯《义门读书记》以为“音曲”一段中“木既繁”两句,“便是一篇《梧桐赋》”,“追逸响”以下四句,“括尽律吕源流,后人那得有其根抵”。《重订文选集评》引孙月峰评“马驭”一段曰:“此亦详二家(按,指枚乘《七发》、曹植《七启》)所略,可当一篇《天马赋》。”句多雕绘而工,篇多用事且富,词工、渊博,此即《七命》的特点,或是《文选》辑录的原因,诚如何焯《义门读书记》所说:“其渊博真不可及,宜乎枚、曹之外独存此篇。”然就其全篇而言,仿拟过重而创意不足,或曰:“秀不逮曹王”,或曰:“气骨不如《七启》”,这些意见都是对的,抑为后之“七”体通病也。

冲漠公子含华隐曜[①],嘉遁龙盘[②],玩世高蹈[③];游心于浩然[④],玩志乎众妙[⑤],绝景乎大荒之遐阻[⑥],吞响乎幽山之穷奥[⑦]。于是殉华大夫闻而造焉[⑧],乃敕云辂[⑨],骖飞黄[⑩],越奔沙[⑪],辗流霜[⑫],凌扶摇之风[⑬],蹑坚冰之津[⑭],旌拂霄堮,轨出苍垠[⑮]。天清泠而无霞,野旷朗而无尘[⑯],临重岫而揽辔[⑰],顾石室而回轮[⑱],遂适冲漠之所居。其居也,峥嵘幽蔼[⑲],萧瑟虚玄[⑳];溟海浑濩涌其后[㉑],嶰谷嘲嘈张其前[㉒],寻竹竦茎荫其壑[㉓],百籁群鸣聋其山[㉔],冲飙发而回日[㉕],飞砾起而洒天。

【注释】

①冲漠公子:虚拟人物。冲漠,谓"公子"秉性恬淡虚静,无所拘束。含华隐曜:含有美德而不炫耀。曜,炫耀。

②嘉遁龙盘:隐居如龙盘于山川之中。嘉遁,旧称合于正道的退隐。《周易·遁》:"嘉遁贞吉。"

③玩世:以傲慢嬉戏的态度处世。高蹈:远避于世,亦谓隐居。

④游心:留意养习。浩然:即浩然之气,即正大刚直之气。《孟子·公孙丑》:"我善养吾浩然之气。"

⑤玩志:养习志向。众妙:万物之玄理。《老子》一章:"玄之又玄,众妙之门。"

⑥绝景:尽弃身影。景,同"影",犹言隐身。大荒之遐阻:极边远之地的险峻之处。

⑦吞响:绝息声音。犹言销声。幽山之穷奥:深山中之最深处。

⑧殉华大夫:虚拟人物。殉华,谓营求荣华。殉,李善注:"殉,营也。"造:往,去。

⑨敕:备。云辂(lù):即云车,绘制云彩之车。辂,原指大车。

⑩骖飞黄:用三匹神马拉车。骖,同驾一车的三匹马。飞黄,传说中的神马。

⑪奔沙:狂飞之沙砾。

⑫流霜:飞霜,细而密之霜。

⑬扶摇之风:盘旋而上的暴风。

⑭坚冰之津:极寒冷之渡口。

⑮“旌拂”二句:李周翰注:“旌旗拂于云霄之厓,车迹出于苍天之畔。”堮(è),厓岸。垠,边际。

⑯旷朗:空旷明朗。

⑰重岫(xiù):重叠的山峰。岫,峰峦。揽辔:收住马辔,即勒马停步。

⑱石室:岩洞。回轮:调转车头,亦即停车之意。

⑲峥嵘幽蔼:深邃昏暗。

⑳萧瑟虚玄:静寂空远。

㉑溟海:李善注引《十洲记》:“东王所居处山,外有员海。员海水色正黑,谓之溟海。”犹言深海。浑濩(huò):吕向注:“浑濩,水涌声。”

㉒嶰谷:昆仑山之北谷。嵺嶆(láo cáo):山谷陡峭幽深貌。张:列。

㉓寻竹竦茎:修竹直茎。寻,长。竦,立。

㉔百籁:诸物为风激动所发之声。群鸣:群鸟鸣叫。聋其山:使整座山皆聋,意谓山里的声响震耳欲聋。

㉕冲飙:急风。回日:刘良注:“回日光使却行也。”

【译文】

冲漠公子内具美德而不炫耀,遁世隐居如神龙盘于山川之中,以傲慢嬉戏的态度处世而绝俗高蹈;专心静养浩然之气,有志研习万物的玄理,隐身在极边远的险峻之处,默息无声于深山的幽静之地。殉华大夫听说后就前去拜访他,于是备好绘有云彩的车子,用如飞黄这样的三匹神马来拉车，穿过狂飞的沙砾，碾过铺满寒霜的大地，冒着盘旋而上的暴风，踏上坚冰覆盖的渡口，旌旗飘拂过云端，车子驶出天边。天空寒冷而无彩霞，荒野空旷而无尘埃，殉华大夫登临重叠的山峰勒马停步，看见石洞即调转车头，于是就到了冲漠公子所居住的地方。冲漠公子的居所，深邃昏暗，静寂空远；后面有深海涌动的浑濩之声，前面有陡峭的嶰谷横亘排列，修竹挺拔遮掩山谷，各种响声及鸟鸣声使整座山震耳欲聋，劲疾的山风仿佛使日光倒转，飞石卷起洒满天空。

于是登绝巘①，溯长风②，陈辩惑之辞③，命公子于岩中④。曰："盖闻圣人不卷道而背时⑤，智士不遗身而匿迹⑥；生必耀华名于玉牒，没则勒洪伐于金册⑦。今公子违世陆沉⑧，避地独窜⑨，有生之欢灭⑩，资父之义废⑪，愁洽百年，苦溢千岁⑫，何异促鳞之游汀泞⑬，短羽之栖翳荟⑭？今将荣子以天人之大宝，悦子以纵性之至娱⑮，穷地而游⑯，中天而居⑰，倾四海之欢，殚九州之腴⑱，钻屈毂之瓠，解疏属之拘⑲。子欲之乎？"公子曰："大夫不遗⑳，来萃荒外㉑，虽在不敏㉒，敬听嘉话㉓。"

【注释】

①绝巘(yǎn)：高险之山。

②溯：迎。

③辩惑之辞：辨析困惑的言辞。

④命：劝告。

⑤卷道：隐藏常理。卷，即卷怀，收藏之义。《论语·卫灵公》："邦有道则仕，邦无道则可卷而怀之。"刘宝楠《论语正义》："卷，收，怀与裹同，藏也。"背时：不合时宜。

⑥遗身：遗弃自身。

⑦“生必”二句：李周翰注：“玉牒、金册并国史也……谓生死必须垂铭记功于史册，以示天下，传于后代也。”华名，美名。玉牒，典册。勒，刻，记。洪伐，大功。金册，金书，记录功绩的策文。

⑧违世：脱离尘世。陆沉：无水而沉。喻隐居。《庄子·则阳》：“方且与世违，而心不屑与之俱，是陆沉者也。”注：“人中隐者，譬无水而沉也。”

⑨避地：移居他处，此谓移居此极远之边地。独窜：独隐。

⑩有生之欢：平生之欢娱。

⑪资父之义废：刘良注：“君臣之义废失。”李善注引《孝经》：“资于事父以事君而敬同。”资，凭借，依靠。

⑫“愁洽”二句：李周翰注：“愁心多于百年，苦思盈溢于千岁。洽犹多也。”

⑬促鳞：小鱼。汀泞：浅水。

⑭短羽：小鸟。翳(yì)荟：草木茂盛。此处依李周翰说，作蒿草解。

⑮“今将”二句：吕向注：“天人之大宝谓富贵荣华也，纵情之至娱谓声色滋味也。”天人，天上人间，犹言天地间。大宝，最宝贵的事物。

⑯穷地而游：游遍各地。

⑰中天：半空。

⑱殚(dān)：尽。腴：肥美的食物。

⑲“钻屈瀫(gǔ)”二句：吕向注：“而今大夫喻公子入仕，故如钻屈瀫之瓠，使其可用也。今公子自苦于穷险之地而大夫欲以荣贵及于公子，亦如解此疏属之拘桎梏也。”钻，穿孔。屈瀫之瓠(hú)，喻无用之人。李善注：“《韩子》曰：齐有居士田仲者。宋人屈瀫往见之，谓仲曰：‘瀫有巨瓠，坚如石，厚而无窍，愿效之先生。’田仲曰：‘坚如石不可剖而斫，厚而无窍不可以受水浆，吾无用此瓠

以为也。'屈榖曰:'然其弃物乎?'曰:'然。''今先生虽不恃人之食,亦无益人之国矣,犹可弃之瓠也。'田仲若有所失,惭而不对。"瓠,葫芦。疏属之拘,李善注引《山海经》曰:"二负杀猰貐,帝乃梏之疏属之山,桎其右足,及缚两手。"

⑳不遗:不遗弃我。

㉑萃:聚集。

㉒不敏:不才,自谦之辞。

㉓嘉话:即善言,指高妙之论。

【译文】

此时殉华大夫登上高峻之山,迎着长风,陈述辨析困惑的言辞,在山洞之中劝告冲漠公子说:"我听说圣人不会隐蔽常理而不合时宜,聪明人不会遗弃自身而隐居;人活着时一定要使自己的美名在典册上显耀,死了一定要在史册里记上巨大的功绩。现在公子脱离尘世而隐居,移居在这荒远之地而独处,平生的欢乐都毁灭了,君臣之义也废弃了,忧愁多于百年,苦楚超过千载,这与小鱼游于浅水、小鸟栖于蒿丛有什么区别呢?现在我将用天地间的富贵荣华来使你感到荣耀,用音乐、女色、美味来使您感到高兴,让您游遍各地,居住在位于半空的殿阁之中,倾尽天下的欢乐之事,耗尽天下肥美之物,如给屈榖的葫芦穿孔,如解开二负在疏属山受到的拘禁一样,让您有用于世而解除隐居的拘绊,您不想听听吗?"冲漠公子说:"大夫不遗弃我,来到这边远荒野之地,我虽不才,但很愿敬听您的高妙之论。"

大夫曰:"寒山之桐①,出自太冥②,含黄钟以吐干③,据苍岑而孤生④;既乃琼巘嶒崚⑤,金岸崥崹⑥,左当风谷,右临云溪⑦,上无凌虚之巢,下无跖实之蹊⑧,摇刖峻挺⑨,茗邈苕峣⑩;晞三春之溢露,溯九秋之鸣飙⑪;零雪写其根⑫,霏霜封其条⑬,木既繁而后绿,草未素而先凋⑭。

【注释】

①寒山:山名。《楚辞·大招》曰:“北有寒山,逴龙赩只。”

②太冥:极寒冷之北方。李善注:“北方极阴,故曰太冥。”

③含黄钟:具有黄钟音律的本质。黄钟,古乐十二律之一。《礼记·月令》:“其日壬癸……其音羽,律中黄钟。”注:“黄钟者,律之始也。九寸,仲冬气至则黄钟之律应。”干:树枝。

④苍岑:青山。

⑤琼巘:李善注:“琼巘,玉山也。”嶒崚(céng líng):高耸不平貌。

⑥金岸:吕向注:“金岸,岸之生金者。”崥崹(pí tí):地势渐趋平缓。

⑦“左当”二句:刘良注:“风所生之谷,云所生之溪。”风谷,生风之谷。云溪,生云之溪。

⑧“上无”二句:凌虚,耸于空中。跖实,踩地,犹言落脚。跖,同“蹠(zhí)”,践,踩。实,此指地。蹊,小路。

⑨摇刖(yuè):危貌。峻挺:矗立。

⑩茗邈:高远貌。苕峣:高耸貌。

⑪“晞三春”二句:张铣注:“谓桐木之叶春露既干,向秋鸣风。”晞,干,“湿”的反义词。三春,春季。溢露,浓露。溯(sù),向,面临。九秋,秋季。鸣飙,鸣于风中。

⑫零雪:落雪。零,落。写(xiè):注入。

⑬霏霜:霜雪。封:覆盖。

⑭“木既繁”二句:吕向注:“谓众木既繁而桐木犹未绿,秋草未衰而枝叶先凋。素谓衰也。”木,指其他树木。

【译文】

殉华大夫说:“寒山的桐树,出自极寒冷的北方,具有黄钟音律的本质而枝干横生,凭据青山孤独地生长;既临近高耸的玉山,又靠近平缓含金的沙岸，左边正当生风之谷，右边面临生云之溪，上边没有耸于空中的鸟巢，下边没有脚踩的小路，危险矗立，高远挺拔；桐树上春季的浓露被晒干后，又经历呼呼鸣叫的秋风吹拂；落雪注入它的根部，霜雪覆盖它的枝条，其他树木已生长繁茂而桐树枝还未变绿，秋草未衰而桐树的枝叶却先行凋谢。

“于是构云梯①，陟峥嵘②，剪蕤宾之阳柯③，剖大吕之阴茎④。营匠斫其朴⑤，伶伦均其声⑥，器举乐奏⑦，促调高张，音朗号钟，韵清绕梁⑧，追逸响于八风⑨，采奇律于归昌⑩，启中黄之少宫⑪，发蓐收之变商⑫。若乃龙火西颓⑬，暄气初收⑭，飞霜迎节⑮，高风送秋⑯，羁旅怀土之徒⑰，流宕百罹之畴⑱，抚促柱则酸鼻⑲，挥危弦则涕流⑳；若乃追清哇㉑，赴严节㉒，奏《绿水》，吐《白雪》㉓，《激楚》回，《流风》结㉔，悲蓂荚之朝落，悼望舒之夕缺㉕，茕嫠为之擗摽，孀老为之呜咽㉖，王子拂缨而倾耳㉗，六马嘘天而仰秣㉘。此盖音曲之至妙㉙，子岂能从我而听之乎？”公子曰：“余病未能也。”

【注释】

①构：李周翰注：“构，树也。”即竖起。

②陟：登。峥嵘：高峻。此谓峻险之山。

③剪：砍伐。蕤(ruí)宾：古乐十二律之一。位于午，在五月，故又为农历仲夏五月的别称。阳柯：向南的枝干。

④大吕：农历十二月的别称。阴茎：向北的树干。

⑤营匠：李善注：“营匠，未详。”张铣注：“营匠，匠人也。”备一说。斫(zhuó)：砍，削。朴：树皮。

⑥伶伦：传说中黄帝时的乐官。

⑦器举:器。此指琴。举,指将琴音调好。李周翰注:“器举,调琴成也。”乐奏:演奏乐曲。

⑧“音朗”二句:吕延济注:“号钟、绕梁并琴名也。朗、清者谓胜于此二琴。”音朗,乐音响亮。韵清,乐曲和谐清扬。

⑨逸响:非同凡响的乐曲。八风:八方之风。《风俗通义·声音》曰:“声所以五者,系五行也;音所以八者,系八风也。”

⑩奇律:奇特的乐律。归昌:凤鸣之声。

⑪中黄:原指勇力之士。张衡《西京赋》:“乃使中黄之士,育、获之俦。”李周翰注:“中黄,国名。其俗多勇力。”此指激烈有力。少宫:乐调名。

⑫蓐收:司秋之神。《国语·晋语》:“虢公梦在庙,有神,人面白毛虎爪,执钺立于西阿之下……觉,召史嚚占之,对曰:如君之言,则蓐收也,天之刑神也。”此处指肃杀凄厉。变商:低沉的秋声。按阴阳五行之说,商、秋均属金。故亦称秋为商。变即变商音的变调,稍低于商音。

⑬龙火:刘良注:“龙火,火星。秋则西南见也。”

⑭暄气:阳气,暑气。

⑮飞霜:秋霜。迎节:迎合节气。

⑯高风:西风。

⑰羁旅:旅居于外。怀土:思归。

⑱流宕:远游。百罹(lí):多种不幸和忧患。

⑲促柱:急弦。酸鼻:犹言悲伤流泪。

⑳危弦:忧伤的弦乐。

㉑清哇:清婉的乐声。哇,李善注引《苍颉篇》:“哇,讴也。”

㉒严节:急促的节奏。严即严鼓。《汉书·史丹传》:“天子自临轩槛上,陨铜丸以擿鼓,声中严鼓之节,后宫及左右习知音者莫能为。”注:“晋灼曰:‘疾击之鼓也。’”

㉓“奏《绿水》”二句：李周翰注：“《绿水》《白雪》，琴曲名。”吐，亦“奏”之义。

㉔“《激楚》”二句：李周翰注：“《激楚》《流风》，歌曲名。回，还也。结，谓声繁也。”

㉕“悲蓂(míng)荚”二句：李周翰注：“皆悲悼岁月之易往也。”蓂荚之朝落，蓂荚为古代传说中的瑞草名。相传尧时有草夹阶而生，随月而死。每月朔日生一荚，至月半则生十五荚。至十六日后，日落一荚，至月晦而尽。若月小则余一荚。厌而不落，以是占日月之数。见《竹书纪年》、班固《白虎通》。望舒之夕缺，李周翰注：“望舒，月也。十五日已后则缺。”

㉖“茕嫠(qióng lí)”二句：吕向注：“茕嫠，孤独之人也。此孤独寡老之人闻此琴则惊心悲咽也。”茕嫠，通“嫠”，寡妇。擗摽(pì piāo)，拊心而悲。

㉗王子：仙人。李善注引《列仙传》曰：“王子乔者，周灵王太子晋也，吹笙则凤鸣。”拂缨：甩开帽带。倾耳：犹言专注地听。

㉘六马：泛指马匹。《周礼·校人》：“校人掌王马之政，辩六马之属。”注：“玉路驾种马，戎路驾戎马，金路驾齐马，象路驾道马，田路驾田马，驽马给宫中之役。”嘘天：向天叹息。仰秣：形容马仰首而听之状。《荀子·劝学》：“伯牙鼓琴，六马仰秣。”

㉙音曲：乐曲。

【译文】

“此时竖起云梯，登上这险峻的高山，五月则砍伐向南的树枝，十二月则劈开向北的树干。匠人削去它的树皮制成琴，伶伦调节琴的声律，琴音调好演奏乐曲，曲调高昂急促，其乐音比号钟还要响亮，比绕梁还要和谐清扬，在八风中追寻非同凡响的乐曲，从凤鸣中采录奇异的音律，从激烈有力的乐调中得到启迪，在凄厉而低沉的秋声中得到发挥。至于火星西落，暑气刚收，秋霜迎合季节，西风带来寒气，旅居于外而思归的人，遇到种种不幸和忧患的人，抚奏急弦而悲伤，弹奏忧伤的乐曲而流泪；及至随着清婉的乐声，跟着急促的节奏，演奏《绿水》和《白雪》，那《激楚》曲调婉转，《流风》曲调又很细碎，像蓂荚每月十五日后日落一荚，月亮十五日后每夜缺损一点一样，令人悲悼岁月易逝，孤独的人听此而会惊心悲恸，寡妇、老人听此都会呜咽悲泣，仙人会甩开帽带倾耳而听，马匹都会向天长叹而仰头静听。这大概就是最妙的乐曲了，您能跟我去听听吗？”冲漠公子说：“我有病，不能去啊。”

大夫曰：“兰宫秘宇①，雕堂绮栊②，云屏烂汗③，琼壁青葱④，应门八袭⑤，琁台九重⑥。表以百常之阙⑦，圜以万雉之墉⑧。尔乃峣榭迎风⑨，秀出中天⑩，翠观岑青，雕阁霞连⑪，长翼临云，飞陛凌山⑫；望玉绳而结极⑬，承倒景而开轩⑭。赪素炳焕⑮，枌栱嵯峨⑯，阴虬负檐⑰，阳马承阿⑱。错以瑶英，镂以金华⑲，方疏含秀⑳，圆井吐葩㉑。重殿叠起㉒，交绮对幌㉓，幽堂昼密㉔，明室夜朗㉕，焦螟飞而风生，尺蠖动而成响㉖。

【注释】

①兰宫秘宇：芳香而隐蔽的屋宇。宇，屋子。宋玉《招魂》：“高堂邃宇，槛层轩些。”注：“宇，屋也。”

②雕堂绮栊：绘饰文彩的厅堂和雕饰花纹的窗户。栊，窗上棂木。此指窗户。

③云屏：绘有云彩的屏风。烂汗：光彩分布貌。

④琼壁：玉砌的墙壁。青葱：翠绿色。

⑤应门：王宫的正门。《礼记·明堂位》：“九采之国，应门之外，北面东上。”疏：“《尔雅·释宫》：‘正门谓之应门。’李巡云：‘宫中南

向大门，应门也。'应是当也，以当朝正门，故谓之应门。"袭：重，层，犹言屋子的进。

⑥琁(xuán)台：以琁玉装饰的高台。琁，同"璇"，美玉。

⑦表：立也。百常：十六尺为常，百常言其高。阙：城楼。

⑧雉：计算城墙的面积单位。《春秋左传·隐公元年》："都城过百雉，国之害也。"注："方丈曰堵，三堵曰雉，一雉之墙长三丈，高一丈。"百雉言其既高且长。墉(yōng)：城墙。

⑨峣(yáo)榭：高高的阁榭。峣，高。榭，台上所筑之屋。

⑩秀出：特出，突出。

⑪"翠观(guàn)"二句：李周翰注："翠色楼观如山岑之青，雕画阁道如云霞相连。"观，台榭。岑，小山。阁，此指阁道，即楼阁之间的通道。

⑫"长翼"二句：刘良注："屋檐如鸟翼之临云也。飞陛，阶道也，言高如鸟飞而陵上于山。"

⑬玉绳：《春秋元命苞》曰："玉衡北两星为玉绳。"极：屋脊之栋，即房屋的正梁。

⑭倒景：道家指天上最高的地方。《汉书·郊祀志》："登遐倒景。"注："如淳曰：在日月之上，反从下照，故其景倒。"景，同"影"。轩：长廊。此处依吕延济说："轩，门也。"

⑮赪(chēng)：红色。炳焕：光明显耀。

⑯棼(fén)：《说文解字》："棼，复屋栋也。棼与枌古字通。"即楼房的梁。栱(gǒng)：即斗拱。

⑰阴虬(qiú)负檐：屋檐雕成龙形。虬，传说中的无角龙。

⑱阳马承阿：宫殿屋宇的曲折之处都雕成马形来衔接。

⑲"错以"二句：李周翰注："镂金玉于室宇之中。"错，杂置。瑶英，美玉之一种。金华，有华彩之金。

⑳方疏：方形的窗户。吕向注："疏，窗也。"秀：草木之花。

㉑圆井吐葩：吕向注："谓屋内向下作井形，画以莲花若吐于中也。葩，花也。"

㉒重殿：层层相连的宫殿，即前后殿。

㉓交绮：交错斑斓的光色。绮，光色。幌（huǎng）：窗格。

㉔幽堂：深邃的堂屋。密：静寂。

㉕明室：明亮的房屋。夜朗：此指房屋高敞。

㉖"焦螟"二句：李周翰注："室之深者自生风易响应，故虽焦螟微虫飞亦成风，尺蠖小物动乃成响。"焦螟，传说中一种极小的虫。《列子·汤问》："江浦之间生么虫，其名曰焦螟，群飞集于蚊睫，弗相触也。"尺蠖（huò），尺蠖蛾的幼虫，先屈后伸地蠕动而行。成响，发出响声。

【译文】

殉华大夫说："芳香而隐蔽的宫殿般的屋子，有彩绘的厅堂和雕花的窗户，画有云彩的屏风布满光彩，玉砌的墙壁一片翠绿，屋子的正门有八进，美玉装饰的高台有九层。旁边矗立着极高的城楼，再有又高又长的城墙环绕。而且高高的阁榭迎风而立，突出于半空之中，翠色的楼台如小山一样青翠，雕刻彩绘的楼阁通道如云霞相连，屋檐如鸟翼接近云端，高高的台阶如鸟飞凌于山上；屋子的正梁像是仿效玉绳星的位置而设置的，开设的屋门如在天顶一样。红、白两色的屋栋与斗拱光彩明亮而高高重叠，屋檐雕成龙形，屋子的转角曲折处都雕成马形来衔接。屋内杂置着美玉和有华彩的金器，方形的窗户上雕有草木花卉，如圆井形的房间里画有怒放的荷花。屋子前前后后层层叠起，交错斑斓的光色照映着窗棂，深邃的厅堂极其静寂，明亮的内室很宽敞，在这里连极细小的焦螟飞动都会生起微风，细小的尺蠖蠕动都会发出声响。

"若乃目厌常玩[①]，体倦帷幄[②]，携公子而双游，时娱观于林麓，登翠阜[③]，临丹谷[④]，华草锦繁[⑤]，飞采星烛[⑥]。阳叶春青[7]，阴条秋绿[8]，华实代新[9]，承意恣欢[10]。仰折神藨[11]，俯采朝兰，溯惠风于衡薄[12]，眷椒涂于瑶坛[13]。尔乃浮三翼[14]，戏中沚[15]，潜鳃骇[16]，惊翰起[17]，沉丝结[18]，飞矰理[19]，挂归翮于赤霄之表[20]，出华鳞于紫渊之里[21]。然后纵棹随风，弭楫乘波[22]，吹孤竹[23]，拊云和[24]，渊客唱《淮南》之曲[25]，榜人奏《采菱》之歌[26]，歌曰：'乘凫舟兮为水嬉[27]，临芳洲兮拔灵芝[28]；乐以忘戚[29]，游以卒时[30]，穷夜为日[31]，毕岁为期[32]。'此盖宴居之浩丽[33]，子岂能从我而处之乎[34]？"公子曰："余病未能也。"

【注释】

①目厌常玩：眼睛看厌了平常的玩物。

②体倦帷幄：在宫室内身体感到疲倦。帷幄，宫室内的帷幕。此指宫室。

③翠阜：苍翠的小山。阜，小山。

④丹谷：红色的山谷。

⑤华草：花草。锦繁：如织锦的繁茂。

⑥飞采：飞动的彩色，犹言飞花。星烛：如星星的明亮。

⑦阳叶：一般树木的叶子。青：草木初生，其色为青。此指叶子萌芽初生。

⑧阴条：吕向注："阴条谓竹松柏桂之流。"

⑨华实代新：花与果实相更代而终年呈现新景。

⑩承意恣欢：任随心意纵情观赏欢娱。

⑪神藨(xiāo)：香草名。即白芷。藨，《山海经·西山经》："(号山)其草多药藨芎䓖。"传曰："藨，香花也。"

⑫惠风：即蕙风，香风。衡薄：蘅芜香草丛生处。衡，同"蘅"。

⑬眷：回视。椒涂：充满椒香的路。瑶坛：美玉装饰的庭院。坛，庭

院。《淮南子·说林训》:"腐鼠在坛。"注:"楚人谓中庭为坛。"

⑭三翼:李善注引《越绝书·伍子胥水战兵法内经》:"大翼一艘长十丈,中翼一艘长九丈六尺,小翼一艘长九丈。"此谓大小船只。

⑮中沚:水中小沙洲。

⑯潜鳃:潜游于池中之鱼。鳃,李善注引苏林《汉书》注:"今呼鱼谓之鳃。"

⑰翰:李善注引郑玄《诗》笺曰:"翰,鸟中豪俊者也。"此处指鸟。

⑱沉丝:钓丝。李善注:"《毛诗》:'其钓维何?维丝伊缗。'毛苌曰:'缗,纶也。'郑玄曰:'以丝为之纶。'"

⑲飞矰(zēng):飞箭。矰,古代系有生丝以射鸟雀的箭。

⑳挂:钩取。此处作射中解。归翮(hé):归鸟。李善注:"归翮,鸿雁之属也。"赤霄:有红色云的天空。

㉑华鳞:吕向注:"华鳞,鱼也。"紫渊:深渊。其色深,故称。

㉒"然后"二句:李周翰注:"谓逆水上,故须纵棹以接风势。顺流下,故止楫而从波行也。"意谓逆水行船,奋力划桨而顶着风势;顺水行船,停住船桨而随波前行。

㉓孤竹:管乐器。李周翰注:"孤竹,管也。"

㉔拊(fǔ):拍,轻击,犹言弹奏。云和:弦乐器。《周礼·大司乐》:"孤竹之管,云和之琴瑟。"云和,山名。以产琴瑟著称,因以为琴瑟琵琶等乐器的通称。

㉕渊客:船夫。《淮南》之曲:与下句之"《采菱》之歌"皆为乐曲名。

㉖榜(bàng)人:船工。

㉗鸟舟:鸟形之舟。李善注:"郭璞曰:舟为鸟形制。今吴之青雀舫,此其遗象也。"水嬉:水上游乐。

㉘芳洲:长满芳草之沙洲。

㉙戚:忧。

㉚卒时:终时。犹言整个时辰。

㉛穷夜为日：意谓昼夜都如白昼一样游玩。

㉜毕岁为期：意谓游玩以整年作为期限。

㉝宴居：闲居。浩丽：极美妙。

【译文】

“如果看厌了平常的玩物，在宫室里身体感到疲倦，那么我将携同公子一块儿游玩，此刻就到山脚的林苑娱乐观赏，登上苍翠的小山，再到红色的山谷，那里花草繁茂如织锦，飞花如明亮的星星。春天，树木嫩叶初生；秋天，竹、松、柏、桂枝条碧绿，花与果实相更代而终年都呈现出新的景色，我们可以任随心意纵情观赏欢乐。抬头可摘白芷香草，低头可采含有朝露的兰花，在蘅芜香草丛中迎面扑来阵阵香风，在美玉装饰的庭院里回视充满椒香的小路。而后驾驶船只，在水中的小沙洲上嬉戏，潜于水中的鱼儿都被吓倒，受惊的鸟儿都展翅而飞，结好钓丝，整理好箭矢，一箭射中在红云中飞翔的归鸟，下钩即钓出深渊中的游鱼。这之后或逆水行船，顶着风势奋力划桨，或顺水行舟，停住船桨随波前进，吹响孤竹一类的管乐，弹奏琴瑟一类的弦乐，船夫唱起《淮南》之曲，船工奏起《采菱》之歌。歌中唱道：‘乘坐凫形的船儿在水上游乐，靠近布满芳草的沙洲把灵芝采摘；尽情欢乐而把忧愁忘却，一个时辰一个时辰就这样渡过，一整夜都如白天一样快乐，这游乐的期限要从年头直到年末。’这大概就是极美妙的闲居生活了，您能跟我去那里居住吗？”冲漠公子说：“我有病，不能去啊。”

大夫曰：“若乃白商素节①，月既授衣②，天凝地闭③，风厉霜飞，柔条夕劲，密叶晨稀④。将因气以效杀⑤，临金郊而讲师⑥。尔乃列轻武，整戎刚⑦，建云髦⑧，启雄芒⑨，驾红阳之飞燕，骖唐公之骕骦⑩，屯羽队于外林⑪，纵轻翼于中荒⑫。尔乃布飞罼⑬，张修罠⑭，陵黄岑⑮，挂青峦，画长豁以为限，带流溪以为关[16]，既乃内无疏蹊[17]，外无漏迹[18]。叩钲数校[19]，举麾旌获[20]。彀金机[21]，驰鸣镝[22]，剪刚豪，落劲翮[23]；车骑竞骛[24]，骈武齐辙[25]，翕忽挥霍[26]，云回风烈[27]，声动响飞，形移景发[28]；举戈林竦[29]，挥锋电灭[30]，仰倾云巢[31]，俯殚地穴[32]。

【注释】

①白商：指秋天。素节：亦指秋天。

②授衣：指九月。《诗经·豳风·七月》："七月流火，九月授衣。"

③天凝地闭：犹言天寒地冻。凝，凝寒，严寒。闭，冰封。

④"柔条"二句：张铣注："木之柔条至秋则成劲，叶遇于风霜，日见稀也。"劲，坚实。

⑤因气以效杀：因袭秋季狩猎的惯例。李善注引《礼记》曰："季冬之月，天子乃教于田猎。"气，时令。此指秋季。效，呈献。杀，猎获。《礼记·王制》："天子杀，则下大绥。"效杀犹言狩猎。

⑥金郊：西郊。李善注引刘向《尚书五行说》曰："西方为金，故曰金郊。"讲师：讲授武事。

⑦"尔乃"二句：吕向注："轻武，车名。戎刚，兵之刚猛者。"

⑧建：竖起。云髦：旌旗。髦，通"旄"，旗帜的一种。

⑨启：开。此处意为亮出。雄芒：雄戟的锋芒。雄戟，古兵器名。有斜刺之戟。司马相如《子虚赋》："曳明月之珠旗，建干将之雄戟。"

⑩"驾红阳"二句：张铣注："红阳、唐公，人也，并有良马，名飞燕、骕骦也。骖亦驾也。"

⑪羽队：李善注："士负羽而为队也。"

⑫轻翼：吕延济注："轻翼谓鹰鹯之类。"鹯(zhān)，猛禽。中荒：荒野之中。

⑬飞䍡(luán)：悬于空中的网。《尔雅·释器》："麀罟谓之䍡。"此处

指网。

⑭罠(mín):捕鸟兽的网。

⑮陵:升,登上。此指布设。黄岑:黄土小山。

⑯“画长豁”二句:画定长长的山谷作为界限,把蜿蜒如带的溪流作为关口,以防猎物遁逃。长豁,长长的山谷。带流溪,似带子样的溪流。

⑰内无疏蹊:猎场内没有通畅的小路。《广雅》:“疏,通也。”

⑱外无漏迹:猎场外的空中没有漏飞的鸟禽。

⑲叩:敲击。钲(zhēng):古乐器名。形似钟而狭长,有长柄,用时口朝上,以槌敲击。行军时以节止步伐。此处的“钲”为“钲鼓”,意为敲击钲以为鼓的节奏。数校:吕向注:“叩击钲鼓以数立功,校之法。”数,计算。校,考订。意为数说军士立功的条例,用奖励之法来考订。

⑳举麾:举起旌旗。旌获:意为宣布猎获的赏罚条令。

㉑彀(gòu):张满弓弩。金机:李善注:“机,弩牙也,以金为之。”弩牙,弓弩上发箭的装置。

㉒鸣镝(dí):响箭。

㉓“剪刚豪”二句:张铣注:“刚豪,兽也。劲翮,鸟也。剪、落,伤也。”

㉔车骑:成队的车马。竞骛(wù):竞相奔驰。

㉕骈武齐辙:犹言车马并驾齐驱。武,足迹。辙,车迹。

㉖翕(xī)忽:迅疾貌。挥霍:轻捷迅速貌。

㉗云回:谓云之翻涌。

㉘“声动”二句:原无,胡克家《文选考异》:“‘云回风烈’,袁本、茶陵本下有‘声动响飞,形移景发’二句,尤本脱去,当补。《晋书》亦有。”据补。二句之意,李善注:“孙卿子曰:下之和上,犹响之应声、影之随形。”犹言猎队上下配合默契,如发音有回应之声,影

子追随身形一样。

㉙举戈林竦：举起戈矛，森林为之震惊。竦，通“悚”，惧怕，震惊。

㉚挥锋电灭：挥动刀剑极快，如闪电倏然熄灭。

㉛倾：倾覆。云巢：谓筑于高处的鸟巢。

㉜殚：尽。地穴：地下之兽穴。

【译文】

殉华大夫说：“若到秋季，九月已过，天寒地冻，西风劲吹，霜雪飘飞，树林原本柔嫩的枝条一日日地坚硬，浓密的树叶一日日地稀疏。我们将因袭秋猎的惯例，到西郊讲授武事。在那里把轻武一类的战车排列好，把刚猛的士兵整顿好，竖起旌旗，亮出雄戟的锋芒，驾上红阳的飞燕，用唐公的骕骦来拉车，将背箭的队伍屯于树林之外，让猎鹰恣意飞翔在荒野之中。然后布好悬于空中的网，再张开地上的网，将这些网布在黄土小山上，挂在青翠的山峦间，画定长长的山谷作为界限，把蜿蜒如带的溪流作为关口，猎场内野兽已无通行的小路，猎场外的空中已无漏飞的鸟禽。此时敲击钲鼓，数说军士立功的条例，和考核奖励的条款；举起旌旗，宣布猎获的赏罚条令。于是张满弓弩的机牙，射出疾速的响箭，射伤了猛兽，射落了飞禽；成队的车马竞相奔驰，而奔驰的车马并驾齐驱；行动迅速轻捷，浮云翻涌、风势猛烈，猎队上下默契配合，发声即有响应，身动即有影随；举起戈矛，森林为之震惊；极快地挥动刀剑，如闪电倏然熄灭，抬头倾覆高处的鸟巢，俯身剿尽地下的兽穴。

“乃有圆文之豜、班题之狐①，鼓鬣风生②，怒目电眣③，口咬霜刃④，足拨飞锋⑤，瓿林蹶石⑥，扣跋幽丛⑦。于是飞、黄奋锐⑧，贲、石逞技⑨，蹙封狶⑩，偾冯豕⑪；拉甝虪⑫，挫貙䝙⑬，勾爪摧⑭，锯牙捭⑮。澜漫狼藉⑯，倾榛倒壑⑰，殒齮挂山⑱，僵踣掩泽⑲；薮为毛林⑳，隰为丹薄㉑。于是撤围顿罔㉒，卷旆收鸢㉓，虞人数兽㉔，林衡计鲜㉕，论最犒勤㉖，息马韬弦㉗；肴驷连镳㉘，酒驾方轩㉙，千钟电釂㉚，万燧星繁㉛，陵阜沾流膏㉜，溪谷厌芳烟㉝，欢极乐殚㉞，回节而旋㉟。此亦田游之壮观，子岂能从我而为之乎？”公子曰：“余病未能也。”

【注释】

①豣(jiān)：即豜。豵(zōng)：亦作“豜”。《诗经·豳风·七月》：“言私其豵，献豜于公。”毛传：“豕，一岁曰豵，三岁曰豜。”李善注：“然此豣、豵指诸兽，不专论豕也。”圆文：谓兽之身有圆形花纹。班题：谓兽之额头有花纹者。题，额头。

②鼓鬣：竖起颈上的鬃毛。此为野兽发怒之状。

③电眖(cōng)：如闪电般明亮。眖，目光明亮。

④霜刃：锋利的刀刃。

⑤飞锋：此指飞箭。

⑥甋：胡克家《文选考异》：“甋，当作‘鼿’，各本皆误。详善音‘五忽切’，此字从兀明甚。《集韵》十一‘没’曰：‘鼿，兽以鼻摇动。’最可证。《晋书》亦误‘甋’。《音义》云：‘音瓦。’即兀之误。”鼿(wù)林：野兽用鼻摇动树林。蹶石：野兽用足踢石。

⑦扣跋：碰撞，排击。幽丛：深草丛。

⑧飞、黄：飞廉、中黄伯。古代勇士。李善注：“《史记》曰：飞廉以材力事殷纣。《尸子》中黄伯：‘余左执太行之獶，而右搏雕虎。’”奋锐：精神振奋，行动迅速。锐，迅猛，急速。

⑨贲、石：孟贲、石蕃，亦古代勇士。李善注：“《说苑》曰：‘勇士孟贲，水行不避蛟龙，陆行不避虎狼。’……张华《博物志》曰：‘石蕃，卫士也。背负千二百斗沙。’”逞技：施展技能。

⑩蹙：同“蹴(cù)”，踢，踏。封狶(xī)：大猪。

⑪偾(fèn)：倒覆。此处用作使动。冯豕：大猪。此处指大的野兽。

冯,大。

⑫拉:摧折,折断。䖙(hán):白虎。虪(shù):黑虎。

⑬挫:摧折,折断。獬廌(xiè zhì):兽名。李善注:“张揖《汉书》注曰:‘獬廌,似鹿而一角也。’”“廌”为“豸”的本字。

⑭勾爪摧:野兽如钩的利爪被折断。

⑮锯牙捭(bǎi):野兽如锯的利齿被撕裂。捭,通“擘”,分开,撕裂。

⑯澜漫狼藉:言禽兽死亡之多,横七竖八,散乱遍地。

⑰倾榛(zhēn)倒壑:死的禽兽倾倒在树林沟壑之中。榛,丛林。

⑱殒胔(zì):指猎物身上掉下的肉。胔,腐肉。此处指猎物之肉。

⑲僵踣(bó):倒毙。掩泽:遍及沼泽。

⑳薮为毛林:旱泽里禽兽之毛多如树林。薮,旱泽。

㉑隰(xí)为丹薄:禽兽之血尽染低湿的洼地如红色的草丛。隰,低湿之地。薄,草木丛生处。

㉒罔:亦网。顿:止,收。

㉓旆(pèi):亦旗。鸢(yuān):鸷鸟名。俗称鹞鹰,即猎鹰。

㉔虞人:古代掌管山泽苑囿、田猎的官。数兽:计算猎获的死兽。

㉕林衡:古官名。《周礼》中“地官”之属,掌保护巡守林木。计鲜:计算生获的禽兽。

㉖论最犒勤:评论谁是第一功而犒赏他的劳苦。最,吕向注:“最,功第一者。”

㉗息马:让马歇息。韬弦:收藏弓箭。韬,藏。

㉘肴驷连镳(biāo):言犒劳军士的菜肴用双排的四马拉车来装。镳,马嚼子。为铁所作,衔于马口以约束马之行动。连镳,即是将马嚼子相连,则马成并列之势。

㉙酒驾方轩:用并列的车来载酒。方,一并。轩,车。

㉚电釂(jiào):如闪电般疾速地将酒饮尽。

㉛万燧(suì)星繁:举起万支火炬如繁星一样。

㉜陵皋:土山之间。沾:润湿。流膏:溶化的油脂。

㉝溪谷:溪谷之间。厌:堵塞。《荀子·修身》:"厌其源,开其渎,江河可竭。"此指充满。芳烟:芳香的烟雾。

㉞欢极乐殚:享受尽了极度的欢乐。

㉟回节而旋:犹言交回令符而凯旋归去。节,符节,即以竹所作之信符。古时使臣执以示信之物。

【译文】

"此时则有身具圆形花纹的野兽,额头长有花斑的猛兽,竖起颈上的鬃毛如有风吹,发怒的目光如闪电般明亮,张口咬住寒光闪闪的利刃,用足拨开射来的飞箭,用鼻拱动树林,用脚踢动石块,在深草丛中相互碰撞。于是飞廉、中黄伯这样的勇士振奋精神、行动迅速,孟贲、石蕃这样的勇士施展技能,用脚踏住巨大的野兽,使它们立即倒扑;白虎、黑虎被活活分尸,野兽如钩的利爪全被折断,如锯子般的利齿全被撕裂。禽兽死亡之多,横七竖八地散布在地上,或者倾倒在树林沟壑之中,野兽掉下的肉挂在山峦间,而倒毙的则遍及沼泽;旱泽里禽兽的毛多如树林,禽兽的血染尽低湿洼地使草丛变成红色。于是此时撤去围网,卷起旌旗,收回猎鹰,掌管田猎的官吏计算猎获的死兽,护守森林的官吏计算生获的禽兽,然后评定谁是头功而犒赏他的劳苦,再让战马歇息,收藏好弓箭;劳军的菜肴用双排的四马拉车来装,美酒用并列的车子来载,千盅美酒如闪电般疾速地一饮而尽,举起万支火炬如夜空的繁星,溶化的油脂使土山湿润,溪谷之间充满了芳香的烟雾,享尽了欢乐,交回令符凯旋。这就是最壮观的游猎了,您难道不能跟我去做这样的游猎吗?"冲漠公子说:"我有病不能去啊。"

大夫曰:"楚之阳剑,欧冶所营①,邪溪之铤②,赤山之精③,销逾羊头④,镤越锻成⑤;乃炼乃铄⑥,万辟千灌⑦,丰隆奋椎⑧,飞廉扇炭⑨。神器化成⑩,阳文阴缦⑪,流绮星连,浮彩艳发[12]，光如散电，质如耀雪[13]，霜锷水凝[14]，冰刃露洁[15]，形冠豪曹，名珍巨阙[16]。指郑则三军白首，麾晋则千里流血[17]，岂徒水截蛟鸿[18]，陆洒奔驷[19]，断浮翮以为工[20]，绝重甲而称利云尔而已哉[21]！若其灵宝[22]，则舒辟无方[23]，奇锋异模[24]，形震薛蜀，光骇风胡[25]，价兼三乡，声贵二都[26]。或驰名倾秦，或夜飞去吴[27]，是以功冠万载[28]，威曜无穷[29]。挥之者无前[30]，拥之者身雄[31]，可以从服九国[32]，横制八戎[33]，爪牙景附[34]，函夏承风[35]。此盖希世之神兵，子岂能从我而服之乎？”公子曰：“余病未能也。”

【注释】

①“楚之”二句：阳剑，李周翰注：“阳剑，剑名。”欧冶，即欧冶子，春秋时越国的著名冶工。《越绝书》曰：“楚王召风胡子而问之曰：‘寡人闻吴有干将、越有欧冶子……寡人愿赍邦之重宝，皆以奉子，因吴王请此二人作铁剑，可乎？’……于是乃令风胡子之吴，见欧冶子、干将……作铁剑三枚：一曰龙渊，二曰泰阿，三曰工布。”

②邪溪：即若邪溪，位于若邪山下，在浙江绍兴东南。邪，一作“耶”。铤（dìng）：铜铁矿。李善注：“铤，铜铁璞也。”

③赤山：即赤堇山，又名鄞城山、铸浦山。在浙江奉化东。精：此指精铜精铁。

④销：生铁。羊头：三棱形的箭簇。《方言》：“凡箭簇……三镰者谓之羊头。”

⑤镤（pú）：生铜生铁。锻成：此指于济南锻造而成之剑，为东汉章帝赐予尚书陈宠之剑。

⑥乃炼乃铄：即炼铄。乃，助词。无义。炼，冶炼。铄，熔化金属。

⑦万辟千灌：犹言千万次地铸造。

⑧丰隆：雷公名。奋椎：奋力锤炼。椎，椎锻，即锤炼之义。

⑨飞廉：风伯名。扇炭：煽火。

⑩神器：神异的器物。此处指宝剑。化成：冶炼而成。

⑪阳文阴缦：此言剑之两面，一面有花纹，一面则无花纹。阳文，器物上凸出的文字、花纹。缦，凡无文饰者皆曰缦。

⑫“流绮”二句：意谓宝剑闪烁的光色如群星相连而光彩焕发。绮、彩皆为光色之义。流、浮皆含闪烁之义。

⑬“光如”二句：意谓宝剑之光如闪电，剑身如明亮的白雪。

⑭霜锷：剑之刃锋利而白。水凝：即冰。

⑮冰刃：锋刃的光芒。

⑯“形冠”二句：豪曹、巨阙，相传为越王勾践的宝剑。冠，胜过。

⑰“指郑”二句：据《越绝书》载，楚王作铁剑三枚，晋、郑闻而求之。不得，兴师围楚之城，三年不解。于是楚王引泰阿之剑，登城而麾之，三军破败，士卒迷惑，流血千里，晋、郑之军头皆白。指郑，用此剑指向郑军。麾晋，用此剑挥向晋军。麾，通“挥”。

⑱岂徒：岂止。水截蛟鸿：斩断水中的蛟龙鸿雁。

⑲洒：吕向注：“洒犹击也。”

⑳浮翮：飞鸟。工：擅长，特长。

㉑重甲：两层铠甲。

㉒灵宝：吕延济注：“言此剑，神灵之宝。”

㉓舒辟：舒卷。辟，卷。无方：无常。吕延济注：“神剑者，皆柔可卷而怀之，复可舒而用之也。”

㉔奇锋：锋刃奇特。异模：形状与众不同。

㉕“形震”二句：薛蜀、风胡，皆春秋时人，善鉴别宝剑。蜀，亦作“烛”。据《越绝书·记宝剑》，越王勾践有宝剑五，闻于天下。客有能相剑者名薛烛，王召而问之曰：“有宝剑五，请以示之。”胡，

亦作“湖”。风胡即风胡子。

㉖“价兼”二句:三,应为“二”。二乡谓两个有集市的乡镇。二都,指住有千户人家的城镇两座。李善注引《越绝书》曰:“勾践示薛烛纯钧,曰:‘客有买之者,有市之乡二,骏马千匹,千户之都二,可乎?’……然实二乡,而云三者,避下文也。”兼,加倍。

㉗“或驰名”二句:言此剑名声远扬,使秦王倾倒,能辨善恶,故夜里飞离吴国。李善注引《越绝书》:“阖庐无道,湛卢之剑去之入水,行凑楚,楚王卧而设湛卢之剑也。秦王闻而求之,不得,兴师击楚。”

㉘功冠万载:吕延济注:“此剑之功为万载之首。”

㉙威曜:威名显耀。

㉚挥之者无前:吕延济注:“挥之则敌不敢前。”

㉛雄:雄伯,称霸。

㉜从服九国:言使从北至南的九国臣服。从,通“纵”。

㉝横制八戎:言制服横向相连的八个少数民族。戎,泛指西部的少数民族。

㉞爪牙景附:吕向注:“爪牙,犹英雄人也。景,影也。言此剑之威,天下英雄来附者皆如影之附形也。”

㉟函夏:华即华夏,函即涵盖。函华犹言全中国,举国。承风:接受教化。

【译文】

殉华大夫说:“楚国的阳剑,是著名的冶工欧冶子所制作的,采用的是若邪溪和赤堇山的精铜精铁,这种铜铁比制作三棱箭头和汉章帝赠给尚书陈宠的宝剑还要好;首先将这种铜铁熔化、冶炼,经过千万次的铸锻,雷神丰隆锤锻,风神飞廉煽火。最后宝剑铸成,剑的一面铸有凸出的花纹,而另一面则平滑无纹,闪烁的剑光如群星相连而光彩焕发,剑的光泽如闪电,剑身如明亮的白雪,剑刃锋利而白如坚冰,锋刃的光芒如洁净的露珠，剑形胜过越王勾践的豪曹，剑的名气比越王勾践的巨阙还要响亮。将此剑指向郑国的军队，郑国全军都人老头白；将此剑挥向晋国的军队，晋军则溃败迷惑，流血千里；此剑又岂止是斩断水中蛟龙鸿雁，击杀地上奔驰的车马而已，而以截杀飞鸟为特长，劈开双层铠甲才算锋利啊！如此神灵之宝，舒卷无常，锋刃奇特，形状与众不同，剑形使敌人薛蜀震惊，剑光使风胡子惊骇，剑价两倍于三座有集市的乡镇，声价比两座有千户人家的城邑还要昂贵。此剑名声远扬，使秦王倾倒，此剑又能分辨善恶，夜里飞离吴国，所以此剑之功为万年之首，此剑威名显耀无穷。挥舞此剑的人则可使人不敢向前，拥有此剑的人则可称霸，可以用它使从北到南的众多敌国臣服，可以用它制服从西向东的众多民族，此剑之威使前来归顺的天下英雄如影随形一样踊跃，举国因此而接受教化。这大概就是世间稀见的神奇兵器了，您难道不能跟我去佩带它吗？”冲漠公子说：“我有病不能啊。”

大夫曰：“天骥之骏①，逸态超越②，禀气灵渊③，受精皎月④，眸眮黑照⑤，玄采绀发⑥，沬如挥红，汗如振血⑦，秦、青不能识其众尺⑧，方堙不能睹其若灭⑨。尔乃巾云轩⑩，践朝雾，赴春衢⑪，整秋御⑫，虬踊螭腾⑬，麟超龙翥⑭。望山载奔⑮，视林载赴，气盛怒发⑯，星飞电骇⑰。志凌九州⑱，势越四海⑲，景不及形，尘不暇起⑳，浮箭未移㉑，再践千里。尔乃逾天垠㉒，越地隔㉓，过汗漫之所不游㉔，蹑章、亥之所未迹㉕，阳乌为之顿羽㉖，夸父为之投策㉗。斯盖天下之隽乘，子岂能从我而御之乎？”公子曰：“余病未能也。”

【注释】

①天骥：李善注：“天骥，天马也。”为骏马之名。《史记·大宛列

传》:“初……得乌孙马,好,名曰天马。”

②逸态超越:飘逸之态超越群马。

③禀气灵渊:承受神渊的灵气。李善注:“《遁甲开山图》曰:‘陇西神马山有渊池,龙马所生。’”

④受精皎月:接受明月的精血。李善注:“《春秋考异记》曰:‘地生月精为马,月数十二,故马十二月而生。’”

⑤眸:眼珠。瞯(jiàn):目上视。黑照:犹言眼睛黑白分明。昭,明亮。

⑥玄采绀(gàn)发:李周翰注:“玄采,黑色也。绀,青赤色。此马赤黑之色。”

⑦“沫如”二句:意谓此马唾沫与汗皆为红色。沫,唾沫。挥红,抛洒一片红色。振,奋。

⑧秦、青:即秦牙、管青,皆古善相马者。《淮南子·齐俗训》:“伯乐、韩风、秦牙、管青,所相各异,其知马一也。”注:“四子皆古善相马者。”识其众尺:了解马的身长。李善注引《相马经》曰:“夫法千里马,有三十六尺四寸。”

⑨方堙:即九方堙,春秋时善相马的人。见《吕氏春秋·观表》《淮南子·道应训》。《列子·说符》为九方皋。睹其若灭:看清它奔跑的疾速。

⑩巾云轩:意为用此良马驾上绘饰有云彩的车。巾,饰。云轩,云车。

⑪赴春衢:趋往通衢大道。此句之“春”为与下句之“秋”相对而设,实无“春”之义。

⑫秋御:驾马的技术。

⑬虬:传说中之无角龙。螭(chī):亦为传说中的独角龙。踊、腾:踊跃奔腾。

⑭麟:即麒麟,传说中的神兽。超、翥:张铣注:“超、翥并疾飞也。”

⑮载:则。《诗经·大雅·江汉》:“时靡有争,王心载宁。”郑笺:“载之言则也。”

⑯气盛怒发:气势旺盛猛烈奋发。

⑰星飞电骇:如流星飞逝,如闪电迅速。骇,惊,迅速。

⑱志:志趣。凌:逾越。

⑲势:态势,神情。

⑳“景不”二句:李周翰注:“行疾,影不及随其形;尘虽起,已去尘远也。”景,同“影”。

㉑浮箭:古代计时的漏壶上表示时间的标尺。

㉒天垠:天边,指极远的地方。

㉓地隔:地之边界,犹言地角。

㉔汗漫:《淮南子·道应训》:“吾与汗漫期于九垓之外,吾不可以久驻。”后将汗漫作仙人的别名。

㉕章、亥:即太章、竖亥。相传为禹之臣,善于疾行。《淮南子·地形训》:“禹乃使太章步自东极,至于西极……使竖亥自北极,至于南极。”注:“太章、竖亥,善行人,皆禹臣也。”

㉖阳乌:神话中指太阳里的三足乌。李善注引《春秋元命苞》曰:“阳成于三,故日中有三足乌。乌者,阳精。”顿羽:收束羽翼而不飞。

㉗夸父:古代神话中追赶太阳之人。《山海经·海外北经》:“夸父与日逐走,入日;渴欲得饮,饮于河渭,河渭不足,北饮大泽。未至,道渴而死,弃其杖,化为邓林。”策:杖。

【译文】

殉华大夫说:“天骥这样的良马,飘逸的神态超越了一般的马,它是承受神渊的灵气,接受明月的精血而生的,如果它眼往上瞧,眼仁与眼白黑白分明,它周身是赤黑色,唾沫喷出如抛洒一片红色,汗水流出如浸出一片鲜血,善于相马的秦牙、管青看不出它的身长,九方堙也看不清它奔跑的速度。然后牵出此马驾上绘有云彩的车子，踏着晨雾，趋往通衢大道，再调理好驾驭的技术，让它像虬、螭一类的独角龙那样踊跃奔腾，像麒麟、神龙那样疾飞凌空。看见高山则奔腾而过，看见莽林则趋驰而过，气势旺盛，猛烈奋发，如流星飞逝，如闪电迅速。此马的志趣在于跨越九州，它的气势仿佛要横越四海，其驰骋之快，连它的身影也跟不上它的身形，尘土还来不及扬起而它已疾驰而过，漏壶的刻度还未移动，此马已远行千里之遥。尔后此马跨越天涯地角，经过仙人所未游览过的地方，踏过太章、竖亥所未走过的道路，太阳里的神乌因此而敛翼不飞，追赶太阳的夸父因此而弃杖不行。这大概就是天下最好的坐骑了，您难道不能跟我去乘坐吗？”冲漠公子说：“我有病不能去啊。”

大夫曰：“大梁之黍，琼山之禾①，唐稷播其根，农帝尝其华②。尔乃六禽殊珍，四膳异肴③，穷海之错④，极陆之毛⑤，伊公爨鼎⑥，庖子挥刀⑦，味重九沸⑧，和兼勺药⑨。晨凫露鹄⑩，霜鶬黄雀⑪，圜案星乱，方丈华错⑫。封熊之蹯、翰音之跖、燕髀猩唇、髦残象白、灵渊之龟、莱黄之鲐、丹穴之鷚、玄豹之胎⑬，燀以秋橙，酤以春梅⑭，接以商王之箸，承以帝辛之杯⑮。范公之鳞，出自九溪⑯，赪尾丹鲤⑰，紫翼青鬐⑱。

【注释】

①“大梁”二句：刘良注：“大梁，郡名。出黍。琼山出禾。”黍，五谷之一，俗称黄米子。禾，此处似应指粟，即小米。秦汉以前，禾皆指粟。《诗经·豳风·七月》：“黍稷重穋，禾麻菽麦。”

②“唐稷”二句：唐稷，唐尧时的农官。吕向注：“尧有后稷主播种百谷也。”根，此指黍、禾之种。农帝，指神农氏。李善注：“贾谊曰：‘神农尝百草之实，教人食谷者也。’”华，吕向注：“华，苗也。”

③“尔乃”二句：李善注引《礼记》：“孟春食麦与羊，孟夏食菽与鸡，孟秋食麻与犬，孟冬食黍与彘。”肴，肉。六禽，《周礼·庖人》：“庖人掌共六畜、六兽、六禽。”郑玄注以雁、鹑、鷃、雉、鸠、鸽为六禽。四膳，四季所食的不同肉类。

④穷海之错：穷尽各种各样的海味。

⑤极陆之毛：极尽各种陆地的兽类。

⑥伊公：指伊尹。爨(cuàn)鼎：给鼎添火，犹言用鼎烹煮。爨，烧火烹煮。鼎，古代的一种烹饪器。

⑦庖子：庖丁。挥刀：李周翰注：“割肉也。”

⑧味重九沸：意谓反复多次烹煮，食物之味就出来了。九沸，多次烹煮。

⑨和兼勺药：五味调料齐全而且调和。勺药，五味调料的总称。《史记·司马相如列传》之《子虚赋》：“勺药之和具，而后御之。”《集解》引郭璞注：“勺药，五味也。”

⑩晨凫(fú)：晨飞的野鸭。凫，野鸭。露鹄(hú)：露宿的天鹅。

⑪霜鵽(duò)：霜天的沙鸡。鵽，即鵽鸠，又名沙鸡。形状像鸽，三趾，肉质甚美。

⑫“圜案”二句：意谓圆形的盘碟如星星繁多，正方形的盆碗华美错杂。圜，通“圆”。吕延济注：“圆案、方丈，食器也。星乱、华错，言多而美杂也。”

⑬封熊：体大之熊。蹯(fān)：兽足。此指熊掌。翰音：李善注引《礼记》曰：“鸡曰翰音。”跖：同“蹠(zhí)”，脚掌。燕髀(bì)：燕雀的大腿。髀，大腿。髦残象白：煮熟的髦牛、大象之肉。髦，李善注引高诱曰：“髦，髦牛也。”残、白，李善注：“残、白，盖煮肉之异名也。”灵渊：深渊。莱黄：地名。据《汉书》，东莱郡有黄县。鲐(tái)：海鱼名。丹穴：山名。李善注引《山海经》：“丹穴之山有鸟焉，其状如鹤，五采，名曰皇。”鷚(liù)：小鸡。玄豹之胎：幼小的

黑豹。玄,黑色。胎,吕向注:“胎谓小者。”

⑭“燀(chǎn)以”二句:吕向注:“梅、橙,果实也。其味酸,以煮和诸味。橙,秋熟;梅,春熟。”燀,煮。酟(tiān),调和,调味。

⑮“接以”二句:商王、帝辛,皆指纣王。箸(zhù),筷子。此指象牙筷。杯,此指玉石杯。

⑯“范公”二句:范公之鳞。此指范蠡所养的鱼。九溪,此指范蠡的养鱼池。

⑰赪(chēng):红色。

⑱翼:鱼翅。鬐(qí):鱼脊鳍。

【译文】

殉华大夫说:“大梁出产的黄米,琼山出产的小米,这曾是唐尧时的农官播过的种,神农曾尝过它们的苗。此外有六禽的珍味,一年四季所食的羊、鸡、犬、猪这些不同的肉类,再穷尽各种各样的海味,竭尽陆地的各种兽类,让伊尹用鼎烹煮,让庖丁挥刀切肉,经过反复多次烹煮,这些山珍海味的滋味就出来了,而所添加的五味调料不但齐全而且调和。晨飞的野鸭、露宿的天鹅、霜天的沙鸡以及黄雀,都摆在盘碟里,这些盘碟圆形的如星星般繁多,方形的错杂而华丽。大的熊掌、家鸡的脚掌、燕雀的大腿、猩猩的嘴唇、煮熟的髦牛、大象的肉、深渊的乌龟、东莱郡黄县的鲐鱼、丹穴山的小鸡、黑豹的幼崽,都加上秋橙来烹煮,用春梅来调味,这些佳肴用商纣王的象牙筷来挟,用商纣王的玉杯来盛。范蠡所养的鱼,出自九溪,这些鱼有红色的尾和鳃,紫色的鱼翅和青色的脊鳍。

“尔乃命支离①,飞霜锷②,红肌绮散,素肤雪落③,娄子之豪,不能厕其细④;秋蝉之翼,不足拟其薄⑤。繁肴既阕⑥,亦有寒羞⑦:商山之果、汉皋之榛⑧,析龙眼之房⑨,剖椰子之壳,芳旨万选⑩,承意代奏⑪。乃有荆南乌程、豫北竹叶⑫,浮蚁星沸[13]，飞华萍接[14]，玄石尝其味[15]，仪氏进其法[16]，倾罍一朝，可以流湎千日；单醪投川，可使三军告捷[17]。斯人、神之所歆羡[18]，观听之所炜晔也[19]，子岂能强起而御之乎？”公子曰：“耽口爽之馔[20]，甘腊毒之味[21]，服腐肠之药[22]，御亡国之器[23]，虽子大夫之所荣[24]，故亦吾人之所畏[25]，余病未能也。”

【注释】

①支离：支离益，相传为古代屠龙者。

②飞霜锷：挥动锋利的屠刀如飞。

③“红肌”二句：李周翰注：“肌、肤皆肉。”红肌绮散，言被割下的带血的肉如有纹理的丝绸一样飘散。素肤，指不带血的肉。

④“娄子”二句：娄子之豪，意谓离娄能明察秋毫的眼力。娄子，离娄。《孟子·离娄》：“离娄之明、公输子之巧，不以规矩不能成方圆。”赵岐注：“离娄者，古之明目者。”豪，通“毫”。厕，同“测”。

⑤拟：比。

⑥繁肴：繁多的美味佳肴。阕(què)：终了。

⑦寒羞：指可以冷食的食物。羞，同“馐”。

⑧汉皋：汉水之滨。榛(còu)：果名。即柚子。

⑨析：拨开。龙眼：水果名。似荔枝而小，味甘。房：吕向注：“房、壳皆皮也。”

⑩芳旨万选：香美之味经过万般选择。旨，美味。

⑪承意代奏：顺从所欲所好更换着进献。奏，进献。

⑫荆南：地名。乌程：酒名。李善注引盛弘之《荆州记》曰：“渌水出豫章康乐县，其间乌程乡有酒官，取水为酒，酒极甘美，与湘东酃湖酒年常献之，世称酃渌酒。”豫北：地名。竹叶：酒名。即竹叶青。

⑬浮蚁:浮于酒面上的泡沫。星沸:张铣注:"星沸言多、乱也。"

⑭飞华萍接:如花之飞舞、浮萍泛起相连。

⑮玄石:人名。相传为古代善辨酒味之人。李善注引《博物志》:"玄石从中山酒家酤酒,酒家与之千日之酒。"

⑯仪氏:即仪狄。相传为夏禹时发明酿酒之人。《战国策·魏策》:"昔者帝女令仪狄作酒而美,进之禹。"

⑰"倾罍(léi)"几句:李周翰注:"楚与晋战,或人进王一箪酒,王欲与军士共之,则少而不遍,乃倾酒于水上源,令众七饮之,上、卒皆醉。乃感惠尽力而战,晋师大败之。醪,酒也。单,谓一樽也。"倾罍,犹言畅饮。罍,酒樽。流湎,刘良注:"流湎,醉也。"单醪(láo),一杯酒。单,通"箪"。醪,醇酒。

⑱人、神:凡人与神仙。歆羡:欣羡,爱慕。

⑲炜晔:李善注引郭璞曰:"炜晔,盛貌也。"

⑳口爽:口舌失去辨味能力。《老子》十二章:"五味令人口爽。"注:"爽,差失也。失口之用,故谓之爽。"

㉑腊(xī)毒:指味极重。腊,《国语·周语》:"高位实疾颠,厚味实腊毒。"

㉒腐肠之药:指肥肉美酒。

㉓亡国之器:李周翰注:"谓象箸玉杯,纣用而亡也。"

㉔子大夫:对殉华大夫的敬称。

㉕吾人:冲漠公子之自称。

【译文】

"让支离益挥动如飞的锋利的屠刀来切割,被割下的带血的肉,如有纹理的丝绸一样飘散,不带血的肉如雪花一样飘落,就是离娄明察秋毫的眼力,也不能测度鱼片之细;即令是秋蝉的翅膀,也比不上这些鱼片之薄。繁多的美味佳肴吃尽了,接着又有许多冷食:商山的水果、汉水之滨的柚子,剥开龙眼的皮,剖开椰子的壳,香美之味经过万般选择,顺从您的所好更换着进献。还有荆南的乌程酒、豫北的竹叶青，这些美酒浮于表面的泡沫多而散乱，如繁花的飞舞，如浮萍泛起相连，让玄石品尝它们的味道，让仪狄陈述它们的酿造方法，只需畅饮一天，就可以沉醉千日；只要倒一杯到河中，三军分饮后就可以打胜仗。这些人、神都十分爱慕，是所见所闻中最丰盛的饮食了，您难道不能勉强起来与我一块儿去受用吗？”冲漠公子说：“沉溺于让口舌失去味觉的美食，认为味道极浓的食物最甘美，这无异于服用使肠子腐烂的毒药，使用会招致国家灭亡的器皿，这虽然是您认为很荣耀的事，却使我感到害怕，我有病不能啊。”

大夫曰：“盖有晋之融皇风也，金华启征①，大人有作②，继明代照③，配天光宅④。其基德也，隆于姬公之处岐⑤；其垂仁也，富乎有殷之在亳⑥。南箕之风，不能畅其化⑦；离毕之云，无以丰其泽⑧。皇道焕炳，帝载缉熙⑨，导气以乐⑩，宣德以诗⑪，教清于云官之世⑫，治穆乎鸟纪之时⑬。王猷四塞⑭，函夏谧宁⑮，丹冥投烽，青徼释警⑯，却马于粪车之辕⑰，铭德于昆吴之鼎⑱，群萌反素⑲。时文载郁⑳，耕父推畔㉑，鱼竖让陆㉒，樵夫耻危冠之饰，舆台笑短后之服㉓。六合时邕㉔，巍巍荡荡㉕，玄龆巷歌，黄发击壤㉖，解羲皇之绳㉗，错陶唐之象㉘。若乃华裔之夷㉙，流荒之貊㉚，语不传于辅轩㉛，地不被乎正朔㉜，莫不骏奔稽颡㉝，委质重译㉞。

【注释】

①“盖有晋”二句：有晋，晋朝。融，通。皇风，刘良注：“上皇至理之风。”上皇，指上古之三皇：伏羲、神农、黄帝。金华启征，犹言晋朝以金德王，开启新的朝代而承应先朝之皇位。刘良注：“晋，金

德王,故曰金华。”秦汉方士以金、木、水、火、土相生相克的道理来附会王朝命运,称“五德”。晋是以“金德”而继魏立朝,故曰以金德王。

②大人有作:刘良注:“大人,天子也。”作,兴起。此指在位。

③继明代照:刘良注:“晋德之明则继日照于天下。”

④配天光宅:犹言晋朝德配于天而覆盖四宇。配天,德惠与天匹对。光宅,充满,复被。

⑤“其基德”二句:基德,以德为本。姬公之处岐,张铣注:“姬公,文王也。言以德为本,则盛于文王之处岐山之阳。”

⑥“其垂仁”二句:垂仁,继承仁爱之政。富,此指宽厚。有殷之在亳(bó),吕向注:“有殷,汤也。言汤所都地名也。”亳,商汤的国都。《史记·殷本纪》:“汤始居亳。”

⑦“南箕(jī)”二句:意谓风虽可催化万物,但也不能比晋朝德政教化的通畅。南箕之风,箕星所生之风。南箕,即箕星,二十八宿之一。李善注引《春秋纬》曰:“月失其行,离于箕者,风。”离,附着。故曰箕星主风。

⑧“离毕”二句:意谓惠泽于民,是无法比晋朝德政更丰厚的。毕,星名。二十八宿之一。李善注引《春秋纬》曰:“离于毕者雨。”故毕星主雨。李周翰注:“雨可以润物,云所以致雨。”

⑨“皇道”二句:皇道,仁德大道。焕炳,明亮。帝载,帝王之事业。缉熙,《诗经·周颂·敬之》:“日就月将,学有缉熙于光明。”犹言积渐至于光明。后用以指光明。

⑩导气以乐:用乐、舞来疏导人们的郁结之气。

⑪宣德以诗:用诗歌来宣扬德政。

⑫教:教化。云官之世:指黄帝的时代。《春秋左传·昭公十七年》:“昔者黄帝氏以云纪,故为云师而云名。”注:“黄帝受命有云端,故以云纪事,百官师长皆以云为名号。”

⑬穆:美好。鸟纪之时:指少昊氏的时代。《春秋左传·昭公十七年》:“我高祖少皞挚之立也,凤鸟适至,故纪于鸟。”少昊:传说中古部落首领名。也作少皞,名挚,字青阳,黄帝子。

⑭王猷:王道,即仁义之道。猷,道。四塞:充溢四方。

⑮函夏:指全中国。函,包含。夏,华夏。谧宁:安静。

⑯“丹冥”二句:张铣注:“丹冥,南方远处,谓蜀也。言蜀以破,投去烽火,不设兵守。青徼,东方。谓吴已平,释舍戎候,不用卒也。”

⑰马:五臣本作“走马”,即善走之马。此指战马。粪车:农车。粪,施肥,肥田。《礼记·月令》:“可以粪田畴,可以美土疆。”

⑱铭德:将功德刻于器物之上。昆吴:即昆吾。李周翰注:“昆吾,地名。作鼎之处。”

⑲群萌:民众。萌,通“氓”,民。反素:吕向注:“反于纯素之时。”

⑳时文载郁:吕向注:“时文谓礼乐也。载,则也。郁,美也。”

㉑耕父:农夫。推:亦让。畔:田界。

㉒鱼竖:渔夫。让陆:相互谦让宜于鱼钓之地。

㉓“樵夫”二句:李周翰注:“危冠、短后服,戎士衣也。耻危冠,愿事君也。笑短服,不用兵也。”危冠,高冠。舆台,古代分人为十等,舆为第六等,台为第十等。舆台指地位低下之人。短后之服,谓衣之后幅较短,便于动作。

㉔六合:天地四方。时邕:指时世安定、太平。

㉕巍巍荡荡:刘良注:“巍巍,功高也。荡荡,德广也。”

㉖“玄龆(tiáo)”二句:玄龆,幼童。巷歌,据《列子·仲尼》,尧理天下,乃微服游康衢,闻儿童谣曰:“立我蒸民,莫匪尔极。不识不知,顺帝之则。”黄发,老人。击壤,相传尧舜在位,有老人击壤而歌曰:“日出而作,日入而息,凿井而饮,耕田而食,帝何力于我哉?”后以“巷歌”“击壤”为歌颂帝德及盛世太平的典故。

㉗解羲皇之绳:张铣注:“古者文字未生而伏羲氏画八卦以代之。

言晋之和平,法令宽理,道出百王,亦犹伏羲解去结绳之政也。”羲皇,伏羲氏。

㉘错陶唐之象:此句犹言晋之仁德杂糅于如尧时的刑法当中。陶唐,尧。象,象刑。传说上古尧舜时无肉刑,以特异的服饰象征五刑,以示耻辱,谓之象刑。故尧之象刑,犹言刑法宽慈。

㉙华裔之夷:距中国极远的少数民族。裔,边远之地。

㉚流荒:边远的地方。貊(mò):古代居于东北方的民族。

㉛輶(yóu)轩:轻车。使臣所乘之车。

㉜被:及。正朔:月正朔望,即指中国之历法。

㉝稽颡(qǐ sǎng):叩头至地的跪拜礼。

㉞委质重译:李周翰注:“委质谓屈身也。重译谓易夷狄之言以宣于帝听也。”

【译文】

殉华大夫说:“晋朝上通远古三皇的政风,以金德王,开启新王朝而承应前朝的皇位,圣天子在位,君德之明继日照于天下,君德之惠可与天匹对而覆盖四宇。晋主以仁德为本,比周文王在岐山之阳时还要兴盛;晋主继承仁爱之政,比商汤在亳地时还要宽厚。箕星所生的风,虽可催化万物,但也不能比晋朝德政教化更通畅;月附着于毕星,虽可生云成雨而惠泽于民,但也无法比晋朝德政更丰厚。仁德大道明明亮亮,帝业愈显光明,用乐、舞来疏导人们的郁结之气,用诗歌来宣扬德政,教化比黄帝的时代还要清明,治理比少昊的时代还要美好。仁义之道充溢四方,全国极宁静和平,南方的蜀国已破,所以抛弃烽火而不设兵守,东方的吴国已平,所以解除武备警戒而不用兵卒,释放战马,用来驾车务农,将晋朝的功德刻于昆吾所铸造的大鼎之上,百姓都仿佛返回到世风纯朴的时代。礼乐制度极其美好,农夫们相互谦让耕种的田土,渔夫们也相互谦让宜于鱼钓的河岸,樵夫们都以高冠戎装为耻,地位低下的人也都耻笑戎装短服。晋王所辖的天地四方,四时极安定太平,晋主功高如巍巍高山,德广如荡荡江河,幼童于闾巷、老人于田间都歌颂晋主之德及盛世太平,法令宽缓如伏羲解去结绳、开启仁慈治世一样,晋主的仁德全杂糅在如尧帝时的刑法当中。至于那些距中国极远的部族,那些处于东方边陲的民族,语言连使臣都不能沟通的国度,连中国的历法都传播不到的地方,此时没有不疾奔而来叩头跪拜,卑躬屈膝地将效忠之意翻译给晋主听的。

“于时昆蚑感惠①,无思不扰②;苑戏九尾之禽,囿栖三足之乌③,鸣凤在林④,夥于黄帝之园⑤,有龙游渊,盈于孔甲之沼⑥。万物烟熅⑦,天地交泰⑧。义怀靡内⑨,化感无外⑩,林无被褐,山无韦带⑪,皆象刻于百工,兆发乎灵蔡⑫。搢绅济济⑬,轩冕蔼蔼⑭,功与造化争流⑮,德与二仪比大⑯。”言未终,公子蹶然而兴⑰,曰:“鄙夫固陋⑱,守此狂狷⑲。盖理有毁之而争宝之讼解⑳,言有怒之而齐王之疾痊㉑。向子诱我以聋耳之乐㉒,栖我以蔀家之屋㉓,田游驰荡,利刃骏足㉔,既老氏之攸戒㉕,非吾人之所欲,故靡得应子㉖。至闻皇风载韪㉗,时圣道醇㉘,举实为秋,摛藻为春㉙,下有可封之民㉚,上有大哉之君㉛,余虽不敏,请寻后尘㉜。

【注释】

①昆蚑(qí):昆虫。感惠:感激晋皇的恩德。

②无思不扰:《诗经·大雅·文王有声》:“自西自东,自南自北,无思不服。”意谓没有不思慕不驯服的。扰,驯服。

③“苑戏”二句:苑、囿,喂养禽兽的园林。九尾之禽,九尾狐。禽,李善注引《白虎通》曰:“禽者何?鸟兽之总名。明为人所禽制也。”栖,养。三足乌,吕向注:“三足乌,乌也。皆天子有至德,此

物乃见。”

④鸣凤:凤鸣。

⑤夥(huǒ):多。

⑥盈:充满。孔甲:夏帝名。禹后十四世。沼:池。

⑦烟煴(yūn):阴阳二气和顺貌。

⑧交泰:指天地之气融合贯通,生养万物,物得畅通。

⑨义:指晋帝仁义之心。怀:包容。靡内:不止于国内。靡,通“无”。

⑩化感:指晋帝之教化感召。无外:指极远之地方,亦即异域。

⑪“林无”二句:此二句为互文。被褐,李周翰注:“被褐,逸人服也。”韦带,古代贫贱之人所系的无饰皮带。此指贫贱之人。

⑫“皆象刻”二句:谓逸隐、贫贱之人皆能如傅说遇武丁、姜尚遇文王得以才伸志酬。

⑬搢绅:搢,插笏于带间。绅,大带。古时仕宦者垂绅搢笏,因称士大夫为搢绅。济济:仪表美盛。

⑭轩冕:士大夫的轩车和冕服。蔼蔼:盛多貌。

⑮造化:指自然的创造化育。争流:竞相传布。

⑯二仪:天地。

⑰蹶(jué)然而兴:急遽地起身。蹶然,急遽貌。

⑱鄙夫:鄙陋浅薄之人。

⑲狂狷:偏激保守。

⑳理有毁之而争宝之讼解:犹言以舍玉来评断争辩。李善注引《淮南子·庄子后解》曰:“庚市子,圣人无欲者也。人有争财相斗者,庚市子毁玉于其间,而斗者止。”

㉑言有怒之而齐王之疾痊:犹言以舍身来治愈沉疴。李善注引《吕氏春秋》曰:“齐闵王病痟,往宋迎文挚。文挚视王病,谓太子曰:‘王病得怒当愈,愈则杀挚,如何?’太子曰:‘臣当与母共请于王,

必不杀子矣。'挚往,不解屦,登床履衣,问王之疾。王怒,叱而起,病即瘳。将生烹文挚。太子与后请不得,遂烹文挚。"

㉒聋耳之乐:动听的音乐。《老子》十二章曰:"五音令人耳聋。"

㉓蔀(bù)家之屋:豪华的屋子。

㉔利刃:宝剑。骏足:骏马。

㉕老氏:即老子。攸:所。

㉖应子:听从您。

㉗皇风:君主之教化。载:语助词。韪:善。

㉘时圣道醇:时世圣洁,政事纯清。

㉙"举实"二句:张铣注:"举用贤能,亦如秋时万物成实也;发礼乐文章,如春之万物荣美也。"摛,发,铺饰。藻,文也。

㉚可封之民:百姓皆可比屋而封。《尚书大传》:"周人可比屋而封。"犹言家家都有德行,人人可以旌表。

㉛大哉之君:指帝尧。《论语·泰伯》:"大哉!尧之为君也。"

㉜请寻后尘:吕向注:"请从大夫后尘以从仕也。"

【译文】

"当此时,连昆虫都感激晋主的恩惠,没有不思慕而驯服的;皇家的园林中有瑞兽九尾狐在嬉戏,还饲养着三足的瑞禽乌鸦,凤凰的鸣叫比黄帝园林里的还要多,游于深渊的神龙,充满了夏帝孔甲的池塘。万物的阴阳二气协调和顺,天地之气融合贯通,生养万物而物得通畅。晋主的仁义之心包容不止于国内,晋主的教化感召已达异国他邦,山林中既无隐逸之士,又无贫贱之人,世人都能如傅说之遇殷王武丁、姜尚之遇周文王那样得以才伸志酬。士大夫们都仪表美盛,他们的轩车和冕服是如此之多,晋主的功勋与造化竞相传布,其仁德可与天地比量大小。"殉华大夫话还没说完,冲漠公子就急遽地起身,说:"我这个鄙陋浅薄的人,本来见识就很短浅,坚持着偏激保守的愚蒙之见。然而,大凡讲理,就应如庚市子舍玉那样评断争辩;治病,就应像文挚舍身那样治愈沉疴。在此之前，您用动听的音乐来引诱我，用豪华的屋子让我居住，让我跟您去打猎驰骋，佩宝剑，骑骏马，这既触犯了老子的规诫，又不是我所追求的东西，所以不能听从您；至于听到君主教化的美善，政事的纯清，举用贤能，如秋天万物结果那样丰硕，铺饰礼乐的文彩，如春天万物那样华美，在下，百姓们家家都有德行，人人可以旌表；在上，君主有如尧帝一样圣明，我虽不才，请随您后尘而出仕吧。”

诏

汉武帝

汉武帝刘彻(前156—前87),景帝中子。四岁立为胶东王,七岁为皇太子,十九岁即皇帝位。武帝承文景之业,对内实行政治、经济改革,对外用兵,开拓疆土。尊儒术,倡仁义,而罢黜百家,建太学,置五经博士。在位五十四年,为前汉一代军事、政治、经济、文化的极盛时期。但迷信神仙,大兴土木,急征敛,重刑诛,连年用兵,使海内虚耗,人口减半。班固《汉书·武帝纪赞》曰:"孝武初立,卓然罢黜百家,表章六经。遂畴咨海内,举其俊茂,与之立功。兴太学,修郊祀,改正朔,定历数,协音律,作诗乐,建封禮,礼百神,绍周后,号令文章,焕焉可述。"

诏一首

【题解】

诏是皇帝向全国发布的一种文告。据刘勰《文心雕龙·诏策》,轩辕、唐、虞,同称为命;夏、商、周三代,则曰诰誓;降及七国,并称曰令;秦并天下,改命曰制;汉定仪则,命有四品:一曰策书,二曰制书,三曰诏书,四曰戒敕。诏者,告,以昭告天下百姓。

武帝元封五年(前106)冬,据《汉书·武帝纪》云:"初置刺史部十三州,名臣文武欲尽。"乃下诏云云。吕向曰:"诏,照也。天子出言如日之照于天下也。此谓下州郡求贤良。"

诏曰：

盖有非常之功[①]，必待非常之人。故马或奔踶而致千里[②]，士或有负俗之累而立功名[③]。夫泛驾之马、跅弛之士[④]，亦在御之而已[⑤]。其令州县，察吏民有茂才异等、可为将相及使绝国者[⑥]。

【注释】

①非常：异乎寻常。

②奔：走，跑。踶(dì)：踢。《庄子·马蹄》："夫马……喜则交颈相靡，怒则分背相踶。"

③负俗：背离世俗之见。谓被世人讥论。累(lèi)：过失。

④泛驾：颜师古曰："言马有逸气而不循轨辙也。"泛，覆。跅(tuò)弛：言放荡不循规矩。

⑤御：控制，训练，善于驾驭。

⑥茂才：俊秀之才。茂才，本作"秀才"，避汉光武帝刘秀讳，后改为茂才。异等：超等出群，不与凡同者。使：出使。绝国：绝远之国，边远之国。

【译文】

诏书说：

建立奇功殊勋，必须依靠不同等闲之辈。所以，有的马尽管奔跑踢人却能日行千里，有的人尽管抗世违俗却能建功立业。对付越轨翻车之马、放荡不羁之人，关键在善于驾驭、善于使用罢了。现命令各州、各县，凡发现仕民中有俊秀之才及远见卓识者、可以出将入相或出使外国的，均可举荐。

贤良诏一首

【题解】

《汉书·武帝纪》:"元光元年(前134)五月,诏贤良。"其词云云。又《汉书·东方朔传》云:"武帝初即位,征天下举方正贤良文学材力之士,待以不次之位,四方士多上书言得失,自炫鬻者以千数,其不足采者辄报闻罢。"按,此诏之下,董仲舒、公孙弘等皆出焉。

朕闻昔在唐、虞[①],画象而民不犯[②],日月所烛,罔不率俾[③]。周之成、康,刑措不用[④],德及鸟兽[⑤],教通四海[⑥]。海外肃慎,北发渠搜,氐羌来服[⑦]。星辰不孛,日月不蚀;山陵不崩,川谷不塞[⑧];麟凤在郊薮,河洛出图书[⑨]。呜呼!何施而臻此乎[⑩]?今朕获奉宗庙[⑪],夙兴以求[⑫],夜寐以思[⑬],若涉渊水[⑭],未知所济[⑮]。猗欤伟欤[⑯]!何行而可以彰先帝之洪业休德[⑰],上参尧舜,下配三王[⑱]!朕之不敏[⑲],不能远德[⑳],此子大夫之所睹闻也[㉑]。贤良明于古今王事之体[㉒],受策察问[㉓],咸以书对[㉔],著之于篇,朕亲览焉!

【注释】

①唐、虞:指尧、舜时代。

②画象而民不犯:李善注引应劭曰:"二帝但画衣冠,异章服,而民不敢犯也。"二帝,指尧、舜。颜师古注《汉书》曰:"《白虎通》云:'画象者,其衣服象五刑也。犯墨者蒙巾,犯劓者以赭著其衣,犯髌者以墨蒙其髌,象而画之,犯宫者扉,犯大辟者布衣无领。'墨谓以墨黥其面也。劓,截其鼻也。髌,去膝盖骨也。宫,割其阴也。扉,草履也。"又《汉书·刑法志》:"盖闻有虞氏之时,画衣

冠，异章服，以为戮，而民弗犯，何治之至也。”按，传说上古有象刑之说，即以异常服饰象征五刑（墨、劓、髌、宫、大辟），以示惩戒。

③“日月”二句：谓尧、舜帝德广运，日月所照之地，皆循顺帝道，而求使用也。烛，照。率，循。俾，使。

④“周之”二句：《史记·周本纪》：“故成、康之际，天下安宁，刑错四十余年不用。”成、康，指周成王、周康王。错，置。刑错不用，谓刑虽设而不用。

⑤德及鸟兽：言成、康之仁德遍及于鸟兽。

⑥教通四海：成、康之教化及于四海。

⑦“海外”几句：此三句有二解。一说，海外之肃慎（shèn），北方可征发渠搜，氐羌远来归服。另一说，肃慎、北发、渠搜、氐羌四国皆来服帝命。

⑧“星辰”几句：李善注：“《大戴礼》曰：圣人有国，日月不蚀，星辰不孛，川泽不竭，山不崩解，陵不绝矣。”孛（bèi），彗星。古以天空出现彗星为不吉。蚀，侵食，侵害。古以出现日食、月食为不吉。崩，倒塌，败毁。古以出现山崩、地裂为不吉。塞，阻塞。

⑨“鳞凤”二句：古以出现凤凰、麒麟为祥瑞之兆；河出图、洛出书为天下有道。薮，泽。河洛出图书，《周易·系辞》：“河出图，洛出书，圣人则之。”

⑩臻：至。

⑪奉宗庙：犹言继皇位。

⑫夙兴：早起。

⑬夜寐：夜久方寐。

⑭渊水：深水。

⑮济：渡。

⑯猗：美。伟：大。

⑰彰:明。休:美。

⑱“上参”二句:参、配,皆比。三王,夏、商、周之君主。

⑲敏:聪慧。

⑳远德:德不能远及王。

㉑子大夫:《汉书》颜师古注:“子者,人之嘉称。大夫,举官称也。志在优贤,故谓之子大夫也。”

㉒贤良明于古今王事之体:谓所举贤良自当畅晓今古王事之体。

㉓受策察问:言受我策文,明我疑问。察,明。

㉔咸以书对:皆书之以对。

【译文】

我听说,从前唐尧、虞舜时代,有画衣冠以代刑的做法,百姓无秋毫之犯,日月所照之处,人民无不循规蹈矩,各尽所能。周成王、周康王之时,刑罚虽设而常备不用,天子的恩泽及于飞禽走兽,王化之教遍于海内。远服肃慎,北发渠搜,氐羌归顺。天上没有扫帚星,不见日食和月食,山不崩地不震,百川贯通,无所淤塞;郊外麒麟出现,凤凰来仪,河出图,洛出书。啊!究竟采取了什么措施而达到这样兴旺繁盛?现在我继承皇位,朝思暮求,如涉深水,不知所度。多么美好!多么伟大!采取什么措施才能发扬先帝的大业大德,上攀尧舜,下比三王?我才德有限,难以远比三王,这是列位高照之士耳闻目睹的。贤良之士应当畅晓古今王事之体式,受我策文,明我疑问,笔之于书,由我亲自阅览。

册

潘元茂

潘勖(xù,160？—215),字元茂,陈留中牟(今属河南)人。东汉末散文家。初名芝,后避讳,改名勖。少有逸才,献帝时为尚书郎,迁右丞。诏以勖前在二千石曹,才敏兼通,明习旧事,敕并领本职,数加特赐。建安二十年(215),迁东海相。未发,留拜尚书左丞。其年,病卒,享年五十余。据《三国志·魏书》注引《文章志》云:“魏公九锡策命,勖所作也。”

册魏公九锡文一首

【题解】

刘勰《文心雕龙·诏策》:“汉初定仪则,则命有四品:一曰策书,二曰制书,三曰诏书,四曰戒敕。敕戒州部,诏诰百官,制施赦命,策封王侯。策者,简也。”按,《说文解字》:“册,符命也。诸侯进受于王也。象其札一长一短,中有二编之形。”范文澜《文心雕龙注》曰:“经传多假策为册。”《释名·释书契》:“策书,教令于上,所以驱策诸下也。汉制,约敕封侯曰册。册,赜也,敕使整赜,不犯之也。”故册者,古代帝王封立太子、皇后、王妃或诸侯的命令。

据《三国志·魏书·武帝纪》,建安十八年,“五月丙申,天子使御史大夫郗虑持节策命公为魏公”。其词云云。九锡者,诸侯有德,天子锡之以九:一锡车马,再锡衣服,三锡虎贲,四锡乐器,五锡纳陛,六锡朱户,七锡弓矢,八锡铁钺,九锡秬鬯,谓之九锡。锡者,赐。

制诏[①]：使持节丞相，领冀州牧、武平侯[②]。

朕以不德[③]，少遭闵凶[④]，越在西土，迁于唐卫[⑤]。当此之时，若缀旒然[⑥]，宗庙乏祀[⑦]，社稷无位[⑧]，群凶觊觎[⑨]，分裂诸夏[⑩]。一人尺土，朕无获焉，即我高祖之命将坠于地[⑪]。朕用夙兴假寐[⑫]，震悼于厥心[⑬]，曰："惟祖惟父，股肱先正，其孰恤朕躬[⑭]？"乃诱天衷，诞育丞相[⑮]，保乂我皇家[⑯]，弘济于艰难[⑰]，朕实赖之。今将授君典礼，其敬听朕命[⑱]。

【注释】

①制诏：制诏即诏，所以曰制者，王者之言，必为法制。此汉献帝之诏。

②"使持节"二句：持节丞相，据《三国志·魏书·武帝纪》建安十八年记载，当指御史大夫郗虑。持，执也。节，符节，古时使臣执以示信之物。冀州牧，李善注引《魏志》曰："建安九年，领冀州牧。"武平侯，建安之年秋七月，"天子假太祖节钺，录尚书事……九月，车驾出轘辕而东，以太祖为大将军，封武平侯"。

③不德：无德。

④少遭闵凶：吕延济注："谓灵帝崩也。"闵，病。

⑤"越在"二句：越，远。西土，指长安。唐卫，据《后汉书·献帝纪》载，初平元年(190)，迁都长安。兴平二年(195)，车驾东归，李傕复追战王师，败，帝渡河幸安邑。建安元年(196)六月，幸闻喜，七月车驾至洛阳。按，河东郡有安邑县、闻喜县，自闻喜入洛，必途经河内，河内本卫国领土，河东本唐尧所封，故曰唐卫。

⑥缀旒：言君主为臣下所挟持，大权旁落。《后汉书·张衡传》："夫战国交争，戎车竞驱，君若缀旒，人无所丽。"注引《春秋公羊传》："君若赘旒然。"旒，旗旒也，言为下所执持西东。

⑦宗庙乏祀：宗庙无人祭祀。

⑧社稷无位：言国家失去地位。社稷，土、谷之神。《白虎通义·社稷》："人非土不立，非谷不食……故封土立社，示有土也；稷，五谷之长，故立稷而祭之也。"历代封建王朝必先立社稷坛墠(shàn)；灭人之国，必变置灭国之社稷。因以社稷为国家政权的标志。

⑨觊觎(jì yú)：企图得到不该得到之物。

⑩诸夏：原指周代分封的诸侯国。后泛指为中国。

⑪"一人"几句：谓天下叛逆，而我无一人之柄，获得尺土之分。一人，一个人。尺土，一尺土。命，道。

⑫假寐：不脱衣冠而寝曰假寐。

⑬震：惊。悼：痛。

⑭"惟祖"几句：言若非曹操祖、父为股肱之臣，以辅佐先帝之政，其谁忧我身者？言曹操忧我。股肱(gōng)，原指大腿和胳膊。常以喻辅佐君主的大臣。先正，先帝之政。按，《三国志·魏书·武帝纪》：曹操之先祖为汉相国曹参，其祖为汉中常侍大长秋、费亭侯曹腾，其父曹嵩灵帝时擢拜大司农、大鸿胪。

⑮"乃诱"二句：谓曹公祖、父，忧深于国，乃进至忠之心于上天，遂生丞相，终保汉室。诱，进忠心。诞，生。丞相，指曹操。

⑯保：安。乂(yì)：治理。

⑰弘济：大济。

⑱"今将"二句：谓将封为魏公，授其古先盛礼，使曹公敬承我命。典礼，盛礼。听，承。

【译文】

汉献帝发布诏书，派出执持符节凭信的丞相，请冀州牧、武平侯曹操前来受领。

我因德运不高，从小蒙受苦难，从老远的长安，来到这历史上的唐卫之地。当时处境正是大权旁落,宗庙无人祭祀,社稷失去了庄严的地位,野心家谋夺江山,眼看中国有割据、分裂的危险。我手下无人,寸土不占,大汉高祖之业绩,将毁于一旦。我早起晚睡,乃至和衣而卧,痛心疾首,心里思忖着:"曹操的祖父和父亲,曾经辅佐先帝为政,现在谁为我分担重任?"忠心感动了上帝,诞生了丞相曹操,他保护和治理汉家天下,大振我于危难之际,我确实依靠着他。今天将要授予隆重的大礼,请敬承我的命令。

昔者董卓初兴国难①,群后失位以谋王室②,君则摄进,首启戎行,此君之忠于本朝也③。后及黄巾,反易天常,侵我三州,延于平民,君又讨之,剪除其迹,以宁东夏,此又君之功也④。韩暹、杨奉专用威命,又赖君勋,克黜其难;遂建许都,造我京畿,设官兆祀,不失旧物,天地鬼神于是获乂⑤,此又君之功也。袁术僭逆,肆于淮南,慑惮君灵⑥,用丕显谋,蕲阳之役,桥蕤授首⑦。棱威南厉⑧,术以殒溃⑨,此又君之功也。回戈东指,吕布就戮⑩,乘轩将反⑪,张杨沮毙,眭固伏罪⑫,张绣稽服⑬,此又君之功也。袁绍逆常⑭,谋危社稷⑮,凭恃其众,称兵内侮⑯,当此之时,王师寡弱⑰,天下寒心⑱,莫有固志⑲,君执大节⑳,精贯白日㉑,奋其武怒㉒,运诸神策,致届官渡㉓,大歼丑类㉔,俾我国家拯于危坠㉕,此又君之功也。济师洪河㉖,拓定四州㉗,袁谭、高幹㉘,咸枭其首㉙。海盗奔迸㉚,黑山顺轨㉛,此又君之功也。

【注释】

①董卓初兴国难:《三国志·魏书·董卓传》:董卓"遂废(少)帝为

弘农王。寻又杀王及何太后。立灵帝少子陈留王,是为献帝”。初,首。

②群后:谓诸侯。失位:言诸侯见王室遭难,皆去其位,为王室谋安定之策。

③“君则”几句:君,指曹操。摄进,开启。首启戎行,董卓废帝为弘农王,而立献帝。将军袁绍等同时俱起;董卓兵强,莫敢先进,曹操遂引兵而西进。

④“后及黄巾”几句:李善注:“青州黄巾,众有百余万。入兖州,遂转入东平。太祖遂进兵击黄巾于寿张东,破之,黄巾至济北乞降。”黄巾,东汉末太平道首领张角等,于灵帝中平元年(184)发动农民起义,倡言:“苍天已死,黄天当立。岁在甲子,天下大吉。”徒众达数十万人。皆以黄巾裹头,称为黄巾军,或黄巾。反易,违反、变易。天常,天之常道。三州,青州、兖州、东平郡。延,伸展,遍布。平民,老百姓。剪除其迹,谓杀尽。东夏,指洛阳。

⑤“韩暹(xiān)”几句:韩暹、杨奉,二人为董卓之将。专用威命,专擅其凶威之命。克,能。黜,退。建安元年(196),洛阳宫室并为董卓焚毁,迁都于许,作我京兆邦畿,设置官班,始为坛茔祭祀,至此宗庙社稷制度始立,不失汉家用事礼乐之物。许都,以许为京都。建安元年,曹操迎献帝都许。三国魏黄初二年(221),改许为许昌。京畿,国都所在地及其行政所管辖地区。兆,祭坛的界域。旧物,前代的典章制度。获乂,得以治理。

⑥“袁术”几句:谓袁术僭号,称帝于淮南,曹公征之,术畏公之威灵。袁术,东汉汝阳(今河南商水)人,字公路,袁绍从弟。僭(jiàn)逆,越位,反叛。献帝初平四年(193),袁术据寿春,僭称帝号。肆,恣肆,恣意。淮南,寿春地处淮南。慑惮(shè dàn),畏难。君灵,曹操之威灵。君指曹操。

⑦“用丕”几句:桥蕤(ruí)授首,《三国志·魏书·武帝纪》曰:“袁术

欲称帝于淮南……术侵陈,公(曹操)东征之。术闻公自来,弃军走,留其将桥蕤……公到,击破蕤等,皆斩之。”丕,大。显谋,明谋。蕲(qí)阳,蕲水之北。授首,斩获其首。蕲县属沛,在陈之东。

⑧棱(léng)威:威严。南厉:言淮南之逆,惧公之严厉。南,指淮南袁术。

⑨殒溃:指袁术于建安四年(199),粮尽众散,欲走青州依袁谭,又为刘备所截击,复还走寿春,愤恚呕血死。

⑩“回戈”二句:曹操先败袁术于蕲县,回戈东征,再破吕布于下邳而杀之。吕布(? —198),东汉九原(今内蒙古包头)人,字奉先。张邈迎为兖州牧。建安三年(198),曹操东征,大破之。曹操遂决泗、沂二水以灌城,乃擒吕布,杀之。

⑪乘轩将反:谓曹操破吕布还。轩,车。

⑫“张杨”二句:据《三国志·魏书·张杨传》载,张杨,字稚叔,并州云中(今山西原平)人也。卓以杨为建义将军、河内太守。太祖之围布,杨欲救之,不能。乃出兵东市,遥为之势。其将杨丑,杀杨以应太祖。杨将眭(suī)固杀丑,将其众,欲北合袁绍。太祖遣史涣邀击,破之于犬城,斩固,尽收其众也。沮,败。伏罪,谓诛杀也。

⑬张绣稽服:据《三国志·魏书·张绣传》载,张绣,武威祖厉(今甘肃靖远)人,骠骑将军济族子也。绣随济,以军功稍迁至建忠将军,封宣威侯。太祖南征,军淯水,绣等众降。

⑭袁绍:字本初,汝南(今河南商水)人,四世三公,势倾天下。天子以绍为太尉,会曹操迎天子都许,绍领精兵十万,骑万匹,将攻许都。逆常:逆乱常道。

⑮谋危社稷:计谋推翻国家政权,取而代之。

⑯称兵内侮:依仗其兵众,内怀轻侮天子之心。

⑰寡弱:谓王师少而弱。

⑱寒心:战栗,恐惧。

⑲莫有固志:谓战士无坚固之志。

⑳大节:关系存亡安危的大事。

㉑精贯白日:精诚之心,如白日之昭然。

㉒武怒:指兵将之怒。

㉓致:及。届:到。官渡:地名。在今河南中牟东北。建安五年(200)曹操大破袁绍于官渡。

㉔歼:杀。丑类:丑恶之属,指袁绍及其兵众。

㉕俾:使。拯:救。危坠:坠落之危。

㉖济:渡。洪河:大河,黄河。

㉗拓:定。四州:青州、冀州、幽州、并州。

㉘袁谭:袁绍长子,领青州。建安十年(205),曹操攻袁谭,破之,斩谭。高幹:袁绍甥,领并州牧。曹操征高幹,幹走荆州,上洛都尉王琰捕斩之。

㉙枭首:斩其首级,悬于木上。

㉚海盗奔迸(bèng):曹操东征海盗管承,遣乐进击破之,管承败走海坞。迸,流散。

㉛黑山顺轨:黑山张燕,率众而降,封为列侯。顺轨,犹言就范。

【译文】

以前,董卓首先把国家推向危难之际,列位诸侯纷纷离位,去谋求拯救王室的良策,是你曹公前来首开兵戎之行伍,这是你对本朝的忠诚。后来黄巾造反,违背天之常道,占据了青州、兖州和东平郡,祸及平民百姓,你曹公领兵讨伐,消灭了余党,使洛阳平安无事,这是你曹公的功劳。韩暹和杨奉,逞凶霸道,仍依赖你的大功,得免其难;接着,就建都于许,设立了京城,组织官班,恢复宗庙祭坛,一仍前代的典章制度,天地祖宗各归其位,这又是你曹公的功劳。叛贼袁术,妄自称帝于淮南,但威慑你曹公的堂堂正气,你以高明的谋略,蕲阳一战,斩了他部将桥蕤的头。你的威严凛厉使袁术胆战心惊，袁术终于败死，这又是你曹公的功劳。接着，你又回戈东征，杀死吕布，正要班师回朝，又击溃张杨，诛杀眭固，张绣降服，这又是你曹公的功劳。袁绍逆乱天常，觊觎汉家天下，依仗他兵多将广，内怀轻侮之心，在这关键时刻，王师人少兵弱，普天之下大为忧惧，战士缺乏必胜的信心。是你以大局为重，忠诚之心如白日在天，激发兵将之士气，运用神机妙算，待到官渡一仗，全歼顽敌，使国家转危为安，这又是你曹公的功劳。大军渡过黄河，平定青、冀、幽、并四州，袁谭、高幹，斩首示众。海盗管承溃退，黑山张燕归顺，这又是你曹公的功劳。

乌丸三种，崇乱二世，袁尚因之，逼据塞北[①]，束马悬车[②]，一征而灭[③]，此又君之功也。刘表背诞[④]，不供贡职[⑤]，王师首路，威风先逝[⑥]，百城八郡[⑦]，交臂屈膝[⑧]，此又君之功也。马超、成宜，同恶相济，滨据河、潼，求逞所欲，殄之渭南，献馘万计，遂定边城，抚和戎狄[⑨]，此又君之功也。鲜卑、丁令，重译而至；箄于、白屋，请吏帅职[⑩]，此又君之功也。君有定天下之功，重以明德[⑪]，班叙海内[⑫]，宣美风俗[⑬]；旁施勤教[⑭]，恤慎刑狱[⑮]，吏无苛政[⑯]，民不回慝[⑰]；敦崇帝族[⑱]，援继绝世[⑲]，旧德前功，罔不咸秩[⑳]；虽伊尹格于皇天，周公光于四海，方之蔑如也[㉑]。

【注释】

①"乌丸"几句：据《三国志·魏书·武帝纪》载，三郡乌丸承天下乱，破幽州，略有汉民合十余万户。袁绍皆立其酋豪为单于，以家人子为己女，妻焉。辽西单于蹋顿尤强，为绍所厚，故尚兄弟归之，数入塞为害。又据《三国志·魏书·乌丸传》载，会袁绍兼

河北,乃抚有三郡乌丸,宠其名王而收其精骑。其后尚、熙又逃于蹋顿。乌丸,又称乌桓,古民族名。三种,乌丸据辽东、辽西、右北平三郡,各有其主,习称三郡乌丸。崇乱二世,大乱已历二主。崇,重。

②束马悬车:此指行山路时,包裹马脚,挂牢车子,以防跌滑。

③一征而灭:据《三国志·魏书·武帝纪》载,建安十二年(207)曹操北征乌桓,公登高,望虏阵不整,乃纵兵击之,使张辽为先锋,虏众大崩,斩蹋顿及名王已下,胡、汉降者二十余万口。辽东单于速仆丸及辽西、北平诸豪,弃其种人,与尚、熙奔辽东,众尚有数千骑。辽东太守公孙康斩尚、熙及速仆丸之首,传之。

④刘表(142—208):山阳高平(今山东微山县)人。字景升,献帝初平元年(190)任荆州刺史,据有今湖南湖北大部地区,是东汉末年较大的一股割据势力。背诞:违命放纵,不受节制而妄为。

⑤不供贡职:不供贡赋之职。

⑥"王师"二句:谓天子大军将行,向其衢路而威风之声已先往,所止而闻。首,向。逝,往。

⑦百城八郡:谓刘表所据地。

⑧交臂屈膝:谓自缚以降。按,据《三国志·魏书·武帝纪》载,建安十三年(208)秋七月,公南征刘表。八月表卒,其子琮代,九月,公到新野,琮遂降。

⑨"马超"几句:马超(176—222),三国时右扶风茂陵(今陕西兴平)人,字孟起,随父马腾起兵,后领腾部曲,为曹操所败,终附刘备。成宜,关中叛将之一,与马超、韩遂、杨秋、李堪等为伍。相济,相助。滨据,傍水而驻。河、潼,黄河、潼水。求逞所欲,言逞其所欲。据《三国志·魏书·武帝纪》载,建安十六年(211),关中诸将,马超、韩遂、成宜等反,超等屯潼关。曹操西征,与超等夹关而战,曹操分兵结营于渭南,马超成宜等夜攻营,被曹操伏兵击

破之，斩成宜。殄(tiǎn)，杀尽。馘(guó)，割耳。战争中割取敌人左耳以计功曰馘。抚和戎狄，西北地区平定之后，足以安抚西北部少数民族。

⑩"鲜卑"几句：鲜卑、丁令、箄于、白屋，皆古时我国西北部之少数民族。箄，为"单"之误。重译，经过多次翻译。请吏，请汉为之置吏。帅职，帅其职贡。

⑪重以明德：加重其明德。

⑫班叙：犹言颁述天下。

⑬宣美风俗：宣而行之，以为风俗之美。

⑭旁施：遍施。勤教：惠教。

⑮恤：忧。

⑯苛政：重赋重刑之政。

⑰回慝(tè)：奸邪，邪恶。

⑱敦崇：尊重。

⑲援：引。继绝世：《论语·尧曰》："兴灭国，继绝世，举逸民，天下之民归心焉。"重续断绝禄位之世家。

⑳罔：无。秩：序。

㉑"虽伊尹"几句：伊尹之高德上至皇天，周公之明德远照四海，比之曹操则微不足道。伊尹，商汤臣，名挚。佐汤伐夏桀，被尊为阿衡(宰相)。格，至。周公，姬旦，周文王子。辅助武王灭纣，建周王朝，武王死，成王年幼，周公摄政。蔑如，轻视，不足道。

【译文】

三郡乌丸，使两代君主不得安宁，袁尚又依附着他们，在塞北相与为邻，曹公你做好了充分准备，一举将他们消灭干净，这又是你曹公的功劳。刘表违命妄为，不安于诸侯之位，是你率领王师，威风所到，无不披靡，百城八郡，不战而降，这又是你曹公的功劳。马超、成宜之徒，臭味相投，沆瀣一气，占据了潼河、黄河两岸，为所欲为，你将他们消灭在渭南,杀敌以万计,于是平定边境之地,安抚了相邻的少数民族,这又是你曹公的功劳。鲜卑、丁令,通过翻译,前来投顺;单于、白屋,请我们设置官员,承担赋贡,这又是你曹公的功劳。总之,曹公有安定天下的大功,增加了你的大德大勋,使普天之下风俗淳美;遍施惠政教化,慎用刑罚典狱,官吏从无苛政,人民善良厚道;尊敬皇族,继绝世家,凡耆旧美德、前代有功之人,皆有恩赐;纵然伊尹德高上至皇天,周公光辉照耀四海,也无法同你曹公相提并论。

朕闻先王并建明德①,胙之以土②,分之以民,崇其宠章③,备其礼物④,所以蕃卫王室⑤,左右厥世也⑥。其在周成,管、蔡不靖⑦,惩难念功,乃使邵康公锡齐太公履⑧,东至于海,西至于河,南至于穆陵,北至于无棣⑨。五侯九伯,实得征之⑩,世胙太师,以表东海⑪。爰及襄王,亦有楚人不供王职⑫,又命晋文登为侯伯⑬,锡以二辂、虎贲、𫓧钺、秬鬯、弓矢⑭,大启南阳,世作盟主⑮。故周室之不坏⑯,繄二国是赖⑰。

【注释】

①先王:指周武王。明德:本指完美的德行。这里指周公旦、太公望(即姜尚)。因指二人,故曰并建。

②胙(zuò)土:帝王以土地赐封功臣,酬其勋绩,谓之胙土。胙,赐福。

③崇:尊。宠章:荣耀的标志。

④礼物:典礼文物。

⑤蕃卫:保卫。

⑥左右:辅佐。厥世:其时。

⑦"其在"二句:周武王死,成王年少,周公摄政,管叔、蔡叔挟殷纣

之子武庚作乱。周公东征,杀管叔,放蔡叔。管,管叔,名姬鲜,周武王弟,周公兄。周灭商,封于管。蔡,蔡叔,名姬度,周武王弟,封于蔡。不靖,不安。

⑧“惩难”二句:言使齐太公在其封地自由往来,专征伐之功。惩难,息难。念功,言息管、蔡之难,顾念周公、太公之功。邵康公,即召公奭。锡,赐。齐太公,即太公望吕尚。履,践履。

⑨“东至”几句:《史记·齐太公世家》:“周成王少时,管、蔡作乱,淮夷畔周,乃使召康公命太公曰:‘东至海,西至河,南至穆陵,北至无棣,五侯九伯,实得征之。’”按,东南西北皆言太公始受封地之疆境。

⑩“五侯”二句:《史记集解》引杜预曰:“五等诸侯,九州之伯,皆得征讨其罪也。”按,五侯为公、侯、伯、子、男。

⑪“世胙”二句:谓世保封地于我太师,以明表于东海。世胙太师,世代降福于齐太公。太师,吕尚为文王之师,故曰太师。表,显。东海,齐在东海。

⑫“爰及”二句:楚襄王之时,楚叛王命,晋侯与之战,楚人败绩。

⑬命晋文登为侯伯:晋人与楚人战于城濮,楚人败绩,王策命晋文侯为侯伯。登,升。

⑭锡以二辂(lù)、虎贲(bēn)、铁钺(fǔ yuè)、秬鬯(jù chàng)、弓矢:晋文侯既为侯伯,王赐以二辂车、虎贲、铁钺、秬鬯、弓矢等物。辂,大车,王者之车。虎贲,勇士。铁钺,斫刀和大斧。秬鬯,祭祀时灌地所用的以郁金草合黍酿造的酒,色黄而芳香。为祭宗庙时所用。

⑮“大启”二句:谓大开南阳之地,以属于晋,于是晋为诸侯盟主。

⑯不坏:不败。

⑰繄(yī):发语词。二国:指齐、晋二国。按,以上为将封曹公,故引此古典。

【译文】

我听说从前周武王的时候，周公、太公协同武王共建德勋，武王分给他们土地，分给他们人民，赋予荣耀，赐予礼物，这样做是为了保卫王室，辅佐朝廷。周成王的时候，管叔、蔡叔不安本分，太公平息危难，立了大功，就叫召公赐予齐太公领地，东起东海，西到黄河，南自穆陵，北至无棣。不管五侯，还是九伯，只要有罪，就派兵征伐。世世代代降福于齐太公，以显示他有功于朝廷。再到楚襄王，不守诸侯之职，周天子又命令晋文侯讨伐，晋国因此而上升为侯伯，天子赐予二辆大车、勇士、铁钺、祭祀用酒、弓箭等物，开发了南阳之地，世代为诸侯盟主。所以，周室能立于不败之地，也有赖于齐、晋二国。

今君称丕显德①，明保朕躬，奉答天命②，导扬弘烈，绥爰九域③，罔不率俾④。功高乎伊、周⑤，而赏卑乎齐、晋，朕甚恧焉⑥！朕以眇身⑦，托于兆民之上，永思厥艰，若涉渊水，非君攸济，朕无任焉⑧。今以冀州之河东、河内、魏郡、赵国、中山、钜鹿、常山、安平、甘陵、平原凡十郡，封君为魏公⑨。使使持节御史大夫虑授君印绶、册书⑩，金虎符第一至第五⑪，竹使符第一至第十⑫。锡君玄土，苴以白茅，爰契尔龟，用建冢社⑬。昔在周室，毕公、毛公，入为卿佐⑭；周、劭师保，出为二伯⑮。外内之任，君实宜之。其以丞相领冀州牧如故。今更下传玺⑯，肃将朕命⑰，以允华夏⑱，其上故传武平侯印绶⑲。今又加君九锡⑳，其敬听后命㉑。

【注释】

①君：指曹操。

②答：当。

③绥：安。九域：九州。

④率俾：循度而可使。率，循。俾，使。

⑤伊、周：伊尹、周公。

⑥恧(nǜ)：惭愧。

⑦眇：小。献帝自谦之辞。

⑧“永思”几句：四句谓思己为帝之难，若涉深水之危惧也；非曹公济我，无委任之所焉。厥艰，为帝之艰难。渊水，深水。攸，所。无任，无法胜任。

⑨“今以”二句：据《三国志·魏书·武帝纪》载，建安十八年(213)五月丙申，天子使御史大夫郗虑持节策命曹操为魏公。

⑩使使：前“使”字为动词，意为派出。后“使”字为名词，意为使者。虑：郗虑。印绶：为官宦的标志。印，官印。绶，系印的丝带。册书：即诏书。

⑪金虎符：古代发兵所用的符信，虎形金符。

⑫竹使符：汉代分与郡国守相的信符。右留京师，左与郡国。

⑬“锡君”几句：谓赐曹公以黑土，包以白茅；再灼龟以卜，用立冢社。锡：通“赐”。玄土，李善注引《尚书纬》：“天子社广五丈，东方青，南方赤，西方白，北方黑。”魏在北方，故曰玄土。玄，黑。苴以白茅，亦称苴茅，以白茅包土。古代帝王分封诸侯的仪式。契(qì)，古代在龟甲、兽骨上灼刻文字曰契。用建冢社，用以建立祭祀之宗社。

⑭“昔在”几句：毕公、毛公虽分封在外，同时亦为周室之卿佐。《史记·周本纪》：“成王将崩，惧太子钊之不任，乃命召公、毕公率诸侯以相太子而立之。成王既崩，二公率诸侯，以太子钊见于先王庙，申告以文王、武王之所以为王业之不易，务在节俭，毋多欲，以笃信临之，作《顾命》。”毕公、毛公，毕公高、毛公叔郑，均为周文王庶子，一封于毕，一封于毛，故谓之。

⑮“周、劭”二句：周公旦为太师，邵公奭为太保。然二人各有封地，

出归于国，则为二伯。伯，长。谓其国之长。

⑯今更下传玺：因曹操先封武平侯，今再下魏国之玺。

⑰肃：敬。

⑱允：信。

⑲其上故传武平侯印绶：谓前授之武平侯印绶宜上还于我。上，上交，作动词用。故，以往。

⑳九锡：古代帝王加礼于有功大臣所赐的九种器物。《礼记》《春秋公羊传》《韩诗外传》和《汉书》所指九物不尽相同。锡，通“赐”。

㉑后命：谓命如后文所述。

【译文】

现在你曹公具有大明之德，拥戴天子，这正符合天意，弘扬了祖宗宏业，现今天下安定，各方面无不井井有条，循序前进。你的功劳高过伊尹、周公，而所得报偿少于齐国、晋国，使我感到十分内疚！我以区区之身，接受万民委托而登于帝位，永远挂念着国事的艰辛，如涉深水般惴惴不安，要不是你曹公的大力协助，我将难以胜任。现在我拿出冀州的河东、河内、魏郡、赵国、中山、钜鹿、常山、安平、甘陵、平原共计十郡之地，封你为魏公。派出使者持节御史大夫郗虑，授予你印绶和册书，金虎符第一至第五，竹使符第一至第十。赐你北方黑土，用白茅包裹，再灼龟以卜，用来建立魏国的宗社。从前，周朝的毕公、毛公，虽有封地，而在朝廷仍为卿相；周公、召公，身居太师、太保之职，而作为诸侯，又是两个国家。这种内外兼任，对于你曹公最为相宜。原来以丞相之职所兼领冀州牧，一切如旧。现在我进一步授予魏国的大印，将我的命令传信天下，把原武平侯的印绶交还于朝廷。另外，再加你曹公以“九锡”大礼，望能敬承以下的命令：

以君经纬礼律①，为民轨仪②，使安职业③，无或迁志④，是用锡君大辂、戎辂各一⑤，玄牡二驷⑥。君劝分务本⑦，啬民昏作[8]，粟帛滞积[9]，大业唯兴，是用锡君衮冕之服[10]，赤舄副焉[11]。君敦尚谦让[12]，俾民兴行[13]，少长有礼，上下咸和，是用锡君轩悬之乐、六佾之舞[14]。君翼宣风化[15]，爰发四方，远人回面[16]，华夏充实，是用锡君朱户以居[17]。君研其明哲，思帝所难，官才任贤[18]，群善必举，是用锡君纳陛以登[19]。君秉国之均[20]，正色处中[21]，纤毫之恶[22]，靡不抑退[23]，是用锡君虎贲之士三百人。君纠虔天刑[24]，章厥有罪[25]，犯关干纪[26]，莫不诛殛，是用锡君铁钺各一[27]。君龙骧虎视[28]，旁眺八维[29]，掩讨逆节[30]，折冲四海[31]，是用锡君彤弓一、彤矢百、旅弓十、旅矢千[32]。君以温恭为基，孝友为德，明允笃诚，感乎朕思，是用锡君秬鬯一卣[33]，珪瓒副焉[34]。魏国置丞相以下群卿百僚[35]，皆如汉初诸王之制[36]。君往钦哉，敬服朕命[37]！简恤尔众[38]，时亮庶功[39]，用终尔显德[40]，对扬我高祖之休命[41]！

【注释】

①经纬：组织。礼律：国家的典章制度。

②轨仪：法则、仪制。

③安职业：谓乐于所业。

④迁志：变易其志。

⑤大辂(lù)：金辂。戎辂：戎车。

⑥玄牡：马。二驷：八匹。驷，古代一车套四马，因称一车所驾四马为驷。

⑦劝分：有无相济曰劝分。务本：务农。

⑧啬：爱。昏：强。

⑨滞积：积累。

⑩衮(gǔn)：卷龙衣。画龙于衣，其形卷曲。冕：冠。

⑪赤舄(xì):帝王及贵族所穿之礼鞋。

⑫敦:重。

⑬兴行:兴起而盛行。

⑭轩悬:诸侯陈列乐器,如钟磬之类,三面悬挂。亦作“轩县”。六佾(yì):古代舞蹈之队列,舞者分为六列,每列六人,计三十六人。诸侯所用之乐舞。

⑮翼:佐助。

⑯回面:臣服。

⑰朱户:以朱红漆大门。古代帝王赐功臣九锡之一。

⑱官才任贤:有才者任之以官职,贤达者委之以重位。

⑲纳陛:凿殿基为登升之陛级,纳之于檐下,不使露而升,故名。九锡之一。

⑳秉:执。国均:即“国钧”,国之重位。

㉑正色:无私。处中:处事得其正道。

㉒纤毫之恶:恶之细小者。

㉓靡:无。抑退:挫而退之。

㉔纠:察。虔:敬。天刑:大法。

㉕章厥有罪:明其罪之有无。章,明。厥,其。

㉖犯关:犯国家关禁。干纪:扰乱国家纲纪。

㉗“莫不”二句:殛(jí),诛。铁钺,兵器。铁,同“斧”。钺,古代用于斫杀之兵器,形似大斧者。

㉘龙骧虎视:言曹公之高大威严。龙骧,言高。骧,举。虎视,言威。

㉙旁眺八维:谓眼观八方。言其警惕。

㉚揜讨:揜袭征讨。揜,通“掩”。

㉛折冲:击退敌军。

㉜玈(lú):黑色。

㉝卣(yǒu):酒樽,礼器。

㉞珪瓒:用玉制的酒器,形状为勺,以圭为柄。

㉟魏国:所封曹操的魏公之国。

㊱汉初诸王之制:指汉初分封诸侯之规定。

㊲敬服朕命:敬从我命。

㊳简:简阅,考察。恤:怜恤。

㊴时:是。亮:信。庶:众。

㊵显德:明德,大德。

㊶对扬:明休美。从比较中更显其美。

【译文】

因为曹公制定了礼仪、法律,为百姓树立了行为准则,使大家安居乐业,而不再见异思迁。因此赐予大车、戎车各一辆,黑马八匹。曹公鼓励百姓务农种植,劝民劳作,使粮食布帛多有积余,国家兴旺发达。因此赐予曹公卷龙衣冠,配以红色礼鞋。曹公崇尚谦让,使百姓效法而行,长幼有礼,上下和谐。因此赐予曹公钟磬之乐、六佾之舞。曹公推进王化之教,使国内正气风行;使夷狄臣服,神州富有。因此赐予曹公居处以朱漆之门。曹公发挥聪明才智,体念国事艰难,使才能之士出仕为官,贤达之辈任用主事,天下贤才尽数为国效力,因此赐予曹公纳陛之礼。曹公执掌国家重任,秉公无私,疾恶如仇决不姑息一丝一毫,因此赐予勇士三百名。曹公明察秋毫,维护国家大法,量罪轻重,分寸有度;违反国家纲纪大法者,无不处以极刑,因此赐予曹公斧、钺各一件。曹公威严犹若龙虎,高瞻远瞩,征讨叛逆,荡平四海奸佞,因此赐予曹公红弓一柄,红箭百发;黑弓十柄,黑箭千发。曹公以温良恭俭为本,以孝敬友爱为德,明于信用,厚于精诚,使我感动,因此赐予曹公祭奠用郁金草酒一樽,配以珪瓒一套。魏国设置丞相以群臣百官,一律按照汉初封诸侯王的规定执行。曹公以往一向钦敬朝廷,现在请敬承我的命令!我自当检阅并怜恤你们,相信你们的所作所为,应当克尽你们的忠心和德行,发扬光大高祖创业的大愿!

卷第三十六

令

任彦昇

见卷第二十三《出郡传舍哭范仆射》作者介绍。

宣德皇后令一首

【题解】

据萧子显《南齐书》：文安王皇后讳宝明，琅邪临沂（今属山东）人。父晔之，太宰祭酒。齐世祖为文惠太子纳后，永明十一年（493），为皇太孙太妃。郁林即位，尊为皇太后，称宣德宫。又据《梁书·武帝纪》：梁王萧衍定京邑，迎后入宫，临朝称制。至禅位，梁王于荆州立萧颖胄为帝，进梁王为相国，封十郡，为梁公。表让不受，诏断表，宣德皇后劝令受封。刘良曰："太后欲禅位于梁王，王固辞。沈约等奏太后劝进，令昉为太后令，梁王受禅。秦法，皇后、太子称令。令，命也。"

宣德皇后敬问具位[1]：

夫功在不赏[2]，故庸勋之典盖阙[3]；施侔造物[4]，则谢德之途已寡也。要不得不强为之名，使荃宰有寄[5]。公实天生德⑥，齐圣广渊⑦。不改参辰，而九星仰止；不易日月，而二仪贞观⑧。在昔晦明⑨，隐鳞戢翼⑩。博通群籍而让齿乎一卷之师⑪，剑气凌云而屈迹于万夫之下⑫。辩析天口而似不能言，文擅雕龙而成辄削稿⑬。

【注释】

①问：命令。具位：谓在位百官。

②功在不赏：言功劳太大，无法行赏。《史记·淮阴侯列传》载蒯通说韩信曰："功盖天下者不赏。"

③庸勋之典盖阙：谓论功行赏之常法缺而不行。庸，用。勋，功。

④施：施恩。侔：等同。造物：谓天。

⑤荃：香草，以喻君。宰：臣子。

⑥公：指梁王。

⑦齐圣广渊：谓梁王之德，齐于圣贤，既广且深。

⑧"不改"几句：参（shēn）辰，亦即参商。参，星名。出现在东方。辰，星名。出现在西方。原比喻双方隔绝，互不相见。此处"不改参辰"及下文"不易日月"，谓天下已定。九星，九州。仰止，敬仰，仰望。二仪，天地。贞观，《周易·系辞》："天地之道，贞观者也。"疏："谓天覆地载之道，以贞正得之，故其功可为物之所观也。"后以贞观指澄清宇宙，恢宏正道。

⑨在昔：言梁王在往昔之时。晦明：藏明于暗。

⑩隐鳞戢（jí）翼：如龙隐鳞，如凤藏翼。戢，收敛。

⑪博通群籍而让齿乎一卷之师：谓梁王潜隐之时，广通经籍，推尊师傅，不以博通而傲师。让齿，犹言推尊。一卷之师，言所读甚少之师。

⑫剑气：勇气。前句谓文，此句谓武。

⑬"辩析"二句：辩析，分别事理。天口，能言善辩。《七略》："齐田

骈好谈论，故齐人为语曰天口骈。”雕龙，战国齐人驺衍“言天事”，善闳辩，驺奭(shì)“采驺衍之术以纪文”。齐人因称驺衍为“谈天衍”，驺奭为“雕龙奭”。《史记·孟子荀卿列传·集解》引刘向《别录》曰：“驺奭修衍之文，饰若雕镂龙文，故曰雕龙。”后因用以喻善于文辞。辄，则，即。削稿，谓不留稿本。

【译文】

宣德皇后谨命令列位官员：

功劳太大，无法加赏，所以庆功典礼不再举行；施福于民，几同上天，而报答之途反近于无。总之强作酬谢名，才能使君臣的感情有所寄托。梁王天生大德，德行之深广，与圣人无异。就像参商不动而九州齐仰，日月不变而乾坤普照。从前梁王未露头角，就像龙藏鳞甲，凤隐翅翼。自己博览群书却尊敬一卷之师，自己勇气凌云却甘居众人之下。本来明析事理能言善辩却像不善言论，善于文辞却不留稿本。

爰在弱冠①，首应弓旌②；客游梁朝③，则声华籍甚④；荐名宰府⑤，则延誉自高⑥；隆昌季年⑦，勤王始著⑧；建武惟新⑨，缔构斯在⑩；功隆赏薄，嘉庸莫畴⑪；一马之田⑫，介山之志愈厉⑬；六百之秩⑭，大树之号斯存⑮。及拥旄司部⑯，代马不敢南牧⑰；推毂樊、邓，胡尘罕尝夕起⑱。惟彼狡僮⑲，穷凶极虐，衣冠泯绝，礼乐崩丧⑳。既而鞠旅誓众㉑，言谋王室㉒，白羽一麾，黄鸟底定㉓。甲既鳞下，车亦瓦裂㉔，致天之届，拱揖群后㉕。丰功厚利㉖，无得而称㉗。是以祥光总至，休气四塞㉘；五老游河，飞星入昴㉙。元功茂勋㉚，若斯之盛，而地狭乎四履，势卑乎九伯，帝有恧焉！辎轩萃止㉛，今遣某位、某甲等㉜，率兹百辟㉝，人致其诚，庶匪席之旨，不远而复㉞！

【注释】

①弱冠:二十岁。古时男子二十始冠。

②首:初。弓旌:凡天子招引贤良,皆使使执弓旌,以为天子之信。

③客游梁朝:以梁王比汉朝司马相如、枚乘之徒,游于梁孝王门,声名籍甚于天下。梁王萧衍初为巴陵王府法曹,故以此比。

④籍甚:多而盛。亦作"藉甚"。

⑤荐名宰府:梁王迁为太尉王俭府祭酒。荐,进。宰,相。

⑥延誉自高:言梁王道德深远,为天下所誉而名声自高。延誉,播扬名誉。

⑦隆昌季年:隆昌,郁林王萧昭业年号,494年。季年,末年。

⑧勤王:勤于王室之事。始著:方盛。

⑨建武:齐明帝萧鸾年号,494—498年。惟新:初。

⑩缔构:吕向谓"结合谋策"。

⑪嘉:善。庸:功。畴:报。

⑫一马之田:言田之少。

⑬介山之志:晋侯赏从亡者介之推,介之推不言禄,禄亦不及。晋文公封介之推号为介山。厉:高。

⑭六百之秩:汉哀帝时,邴(bǐng)曼容养志自修,为官俸禄不过六百石,当时甚有名望。

⑮大树之号:冯异,西汉末人,为人谦让。诸将论功,冯异独屏于树下,军中号为"大树将军"。事见《后汉书》本传。

⑯拥:执。旄(máo):旌旗之属。司部:司州。《梁书·武帝纪》:"建武二年,魏遣将刘昶、王肃帅众寇司州,以高祖为冠军将军、军主。"又,李善注引《梁典》曰:"司州刺史萧诞被杀,高祖监司州。"按,司州在今河南境内。

⑰代马:胡马。不敢南牧:贾谊《过秦论》:"胡人不敢南下而牧马。"

⑱"推毂(gǔ)"二句:此谓梁王将兵据樊、邓二城,则胡兵之尘罕起。

推毂,《汉书·冯唐传》:“冯唐曰:‘臣闻上古王者遣将也,跪而推毂,曰:阃(kǔn)以内寡人制之,阃以外将军制之。’”樊,樊城。邓,亦地名。在樊城北。李善注引何之元《梁典》曰:“虏主拓跋宏既退,高祖据樊城。”胡尘,言胡人之嚣张气焰。

⑲狡僮:指东昏侯。狡,乱。李善引何之元《梁典》曰:“东(昏侯)即位,媟(xiè)近群小,诛高祖兄懿、弟畅。”故下文曰“穷凶极虐”。

⑳“衣冠”二句:指东昏侯无道。衣冠泯绝,李善注引《袁子》曰:“古者命士已上皆有冠冕,谓之冠族之家。”礼乐崩丧,谓礼崩乐坏。

㉑鞠旅:《诗经·小雅·采芑》:“钲人伐鼓,陈师鞠旅。”郑笺:“此言将战之日,陈列其师旅,誓告之也。”

㉒言谋王室:李善引何之元《梁典》曰:“高祖密与吕僧珍谋为内伐。”

㉓“白羽”二句:李善引《鬻子》曰:“武王率兵车以伐纣,纣虎旅百万,陈于商郊,起自黄鸟,至于赤斧,三军之士,靡不失色。武王乃命太公把白旄以麾之,纣军反走。”黄鸟,地名。厎定,平定。

㉔“甲既”二句:言凶徒既殒,其兵甲若推鳞而下之,车破如瓦碎裂。

㉕“致天”二句:言致天之诛,但拱手以揖百官公卿而已。届,诛。群后,百官。

㉖丰功厚利:丰大之功,厚利于人。

㉗无得而称:言功之多,不可尽说。

㉘“是以”二句:祥光、休气,皆和平之瑞气。休,美。塞,充满。

㉙“五老”二句:五老,指神话传说中的五星之精。《竹书纪年·帝尧陶唐氏》:“择良日,率舜等升首山,遵河渚,有五老游焉,盖五星之精也。”李周翰注:“尧见五老入于河……歌讫,五老飞于天,入于昴。”昴(mǎo),星名。二十八宿之一。

㉚元功:大功。茂勋:盛勋。

㉛辎轩:轻车,使臣之车。萃:聚。

㉜某位、某甲:谓众多官员,难以一一具名。

㉝百辟:百官。

㉞“庶匪席”二句:梁王固让,同乎“匪席”之旨;百辟固请,庶乎不远而复之义。匪席,比喻意志不屈。《诗经·邶风·柏舟》:“我心匪席,不可卷也。”孔疏:“我心又非如席然,席虽平,尚可卷;我心平,不可卷也。”

【译文】

年方二十,就应诏贤良;身为法曹之时,就声名大振;才升太尉之职,道德深远已播誉四方;隆昌末年,勤于王事,甚为称盛;建武之初,出谋划策;功劳大而赏赐微薄,勋绩显而酬谢过少;即使薄赏也不受,清正高洁超过介之推;不受俸禄甚于郈曼容,像冯异一样美名常留。后来任职司州,胡人不敢南侵;驻守樊邓,胡兵之尘罕见兴起。东昏侯即位,穷凶极恶,皇族贵戚,不成体统,礼崩乐坏。后来,梁王陈列师旅告诫众官兵,要为王室出力,旌旗一挥,黄鸟平定。敌人如鱼脱鳞,兵车如瓦碎裂,替天行道,礼敬百官。立下丰功伟绩,未可尽说。所以祥光汇集,休气弥漫;正像五老游河,入于昴星,受到万人敬仰。大功大德,如此丰盛,而所封之地未若周之太公,地位低下反不如九伯,作为帝王我深感内疚不安!现在,车辆云集,派遣列位官员率领百官群臣,各人致其精诚之心,万望践阼登基,不再推辞!

教

傅季友

傅亮(374—426),字季友,北地灵州(今宁夏灵武)人。父瑗以学业知名。亮初仕晋,为建威参军。入宋迁至散骑常侍、左光禄大夫,进爵始兴郡公。后与徐羡之、谢晦同废少帝,奉迎文帝即位。元嘉三年(426)被诛,年五十三。沈约《宋书·傅亮传》:“亮博涉经史,尤善文词。”人曰:“高祖登庸之始,文笔皆是记室参军滕演;北征广固,悉委长史王诞;自此后至于受命,表策文诰,皆亮辞也。”张溥《汉魏六朝百三家集题辞》云:“晋宋禅受,成于傅季友,表策文诰,诵言满堂,潘元茂册魏公,不如其多也。”其诗歌亦有所闻,锺嵘《诗品》谓“亦复平美”而置之下品。

为宋公修张良庙教一首

【题解】

《宋书·武帝纪》曰:晋安帝义熙十三年(417)正月,宋公刘裕以舟师进讨羌,“留彭城公义隆镇彭城。军次留城,经张良庙,令曰”云云。李周翰曰:“宋公,谓宋高祖刘裕也,晋封宋公。时北伐过彭城,修张良庙,乃下此教。秦法:诸公、王称教。教者,教示于人也。”张溥《汉魏六朝百三家集题辞》谓:“庙、墓二教,并录《文选》,怀旧崇德,意近《甘棠》。”按,此教抒怀古之情,令修张子房之庙也。

纲纪[1]：

夫盛德不泯[2]，义存祀典[3]。微管之叹[4]，抚事弥深[5]。张子房道亚黄中[6]，照邻殆庶[7]。风云玄感[8]，蔚为帝师[9]，夷项定汉[10]，大拯横流[11]；固已参轨伊、望[12]，冠德如仁[13]。若乃交神圯上[14]，道契商洛[15]，显默之际，窅然难究[16]，渊流浩瀁[17]，莫测其端矣[18]！涂次旧沛[19]，伫驾留城[20]，灵庙荒顿[21]，遗像陈昧[22]，抚事怀人[23]，永叹寔深。过大梁者，或伫想于夷门；游九京者，亦流连于随会[24]。拟之若人[25]，亦足以云[26]。可改构栋宇，修饰丹青。蘋蘩行潦，以时致荐[27]。抒怀古之情，存不刊之烈[28]。主者施行[29]。

【注释】

①纲纪：公府及州郡主簿曰纲纪。教作为一种公文皆由主簿宣读，故文首先称纲纪。

②盛德不泯：盛德者必继之以百世，故云不灭。泯，灭。

③祀典：祭祀之常典。

④微管之叹：《论语·宪问》："子曰：'管仲相桓公，霸诸侯，一匡天下，民到于今受其赐。微管仲，吾其被发左衽矣。'"微管，即"微管仲……"。

⑤抚事：言宋公抚思此事。

⑥黄中：《周易·坤》："君子黄中通理，正位居体，美在其中，而畅于四支，发于事业，美之至也。"朱熹注："黄中，言中得在内。"黄，为中和之色，以喻内德之美。道亚：言张良之德行勋业仅次于《周易·坤》之黄中。

⑦照邻殆庶：《周易·系辞》曰："颜氏之子其殆庶几乎？"

⑧风云：云从龙，风从虎。玄：深。

⑨蔚为帝师:《汉书·张良传》:"良尝从容步游下邳圯上,有一老父……出一编书曰:'读是,则为王者师。'"蔚,盛。帝师,指为汉高祖刘邦师。

⑩夷项:消灭项羽。夷,灭。

⑪拯:救。横流:本指洪水横流。此指天下纷乱。

⑫固:确。参轨:近似其迹。伊、望:伊尹、吕尚。

⑬冠:首。如仁:《论语·宪问》:"子曰:'桓公九合诸侯,不以兵车,管仲之力也。如其仁,如其仁。'"如仁,即如其仁。如,王引之《经传释词》云:"如犹乃也。"

⑭交神圯(yí)上:言张良于下邳圯上受兵书于老父。两者神交而非言辞之所信。

⑮道契商洛:汉初商洛山居四隐士,名东园公、绮里季、夏黄公、甪(lù)里先生,四人须眉皆白,故称"四皓"。高祖召,不应。后高祖欲废太子,吕后用留侯计,迎四皓,使辅太子。一日四皓侍太子见高祖,高祖曰:"羽翼成矣。"遂辍废太子之议。契,合。商洛,山名。四皓之所居。

⑯"显默"二句:谓子房筹策变化莫测。显默,明朗与隐蔽。窅(yǎo)然,深远貌。难究,难以探究。

⑰渊流浩瀁(yàng):言子房之度量深不可测。渊,深。浩,大。瀁,深广貌。

⑱端:端绪。

⑲涂次旧沛:言宋公行途,次于沛国。次,停留。

⑳伫:久。留城:子房封地。

㉑荒顿:废坏。

㉒像:形。昧:暗。

㉓抚事:对张良其人抚今追昔。怀人:缅怀子房。

㉔"过大梁"几句:谓太史公伫思侯嬴之迹,文子留连下泪以思于随

会。据《史记·魏公子列传》载，魏有隐士曰侯嬴，年七十，家贫。为大梁夷门监者，太史公过，见梁之虚，求问其所谓夷门者。夷门，城之东门。九京，五臣本作"九原"，是。《礼记·檀弓》曰："赵文子与叔誉观乎九原。文子曰：'死而可作，吾谁与归？'叔誉曰：'其阳处父乎？'……文子曰：'利其君不忘其身，谋其身不遗其友。'"郑玄曰："武子士会也，食邑于随。"

㉕拟：比。若人：此人，指侯嬴、随会。

㉖亦足以云：亦足以云张子房。

㉗"蘋蘩"二句：谓诚之以信，虽物之微小者，亦足以致祭祀。蘋蘩，水草名。古人取以供祭祀之用。《诗经·召南·采蘋》："于以采蘋，南涧之滨；于以采蘩，于彼行潦。"行潦，沟中积水。

㉘不刊：不可修改，无可磨灭。烈：业。

㉙主者施行：谓主持其事者执行之。

【译文】

主簿宣布：

大德不会泯灭，祭典于今常存。当年孔子所发有关管仲的感慨，如今想来尤觉意味深长。张子房的君子之道仅次于"黄中通理"，他的行为之高尚可与颜回相映成辉。风虎云龙应时而现，子房盛德堪称帝师，平定楚霸王，奠定汉家基业；力挽狂澜，救民于水火，确实已经迹近伊尹和吕尚，仁德能够追逾管仲。在圯上与神人交往而心领神会，商洛山与四皓共佐而辅立太子，子房之谋略变化无穷，出神入化，子房之胸襟博大渊深，难以度量！宋公途经沛地，暂歇留城，眼见灵庙荒芜，遗形蒙尘，记其功德想其为人，令人感叹万分。从前，太史公经过大梁追忆侯嬴，赵文子游览九原遥想随会。以此况彼，也足以使我们缅怀张子房。应该改换栋梁，重建屋宇，并用颜色重彩粉刷一新。此举纵然微不足道，谨致以祭奠之意。抒发遥怀古人的情愫，以存永不磨灭的功绩。主持者执行此事。

为宋公修楚元王墓教一首

【题解】

楚元王,名交,汉高祖异母弟。封于楚,谥曰元。墓在彭城,宋公过,见其墓,故修之。宋公刘裕,楚元王刘交之后,故修治其墓。据沈约《宋书·武帝纪》记载,义熙十四年(418)正月壬戌,"公至彭城,解严息甲"。其修元墓得非是年乎?

纲纪:

夫褒贤崇德[①],千载弥光。尊本敬始[②],义隆自远[③]。楚元王积仁基德[④],启藩斯境[⑤]。素风道业[⑥],作范后昆[⑦]。本支之祚[⑧],实隆鄙宗[⑨],遗芳余烈[⑩],奋乎百世[⑪]。而丘封翳然[⑫],坟茔莫翦[⑬],感远存往[⑭],慨然永怀。夫爱人怀树,甘棠且犹勿翦[⑮];追甄墟墓,信陵尚或不泯[⑯]。况瓜瓞所兴,开元自本者乎[⑰]?可蠲复近墓五家[⑱],长给洒扫,便可施行。

【注释】

①褒:奖励。崇:推尊。

②尊本敬始:本、始谓先祖。宋公之先祖为汉刘氏,故曰尊、曰敬。

③义隆:谓意义重大。

④积仁:李善注引《贾子》曰:"君子积于仁,而民积于财,刑罚废矣。"为积累仁德。基德:基于德。基,本。

⑤启藩斯境:楚元王王彭城。启藩,开始建立。

⑥素风:俭约纯朴之风。道业:指博通经学。

⑦作范:示范,树立榜样。后昆:后来之人。

⑧本支:本体。祚:福。

⑨实隆鄙宗:确实兴盛我鄙贱之宗。鄙,自谦之辞。

⑩遗芳余烈:谓刘氏后代皆芬芳、休美。烈,美。

⑪奋:发。

⑫丘封:墓地。《周礼·冢人》:“以爵等为丘封之度,与其树数。”注:“王公曰丘,诸臣曰封。”翳然:荒芜而墓地有所蔽。

⑬莫翦:指无人剪除、洒扫。

⑭感远:有感于从前。存往:存思往事。

⑮“夫爱人”二句:《诗经·召南·甘棠》:“蔽芾甘棠,勿翦勿伐。”毛序曰:“《甘棠》,美召伯也。”相传召伯曾在甘棠树下听讼决狱,公正无私。后人思其德美,爱其树而不敢伐。

⑯“追甄”二句:谓追念彰明信陵君之墓,尚有守冢五家,使其影响长存不灭。甄,彰明。墟墓,坟墓。墟,丘,亦指墓。信陵,指信陵君魏公子无忌。《汉书·高祖纪》曰:“诏曰:‘秦始皇守冢三十家,魏公子无忌五家也。’”不泯,不灭。

⑰“况瓜瓞(dié)”二句:谓召伯、信陵尚且如此,况我与元王,如瓜蔓所起相连,皆开源自彭城。瓜瓞,《诗经·大雅·绵》:“绵绵瓜瓞,民之初生,自土沮漆。”孔疏:“大者曰瓜,小者曰瓞;而瓜蔓近本之瓜必小于先岁之大瓜,以其小如瓝(bó),故谓之瓞。”

⑱蠲(juān):通“捐”,除去。复:免除赋税或劳役。

【译文】

主簿宣布:

褒奖贤能,推崇仁德,千秋万代,愈显光辉。尊敬祖宗,不忘先人,意义重大而深远。楚元王仁厚德高,始开彭城国疆。他作风纯朴,学业宏博,为后代做出了榜样。他本身的福分,充盈了我们这一支宗脉;他的后代,繁荣昌盛,虽历百代而绵绵不绝。然而他的墓地荒芜败坏,无人整修,抚今追昔,喟然而叹!从前召公,大家敬爱其为人,追怀其甘棠树下听讼之事,至今不忍心去剪伐此树;即便魏公子信陵君的坟茔，也还有五家人看守，至今依旧如此。何况瓜蔓相连，我与楚元王都起自彭城？应该免除元王墓旁五户人家的赋税，令其守护、洒扫，立即实施。

文

王元长

王融(467—493),字元长,琅邪临沂(今属山东)人。南朝齐诗人、骈文家。祖王僧达,王俭从子。少而神明警惠,博涉有文才。举秀才,为晋安王南中郎参军。历晋陵王司徒法曹参军,中书郎兼主客郎。竟陵王萧子良以为宁朔将军军主。郁林王即位,帝疾融先欲立竟陵王萧子良,遂下廷尉,于狱中赐死。年二十七。《南齐书·王融传》云:"上幸芳林园禊宴朝臣,使融为《曲水诗序》,文藻富丽,当世称之。"锺嵘《诗品》列其诗为下品,评语谓:"元长、士章,并有盛才,词美英净。"

永明九年策秀才文五首

【题解】

齐武帝萧赜永明九年(491),皇帝策问天下秀才、高第、明经,以政治、经义等设问试士,以期贤才毕举。

刘勰《文心雕龙·议对》曰:"对策者,应诏而陈政也;射策者,探事而献说也……二名虽殊,即议之别体也。"

这篇策文共设五问:第一问,广求贤士诚待箴言;第二问,国家以农为本,征求振兴农业之良策;第三问,宽猛相济,以法治国;第四问,制造钱币,充实内库之需;第五问,征求当时建立历法的意见。

问秀才、高第、明经[1]:

朕闻神灵文思之君、聪明圣德之后[②]，体道而不居[③]，见善如不及[④]。是以崆峒有顺风之请[⑤]，华封致乘云之拜[⑥]。或扬旌求士，或设簴待贤[⑦]，用能敷化一时[⑧]，余烈千古[⑨]。朕夤奉天命，恭惟永图[⑩]，审听高居[⑪]，载怀祗惧[⑫]，虽言事必史而象阙未箴[⑬]。寤寐嘉猷[⑭]，延伫忠实[⑮]，子大夫选名升学[⑯]，利用宾王[⑰]，懋陈三道之要[⑱]，以光四科之首[⑲]，盐梅之和[⑳]，属有望焉[㉑]。

【注释】

①秀才：才能优秀者。《管子·小匡》："农之子常为农，朴野而不慝，其秀才之能为士者，则足赖也。"注："有秀异之材，可为士者。"秀才之称始见于此。至汉，始为举士之科目。汉武帝元封四年（前107），令诸州岁各举秀才一人。高第：选士、举官之成绩优异者。《汉书·晁错传》："对策者百余人，唯错为高第。"明经：明晓经术者，汉代以明经射策取士。

②神灵：神异威灵。《史记·五帝本纪》："（黄帝）生而神灵，弱而能言。"文思：功业和道德。《尚书·尧典》："钦明文思安安。"《释文》引马融："经纬天地谓之文，道德纯备谓之思。"常用为称颂帝王之辞。后：君。此述古之圣君至治者。

③体道而不居：体道而又不以体道者自居。体道，体观大道。意谓帝王即是天道之化身。不居，不倨傲。

④见善如不及：谓见善良，唯恐追之不及，见邪恶则远避之。《论语·季氏》："孔子曰：'见善如不及，见不善如探汤。'"

⑤崆峒（kōng tóng）有顺风之请：据《庄子·在宥》载，（黄帝）闻广成子在于空同之上，故往见之。广成子南首而卧，黄帝顺下风膝行而进，再拜稽首而问曰："治身奈何而可以长久？"广成子曰："来，

吾语汝至道。”按，广成子为传说中黄帝时人，居崆峒山中。

⑥华封致乘云之拜：据《庄子·天地》载，尧观乎华，华封人请祝圣人，“使圣人寿”“使圣人富”“使圣人多男子”，尧皆辞，曰：“多男子则多惧，富则多事，寿则多辱。”封人曰：“天之万民，必授之职，多男子而授之职，则何惧之有？富而使人分之，则何事之有？……天下有道，则与物皆昌；天下无道，则修德就闲；千岁厌世，去而上仙，乘彼白云，至于帝乡，三患莫至，身常无殃，则何辱之有？”封人去之，尧随之曰：“请问。”封人曰：“退已。”

⑦“或扬旌”二句：扬旌求士，李善注引《管子》曰：“舜有告善之旌。”应劭《汉书》注曰：“旌，幡也。设之五达之道。”设簴（jù），簴，亦作“虡（jù）”。筍簴，古代悬钟磬之架。横曰筍，直曰虡。李善注引《鬻子》曰：“昔大禹治天下也，以五声听治，为铭于筍簴。”按，扬旌、设虡均为求士、待贤之途。

⑧用：以。敷化：布化。

⑨余烈：余美，遗美。

⑩“朕夤（yín）奉”二句：谓敬奉天命，苦思经国之长图。夤，敬。惟，思。永，长。

⑪审听高居：李善注引《六韬》曰：“王者之道，如龙之首，高居而远望，徐视而审听。”言王者神明，能高居远望，体察下情。

⑫载怀祗惧：言常怀敬惧之心。

⑬言事必史：《礼记·玉藻》：“动则左史书之，言则右史书之。”谓左、右史官分别记言、记行。象阙：即象魏，宫廷外的阙门。古宫廷门外有二台，上作楼观，上圆下方，两观双植。门在两旁，中间阙然为道，以其悬法，谓之象魏。未箴（zhēn）：未有直言之士。箴，规劝之言。

⑭寤寐：醒时和睡时，亦谓白天和黑夜。嘉猷：好的谋略。

⑮延伫：延首伫立。忠实：指忠实之臣。

⑯子大夫：大夫的美称。《汉书·董仲舒传》：武帝制："子大夫其精心致思，朕垂听而问焉。"选名升学：选才之秀拔者，进入太学。

⑰利用：以利于时用。宾王：归顺于王。

⑱懋：美。三道：国体、人事、直言。

⑲四科：汉武帝元狩六年（前122），以四科举士，一德行高妙，志节清白；二学通行修，经中博士；三明达法令，足以决疑；四刚毅多略，遭事不惑。

⑳盐梅之和：《尚书·说命》："若作和羹，尔唯盐梅。"盐咸梅酸，本指调味之品，用以喻整治国政。后来常以盐梅指宰相或职权相当于宰相者。

㉑属：归属。

【译文】

问秀才、高第、明经：

我曾听说，神异威灵卓有勋德的君主、高瞻远瞩圣德齐天的帝王，能以身体道而又不居功自傲，发现善良而唯恐追之不及。所以古时候黄帝在广成子面前有顺风膝行之举，尧与华封人对话时发"乘彼白云"之论。有的举旗求士，有的设簴纳贤，不但能够振兴一个朝代，而且可以功垂千秋。我敬奉天命，谨作长治久安之思；高居而慎听，怀德而敬惧，尽管所言所行都有史官记录在案，然而朝廷尚缺直言面谏之士。我日夜切盼佳谋良策，延首伫立渴待忠实之臣，列位爱卿如有合适人选可推荐他们进入太学，此为时所需，宾佐王用，请你们悉陈用人"三道"，光大选士"四科"，那么相佐之士的发现和归属是大有希望的了。

又问：

昔周宣惰千亩之礼，虢公纳谏[①]；汉文缺三推之义，贾生置言[②]。良以食为民天[③]，农为政本[④]。金汤非粟而不守[⑤]，水旱有待而无迁[⑥]。朕式照前经[⑦]，宝兹稼穑[⑧]，祥正而青旗肃事[9]，土膏而朱纮戒典[10]；将使杏花菖叶[11]，耕获不愆[12]，清畎泠风[13]，述遵无废[14]。而释耒佩牛[15]，相沿莫反[16]；兼贫擅富[17]，浸以为俗[18]。若爰井开制[19]，惧惊扰愚民。舄卤可腴[20]，恐时无史、白[21]，兴废之术[22]，矢陈厥谋[23]。

【注释】

①"昔周宣"二句：《国语·周语》："周宣王即位，不籍千亩。虢文公谏曰：'不可。夫民之大事在农。'"按，周制，天子耕藉田（即"籍田"）有千亩，诸侯百亩。古时帝王于春耕前亲耕农田，以奉祀宗庙，且寓劝农之意。《诗经·周颂·载芟》序："《载芟》，春籍田而祈社稷也。"传："籍田，甸师氏所掌，王载耒耜所耕之田，天子千亩，诸侯百亩。籍之言借也，借民力治之，故谓之籍田。"惰，懈怠。

②"汉文"二句：李善注引《汉书》曰："文帝即位，贾谊说上曰：'汉之为汉几四十年，公私之积犹可哀痛。'上感谊言，开籍田，躬耕以劝百姓。"三推，古代帝王为表示劝农，每年举行一次耕藉之礼，掌犁推行三周，称"三推"。后来历代封建王朝，皆有亲耕三推仪式。

③食为民天：李善注引《汉书》曰："郦食其说汉王曰：'臣闻王者以民为天，民以食为天。'"

④农为政本：李善注引《汉书》曰："文帝诏曰：'农，天下大本也，民所恃以生也。'"

⑤金汤：金城汤池，喻城国之坚不可破。

⑥无迁：无迁流亡散者。

⑦前经：前古之常典。此指藉田。

⑧宝：重。稼穑：种曰稼，收曰穑。

⑨祥：善。正：农历一月为正。青旗：藉田之旗。肃：敬。

⑩膏：膏腴。朱纮：冠饰。戒：正。典：法。

⑪杏花：花之先开者。菖(chāng)叶：草之先生者。

⑫愆(qiān)：失。

⑬清畎(guǎn)：清澈的田中小沟。泠(líng)风：和风。李善注引《吕氏春秋》曰："后稷曰：'凡耕之道，亩欲广以平，畎欲小以清。'"

⑭述遵：明述其义。无废：使农事无废。

⑮释：废。耒：耕具。佩牛：李善注引《汉书》曰："龚遂为渤海太守，民有带持刀剑者，使卖剑买牛，卖刀买犊，何为带牛佩犊？"

⑯相沿莫反：言有惰业之人，废耕而佩牛者，相习而为，如水沿流不返。

⑰兼贫擅富：大家兼役小人，富者兼役贫民。兼，兼并。擅，专擅。

⑱浸：如物浸水，谓渗入。

⑲爰井开制：李善注引《汉书》曰："民爰上田夫百亩，中田夫二百亩，下田夫三百亩。岁耕种者为不易，上田休一岁者为一易，中田休二岁者为再易，下田休三岁更耕之，自爰其处。"爰开井制，言欲使人易田，开其制度，以上中下均易之。爰，易。

⑳舄(xì)卤：贫瘠之地。亦作"斥卤"。腴：丰腴。

㉑史：指史起。白：指白公。《汉书·沟洫志》："民歌之曰：'邺有贤令兮为史公，决漳水兮灌邺旁，终古舄卤兮生稻粱。'"又，汉武帝太始二年(前95)，赵中大夫白公奏穿渠，引泾水，注渭中，长二百里，溉田四千五百余顷，名曰白渠。事见《汉书·沟洫志》。

㉒兴废之术：指易田引渠之术或兴或废。

㉓矢陈：直陈。

【译文】

又问：

古时候，周宣王疏懒于千亩之礼，虢文公直言进谏；汉文帝不事"三推"之仪，贾谊面陈忠言。确实是民以食为天，治国以农为本。坚固的城池，没有粮草也守不住；水旱为害，只要库有存粮，则民无逃荒之虞。

我悉遵前代常法，非常重视农业，选择吉日举旗藉田，以敬农事，肥润田土，头戴朱冠，端正典法；抓紧季节，无失耕耘之机；和风徐徐，水渠潺潺，明述重农之义，不废稼穑之事。有的人废弃农具，不事耕作，相沿为习，不知改过；有的人兼并穷人独富其家，习以为常。如果改革均田之制，又担心惊扰了百姓。想使贫瘠之地变得丰腴，又恐怕当代无史起、白公之辈，易田引渠之术或兴或废，希望呈献良策。

又问：

议狱缓死①，大《易》深规②；敬法恤刑，《虞书》茂典③。自萌俗浇弛④，法令滋彰⑤。肺石少不冤之人，棘林多夜哭之鬼⑥。朕所以明发动容⑦，昃食兴虑⑧，伤秋荼之密网⑨，恻夏日之严威⑩。永念画冠⑪，缅追刑厝⑫。徒以百锾轻科⑬，反行季叶⑭，四支重罚⑮，爰创前古⑯。访游禽于绝涧，作霸秦基⑰；歌《鸡鸣》于阙下，称仁汉牍⑱。二途如爽⑲，即用兼通⑳。昌言所安㉑，朕将亲览。

【注释】

①议狱缓死：《周易·中孚》："君子以议狱缓死。"谓议其轻重之情，以缓赦刑人命。

②大《易》：《周易》。深：重。规：则。

③"敬法"二句：意谓敬法忧刑，恐其不中。敬法恤刑，《尚书·虞书》曰："钦哉，钦哉，唯刑之恤哉！"钦，敬。故云敬法。恤，忧。茂，盛。

④萌（méng）俗浇弛：言民俗浇薄。萌，通"氓"。

⑤法令滋彰：《老子》五十七章："法令滋彰，盗贼多有。"滋彰，言多而明。

⑥“胇石”二句：胇石，当作“肺石”。相传古时设在朝廷门外的赤石，百姓可以站在石上控诉地方官吏，因色赤如肺而名肺石。《周礼·大司寇》：“以肺石达穷民。凡远近茕独老幼之欲有复于上而其长弗达者，立于肺石三日，士听其词，以告于上而罪其长。”《后汉书·寇荣传》：“臣思入国门，坐于胇石之上，使三槐九棘平臣之罪。”胇石，即肺石。棘林，《周礼·朝士》：“左九棘，孤、卿、大夫位焉……右九棘，公、侯、伯、子、男位焉。”注：“树棘以为位者，取其赤心而外刺，象以赤心三刺也。”不冤之人、夜哭之鬼，并言无辜受冤者。

⑦明发：黎明。《诗经·小雅·小宛》：“明发不寐，有怀二人。”朱熹《诗集传》：“明发，谓将旦而光明开发也。”动容：心中感动而形之于色。

⑧昃(zè)食：晚食，太阳偏西时才进餐，以示勤于政事。兴虑：言忧思。

⑨伤秋荼(tú)之密网：《盐铁论》曰：“秦法繁于秋荼，网密于凝脂。”荼，草名。其叶繁密，谓刑法酷暴如之。网，言刑法如密网之张。

⑩恻夏日之严威：《春秋左传》：“酆舒问于贾季曰：‘赵衰、赵盾孰贤？’对曰：‘赵衰，冬日之日；赵盾，夏日之日也。’”杜预曰：“夏日可畏，冬日可爱。”言刑法酷暴，如夏日赫然。恻，忧伤。

⑪画冠：即画衣冠。相传尧之世，画其衣冠使异于常人之饰，有犯罪者，使服之以示惩处。

⑫缅追：思念。刑厝(cuò)：《竹书纪年》曰：“成、康之际，天下安宁，刑错四十余年不用。”厝，置。

⑬百锾(huán)轻科：《尚书·吕刑》：“墨辟疑赦，其罚百锾。”周穆王时有以金赎罪之刑科。锾，六两。

⑭季叶：末世，衰世。

⑮四支重罚：四支指墨刑、劓刑、宫刑、割刑。

⑯爰创前古：谓始于周代。

⑰“访游禽”二句：李善注引《韩子》曰：“董阏于为赵上地守，行石邑山中，深涧峭如廧，深百仞。问其左右人曰：‘尝有人入此者乎？’对曰：‘无有。’‘婴儿、盲聋、狂勃有入此者乎？’对曰：‘无有。’‘牛马犬彘尝有入此者乎？’对曰：‘无有。’董阏于喟然太息曰：‘吾能治矣。使吾法无赦也，犹入涧之必死，则民莫敢犯，何为不治？’”于是为峻法，韩非、商鞅皆用此治秦，乃霸。

⑱“歌《鸡鸣》”二句：班固《咏史》诗曰：“三王德弥薄，唯后用肉刑。太仓令有罪，就逮长安城。自恨身无子，困急独茕茕。小女痛父言，死者不复生。上书诣阙下，思古歌《鸡鸣》。忧心摧折裂，晨风激扬声。圣汉孝文帝，恻然感至情。百男何愦愦，不如一缇萦？”按，齐太仓令淳于公有罪当刑。淳于公少女缇萦诣阙歌《鸡鸣》之诗，上书曰：“妾父为吏，皆称清平，今坐法当刑，妾伤死者不可复生，虽欲改过自新，亦无由也。妾愿入为官婢，以赎父罪，使得自新。”书奏，文帝怜悲其意，遂赦之，令天下除肉刑。故称汉文帝为仁，列于史牍。《鸡鸣》，齐诗，冀夫人早起而视朝。

⑲“二途如爽”：谓峻法作霸，汉文称仁，二途差爽如此。二途，指上文“访游禽”“歌《鸡鸣》”二事。爽，差错，错忤。

⑳即用兼通：言二途相济为用，宽猛结合。

㉑昌言：中肯之言辞。

【译文】

又问：

根据罪行轻重，缓赦人命，这是《周易》的重要原则；敬畏法典，忧思慎用，出于《虞书》这部大著。自从失去敦厚民风以来，法令越来越繁多。虽设肺石，含冤之人依旧，纵有棘林，夜哭之鬼不绝。我之所以一早起来便愁容满面，废寝忘食，日夜思虑，为的是法网密繁如秋荼，刑法峻刻似夏日酷热。常常想起唐尧时代的画冠代刑，每每遥想成康之年的不举刑错。只是以钱代罚的规定通行于周穆王时期，四刑重罚的设置反而盛行于周朝盛时。严刑如投绝涧，成了秦国称霸的基础；《鸡鸣》歌于阙下，使汉文称仁天下。两种办法如此不同，却能宽猛结合，相济为用。如有合理建议，我将亲自过目。

又问：

聚人曰财①，次政曰货②，泉流表其不匮③，贸迁通其有亡④。既龟、贝积寝⑤，缗镪专用⑥，世代滋多，销漏参倍⑦，下贫无兼辰之业⑧，中产阙洊岁之资⑨。惟瘼恤隐⑩，无舍矜叹⑪。上帝溥临⑫，赐朕休宝⑬，命邛斜之谷，开而出铜⑭。且有后命⑮，事兹镕范⑯，充都内之金⑰，绍圆府之职⑱。但赤侧深巧学之患⑲，榆荚难轻重之权⑳。开塞所宜㉑，悉心以对。

【注释】

①聚人曰财：《周易·系辞》："何以守位？曰仁。何以聚人？曰财。"按，财者，人之所资，故利之而聚。

②次政曰货：据《尚书·洪范》，以食、货、祀、司空、司徒、司寇、宾、师为八政，盖国家施政以此八端为重。货，仅次于政，故称次政曰货。

③泉流：若泉之长流不息。表：比。不匮：不乏。财货比之泉流，使其不乏。

④贸迁：贩运，买卖。迁有货至于无货之处，以遂其利。有亡：有无。

⑤龟、贝：古之货币。积寝：累世而废。

⑥缗镪(mín qiǎng)：穿钱之绳索。此处指铜钱。

⑦销漏参倍：钱币使用久了，则消磨缺漏减薄三分之一或一倍。参

倍,犹言或薄三分,或薄一倍。参,同“叁”。

⑧下贫:指穷人,生活不能自给者。兼辰:两日。

⑨中产:指生活水平处于中等程度者。洊(jiàn)岁:再岁。资:用。

⑩惟:思。瘼:病。恤:忧。

⑪无舍矜叹:嗟叹之至。

⑫上帝:上天。溥(pǔ):广。

⑬休:美。

⑭“命邛斜”二句:李善注引《齐春秋》曰:“永明八年,蜀郡太守刘悛启上曰:‘南广郡界蒙山有铜坑,掘则得铜,其利无极。’上疑之也。”邛斜,蜀中山名。

⑮且有后命:尚有后来之命令。《春秋左传·僖公九年》:“王使宰孔赐齐侯胙……齐侯将下拜。孔曰:‘且有后命。’”

⑯镕范:铸钱币之模器。

⑰都内:都城之内库。《史记·平准书》:“乃募豪民田南夷,入粟县官,而内受钱于都内。”《集解》:“服虔曰:‘入谷于外县,受钱于内府也。’”

⑱绍:继。圆府之职:太公为周立九府圆法。圆法,钱。谓今将继太公之职事。

⑲赤侧:钱,以赤铜为棱。

⑳榆荚:亦钱,其形如榆荚。

㉑开塞:取舍。

【译文】

又问:

财以聚人,货以助政,财货流通,不使匮乏,贸迁往来,互通有无。从前的龟币、贝币已经废除,而今的通货专用铜钱,然而使用时间太久,磨损消蚀甚多,穷人无隔夜之粮,中等人家无再岁之资。想到百姓的贫苦隐痛,我难免有哀矜之叹。老天垂怜,赐我美宝,使蜀中邛斜之谷出产黄铜。下一步将命令铸币工人镕铸钱币，以充实国库之需，同时继承太公制造圆币之事业。但是镕铸赤侧，则奸巧之徒容易仿造作假，深为可患；制造榆荚，则或轻或重，难以衡准。到底何取何舍？希望你们能尽心以对。

又问：

治历明时①，绍迁革之运②；改宪敕法，审刑德之原③。分命显于唐官④，文条炳于邹说⑤，及嵎夷废职，昧谷亏方⑥，汉秉素祇之征⑦，魏称黄星之验⑧，纷争空轸，疑论无归⑨。朕获纂洪基⑩，思弘至道⑪，庶令日月休征⑫，风雨玉烛⑬，克明之旨弗远⑭，钦若之义复还⑮。于子大夫何如哉⑯？其骊翰改色，寅丑殊建，别白书之⑰。

【注释】

①治：理。历：历法。明时：彰明其时代。

②绍：明。迁革：迁变，改易。

③"改宪"二句：谓帝王之兴，改其法度者，当法其刑德之本而行之。改宪，改历法。敕法，《周易·噬嗑》："先王以明罚敕法。"郑玄云："敕，犹理法。"刑德，李善注引《淮南子》："冬至为德，夏至为刑。"

④分命显于唐官：《尚书·尧典》："分命羲仲宅嵎夷，曰旸谷。"又曰："分命和仲宅西，曰昧谷。"传："羲仲，居治东方之官。"按，晋皇甫谧《帝王世纪》："（尧）命羲和四子羲仲、羲叔、和仲、和叔，分掌四时方域之职，故名曰四岳也。"唐官，尧之官。

⑤炳：明。邹说：未详。

⑥"及嵎夷"二句：嵎夷、昧谷，已见上句注。亏方，失其方位。按，

嵎夷，日出处。昧谷，日入处。废职、亏方，皆言失其职事。

⑦汉秉素祇之征：据《汉书·高帝纪》，高祖夜径泽中，前有大蛇挡路，高祖乃前拔剑斩蛇。后人来至蛇所，有一老妪夜哭。人问妪何哭，妪曰："吾子，白帝子也，化为蛇。挡道，今者赤帝子斩之。"秉，执。素祇，白蛇。祇，用同"祇"，神。征，应验。

⑧魏称黄星之验：李善注引《魏志》曰："初，桓帝时有黄星见于楚宋之分。辽东殷馗，善天文，言后五十岁当有真人起于梁沛之间，其锋不可当。至是，凡五十年，而太祖破袁绍，天下莫敌。"验，应征兆。

⑨"纷争"二句：谓律历互行日月之理，纷争其事者甚多，而疑论竟无所指归。纷争，争议纷纭。轸，乖戾。疑论，不实之论。无归，无所指归。

⑩纂：继。洪基：宏大之基业。

⑪思弘至道：思念光大其妙道。

⑫休征：吉利之征兆。休，吉祥。

⑬玉烛：李善注引《尔雅》曰："春为青阳，夏为朱明，秋为白藏，冬为玄英，四气和谓之玉烛。"

⑭克明：能明。《尚书·尧典》："克明俊德，以亲九族。"克，能。

⑮钦若：《尚书·尧典》："乃命羲和，钦若昊天，历象日月星辰，敬授人时。"钦，敬。

⑯于子大夫何如哉：意谓子大夫以为如何？

⑰"其骊翰"几句：夏后氏尚黑，戎事乘骊。骊，黑马。建寅月为正，则今正月。殷人尚白，戎事乘翰。翰，白马。建丑月为正，今十二月。言夏殷黑白改色，寅丑殊建，其何为？可分别明白书之。别白，分辨明白。

【译文】

又问：

理顺历法以昭明一代，则知帝王改易之时运；更改历法，当以冬至、夏至为依据。羲仲分管东方，和仲分管西方，条理分明，见于邹说，后来羲仲、和仲各失其位，汉高祖应了白蛇之验，曹孟德巧符黄星之征，议论纷纷，莫衷一是。我继承帝业，想将之弘扬光大，希望日月光辉，四时和顺，离帝尧明德之美不远，与羲和敬天之义更近。列位爱卿以为如何？关于黑白改色，寅丑建正之说，可明白书写出来。

永明十一年策秀才文五首

【题解】

永明十一年(493)又有策秀才文五首：第一首论天下安定，如何解决无业游民；第二首言闲冗官员太多，如何处置；第三首议如何纳才进贤，安邦定国；第四首强调农耕，习武以安社稷，文者余事；第五首述如何安抚四境之少数民族。

问秀才：

朕秉箓御天①，握枢临极②，五辰空抚，九序未歌③。至于思政明台④，访道宣室⑤，若坠之恻每勤⑥，如伤之念恒轸⑦。故恤贫缓赋⑧，省繇慎狱⑨。幸四境无虞⑩，三秋式稔⑪。而多黍多稌⑫，不兴两穗之谣⑬；无褐无衣，必盈《七月》之叹⑭。岂布政未优⑮，将罢民难业⑯？登尔于朝，是属宏议⑰。罔弗同心，以匡厥辟⑱。

【注释】

①秉：执。箓(lù)：符箓。御天：统治天下。

②枢：天枢星，北斗第一星。临极：驾驭八方。

③“五辰”二句:谓五行之功未成,九序之事未和。五辰,古代以五行分主四时,故称春、夏、秋、冬为五辰。《尚书·皋陶谟》:“抚于五辰,庶绩其凝。”抚,顺。九序,谓六府三事。六府,水、火、金、木、土、谷。三事,正德、利用、厚生。见《尚书·大禹谟》:“地平天成,六府三事允治,万世永赖。”

④明台:传说为黄帝听政之所。《管子·桓公问》:“黄帝立明台之议者,上观于贤也。”

⑤访道:寻方有道之人。宣室:宫殿名。汉未央宫中有宣室殿。是皇帝斋戒的地方。孝文帝曾于宣室见贾谊,问鬼神事。事见《史记·贾生列传》。

⑥若坠之恻:《尚书·仲虺之诰》:“有夏昏德,民坠涂炭。”坠落于污泥、炭火之中。齐武帝常怀若坠之恻,以警惕。

⑦如伤之念:《春秋左传·哀公元年》逢滑曰:“臣闻国之兴也,视人如伤,是其福也。”视民如伤,看待百姓如同看待受伤之人。轸:痛。

⑧恤贫:悯忧穷人。缓赋:宽缓赋税。

⑨省繇(yáo):减少徭役。慎狱:慎施刑狱。

⑩四境无虞:四方无兵甲之事。

⑪三秋:秋有三月,故曰三秋。式:语气词。稔:谷熟。

⑫多黍多稌(tú):《诗经·周颂·丰年》:“丰年多黍多稌。”黍、稌皆谷物。

⑬两穗之谣:李善注引《东观汉记》曰:“张堪,字君游,为渔阳太守。劝民耕种,以致殷富。有百姓歌曰:‘桑无附枝,麦穗两歧;张君为政,乐不可支。’”按,歧,《释名》曰:“物两为歧。”麦穗两歧,谓麦有二穗。

⑭“无褐(hè)”二句:《诗经·豳风·七月》:“无褐无衣,何以卒岁?”按,褐,粗毛或粗麻所织之短衣,泛指贫苦人所穿。《七月》诗之

内容，描写贫苦者不得温饱之生活。

⑮布政未优："敷政优优，百禄是遒。"敷政即布政，施政。未优，未善。

⑯罢(pí)：罢民，指行为恶劣之人，亦指不事生产者。罢，同"疲"。难业：难成产业。

⑰"登尔"二句：谓登汝于朝，是属望高论。尔，汝。宏，大。

⑱"罔弗"二句：谓无不同心协力，以辅佐其君。罔，无。匡，正。厥，其。辟，君。

【译文】

问秀才：

我秉受天命，统治天下，按上天意志，君临四方。但是空得四季和顺，未闻九序之歌。我愿意像黄帝那样在明台思虑国家大事，像孝文帝那样寻访安邦良士，常常担忧着百姓的苦难，犹恐对人民关心不够。所以总是体悯贫苦，减轻赋税，省免徭役，慎于刑狱。幸亏边境无患，秋季丰收。粮食虽多而不闻赞美之歌，无衣无食则必多《七月》之叹。是否施政不善，无业游民难以为生？希望列位登朝议政，发表你们的高议宏论。大家同心协力，匡治天下。

又问：

惟王建国[①]，惟典命官。上叶星象[②]，下符川岳[③]。必待天爵具修[④]，人纪咸事[⑤]；然后沿才受职[⑥]，揆务分司[⑦]。是以五正置于朱宣[⑧]，下民不忒[⑨]；九工开于黄序[⑩]，庶绩其凝[⑪]。周官三百，汉位兼倍[⑫]，历兹以降[⑬]，游惰寔繁[⑭]。若闲冗毕弃[⑮]，则横议无已[⑯]；冕笏不澄[⑰]，则坐谈弥积[⑱]。何则可修[⑲]，善详其对[⑳]。

【注释】

①惟:语气词。建:立。

②上叶星象:太师、太傅、太保在天法三台星。三台,按,古代以星象征人事,称三公为三台。叶,合。

③下符川岳:九卿法河海,故曰下符川岳。符,同。

④天爵:《孟子·告子》曰:"仁、义、忠、信,乐善不倦,此天爵也;公卿大夫,此人爵也。"天爵,谓自然之爵位。古之人,修其天爵,而人爵从之。

⑤人纪:为人纪纲。咸事:皆可主于事。

⑥沿才受职:量才录用。

⑦揆务分司:度量其事,分其主司。

⑧五正:吕向注:"少昊之立,有凤凰至,故以鸟名官。以凤凰为历正,玄鸟司分,伯赵司至,青鸟司开,丹鸟司闭。此五正也。"按,此说见《春秋左传·昭公十七年》:"我高祖少皞挚之立也,凤鸟适至,故纪于鸟,为鸟师而鸟名,凤鸟氏,历正也。"伯赵,即伯劳。《春秋左传·昭公十七年》:"伯赵氏,司至者也。"注:"伯赵,伯劳也。以夏至鸣,冬至止。"疏:"此鸟以夏至来鸣,冬至止去,故以名官,使之主二至也。"朱宣:即少昊(皞)氏。

⑨忒:差。

⑩九工:即九官。黄序:黄帝。

⑪庶:众。绩:功。凝:成。

⑫"周官"二句:李善注引《礼记》曰:"有虞氏之官五十,夏后官百,殷官二百,周官三百。"又引《汉书》曰:"秦立百官,汉因循不革,自佐史至丞相,十三万三百八十五人。"按,今云兼倍,略言之耳。兼倍,两倍。

⑬历兹以降:从此以后。

⑭游惰:指游散之官,惰怠之职。繁:多。

⑮闲冗：指闲散之官。毕弃：尽废。

⑯横议：肆意议论。已：止。

⑰冕笏(hù)：官之服饰，以指代官职。不澄：不予梳理澄清。

⑱坐谈：坐而谈论，亦前所谓横议。弥积：愈多。

⑲则：法。修：订。

⑳详：审。对：以对答于所问。

【译文】

又问：

帝王建国，根据法典任命贤者出任官职。这样做，上合星象之征，下应山河之验。必待人的优良素质具备，才能赋予相应的职务；然后量才录用，各司其职。所以少昊帝以下设五正之官，百姓顺从；黄帝以下设立九官之职，众功乃就。当年，周官只有三百，汉代多倍于此数，从此以后，闲散官员确实太多了。如果将这些闲散官员全数革除，那就会议论蜂起不止；倘若官员队伍不加整治，那么就空谈成风。有什么办法，可以推而行之，希望你们审慎以对。

又问：

昔者贤牧分陕[①]，良守共治[②]。下邑必树其风[③]，一乡可以为绩[④]。至有旦抚鸣琴[⑤]，日置醇酒[⑥]。文而无害，严而不残[⑦]，故能出人于阽危之域[⑧]，跻俗于仁寿之地[⑨]。是以贾谊有言："天下之有恶，吏之罪也[⑩]。"顷深汰珪、符[⑪]，妙简铜、墨[⑫]；而春雉未驯，秋螟不散[⑬]。入在朕前，凑其智略，出连城守，阙尔无闻[⑭]。岂薪槱之道未弘[⑮]，为网罗之目尚简[⑯]？悉意正辞[⑰]，无侵执事[⑱]。

【注释】

①贤牧分陕:周公、召公分陕而治。自陕以东,周公主之;自陕以西,召公主之。贤牧,指周公、召公。

②良守共治:李善注引《汉书》曰:"孝宣躬亲万机,励精为治,常称曰:'与我共治者其唯良二千石乎?'"

③下邑:小邑。风:风范。

④一乡:五州为乡,一万二千五百户。

⑤旦抚鸣琴:李善注引《吕氏春秋·察贤》曰:"宓子贱治单父,弹琴,身不下堂而单父治。"按,单父,春秋鲁邑,秦置县,西汉因之,东汉为侯国,南朝宋改为离狐县。故城在今山东单县南。又按,宓子贱,名宓不齐,春秋末鲁国人,孔子的学生,曾为单父宰,相传其身不下堂,鸣琴而治。事见《论语·公冶长》。

⑥日置醇酒:《汉书·曹参传》:"参代何为相国……日夜饮酒。卿大夫以下吏及宾客,见参不事事,来者皆欲有言。至者参辄饮以醇酒。度之欲有言,复饮酒;醉而后去,终莫得开说。"按,曹参相汉,无为而治,一仍当年萧何之制,故有萧规曹随之称。

⑦"文而"二句:贤吏虽守文法,不害于人;虽严肃,而不残暴于人。

⑧阽(yán)危:面临危险。《汉书·食货志》贾谊说文帝曰:"安有为天下阽危者若是而上不惊者!"

⑨跻(jī):登。

⑩"天下"二句:李善注引《贾子》曰:"吏能为善,则人必能为善也;故人之不善也,吏之罪也。"

⑪深汰:决意淘汰。珪、符:皆刺史之凭信物。

⑫妙简:善于选择。铜、墨:指铜印、墨绶,县令之印章和饰物。

⑬"而春雉"二句:刘良注引《东观汉记》曰:"鲁恭为中牟令,是时,郡国螟伤苗稼,而独不入中牟。河南尹袁安闻之,疑不实。使仁恕掾肥亲往观之。亲与恭俱坐桑下,有雉过,止其傍,旁有儿童,

亲曰:'何不捕之?'儿曰:'雉方育子也。'亲乃曰:'所以来者,察君之迹尔。虫不犯境,一异;化及鸟兽,二异;童子有仁心,三异也。'"

⑭"入在"几句:李善注引《汉书》曰:"吾丘寿王为东郡尉,诏赐寿王玺书曰:'子在朕前之时,智略辐凑;及至连十余城之守,职事并废,甚不称在前时,何也?'"按,汉有吾丘寿王。吾丘,复姓,也作"虞丘"。班固《两都赋序》曰:"故言语侍从之臣,若司马相如、虞丘寿王……之属,朝夕论思,日月献纳。"

⑮薪槱(yǒu):《诗经·大雅·棫朴》:"芃芃棫朴,薪之槱之。"毛传曰:"山木茂盛,万人得而薪之。贤人众,国家得用蕃兴也。"

⑯为网罗之目尚简:《文子·上德》曰:"有鸟将来,张罗而待之。得鸟者,罗之一目。今为一目之罗,则无时得鸟。"言求贤不广,何由得贤者。简,略。

⑰悉意:尽其意。正辞:正辞以对。

⑱无侵:不用害怕侵犯别人。执事:专执其事之臣。

【译文】

又问:

从前,周公、召公分陕而治,都治理得十分出色。城邑都有他们的风范,乡里也有明显的政绩。至于后来有宓子贱鸣琴而治,曹相国饮酒而治。他们守成法而能与人为善,肃法纪而不残害百姓,所以能救人于危难之际,济世于仁寿之境。汉朝贾谊说的好:"天下有恶人恶行,当官的难逃罪责!"近来,决心淘汰一批刺史,精简一批县令;但是还不能做到汉代鲁恭那样教化及于春雉,令秋螟不伤苗稼。有的官员,在我面前聪慧有加,一到外边全无作为;难道集贤之道还不够广大、纳才之途还太狭窄吗?尽你们的意思,正面道来,不要害怕侵犯了有关人员的职权!

又问：

朕闻上智利民不述于礼[①]，大贤强国罔图惟旧[②]。岂非疗饥不期于鼎食，拯溺无待于规行[③]。是以三王异道而共昌[④]，五霸殊风而并列[⑤]。今农、战不修[⑥]，文儒是竞[⑦]，弃本殉末[⑧]，厥弊兹多。昔宋臣以礼乐为残贼[⑨]，汉主比文章于郑卫[⑩]；岂欲非圣无法[⑪]？将以既道而权[⑫]。今欲专士女于耕桑[⑬]，习乡闾以弓骑[⑭]。五都复而事庠序[⑮]，四民富而归文学。其道奚若[⑯]，尔无面从[⑰]。

【注释】

①上智：智力突出之人。也作"上知"。利民不述于礼：利于民而不循于礼。

②强国罔图惟旧：强于国而无谋旧法。《史记·商君列传》商君说秦孝公曰："圣人苟可以强国不法其故，苟可以强民不修其礼也。"

③"岂非"二句：谓虽为权宜应时之举，然实效显然。疗饥，救治饥饿。鼎食，奢侈之食。拯溺，溺于水而拯救之。规行，按常规之礼。

④三王：夏、商、周。异道：谓三王之政道相异。

⑤五霸：齐桓公、晋文公、秦穆公、宋襄公、楚庄王。殊风：殊其风化。列：业。

⑥农、战：田农、兵战。

⑦竞：争。

⑧本：指农业。殉：求。末：此处指文章之事。

⑨宋臣：指墨子，名翟，宋国人。墨翟主张兼爱、非攻，尚贤尚同，反对儒家繁礼厚葬，提倡薄葬非乐。李善注引孙卿子曰："乐也者，

和之不可变者也；礼也者，理之不可易者也。墨子非之，几过刑也。墨子贱礼乐而贵勇力。贪则为盗，富则为贼。治世反是。”

⑩汉主比文章于郑卫：李善注引《汉书》曰：“宣帝数从王褒等，所幸宫观，辄为歌颂，议者多以为淫靡不急。上曰：‘辞赋大者与诗同义，小者辩丽可嘉。譬如女工有绮縠，音乐有郑卫也。’”

⑪非圣无法：轻贱礼乐文章乃为非先圣之道而以为无法。

⑫既道而权：穷极其道而权宜之。既，穷。

⑬专士女于耕桑：男专耕，女习桑，以资衣食。

⑭习乡间以弓骑：乡间之间，习于弓骑，以备战。

⑮五都：李善注引《汉书》：“王莽于五都立均官，更名洛阳、邯郸、临淄、宛、成都。”复：李周翰注：“于时，此五都人叛。”故曰复。庠序：学校。

⑯奚若：何如。

⑰尔无面从：尔等切勿当面顺从，退而有异言。

【译文】

又问：

我听说，上智之人只要有利于百姓，不必顺循于礼乐制度；大贤之人只要能使国家富盛，不必沿袭典章旧法。这不能说是饥饿者不贪美食而餐，救溺者不按常规拯援。所以古之三王政道不同却一样昌盛，春秋五霸教化各异功业并列。现在，农业、军事尚未完善，而文章之事竞相争先，这样舍本逐末的行为，弊端日多。从前墨子以礼乐为害人之物，汉宣帝把文章比作郑卫之音；难道要诋毁圣人、否定传统吗？那是要遵从其道而极尽权宜之变。目前应专事男耕女织，乡间要练习骑马射箭。一旦五都收复就兴办学校，等到天下富足再提倡文学之事。这样做怎么样？你们不要当面赞成而背后议论。

又问：

自晋氏不纲[①]，关河荡析[②]；宋人失驭[③]，淮、汴崩离[④]。朕思念旧民[⑤]，永言攸济[⑥]。故选将开边[⑦]，劳来安集[⑧]。加以纳款通和[⑨]，布德修礼[⑩]。歌《皇华》而遣使，赋膏雨而怀宾[⑪]。所以关洛动南望之怀[⑫]，獯夷遽北归之念[⑬]。夫危叶畏风，惊禽易落[⑭]。无待干戈，聊用辞辩[⑮]。片言而求三辅，一说而定五州[⑯]。斯路何阶[⑰]，人谁或可[⑱]？进谋诵志[⑲]，以沃朕心[⑳]。

【注释】

①不纲：失去纲纪。

②关河：犹言山河。荡析：分崩离析。

③宋人：此指宋帝。失驭：犹今言之失去控制。

④淮、汴：二水名。概指宋域。

⑤旧民：谓晋、宋经离乱之民。

⑥永言：长思。攸：所。

⑦选将：选择良将。开边：开发边疆。

⑧劳（lào）：慰劳。来：勤苦。安集：劳者使安散者使集。

⑨纳款：归顺，降服。通和：通好言和。

⑩布德：施德。修礼：以礼修和。

⑪"歌《皇华》"二句：言边境之少数民族怀萧齐之德望而来宾，仰我如膏雨。《皇华》，《诗经·小雅·皇皇者华》："皇皇者华，于彼原隰。"皇华，美好。遣使，君遣使臣。赋膏雨，《春秋左传·襄公十九年》："季武子如晋拜师，晋侯享子。范宣子为政，赋《黍苗》。季武子兴，再拜稽首曰：'小国之仰大国也，如百谷之仰膏雨焉。若常膏之，其天下辑睦，岂唯敝邑？'"宾，客。

⑫关洛：关指西秦，洛指洛阳。南望：战乱已平，齐都江南，都关洛

之人皆南望而思归。

⑬獯夷:北狄。遽:竞。北归:言其处北而有归化之念。

⑭“夫危叶”二句:张铣注:“此喻北齐、后魏也。”危叶,秋木经霜之叶。惊禽,鸟已受惊,闻弦乃落。

⑮“无待”二句:谓对北齐、后魏不需兴师用兵,盖用词辩,已可平定。

⑯“片言”二句:当时三辅辖地为后魏所都,五州为北齐所据,此片言而求之,一说而定之,谓萧齐武力之神威,不须用兵,只待片言只语便可平定之。三辅,指西汉时治理京畿地区的三个职官。西汉建都长安,京畿官统称内史。景帝时分置左右内史及都尉,即有三辅之乐。武帝太初元年(前104),改右内史为京兆尹,治长安以东;左内史为左冯翊,治长陵以北,都尉为右扶风,治渭城以西。见《汉书·百官公卿表》。五州,《尚书》载有十二州,宋得其五:豫州、青州、徐州、兖州、冀州。

⑰斯路:词辩之路。何阶:何由及之。

⑱人谁或可:谁人可达此言。

⑲进谋诵志:进其谋,诵其志。

⑳沃心:《尚书·说命》:“启乃心,沃朕心。”孔疏:“当开汝心所有,以沃灌我心,欲令以彼所见教己未知,故也。”后指臣下向皇帝献谋建议为沃心。

【译文】

又问:

自从晋朝纲纪败坏,江山易主;刘宋失去控制,国土沦丧。我思念着受苦受难的人民,常常关注着他们。所以精选良将以开发边境,慰劳勤苦的黎民百姓,使他们安居乐业。对边境少数民族,劝其归顺通和,施恩布德,以礼相待。乐师歌以《皇华》,派遣使者,君王赋以“膏沐”,怀柔远宾。所以北方的民族有向往南方之心,北狄之人生起归顺之念。

经霜之叶最怕秋风，惊弓之鸟尤易击落。对后魏、北齐不需动用兵甲，只需词辩。一番劝说便可服后魏，一笺信纸便可定五州。如此言路谁能沟通？你们献上良谋，以遂我心。

任彦昇

见卷第二十三《出郡传舍哭范仆射》作者介绍。

天监三年策秀才文三首

【题解】

天监三年(504)，梁武帝发布策秀才文三首：第一首言梁朝初建，百废待兴，问强国富民之策；第二首推尊贤士，广开才路，并许以利禄；第三首言谤木、谏鼓设立三年，直臣缄口，忠谠无闻；望能知无不言，言无不尽。

问秀才：

朕长驱樊、邓[①]，直指商郊[②]；因藉时来[③]，乘此历运[④]，当扆永念[⑤]，犹怀惭德[⑥]。何者百王之弊[⑦]，齐季斯甚[⑧]？衣冠礼乐[⑨]，扫地无余[⑩]。斫雕刓方[⑪]，经纶草昧[⑫]。采三王之礼[⑬]，冠履粗分[⑭]；因六代之乐[⑮]，宫判始辨[⑯]。而百度草创[⑰]，仓廪未实[⑱]。若终、亩不税[⑲]，则国用靡资；百姓不足[⑳]，则恻隐深虑[㉑]。每时入刍藁[㉒]，岁课田租[㉓]，愀然疚怀[㉔]，如怜赤子[㉕]。今欲使朕无满堂之念，民有家给之饶[㉖]，渐登九年之畜[㉗]，稍去关市之赋[㉘]。子大夫当此三道[㉙]，利用宾王[㉚]，斯理何从[31],伫闻良说[32]。

【注释】

①樊:地名。樊阳,即今河南济源西南。邓:古地名。在今山东滋阳境内。

②商郊:殷纣王之都地。以商喻齐。

③时来:天时之来到。指齐东昏侯萧宝卷无道,武帝伐之,而齐禅位于帝。

④历运:历数运会。

⑤扆(yǐ):户牖间画有斧形的屏风。《荀子·儒效》:"周公屏成而及武王,履天下之籍,负扆而坐,诸侯趋走堂下。"

⑥惭德:自谦无德,而为人君。

⑦百王之弊:《汉书·武帝纪赞》:"汉承百王之弊,高祖拨乱反正。"百王,古来之王。

⑧季:末年。

⑨衣冠:指制度。礼乐:指轨仪。

⑩扫地无余:如扫地而净,一无余者。

⑪斫雕刓(wán)方:谓改变前人作法。斫雕,《史记·酷吏列传序》:"汉兴,破觚而为圆,斫雕而为朴。"《索隐》引晋灼:"斫理凋弊之俗,使反质朴。"刓方,即刓方为圆。

⑫经纶草昧:言造物之始,比于冥昧,言欲经营理造礼乐。经纶,经营论理。草,草创。昧,昧爽。

⑬三王之礼:夏、商、周三代之礼。

⑭冠履:指制度。粗:略。

⑮六代:黄帝、尧、舜及夏、商、周。

⑯宫判:古代悬乐之制。《周礼·小胥》:"正乐县之位:王,宫县;诸侯,轩县;卿大夫,判县;士,特县。"按,宫悬,四面悬挂。轩悬,去

其一面。判悬,又去其一面。特悬,又去其一面。县,同“悬”。官判,亦言制度。

⑰百度:法制。草创:始造。

⑱未实:无储备,不充实。

⑲终、亩:古代田地面积单位。不税:不收赋税。

⑳不足:不富足。

㉑恻隐:张铣注:“内忧于心。”

㉒刍藁(chú gǎo):喂牲口之干草。这里泛指粮草。

㉓课:收。

㉔愀(qiǎo)然:忧惧貌。疚怀:不安于心。

㉕赤子:婴儿。此指百姓。

㉖“今欲”二句:谓一人向隅,则满堂不乐。今天下百姓未安,欲令其安,使我无不乐之念,人皆有资给之足,可得乎?满堂之念,李善注引《说苑》曰:“古人于天下也,譬一堂之上,今有满堂饮酒,有一人独索然向隅泣,则一堂之人皆不乐也。”给之饶,《邓析子》曰:“圣人逍遥一世之间,而家给人足,天下太平也。”

㉗渐登:九年耕,有三年之蓄,以少至多,故云渐登蓄积。九年之畜(xù):《春秋穀梁传·庄公二十八年》:“国无九年之畜曰不足,无六年之畜曰急。”畜,积贮。

㉘稍去:逐渐免除。关市之赋:《逸周书·大聚》:“关市平,商贾归之。”《周礼·大宰》:“七曰关市之赋。”孔疏:“王畿四面皆有关门,及王之市廛二处。”

㉙三道:指国体、人事、直言。

㉚利用宾王:才可利于时用,为帝王之宾客。

㉛斯理何从:意谓既要供国家之用,又要减轻百姓之负担,此何由而得之。

㉜伫:立待。良说:好主张。

【译文】

问秀才：

我当年进军樊阳、邓城，直逼齐都；借助天时之便，乘着气数运会，竟倚屏而坐，南面称帝，说来也觉惭愧。何以齐朝末年集历代帝王之弊端，如此严重？礼乐制度，破坏殆尽。开国以来，拨乱反正，草创鸿业。吸取三王时代的优良传统，礼仪初分；凭借六代以来的礼乐制度，规矩分明。只是百废待兴，而国库仍未充实。如果农税免收，那么国用无资；倘若百姓不富，那么我于心不安。所以每当征粮纳税，我怜恤百姓，忧心如焚。现在要使我消除忧患，做到人足家富，渐渐达到家有多年存粮，逐渐减免关市之税。列位爱卿面对国体、人事、直言，发挥你们的聪明才干，究竟如何是好，立待良策。

问：

朕本自诸生①，弱龄有志②，闭户自精，开卷独得③。九流、七略④，颇常观览⑤；六艺百家⑥，庶非墙面⑦。虽一日万机⑧，早朝晏罢⑨，听览之暇，三余靡失⑩。上之化下，草偃风从⑪，惟此虚寡⑫，弗能动俗⑬。昔紫衣贱服⑭，犹化齐风⑮，长缨鄙好，且变邹俗⑯。虽德惭往贤⑰，业优前事⑱，且夫搢绅道行⑲，禄利然也⑳。朕倾心骏骨㉑，非惧真龙㉒，辎軿青紫，如拾地芥㉓。而惰游废业㉔，十室而九，鸣鸟蔑闻㉕，《子衿》不作㉖。弘奖之路㉗，斯既然矣㉘。犹其寂寞，应有良规㉙。

【注释】

①本自诸生：出自诸书生之中。

②弱龄：少时。按，姚思廉《梁书·武帝纪》曰："高祖以宋孝武大明八年甲辰岁生于秣陵县同夏里三桥宅。生而有奇异，两骻骈骨，

顶上隆起，有文在右手曰‘武’。帝及长，博学多通，好筹略，有文武才干。时流名辈咸推许焉！”“俭一见深相器异，谓庐江何宪曰：‘此萧郎三十内当作侍中，出此则贵不可言。’”

③“闭户”二句：谓梁武帝少时精专于学，开书卷而独得其趣。

④九流：儒家流、道家流、阴阳家流、法家流、名家流、墨家流、纵横家流、杂家流、农家流。流，派。七略：《汉书·艺文志》曰：“歆于是总群书而奏其七略，故有辑略，有六艺略，有诸子略，有诗赋略，有兵书略，有数术略，有方技略。”

⑤颇：《尔雅》：“颇，少也。”

⑥六艺：礼、乐、射、御、书、数六种科目。百家：指诸子。李周翰注：“诸子凡有一百八十九家。言百，举其大数。”

⑦庶：近。墙面：《论语·阳货》：“人而不为《周南》《召南》，其犹正墙面而立也与？”言不学二南，犹如面向墙而无所见者。

⑧一日万机：言帝王日常所理之纷繁政务。亦作“万几”。《尚书·皋陶谟》：“兢兢业业，一日二日万几。”传：“几，微也。言当戒惧万事之微。”颜师古解为帝王当戒慎危惧，以理万事之机。

⑨早朝晏罢：上朝早而退罢晚，言政务繁忙。晏，晚。

⑩三余：《三国志·魏书·王肃传》：“颇传于世。”注引《魏略》曰：“（董）遇言：‘当以三余。’或问三余之意。遇言：‘冬者岁之余，夜者日之余，阴雨者时之余也。’”后以“三余”泛指空闲时间。

⑪草偃风从：如草之偃卧，必从于风。草偃，草倒伏。

⑫惟：此武帝自谓之词。虚寡：好学虚心，常以所得者少。

⑬动俗：改变时俗。

⑭紫衣贱服：李善注引《韩非子·外储说》：“齐桓公好服紫，一国尽紫服。当时十素不得一紫，公患之；告管仲，管仲曰：‘君欲止之，何不自诫勿衣也。谓左右曰甚恶紫臭。’公曰：‘诺。’于是郎中莫衣紫。其明日国中莫有衣紫；三日，境内莫衣紫也。”

⑮齐风:指春秋时齐国的风气。

⑯“长缨”二句:李善注引《韩非子·外储说》:“邹君好服长缨,左右皆服长缨,甚贵,邹君患之,问左右,左右对曰:‘君好服之,百姓亦多服,故贵。’邹君因先自断其缨而出,国中皆不服长缨。”鄙好,厌恶和爱好。

⑰德惭往贤:德薄于往贤。武帝谦辞。

⑱业优前事:帝业优于前事。

⑲搢绅:官宦之服饰。道行:此道之所行。

⑳禄利然也:以禄利使之然。

㉑倾心骏骨:李善注引《新序》曰:“郭隗谓燕王曰:‘古之君有以千金市千里马者,三年不得。人请求之,三月得马,已死矣。买其骨以五百金。君大怒之,人曰:死马骨且市之,况生马乎?天下必以王为好马矣!’于是不能期年,千里马至者二。今王诚愿致士,请从隗始。隗且见事,况贤者乎?”

㉒非惧真龙:刘向《新序·杂事》:“叶(shè)公子公好龙,钩以写龙,凿以写龙,屋室雕文以写龙。于是天龙闻而下之,窥头于牖,施尾于堂。叶公见之,弃而还走,失其魂魄,五色无主。是叶公非好龙也,好夫似龙而非龙者也。”

㉓“辎軿(zī píng)”二句:谓好学,明于经术,以取贵位之服如车载之多;取之易,又如捡芥草。辎、軿,辎车、軿车。皆为有障蔽之车。青紫,贵位之服。地芥,地上小草。《汉书·夏侯胜传》:“士病不明经术,经术苟明,其取青紫如俯拾地芥耳。”

㉔惰游废业:言学者懒惰嬉戏而学业荒废。

㉕鸣鸟蔑闻:李善注:“言古者收教不及于道者,故天下太平而凤凰至。”凤凰既不至,言今人不勤勉好学。鸣鸟,凤凰。蔑,无。

㉖《子衿》不作:《子衿》,《诗经·郑风》篇名。学校废,则作《子衿》以刺之,而人感思学,今则不然。言今不如古。

㉗弘奖：大劝。

㉘斯既然矣：犹如此。

㉙“犹其”二句：谓寂寞之中，必出良谋，即道生寂寞。良规，良策。

【译文】

问：

我原本是读书人出身，少年时便有远大志向，闭门研读，开卷有得。九流、七略都有所浏览；六艺、诸子无所不读。纵然日理万机，政务繁忙，处理国事之余，也无所闲暇。上行下效，风靡草从，如此勤于学业，也改变不了世俗之风。从前，齐桓公变服紫之好，改变了齐国的民风；邹君自断长缨，转变了邹国的习俗。我虽然修德不如前贤，但帝业不逊先人。而且此风之消长，应随利禄而浮沉。我全心全意推尊贤才，并无叶公好龙之意，凡好学明经之士，都能于俯仰之间得到高官厚禄。而现今懒惰成性，荒废学业者，十有其九，凤凰不至，读书人今不如昔。奖掖劝进之道，已如上述。道生寂寞，想必列位应有良谋。

问：

朕立谏鼓、设谤木，于兹三年矣①。比虽辐凑阙下②，多非政要③；日伏青蒲④，罕能切直⑤。将齐季多讳⑥，风流遂往⑦。将谓朕空然慕古，虚受弗弘⑧。然自君临万宇⑨，介在民上⑩，何尝以一言失旨，转徙朔方⑪；睚眦有违⑫，论输左校⑬，而使直臣杜口⑭，忠谠路绝⑮？将恐弘长之道⑯，别有未周⑰。悉意以陈，极言无隐⑱。

【注释】

①“朕立”二句：立谏鼓，设于朝廷供进谏者敲击以闻之鼓。《管子·桓公问》：“舜有告善之旌，而主不蔽也；禹立谏鼓于朝，而备

讯矣。”设谤木，相传尧立进善之旌、诽谤之木，政有缺失，民得书于木。按，《梁书·武帝纪》：天监元年(502)癸酉，诏曰：“商俗甫移，遗风尚炽；下不上达，由来远矣。升中驭索，增其懔然。可于公车府谤木肺石傍各置一函。若肉食莫言，山阿欲有横议，投谤木函。若从我江、汉，功在可策，犀兕徒弊，龙蛇方县；次身才高妙，摈压莫通，怀傅、吕之术，抱屈、贾之叹，其理有皦然，受困包匭；夫大政侵小，豪门陵贱，四民已穷，九重莫达。若欲自申，并可投肺石函。”天监元年设谤木肺石，至天监三年，故曰“三年矣”。

②辐凑：本言车辐集中于轴心，此言谏人多。阙下：本指宫阙之下。此指朝廷或皇帝。

③政要：施政的要领。

④青蒲：青色的蒲团。《汉书·史丹传》：“丹以亲密臣得侍视疾。候上间独寝时，丹直入卧内，顿首伏青蒲上。”注引应劭曰：“以青规地曰青蒲，自非皇后不得至此。”

⑤切直：切中关键。

⑥将：且。多讳：《老子》五十七章：“天下多忌讳，而民弥贫。”

⑦风流遂往：谓立谏鼓、设谤木，鼓励提意见的措施，这种风气流移而不存。

⑧虚受弗弘：虚心受物而不弘扬光大。

⑨宇：国。

⑩介：独。

⑪“何尝”二句：李善注引《后汉书》曰：“蔡邕上疏，帝览而叹息，因起更衣，曹节于后窃视之，悉宣语左右，事遂漏露。程璜遂使人飞章言邕，于是下邕洛阳狱。诏减死一等，与家族髡(kūn)钳，徙朔方。诏不得以赦令除也。”徙，迁。朔方，北方。

⑫睚眦(yá zì)：怒目而视，借指小怨小忿。眦，亦作“眥”。

⑬论输：罚罪而处以劳役。左校：官署名。秦及汉初置左、右、前、后、中五校令。后只设左、右校令。晋左、右校属少府，南朝宋以后并有左校令丞。凡大臣犯法，常遣送左校劳作。

⑭直臣：能直言相谏之臣。杜：绝。

⑮忠谠（dǎng）：忠正。

⑯将：语词。恐：惧。弘长：大长。

⑰别有未周：有所未妥。

⑱“悉意”二句：谓尽意而言，不必有所隐。

【译文】

问：

我立谏鼓、设谤木，已有三年了。前来提意见的人虽然不少，但所言大多不关政要；伏首朝廷的也不乏其人，却很少有人提的建议切中要害。自从齐朝以来，此风日消。也许有人会说我沽名钓誉，虚张声势。然而我统治天下，高居万民之上，什么时候因一言之差而将人发配充军，什么时候因小怒小忿而处以苦役，竟然使耿直之臣缄口不言，忠正之辞从此无闻？我担心长此以往，恐后患无穷。希望你们能知无不言，言无不尽。

卷第三十七

表上

孔文举

孔融(153—208),字文举,鲁国(今山东曲阜)人,孔子二十世孙。汉末文学家,“建安七子”之一。他幼有异才,生性好学。汉献帝时举为北海(今山东寿光)相,世称“孔北海”。建安元年(196)征为将作大匠,迁为少府,后复为太中大夫。他为人不拘小节,秉性刚直,终因屡次触怒曹操而被杀。他的诗文虽然流传下来的不多,却颇有建安文学的特色,正如曹丕在《典论·论文》中所说:“孔融体气高妙,有过人者;然不能持论,理不胜辞,至于杂以嘲戏。”明人张溥也指出:“东汉词章拘密,独少府诗文豪气直上,孟子所谓浩然,非邪?”(《汉魏六朝百三家集题辞》)后人辑有《孔少府集》。

荐祢衡表一首

【题解】

祢衡,少有才气而善辩,性格刚傲不附时,唯与孔融、杨修友善。孔融深爱其才,欲将他举荐给曹操,于是写了这篇《荐祢衡表》。在这篇表中,作者在简略地论述治理国家需要招揽贤俊之后,便以浓墨重彩写祢衡的思想、人品与才辩，说明他是一位“不可多得”的“异才”。这样写来，避虚就实，使被推荐者的形象凸现出来。文章写得词情真切，豪气直上，自有打动人心处。后来，人们把推荐有才能的人称为“鹗荐”，正是取之于这篇文章中“鸷鸟累百，不如一鹗”的意思。

表，是古代下向上奏事的一种文体，多用于陈述衷情。汉制，下言于上，分章、奏、表、议四种。《文选》李善注云：“表者，明也，标也，如物之标表。言标著事序，使之明白，以晓主上，得尽其忠曰表。”

臣闻洪水横流，帝思俾乂①，旁求四方，以招贤俊。昔世宗继统，将弘祖业，畴咨熙载，群士响臻②。陛下睿圣③，纂承基绪④，遭遇厄运，劳谦日仄⑤。维岳降神，异人并出⑥。

【注释】

①“臣闻”二句：《孟子·滕文公》：“当尧之时，天下犹未平，洪水横流，泛滥于天下。”《尚书·尧典》：“汤汤洪水方割（为害）……下民其咨（咨嗟忧愁），有能俾乂？”俾，使。乂，治理。

②“昔世宗”几句：班固《汉书·叙传》：“世宗晔晔，思弘祖业，畴咨熙载，髦俊并作。”即为此所本貌。畴咨，《尚书·尧典》：“畴咨若时登庸。”孔传：“畴，谁；庸，用也。谁能咸熙庶绩，顺是事者，将登用之。”后来用作访求之意。熙载，发扬功业。《尚书·舜典》：“咨四岳，有能奋庸熙帝之载。”孔传：“奋，起；庸，功；载，事也。访群臣有能起发其功、广尧之事者。”响臻，与“响应”意同，古代常用以比喻下对上迅速赞同。

③陛下：指汉献帝刘协。睿（ruì）圣：圣明，是颂扬帝王的话。

④纂（zuǎn）承：继承。基绪：基业。

⑤劳谦：勤谨谦虚。《周易·谦》：“劳谦君子有终吉。”日仄：日西斜。《尚书·无逸》载，文王“自朝至于日中昃，不遑暇食”。言其

不敢懈怠。

⑥"维岳"二句:《诗经·大雅·崧高》:"维岳降神,生甫及申。"岳,指东岳泰山、南岳衡山、西岳华山、北岳恒山。

【译文】

臣听说洪水泛滥成灾的时候,尧帝想使洪水得到治理,便广求四方,招揽贤才。当初汉武帝继承皇位后,要弘扬祖宗的业绩,也曾访求能够发扬功业的人,于是群士响应,纷纷而至。现在陛下圣明,继承祖先的基业,虽遭逢艰难困苦的境遇,仍勤谨谦虚,从早到晚不敢懈怠。四岳感动而下降神灵,非凡之人纷纷出现。

窃见处士平原祢衡,年二十四,字正平,淑质贞亮,英才卓跞[①];初涉艺文[②],升堂睹奥[③];目所一见,辄诵于口;耳所暂闻,不忘于心;性与道合[④],思若有神。弘羊潜计[⑤],安世默识[⑥],以衡准之,诚不足怪。忠果正直,志怀霜雪,见善若惊,疾恶若仇。任座抗行[⑦],史鱼厉节[⑧],殆无以过也。鸷鸟累百,不如一鹗[⑨]。使衡立朝,必有可观。飞辩骋辞,溢气坌涌[⑩];解疑释结,临敌有余。昔贾谊求试属国,诡系单于[⑪];终军欲以长缨,牵致劲越[⑫]。弱冠慷慨[⑬],前代美之。近日路粹、严象,亦用异才,擢拜台郎[⑭],衡宜与为比。如得龙跃天衢[⑮],振翼云汉[⑯],扬声紫微[⑰],垂光虹蜺[⑱],足以昭近署之多士[⑲],增四门之穆穆[⑳]。钧天广乐[㉑],必有奇丽之观;帝室皇居,必畜非常之宝。若衡等辈,不可多得。激楚阳阿[㉒],至妙之容,掌技者之所贪;飞兔、騕褭[㉓],绝足奔放[㉔],良、乐之所急也[㉕]。臣等区区,敢不以闻?

【注释】

①卓跞(lì):高超,绝异。

②艺文:六艺之文,即儒家的经典著作。

③升堂睹奥:《论语·先进》:"子曰:由也升堂矣,未入于室也。"《楚辞·招魂》:"经堂入奥。"奥,本指室中西南角,此有高深之意。

④性与道合:《淮南子·精神训》:"所谓真人者,性合于道也。"

⑤弘羊潜计:弘羊,西汉政治家桑弘羊。据《汉书·食货志》载:"(桑)弘羊,洛阳贾人之子,以心计,年十三侍中。"

⑥安世默识:安世,张安世。据《汉书·张汤传》载:"安世,字子孺,少以父任为郎,用善书,给事尚书……上行幸河东,尝亡书三箧。诏问莫能知,唯安世识之,具作其事。后购求得书以相校,无所遗失。"

⑦任座抗行:《吕氏春秋·不苟论》载,魏文侯饮,问诸大夫曰:"寡人何如主也?"任座曰:"君,不肖君也。克中山,不以封君之弟,而以封君之子,是以知君不肖君也。"文侯不悦。抗行,高尚的行为。

⑧史鱼厉节:《论语·卫灵公》:"子曰:'直哉史鱼,邦有道如矢,邦无道如矢。'"史,官名。鱼,卫大夫,名鰌。如矢,言其直。朱熹注曰:"史鱼自以不能进贤退不肖,既死犹以尸谏,故夫子称其直。"厉节,崇高的节操。

⑨"鸷(zhì)鸟"二句:系《汉书·邹阳传》中邹阳上书之言。鸷鸟,猛禽。鹗,雕类猛禽。

⑩坌(bèn)涌:一齐涌出。

⑪"昔贾谊"二句:《汉书·贾谊传》:"陛下何不试以臣为属国之官以主匈奴?行臣之计,请必系单于之颈而制其命。"属国,汉于边郡皆置属国,安置外来民族,使各依本国风俗而归属于汉,朝廷设都尉掌管其事务。诡,李善注:"《说文》曰,诡,责也。自责必系单于也。"

⑫“终军”二句:终军,汉济南(今属山东)人,字子云,少好学,年十八选为博士弟子,武帝时为谏议大夫。《汉书·终军传》载:“南越与汉和亲,乃遣军使南越,说其王欲令入朝,比内诸侯,军自请:‘愿受长缨,必羁南越王而致之阙下。’”后来,“越王听许,请举国内属”。但越相吕嘉不从,举兵“杀其王及汉使者”。终军死时年仅二十余岁。

⑬弱冠:《礼记·曲礼》:“二十曰弱冠。”古代男子二十岁行冠礼,故用以指二十岁左右的年龄。

⑭“近日”几句:路粹,陈留(今河北临漳)人,字文蔚,少学于蔡邕,建安初拜尚书郎,后为军谋祭酒、典记室。严象,亦拜尚书郎,以兼有文武,出为扬州刺史。用,以。台郎,即尚书郎。

⑮天衢:天路。比喻通显之地。《汉书·叙传》:“攀龙附凤,并乘天衢。”

⑯云汉:犹云霄,指高空。

⑰紫微:星座名。李善注:“《春秋合诚图》曰:‘北辰,其星七,在紫微之中也。’”

⑱虹蜺:彩虹。相传虹为雄,色鲜盛;蜺为雌,色暗淡。

⑲署:官署,此处当指朝廷。多士:士子众多。

⑳增四门之穆穆:《尚书·舜典》:“宾于四门,四门穆穆。”穆穆,美。孔颖达疏云:“又命使宾迎诸侯于四门,而来入者穆穆然皆有美德无凶人也。”

㉑钧天广乐:指天上的音乐。钧天,上帝所居;广乐,广大之乐。《史记·扁鹊列传》:“(赵)简子寤,语诸大夫曰:‘我之帝所甚乐,与百神游于钧天,广乐九奏万舞,不类三代之乐,其声动心。’”

㉒激楚:声音高亢凄清。《楚辞·招魂》:“宫庭震惊,发激楚些。”阳阿:古之名倡。《淮南子·俶真训》:“足蹀阳阿之舞,而手会《绿水》之趋。”

㉓飞兔、娱袅(yǎo niǎo):皆骏马名。《淮南子·齐俗训》:“待娱袅、飞兔而驾之,则世莫乘车。”高诱注:“娱袅,良马;飞兔,其子。”

㉔绝足:喻千里马。

㉕良:王良,春秋时晋国善于驾驭马的人。乐:伯乐,春秋时秦国善于驾驭马的人,也以善于相马著称。

【译文】

我看那有才德而不肯做官的平原士子祢衡,年方二十四岁,字正平,资质美好,节操坚贞,英才卓绝;初次跨进六艺之文的大门,便升堂入室,能看到深奥之处;刚一过目的文章,马上就能背诵;突然听到的事情,也会牢记在心;心性与事理统一,思绪自如仿佛有神。桑弘羊的心计,张安世的记忆,拿祢衡来与之比照,实在不值得惊奇了。他忠诚果毅、正派耿直,情志高洁一如霜雪,看见行善的就惊喜不已,痛恨为恶的如同痛恨仇人。任座有高尚的行为,史鱼有崇高的节操,大概也无法超过他。鸷鸟成百,也不如一只鹗鸟。倘使让祢衡在朝为官,必定会有可观的作为。当他滔滔论辩、驰骋辞令的时候,才气横溢,一齐涌出;解疑释疑的能力,用以对付论敌也绰绰有余。从前,贾谊请求试以他为属国,发誓要系单于之颈;终军自请要用长缨羁牵劲敌南越的国王。他们二十来岁,如此慷慨激昂,颇为前人赞美。近日路粹、严象,也因才能出众,升任尚书郎,祢衡的情况与他们相似。他如果能像飞龙那样腾跃于天上,像鹏鸟那样展翅于高空,名声高扬于紫微,光亮与彩虹相映,那就足以显示当今朝廷人才济济,足以使更多的有美德的人纷纷到来。天上的钧天广乐,必定有神奇瑰丽的观赏价值;帝王皇族居住的宫室,必定藏有非同寻常的珍宝。像祢衡这样的人才,却是不可多得的。歌声激楚,跳舞有如阳阿,风姿容态美妙极了的人,正是掌管技艺的人所寻求的;骏马飞兔、娱袅,奔驰千里,这正是王良、伯乐所急需的。臣岂敢不将实情上呈陛下闻知?

陛下笃慎取士[①],必须效试,乞令衡以褐衣召见[②]。无可观采，臣等受面欺之罪。

【注释】

①笃慎：认真谨慎。

②褐衣：指卑贱的人。

【译文】

陛下取士认真谨慎，必须亲自效验考查，乞望能令祢衡以卑贱的身份获得召见。那时他如果没有可以显示异彩的地方，臣愿承受当面欺君的罪名。

诸葛孔明

诸葛亮（181—234），字孔明，琅邪阳都（今山东沂南）人。三国时著名的政治家、军事家。早年避乱荆州，隐居隆中，自比管仲、乐毅。后辅佐刘备，联合孙权，击败曹操于赤壁，乘机占据荆州，又西取益州，建立蜀汉政权。刘备称帝后，诸葛亮被任为丞相。刘备死，诸葛亮受遗诏辅佐后主刘禅，封武乡侯，领益州牧。在平定南中后，欲图中原，多次出兵攻魏未获成功，病死于军中，谥忠武。

诸葛亮虽不以文学著称，但是他的《出师表》《梁甫吟》等诗文，却颇受后人称赏。其文或纵论时事，或抒写心志，感情恳切真挚，文笔朴实流畅，在文学史上亦有一席之地。后人辑有《诸葛亮集》。

出师表一首

【题解】

蜀汉建兴五年（227），诸葛亮出师北伐，临行时写此奏表给刘禅。

本篇最初见于《三国志·蜀书·诸葛亮传》,原无篇名,篇名为萧统编此书时所加。因建兴六年(228)诸葛亮率军出散关前,给刘禅又上一表(即《后出师表》),故此表又称《前出师表》。

诸葛亮在文中,分析了当时蜀汉国内外形势,劝诫后主纳忠谏,明刑赏,亲贤臣,远小人,励精图治,振兴蜀汉,以完成"兴复汉室"的未竟事业;同时还以他自己出仕的经历,表白自己对蜀汉的一片忠诚,说明出师北伐的目的和决心,以及临行对刘禅的希望。文章明白剀切,文辞畅达,词情恳挚,肝胆照人。刘勰在《文心雕龙·章表》中指出:"孔明之辞后主,志尽文畅。"《出师表》千百年来万口传颂,正如南宋诗人陆游(《书愤》)所赞:"出师一表真名世,千载谁堪伯仲间!"

臣亮言:先帝创业未半①,而中道崩徂②。今天下三分,益州罢弊③,此诚危急存亡之秋也④!然侍卫之臣,不懈于内;忠志之士,亡身于外者⑤,盖追先帝之遇⑥,欲报之于陛下也。诚宜开张圣听,以光先帝遗德,恢志士之气⑦;不宜妄自菲薄,引喻失义⑧,以塞忠谏之路也。

【注释】

①先帝:去世的皇帝。此指刘备。

②徂:袁本、茶陵本、尤本以及胡克家《文选考异》《三国志》本传,均作"殂(cú)",是。崩殂:死亡。天子死亡称崩,亦称殂。

③益州:今四川大部分及云南、贵州一部分地区。此指蜀汉。罢弊:困乏。罢,同"疲"。

④秋:紧要时刻。李善注:"岁以秋为功毕,故以喻时之要也。"

⑤亡:《三国志》本传作"忘",胡克家《文选考异》皆同,译文从之。忘身:舍身忘死。

⑥追:追念。遇:厚待,厚遇。李善注:“遇,谓以恩相接也。”

⑦恢:扩大,发扬。

⑧引喻失义:称引比喻不恰当,言谈不合道理。

【译文】

臣亮奏言:先帝创建大业尚未完成一半,却中途去世了。现在天下形势是三国鼎立,而益州又是处于疲弱困乏的境地,这实在是国家危急存亡的关键时刻啊!然而侍卫陛下的臣子之所以在朝中毫不懈怠,忠诚坚贞的将士们之所以在外边舍生忘死,都是因为追念先帝的知遇之恩,要把它报答给陛下的缘故。陛下真应该广泛地听取群臣的意见,来光大先帝的美德,弘扬志士的气节;不应该妄自菲薄,说一些不恰当的话,来堵塞群臣忠诚进谏的言路。

宫中府中①,俱为一体,陟罚臧否②,不宜异同。若有作奸犯科及为忠善者③,宜付有司④,论其刑赏,以昭陛下平明之理,不宜偏私,使内外异法也。侍中、侍郎郭攸之、费祎、董允等⑤,此皆良实⑥,志虑忠纯,是以先帝简拔以遗陛下⑦。愚以为,宫中之事,事无大小,悉以咨之⑧,然后施行,必能裨补阙漏⑨,有所广益也。将军向宠⑩,性行淑均⑪,晓畅军事,试用于昔日,先帝称之曰能,是以众议举宠为督。愚以为,营中之事,悉以谘之⑫,必能使行阵和穆⑬,优劣得所也。亲贤臣,远小人,此先汉所以兴隆也⑭;亲小人,远贤士,此后汉所以倾颓也。先帝在时,每与臣论此事,未尝不叹息痛恨于桓、灵也⑮!侍中、尚书、长史、参军⑯,此悉贞亮死节之臣也⑰,愿陛下亲之信之,则汉室之隆,可计日而待也。

【注释】

①宫中:皇宫里的侍臣。府中:丞相府内的官员。当时刘禅宠信宫中侍臣,受其牵制,逐渐与府中官员对立,故云。

②陟(zhì)罚:提升与惩罚。陟,升。臧否(pǐ):褒贬。引申为表扬与批评。臧,善。否,恶。

③科:法令,条文。

④有司:职有专司,即主管某种事情的部门或官吏。

⑤侍中、侍郎:皆官名。郭攸之:字演长,南阳(今属河南)人,时为侍中。费祎(yī):字文伟,江夏(今河南罗山)人。刘备时,任太子舍人。刘禅即位,任黄门侍郎,后迁侍中。董允:字休昭,南郡枝江(今属湖北)人,曾任太子舍人,时为黄门侍郎。

⑥良实:善良诚实。

⑦简拔:选拔。

⑧咨:商量,询问。

⑨裨(bì):补益。阙漏:过失,疏漏。

⑩向宠:襄阳宜城(今属湖北)人。刘备时,为牙门将。刘禅即位,封为都亭侯,为中部督,掌管宿卫兵,后迁中领军。

⑪淑:贤善。均:平,有公正之意。

⑫谘:同“咨”。

⑬穆:和。

⑭先汉:西汉。下“后汉”,即东汉。

⑮桓、灵:东汉时桓帝刘志、灵帝刘宏。他们任用宦官,杀害忠良,政治腐败,终致汉末大乱。

⑯侍中:指前面提到的郭、费、董三人。尚书:指陈震。陈震,字孝起,南阳(今属河南)人,时为尚书。长史:指张裔。张裔,字君嗣,蜀郡成都(今属四川)人,时领留府长史。参军:指蒋琬。蒋琬,字公琰,零陵(今湖南永州)人,时任参军,统留府事。

⑰贞亮：坚贞忠直。

【译文】

无论是宫中近侍，还是府中官吏，都是一朝之臣，提升、惩罚，表扬、批评，在他们之间不应该有所不同。如果有为非作歹触犯法令的，或尽忠为善做好事的，都应该由主管的官吏去评判，该惩罚的惩罚，该奖赏的奖赏，以此表明陛下治理国家公正严明，而不应该有所偏袒，以致宫内宫外刑赏之法不一样。侍中、侍郎郭攸之、费祎，黄门侍郎董允等，都是贤良诚实、思想忠贞不二的人，所以先帝特意把他们选拔出来，留给陛下。臣认为，宫中的事情，无论大小，都要问问他们，然后再施行。这样一定能够防止缺失、弥补疏漏，获得更多的益处。将军向宠性格和善，为人公正，精通军事，先帝试用他时就称他能干，所以大家推举他为中部督。臣认为，军中的事情，都要与他商量，这样一定能使军队和睦团结，不同才能的部将各得其所。亲近贤臣，疏远小人，这就是西汉之所以兴盛的原因；亲近小人，疏远贤士，这便是东汉之所以倾覆衰败的原因。先帝在世时，每每与臣议论起这些事，未尝不对东汉末年的桓帝、灵帝深为痛心遗憾啊！侍中郭攸之、费祎，尚书陈震，长史张裔，参军蒋琬等人，这些都是坚贞忠直、能以死报国的忠臣，希望陛下亲近他们，信任他们，那么蜀汉王朝兴隆的日子就不远了。

臣本布衣①，躬耕于南阳②，苟全性命于乱世，不求闻达于诸侯③。先帝不以臣卑鄙④，猥自枉屈⑤，三顾臣于草庐之中，谘臣以当世之事。由是感激，遂许先帝以驱驰⑥。后值倾覆，受任于败军之际，奉命于危难之间，尔来二十有一年矣⑦。先帝知臣谨慎，故临崩寄臣以大事也⑧。受命以来，夙夜忧叹⑨，恐托付不效，以伤先帝之明。故五月渡泸，深入不毛⑩。今南方已定，兵甲已足，当奖帅三军⑪，北定中原。庶竭驽钝⑫，攘除奸凶⑬，兴复汉室，还于旧都⑭。此臣之所以报先帝而忠陛下之职分也。至于斟酌损益⑮，进尽忠言，则攸之、祎、允之任也。

【注释】

①布衣：平民。古时平民多穿麻织衣服，故云。

②南阳：南阳郡。诸葛亮曾避乱于南阳郡之邓县所属襄阳城西二十里的隆中（参见《三国志》本传注引《汉晋春秋》）。

③闻达：闻名显达。

④卑鄙：出身低微，见识浅陋。此是谦辞。

⑤猥（wěi）：谦辞，犹"辱"。一作"曲"讲，李善注："猥，犹曲也。言已曲蒙先帝自枉屈而来也。"枉屈：屈尊就卑。

⑥驱驰：奔走效力。

⑦"后值"几句：建安十三年（208），刘备在当阳的长坂为曹操所败。诸葛亮正是在这时受命使吴，并于是年冬，联吴共败曹操于赤壁。备与亮始遇于此前一年，至上表时正好二十一年。

⑧故临崩寄臣以大事也：《三国志》本传记载，刘备临终前召亮嘱以后事时说："君才十倍曹丕，必能安国，终定大事。若嗣子可辅，辅之；如其不才，君可自取。"亮涕泣曰："臣敢竭股肱之力，效忠贞之节，继之以死。"

⑨夙（sù）：早。

⑩"故五月"二句：《三国志》本传载，建兴三年（225）春，诸葛亮率军南征，至秋即平息南中诸郡变乱。泸，水名。即今金沙江。不毛，未经开发的荒凉地方。毛，指农作物等。

⑪奖帅：鼓励，率领。

⑫庶：希望。此处有"愿"的意思。驽钝：谦辞，言才能平庸。驽，劣马。钝，刀锋不利。

⑬攘:排除,除掉。奸凶:指曹魏。

⑭旧都:指东汉都城洛阳,时为曹魏京城。

⑮斟酌:考虑,度量。损益:掌握分寸。损,减少。益,增加。

【译文】

臣本是平民,在南阳亲自耕田种地,只希望于乱世中苟全性命,不希求在诸侯间显达扬名。先帝不把臣作卑微之人看待,而屈尊相访,三顾茅庐,向臣下询问当时天下大事。因此臣十分感激,便答应为先帝奔走效力。后来正逢军事失利,臣在兵败之时接受了委任,在形势非常危难的关头奉命出使东吴,从那以来,已有二十一年了。先帝知臣做事谨慎,所以在临终时便将天下大事托付给臣。自接受任命以来,臣早晚忧虑,唯恐先帝托付之事办不好,有负先帝知人之明。所以在五月间率军渡过泸水,深入到不毛之地。现在南方已经平定,兵甲已经准备充足,就应当奖励并率领三军北伐中原。臣愿竭尽自己的平庸才力,铲除篡汉的奸凶,兴复汉室天下,重返旧都洛阳。这就是臣报答先帝知遇之恩、效忠陛下的职责所在。至于权衡得失,掌握分寸,向陛下进忠言,则是郭攸之、费祎、董允的职责。

愿陛下托臣以讨贼兴复之效,不效则治臣之罪,以告先帝之灵。责攸之、祎、允等咎,以章其慢①。陛下亦宜自课②,以咨诹善道③,察纳雅言④,深追先帝遗诏。臣不胜受恩感激。今当远离,临表涕泣,不知所云。

【注释】

①"责攸之"二句:《三国志》本传作:"责攸之、祎、允等之慢,以彰其咎。"李善注引《三国志》本传亮表云:"若无兴德之言,则戮允等,以章其慢。"按上下文意,前有"若无兴德之言"句,便更通畅。今

译文从之。章，表明。慢，怠慢。

②自课：约制自己。

③咨诹（zōu）：询问。

④雅言：正言。

【译文】

希望陛下将征讨奸贼、兴复汉室的任务交付给臣，若不能完成这一任务，就请治臣的罪，以告先帝在天之灵。若没有向陛下进献兴德的意见，就应责备郭攸之、费祎、董允等人的过错，以表明他们对陛下的怠慢。陛下也应该约束自己，征求治国的好办法，审察采纳正确的意见，时时缅怀先帝的遗训。臣受恩不尽，感激不已。现在就要远离陛下，呈献此表而老泪纵横，激动得不知自己说了些什么。

曹子建

见卷第十九《洛神赋》作者介绍。

求自试表一首

【题解】

据《三国志·魏书·陈思王植传》载，曹植早年曾深受曹操宠信，多次打算把他立为太子，但由于他“任性而行，不自雕励，饮酒不节”，加之有“丁仪、丁廙（yì）、杨修等为之羽翼，太祖狐疑”，终于失宠。后来曹丕、曹叡相继称帝，曹植备受迫害，精神压抑，常为壮志未酬而苦闷。明帝太和二年（228），“植常自愤怨，抱利器而无所施，上疏求自试”。这篇《求自试表》就是在这种情况下写的。表中表达了曹植切望报效国家、建功立业的意愿，反映了他在政治上遭排斥、受压抑的心情。在表中

“论德而授官”，“量能而授爵”，“君无虚授，臣无虚受”的字面背后，流露了作者怀才不遇的思想，怨愤颇深。文章辞清志显，慷慨深沉，正如刘勰在《文心雕龙·章表》中所说：“陈思之表，独冠群才。”

臣植言：臣闻士之生世，入则事父，出则事君①；事父尚于荣亲②，事君贵于兴国。故慈父不能爱无益之子，仁君不能蓄无用之臣③。夫论德而授官者，成功之君也；量能而受爵者，毕命之臣也④。故君无虚授，臣无虚受。虚授谓之谬举，虚受谓之尸禄⑤，《诗》之“素餐”所由作也⑥。昔二虢不辞两国之任⑦，其德厚也；旦、奭不让燕、鲁之封⑧，其功大也。今臣蒙国重恩，三世于今矣⑨。正值陛下升平之际，沐浴圣泽，潜润德教，可谓厚幸矣。而位窃东藩⑩，爵在上列，身被轻暖，口厌百味，目极华靡，耳倦丝竹者⑪，爵重禄厚之所致也。退念古之受爵禄者，有异于此，皆以功勤济国⑫，辅主惠民。今臣无德可述，无功可纪，若此终年⑬，无益国朝，将挂风人“彼己”之讥⑭。是以上惭玄冕⑮，俯愧朱绂⑯。

【注释】

①“入则”二句：《论语·子罕》：“子曰：‘出则事公卿，入则事父兄。’”事，奉事，为……服务。

②尚：崇尚。

③“故慈父”二句：《墨子·亲士》：“虽有贤君，不爱无功之臣；虽有慈父，不爱无益之子。”蓄，蓄养。

④毕命：尽力效命。

⑤尸禄：形容只受爵禄而不做事。《汉书·鲍宣传》颜师古注：“尸，主也；不忧其职，但主食禄而已。”

⑥《诗》之“素餐”:《诗经·魏风·伐檀》:“彼君子兮,不素餐兮。”素餐,不做事而白吃饭。

⑦二虢(guó):指西周的虢仲、虢叔。王季的儿子,文王的弟弟。分别封于东虢、西虢。《春秋左传·僖公五年》(前655)宫之奇说他们“为文王卿士,勋在王室,藏于盟府”。

⑧旦、奭(shì):周公姬旦、召公姬奭,他们都是文王的儿子,周初大臣,卓有功劳,分别封于鲁与燕。

⑨三世:指魏武帝曹操、文帝曹丕、明帝曹叡。

⑩位窃东藩:曹植当时被封为雍丘(今河南汜县)王,雍丘在魏国都城洛阳之东,故云。

⑪丝竹:管弦乐器。此指音乐。

⑫济:益。

⑬终年:指人死时的年龄。

⑭风人:国风的诗人。“彼已”之讥:《春秋左传·僖公二十四年》引《诗》曰:“彼已之子,不称其服。”意谓讥刺当时在位的大夫的德行不能和他的官服相称。

⑮玄冕:王者的礼冠。

⑯朱绂(fú):红色的绶带,系官印所用。

【译文】

臣曹植进言:我听说士子活在世上,在家就应该侍奉父亲,出门就应该为国君效力;侍奉父亲崇尚使父母荣耀,为国君效力贵在使国家兴旺。所以,慈父不能爱对自己无益的儿子,仁君不能蓄养对自己无用的臣下。那论德高下而授官的,才是成就大业的国君;根据能力大小接受爵禄的,才是尽力效命的大臣。所以国君没有白白地授人官职的,人臣也没有白白地接受爵禄的。白白地授人官职,称之为“谬举”;白白地接受爵禄,称之为“尸禄”,《诗经》“彼君子兮,不素餐兮”,正是为此而作。从前虢仲、虢叔不推辞东虢、西虢二国的封任,是因为他们道德的深厚;

周公旦、召公奭不推让给他们鲁地、燕地的封赏，是由于他们功劳的盛大。今天臣承蒙国家很大的恩宠，到现在已经历了三世了。正逢天下太平的时候，蒙受陛下恩泽的沐浴，德教的浸润，可以说是很幸运的了。而臣地位已是东方藩国之王，爵位居于上等，身穿质地上好的衣服，吃厌了各种味道的食品，看尽了各种华靡的东西，听倦了各种音乐，这是因为爵位俸禄厚重所致。退想古代接受爵禄的人，与此有所不同，他们都是因为自己的功劳而使国家受益，辅助君王而使百姓得到实惠。今天臣是没有什么德可陈述，没有功劳可记载，如果这样活一辈子，无益于国家朝廷，将要受到诗人所谓“彼己之子，不称其服”的讥刺。所以对于自己头上戴着玄色的王冠，腰间佩戴朱色的绶带，深感惭愧。

方今天下一统，九州晏如[1]，顾西尚有违命之蜀[2]，东有不臣之吴[3]，使边境未得税甲[4]，谋士未得高枕者，诚欲混同宇内，以致太和也[5]。故启灭有扈而夏功昭[6]，成克商、奄而周德著[7]。今陛下以圣明统世，将欲卒文、武之功[8]，继成、康之隆[9]，简良授能[10]，以方叔、邵虎之臣[11]，镇卫四境，为国爪牙者[12]，可谓当矣。然而高鸟未挂于轻缴，渊鱼未悬于钩饵者[13]，恐钓射之术或未尽也。昔耿弇不俟光武，亟击张步，言不以贼遗于君父也[14]。故车右伏剑于鸣毂，雍门刎首于齐境[15]。若此二子，岂恶生而尚死哉？诚忿其慢主而陵君也[16]。夫君之宠臣，欲以除害兴利[17]；臣之事君，必以杀身静乱[18]，以功报主也。昔贾谊弱冠，求试属国，请系单于之颈而制其命；终军以妙年使越[19]，欲得长缨占其王[20]，羁致北阙[21]。此二臣岂好为夸主而耀世俗哉[22]？志或郁结，欲逞才力，输能于明君也[23]。昔汉武为霍去病治第，辞曰：“匈奴未灭，臣无以家为!”固夫忧国忘家,捐躯济难,忠臣之志也。今臣居外[24],非不厚也,而寝不安席,食不遑味者[25],伏以二方未克为念[26]。

【注释】

①晏如:安然。

②蜀:指都于成都的蜀国,当时后主刘禅在位。

③不臣:指反叛。吴:指都于建邺(今江苏南京)的吴国,当时孙权在位。

④税甲:脱掉铠甲。税,通“脱”。

⑤太和:太平和顺的时世。

⑥启灭有扈:天下诸侯皆朝夏。启,夏后启,夏禹的儿子。有扈,夏时诸侯。昭:显著。

⑦成克商、奄:周成王时,奄随同武庚反周,成王派周公讨平了他们。成,周成王,武王的儿子。商,商纣王的儿子武庚及商朝遗民。奄,古国名。在今山东曲阜。

⑧卒:完成。文、武:周文王、周武王。

⑨成、康:周成王、周康王。

⑩简:选拔,选择。

⑪方叔、邵虎:皆周宣王时名臣。方叔曾率战车三千征荆蛮。邵虎,即召虎,曾率军平淮夷。

⑫爪牙:指武臣。《诗经·小雅·祈父》:“祈父予王之爪牙。”《国语·越语》:“夫虽无四方之忧,然谋臣与爪牙之士,不可不养而择也。”

⑬“然而”二句:意谓吴、蜀两国未平。缴(zhuó),生丝缕,系在箭尾以弋射飞禽。

⑭“昔耿弇(yǎn)”几句:李善注引《东观汉记》:“耿弇讨张步,陈俊

谓弇曰:‘虏兵盛,可且闭营休士,以须上来。’弇曰:‘乘舆且到,臣子当击牛酾酒以待百官,反欲以贼虏遗君父邪?’及出大战,自旦及昏,大破之。”耿弇,东汉初年光武帝时的大将。亟,急。

⑮“故车右”二句:据刘向《说苑·立节》载,先秦时,齐王出猎,车左毂(gǔ)忽然发出鸣声,这虽不是车右的过失,车右却认为惊动了齐王而自刎。后来越军至齐,未交战,齐雍门狄说:“今越甲至,其鸣吾君也,岂左毂之下哉?”也自刎而死。“是日,越人引甲而退七十里……齐王葬雍门子狄以上卿。”车右,坐在车右的保卫人员。毂,车轮中心的圆木,中有圆孔,用以插轴。雍门,即雍门狄,齐国的烈士。

⑯忿:愤怒。慢主:指毂鸣之事。慢,轻侮。陵君:指越军犯齐。陵,侵犯。

⑰害:袁本、茶陵本及《三国志》均作“患”,胡克家《文选考异》亦认为:“二本是也。”译文从之。

⑱以:袁本、茶陵本无“以”字,《三国志》有,胡克家《文选考异》指出:“盖尤据之添也。”静:《三国志》作“靖”。译文从之。

⑲妙年:少年。终军十八岁上书自请使南越,故云。

⑳占:李善注:“《尔雅》曰:‘占,隐也。’郭璞曰:‘隐度之。’”此处似当作“见”讲。

㉑北阙:此指汉朝都城长安。

㉒夸主:在人主面前夸耀自己。

㉓输能:贡献才能。

㉔居外:指身居藩国,远离朝廷。

㉕遑味:不暇品味。遑,空暇。

㉖二方:指吴、蜀。克:平定。

【译文】

当今天下统一,九州太平,而西边尚有违命的蜀国,东边还有反叛的吴国，边境将士由此不能够解甲归田，朝廷谋士不能够高枕无忧，因为他们确实希望国家统一，使天下太平和顺。所以夏后启灭了有扈，周成王灭了武庚及奄，夏和周才功德显著。今陛下以英明驾驭天下，将要完成像文王、武王那样的功业，继承像成王、康王那样的盛世，举贤授能，派遣像周宣王时的方叔、邵虎那样的贤臣去镇守四方边境，用他们作为国家的武臣，可以说是很恰当的。然而，高飞的鸟并未挂在箭上，深渊的鱼并未悬在钓饵上，原因恐怕是由于钓鱼和射箭的技术还未全部发挥出来吧。从前耿弇不等光武帝援军到来，就急于讨击张步，并说："不能将贼虏留给君父。"所以齐国车右伏剑自刎于鸣左毂之时，雍门狄也自刎于越军犯境之际。像这两个人，难道是厌恶生而崇尚死吗？实在是出于对那些轻慢主上侵侮君王者的愤怒啊。君王宠信臣子，是希望任用他们除害兴利；臣子奉事君王，必须以献身的精神去平定叛乱，以卓著的功勋去报效人主。从前贾谊在弱冠之年，要求文帝任他做属国，发誓要系单于的人头来朝见而使其降服；终军以妙龄年少出使南越，想用长缨去擒它的国王，把他羁牵到长安去。这两个臣子难道是喜欢在人主面前夸耀自己的吗？他们或许是受到压抑，很想施展自己的本事，贡献才能给英明的君主啊。从前汉武帝为霍去病修建宅第，霍去病辞谢道："匈奴尚未消灭，臣不以家事为念！"所以忧国忘家，捐躯济难，是忠臣的志愿啊！现在我居于朝廷之外，并非生活不优厚，而睡觉不得安稳，饮食无暇品味，是因为常以吴、蜀两国未灭挂念于心。

伏见先武皇帝武臣宿兵[①]，年耆即世者[②]，有闻矣。虽贤不乏世，宿将旧卒，犹习战也。窃不自量，志在效命，庶立毛发之功[③]，以报所受之恩。若使陛下出不世之诏[④]，效臣锥刀之用[⑤]。使得西属大将军[⑥]，当一校之队[⑦]；若东属大司马，统偏师之任[⑧]，必乘危蹑险[⑨]，骋舟奋骊[⑩]，突刃触锋，为士卒先。虽未能禽权馘亮[11]，庶将虏其雄率[12]，歼其丑类[13]，必效须臾之捷，以灭终身之愧，使名挂史笔，事列朝荣。虽身分蜀境[14]，首悬吴阙[15]，犹生之年也。如微才不试[16]，没世无闻[17]，徒荣其躯而丰其体，生无益于事，死无损于数[18]，虚荷上位而忝重禄[19]。禽息鸟视[20]，终于白首，此徒圈牢之养物[21]，非臣之所志也。流闻东军失备[22]，师徒小衄[23]，辍食弃餐，奋袂攘衽[24]，抚剑东顾，而心已驰于吴、会矣[25]。

【注释】

①宿兵：旧时的兵士。

②耆(qí)：七十岁以上的老人。即世：去世。

③毛发：言其微小如毛发。

④不世之诏：吕延济注："谓非当代所测度之诏，谓许行之诏也。"

⑤锥刀：喻细微。李善注引《东观汉记》："黄香上疏曰：'以锥刀小用，蒙见宿留。'"

⑥大将军：指曹真。太和二年(228)，魏遣曹真攻诸葛亮的军队于街亭。

⑦一校之队：犹偏师，军中五百人为一校。这句是作者自谦之辞，犹言不敢担大将之任。

⑧"若东属"二句：系指曹休事。太和二年(228)，大司马曹休率兵至皖，防御吴国。若，或。

⑨蹑(niè)：踩，踏。

⑩骊(lí)：黑色马。

⑪禽：同"擒"。权：孙权。馘(guó)：战争中斩获敌人，割下耳朵以计数报功。亮：诸葛亮。

⑫虏：掳获。雄率：大将。率，同"帅"。

⑬丑类：指士卒。丑，众。

⑭身分：指战死后身体被分裂。

⑮吴阙：吴国的宫阙。

⑯微才：作者自谦之辞。

⑰没世：犹死之意。《论语·卫灵公》："君子疾没世而名不称焉。"

⑱数：运数。此指国家命运。

⑲荷：承受。忝：辱，自谦之辞。

⑳禽息鸟视：犹言像禽鸟一样的生活。

㉑圈牢：关养畜牲的地方。

㉒流闻：传闻。东军：指伐吴之军。曹休率军至皖，与吴将陆逊战于石亭，大败。

㉓衄（nǜ）：同"衄"，挫败，损伤。

㉔奋袂（mèi）：举袖，捋袖。攘衽（rèn）：扯开衣襟。衽，衣襟。

㉕吴、会：指当时吴国所属的吴郡与会稽郡。

【译文】

我见先帝时的武臣老兵虽已年老去世，从前的事亦有所闻啊。虽然当世并不缺乏贤才，旧时的将军士卒，犹在操习战阵之事。我不自量力，立志效命朝廷，希望建立微小的功勋，以报答自己所受到的恩宠。假使陛下发布许行的诏书，臣一定尽微薄之力。如能在西属大将军曹真的麾下，充当一校之队；或在东属大司马曹休的麾下，统帅偏师，我一定要冒着危险，驾飞舟乘战马，迎着敌人的锋刃冲在士卒的前面。即使不能捉住孙权斩杀诸葛亮，至少也要掳获他们的大将，歼灭他们的士卒，必定是为片刻的胜利尽力，并以此消除终身的惭愧，使自己的名字书于史笔，事迹为朝廷增添光荣。虽然战死后身体分裂于蜀境，人头悬挂于吴阙，也虽死犹生。如果微小的才能不被任用，死后名字不闻于世，只是躯体丰腴，活着于事无益，死去对于国家命运也无损害，不相称地占有较高的地位而食此厚禄，深感羞愧。像禽鸟一样生活直到白头，这只是圈牢中的畜生，不是臣的志愿所在。传闻东进的军队失于防备，只是受到小小的挫折，臣却不思饮食，捋起袖子，扯开衣襟，按剑东望，而心早已奔向吴郡与会稽郡了。

臣昔从先武皇帝，南极赤岸[①]，东临沧海[②]，西望玉门[③]，北出玄塞[④]，伏见所以行军用兵之势，可谓神妙矣。故兵者不可预言[⑤]，临难而制变者也[⑥]。志欲自效于明时，立功于圣世。每览史籍，观古忠臣义士，出一朝之命[⑦]，以殉国家之难，身虽屠裂，而功铭著于景钟[⑧]，名称垂于竹帛[⑨]，未尝不拊心而叹息也[⑩]！臣闻明主使臣，不废有罪。故奔北败军之将用，秦、鲁以成其功[⑪]；绝缨盗马之臣赦，楚、赵以济其难[⑫]。臣窃感先帝早崩[⑬]，威王弃代[⑭]，臣独何人，以堪长久？常恐先朝露[⑮]，填沟壑[⑯]；坟土未干，而身名并灭。臣闻骐骥长鸣，伯乐昭其能[⑰]；卢狗悲号，韩国知其才[⑱]。是以效之齐、楚之路[⑲]，以逞千里之任；试之狡兔之捷，以验搏噬之用。今臣志狗、马之微功，窃自惟度[⑳]，终无伯乐、韩国之举，是以於邑而窃自痛者也[㉑]。

【注释】

①赤岸：指赤壁，在今湖北。

②沧海：东海。

③玉门：玉门关，在今甘肃敦煌西北。

④玄塞：指长城，在北方，古人以黑色代表北方，故云。

⑤兵：指军事。

⑥临难而制变：意谓面临危难的形势而随机应变。

⑦一朝：一时，言其短暂。

⑧景钟：晋景公钟。春秋时，晋将魏颗打退秦国的进攻，他的功勋被铭刻在景钟上。事见《国语·晋语》。

⑨垂：流传。竹帛：指史书，古代以竹帛写字，故云。

⑩拊(fǔ)心：拍胸。

⑪"故奔北"二句：据《史记·晋世家》载，秦穆公命孟明视、西乞术、白乙丙三人将兵袭郑，晋兵迎击于殽，秦兵大败。三将被俘归来后，秦穆公仍用他们为将，终于打败晋兵，报仇雪耻。又据《史记·齐太公世家》载，鲁将曹沫曾三次被齐国战败，鲁庄公害怕，割地求和，并继续用曹沫为将。后来鲁庄公与齐桓公在柯地会盟，曹沫持匕首劫桓公，桓公答应尽还鲁国失地。奔北，战败后往回逃跑。秦，秦穆公。鲁，鲁庄公。

⑫"绝缨"二句：李善注引《说苑》："楚庄王赐群臣酒，日暮，华烛灭，有引王美人衣者，美人挽绝冠缨，告王知之。王曰：'赐人酒醉，欲显妇人之节，吾不取也。'乃命左右勿上火，'与寡人饮不绝缨者，不欢也'。群臣缨皆绝，尽欢而去。后与晋战，引美人衣者五合五获，以报庄王。"又李善注引《吕氏春秋》："昔秦穆公乘马右服失之，野人取之。穆公自往求之，见野人方将食之于岐山之阳。穆公笑曰：'食骏马之肉，不饮酒，余恐伤汝也。'遍饮而去。韩原之战，晋人已环穆公之车矣，晋梁靡已扣公左骖矣。野人尝食马于岐山之阳者三百有余人，毕力为穆公疾斗于车下，遂大克晋及获晋公以归。"绝缨，割断结在颔下的帽带。赵，即秦穆公事，因秦赵同祖，故云。

⑬先帝：指文帝曹丕。

⑭威王：任城王曹彰的谥号。他与文帝皆是曹植的兄弟。弃代：婉言死亡。

⑮朝露：喻人生短暂，不久人世。

⑯填沟壑：指人死被埋。

⑰“臣闻”二句：据《战国策·楚策》载，骐骥驾盐车上坂，遇伯乐仰而长鸣，知道伯乐能看出自己的本领。骐骥，千里马。伯乐，古代善相马的人。昭，显著。

⑱“卢狗”二句：卢狗，即韩子卢，古代有名的壮犬。曾逐狡兔，环绕三次山，腾跃过五座山。韩国，齐人，善相狗。

⑲齐、楚：李善注：“言远也。”

⑳惟度：思量，忖度。

㉑於（wū）邑：悲啼，叹息。

【译文】

臣当初曾随先帝南到赤壁，东临沧海，西望玉门关，北出长城外，亲见先帝掌握行军用兵的时机，可以说神妙极了。所以军事上的事不可预先说定，而是面临危难的形势再随机应变。臣立志要效力于清明之时，建功于圣明之世。每次阅览史籍，看到古代那些忠臣义士，以其短暂的生命来殉国家的急难，身体虽然遭屠杀、尸裂，而功勋却铭刻在景钟上，名声流传在史书里，未尝不拍胸叹息啊！臣听说英明的君主任用臣子，不排除有罪之人。所以重用打了败仗的将军，秦穆公、鲁庄公因而取得成功；赦免绝缨盗马之臣的罪过，楚庄王、秦穆公以此度过了危难。臣觉得，先帝已经早崩，威王也已去世，臣独有何不同而能长寿？时常担心生命比朝露还短暂，早早地就要死去；而坟土未干，身体与名声就一起消失了。臣听说过，骐骥一声长鸣，伯乐就发现它有能力；卢狗一声悲号，韩国就知道它有本领。因此，让骐骥在远路上奔走，以施展其一日千里的能力；让卢狗追逐敏捷的狡兔，以考验其搏噬的本领。今臣有志发挥狗、马一样微小的作用，自己思量起来，始终没有得到伯乐、韩国那样的人荐举，因此常常悲叹并感到痛苦。

夫临博而企竦[①]，闻乐而窃抃者[②]，或有赏音而识道也[3]。昔毛遂赵之陪隶，犹假锥囊之喻，以寤主立功[4]，何况巍巍大魏多士之朝[5]，而无慷慨死难之臣乎[6]！夫自炫自媒者[7]，士女之丑行也；干时求进者，道家之明忌也[8]。而臣敢陈闻于陛下者，诚与国分形同气，忧患共之者也[9]。冀以尘露之微，补益山海；萤烛末光[10]，增辉日月。是以敢冒其丑而献其忠，必知为朝士所笑。圣主不以人废言[11]，伏惟陛下少垂神听[12]，臣则幸矣。

【注释】

①博：弈棋之类的游戏，二人对坐向局，局分十二道。企：提起足后跟。竦：犹立。

②抃(biàn)：鼓掌。

③道：指博局之道。

④"昔毛遂"几句：据《史记·平原君虞卿列传》载，战国时，秦围赵邯郸，赵王使平原君赴楚求救。平原君门客毛遂自荐同往。平原君说："夫贤士之处世也，譬若锥之处囊中，其末立见。今先生处胜之门下，三年于此矣，左右未有所称诵，胜未有所闻，是先生无所有也。先生不能，先生留。"毛遂说："臣乃今日请处囊中耳。使遂蚤得处囊中，乃颖脱而出，非特其末见而已。"于是毛遂同行，并赖他之力，使楚王答应出兵救赵。陪隶，陪臣。此指家臣。假，借。寤，通"悟"，醒悟。

⑤巍巍：盛貌。

⑥死难：死于国难。

⑦自炫：自夸其能。自媒：自己给自己做媒。

⑧"干时"二句：道家主张清静无为，因此以干时求进为忌。干时，求合于时。

⑨"诚与"二句:《吕氏春秋·精通》:"父母之于子也,子之于父母也,一体而两分,同气而异息……痛疾相救,忧思相感,生则相欢,死则相哀,此之谓骨肉之亲。"分形同气,指作者与魏为同胞兄弟,是骨肉至亲。

⑩萤烛:微弱的光亮。

⑪不以人废言:《论语·卫灵公》:"君子不以言举人,不以人废言。"

⑫少:稍。

【译文】

那观看博局以至举踵而立,聆听音乐以至私下鼓掌的人中,也许有欣赏音乐、懂得局道的。从前战国时的毛遂只是平原君的一名家臣,尚且借锥处囊中的比喻来使主人醒悟,并立下大功,何况是巍巍大魏人才济济的王朝,却会没有慷慨献身、死于国难的大臣吗!那种自夸其能、自我为媒的行为,是士女的不好行为;求合于时而希望进取功名的人,是道家明确要忌讳的。然而臣敢于上言给陛下听闻,实在是因为自己与陛下有骨肉之亲,并且同忧愁共患难。切望用自己尘露一样微薄的力量,为高山大海般的魏国事业增益;用萤烛一样微弱的光亮,为日月增辉。因此,敢于现丑而奉献忠心,必定知道会为朝廷的人所讥笑。圣明的君主是不会因人废言的,臣想陛下只要略加垂听,臣就很幸运了。

求通亲表一首

【题解】

曹植于魏明帝太和二年(228)上《求自试表》后,并没有因此改变其处境,使他能有机会施展才能。太和三年(229)徙封东阿(今属山东);太和五年(231),曹植四十岁时写了此表,希望明帝能念及骨肉之亲,答应他入朝的请求。在他强烈的恳求声中，深含着“抱利器而无所施”(《三国志·魏书·陈思王植传》)，虽为皇亲，“反不若一匹夫徒步”(张溥《汉魏六朝百三家集题辞》)的感慨。虽然辞情恳切，明帝并未动心，曹植也就在上此表后第二年抑郁而死。

此表所写，有作者的希望、恳求，也有怨愤、不平，复杂的感情交织在一起，把一个悲剧人物的心态写活了。同时，也正是这种感情的抒发，表现出作者的文思敏捷，才气横溢。

臣植言：臣闻天称其高者，以无不覆；地称其广者，以无不载；日月称其明者，以无不照；江海称其大者，以无不容。故孔子曰：“大哉尧之为君！惟天为大，惟尧则之。”① 夫天德之于万物，可谓弘广矣。盖尧之为教，先亲后疏，自近及远。其《传》曰：“克明俊德，以亲九族；九族既睦，平章百姓。”② 及周之文王亦崇厥化，其诗曰：“刑于寡妻，至于兄弟，以御于家邦。”③ 是以雍雍穆穆，风人咏之④。昔周公吊管、蔡之不咸，广封懿亲以藩屏王室⑤。《传》曰：“周之宗盟，异姓为后。”⑥ 诚骨肉之恩爽而不离⑦，亲亲之义寔在敦固⑧，未有义而后其君、仁而遗其亲者也⑨。

【注释】

①“大哉”几句：见《论语·泰伯》。原文为：“子曰：‘大哉尧之为君也，巍巍乎唯天为大，唯尧则之。’”则，准则。

②“克明”几句：见《尚书·尧典》。孔安国传曰：“能明俊德之士任用之，以睦高祖玄孙之亲。”又说：“百姓，百官。言化九族而平和章明。”俊，大。九族，从高祖至玄孙的九代亲族。平章，辨别明白。

③“刑于”几句:见《诗经·大雅·思齐》。刑,仪法。寡妻,嫡妻。御,治。

④“是以”二句:《诗经·周颂·雍》有“有来雍雍”“天子穆穆”之句。此诗是周武王祭祀文王的乐歌。雍雍,和顺。穆穆,端庄盛美。风人,古采诗之人。此处指诗人。

⑤“昔周公”二句:《春秋左传·僖公二十四年》:“富辰谏曰:‘昔周公吊二叔之不咸,故封建亲戚以蕃屏周。’”吊,伤。二叔,指管叔、蔡叔。咸,和。懿亲:此指皇室宗亲。藩屏,藩篱屏蔽,此处作保卫、护卫讲。

⑥“《传》曰”二句:《春秋左传·隐公十一年》:“滕侯、薛侯来朝,争长……公使羽父请于薛侯曰:‘……周之宗盟,异姓为后。’”《传》,指《春秋左传》。滕侯与周同为姬姓,薛侯任姓,鲁公的意思自然应以滕侯为长。

⑦爽:差错,过失。

⑧亲亲:亲近亲属。前“亲”字为动词,后“亲”字为名词。敦固:朴实坚定。

⑨未有义而后其君、仁而遗其亲者也:语见《孟子·梁惠王》:“未有仁而遗其亲者也,未有义而后其君者也。”后,不急。

【译文】

臣曹植进言:我听说天之所以说它高,是因为它无所不遮盖;地之所以说它广,是因为它无所不装载;日月之所以说它光明,是因为它无所不照亮;江海之所以说它大,是因为它无所不包容。所以孔子说:“尧为君王,其德高大啊!世间只有天最高大,唯独尧的德可以与之相比。”天德施于万物,可说是非常广大。所以尧推行的教化,是先亲后疏,由近到远。那传上说:“尧帝能明白任用俊德之人的道理,并以此对待从高祖到玄孙的九代亲族;九代亲族既已和睦,再辨明百官族性的官品。”到周文王时,也推崇尧的教化,那诗中说:“仪法施于寡妻,及至于亲生兄弟，以此为政能把家国治理。”因此，天子和顺而威仪严肃端庄，诗人就赞颂他。从前周公因为管叔、蔡叔不得善终而忧伤，便广封皇室宗亲，以此作为王室的藩屏。《春秋左传》上说：“周朝的宗族盟约排次，异性排在同性的后面。”的确是骨肉之恩即使有过失也不离弃，亲近亲属的道理实在朴实坚定。没有哪个行义之人不急君王之所急，也没有哪个行仁的会遗弃自己的亲属。

伏惟陛下资帝唐钦明之德①，体文王翼翼之仁②，惠洽椒房③，恩昭九亲④，群后百僚，番休递上⑤；执政不废于公朝，下情得展于私室，亲理之路通⑥，庆吊之情展⑦，诚可谓恕己治人⑧，推惠施恩者矣⑨。至于臣者，人道绝绪⑩，禁固明时⑪，臣窃自伤也。不敢乃望交气类⑫，修人事，叙人伦⑬。近且婚媾不通⑭，兄弟永绝；吉凶之问塞，庆吊之礼废；恩纪之违⑮，甚于路人；隔阂之异，殊于胡、越⑯。今臣以一切之制，永无朝觐之望⑰。至于注心皇极⑱，结情紫闼⑲，神明知之矣。然天寔为之，谓之何哉⑳？退省诸王常有戚戚具尔之心㉑。愿陛下沛然垂诏㉒，使诸国庆问，四节得展㉓，以叙骨肉之欢恩，全怡怡之笃义㉔。妃妾之家，膏沐之遗㉕，岁得再通，齐义于贵宗㉖，等惠于百司㉗。如此，则古人之所叹，风雅之所咏，复存于圣世矣。

【注释】

①帝唐钦明之德：《尚书·尧典》：“曰若稽古，帝尧，曰放勋，钦明文思安安。”帝唐，即帝尧。钦明之德，即钦明文思之德。钦，敬。郑玄云：“敬事节用谓之钦，照临四方谓之明，经纬天地谓之文，

虑深通敏谓之思。”

②文王翼翼之仁:《诗经·大雅·大明》:“维此文王,小心翼翼。”翼翼,恭慎之貌。

③洽:沾湿,湿润。椒房:古时皇后别称。因其所居以椒涂壁,并取椒多子,以祝其多生贵子。

④九亲:即九族。

⑤番休:轮流休息。递上:轮流上直(侍奉君王)。

⑥理:有骨肉之亲的意思。

⑦庆吊:贺喜为庆,唁丧为吊。

⑧恕己治人:以恕己之道去治理他人。《论语·卫灵公》:“子贡问曰:‘有一言而可以终身行之者乎?’子曰:‘其恕乎,己所不欲,勿施于人。’”李善注:“《三略》曰:‘良将恕己而治人。’”

⑨推惠施恩:施恩惠于他人。

⑩绝绪:没有子孙。此作断绝讲。

⑪禁固:即禁锢。禁止封闭,勒令不准做官。

⑫气类:指同气相求之人(昔年相互以文学切磋的朋友)。

⑬人伦:阶级社会里人的等级关系。《孟子·滕文公》:“使契为司徒,教以人伦:父子有亲,君臣有义,夫妇有别,长幼有叙,朋友有信。”

⑭婚媾:婚姻。

⑮恩纪:犹言情理。

⑯胡、越:李善注:“许慎曰:‘胡在北方,越在南方。’”

⑰朝觐(jìn):朝见帝王。古代诸侯春天朝见帝王称朝,秋天朝见称觐,此处系泛指。

⑱皇极:此指王室。

⑲紫闼(tà):指帝王宫廷。

⑳“然天寔”二句:见《诗经·邶风·北门》。

㉑戚戚具尔:《诗经·大雅·行苇》:"戚戚兄弟,莫远具尔。"戚戚,相亲。尔,同"迩",近。

㉒沛然:《孟子·梁惠王》:"七八月之间旱,则苗槁矣。天油然作云,沛然下雨,则苗浡然兴之矣。"沛然,雨盛貌。这里喻恩泽。

㉓四节:指四时节令。

㉔怡怡:和乐的样子。《论语·子路》:"朋友切切偲偲,兄弟怡怡。"笃:厚。

㉕膏沐:妇女润发的油脂。《诗经·卫风·伯兮》:"自伯之东,首如飞蓬。岂无膏沐,谁适为容?"遗(wèi):赠予。

㉖贵宗:指贵戚公卿之族。

㉗百司:百官。

【译文】

想来陛下赞赏帝尧钦明文思的德化,实行文王恭谨小心的仁政,荣惠滋润后宫,恩德及于九族,使群后百官,轮流休息,轮流上下;在朝为政从不懈怠,在家心情得以舒展,亲近骨肉之亲的渠道畅通,贺喜与唁丧的感情舒展,的确可称得上是一位以恕己之道去治理他人、把恩惠施于他人的人。至于我,丧失了人与人间的正常关系,在光明的时代遭到禁锢,私下感到无比忧伤。我不敢奢望与志趣相投的朋友交往,不敢奢望处理正常的人事关系,不敢奢望叙谈人伦的重要。近来,连婚姻之亲都不能沟通,兄弟情义也已永绝;是吉是凶还无法打听,贺喜、凭吊的礼节也被废止;这种违背情理的事,使我与亲友之间的关系比和路人的关系还陌生,亲戚之间异乎寻常的隔阂,甚于胡、越之远隔。现在我按朝廷一切制度规定,是永无朝拜陛下的希望了。至于我心向王室,情系陛下,只有神明可知。这是老天的安排,还有什么可说的呢?退一步想想其他诸王,也常怀有兄弟骨肉应相亲近的心情。所以希望陛下推恩下诏,使诸王之间于四时节令日能自由祝贺通问,以叙说骨肉欢会的感情,成全兄弟和乐的厚义。至于妃妾之家,每年都像从前那样赠给膏沐之资，使他们与贵戚百官得到同样的恩惠。如果这样，则古人所赞叹的、风雅所咏诵的“亲亲”之世，又会再现于今天圣明的时代了。

臣伏自思惟，岂无锥刀之用？及观陛下之所拔授[①]，若臣为异姓，窃自料度，不后于朝士矣。若得辞远游，戴武弁，解朱组，佩青绂[②]，驸马、奉车[③]，趣得一号[④]；安宅京室，执鞭珥笔[⑤]，出从华盖[⑥]，入侍辇毂，承答圣问，拾遗左右[⑦]，乃臣丹情之至愿，不离于梦想者也。远慕《鹿鸣》君臣之宴[⑧]，中咏《棠棣》“匪他”之诫[⑨]，下思《伐木》“友生”之义[⑩]，终怀《蓼莪》“罔极”之哀[⑪]。每四节之会，块然独处[⑫]，左右惟仆隶，所对惟妻子，高谈无所与陈，发义无所与展，未尝不闻乐而拊心[⑬]，临觞而叹息也。

【注释】

①拔授：提拔授官。

②“若得”几句：意谓如能放弃王侯的爵位，而等同于在朝诸臣。远游，远游冠，王侯所服。武弁，汉侍中之冠。朱组，红丝带，王侯金印所系。青绂(fú)，青绂带，二千石以上银印所系。

③驸马：驸马都尉，掌副车之马。奉车：奉车都尉，掌御乘舆马。汉代这两种官职皆秩二千石，并多用王室外戚充任。

④趣(qù)：疾。号：指勋号。

⑤执鞭：执鞭驾车。《论语·述而》：“子曰：‘富而可求也，虽执鞭之士，吾亦为之。’”珥(ěr)笔：插笔，谓侍中插笔于帽，侍从帝王左右。

⑥华盖：本指皇帝的乘舆，此处代指皇帝。下句“辇毂”同。

⑦拾遗：纠正帝王的过失。

⑧《鹿鸣》:《诗经·小雅》篇名。毛序:"《鹿鸣》,燕群臣嘉宾也。"

⑨《棠棣》:《诗经·小雅》篇名。毛序:"《棠棣》,燕兄弟也。"《诗经·小雅·頍弁》:"岂伊异人,兄弟匪他。"

⑩《伐木》:《诗经·小雅》篇名。毛序:"《伐木》,燕朋友故旧也。"篇中写道:"矧伊人矣,不求友生。"

⑪《蓼莪》:《诗经·小雅》篇名。篇中写道:"父兮生我,母兮鞠我。欲报之德,昊天罔极。"

⑫块然:孤独貌。

⑬拊心:用手拍胸口,是表悲痛的动作。

【译文】

自己私下想来,难道没有一点用处吗?当看到陛下所提拔重用的人,我要是换个姓,料想也不会比陛下重用的朝士差。假如能够去掉王侯的远游冠,而戴上侍中的帽子,解去朱绂金印,而佩上青绶银印,为驸马、奉车一样的朝臣,将会很快地取得勋号;假如能安居朝廷,执鞭驾车,插笔帽中,出入皆侍从在皇帝左右,应答皇帝的提问,弥补皇帝的疏漏,这才是我心中的最大愿望,也是时时萦系我梦中的想法。我远慕那《鹿鸣》篇中群臣喜宴之情,中咏《棠棣》篇"匪他"句中对兄弟和睦的劝诫,下思《伐木》篇中朋友故旧欢宴的情义,终怀《蓼莪》篇中"欲报之德,昊天无极"的悲哀。每当春夏秋冬人们欢会之时,而自己却很孤独,左右只有仆人相伴,面前只有妻子儿女相对,高明的看法没有人可与陈说,合理的意见没有人可与申展,因此未尝不是听音乐反而拊心悲痛,面对欢饮反而叹息。

臣伏以为犬马之诚不能动人,譬人之诚不能动天。崩城、陨霜[①],臣初信之;以臣心况,徒虚语耳。若葵藿之倾叶,太阳虽不为之回光,然终向之者,诚也。臣窃自比葵藿,若降天地之施,垂三光之明者[②],寔在陛下。臣闻《文子》曰:

“不为福始，不为祸先。”[3]今之否隔[4]，友于同忧[5]，而臣独唱言者，何也？窃不愿于圣代，使有不蒙施之物。有不蒙施之物，必有惨毒之怀，故《柏舟》有“天只”之怨[6]，《谷风》有“弃予”之叹[7]。伊尹耻其君不为尧舜[8]，孟子曰：“不以舜之所以事尧事其君者，不敬其君者也。”[9]臣之愚蔽[10]，固非虞、伊；至于欲使陛下崇光被时雍之美[11]，宣缉熙章明之德者[12]，是臣慺慺之诚[13]，窃所独守，寔怀鹤立企伫之心[14]。敢复陈闻者，冀陛下傥发天聪而垂神听也[15]！

【注释】

①崩城：传说春秋时，齐大夫杞梁战死在莒(jǔ)城，他的妻子向城而哭，非常哀恸，城墙为之崩塌。事见《列女传·齐杞梁妻》。陨霜：传说战国时邹衍尽忠于君，燕惠王信谗言而将他囚禁起来，邹衍仰天而哭，正夏而天降霜。事见《淮南子》。

②三光：指日、月、星。

③“臣闻”几句：《文子·九守》指出：“与道为际，与德为邻。不为福始，不为祸先。”文子，相传是老子的弟子。曹植引《文子》的话，是表明自己先于诸王陈表陛下，不是为了得福，也不是为了取祸。

④否(bǐ)：闭塞不通。

⑤友于：指兄弟。《论语·为政》：“子曰：‘《书》云：孝乎惟孝，友于兄弟，施于有政。’”(孔子所引不见《尚书》中，只见于伪《古文尚书·君陈》中)

⑥《柏舟》有“天只”之怨：《诗经·鄘风·柏舟》：“母也天只，不谅人只！”天，指父亲。只，语助词。诗意是说，父母尚不相信人。

⑦《谷风》有“弃予”之叹：《诗经·小雅·谷风》：“将安将乐，女转弃

予。”诗意是说，丈夫将安乐的时候，反将我抛弃。

⑧伊尹耻其君不为尧舜：意思是说伊尹助汤，不能使其君如尧舜，他的心里就感到羞耻，有如被人鞭挞于市一样。伊尹，商汤贤臣，名挚。《尚书·说命》：“昔先正保衡（指伊尹），作我先王，乃曰：‘予弗克俾厥后惟尧舜，其心愧耻，若挞于市。’”

⑨“不以”二句：《孟子·离娄》：“不以舜之所以事尧事君，不敬其君者也。”

⑩蔽：昏昧。此意同“暗”。

⑪使陛下崇光被时雍之美：《尚书·尧典》：“光被四表，格于上下。”“黎民于变，时雍。”雍，和。

⑫宣缉熙章明之德者：《诗经·周颂·维清》：“维清缉熙，文王之典。”缉熙，光明。

⑬惨惨（lóu）：勤恳，恭敬。

⑭鹤立：如鹤之企足延颈而立，有翘首企望之意。《战国策·楚策》载，吴与楚战，吴入郢，棼冒勃苏赢粮潜行，“七日而薄秦王之朝，雀立不转”。企，企足，举踵的意思。伫，伫望。

⑮傥（tǎng）：或许。天聪：言帝王视听聪明，是敬辞。

【译文】

我认为犬马的诚心是不能够感动人的，譬如人的诚心是不能感动天的一样。相传城墙为杞梁妻恸哭而崩塌，盛夏因邹衍仰天大哭而降霜，我当初也曾相信；但用我的诚心去对照，那只不过是虚妄的话罢了。若葵藿倾向太阳，太阳虽不为它回光，但它始终向着太阳，是因为它心诚。我私下自比过葵藿，假如能降赐天地般的恩惠，施与日月星辰般的光明，确实在陛下了。我听说《文子》中曾说过：“不为福始，不为祸先。”现在消息隔绝不通，兄弟同忧，而我独自带头陈表上言，为什么呢？我心里不希望在圣明的时代还有不曾受到恩惠的地方。有不曾受到恩惠的地方，一定会滋生惨毒的心理，所以《柏舟》才有“母也天只，不谅人只”的悲怨,《谷风》才有“将安将乐,女转弃予”的慨叹。伊尹以不能使其君成为尧舜而感到愧耻,孟子说:“不像舜辅佐尧那样辅佐君王,就不是真正敬重他的君王。”我本愚昧,固然不如虞舜、伊尹贤明;至于要使陛下盛大的光芒及于天下,呈现时和之美,宣扬陛下光明显著的功德,这也是我对陛下的惓惓忠诚,私下独守封地,实际上怀有鹤立伫望圣恩之心。敢于再次陈述已见闻于陛下,是希望陛下或许能发天聪而听听这些意见啊!

羊叔子

羊祜(hù,221—278),字叔子,泰山南城(今山东费县西南)人。西晋大臣。魏末任相国从事中郎。晋武帝泰始五年(269),以尚书左仆射都督荆州诸军事,出镇襄阳。他在镇十年,开屯田,储军粮,作灭吴准备。咸宁初,为征南大将军,封南城侯。死后追赠太傅。他博学善为文章,原有集二卷,已佚。今存作品中以《让开府表》较著名。

让开府表一首

【题解】

据《晋书·羊祜传》载,羊祜“以佐命之勋”深为晋武帝司马炎重用,但羊祜却多次让封,正如晋武帝在羊祜死后所说:“祜固让历年,志不可夺。”这篇《让开府表》所写,就是其中的一次。当时晋武帝给他加封车骑将军,开府如三司之仪,他便上了这篇奏表,诉说衷肠。

在这篇奏表中,作者围绕古人之言——“德未为众所服而受高爵,则使才臣不进;功未为众所归而荷厚禄,则使劳臣不劝”发论,反复陈述他不宜受此加封、登此高位的种种原因,表白他辞让开府的心曲。虽然当时晋武帝对他的陈述“不听”，但从此表中还是可以看出作者高尚的节操与人格。文章于说理时，逻辑性强，中心突出，于抒情处则又有几分委婉含蓄，读来入情入理。

开府，开建府署，辟置僚属。汉制唯三公可开府，魏晋以来置有开府仪同三司。

臣祜言：臣昨出①，伏闻恩诏，拔臣使同台司②。臣自出身以来，适十数年，受任外内，每极显重之地③。常以智力不可强进，恩宠不可久谬，夙夜战栗④，以荣为忧。臣闻古人之言，德未为众所服而受高爵，则使才臣不进；功未为众所归而荷厚禄，则使劳臣不劝⑤。今臣身托外戚⑥，事遭运会⑦，诚在宠过，不患见遗。而猥超然降发中之诏⑧，加非次之荣⑨。臣有何功可以堪之，何心可以安之？以身误陛下，辱高位，倾覆亦寻而至⑩，愿复守先人弊庐，岂可得哉！违命诚忤天威，曲从即复若此⑪。盖闻古人申于见知⑫，大臣之节，不可则止。臣虽小人，敢缘所蒙⑬，念存斯义⑭。

【注释】

①昨出：李善注：“昨出，为沐浴而出在外。”

②台司：即三公，辅助国君掌管军政大权的最高官员。

③“臣自”几句：《晋书·羊祜传》：“陈留王立……（祜）拜相国从事中郎，与荀勖共掌机密。迁中领军，悉统宿卫，入直殿中，执兵之要，事兼内外。”出身，古代认为当官是委身事君，故以出身指做官。

④战栗：惶恐貌。

⑤“臣闻”几句：李善注引《管子》：“国有德义未明于朝，而处尊位

者，则良臣不进；有功力未见于国，而有重禄者，则劳臣不劝。”归，向往。荷，承受。劝，勉励。

⑥今臣身托外戚：《晋书·羊祜传》：“祜，蔡邕外孙，景献皇后同产弟。”

⑦运会：时运际会。

⑧猥：猝忽，突然。吕延济注：“猥，顿也。”中诏：指加车骑将军、开府仪同三司的诏书。

⑨非次：不按等次。《荀子·王制》：“贤能不待次而举。”

⑩倾覆：指祸败。

⑪“违命”二句：是说不接受开府之封，便触犯天威；曲从受封，就会像上面所说的“倾覆亦寻而至”。

⑫申于见知：《晏子春秋·内篇杂上》：“越石父对曰：‘臣闻之，士者诎乎不知己，而申乎知己。’”

⑬所蒙：指开府之职。

⑭斯义：指“大臣之节，不可则止”。

【译文】

臣羊祜奏言：臣昨日沐浴而出，伏闻陛下降恩的诏书，拔举臣为开府仪同三司。臣自为官以来已经十余年了，受任朝廷内外军政大事，每每处于爵尊禄厚的地位。但是，臣常常以为自己智少力弱，不可勉强地上进高位，陛下的恩宠臣也不能长久地错受，因而从早到晚都战栗不安，以此殊荣反成忧愁了。臣听说古人曾说过这样的话：一个人的德义不为众人所佩服而受封很高的爵位，就会使有真才实能的大臣不能上进；一个人的功业不为众人所仰慕而承享优厚的俸禄，就会使真正有功的大臣不能得到激励。如今臣身为外戚，事逢时运际会，总是告诫自己不要过分得宠，而从不担心被人遗弃。但是陛下突然超乎寻常地降下加封的诏书，不按等次破格给臣以殊荣。臣有何功劳可以领受如此殊荣，又如何能够心安理得呢？因为自身不能胜任的原因而给陛下造成失误，无功而辱居高位，倾覆之祸也必将跟随而至，到时即使我愿再返故里看守先人的旧居，哪会有这种可能呢！如果违背诏命，的确是触犯天威；如果屈从受封，马上就要遭受祸败。听说古人往往在知己面前心情舒展，大臣的节操是以自己的才能就位，不可则止。臣虽然微不足道，斗胆敢于因圣上眷爱，而存在这样的念头。

今天下自服化已来①，方渐八年，虽侧席求贤②，不遗幽贱，然臣等不能推有德，进有功，使圣听知胜臣者多，而未达者不少。假令有遗德于板筑之下③，有隐才于屠钓之间④，而令朝议用臣不以为非，臣处之不以为愧，所失岂不大哉⑤！且臣忝窃虽久⑥，未若今日兼文武之极宠，等宰辅之高位也⑦。臣所见虽狭，据今光禄大夫李憙，秉节高亮，正身在朝⑧；光禄大夫鲁芝⑨，洁身寡欲，和而不同⑩；光禄大夫李胤⑪，莅政弘简，在公正色⑫。皆服事华发⑬，以礼终始。虽历内外之宠⑭，不异寒贱之家⑮，而犹未蒙此选⑯，臣更越之，何以塞天下之望，少益日月⑰！是以誓心守节，无苟进之志。今道路未通⑱，方隅多事⑲，乞留前恩，使臣得速还屯⑳。不尔留连㉑，必于外虞有阙㉒。臣不胜忧惧，谨触冒拜表，惟陛下察匹夫之志不可以夺。

【注释】

①服化：指服于晋朝的教化。《列子·杨朱》："子产相郑，专国之政。三年，善者服其化。"

②侧席：吕延济注："侧席，谓虚其正位以待贤也。"

③板筑：筑墙的劳动。此指商代傅说事。《孟子·告子》："傅说举

于版筑之间。”

④屠钓:屠宰牲畜与钓鱼。此指周朝吕望事。相传其未显时曾屠牛于朝歌,钓鱼于渭滨。

⑤“而令”几句:李善注:“遗贤不荐,而谬处崇班,非直身殃,抑为朝累。今乃朝议用臣不以为非,已累朝矣;处之又不以为愧,已殃身矣,此失岂不大哉!”

⑥忝窃:愧居官位。自谦之辞。

⑦“未若”二句:李善注:“文武,谓车骑及开府。等宰辅,谓仪同三司。”

⑧“据今”几句:李善注:“晋诸公赞曰,喜字季和,上党人,少有高行,为仆射,年老逊位,拜光禄大夫。”

⑨鲁芝:字世英,扶风(今属陕西)人。深研典籍,为镇东将军,征光禄大夫,见《晋书》。

⑩和而不同:吕延济注:“言代事与和而贞节不同。”李善注:“《论语》曰:和而不同。”

⑪李胤:字宣伯,辽东襄平(今辽宁辽阳)人,稍迁至尚书仆射,转光禄大夫,见《晋书》。

⑫“莅政”二句:弘简,大的意思。正色,表情端庄严肃。《尚书·毕命》:“正色率下。”疏:“正色,谓严其颜色,不惰慢,不阿谄。”

⑬服事:从事公职。

⑭虽历内外之宠:李周翰注:“内谓相,外谓将。”

⑮不异寒贱之家:李周翰注:“不异寒贱,言不奢侈。”

⑯此选:张铣注:“此选,谓仪同三司也。”

⑰日月:喻君王。

⑱道路未通:此指盗贼猖獗,社会不安定。

⑲方隅:边境四隘。

⑳“乞留”二句:《晋书·羊祜传》:“帝将有灭吴之志,以祜为都督荆

州诸军事、假节，散骑常侍、卫将军如故。祜率营兵出镇南夏……”前恩、还屯，均指此。屯，勒兵而聚，驻守。

㉑不尔：不然，不这样。《管子·海王》：“不尔而成事者，天下无有。”留连：指留恋于开府仪同三司之封位。

㉒外：指外寇入侵。虞：忧患。

【译文】

现在天下自从服于晋朝教化以来，已近八年了，虽然陛下虚位求贤，即使是隐士、位卑之人也不遗漏，但臣却不能推荐有德之人，引进有功之臣，使陛下了解超过臣的人实在很多，而他们中未显达的人还不少。假如有才德的人还被遗弃隐藏在板筑、屠钓之间，却让朝廷的议论不认为用臣不恰当，而臣处之也不觉惭愧，所犯过失岂不是很大了！况且臣愧居官位虽然多年，却不像今天职兼文武这样的受宠之极，身居宰辅一样的高位。臣所见虽然不广，但据目前的情况看，光禄大夫李喜节操高尚，在朝为官很注重个人修养；光禄大夫鲁芝自身纯洁而少私欲，与同僚共事谐合而贞节不同；光禄大夫李胤为政光明正大，在朝从不阿谀奉承。他们都是尽忠尽职到白头，以礼事君，有始有终。虽然他们历任朝廷内外要职，其清贫不异于寒贱之家，但他们还没有受到仪同三司这样的封选，臣却超过了他们三人而受此封选，臣真不知用什么来满足天下人的厚望，而为陛下增光！因此决心保守节操，而无苟且受封之想。如今盗贼四起道路不畅通，边隅又是多事之秋，恳请保留先前所受恩命，使臣能马上返回原来驻守的地方。不然，臣若留恋于开府仪同三司的封位，则必定担心外寇入侵时会有所阙失。臣不胜忧虑惶恐，触怒圣上冒犯圣颜而小心地拜呈奏表，望陛下明察下臣“匹夫之志不可以夺”的心曲。

李令伯

李密（224—287），字令伯，一名虔，犍为武阳（今四川彭山）人。以文学、才辩见称于世，曾在蜀汉任郎官。蜀亡后，在西晋先后出任尚书郎、河内温令、汉中太守。最后免官卒于家中。

陈情事表一首

【题解】

李密的父亲早死，母亲在他四岁时改嫁，他全靠祖母刘氏抚养成人，因此他对刘氏十分孝敬。泰始三年(267)，晋武帝征召他为太子洗马，"诏书累下，郡县逼迫"(李善注引)，他以奉养老病的祖母为由，固辞不就，写了此表陈述情况。文章写他对祖母的孝敬，又顾及上报国恩的心境，感情极为复杂。文章写得委婉生动，恳切感人。尤其是语言简练而形象，更增强了文章的抒情性与感染力。所以，晋武帝看了此表后很受感动，他说："密不空有名者也。"于是，不再勉强他了。

文章以真挚的感情、生动形象的语言，为后世所称道，成为文学史上较有影响的一篇抒情散文。

臣密言：臣以险衅①，夙遭闵凶②。生孩六月，慈父见背③；行年四岁，舅夺母志。祖母刘愍臣孤弱④，躬亲抚养⑤。臣少多疾病，九岁不行；零丁孤苦，至于成立。既无伯叔，终鲜兄弟⑥。门衰祚薄⑦，晚有儿息。外无期功强近之亲⑧，内无应门五尺之童。茕茕独立⑨，形影相吊⑩，而刘夙婴疾病⑪，常在床蓐⑫，臣侍汤药，未曾废离。

【注释】

①险衅：指命运不好。

②夙(sù)：早时。闵凶：忧伤的事。《春秋左传·宣公十二年》："寡

君少遭闵凶，不能文。”

③见背：离开了我。此指父亲死去。

④愍（mǐn）：悲痛，怜惜。

⑤躬亲：亲自。

⑥终鲜（xiǎn）：既无。《诗经·郑风·扬之水》：“终鲜兄弟，唯予与女。”

⑦祚（zuò）：福泽。

⑧期（jī）：服丧一年。功：服丧九月称大功，五月称小功。期与功，都是古代丧服的名称。此指近亲关系的人。强（qiǎng）近：较近。

⑨茕茕（qióng）：孤单的样子。

⑩形影相吊：身子与影子互相安慰。形容非常孤单。吊，安慰。《三国志·魏书·陈思王植传》朝京都上疏：“形影相吊，五情愧赧。”

⑪婴：缠绕。

⑫蓐（rù）：草垫子。

【译文】

臣李密禀奏：臣因为命运不好，早年便遇上了令人悲伤的事。出生才六个月，慈爱的父亲就去世了；到了四岁那年，舅舅逼母亲改变守节的志向，让她改嫁了。祖母刘氏怜惜我孤独幼弱，亲自将我抚养成人。我幼年常多疾病，九岁的时候还不会走路；孤苦伶仃，一直到长大成人。既无叔父伯父，也无兄弟。门庭衰落，福泽浅薄，自己很晚才有儿子。外面没有什么亲近关系的人，家里没有应门的童仆。只有自己的影子相伴，而祖母刘氏常年疾病缠身，经常卧床不起，我侍奉她饮汤服药，从未停止过，从未离开过。

逮奉圣朝①，沐浴清化②。前太守臣逵③，察臣孝廉④；后刺史臣荣[5],举臣秀才。臣以供养无主[6],辞不赴命。诏书特下,拜臣郎中[7];寻蒙国恩,除臣洗马[8]。猥以微贱[9],当侍东宫[10],非臣陨首所能上报[11]。臣具以表闻,辞不就职。诏书切峻[12],责臣逋慢[13];郡县逼迫,催臣上道;州司临门[14],急于星火。臣欲奉诏奔驰,则刘病日笃[15];欲苟顺私情,则告诉不许[16]。臣之进退,实为狼狈[17]。

【注释】

①逮:到了。圣朝:指晋朝。

②清化:清明的教化。

③太守:一郡的地方长官。

④孝廉:汉武帝时规定各郡国每年荐举孝廉,从此魏晋相沿。

⑤刺史:魏晋时掌一州军政大权的长官。

⑥供养无主:供养祖母的事无人主理。

⑦郎中:官名。魏晋时系侍从之官。

⑧除:授职。洗马:太子的侍从官。

⑨猥:自谦之辞。

⑩东宫:太子所住之处。此指太子。

⑪陨首:掉头,即杀身的意思。

⑫切峻:急切严厉。

⑬逋慢:有意拖延,怠慢。

⑭州司:州官。

⑮日笃:一天比一天加重。

⑯告诉:向上申诉、恳请(指不做官的心愿)。

⑰狼狈:进退两难的情状。

【译文】

及至尊奉圣朝以来,沐浴在清明的教化之中。先前,犍为郡太守逵推举我为孝廉;后来,益州刺史荣又选拔我为秀才。我因为无人奉养祖母,推辞而未从命。朝廷特意颁发诏书,委任我为郎中;不久又受到国家的恩遇,任命我为太子洗马。我以微贱之材,充任东宫太子的侍从之职,如此恩典,是我肝脑涂地都不能报答的。我都曾用表章上呈,推辞而未去就职。现在诏书急切严厉,责备我有意拖延,怠慢朝廷的诏命;郡县地方官一再逼迫,催促我动身上路;州官也登门敦促,紧急犹如星火。我本想接受诏命走马赴任,但祖母刘氏的病情一天比一天沉重;想暂且顺从自己的私情,则不做官的恳求又得不到允许。我的处境,实在是狼狈极了。

伏惟圣朝以孝治天下,凡在故老,犹蒙矜育①,况臣孤苦,特为尤甚。且臣少仕伪朝②,历职郎署,本图宦达,不矜名节③。今臣亡国贱俘,至微至陋④,过蒙拔擢,宠命优渥⑤,岂敢盘桓⑥,有所希冀?但以刘日薄西山,气息奄奄⑦,人命危浅⑧,朝不虑夕。臣无祖母,无以至今日;祖母无臣,无以终余年。母孙二人,更相为命⑨,是以区区不能废远⑩。臣密今年四十有四,祖母刘今年九十有六。是臣尽节于陛下之日长⑪,报养刘之日短也。乌鸟私情⑫,愿乞终养⑬。臣之辛苦,非独蜀之人士及二州牧伯所见明知⑭,皇天后土实所共鉴⑮。愿陛下矜愍愚诚⑯,听臣微志。庶刘侥幸,保卒余年。臣生当陨首,死当结草⑰。臣不胜犬马怖惧之情⑱,谨拜表以闻。

【注释】

①矜育:怜惜,养育。

②伪朝:指已灭亡的蜀国。

③不矜名节:不注重自己的名声节操,即并不想自命清高。矜,顾惜,注重。

④微、陋:都是低贱的意思。

⑤优渥(wò):优厚。

⑥盘桓:迟疑徘徊的样子。

⑦气息奄奄:气息微弱短促。

⑧危浅:活不长了。

⑨更相为命:即相依为命。

⑩区区:自称的谦辞。废远:不奉养祖母而远行。

⑪尽节:效忠。

⑫乌鸟私情:乌鸦反哺其母的感情。喻人的孝心。

⑬终养:养老送终。

⑭二州:梁州、益州。牧、伯:州官。

⑮皇天后土:天地神灵。

⑯矜愍:怜悯。

⑰死当结草:据《春秋左传·宣公十五年》载,春秋时,晋上卿魏武子临死前,嘱咐儿子魏颗在他死后将宠妾殉葬。魏武子死后,魏颗将其宠妾嫁出。后来魏颗与秦将杜回作战,见一老人结草,把杜回绊倒而使杜回被俘。魏颗夜梦老人自称是那位再嫁宠妾的父亲,特来报恩的。这里用这个典故,是说人死后也要报恩。

⑱犬马:臣子对君上的自卑之称。

【译文】

我想圣明的朝代是以孝来治理天下的,凡是故旧遗老之人,尚且受到朝廷的怜惜和抚养,何况我祖孙孤苦的情况,又是特别严重的呢。况且我年轻时在伪朝任职,一直升迁到供职于郎中官署,本来是希图官位显达,并不注重自己的名声节操。现在我是败亡之国的一名贱俘,身份极为低贱，却受到朝廷过分的拔举，恩宠委命非常优厚，哪里还敢迟疑徘徊，有更高的企望呢？只因祖母刘氏有如快要落山的太阳，已是呼吸微弱，生命不长，早晨活着难保晚上怎样了。我如果没有祖母的抚育，是无法活到今天的；祖母如果没有我的奉养，也无法度过她的余年。祖孙二人相依为命，所以我实在不忍抛开祖母而远行。臣李密今年四十四岁，祖母刘氏今年九十六岁。这样，我为陛下尽节效忠的日子还长，而报答奉养祖母刘氏的日子已经不多了。乌鸦还有反哺其母的感情，愿乞请陛下恩准我为祖母养老送终。我的苦衷，不只蜀地人士及梁、益二州地方官亲眼目睹，非常了解，而且天地神明实在也都看得清清楚楚。恳望陛下怜悯我的愚诚，满足我微小的志愿，使祖母刘氏侥幸地保其余年。我活着时将以生命来报答陛下，死后也要结草图报。臣怀着难以承受的惶惶恐惧的心情，特地写成此表向您报告。

陆士衡

见卷第十六《叹逝赋》作者介绍。

谢平原内史表一首

【题解】

晋武帝死后，惠帝时发生了“八王之乱”，300年，赵王司马伦称帝，陆机为中书郎。第二年赵王伦被诛，齐王冏欲治陆机等人的罪，幸得成都王颖、吴王晏相救，方得徙边免死，后又遇赦而止。当时陆机既感成都王颖救命之恩，又见“成都王颖推功不居，劳谦下士”，可以振兴晋室，于是投在他的门下。“颖以机参大将军军事，表为平原内史”（《晋书·陆机传》）。陆机到任后便写了此表谢恩。

陆机在这篇谢表中，以一半的篇幅叙说入晋后受到的恩宠，以及遭诬陷而获罪的情况，为谢恩先作铺垫，然后再以重彩渲染恩之所在。这样写来，谢恩自在情理之中，作者要表达的思想也就鲜明突出了。文章层次清楚，语言骈俪精美，生动形象，表现出魏晋散文的特点。

内史，诸王国所置负责政务的官员。

陪臣陆机言[①]：今月九日，魏郡太守遣兼丞张含赍板诏书印绶[②]，假臣为平原内史。拜受祗竦[③]，不知所裁，臣机顿首顿首，死罪死罪。

【注释】

①陪臣：诸侯之大夫，对天子自称陪臣。

②魏郡：治所在邺县（今河北临漳西南邺镇）。赍（jī）：携带。板诏：李善注："凡王封拜，谓之板官。时成都摄政，故称板诏。"

③祗（zhī）竦：敬惧。祗，恭敬。

【译文】

陪臣陆机奏言：本月九日，魏郡太守派遣下丞张含携带板诏书与印绶，暂时任命臣为平原内史。担当此任惶恐万分，不知怎么办才好。臣陆机顿首叩拜，死罪死罪。

臣本吴人，出自敌国，世无先臣宣力之效[①]，才非丘园耿介之秀[②]，皇泽广被，惠济无远，擢自群萃[③]，累蒙荣进。入朝九载，历官有六[④]，身登三阁[⑤]，官成两宫[⑥]。服冕乘轩[⑦]，仰齿贵游[⑧]；振景拔迹[⑨]，顾邈同列。施重山岳，义足灰没[⑩]。遭国颠沛[⑪]，无节可纪[⑫]，虽蒙旷荡[⑬]，臣独何颜？俯首顿膝[⑭]，忧愧若厉[⑮]。而横为故齐王冏所见枉陷[⑯]，诬臣与众人共作禅文[17]，幽执图圄[18]，当为诛始。臣之微诚，不负天地，仓卒之际，虑有逼迫，乃与弟云及散骑侍郎袁瑜、中书侍郎冯熊、尚书右丞崔基、廷尉正顾荣、汝阴太守曹武[19]，思所以获免，阴蒙避回，岐岖自列[20]，片言只字，不关其间，事踪笔迹，皆可推校[21]。而一朝翻然[22]，更以为罪。蕞尔之生[23]，尚不足吝，区区本怀，实有可悲。畏逼天威，即罪惟谨[24]，钳口结舌[25]，不敢上诉所天。莫大之衅[26]，日经圣听，肝血之诚[27]，终不一闻。所以临难慷慨，而不能不恨恨者[28]，惟此而已。

【注释】

①先臣：指父亲、祖父辈。宣力：致力，用力。

②丘园：《周易·贲》："贲于丘园。"孔疏："丘谓丘墟，园谓园圃，唯草木所生，是质素之处，非华美之所。"后多指隐居的地方。

③萃(cuì)：聚集。

④历官有六：他历任太傅杨骏祭酒、太子洗马、吴王郎中令、尚书中兵郎、殿中郎、著作郎，故云。

⑤三阁：李善注："晋令曰：秘书郎掌三阁经书。"

⑥两宫：吕向注："两宫，东宫及上台也。"

⑦服冕乘轩：《春秋左传·哀公十五年》："服冕乘轩，三死无与。"冕，古代帝王、诸侯、卿大夫所戴礼帽。轩，古代大夫以上乘坐的车子。

⑧齿：并列，同列。贵游：没有官职的王公贵族。

⑨振景拔迹：意谓升迁发迹之快。景，光景。拔，超越。迹，脚印。

⑩灰没：蹈水火而死。比喻不惜牺牲一切。

⑪遭国颠沛：指赵王伦篡位，迁帝金墉事。

⑫无节：无气节。赵王伦篡位时，他被任命为中书郎，故云。

⑬旷荡：此处有宽宏之义。

⑭顿膝：拜跪。

⑮厉：危险。《周易·乾》："君子终日乾乾，夕惕若厉，无咎。"

⑯横(hèng)：出乎意料地。

⑰禅文：禅位之文。

⑱幽执：拘囚。囹圄(líng yǔ)：监狱。

⑲"乃与"句：据李善注，袁瑜，字世都；冯熊，字文罴；顾荣，字彦先；曹武，字道渊。

⑳"阴蒙"二句：李善注："言密自蒙蔽，避回罔党，岐岖艰阻，得自申列也。《广雅》曰：列，陈也。"岐，李善注："一作'崎'。"

㉑"片言"几句：李善注引陆机《与吴王晏表》："禅文本草，今见在中书，一字一迹，自可分别。"

㉒翻：反。

㉓蕞(zuì)尔：小的样子。《春秋左传·昭公七年》："蕞尔国，而三世执其政柄。"

㉔即罪：获罪。

㉕钳口结舌：闭口不言。王符《潜夫论·贤难》："此智士所以钳口结舌、括囊共默而已者也。"

㉖衅：罪过。

㉗肝血：有肝血涂地之意。形容尽忠竭力。刘向《说苑·复恩》："常愿肝脑涂地，用颈血湔(jiān)敌久矣。"

㉘恨恨：茶陵本注云："五臣作'悢悢'。"影宋钞本《陆机集》亦作"悢悢"。胡克家《文选考异》："各本所见，皆传写误也。《与苏武诗》二本校语，五臣作'恨恨'，善作'悢悢'，与此全属相反，彼是此非。"宜据改。悢悢(liàng)，惆怅。

【译文】

臣本是吴国人，来自仇敌之国，先世没有谁有功于国，个人的才德也不如隐士中耿介拔俗的品质那么优秀，可是皇帝对我的恩泽惠爱广大无边，把我从众人之中提拔起来，使我多次得到荣升。进入晋朝九年之中，历任过六种官职，身登三阁之位，官为两宫要员。戴的是冠冕，乘的是轩车，与王公贵族同游；升迁发迹之快，远远超越众人；陛下待我恩重如山，其义使我赴汤蹈火也在所不辞。但是遭逢国家危难之时，自己却无气节可载入史册，虽然承蒙陛下宽宏大量，臣又有何面目见人？低头拜跪，忧惧惭愧，若处危险之中，处处小心。然而出乎意料地被故齐王冏所冤枉，诬陷我与众人共同草拟了赵王伦受禅之文，被拘捕入狱，如果判罪将第一个被杀。我幽微的信诚不欺天地，但恐紧急之时有所逼迫而不得申说，于是与弟陆云及散骑侍郎袁瑜、中书侍郎冯熊、尚书右丞崔基、廷尉正顾荣、汝阴太守曹武，共同商量获免的办法，秘密地回避齐王同党的人，经过周折艰难才得以自陈真相，原来片言只字，皆与赵王伦篡权无关，事情的原委完全可以推究清楚，笔迹完全可以核对辨明。然而当初一朝反复，更以此为罪。个人生命渺小，虽然不值得吝惜，但我诚挚之心不为人理解，实在可悲。害怕遭天威之怒而获罪，只得小心谨慎，闭口不言，不敢向陛下上诉。因此，天天经圣上听察的都是臣莫大的罪过，而臣赤诚之心陛下始终不得一闻。臣之所以临近危难，壮志未申，而又不能不惆怅的原因，仅此而已。

重蒙陛下恺悌之宥[①]，回霜收电[②]，使不陨越[③]，复得扶老携幼[④]，生出狱户，怀金拖紫[⑤]，退就散辈[⑥]。感恩惟咎，五情震悼[⑦]，跼天蹐地[⑧]，若无所容。不悟日月之明，遂垂曲照；云雨之泽，播及朽瘁[⑨]。忘臣弱才，身无足采，哀臣零落[⑩]，罪有可察。苟削丹书[⑪]，得夷平民，则尘洗天波，谤绝众口[⑫]，臣之始望，尚未至是。猥辱大命[⑬]，显授符虎[⑭]，使春枯之条，更与秋兰垂芳，陆沉之羽，复与翔鸿抚翼[⑮]。虽安国免徒，起纡青组[⑯]；张敞亡命，坐致朱轩[⑰]，方臣所荷，未足为泰[⑱]，岂臣蒙垢含吝所宜忝窃[19]?非臣毁宗夷族所能上报。喜惧参并[20],悲惭哽结[21]。拘守常宪[22],当便道之官[23],不得束身奔走[24]。稽颡城阙[25],瞻系天衢[26],驰心辇毂[27],臣不胜屏营延仰[28]。谨拜表以闻。

【注释】

①恺(kǎi)悌:和易近人。《春秋左传·僖公十二年》:"恺悌君子。"宥:宽容,饶恕。

②霜、电:喻君王之盛怒。

③陨越:死。《春秋左传·僖公九年》载,齐侯对宰孔说:"小白(齐侯)余敢贪天子之命无下拜,恐陨越于下……"

④扶老携幼:《战国策·齐策》:"民扶老携幼,迎君道中。"

⑤怀金拖紫:怀揣金印,喻显贵。金,金印。紫,系印用的紫色丝带。

⑥散(sǎn)辈:有官名而无固定职事的散官之辈。

⑦五情:指人的喜、怒、哀、乐、怨。震悼:惊悸悲痛。《楚辞·九章·抽思》:"愿承闲而自察兮,心震悼而不敢。"

⑧跼(jú)天蹐(jí)地:窘迫,无所容身。《诗经·小雅·正月》:"谓天盖高,不敢不局(跼);谓地盖厚,不敢不蹐。"

⑨"不悟"几句:想不到成都王颖的恩惠终于播及我陆机身上。《后汉书·邓骘传》自陈疏:"过以外戚,遭值明时,托日月之末光,被云雨之渥泽,并统列位,光昭当世。"瘁(cuì),毁坏,衰败。

⑩零落:衰败。

⑪丹书:罪人名册,古人用丹笔书写,故云。《春秋左传·襄公二十三年》:"裴豹隶也,著于丹书。"

⑫"则尘洗"二句:此即"天波洗尘,众口绝谤"的倒装。天波,指君王的恩泽。

⑬猥：谦辞。大命：君王的诏命。

⑭符虎：即虎符，古代调兵遣将的信物。《史记·孝文本纪》："初与郡国守相为铜虎符、竹使符。"《集解》："应劭曰：铜虎符第一至第五。国家当发兵，遣使者至郡合符，符合乃听受之。"汉有金虎符。此指授内史。

⑮"使春枯"几句："春枯之条"与"陆沉之羽"，皆陆机自喻。秋兰、鸿雁，喻朝士。陆沉，无水而沉。

⑯"虽安国"二句：《汉书·韩安国传》载，韩安国"事梁孝王，为中大夫……其后安国坐法……居无几，梁内史缺，汉使使者拜安国为梁内史，起徒中为二千石"。徒，因罪而被罚服劳役的人。纡(yū)青组，喻地位显贵。纡，系，垂。青组，即青绶，指印绶，九卿所佩。《汉书·百官公卿表》："吏秩，比二千石以上，皆银印青绶。"

⑰"张敞"二句：《汉书·张敞传》载，张敞为京兆尹，后获罪亡命，过数月，"冀州部中有大贼，天子思敞功效，使使者即家在所召敞……拜为冀州刺史，敞起亡命，复奉使典州"。亡命，逃亡在外。坐致，安坐而得，极言其易。朱轩，秩二千石官吏的车饰。

⑱泰：过分。

⑲吝：耻辱。忝(tiǎn)：辱。

⑳喜惧参并：刘良注："喜，谓喜得内史；惧，不胜任也；参并，言杂半也。"

㉑哽结：悲戚郁积于心。

㉒宪：法。

㉓便道之官：李善注："如淳《汉书》注曰：律，二千石以上，告归宁，不过行在所者，便道之官，无问也。"

㉔束身：比喻归顺。

㉕稽颡(sǎng)：叩头。城阙：宫门前的望楼叫阙。此指成都王颖所

在地成都。

㉖天衢：天路。《汉书·叙传》："攀龙附凤，并乘天衢。"后多指京师。

㉗辇毂：皇帝乘坐的车子。

㉘屏营：惶恐貌。《国语·吴语》："王亲独行，屏营彷徨于山林之中。"延：伸颈。仰：抬头。

【译文】

承蒙陛下平息愤怒，宽容赦免，使臣得以不死，重又得到百姓扶老携幼的热情欢迎，从牢狱活着出来之后，又挂金印进入显贵，位居散官之列。感恩之际想起从前所得的罪咎，五情震惊，十分窘迫，在天地间若无所容。想不到日月的光明，终于照临大地；云雨的沾润竟会及于朽病之株。陛下忘掉臣才能微弱，没有什么值得选用的地方，怜悯臣衰败的境遇，臣的罪过才得以明察真情。如果削除罪书，得以平反为民，那么随着皇恩洗去罪过，众人的谤议也即消逝，臣当初所希望的，尚且还不至于如此高啊！有辱陛下诏命，亲授臣内使显职，使春天已枯萎了的枝条，复与秋兰一样流芳；使无水而沉的羽毛，又与高翔的鸿雁比翼齐飞。虽然当初韩安国获免其罪，被起用而系佩青绶官印；张敞逃亡在外，也很快被召，而乘坐朱轩，但与臣所担任的职位相比，他们就不算过分了，难道臣含此污浊耻辱，还适宜窃据这样的要位吗？这不是臣毁宗庙、夷九族所能报答得了的。真是又喜又惧，喜惧交织；又悲又惭，悲戚郁积。遵奉以往常法，臣当走马赴任，不能够束身奔走，到朝廷向陛下叩头称谢，只能够远望朝廷，心向陛下，臣不胜惶恐地延颈仰望，特地写成此表奉闻圣上。

刘越石

见卷第二十五《答卢谌诗》作者介绍。

劝进表一首

【题解】

建兴四年(316),刘曜率兵攻破长安,晋愍帝被俘。西晋虽亡,而当时晋宗室琅邪王司马睿为安东将军,都督扬州、江南诸军事,镇守建康,在长江流域还颇有势力。因此,刘琨、段匹磾等一百八十人连名上表,向司马睿劝进。表为刘琨所草,他在表中指出:继绝之道,自古而然;晋虽亡而可中兴,当"以社稷为务,不以小行为先";"尊位不可久虚,万机不可久旷"。从这三个方面反复陈述了向司马睿劝进的理由。观照历史,结合现实,层次清楚,说理颇为透辟。尤其是表的第二部分,反映了作者朴素的辩证思想,能给人以启迪。

建兴五年①,三月癸未朔,十八日辛丑,使持节、散骑常侍、都督河北并冀幽三州诸军事、领护军匈奴中郎将、司空、并州刺史、广武侯臣琨②,使持节、侍中、都督冀州诸军事、抚军大将军、冀州刺史、左贤王、渤海公臣磾③,顿首死罪上书,臣琨臣磾顿首顿首,死罪死罪!

【注释】

①建兴五年:即指317年。建兴,晋愍帝年号。

②使持节:魏晋以后以持节为官名,有使持节、持节、假持节等,权力大小有别。河北并冀幽三州:指黄河以北并州、冀州、幽州三州。

③左贤王:匈奴贵族的封号,段匹磾(dī)为鲜卑(移于匈奴故地的民族)人,故有此封号。

【译文】

建兴五年三月十八日,使持节、散骑常侍、都督河北并冀幽州诸军事、领护军匈奴中郎将、司空，并州刺史、广武侯、臣刘琨，使持节、侍中、都督冀州诸军事、抚军大将军、冀州刺史、左贤王、渤海公、臣段匹磾，顿首冒死罪上书，臣刘琨、段匹磾顿首叩拜，死罪死罪！

臣闻天生蒸人，树之以君①，所以对越天地②，司牧黎元③。圣帝明王鉴其若此，知天地不可以乏飨④，故屈其身以奉之；知黎元不可以无主，故不得已而临之⑤。社稷时难，则戚藩定其倾⑥；郊庙或替⑦，则宗哲纂其祀⑧。所以弘振遐风⑨，式固万世⑩，三五以降，靡不由之⑪。臣琨、臣磾顿首顿首，死罪死罪！

【注释】

①“臣闻”二句：《春秋左传·文公十四年》：“邾子曰：苟利于民，孤之利也，天生民而树之君，以利之也。”蒸，众。

②对越：配称。

③黎元：百姓。

④飨(xiǎng)：供奉神灵，犹言祭祀。

⑤临之：指就君位。《庄子·在宥》：“君子不得已而临莅天下。”

⑥戚藩：指亲戚、藩王。定其倾：扶助倾危，使之安定。《国语·越语》：“夫国家之事，有持盈，有定倾。”注：“定，安也；倾，危也。”

⑦替：废。

⑧宗哲：宗族中的英哲。纂(zuǎn)：继承，继续。

⑨遐：远。

⑩式：用。

⑪“三五”二句：刘良注：“三五谓三皇五帝也。自此以下无不从其继绝之道也。”

【译文】

臣闻说天生众人，须树立君长，以此配称天地，管理百姓。圣明的帝王有鉴于此，知道天地不可以缺少祭祀，所以他就屈身祭祀天地；知道百姓不可以没有君长，所以他才不得已而就君位。当国家时有艰难，则亲戚、藩王会扶助倾危，使其安定；郊庙之礼如果废弃，宗族中的英哲也会继续其祭祀之礼。所以能大振远风，坚固万代，三皇五帝以来，无不是这样。臣刘琨、段匹磾顿首叩拜，死罪死罪！

伏惟高祖宣皇帝①，肇基景命②；世祖武皇帝③，遂造区夏④。三叶重光⑤，四圣继轨⑥，惠泽侔于有虞⑦，卜年过于周氏⑧。自元康以来，艰祸繁兴⑨，永嘉之际，氛厉弥昏⑩，宸极失御⑪，登遐丑裔⑫，国家之危，有若缀旒⑬。赖先后之德、宗庙之灵⑭，皇帝嗣建⑮，旧物克甄⑯。诞授钦明⑰，服膺聪哲⑱，玉质幼彰，金声夙振⑲。冢宰摄其纲⑳，百辟辅其治㉑，四海想中兴之美，群生怀来苏之望㉒。不图天不悔祸㉓，大灾荐臻㉔，国未忘难，寇害寻兴。逆胡刘曜，纵逸西都㉕，敢肆犬羊㉖，凌虐天邑。臣等奉表使还，仍承西朝以去年十一月不守㉗，主上幽劫㉘，复沉虏庭㉙，神器流离㉚，再辱荒逆㉛。臣每览史籍，观之前载，厄运之极㉜，古今未有。苟在食土之毛㉝，含气之类㉞，莫不叩心绝气，行号巷哭。况臣等荷宠三世㉟，位厕鼎司，承问震惶，精爽飞越㊱，且悲且惋，五情无主㊲，举哀朔垂㊳，上下泣血。臣琨、臣磾顿首顿首，死罪死罪！

【注释】

①高祖宣皇帝：三国时魏国重臣司马懿，字仲达，河内温县孝敬里

人。其孙司马炎代魏称帝后,“上尊号曰宣皇帝,陵曰高原,庙称高祖”(见《晋书·宣帝纪》)。

②肇:始。景命:天命,意即上天授予王位之命。《诗经·大雅·既醉》:“君子万年,景命有仆。”

③世祖武皇帝:指晋武帝司马炎。世祖,武帝庙号。

④区夏:诸夏之地,指中国。《尚书·康诰》:“用肇造我区夏。”

⑤三叶:指宣、景、文三世。重光:日月重明,喻后王继前王的功德。《尚书·顾命》:“昔君文王武王,宣重光。”

⑥四圣:指武、惠、怀、愍四帝。

⑦侔:相等同。有虞:古部落有有虞氏,传说尧舜皆为其联盟的首领。此言“有虞”,当指尧舜。

⑧卜年:以占卜预测享国的年岁。《春秋左传·宣公三年》:“成王定鼎于郏鄏(jiá rǔ),卜世三十,卜年七百。”周氏:指周朝。

⑨“自元康”二句:是说惠帝时赵王伦作乱。元康,惠帝年号(291—299)。

⑩“永嘉”二句:指怀帝永嘉以来,刘聪、石勒等经常骚扰晋室,天下不宁。永嘉,怀帝年号(307—312)。氛,凶气。厉,危险。

⑪宸极:北极星。此喻帝位。

⑫登遐:同“登假”,古代帝王死亡的讳称。裔:边远地区。此指十六国时期的汉国。当时怀帝被俘,死于汉国的平阳(今山西襄汾西南)。故云“登遐丑裔”。

⑬缀旒(liú):指君王大权旁落。《后汉书·张衡传》:“夫战国交争,戎车竞驱,君若缀旒,人无所丽。”李贤注:“《公羊传》曰:‘君若赘旒然。’旒,旂旒也,言为下所执持西东也。”

⑭先后:指愍帝以前晋朝的各代君王。

⑮皇帝:指愍帝。洛阳破,奉秦王司马邺为皇太子于长安。怀帝被杀后,秦王即位,称愍帝。

⑯旧物克甄:指皇帝祭祀仍为旧时礼物。甄,表明。

⑰诞:大。钦明:指钦明之德。

⑱服膺:从心底里信服。《礼记·中庸》:“得一善,则拳拳服膺而弗失之矣。”

⑲“玉质”二句:是说愍帝年虽少而声名广布。《孟子·万章》:“孔子之谓集大成。集大成也者,金声而玉振之也。金声也者,始条理也;玉振之也者,终条理也。始条理者,智之事也;终条理者,圣之事也。”愍帝遇害时方十八岁,故此说“玉质幼彰,金声夙振”。金声,金属乐器之声。此指钟声。

⑳冢宰:周代官名。为六卿之首。《尚书·周官》:“冢宰掌邦治,统百官,均四海。”后来称吏部尚书为冢宰。

㉑百辟:百官。

㉒来苏:《尚书·仲虺之诰》:“徯予后,后来其苏。”疏:“待我君来,其可苏息。”

㉓悔祸:追悔所造成的祸乱。

㉔大灾荐臻:此指刘曜破长安。荐,重。

㉕西都:长安。后面的“天邑”同。

㉖敢肆犬羊:吕延济注:“肆,纵也。犬羊,喻刘曜虐害也。”

㉗仍承:随着,接着。西朝:犹西都,指长安。

㉘幽劫:强行拘囚,犹言被俘。

㉙复沉虏庭:指愍帝被俘至平阳。

㉚神器:天子玺符。

㉛荒逆:指逆贼刘曜。

㉜厄运:艰难困苦的遭遇。

㉝食土之毛:《春秋左传·昭公七年》:“封略之内,何非君土?食土之毛,谁非君臣?”毛,指土地上生长的植物。

㉞含气之类:有生命之类。此处指活着的人。

㉟荷宠三世：指刘琨祖父刘迈为相国参军，父刘蕃为太子洗马、侍御史，刘琨为司空(即下所云鼎司)，故云。

㊱精爽：魂灵。

㊲五情：喜、怒、哀、乐、怨。

㊳朔垂：指并州。

【译文】

想当初高祖宣皇帝开始继承天命，到世祖武皇帝，便创建了晋国。宣、景、文三世功德相承，武、惠、怀、愍四帝基业相继，其恩泽同于虞舜，从占卜知道国运也将超过周代。但是，自从惠帝元康以来，艰难祸乱频频出现，怀帝永嘉之际，凶险之气四处弥漫，致使皇位失控，怀帝遇害于边地虏营，国家危亡，君权旁落。蒙前代的功德与宗庙神灵的护祐，愍帝在长安即位，使晋朝礼仪能够不失旧时祭祀之物。愍帝即位后，大授钦明之德于天下，使人信服其聪明才智，他如玉美质自幼即显，如金钟之声从小即扬。既有大臣辅佐君王治理纲纪，又有百官帮助治理国家，四海之内都在想望中兴之美，天下众人皆希望明君来临而获得休养生息。不料老天并不追悔所造成的祸乱，大灾重至，国人尚未忘掉过去的灾难，而贼寇之害马上又兴起来了。反贼刘曜恣意纵暴于西都，胆敢放纵异族，横行长安。臣等使人奉表到长安回来，得知随着西都于去年十一月失守，皇上被俘，继怀帝之后，愍帝又陷入虏廷，神器丧失，为逆贼所辱。臣常览阅史书，参看以前的事，如此悲惨的遭遇，实为古今所未有。只要是王土养育有血气的人，没有不捶胸气绝、伤心号哭的。何况臣等三代都受宠于晋室，位居司空要职，闻说晋室破亡，自然万分震惊，魂飞魄散，又悲痛又叹惋，五情无主，并州上下举哀泣血。臣刘琨、段匹磾顿首叩拜，死罪死罪！

臣闻昏明迭用[①]，否泰相济[②]，天命未改，历数有归[③]。或多难以固邦国[④]，或殷忧以启圣明[⑤]。齐有无知之祸，而小白为五伯之长;晋有骊姬之难,而重耳主诸侯之盟[⑥]。社稷靡安,必将有以扶其危;黔首几绝[⑦],必将有以继其绪。伏惟陛下玄德通于神明[⑧],圣姿合于两仪[⑨],应命代之期,绍千载之运[⑩]。夫符瑞之表[⑪],天人有征;中兴之兆,图谶垂典[⑫]。自京畿陨丧[⑬],九服崩离[⑭],天下嚣然[⑮],无所归怀[⑯],虽有夏之遭夷羿[⑰],宗姬之离犬戎[⑱],蔑以过之[⑲]。陛下抚宁江左[⑳],奄有旧吴[㉑],柔服以德,伐叛以刑[㉒],抗明威以摄不类[㉓],杖大顺以肃宇内[㉔]。纯化既敷[㉕],则率土宅心[㉖];义风既畅,则遐方企踵[㉗]。百揆时叙于上,四门穆穆于下[㉘]。昔少康之隆,夏训以为美谈[㉙];宣王之兴,周诗以为休咏[㉚]。况茂勋格于皇天[㉛],清辉光于四海,苍生颙然[㉜],莫不欣戴[㉝],声教所加[㉞],愿为臣妾者哉!

【注释】

①迭:轮换。

②否(pǐ)泰:本为《周易》中两卦名。这里指事情的阻塞与通畅。吕向注:“否,塞;泰,通。言物不可久昏塞,当还明通;谓国虽亡亦当通济也。”

③“天命”二句:吕延济注:“言历数未改,晋当复归。”《春秋左传·宣公三年》:“周德虽衰,天命未改。”又,《尚书·大禹谟》:“天之历数在汝躬,汝终陟元后。”孔疏:“历数谓天历运之数,帝王易姓而兴,故言历数谓天道。”

④或多难以固邦国:《春秋左传·昭公四年》:“邻国之难,不可虞也。或多难以固其国,启其疆土;或无难以丧其国,失其守宇。”

⑤殷忧:深切的忧虑。

⑥“齐有”几句:《汉书·路温舒传》:“温舒上书,言宜尚德缓刑。其

辞曰：臣闻齐有无知之祸，而桓公以兴；晋有骊姬之难，而文公用伯。”据《春秋左传·庄公八年》记载，当初齐襄公政令无常，鲍叔牙说：“君使民慢，乱将作矣。”奉公子小白出奔莒。后无知作乱，襄公被杀，小白从莒回国取得政权，称霸于诸侯。小白，即齐桓公。五伯(bà)，指春秋时的五霸：齐桓公、晋文公、秦穆公、宋襄公、楚庄王。伯，通“霸”。又据《春秋左传·僖公四年》记载，晋献公以骊姬为夫人，骊姬谮太子申生，申生缢于新城，后又谮二公子，“重耳奔蒲，夷吾奔屈”。献公死后，重耳遂回国执政，并大会诸侯，成为霸主。

⑦黔首：庶民。几(jī)：将近。

⑧陛下：指元帝。玄德：潜蓄不著于外的品德。《尚书·舜典》：“玄德升闻，乃命以位。”

⑨两仪：天地。《周易·系辞》：“是故易有太极，是生两仪。”

⑩“应命代”二句：是说元帝出来治理国家，是顺应人们对命代之人出的愿望，是继承圣人千年一出的气数。命代，著名于当代。《孟子·公孙丑》：“五百年必有王者兴，其间必有名世者。”又，李善注引桓谭《桓子新论》：“夫圣人乃千载一出，贤人君子所想思而不可得见也。”绍，继。

⑪符瑞：祥瑞的征兆。

⑫图谶(chèn)：《后汉书·光武帝纪》：“宛人李通等以图谶说光武云：刘氏复起，李氏为辅。”注：“图，河图也；谶，符命之书。谶，验也。言为王者受命之征验也。”

⑬京畿：国都所在地及其周围地区。此指长安。陨丧：失落，失陷。

⑭九服：相传古代天子所在京都以外按远近分九等，叫九服。崩离：分崩离析，犹言瓦解陷落。

⑮嚣(áo)然：忧伤的样子。

⑯归怀：归向。

⑰虽有夏之遘(gòu)夷羿(yì):《春秋左传·襄公四年》:魏绛对晋侯曰:“昔有夏之方衰也,后羿自鉏迁于穷石,因夏民以代夏政。”夷羿,即后羿,上古夷族的首领。相传夏太康沉湎于游乐,一次出外打猎为羿所逐,其政权亦为羿所推翻。遘,遭遇。

⑱宗姬之离犬戎:据《史记·周本纪》载,周幽王宠爱褒姒,废申后及太子宜臼,立褒姒为后,褒姒所生子伯服为太子。申后之父申侯乃联合犬戎等共攻周,幽王被杀于骊山下,西周灭亡。宗姬,周朝,因周系姬姓,故称。离,通“罹”,遭遇。

⑲蔑:无。

⑳陛下抚宁江左:据《晋书》载,元帝为琅邪王时,曾迁安东将军,都督扬州诸军事。故称“抚宁江左”。抚宁,安定。江左,江东。

㉑奄:包括。旧吴:指三国时吴国之地。

㉒“柔服”二句:《春秋左传·宣公十二年》随武子曰:“叛而伐之,服而舍之,德刑成矣。伐叛,刑也;柔服,德也。”柔,安抚,安定。

㉓抗:举。摄:收服。不类:此指异国。

㉔杖:凭倚。大顺:《礼记·礼运》:“天子以德为车,以乐为御;诸侯以礼相与;大夫以法相序;士以信相考;百姓以睦相守;天下之肥也,是谓大顺。”指根据封建的德、礼、法、信准则,而达到安定境界。

㉕敷:施,布。

㉖宅心:归心。

㉗企踵:垫起脚跟。形容仰慕之心甚切。

㉘“百揆(kuí)”二句:《尚书·舜典》:“纳于百揆,百揆时叙。宾于四门,四门穆穆。”揆,管理。四门,四方之门。穆穆,和悦。

㉙“昔少(shào)康”二句:夏王相为寒浞(zhuó)的儿子浇所杀,相妻后缗正怀孕,逃到有仍,生少康。少康长大,和旧臣靡合力灭浞,恢复夏王朝,史家称“少康中兴”。事见《春秋左传·襄公四年》

《春秋左传·哀公元年》。夏训,吕向注:“夏书也。”

㉚“宣王”二句:《诗经·大雅·烝民》毛序:“《烝民》,尹吉甫美宣王也,任贤使能,周室中兴焉。”宣王,周宣王,厉王之子。前842年厉王被逐,共伯和代行王政,十四年后宣王即位,在位四十六年(前828—前782)。休咏,美的歌咏。

㉛格于皇天:《尚书·君奭》:“昔成汤既受命,时则有若伊尹,格于皇天。”格,到。皇天,天。

㉜颙然:胡克家《文选考异》:“案:颙,当作‘喁’。善引《淮南子》‘喁喁然’为注,是作‘喁’字。袁、茶陵二本所载五臣济注云:‘颙然,仰德貌。’盖各本以五臣乱善,而失著校语。《晋书》作‘颙’,不可以为证。”

㉝欣戴:乐于拥护。《国语·周语》:“商王帝辛大恶于民,庶民不忍,欣戴武王,以致戎于商牧。”

㉞声教:声威与教化。《尚书·禹贡》:“东渐于海,西被于流沙,朔南暨声教,讫于四海。”

【译文】

臣听说黑暗与光明是交替作用的,阻塞与畅通也是相互通济的,老天的旨意没有改变,国家的气运会有回归的时候。有时多难会使国家更加坚固,有时对局势深怀忧虑会开启一代英明之主。当年齐国无知作乱,而小白终为五伯之首;晋国曾有骊姬之祸,而公子重耳却成了诸侯的盟主。国家不安定,必将有扶危解难的人;百姓垂危时,必将有继续其世系的人。我想陛下道德通于神明,举动合于天地,陛下出来治理国家,是顺应人们对命代之人出的愿望,也是继承圣人千载一出的气数。那吉兆的显示,天人有所应验;国家中兴的预兆,与流传的符命之书、典籍记载也很吻合。自从京畿失陷,九服分崩离析,天下忧伤,人心无所归向,虽然古代夏朝的太康曾被后羿推翻,周幽王遭犬戎所灭,他们的遇难也没有超过晋朝啊!陛下安定江东,占据了从前旧吴所辖之地，用德政去安抚归服者，用武力去讨伐反叛者，用英明与威势收服异国，凭靠大顺使宇内敬服。纯厚的教化既已布施于民，则全国的人都会归心；仁义之风既已通畅，则远方的人们就会企踵仰慕。在上处理百事顺理顺章，在下四方来宾肃然起敬。从前少康使夏王朝中兴，被《夏书》当作美谈；周宣王中兴周室，亦为周诗所赞颂。何况陛下丰功伟绩及于皇天，教化恩泽及于四海，百姓敬仰，无不拥戴，凡为陛下声威所感、教化所及的人，皆愿为陛下的臣民啊！

且宣皇之胤①，惟有陛下，亿兆攸归②，曾无与二。天祚大晋，必将有主，主晋祀者，非陛下而谁③？是以迩无异言，远无异望，讴歌者无不吟咏徽猷④，狱讼者无不思于圣德⑤。天地之际既交，华裔之情允洽⑥。一角之兽，连理之木，以为休征者⑦，盖有百数。冠带之伦⑧，要、荒之众⑨，不谋而同辞者⑩，动以万计。是以臣等敢考天地之心⑪，因函夏之趣⑫，昧死以上尊号⑬。愿陛下存舜禹至公之情，狭巢、由抗矫之节⑭；以社稷为务，不以小行为先⑮；以黔首为忧，不以克让为事；上以慰宗庙乃顾之怀，下以释普天倾首之望⑯。则所谓生繁华于枯荑⑰，育丰肌于朽骨，神人获安，无不幸甚。臣琨臣磾顿首顿首，死罪死罪！

【注释】

①宣皇之胤：元帝是宣帝曾孙，故云。胤，后代。

②亿兆：言其多。《尚书·泰誓》："受（纣王）有亿兆夷人，离心离德。"攸：所。

③"天祚"几句：《春秋左传·僖公二十四年》：介子推曰："天未绝晋，必将有主，主晋祀者，非君而谁！"此系巧用成语。天祚，天赐

福祐。

④徽猷:高明的谋略。《诗经·小雅·角弓》:“君子有徽猷,小人与属。”

⑤狱讼:诉讼案件。

⑥华裔:华夏与边远之地。允洽:和美,信实。

⑦“一角”几句:古人把奇兽异木的出现视为王者的祥瑞,故云。一角之兽,指麒麟。连理之木,指不同根而枝相连的树木。休征,美的征兆,犹言吉兆。

⑧冠带:李善注:“冠带,谓中国也。”

⑨要、荒:要服、荒服,此处指边远之地的众多士人。古代王畿处围,每五百里为一区划,依次为侯服、甸服、绥服、要服、荒服,称作五服。

⑩同辞:指同为劝进之辞。

⑪考:考察。

⑫函夏:李周翰注:“函夏,中国。”趣:向。此指人心归向。

⑬昧死:冒昧而犯死罪。

⑭“愿陛下”二句:传说唐尧时,隐士巢父,许由不受尧所让天下,而舜、禹皆先后受禅居君位。张铣注:“舜、禹皆受禅以济时,故愿存之;巢父、许由皆举高节不仕,顾狭小之行推让也。言劝为至公,无为推让。”所言极是。抗矫之节,举高节。

⑮“以社稷”二句:《汉书·贾谊传》:“人主之行异布衣。布衣者,饰小行,竞小廉,以自托于乡党,人主唯天下安,社稷固。”

⑯倾首之望:此指企盼元帝即位之心很迫切。

⑰荑(tí):吕向注:“荑者,杨之秀。”

【译文】

再说宣皇帝的后代,现在只有陛下了,万众所归,对陛下不曾有二心。老天赐福于大晋,大晋必将有一国之主,而能主持晋国祭祀的人,除了陛下还有谁呢?因此,无论远近都一致寄望于陛下,赞美的人无不吟咏陛下高明的谋略，诉讼的人无不思想陛下的恩德。天地之间既已交通，华夏与边地的感情也很和睦。独角麒麟与连理枝的出现，作为王者吉祥的征兆，已有上百起了。外内士人、诸侯，不谋而意相合，同为劝进之辞的有上万件之多。因此，臣等考察天地之意，根据中国人心所向，敢于冒死以上天子尊号。恳望陛下保持舜禹受禅的至公精神，而视巢父、许由自持高节而不仕为狭隘；当以天下社稷为己任，不把个人小行置于优先；应以百姓之忧为忧，不以推让为能事，上可以告慰宗庙神祇对陛下的关心，下可以开释普天下对陛下翘首企盼之情。这就是人们所说的在枯荑上生繁花，在朽骨上长肌肉，神人得到安定，没有不高兴的啊！臣刘琨、段匹磾顿首叩拜，死罪死罪！

臣闻尊位不可久虚，万机不可久旷[①]。虚之一日，则尊位以殆；旷之浃辰[②]，则万机以乱。方今钟百王之季[③]，当阳九之会[④]，狡寇窥窬[⑤]，伺国瑕隙[⑥]，齐人波荡[⑦]，无所系心，安可以废而不恤哉？陛下虽欲逡巡，其若宗庙何[⑧]？其若百姓何？昔惠公虏秦，晋国震骇，吕、郤之谋，欲立子圉，外以绝敌人之志，内以固阖境之情。故曰："丧君有君，群臣辑穆。好我者劝，恶我者惧。"[⑨]前事之不忘，后代之元龟也[⑩]。陛下明并日月[⑪]，无幽不烛，深谋远虑[⑫]，出自胸怀。不胜犬马忧国之情，迟睹人神开泰之路[⑬]，是以陈其乃诚，布之执事。臣等各忝守方任[⑭]，职在遐外，不得陪列阙庭[⑮]，共观盛礼[⑯]，踊跃之怀[⑰]，南望罔极[⑱]。谨上。臣琨谨遣兼左长史、右司马臣温峤、主簿臣辟闾训；臣磾遣散骑常侍、征虏将军、清河太守领右长史、高平亭侯臣荣劭，轻车将军、关内侯臣郭穆奉表。臣琨臣磾等顿首顿首，死罪死罪。

【注释】

①“臣闻”二句：李善注引《东观汉记》：“诸将上奏世祖曰：‘帝王不可以久旷。’”万机，指帝王日常纷繁的政务。旷，荒废。

②浃(jiā)辰：十二日。《春秋左传·成公九年》：“莒恃其陋，而不修城郭，浃辰之间，而楚克其三都。”孔疏：“浃为周匝也。从甲至癸为十日，从子至亥为十二辰。”

③钟：当。百王：历代帝王。《汉书·武帝纪赞》：“汉承百王之弊，高祖拨乱反正。”

④阳九之会：指灾荒年景与厄运相会。

⑤狡寇：指刘聪、刘曜。窥窬(kuī yú)：窥伺可乘之隙。

⑥伺：等候。瑕：过失。

⑦齐人：平民。

⑧“陛下”二句：《后汉书·光武帝纪》：“大王虽执谦退，奈宗庙社稷何?”逡巡，此处有推让之意。

⑨“昔惠公”几句：《春秋左传·僖公十五年》载，前645年，晋与秦战于韩原，“秦伯获晋侯以归”。后来晋侯听说秦答应与晋讲和，就用吕甥的计谋，先赏国人，再立惠公之子圉(yǔ)。吕甥对众人说：“征缮以辅孺子，诸侯闻之，丧君有君，群臣辑睦，甲兵益多，好我者劝，恶我者惧。庶有益乎?”惠公，晋惠公，名夷吾，前650—前637年在位。虏秦，虏于秦，为秦所俘。吕、郤(xì)，指晋大夫吕甥、郤乞。阖(hé)，全。辑穆，和睦。

⑩“前事”二句：《战国策·赵策》：“前事之不忘，后事之师。”《三国志·吴书·孙权传》：“斯则前世之懿事，后王之元龟也。”元龟，大龟，古代用于占卜以知吉凶。引申为可作借鉴的前事。

⑪明并日月：李善注引《孔子家语》：“孔子曰：‘所谓圣者，明并日月。’”

⑫深谋远虑：贾谊《过秦论》：“深谋远虑，行军用兵之道，非及曩时

之士也。”

⑬迟(zhì):等待,希望。开泰:亨通安泰。

⑭忝:愧,自谦之辞。方任:一方的重任。指地方官的职位。

⑮阙庭:指朝廷。阙,皇宫门前两边的楼。

⑯盛礼:指皇帝册立尊号的盛礼。

⑰踊跃:欢喜之状。

⑱南望:当时元帝在江南,故云。罔:无。

【译文】

臣听说过,君位不可长久地空缺,帝王众多的政务不可长久地荒废。君位空缺一日,则君位就会危险;朝政荒废十二日,则朝政就会大乱。方今正值王朝的末世,又当灾荒年景与厄运相会在一起,狡猾的敌人正欲窥伺可乘之机,等候国家出现瑕隙,而平民人心动荡,无所依托,对此怎么能抛弃他们而不加以体恤呢?陛下虽然想谦让帝位,那宗庙将会怎么样呢?那百姓又将会怎么样呢?从前晋惠公为秦师所俘,晋国为之震惊,后来吕甥、郤乞献计出谋,要立孺子圉为君,认为这样在外可以此断绝敌人灭国的念头,在内可以此稳定全国的人心。所以说:“失掉君王又有君王,群臣和睦。这样一来,对我友好的将深受鼓舞,恨我的会感到恐惧。”从前的事不忘记,可以作为今后的借鉴。陛下的圣明可与日月争辉,无处不照,而计谋深远,考虑周密,皆出自陛下的胸臆。微臣忍不住忧国之情,希望看到人神亨通安泰的大路,因此,将劝进的诚意,传达于陛下的左右。臣等各自愧守一方的重任,在边远之地任职,不能够陪列在朝廷上,亲眼看到陛下册立尊号的盛况,而南望陛下,踊跃欢喜之情,也是无穷无尽的。特地写成此表。臣刘琨特派兼左长史、右司马臣温峤,主簿臣辟闾训;臣段匹磾派散骑常侍、征虏将军、清河太守领右长史、高平亭侯臣荣劭,轻车将军、关内侯臣郭穆奉献此表。臣刘琨、段匹磾顿首叩拜,死罪死罪!

卷第三十八

表下

张士然

张悛，生卒年不详，字士然，吴国(今江苏苏州)人。李善曰："晋百官名曰：悛为太子庶子。"余皆不详。

为吴令谢询求为诸孙置守冢人表一首

【题解】

晋惠帝元康年间(291—299)，吴县令谢询上表为孙坚、孙策园陵置守冢人。张悛应请为他写了这一奏表。

此表从历史故实写起，作者大量引用历史上圣君明主往往施恩惠与其败者的事实，说明表中所奏早有先例，为申说主意作了铺垫。接着直道孙氏事。一说孙氏受深恩于晋"多有过望"，则表中所奏自不为过；二说平吴之初有明诏"追录先贤，欲封其墓"，孙氏为先贤之列，表中所奏于理不悖。文章不就事论事，而是围绕"圣君明主应施恩惠与其败者"立论，引历史，观现实，有事实，有分析，层层说理，文章最后才将主意和盘托出，很有说服力，难怪表上之后，惠帝即下诏准其表中所奏。

臣闻成汤革夏而封杞[①]，武王入殷而建宋[②]，春秋征伐，则晋修虞祀[③]，燕祭齐庙[④]。夫一国为一人兴，先贤为后愚废[⑤]，诚仁圣所哀悼而不忍也。故三王敦继绝之德[⑥]，春秋贵柔服之义[⑦]。昔汉高受命，追存六国，凡诸绝祚，一时并祀[⑧]。亲与项羽对争存亡，逮羽之死，临哭其丧[⑨]；将以位尝侔尊[⑩]，力尝均势，虽功夺其成[⑪]，而恩与其败；且暴兴疾颠[⑫]，礼之若旧[⑬]，残戮之尸，乃以公葬[⑭]。若使羽位承前绪，世有哲王[⑮]，一朝力屈，全身从命，则楚庙不隳[⑯]，有后可冀。

【注释】

①臣闻成汤革夏而封杞：据《史记·夏本纪》载，汤灭夏，“汤封夏之后，至周封于杞也”。杞，古国名。其地在今河南杞县。

②武王入殷而建宋：据《史记·殷本纪》载，武王伐纣，殷亡，武王封纣子武庚禄父，以续殷祀，武王崩，武庚作乱，成王命周公诛之而立微子于宋，以续殷后。宋，古国名。其地在今河南商丘。

③晋修虞祀：《春秋左传·僖公五年》载，晋灭虞，“而修虞祀，且归其职贡于王”。

④燕祭齐庙：李善注引《傅子》：“乐毅伐齐，遂下齐七十余城，置吏，属燕为郡。而修齐之宗庙。”

⑤“夫一国”二句：李善注：“成汤、夏禹贤兴国，后桀、纣无道而失国。”

⑥三王：此指夏禹、商汤、周武王。敦：厚。继绝：恢复已灭绝的世祀。《论语·尧曰》：“兴灭国，继绝世，举逸民，天下之民归心焉。”

⑦柔服：见前刘琨《劝进表》注。

⑧“昔汉高”几句：《汉书·高帝纪》载，高祖十二年(195)十二月，

“诏曰:“秦皇帝、楚隐王、魏安釐王,齐愍王、赵悼襄王,皆绝无后,其与秦始皇帝守冢二十家,楚、魏、齐各十家,赵及魏公子无忌各五家,令视其冢,复无与它事”。李善注引《汉书》:“高祖拨乱,犹修祀六国。”诸绝祚,诸公子已无受祀之福,犹言绝祀。

⑨“逮羽”二句:《汉书·高祖纪》:“灌婴追斩羽东城……汉王为发丧,哭临而去。”逮,及,到。

⑩侔:等同。

⑪功夺其成:指高祖战胜项羽,夺其已成之功。

⑫暴兴疾颠:暴、疾,皆言急速。颠,跌倒。此处指败亡。

⑬礼之若旧:指礼同六国。

⑭“残戮”二句:《汉书·高帝纪》:“初,怀王封羽为鲁公,及死,鲁又为之坚守,故以鲁公葬羽于穀城。”

⑮世有哲王:指世有贤明的君主出现。《诗经·大雅·下武》:“下武维周,世有哲王。”

⑯隳(huī):毁坏。

【译文】

臣听说成汤灭夏之后,却将夏的后代封于杞,武王灭殷之后,却将殷的后代封于宋,春秋各国征战之际,晋国尚为所灭的虞国祭祀,燕国亦在所攻占的齐城修祭齐庙。一个国家往往因为一人圣明而兴盛,先贤的事业往往因为后人的愚昧而废毁,这的确是仁圣之君所哀悼而不忍的啊! 所以禹、汤、武三王有继绝的宽厚之德,春秋之际很注重柔服的道理。从前汉高祖即位后,还追封保留原来的六国名称,凡是六国诸公子绝祀的,并皆修祀;他曾亲自与项羽争斗存亡,到项羽死时,他又临尸哭丧。因为他与项羽地位曾经相同,势力曾经相当,虽然夺得了已成之功,却还施恩与失败者;再说项羽霸楚速起速亡,高祖对他仍施礼同于六国,对其残断分裂的尸体,仍然用鲁公礼安葬。假使项羽承继前代诸侯的世系,遇上有贤明的君主出现,一旦力量不及,就一心归顺,那么楚国的宗庙就不至于毁坏，后继就有希望了。

伏惟大晋应天顺民，武成止戈[1]，西戎有即序之人[2]，京邑开吴蜀之馆[3]。兴灭加乎万国，继绝接于百世，虽三五弘道[4]，商周称仁，洋洋之义[5]，未足以喻。是以孙氏虽家失吴祚[6]，而族蒙晋荣，子弟量才，比肩进取[7]。怀金侯服[8]，佩青千里[9]。当时受恩，多有过望。臣闻春雨润木，自叶流根[10]；鸱鸮恤功，爱子及室[11]。故天称罔极之恩，圣有绸缪之惠[12]。

【注释】

①武成：以武力平定天下。止戈：用文德而不用干戈。

②西戎有即序之人：《尚书·禹贡》："织皮：昆仑、析支、渠搜，西戎即叙。"《汉书·西域传赞》引作"即序"，此亦同。西戎，古时我国西北部少数民族的总称。即序，归服就序。

③京邑：指晋都洛阳。李善注："洛阳故宫名曰：马市在城东，吴蜀二主馆与相连。"

④三五：三皇五帝。

⑤洋洋：盛大的样子。

⑥吴祚：吴国的帝位。

⑦比肩：喻接连而来。

⑧金：金印。侯服：侯王穿的衣服。喻指当官封侯。

⑨青：青绶银印。千里：指封疆千里。李善注引《东观汉记》："杨乔曰：臣伏念二千石，典牧千里。"

⑩自叶流根：刘良注："谓吴子孙蒙晋官爵，荣先祖也。"

⑪"鸱鸮(chī xiāo)"二句：《诗经·豳风·鸱鸮》："鸱鸮鸱鸮，既取我子，无毁我室。"鸱鸮，鸟名。即鸺鹠。恤功，为某事而忧虑勤苦。

《尚书·吕刑》:"乃命三后,恤功于民。"

⑫"故天称"二句:是说恩惠深厚。《诗经·小雅·蓼莪》:"欲报之德,昊天罔极。"罔极,无穷无尽。又,《诗经·豳风·鸱鸮》:"迨天之未阴雨,彻彼桑土,绸缪牖户。"绸缪,紧密缠绕。

【译文】

臣想大晋王朝是应天命顺民意的,以武力平定天下之后,就不再用干戈,西戎有归服就序之人,晋朝的京城洛阳也设有吴、蜀二主的馆舍。晋朝使灭亡的国家得以振兴,使绝祀的世系得以接续,虽三皇五帝行大道,商周以行仁政著称,其洋洋美德是不足以与之相比的。所以孙氏家族虽然失去了吴国帝位,而族人受到晋朝给予的恩荣,其子弟量才录用,一个个都进取高位。有的挂金印,穿上了王侯的衣服;有的佩青绶,封疆千里。当时接受的恩宠远远超过了他们的愿望。臣听说过,春雨滋润万木,从叶流向根;鸱鸮为爱其子而忧虑及于巢。所以说,天恩无穷无尽,圣惠绸缪深厚。

追惟吴伪武烈皇帝①,遭汉室之弱,值乱臣之强②,首唱义兵,先众犯难,破董卓于阳人③,济神器于甄井④,威震群狡⑤,名显往朝⑥。桓王才武⑦,弱冠承业,招百越之士⑧,奋鹰扬之势⑨,西赴许都⑩,将迎幼主⑪。虽元勋未终⑫,然至忠已著。夫家积义勇之基,世传扶危之业⑬,进为徇汉之臣⑭,退为开吴之主,而蒸尝绝于三叶⑮,园陵残于薪采,臣窃悼之。伏见吴平之初,明诏追录先贤⑯,欲封其墓。愚谓二君⑰,并宜应书。故举劳则力输先代⑱,论德则惠存江南,正刑则罪非晋寇⑲,从坐则异世已轻⑳。若列先贤之数,蒙诏书之恩,裁加表异㉑,以宠亡灵,则人望克厌㉒,谁不曰宜?二君私奴,多在墓侧,今为平民。乞差五人蠲其徭役㉓,使四时修护颓毁㉔,扫除茔垄㉕,永以为常。

【注释】

①武烈皇帝:孙坚(157—193),字文台,三国吴郡富春(今浙江杭州)人。次子孙权于黄龙元年(229)称帝,追尊他为武烈皇帝。

②乱臣:指董卓。189年,董卓自立为相国,权重兵盛,于是废少帝,立献帝,凶暴淫乱。事见《后汉书》《三国志》本传。

③"首唱"几句:190年,冀州刺史韩馥与袁绍、孙坚等各兴义兵,同盟讨卓。孙坚率豫州诸郡兵讨卓,在梁(今河南临汝西南)为卓将徐荣等所败。第二年,孙坚收合散卒,与卓军战于阳人(今河南临汝西北),大破卓军。事见《三国志》本传及《后汉书·董卓传》。

④济神器于甄井:献帝初平二年(191)孙坚率军进入洛阳,于城南甄(zhēn)官井内探得汉传国玺。事见《三国志·吴书·孙坚传》注。甄井,即甄官井。神器,李善注引《汉书音义》:"韦昭曰:'神器,天子玺符也。'"

⑤群狡:指董卓之徒。

⑥往朝:指汉朝。

⑦桓王:孙坚子孙策(170—200),字伯符。他依靠南北士族,削平江东一带地方割据势力,建立了孙氏政权,死后其弟孙权称帝,追尊为长沙桓王。《三国志》有传。

⑧百越:古代江、浙、闽、粤之地。皆为越族所居,故常以"百越"称这一地区。

⑨奋鹰扬之势:是说奋起之势有如雄鹰展翅于长空。《诗经·大雅·大明》:"维师尚父,时维鹰扬。"

⑩西赴许都:建安元年(196)九月,曹操将汉献帝由洛阳挟持至许(今河南许昌西南)。

⑪幼主:指汉献帝刘协。东汉迁都许时,他才十五岁,故云。

⑫元勋未终:建安五年(200),策欲乘曹操与袁绍在官渡相持之机,袭许都挟持汉献帝,尚未出发即为吴郡太守许贡客刺杀,伤重而死。事见《三国志》本传。

⑬"夫家"二句:李周翰注:"义勇,谓起义兵也;扶危,谓扶汉社稷也。"

⑭徇:通"殉",为某种目的而献身。

⑮蒸尝:秋冬二祭,此泛指祭祀。三叶:指开吴基业的孙坚、孙策、孙权。

⑯追录:追认,登记。先贤:古代的贤人。

⑰二君:孙坚、孙策。

⑱先代:指汉代。

⑲正刑则罪非晋寇:吕向注:"言正刑则汉魏之时征伐,不为晋寇也。"正刑,按刑治罪。晋寇,晋朝的仇敌。

⑳从坐:因参与或牵连而治罪。

㉑裁:度量,考虑。表异:表明不同一般人。

㉒克厌:能够满足。

㉓蠲(juān):免除。

㉔四时:春、夏、秋、冬四季。

㉕茔垄:墓地。

【译文】

追想吴伪武烈皇帝孙坚,正遇汉室衰弱、乱臣贼子称强之际,首先倡起义兵,发难于众人之先,在阳人大破董卓,在甄官井得到了汉代的传国玉玺,其威势使众奸狡之徒震恐,其名声显扬于汉朝。桓王孙策以其才略武勇,于弱冠之年便继承了父亲的事业,他招募百越的人才,以雄鹰奋起之势,西进许都,准备迎接幼主刘协。虽然大功未成,但是至忠之心已显著于世。孙氏家族积有义勇的根基,传下扶危的功业,在前的是为汉朝而献身的功臣,往后的是吴国的开国之君。可是三世之后,祭祀废绝,园陵为采薪的人所残毁,臣暗地里为此悲伤。臣见大晋平定吴国之初,曾有诏书明示天下,要追认、记载从前的贤人,打算加封他们的墓地。愚臣认为孙坚、孙策二君都应该书录其中。所以,从举功来看,则曾效力于汉朝的君王;从论德而言,则曾施恩惠给江南的百姓;要按刑治他们的罪,则又不是晋朝仇敌;如果因孙皓牵连而治罪,则二君已是异代远祖就应从轻。如果将他们列先贤之内,承蒙诏书的恩准,考虑加恩以表明其异于一般的人,使亡灵得到宠贵,那么,人们的意愿也就能够得到满足,谁不说这样做恰当呢?二君的私奴大多仍在墓侧,而今皆为平民,请求差派其中五人,免去他们的劳役,让他们一年四季修理维护颓毁的地方,打扫墓地,永以为常。

庾元规

庾亮(289—340),字元规,颍川鄢陵(今河南鄢陵西北)人。东晋大臣。好《老》《庄》,历官元帝、明帝、成帝三朝,成帝初,官至中书令,执掌朝政。后因镇将苏峻、祖约反,出奔温峤,共推陶侃为盟主。乱平后,欲遁逃山海,诏不许,乃出守外镇。陶侃死,代镇武昌,欲收复中原,为人所阻事未成。谥文康。

让中书令表一首

【题解】

据《晋书》载,晋明帝司马绍即位,以庾亮为中书监,庾亮辞让不受,于是写了这篇奏表以明心志。

奏表围绕“臣领中书,则示天下以私矣”发论,站在历史的高度指出“仰后党安,进婚族危”,“疏附则信,姻进则疑”的道理,说明身为皇后之兄，让中书监是明智的。作者置己利于不顾，处处“为国取悔”，语句朴实，情意恳切，终于说动了明帝，“帝纳其言而止”（《晋书》卷七十三）。

此篇题为“让中书令表”，李善注指出：“诸《晋书》并云‘让中书监’，此云‘令’，恐误也。”李周翰曰：“监、令不同，盖相类也。”中书监与中书令职务相等，同掌机要，而位次监略高于令。当以《晋书》本传为是。

臣亮言：臣凡庸固陋①，少无检操②，昔以中州多故，旧邦丧乱③，随侍先臣远庇有道④，爰客逃难⑤，求食而已，不悟徼时之福⑥，遭遇嘉运。先帝龙兴，乘异常之顾⑦，既眷同国士，又申之婚姻⑧，遂阶亲宠⑨，累忝非服⑩。弱冠濯缨⑪，沐浴玄风⑫，频繁省闼⑬，出緫六军⑭，十余年间，位超先达⑮。无劳被遇，无与臣比。小人禄薄，福过灾生，止足之分⑯，臣所宜守。而偷荣昧进，日尔一日，谤讟既集⑰，上尘圣朝。始欲自闻，而先帝登遐⑱，区区微诚，竟未上达。

【注释】

①固陋：见识鄙陋。司马相如《上林赋》：“鄙人固陋，不知忌讳。”

②检操：节操。

③“昔以”二句：中州、旧邦，皆指洛阳。李善注：“庾氏颍川人，近洛阳，故云中州旧邦。”多故、丧乱，指遭刘聪、刘曜之乱。

④先臣：此指亮父庾琛。有道：有道之人。此指元帝。

⑤爰：于。

⑥徼（yāo）：通“邀”，招致，要求。徼福，求福。《春秋左传·昭公三年》：“徼福于大公、丁公。”

⑦“先帝”二句：《晋书·庾亮传》：“中兴初，拜中书郎，领著作，侍讲东宫……累迁给事中、黄门侍郎、散骑常侍。”先帝，指元帝。龙

兴，元帝中兴。乘，或作“垂”，有施、赐之意。

⑧“既眷同”二句：《晋书·庾亮传》载，元帝对亮甚器重，“由是聘亮妹为皇太子妃，亮固让，不许”。眷，器重。国士，国中才能出众之人。《战国策·赵策》：“（豫让曰）知伯以国士遇臣，臣故国士报之。”申，重，一再。

⑨阶：因。

⑩忝：辱。服：任。

⑪濯缨：洗涤冠缨。吕延济注：“濯缨，入仕也，言少登仕宦。”

⑫玄风：谈玄的风气。晋尚道教，故云。

⑬省（shěng）闼：禁中，宫中。是时亮任黄门侍郎、散骑侍郎等职，故云。

⑭出缌六军：时王敦表亮为中领军。六军，古代天子有六军，后为军队的统称。缌，同“总”。

⑮先达：前辈。

⑯止足：即知止知足，意谓适可而止。《老子》四十四章：“知足不辱，知止不殆，可以长久。”

⑰谤讟（dú）：毁谤，怨言。《春秋左传·昭公元年》：“民无谤讟。”

⑱登遐：对帝王死去的讳称。同“登假”。《礼记·曲礼》：“告丧，曰天王登假。”

【译文】

臣亮进言：臣才能平庸，见识鄙陋。少小时无节操，当初因为中州多变故，旧邦遭丧乱，伴随父亲远来庇荫于元帝身边，只是客游逃难，求碗饭吃而已，并未领悟到要去求取福禄、遭遇好运。可是先帝中兴后，给臣以不同平常的照顾，即器重臣如同国士一样，又一再以婚姻事相许，因而得到亲宠，屡次有辱非常重任。二十岁走上仕途，为大晋道教所洗礼，多次在宫中任要职，在外总领六军。十余年间，爵位超过前辈。没有功劳而受殊遇，是无人可与臣相比的。小人命中注定没有多少福气，无德而享厚禄则灾祸生，所以知止知足的职分，臣是应该恪守的。但是，臣窃取殊荣贪冒爵位，日复一日，毁谤既多，必使圣朝蒙上尘污。当初想亲自闻达于先帝，而先帝已崩，区区诚意，终究未能上达。

陛下践祚①，圣政维新②，宰辅贤明，庶寮咸允③，康哉之歌实在至公④。而国恩不已，复以臣领中书⑤。臣领中书，则示天下以私矣。何者？臣于陛下，后之兄也。姻娅之嫌⑥，实与骨肉中表不同⑦。虽太上至公⑧，圣德无私，然世之丧道，有自来矣。悠悠六合⑨，皆私其姻者也，人皆有私，则谓天下无公矣。是以前后二汉，咸以抑后党安，进婚族危⑩。向使西京七族、东京六姓皆非姻党⑪，各以平进，纵不悉全，决不尽败。今之尽败，更由姻昵。

【注释】

①践祚：即帝位。《史记·燕召公世家》："成王既幼，周公摄政，当国践祚。"

②维新：变旧法行新政。《诗经·大雅·文王》："周虽旧邦，其命维新。"

③庶寮：众官。寮，同"僚"。

④康哉之歌实在至公：《尚书·益稷》："股肱良哉，庶事康哉。"据说虞舜以天下治平，作此歌归功其臣禹、皋陶等。后来便以此歌为称颂太平之词。

⑤领：兼任。中书：即中书监。

⑥姻娅（yà）：即姻亚。婿父称姻。两婿互称为亚。《诗经·小雅·节南山》："琐琐姻亚，则无朊仕。"后泛指有婚姻关系的亲戚。

⑦骨肉：喻父母与子女之亲。《颜氏家训·兄弟》："父母之于子也，

子之于父母也……此之谓骨肉之亲。”中表：父亲姊妹的儿女叫外表，母亲兄弟、姊妹的儿女叫内表，互称中表。

⑧太上：此谓君王。

⑨悠悠：遥远，无尽穷。六合：天地四方。

⑩“咸以”二句：后党、婚族，在此皆指皇后的亲属。

⑪向使：假使。七族：西汉时七个把持朝政的外戚家族。潘岳《西征赋》李善注：“七姓，谓吕、霍、上官、赵、丁、傅、王也。”六姓：李善注：“东京六姓，章德窦后、和熹邓后、安思阎后、桓思窦后、顺烈梁后、灵思何后。”

【译文】

陛下即位以来，政令改旧自新，辅政大臣贤明，众官也都公允，康哉之歌实在是出于公正无私。而臣受国之恩不断，今又以臣兼任中书监之职。臣兼任中书监，则向天下人表明陛下有私情。为什么呢？臣对陛下来说，臣是皇后的亲兄弟。因有这种婚姻关系而涉嫌，实与骨肉、中表关系不同。虽然陛下之德至公无私，然而世上已失大道由来已久了。悠悠天地间都在徇私情于有婚姻关系的人，人们都有私心，那么，可以说天下就没有什么至公可言了。所以，前后二汉，皆因为抑止后党势力而天下安定，进用婚族而社稷危亡。假使西京七族、东京六姓都不是外戚后党，而以各自的才能与众人平等地进用，纵使不能全部保全，也决不至于尽皆败亡。如今尽皆败亡的，还是由于宠信姻亲的缘故。

臣历观庶姓在世[①]，无党于朝，无援于时，植根之本，轻也薄也。苟无大瑕，犹或见容。至于外戚，凭托天地[②]，势连四时[③]，根援扶疏[④]，重矣大矣。而财居权宠[⑤]，四海侧目[⑥]；事有不允，罪不容诛。身既招殃，国为之弊。其故何邪？直由婚媾之私群情之所不能免[⑦]，故率其所嫌，而嫌之于国[⑧]，是以疏附则信，姻进则疑[9]。疑积于百姓之心，则祸成重闼之内矣。此皆往代成鉴，可为寒心者也。夫万物之所不通，圣贤因而不夺。冒亲以求一才之用，未若防嫌以明公道。今以臣之才，兼如此之嫌，而使内处心膂，外总兵权，以此求治，未之闻也；以此招祸，可立待也。虽陛下二相明其愚款[10]，朝士百寮颇识其情[11]，天下之人何可门到户说，使皆坦然邪[12]！

【注释】

①庶姓：与君王异姓而无亲者。

②天地：喻天子、皇后。

③四时：此指春、夏、秋、冬四季。

④根援扶疏：喻其势力强大，无所不至。扶疏，枝叶繁茂分披的样子。

⑤财：通“才”，仅仅。权宠：指得到皇帝宠幸的权臣。《后汉书·王堂传》：“堂曰：‘吾蒙国恩，岂可为权宠阿意，以死守之！’”

⑥侧目：不敢正视的样子。《战国策·秦策》：“妻侧目而视，倾耳而听。”

⑦婚媾(gòu)：婚姻。

⑧“故率其”二句：是说由于外戚利用婚姻关系掌权，人们对他们不信任而导致对国家不信任。

⑨“是以”二句：张铣注：“疏附，谓异姓用贤也；姻进，谓外戚用事也。”

⑩二相：指王敦、王导二丞相。愚款：老实诚恳。《荀子·修身》：“愚款端悫(què)。”

⑪百寮：百官。寮，通“僚”，官，官职。

⑫坦然：形容心里平静，没有顾虑。

【译文】

臣历观世上与君王异姓无亲的人，在朝廷没有同党，在社会中孤独无援，他们也就势轻而根浅了。如果没有大的过失，犹且可能得到宽容。至于外戚，凭靠天子皇后之亲，其势力及于一年四季，有如树根攀缘，枝叶繁茂，权重势大。因而据有权势，深受恩宠，四方之人皆侧目而视；办事有所不当，则罪不容诛。个人既招来祸殃，国家也因此而遭破坏。其原因是什么呢？正是由于婚姻私情是众人也难避免的事，所以人们因其所涉嫌疑，而对国家也产生了不信任。因此，关系疏远的人依附君王就使人相信，因婚姻之亲进取的人就使人疑惑。这种疑惑积存于百姓的心中，而祸乱则形成于深宫之内。这都是前代可资鉴戒、使人想起来也有寒心恐惧的地方。万物不通达的时候，圣贤也不会强求。如果陛下甘冒涉亲的嫌疑以求一才之用，不若用防止嫌疑来表明办事公道。如今以臣微薄的才能，兼有如此嫌疑，却使臣在内处于心膂般重要的地位，在外总领兵权。以此来求得天下太平，从来没有听说过；以此招致祸乱，却指日可待。虽然陛下两位丞相知道臣老实诚恳，朝上百官也深知臣的心情，然而又如何能叫臣挨门挨户去向天下人解说清楚，使他们都心里平静没有顾虑呢！

夫富贵宠荣，臣所不能忘也；刑罚贫贱，臣所不能甘也。今恭命则愈①，违命则苦，臣虽不达，何事背时违上②，自贻患责邪③？实仰览殷鉴④，量己知弊，身不足惜，为国取悔，是以悾悾屡陈丹款⑤。而微诚浅薄，未垂察谅⑥，忧惶屏营⑦，不知所厝。以臣今地⑧，不可以进明矣。且违命已久，臣之罪又积矣，归骸私门⑨，以待刑书⑩。愿陛下垂天地之鉴⑪，察臣之愚，则虽死之日，犹生之年矣。

【注释】

①恭命:奉命。愈:愉快,此犹言好处。

②何事:为什么。背时:违背时尚。时尚,指不忘富贵宠荣,不甘刑罚贫贱。

③贻:遗留。《尚书·五子之歌》:“有典有则,贻厥子孙。”

④殷鉴:《诗经·大雅·荡》:“殷鉴不远,在夏后之世。”本指殷灭夏,殷后代应以夏亡为鉴戒。此泛指可作鉴戒的前事。

⑤悾悾(kōng):诚恳的样子。丹款:赤诚的心。

⑥察谅:李周翰注:“察谅,见信也。”

⑦屏(bīng)营:惶恐貌。《国语·吴语》:“王亲独行,屏营彷徨于山林之中。”汉魏以来,上皇帝表文多以“屏营”于表末。

⑧今地:嫌疑之地。

⑨归骸:归骸骨(身体)。《史记·项羽本纪》:“(范增曰)愿赐骸骨归卒伍!”旧时称辞官为乞骸骨。私门:家门,见前《西征赋》。

⑩刑书:刑法的条文。《尚书·吕刑》:“哀敬折狱,明启刑书胥占,咸庶中正。”

⑪天地之鉴:吕向注:“天地鉴察,日月之明。”此谓天地间有如日月之明镜。

【译文】

富贵宠幸,是臣所不能忘怀的;刑罚贫贱,是臣所不能甘心忍受的。如今若臣奉命赴任,就会有好处;违命辞让,则将吃苦头。臣虽然不通达事理,为什么要去违背时尚与陛下的旨意,而给自己留下忧患与责罚呢?实在是仰观可作借鉴的前事,对照衡量自己,便知奉命的弊病所在,个人不足为惜,恐为国招祸而后悔,所以屡次诚恳地向君王陈述赤诚的心意。但是,微薄而诚恳的心意,未能得到陛下的信任,忧惧惶恐,不知如何是好。以臣今日处于嫌疑的境地,不可以进取是很明显的。再说,臣违命辞让中书监已久,其罪过又增多了,只好乞骸骨归家,以待刑书治臣之罪。愿陛下垂降天地明镜，鉴察臣的赤诚之心，则臣即使是到了死的那一天，也犹如新生之年啊！

桓元子

桓温(312—373)，字元子，谯国龙亢(今安徽怀远西)人。东晋大臣，明帝女婿。少性豪爽，初为荆州刺史，后定蜀，攻前秦，复洛阳，官至大司马，专擅朝政。废帝奕，立简文帝。《晋书·桓温传赞》曰："桓温挺雄豪之逸气，韫文武之奇才，见赏通人，夙标令誉。"

荐谯元彦表一首

【题解】

据《晋书·隐逸传》载，谯秀，字元彦，巴西(今四川阆中西南)人。谯周之孙，少好静，不与世俗交游。"李雄据蜀，略有巴西，雄叔父骧、骧子寿皆慕秀名。具束帛安车征之，皆不应。"躬耕山林。"桓温灭蜀，上疏荐之。"此表即桓温为荐举谯秀而作。

作者一方面结合历史的引证与现实的分析，说明君王访贤求逸的重要，另一方面又历陈谯秀的为人品德，说明举荐其人实出公心。精炼的语言，严密的论述，表达了桓温"举贤旌善"(《晋书·桓温传》)的思想。但是，此表虽有说服力，而"朝廷以秀年在笃老，兼道远，故不征"，仅"遣使敕所在四时存问"(《晋书·隐逸传》)而已。

臣闻太朴既亏①，则高尚之标显②；道丧时昏，则忠贞之义彰③。故有洗耳投渊④，以振玄邈之风⑤；亦有秉心矫迹⑥，以敦在三之节⑦。是故上代之君莫不崇重斯轨，所以笃俗训民[8],静一流竞。伏惟大晋应符御世,运无常通,时有屯蹇[9],神州丘墟[10],三方圮裂[11]。兔罝绝响于中林,白驹无闻于空谷[12],斯有识之所悼心[13],大雅之所叹息者也[14]。

【注释】

①太朴:即大朴,大道。

②高尚之标:高尚的风范。此指隐逸。标,标格,风范。

③忠贞:忠诚坚贞。《春秋左传·僖公九年》:"(荀息曰)公家之利知无不为,忠也;送往事居耦俱无猜,贞也。"

④洗耳:许由事。皇甫谧《高士传·许由》:"尧让天下于许由……由于是遁耕于中岳颍水之阳,箕山之下,终身无经天下色。尧又召为九州长,由不欲闻之,洗耳于颍水滨。"投渊:指务光事。相传汤要让天下给卞随、务光,二人不受,务光投渊而死。事见《战国策·秦策》《庄子·让王》《史记·伯夷列传》等。

⑤玄邈:高尚清远。

⑥秉:操持。《诗经·鄘风·定之方中》:"匪直也人,秉心塞渊。"迹:指"太朴既亏""道丧时昏"。

⑦敦:厚。在三之节:李善注引《国语·晋语》:"晋武公伐翼,杀哀侯,止栾子曰:'苟无死矣,吾令子为上卿。'辞曰:'臣闻之,人生于三,事之如一。父生之,师教之,君食之。'"韦昭注:"三,君、父、师也。"

⑧笃:笃厚。训:规范,准则。

⑨屯蹇:《周易》二卦名。皆是艰难困苦之意。后称挫折、不顺利为屯蹇。

⑩神州:此指洛阳。

⑪三方:晋据江南,其余诸处皆为贼虏所据,故云。圮(pǐ)裂:分裂。

⑫"兔罝(jū)"二句:是喻贤人退居山林。《诗经·周南·兔罝》:"肃

肃兔罝，施于中林。”兔罝，捕兔的网。绝响，乐调中断或散失，后泛称不可再见的流风余韵。又，《诗经·小雅·白驹》：“皎皎白驹，在彼空谷。”空谷，深谷。

⑬有识：有识之士。

⑭大雅：指才德高尚的人。

【译文】

臣听说过，大道已经毁弃的时候，则高尚的风范就显露出来；昏乱无道的时候，则忠贞的道理就更彰明。因此，有许由洗耳、务光投渊，以振起高尚清远的风气；也有人诚心矫正不良世风，以纯厚君、父、师三者的节操。所以，前代君王无不崇尚重视这种高尚的风气，并用来笃厚民俗，规范道德，停止争逐奔竞。臣想，大晋虽是应符瑞之验而控制天下，但命运并无常通之理，时常会有挫折险难，因而出现了神州荒残、三方分裂的局面。于是，贤士隐居林中，与世隔绝；贤者隐居空谷，杳然无闻。这正是有识之士所伤心的，大雅君子所叹息的。

陛下圣德嗣兴，方恢天绪①。臣昔奉役，有事西土，鲸鲵既悬②，思宣大化③，访诸故老，搜扬潜逸，庶武罗于羿浞之墟④，想王蠋于亡齐之境⑤。窃闻巴西谯秀，植操贞固⑥，抱德肥遁⑦，扬清渭波⑧。于时皇极遘道消之会⑨，群黎蹈颠沛之艰⑩，中华有顾瞻之哀⑪，幽谷无迁乔之望⑫。凶命屡招，奸威仍逼⑬，身寄虎吻，危同朝露；而能抗节玉立⑭，誓不降辱，杜门绝迹⑮，不面伪庭⑯。进免龚胜亡身之祸⑰，退无薛方诡对之讥⑱。虽园、绮之栖商洛⑲，管宁之默辽海⑳，方之于秀，殆无以过，于今西土以为美谈。夫旌德礼贤，化道之所先㉑；崇表殊节㉒，圣哲之上务。方今六合未康㉓，豺豕当路㉔，遗黎偷薄㉕。义声弗闻，益宜振起道义之徒，以敦流遁之弊[26]。若秀蒙蒲帛之征[27]，足以镇静颓风[28]，轨训嚣俗[29]，幽遐仰流[30]，九服知化矣[31]！

【注释】

①"陛下"二句：《晋书·穆帝纪》载："穆皇帝讳聃，字彭子，康帝子也。"建元二年(344)九月，康帝崩，穆帝即位，时年二岁。

②"臣昔"几句：《晋书·桓温传》："时李势微弱，温志在立勋于蜀，永和二年，率众西伐。"势败，"乃面缚舆榇请命"。鲸鲵，鲸鱼，喻凶恶之人。《春秋左传·宣公十二年》："古者明王伐不敬，取其鲸鲵而封之，以为大戮，于是乎有京观以惩淫慝。"在此当指李势。

③大化：广远深入的教化。

④庶武罗于羿浞之墟：《春秋左传·襄公四年》："后羿自鉏迁于穷石，因夏民以代夏政。恃其射也，不修民事，而淫于原兽，弃武罗、伯因、熊髡、龙圉，而用寒浞。寒浞，伯明氏之谗子弟也。"杜预注："四子皆羿之贤臣。"

⑤想王蠋于亡齐之境：《史记·田单列传》："燕之初入齐，闻画邑人王蠋贤，令军中曰：'环画邑三十里，无入。'以王蠋之故。已而使人谓蠋曰：'齐人多高子之义，吾以子为将，封子万家。'蠋固谢，燕人曰：'子不听，吾引三军而屠画邑。'王蠋曰：'忠臣不事二君，贞女不更二夫。齐王不听吾谏，故退而耕于野。国既破亡，吾不能存，今又劫之以兵为君将，是助桀为暴也。与其生而无义，固不如烹。'遂经其颈于树枝，自奋绝脰而死。"

⑥贞固：固守正道。《周易·乾》："贞固足以干事。"

⑦肥遁：隐居避世。

⑧扬清渭波：是说在李氏伪朝能保持高节。渭波，即渭水，其水浑浊，与泾水不同。《诗经·邶风·谷风》："泾以渭浊，湜湜其沚。"

传曰:“泾渭相入而清浊异。”

⑨皇极:皇位。遘(gòu):遭遇。

⑩群黎:众庶,黎民。《诗经·小雅·天保》:“群黎百姓,遍为尔德。”

⑪顾瞻:回头看。《诗经·桧风·匪风》:“顾瞻周道,中心怛兮。”

⑫幽谷:深谷。《诗经·小雅·伐木》:“出自幽谷,迁于乔木。”

⑬“凶命”二句:见本篇“题解”。凶命、奸威,指李雄、李寿等。

⑭抗节:坚持节操。玉立:喻坚贞不屈。

⑮绝迹:遗弃世事。

⑯伪庭:指李雄朝。

⑰龚胜:汉彭城(今江苏徐州)人,字君宾。哀帝时为谏议大夫,出为渤海太守。王莽秉政,归隐乡里。王莽多次派人征召他,拜为上卿,不受,对门人说:“今年老矣,旦暮入地,谊岂以一身事二姓,下见故主哉!”绝食十四日而死。见《汉书·龚胜传》。

⑱薛方:字子容。王莽“以安车迎方,方因使者辞谢曰:‘尧舜在上,下有巢由;今明主方隆唐虞之德,小臣欲守箕山之节也。’使者以闻,莽说其言,不强致”。见《汉书·薛方传》。

⑲园、绮:汉初隐士东园公、绮里季,与夏黄公、甪里先生隐居商山,世称商山四皓。事见《汉书·张良传》。商洛:山名。即商山,在今陕西商州东南。

⑳管宁:三国时人,字幼安。汉末避乱辽东。三十七年后归来,文帝拜为太中大夫,明帝拜为光禄勋,皆辞不就。见《三国志·魏书》本传。辽海:此指辽东滨海之地。

㉑化:教化。

㉒殊节:高节。

㉓六合:天地四方。康:安。

㉔豺豕:喻乱贼。

㉕遗黎:亡国之民。偷薄:轻薄,不厚道。

㉖流遁:指浪游隐逸。

㉗蒲帛之征:厚礼相征。《汉书·武帝纪》:建元元年,"遣使者安车蒲轮,束帛加璧,征鲁申公"。注:"以蒲裹轮,取其安也。"

㉘镇静:安定。此有遏制之意。颓风:衰败的民风。

㉙轨训:规范。嚣:薄。

㉚幽遐:远夷。

㉛九服:相传古代天子所住京都以外的地方按远近分为九等,叫九服。刘良注:"九服,谓九服诸侯也。"

【译文】

陛下圣德,继承帝位后,正恢复天命所赐的未竟功业。臣以前奉命西征蜀地,罪恶的元凶既已枭首,就想广布教化,寻访故老,搜罗扬举隐逸的贤才,十分怀想像羿浞废墟上的贤才武罗,亡齐境内的贤士王蠋。臣听说巴西谯秀,立志固守正道,抱着隐逸的德操,犹如在浑浊的渭水上扬起清波。在那时,皇位遭逢道义消亡的命运,黎民百姓受颠沛流离的艰辛,中华大地的贤者只有顾望乱世的哀愁,却没有离开深谷登居高位的愿望。李雄等对谯秀或以重礼多次征招,或以威势多次强逼,身在虎口边,生命的危险有如早晨的露水瞬息即逝。但是他能够坚持节操,坚贞不屈,发誓不降服辱志仕伪朝,而是关门弃世,不心向伪朝。进而与龚胜比较,则免除了亡身之祸;退而与薛方比较,则没有遭致诡辩的讥讽。即使如东园公、绮里季隐逸商山,管宁幽居辽海,与谯秀相比,恐怕没法超过他。直到现在,蜀地的人们将他的这种高节传为美谈。以礼表彰贤德之人,是教化之道应首先做到的;尊崇表扬有高节的人,是圣哲重要的事。当今天下尚未安定,豺狼当道,亡国之民轻薄,正义之声不闻,更应该振起道义之人,劝勉浪游隐逸的弊俗。如果谯秀承蒙厚礼相征,便可以此遏制败坏了的风气,规范淡薄了的习俗,使远方之人敬慕,九服诸侯也会感知教化的啊!

殷仲文

见卷第二十二《南州桓公九井作》作者介绍。

解尚书表一首

【题解】

晋安帝元兴元年(402),控制长江中游地区的桓玄举兵东下,攻入建康,掌握朝政,次年底代晋自立,国号楚。身为桓玄姐夫的殷仲文遂"宠遇隆重",并"以佐命亲贵"(《晋书·殷仲文传》,下同)。当桓玄为刘裕所败,便随玄西走,"至巴陵,因奉二后投义军,而为镇军长史,转尚书"。刘裕恢复晋室之后,殷仲文便上此表,请求解除尚书之职。

表中着重剖析了作者从桓玄篡晋的罪过,意在说明"显居荣次"之不当,理应"乞解所职,待罪私门"。但是,从字里行间也流露出作者言不由衷的复杂心情。所以,表上之后,虽然"诏不许",他却"自谓必当朝政","常怏怏不得志"。表中所言,与事实殊异,其为人可想而知。

《晋书·桓玄传》称:"仲文善属文,为世所重。"从这篇简短的奏表中,可以看出其笔力老健,颇有文才。

臣闻洪波振壑,川无恬鳞①;惊飙拂野②,林无静柯。何者?势弱则受制于巨力,质微则莫以自保。于理虽可得而言,于臣寔非所敢喻③。昔桓玄之世,诚复驱迫者众,至于愚臣,罪实深矣!进不能见危授命④,忘身殉国;退不能辞粟首阳,拂衣高谢⑤。遂乃宴安昏宠⑥,叨昧伪封⑦,锡文篡事⑧,曾无独固⑨。名义以之俱沦,情节自兹兼挠⑩,宜其极法⑪,

以判忠邪。镇军臣裕，匡复社稷[12]，大弘善贷[13]，伫一戮于微命[14]，申三驱于大信[15]，既惠之以首领[16]，复引之以絷维[17]。于时皇舆否隔[18]，天人未泰[19]，用忘进退[20]，惟力是视[21]，是以偪俛从事[22]，自同全人[23]。今宸极反正[24]，惟新告始，宪章既明，品物思旧[25]，臣亦胡颜之厚[26]，可以显居荣次[27]！乞解所职，待罪私门。违谢阙庭[28]，乃心愧恋。谨拜表以闻，臣某云云。

【注释】

①"臣闻"二句：枚乘《七发》："横暴之极，鱼鳖失势，颠倒偃侧。"恬鳞，安静的鱼。

②惊飙：狂风。

③寔非：原作"实"，无"非"字，今据《晋书·殷仲文传》校增。

④见危授命：《论语·宪问》："见利思义，见危授命。"授命，献出生命。

⑤"退不能"二句：相传武王伐纣，伯夷叔齐叩马谏阻。商亡后，他们耻食周粟，逃到首阳山，采薇而食，饿死山中。事见《史记·伯夷列传》。高谢，远远地离开世事。犹言隐居。

⑥宴安：安逸。《春秋左传·闵公元年》："宴安酖毒，不可怀也。"

⑦叨昧：贪冒。伪封：玄篡晋，封殷仲文为东兴公。见《晋书·桓玄传》。

⑧锡文：指劝玄加九锡及禅位的册文。《晋书·桓玄传》："百官到姑孰劝玄僭伪位……"《晋书·殷仲文传》："玄九锡，仲文之辞也。"九锡，传说帝王尊礼大臣所给的九种器物。自王莽篡汉前先加九锡之后，魏晋南北朝大臣篡权前，都加九锡。

⑨曾无独固：李善注："曾无固守之节，亦从于众也。"谓其不拒受伪封、行篡事。

⑩情节：节操。挠：通"桡"，弯曲，屈服。

⑪极法：犹极刑，指最重的刑罚。

⑫匡复：匡正恢复。

⑬贷：宽免。

⑭伫：停。微命：指殷仲文。

⑮三驱：《周易·比》："王用三驱，失前禽。"意为网开三面，让出一条生路，以示宽仁之德。

⑯惠之以首领：将头颈赐惠给人，犹言不杀。首领，头颈。《春秋左传·隐公三年》："（宋公曰）若以大夫之灵，得保首领以没……"

⑰絷维：《诗经·小雅·白驹》："絷之维之，以永今朝。"本指绊马足，拴马缰，以示留客之意，后用以指挽留人才。

⑱否(pǐ)隔：闭塞不通。

⑲泰：通。

⑳用：以，因此。

㉑惟力是视：《春秋左传·僖公二十四年》："除君之恶，唯力是视。"唯，通"惟"。

㉒僶俛(mǐn miǎn)从事：《诗经·小雅·十月之交》："黾勉从事，不敢告劳。"僶俛，同"黾勉"，努力、奋勉之意。

㉓全人：旧称道德完美的人。《庄子·庚桑楚》："圣人工乎天而拙乎人。夫工乎天而俍乎人者，唯全人能之。"注："工于天即使于人矣，谓之全人；全人，则圣人也。"

㉔宸极反正：指帝位废而复立。反正，由乱而治，由邪归正。《春秋公羊传·哀公十四年》："拨乱世，反诸正，莫近诸《春秋》。"

㉕思旧：想起过去（玄未篡晋前）的礼法条章。

㉖胡：何。

㉗荣次：高官的等次。此指尚书。

㉘违谢阙庭：指辞官而离别朝廷。违谢，辞别。阙庭，朝廷。

【译文】

臣听说过，大的波涛振荡于沟壑，河川中就不会有安安静静的鱼儿；狂风吹拂原野，林木就不会有静止不动的枝条。是什么原因呢？势力弱小就要受强大势力的控制、左右，本身轻微就无法自保。从道理上虽然可以这样说，从臣来讲的确不敢用来比喻自己。从前在桓玄篡晋的时候，的确被驱迫的人很多，至于愚臣，其罪是很深的啊！进不能见晋室危难而献出生命，以身殉国；退不能学伯夷、叔齐不食周粟逃到首阳，而拂衣隐退。于是竟以在昏乱之朝深得宠贵而晏然自得，贪冒伪朝封赏，草拟劝玄加九锡与禅位的册文，为其篡晋效力，曾无一点固守之节。名义因此全都沦没，节操从此更加扭曲，应该处以最重的刑罚，以分忠正与奸邪。镇军臣刘裕，匡救恢复晋朝的社稷，广为行善宽免有罪之人，免了对微命之臣的一刀，开三面之网放臣一条生路，其宽厚令人信服。既不杀臣，又召引挽留臣。在那时，国君为臣下闭塞，天道人事未得大通，因此忘了个人的进退，而只把尽心效力作为行动的出发点，所以努力办事，自同于完美之人。现今帝位恢复，新政开始，典章制度已经明确，评定事物自然要想起旧时情景，臣哪能以此厚颜显居于高官的等次之中！乞请解除所任尚书之职，让臣在家等待治罪。辞官离朝，心里却很惭愧依恋。特地写成此表奉闻圣上，臣某云云。

傅季友

见卷第三十六《为宋公修张良庙教》作者介绍。

为宋公至洛阳谒五陵表一首

【题解】

晋安帝义熙十二年(416)，刘裕率北伐军攻入洛阳，命修晋五陵(即文帝崇阳陵、武帝峻阳陵、宣帝高原陵、景帝峻平陵、惠帝陵)，并亲往拜谒。傅亮为他写的这一奏表，以十分简洁的文字，真实地记述了他到洛阳拜谒五陵的情景。从表中可以看出，战乱给旧京洛阳带来的破坏之严重。旧京尚且如此，当时社会现实亦可想见。

但是表文的感情色彩正如张溥所指出的："入洛阳谒五陵，宋公百世一日也。表文无痛哭之谈，识者先知其非心王室矣。"（《汉魏六朝百三家集题辞》）因此后来刘裕代晋称帝，绝非偶然。此表正如清人许梿所评："不甚斫削，然曲折有劲气。六朝章奏，季友不愧专门。"（《六朝文絜》）

臣裕言：近振旅河湄①，扬旍西迈②，将届旧京③，威怀司雍④。河流遄疾⑤，道阻且长⑥，加以伊洛榛芜⑦，津涂久废，伐木通迳，淹引时月⑧。始以今月十二日次故洛水浮桥⑨，山川无改，城阙为墟，宫庙隳顿⑩，钟簴空列⑪。观宇之余，鞠为禾黍⑫，廛里萧条⑬，鸡犬罕音，感旧永怀，痛心在目⑭。以其月十五日奉谒五陵，坟茔幽沦⑮，百年荒翳⑯，天衢开泰⑰，情礼获申⑱。故老掩涕⑲，三军凄感，瞻拜之日，愤慨交集。行河南太守毛修之等既开翦荆棘⑳，缮修毁垣，职司既备㉑，蕃卫如旧㉒。伏惟圣怀，远慕兼慰，不胜下情。谨遣传诏殿中中郎臣某，奉表以闻。

【注释】

①振旅：整顿部队。《尚书·大禹谟》："班师振旅。"传："兵入曰振旅，言整众。"河湄：黄河边。湄，岸边。

②旍（jīng）：同"旌"，旗的一种。

③旧京：指西晋都城洛阳。

④威怀：威德并用。《管子·君臣》："故德之以怀也，威之以畏也，

则天下归之矣。”司雍：二州名。司州，三国及西晋时，皆于洛阳畿辅置司州，治洛阳。东晋于各地侨置司州，刘裕收复河南后，置司州，治虎牢。雍州，今陕西、甘肃及青海额济纳之地，即为古雍州。

⑤遄(chuán)疾：疾速。

⑥道阻且长：《诗经·秦风·蒹葭》：“溯洄从之，道阻且长。”阻，险阻。

⑦伊洛：二水名。榛芜：荒芜，草昧。

⑧淹引：迟延。

⑨次：临时驻扎。洛水浮桥：横跨洛阳城内洛水上的一座桥梁，长二百步，阔四十步，中间可以开合让船只出入。后改建为石桥，名天桥，又名洛阳桥。

⑩隳(huī)顿：废坏。

⑪簴(jù)：悬钟的两根立柱。

⑫“观宇”二句：《诗经·王风·黍离》序：“周大夫行役，至于宗周。过故宗庙宫室，尽为禾黍。”鞠，生长。

⑬廛(chán)里：住宅，市肆区域的通称。《周礼·廛人》：“以廛里任国中之地。”

⑭“感旧”二句：刘琨《答卢谌诗》：“哀我皇晋，痛心在目。”

⑮坟茔(yíng)：坟墓。幽沦：此指隐蔽沦没。

⑯百年：指自怀帝至安帝的百余年。荒翳：荒废。

⑰天衢：指旧京洛阳。开泰：亨通安泰。

⑱情礼：吕延济注：“情，谓臣子拜谒也；礼，谓祭物仪也。”

⑲掩涕：掩面垂涕而哭泣。屈原《离骚》：“长太息以掩涕兮，哀民生之多艰。”

⑳行：使，派。毛修之：字敬文，荥阳人，时为河南、河内二郡太守，戍洛阳。

㉑职司：主管其事的官员。

㉒蕃(fān)卫：护卫，保卫。蕃，通“藩”，屏障。

【译文】

臣刘裕奏言：近日在黄河边整顿部队后，便举旗西进，将到旧京洛阳，其威德并用及于司、雍二州。由于河流湍疾，道路又险又远，加以伊、洛两岸杂草丛生，渡口道路荒废已久，需伐木通路，因而迟延了到达洛阳的时间。大军方才在本月十二日进驻旧时的洛水浮桥。山河没有什么变化，而城阙已成废墟，宫庙废坏，钟架空设。旧时宫观屋宇的遗址上，长满了禾黍；城市萧条，极少听到鸡鸣狗吠之声。感怀昔日洛阳盛世，而痛心眼前的一切。那月十五日拜谒五陵，陵墓隐没，荒废已有百年，幸赖旧都光复，拜谒祭祀的礼仪才得以恢复。瞻仰拜谒的那一天，故旧遗老掩面哭泣，三军将士悲伤感叹，真是怨恨与感慨交集在一起了。派河南太守毛修之等不久前铲除荆棘，修缮了毁坏的城垣，并已设置了守陵的官员，护卫的礼仪皆如从前。想到圣上远思父祖，慰安陵庙，臣不尽心中之意。所以特地派遣传诏殿中中郎臣某，进献此表奏闻圣上。

为宋公求加赠刘前军表

【题解】

刘前军，即前军将军刘穆之，字道冲，东莞(今山东沂水)人。东晋末年任尚书左仆射、前军将军，死后追赠仪同三司。傅亮为刘裕草拟此表，请求朝廷为其加赠封爵。所以，表中不仅从道理上讲“崇贤旌善”“念功简劳”“俾忠贞之烈不泯于身后，大赉所及永秩于善人”的重要，而且还极力陈述刘穆之的功德，突出他在动乱的年代，“出征入辅。幸不辱命，微夫人之左右，未有宁济其事者矣”的业绩，表彰他“每议及封爵，辄深自抑绝”的精神。理不空泛，事无虚浮，一篇奏表可见刘裕崇贤重义的德行。

据《宋书》载，此表奏上之后，圣上重赠刘穆之侍中司徒，封南昌县侯。

臣闻：崇贤旌善，王教所先；念功简劳[1]，义深追远[2]。故司勋秉策[3]，在勤必记，德之休明[4]，没而弥著。

【注释】

①简：册简。此作动词用。

②追远：久远之事，录而不忘。

③司勋：官名。主管功赏事务。

④德之休明：美好的品德。《春秋左传·宣公三年》："定王使王孙满劳楚子，楚子问鼎之大小轻重焉。对曰：'在德不在鼎……德之休明，虽小，重也。'"

【译文】

臣听说：尊重贤才，表彰品德好的人，是君王教化首先要考虑的；思念人的功绩，并将功劳书于简策，其义在于追思远事。所以，司勋掌握的简策，发现有功劳者一定记载下来；有美好品德的人，死后终会更加著称于世。

故尚书左仆射、前军将军臣穆之，爰自布衣[1]，协佐义始[2]，内竭谋猷[3]，外勤庶政[4]，密勿军国[5]，心力俱尽。及登庸朝右[6]，尹司京畿[7]，敷赞百揆[8]，翼新大猷[9]。顷戎车远役，居中作捍[10]。抚宁之勋[11]，实洽朝野[12]，识量局致[13]，栋干之器也[14]。方宣赞盛化[15]，缉隆圣世[16]，志绩未究，远迩悼心，皇恩褒述，班同三事[17]。荣哀既备[18]，宠灵已泰[19]。臣伏思寻，自义熙草创[20]，艰患未弭[21]，外虞既殷，内难亦荐[22]，时屯世故[23]，靡有宁岁。臣以寡劣，负荷国重，实赖穆之匡翼之勋。岂惟谠言嘉谋[24]，溢于民听；若乃忠规密谟[25]，潜虑帷幕，造膝诡辞[26]，莫见其际。事隔于皇朝，功隐于视听者，不可胜记[27]。所以陈力一纪[28]，遂克有成，出征入辅，幸不辱命，微夫人之左右，未有宁济其事者矣。履谦居寡[29]，守之弥固，每议及封爵，辄深自抑绝[30]，所以勋高当年，而茅土弗及[31]。抚事永念，胡宁可昧[32]？谓宜加赠正司[33]，追甄土宇[34]，俾忠贞之烈[35]，不泯于身后[36]；大赉所及[37]，永秩于善人[38]。

【注释】

①爰：句首语助词。

②协佐义始：李善注："裴子野《宋略》曰：高祖（刘裕）潜谋匡复，署穆之主簿，委以腹心。"

③谋猷：计谋。《尚书·文侯之命》："越小大谋猷，罔不率从。"也作"谋犹"。

④庶政：各种政务。《周易·贲》："君子以明庶政，无敢折狱。"

⑤密勿：勤勉努力。《后汉书·胡广传》："（史敞荐广书）密勿夙夜，十有余年，心不外顾，志不苟进。"军国：军务与国政。

⑥登庸：举用。《尚书·尧典》："帝曰：畴咨若时登庸。"朝右：位居朝班之右，指大官。刘穆之曾任尚书左仆射。

⑦尹司京畿：刘穆之曾加丹阳尹。孙权将丹阳郡治移建业县（今江苏南京），故云。

⑧敷赞：陈述奏进。百揆：百度，此泛指庶政。

⑨大猷：大道。《诗经·小雅·巧言》："秩秩大猷，圣人莫之。"

⑩"顷戎车"二句：刘裕北伐，转穆之左仆射，甲仗五十人，入居东

城。见《宋书·刘穆之传》。

⑪抚宁:安定。

⑫洽:合。

⑬识量:见识与度量。局:度量,器量。致:同“至”,大。

⑭栋干:喻担当国家重任的人。《汉书·佞幸传赞》:“主疾无嗣,弄臣为辅,鼎足不强,栋干微挠。”

⑮宣赞:出力推广。《后汉书·邓骘传》:“并统列位,光昭当世,不能宣赞风美,补助清化,诚惭诚惧,无以处心。”

⑯缉:光。

⑰三事:三公。《诗经·小雅·雨无正》:“三事大夫,莫肯夙夜。”孔疏:“三事大夫为三公耳。”此指追赠刘穆之仪同三司。

⑱荣哀既备:《论语·子张》:“(子贡曰)其生也荣,其死也哀。”意谓人活着时受人尊敬亲近,人死后众人悲哀。

⑲泰:足够。

⑳义熙:晋安帝年号(405—418)。草创:凡事初设。

㉑艰患未弭:指桓玄作乱。弭,止。

㉒“外虞”二句:指义熙五年(409)南燕慕容超数为边患,刘裕率兵北伐,灭南燕;南边的卢循乘刘裕北伐攻建康,率精兵击败卢循,义熙七年(411)收复广州;以及此后数年间,平定割据者刘毅、谯纵、司马休之,消灭后秦国等。虞,忧患。殷,多。荐,一再。

㉓屯:艰难。

㉔谠(dǎng)言:正直的话。《汉书·叙传》:“今日复闻谠言。”

㉕若乃:至于。谟:谋划。

㉖造膝诡辞:李善注:“《风俗通》曰:礼谏有五,讽为上。故入则造膝,出则诡辞。”造膝,至于膝下,谓亲近。诡辞,不实之言。《春秋穀梁传·文公六年》:“故士造辟而言,诡辞而出。”注:“诡辞而出,不以实告人。”这是表示对人主的忠心。

㉗不可胜记：记述不尽，犹言很多。

㉘陈力：施展才力。《论语·季氏》："孔子曰：'求，周任有言曰：陈力就列，不能者止。'"一纪：十二年。《国语·晋语》："（狐偃曰）蓄力一纪，可以远矣。"

㉙寡：寡欲。

㉚抑绝：拒绝。谓拒封爵。

㉛茅土：谓受封为王侯。古帝王社祭之坛以五色土筑成，分封诸侯时则按封地方向取坛上一色土，以茅包之给受封者在封地内立社，称茅土。

㉜胡：何。

㉝正司：吕延济注："正司，谓正为三公也。"

㉞甄：表。土宇：土地与屋宅。

㉟俾：使。烈：业。

㊱泯：没。

㊲大赉（lài）：大的赏赐。《论语·尧曰》："周有大赉，善人是富。"

㊳秩：禄秩。

【译文】

已故尚书左仆射、前军将军、臣刘穆之，由一布衣而帮助臣初起义兵，在内竭力出谋划策，在外勤力于各种政务，努力于军务国政，尽心尽力。当其被举用为朝廷要员，加封京畿长官的时候，陈述奏进各种政务，尽其辅佐新君的大道。不久，臣戎车远征，他居中捍卫。安定社稷的丰功的确合于朝野众望，见识之广，度量之大，可谓栋梁骨干之才。正当他大力推广昌盛的教化，光大圣世之时，壮志未成就去世了。远近的人无不伤心，皇恩为嘉奖显扬他的功绩，追赠其爵位如同三公。生荣死哀都已齐备，加宠给亡灵的已经够多了。但臣考虑到：自从安帝义熙初始，艰难祸患从未停止过，外患既多，内难也一再出现，时世艰难多故，简直没有安宁之年。臣才寡力弱，而肩负国家重任，实际上是依靠了穆之辅佐的功劳，岂只是众人皆知的他那些正直的话与好的谋略。至于他忠诚告诫，密谋深虑于帷幄之中，入则亲近，出则诡辞对人，则是一般人看不见的。事与皇朝相隔，他不为君主所知的功绩，是很多的。所以，他施展才力十二年，终于能够有所成就。无论出外率兵征伐，还是入朝辅佐君王，皆有幸不辱君命；无此人左右相助，军国之事就不会有安济的时候。但他怀抱谦虚寡欲的态度越来越坚固，每当朝廷议及封爵的时候，他马上发自内心地加以拒绝。所以当年功勋卓著，却未受封。抚慰其事久久难忘，岂可掩盖其功？因此，臣认为应该加赠他三公之封，追表他所居房屋、土地，使忠贞的业绩，虽人死而不朽，重赏所及，永远赐禄秩于好人。

臣契阔屯夷①，旋观终始②，金兰之分③，义深情感。是以献其乃怀，布之朝听④，所启上，合请付外详议。

【注释】

①契阔：离合。此处指死生离散。《诗经·邶风·击鼓》："死生契阔，与子成说。"屯夷：难于平静。

②旋：随即。终始：指穆之一生。

③金兰：言交友相投合。《周易·系辞》："二人同心，其利断金，同心之言，其臭如兰。"

④朝：外朝。古时为朝廷议政事处，在皋门之内，库门之外。

【译文】

臣此时与穆之死生契阔，心难平静，现在回想他的一生，与臣金兰之交，情深意笃。因此献上一片情怀，上达给朝廷，所陈述给陛下的，如合上意，就请交付外朝详议。

任彦昇

见卷第二十三《出郡传舍哭范仆射》作者介绍。

为齐明帝让宣城郡公第一表一首

【题解】

齐明帝，名鸾，太祖时封西昌侯。郁林王继武帝位不久，即为太后所废，而由鸾之弟海陵王继位。海陵王以鸾录尚书事，并封宣城郡公，鸾固让不受。此即任彦昇为鸾固让宣城郡公事而写的奏表。

表中一方面陈述"王室不造，职臣之由"，从个人有负武皇帝重托，申说辞让所封的理由；另一方面又说封任之职，责任重大，承担不起，如不辞让，有污朝廷，从而进一步表明辞让所封，其意难夺。文章论说辞让所封的理由，总是从萧氏荣辱，社稷安危着笔，而撇开了个人得失，写得十分得体，很有说服力。论说中引用故实，为其所用，更见作者"才思无穷"(《南史·任昉传》)。

虽然鸾于表中"固让不受"所封，但于此不久，他还是"废帝自立"了。见张铣注。

臣鸾言：被台司召[①]，以臣为侍中中书监、骠骑大将军、开府仪同三司、扬州刺史、录尚书事[②]，封宣城郡开国公[③]，食邑三千户，加兵五千人。臣本庸才，智力浅短。太祖高皇帝笃犹子之爱[④]，降家人之慈；世祖武帝情等布衣[⑤]，寄深同气[⑥]。武皇大渐[⑦]，实奉话言[⑧]。虽自见之明，庸近所蔽，愚夫一至[⑨]，偶识量己，实不忍自固于缀衣之辰，拒违于玉几之侧,遂荷顾托,导扬末命[10]。虽嗣君弃常[11],获罪宣德[12],王室不造[13],职臣之由。何者?亲则东牟[14],任惟博陆[15],徒怀子孟社稷之对,何救昌邑争臣之讥[16]?四海之议于何逃责?且陵土未干[17],训誓在耳,家国之事一至于斯,非臣之尤谁任其咎?将何以肃拜高寝[18],虔奉武园[19]?悼心失图[20],泣血待旦,宁容复徽荣于家耻[21],宴安于国危[22]!

【注释】

①台:东汉以后,朝廷政务由三公改归台阁(尚书),习惯上称朝廷为台。

②扬州:原作"杨州",误,今改。

③宣城郡:西晋太康二年(281)置,治所在宛陵县(今安徽宣城)。

④太祖高皇帝:指南齐高帝萧道成。犹子:《礼记·檀弓》:"兄弟之子,犹子也。盖引而进之也。"鸾为道成兄道生之子,故称。

⑤世祖武帝:萧道成长子萧赜。

⑥同气:见卷第三十七曹植《求自试表》注。

⑦大渐:病危。《尚书·顾命》:"呜呼!疾大渐,惟几。"

⑧话言:善言。《诗经·大雅·抑》:"其维哲人,告之话言。"此指嘱托后事的话。

⑨一至:李善注:"刘邵《人物志》曰:一至,谓之偏材。偏材,小雅之质也。"

⑩"实不忍"几句:《尚书·顾命》:"出缀衣于庭,越翼日乙丑,王崩。"又曰:"皇后凭玉几,道扬末命。"缀衣之辰,指将崩之时。缀衣,幄帐。玉几,可供扶倚的玉饰小案,古时帝王用具。顾托,临终嘱托。导扬,宣示,宣扬。末命,临终之命。

⑪嗣君:指郁林王萧昭业。他继武帝位不久,即为太后所废。弃

常：废弃常道。《春秋左传·庄公十四年》："（申繻对曰）人弃常则妖兴。"

⑫宣德：指宣德皇太后。

⑬造：成就，成功。

⑭东牟：汉齐悼惠王肥之子兴居，高后六年（182）四月封东牟侯。

⑮博陆：指霍光。封博陆侯。

⑯"徒怀"二句：子孟，霍光字。昌邑，昌邑王贺。争，同"诤"，力谏。据《汉书·霍光传》载，武帝病危时，霍光受遗诏辅佐昭帝。昭帝崩，辅昌邑王贺，贺淫乱，被太后废。"王曰：'闻天子有争臣七人，虽无道不失天下。'……光谢曰：'王行自绝于天，臣等驽怯，不能杀身报德。臣宁负王，不敢负社稷。'"

⑰陵土未干：指武帝去世不久。

⑱肃：敬。高寝：高帝萧道成的寝庙。

⑲虔：敬。武园：武帝萧赜的园陵。

⑳悼心失图：是说因悲痛而失去主张。《春秋左传·昭公七年》："嘉惠未至，唯襄公之辱临我丧，孤与其二三臣，悼心失图。"

㉑徼（yāo）：通"邀"，求取。家耻：指郁林王"弃常"。

㉒宴安：安逸。国危：指太皇废郁林王之后。

【译文】

臣鸾奏言：臣受朝廷召见，任用臣为侍中中书监、骠骑大将军、开府仪同三司、扬州刺史、录尚书事，封宣城郡开国公，食邑三千户，加兵五千人。臣本是才能平庸、智力浅薄的人，太祖高帝因臣为犹子而深加厚爱，屈尊待臣如家人般慈祥；世祖武帝像平民一样与臣相处，似兄弟般与臣相亲，在他病危时曾将后事嘱托给臣。虽然臣有自知之明，深知庸人相近会蒙蔽君王大事，愚臣又见识偏狭，不能正确掂量自己，但的确不忍心坚持在武帝将崩之时，在玉几之侧违拒受托之言，于是负起了临终所托的重任，并宣示武帝临终的遗命。虽然嗣君废常道，而得罪于宣德太后，但辅佐王室不成功，主要是臣的责任。为什么呢？相亲有如当年东牟侯，受重任唯有博陆侯可比，但臣犹似霍光一样，空怀有为社稷的一番对话，又怎能洗刷昌邑王指责霍光不能为诤臣的讥诮呢？天下人对此议论纷纷，臣如何能够逃脱罪责？何况陵土未干，临终时的训誓在耳，而家国之事弄成了这个样子，不是臣的罪责，谁又来承担这个罪责呢？臣将用什么去敬拜高祖寝庙，敬奉武帝陵园？伤痛不已，失去了主张，只有泣不成声，夜以待旦。岂能容忍在家耻之时再求取个人的福荣，当国危之秋而图个人安逸！

骠骑上将之元勋，神州仪刑之列岳[1]，尚书古称司会[2]，中书实管王言。且虚饰宠章[3]，委成御侮[4]，臣知不惬[5]，物谁谓宜[6]？但命轻鸿毛，责重山岳[7]，存没同归，毁誉一贯[8]。辞一官不减身累[9]，增一职已黩朝经[10]，便当自同体国[11]，不为饰让[12]。至于功均一匡[13]，赏同千室[14]，光宅近甸[15]，奄有全邦，殒越为期[16]，不敢闻命。亦愿曲留降鉴[17]，即垂顺许，钜平之恳诚必固[18]，永昌之丹慊获申[19]，乃知君臣之道绰有余裕[20]。苟曰易昭[21]，敢守难夺。故可庶心弘议，酌己亲物者矣[22]。不胜荷惧屏营之诚[23]，谨附某官某甲，奉表以闻。臣讳诚惶诚恐。

【注释】

①神州：此指扬州。仪刑：礼仪法度。列岳：比喻诸侯。

②司会(kuài)：官名。《周礼·叙官》："司会，中大夫二人……"郑玄注："司会，主天下之大计，计官之长，若今尚书。"

③宠章：显荣的侯印。

④御侮：《诗经·大雅·绵》："予曰有御侮。"疏："御侮者，有武力之

臣，能折止敌人之冲突者，是能扞御侵侮，故曰御侮也。”此指骠骑大将军。

⑤不惬（qiè）：不恰当。

⑥物：察，看。

⑦“但命轻”二句：李善注：“阳泉《养性赋》曰：‘况性命之几微，如鸿毛之漂轻。’毌丘俭《之辽东诗》曰：‘忧责重山岳，谁能为我担。’”

⑧“存没”二句：李善注：“《庄子》曰：‘哀公曰：何谓材命？仲尼曰：存亡毁誉，是事之变。’”一贯，相同，一样。

⑨累：烦劳。

⑩黩：玷污。经：法制，原则。

⑪体国：犹言国体。君王的股肱之臣。《春秋穀梁传·庄公二十四年》：“大夫，国体也。”范宁《集解》：“国体，谓为君股肱。”

⑫不为饰让：犹言不应故作辞让，谓真心辞让。

⑬一匡：纳入正轨。《论语·宪问》：“管仲相桓公，霸诸侯，一匡天下。”

⑭赏同千室：《春秋左传·宣公十五年》：“晋侯赏桓子狄臣千室。”千室，即千家，战国时秦有千户侯，封食邑千家。

⑮近甸：宣城离都城不远，故云。甸，古代称都城郊外的地方。

⑯殒越：坠落。引申指死亡。《春秋左传·僖公九年》：“（齐侯曰）恐陨越于下，以遗天子羞。”

⑰曲留降鉴：指降鉴曲留原任。

⑱钜平：羊祜，见前《让开府表》。

⑲永昌：庾亮，见前《让中书令表》。

⑳乃知君臣之道绰有余裕：《孟子·离娄》：“欲为君，尽君道；欲为臣，尽臣道。”又，《孟子·公孙丑》：“有官守者，不得其职则去；有言责者，不得其言则去。我无官守，我无言责也，则吾进退，岂不绰绰然有余裕哉！”

㉑易昭：指心情易昭，即下“敢守难夺”之志。

㉒酌己亲物：审度自己，亲近众人。

㉓屏营：惊惶。

【译文】

骠骑大将军是将军当中有特殊功劳的人，扬州刺史的礼仪法度等同诸侯，今之尚书就是古时主天下大计的司会，中书令实际上是主管皇帝言路的重臣。况且虚佩显荣的侯印，委命为御侮的骠骑大将军，臣自知不当，看谁会认为恰当呢？但是，个人的命运轻如鸿毛，而责任却重似山岳。所以，对臣来说生与死，诽谤与称誉都是一回事。辞去一官并不减轻自己的烦劳，增加一个职位却已玷污了朝廷的法则，就应当将个人视同国家的股肱，不为假饰而求取辞让之名。至于将臣的功劳视同一匡天下的管仲，封赏与千户侯一样，所封之地比邻都城，大有全国，即使坠没而死，也不敢接受此命。愿陛下降旨将臣曲意留下，如果陛下马上答应臣的请求，臣像羊祜一样的恳诚之心必定更加坚定，像庾亮一样的赤诚之志也会获得舒展，这才明白君臣之道绰绰有余裕的道理。如果说臣的心情容易昭察，那就是匹夫之志是固守难夺的。因此可以在众人大发议论之时，认真审度自己接近物议的地方！臣不胜担惊惶恐之至，特让某官某甲呈表奉闻陛下。臣顾虑重重，诚惶诚恐。

为范尚书让吏部封侯第一表一首

【题解】

据《南史·范云传》载，范云字彦龙，当初与梁武帝萧衍同事齐竟陵王，“情好甚欢”，永明末年，又与梁武帝“筑室相依”。及武帝登位，范云为散骑常侍、吏部尚书，“以佐命功，封霄城县侯”。范云认为不能受此封学，便请任彦昇为他写了此表，以陈述其中让封的想法。

由于范云与梁武帝私交甚好，所以奏表在陈述让封原因时，虽然从大处落笔，而又不时关照到他们之间的个人情谊。这样，既合君臣之道，又见朋友之情，使文章于说理中富有情味。尤其是文中连用十一个“或”字句，颇有气势，大大增强了文章的说服力。而频频用典，生动贴切，更见作者不失为当时一位大手笔。

臣云言：被尚书召，以臣为散骑常侍、吏部尚书，封霄城县开国侯[①]，食邑千户。奉命震惊，心颜无措。臣云顿首顿首，死罪死罪！

【注释】

①霄城县：当作“宵城县”。宵城县，西晋末置，治所在今湖北天门东北。

【译文】

臣范云奏言：被尚书省召见，任臣为散骑常侍、吏部尚书，封霄城县开国侯，食邑千户。受此任命感到震惊，不知所措。臣云顿首叩拜，死罪死罪！

臣素门凡流[①]，轮翮无取[②]，进谢中庸，退惭狂狷[③]。固尝钻厉求学，而一经不治[④]；篆刻为文[⑤]，而三冬靡就[⑥]。负书燕魏，宽殚菽粟；蹑屩齐楚，徒失贫贱[⑦]。既而分虎出守，以囊被见嗤；持斧作牧，以薏苡兴谤[⑧]。赭衣为虏[⑨]，见狱吏之尊[⑩]；除名为民[⑪]，知井臼之逸[⑫]。百年上寿[⑬]，既曰徒然，如其诚说，亦以过半。乱离斯瘼，欲以安归[⑭]，闭门荒郊，再离寒暑；兼以东皋数亩[⑮]，控带朝夕[⑯]，关外一区[⑰]，怅望钟阜[⑱]；虽室无赵女[⑲]，而门多好事[⑳]；禄微赐金，而欢同娱老[㉑]，折芰燔枯㉒,此焉自足。陛下应期万世㉓,接统千祀㉔,三千景附㉕,八百不谋㉖。臣衅等离心,功惭同德㉗。泥首在颜㉘,舆棺未毁㉙,缔构草昧,敢叨天功,狱讼讴歌㉚,示民同志。而隆器大名㉛,一朝总集,顾己反躬㉜,何以臻此?正当以接闬白水,列宅旧丰㉝,忘舍讲之尤,存诸公之费㉞,俯拾青紫,岂待明经㉟!臣云顿首顿首,死罪死罪。

【注释】

①素门:平常门第。

②轮翮(hé):车轮与鸟翼。晋人张载《赠枣子琰诗》:“辎车运在轮,飞骨须六翮。”张铣注:“轮有轮运之功,翮犹转翼之用,言我无此能。”

③“进谢”二句:《荀子·王制》:“中庸民不待政而化。”中庸,平庸之人。又,《论语·子路》:“不得中行而与之,必也狂狷乎?狂者进取,狷者有所不为也。”《集解》:“包(咸)曰:狂者进取于善道,狷者守节无为。”狂狷,此处偏于“狷”义。谢、惭,皆不及之意。

④一经:一种经书。汉初以来,读书人专通一经,再兼通诸经。

⑤篆刻为文:谓写文章。篆,书写。扬雄《法言·吾子》:“童子雕虫篆刻。”

⑥三冬:三年。《汉书·东方朔传》:“年十三学书,三冬,文史足用。”

⑦“负书”几句:《战国策·秦策》:“(苏秦)说秦王,书十上而说不行。黑貂之裘弊,黄金百斤尽,资用乏绝,去秦而归。羸滕履跻,负书担橐……”又,《史记·范睢蔡泽列传》:“夫虞卿蹑屩檐簦,一见赵王,赐白璧一双,黄金百镒。”殚(dān),尽。蹑屩(juē),穿着草鞋,谓远行。屩,胡克家《文选考异》:“案:屩,当作‘跻’。”在

作草鞋讲时,二字相通。

⑧"既而"几句:《后汉书·吴祐传》:"昔马援以薏苡兴谤,王阳以衣囊徼名。"李贤注:"前书(指《汉书》)曰:王阳好车马,衣服鲜明,而迁徙转移,所载不过囊橐,时人怪其奢,伏其俭,故俗传王阳能作黄金。"(按,王阳即王吉,字子阳。事见《汉书·王吉传》。)又,据《后汉书·马援传》载,马援当初在交趾时,常食薏苡实,"以胜瘴气。南方薏苡实大,援欲以为种。军还,载之一车,时人以为南土珍怪,权贵皆望之"。马援死后,有人上书毁谤他前所载回的"皆明珠文犀"。虎,铜虎符,汉代为郡国守相所持。持斧,李周翰注:"谓诸侯有功赐以斧钺,得专征伐也。"这四句李周翰注:"此谓云为始兴太守而被解落也。"

⑨赭(zhě)衣:赤褐色衣。古代囚徒穿赭衣,故称罪人为赭衣。《汉书·食货志》引董仲舒:"赭衣半道,断狱岁以千万数。"

⑩见狱吏之尊:《汉书·周勃传》载,周勃被诬下狱,"勃恐,不知置辞"。后以千金与狱吏,"狱吏乃书牍背示之,曰:以公主为证"。周勃出狱后说:"吾尝将百万军,然安知狱吏之贵也。"以上二句指范云为广州刺史、平越中郎将时,因曲江令鞭豪族,被告下狱。事见《南史·范云传》。

⑪除名:除去官爵。

⑫井臼:汲水舂臼。

⑬百年上寿:《庄子·盗跖》:"人上寿百岁。"

⑭"乱离"二句:乱离,指东昏侯昏聩,小人用事,社会动乱。《诗经·小雅·四月》:"乱离瘼(mò)矣,爰其适归。"瘼,病。胡克家《文选考异》:"陈云:瘼,当作'莫'……案:所说是也………必善莫,五臣瘼,各本乱之,而失著校语。"安归,吕向注:"不仕也。"

⑮东皋数亩:潘安仁《秋兴赋》:"耕东皋之沃壤兮,输黍稷之余税。"

⑯控:引。带:围绕。朝夕:《汉书·枚乘传》:"(枚乘上书曰)游曲

台,临上路,不如朝夕之池。”注引苏林曰:“吴以海水朝夕为池也。”故刘良注称:“朝夕,谓海也,丹阳(今安徽当涂东北)齐门外也。”这里当指丹阳湖水。竟陵王子良为丹阳尹时,范云为主簿,故云。

⑰一区:《汉书·扬雄传》:“有田一廛,有宅一区。”此处指范云居宅。

⑱钟阜:钟山。

⑲赵女:《汉书·杨恽传》:“(报孙会宗书曰)妇,赵女也,雅善鼓瑟。”此指歌舞伎。

⑳好事:《汉书·扬雄传赞》:“(扬雄)家素贫,耆酒,人希至其门。时有好事者,载酒肴从游学。”此指相好相知的人。

㉑“禄微”二句:《汉书·疏广传》载,疏广上书乞归老故乡,“上以其年笃老皆许之,加赐黄金二十斤,皇太子赠以五十斤”。“广既归乡里,日令家共具设酒食,请族人故旧宾客,与相娱乐。”

㉒折芰(jì):折芰叶作座席,指隐居清高的生活。《后汉书·郅恽传》注引《谢沈书》:“同郡邓敬因折芰为坐,以荷荐肉,瓠瓢盈酒,言谈弥日,蓬庐荜门,琴书自娱。”燔枯:烤干鱼。参见前应璩《百一诗》注。

㉓万世:《庄子·齐物论》:“万世之后,而一遇大圣,知其解者,是旦暮遇之也。”

㉔接统千祀:《汉书·司马迁传》:“(司马谈曰)今天子接千岁之统。”祀,年。

㉕三千景(yǐng)附:《尚书·泰誓》:“予有臣三千惟一心。”景附,像影子附随物体一样。

㉖八百不谋:相传周武王伐纣,与八百诸侯不谋而同会于孟津。参见《尚书·泰誓》孔颖达疏。

㉗“臣衅”二句:是说范云曾为齐臣,又不能为梁立功。《尚书·泰

誓》:“受(纣王)有亿兆夷人(平庸之辈),离心离德;予有乱臣(治理之臣)十人,同心同德。”衅,过失。

㉘泥首:以泥涂首自辱,以示服罪。李善注:“(吴)张温《表》曰:‘临去武昌,庶得泥首阙下。’”

㉙舆榇:又作“舆榇”,意谓载棺以随,表示决死。《春秋左传·僖公六年》:“许男面缚衔璧,大夫衰绖,士舆榇。”

㉚狱讼讴歌:见前刘琨《劝进表》。

㉛隆器大名:《春秋左传·成公二年》:“唯器与名,不可以假人。”器,标志名位爵号的器物。

㉜反躬:反过来要求于自己。《礼记·乐记》:“不能反躬,天理灭矣。”

㉝“正当”二句:李善注引《东观汉记》:“吴汉,南阳人也。为人质厚少文,上以其南阳人,故亲之。”又《汉书·卢绾传》:“卢绾,丰人也,与高祖同里……衣被食饮赏赐,群臣莫敢望,虽萧、曹等,特以事见礼,至其亲幸,莫及绾者。”闬(hàn),墙。白水,南阳白水乡,东汉光武帝刘秀生于此。丰,指沛县丰邑(今江苏丰县),汉高祖刘邦生于此。这两句是说,范云与梁武帝曾“筑室相依”,至为亲密。

㉞“忘舍讲”二句:李善注引《东观汉记》:“初,上学长安时,过朱祜,祜尝留上,须讲竟,乃谈话。及帝登位,车驾幸祜第,上谓祜曰:‘主人得无去我讲乎?’祜曰:‘不敢。’”又曰:“初,上学长安,南阳人与贤者往来长安,为之邸阁稽疑,资用乏,与同舍生韩子合钱买驴,令从者僦以给诸公费。”前者言其对人不礼,后者言其对人的关心、帮助。

㉟“俯拾”二句:《汉书·夏侯胜传》:“士病不明经术,经术苟明,其取青紫如俯拾地芥耳。”

【译文】

臣是平常门第的凡庸之辈,没有什么突出的才能,进取不及普通的人，退隐不及守节的人。因此曾经努力求学而不能精治一经，篆刻为文而又三年无成。像苏秦一样负书奔劳于燕魏，菽粟尽绝；蹑屩远行于齐楚，徒然脱去了贫贱的境遇。后来又持铜虎符出为郡守，像王阳那样因嫌疑而遭人嗤笑；受赐斧钺为一州之长，像马援那样因嫌疑而被毁谤。有罪之人下狱，方知狱吏的尊贵；去掉官爵为平民，才知道汲水舂臼的乐趣。百岁高龄，也是徒然。如果相信这种说法，臣也已过半百了。乱离的现实使人忧伤，打算弃官离去，隐居荒郊，再次经历冬冷夏暑的生活；加之那里有东皋数亩之地，可引湖水浇灌，住在关外，还可怅望钟山；虽然家里没有歌舞佐欢，却多有知己相访；尽管俸禄只有微薄的赐金，然而同乡人欢娱与疏广相同。折菱叶作垫坐，烤干鱼而食，过这样的生活也很满足了。陛下是应万世之期的大圣，是接千祀之统的明君。众臣如武王之臣三千一心紧密相从，众侯如武王之八百诸侯不谋而同会于孟津。论臣的过失，有如殷纣王时离心离德之臣；论臣的功劳，比不上在周武王时同心同德之臣。降梁时泥犹在颜，棺犹未毁，在此开国之初，岂敢贪天之功！天下无论狱讼还是讴歌，都表明民众归于梁武帝的心意是相同的。然而大的爵号名位一朝总集在臣一人身上，臣反过来对照看看自己，凭什么会得到这样的高位呢？正是因为臣与陛下有吴汉与光武帝同居白水，汉高祖与卢绾同住丰邑相似的情形，陛下不记臣从前有所无礼的罪过，却像从前一样关心微臣，臣要轻易地取得贵官高位，何须等到通晓经术的那一天啊！臣范云顿首叩拜，死罪死罪！

夫铨衡之重关诸隆替[1]，远惟则哲，在帝犹难[2]。汉魏已降，达识继轨[3]，雅俗所归，惟称许郭[4]；拔十得五，尚曰比肩[5]。其余得失未闻，偶察童幼，天机暂发[6]，顾无足算。在魏则毛玠公方[7]，居晋则山涛识量[8]，以臣况之，一何辽落[9]！齐季陵迟[10]，官方淆乱，鸿都不纲[11]，西园成市[12]。金章有盈筲之谈，华貂深不足之叹[13]。草创惟始，义存改作，恭己南面[14]，责成斯在[15]。岂宜妄加宠私，以乏王事；附蝉之饰[16]，空成宠章[17]？求之公私，授受交失。近世侯者，功绪参差。或足食关中[18]，或成军河内[19]，或制胜帷幄[20]，或门人加亲[21]，或与时抑扬[22]，或隐若敌国[23]，或策定禁中[24]，或功成野战[25]，或盛德如卓茂[26]，或师道如桓荣[27]，或四姓侍祠[28]，已无足纪，五侯外戚[29]，且非旧章。而臣之所附，惟在恩泽。既义异畴庸，实荣乖儒者，虽小人贪幸，岂独无心[30]！

【注释】

①铨衡：衡量轻重的器具。这里指职掌铨选的职位，即吏部尚书之职。陆机《顾谭诔》："迁吏部尚书，才长于铨衡，而综核人物。"

②"远惟"二句：《尚书·皋陶谟》："皋陶曰：'都在知人在安民。'禹曰：'吁，咸若时惟，帝其难之。知人则哲，能官人。'"帝，指帝尧。

③达识：透彻的见识，亦即善于鉴识之意。继轨：言达识者多。

④"雅俗"二句：《后汉书·郭太传》："（郭太）性明知人，好奖训士类……其奖拔士人，皆如所鉴。"《论》曰："则哲之鉴，惟帝所难，而林宗（郭太字）雅俗无所失。"又，《后汉书·许劭传》："少俊名节，好人伦，多所赏识……故天下言拔士者，咸称许、郭。"

⑤比肩：这里指"等同"。

⑥天机：天赋的悟性，聪明。

⑦毛玠：字孝先，陈留（今河南开封东南陈留城）人，为尚书仆射，典选举。事见《三国志·魏书·毛玠传》。公方：公正。

⑧山涛：字巨源，河内怀县（今河南武陟西南）人。入晋为吏部尚书。事见《晋书·山涛传》。识量：见识与度量。

⑨辽落：悬殊。

⑩季：末。陵迟：衰落。《诗经·王风·大车》之毛序："礼义陵迟，男女淫奔。"

⑪鸿都：东汉宫门名。其为置学及书库。《后汉书·灵帝纪》：光和元年二月，"始置鸿都门学生"。不纲：不遵纲纪。

⑫西园成市：《后汉书·灵帝纪》："初开西邸卖官，自关内侯、虎贲、羽林，入钱各有差。"《集解》："惠栋曰：桓范《世论》云：'灵帝置西园之邸卖爵，号曰礼钱。'"西园，上林苑。

⑬"金章"二句：谓卖官而引起官多成灾。李善注引虞预《晋录》："赵王伦篡位，时侍中常侍九十七人，每朝，小人满庭，貂蝉半座。时人谣曰：'貂不足，狗尾续。'"又，吕延济注："赵王伦为乱，谣曰：'金章满箱，尚不可长。'言小人在位者众。"金章，官印。笥，盛衣的箱子。华貂，侍臣的服饰。

⑭恭己南面：《论语·卫灵公》："无为而治者，其舜也与？夫何为哉？恭己正南面而已矣。"此谓帝王任官得人，惟以端正严肃的态度约束自己。南面，此指帝王统治。

⑮责成：督责完成任务。《韩非子·外储说右下》："人主者，守法责成以立功者也。"

⑯附蝉之饰：李善注引董巴《舆服志》："侍中中常侍，冠武弁大冠，加金铛，附蝉为文。"

⑰宠章：李周翰注："珪章也。"珪，朝会所执玉器。此指朝廷贵官。

⑱足食关中：汉丞相萧何"留收巴蜀，填抚谕告，使给军食"。汉王击楚，萧何留守关中，常为汉王补员给食。后封酂侯。事见《汉书·萧何传》。

⑲成军河内：《后汉书·寇恂传》："光武谓恂曰：河内完富，吾将因是而起，昔高祖留萧何镇关中，吾今委公以河内……光武于是复北征燕代，恂移书属县，讲兵肄射，伐淇园之竹，为矢百余万，养马二千匹，收租肆百万斛，转以给军。"

⑳制胜帷幄:《汉书·张良传》:“高帝曰:‘运筹策帷幄中,决胜千里外,子房功也。’”

㉑门人加亲:汉光武即位,拜邓禹为大司徒,策曰:“……孔子曰:‘自吾有回,门人日亲。’”门人,孔子话中指弟子。此指光武的门客幕僚。

㉒与时抑扬:《史记·刘敬叔孙通列传》载,叔孙通欲为汉制朝仪,“使征鲁诸生三十余人,鲁有两生不肯行,曰:‘公所事者且十主,皆面谀以得亲贵……吾不忍为公所为,公所为不合古,吾不行。公往矣,无污我!’叔孙通笑曰:‘若真鄙儒也,不知时变。’”“太史公曰:……叔孙通希世度务制礼,进退与时变化。”

㉓隐若敌国:《后汉书·吴汉传》:“诸将见战陈不利,或多惶惧,失其常度;汉意气自若,方整厉器械,激扬士吏。帝时遣人观大司马何为,还言方修战攻之具。乃叹曰:‘吴公差强人意,隐若一敌国矣!’”注:“隐,威重之貌。言其威重若敌国。”

㉔策定禁中:《后汉书·邓骘传》:“殇帝崩,太后与骘等定策立安帝……自和帝崩后,骘兄弟常居禁中。”

㉕功成野战:《史记·曹丞相世家》:“太史公曰:‘曹相国参攻城野战之功,所以能多若此者,以与淮阴侯俱。’”

㉖盛德如卓茂:卓茂,东汉初年人。《后汉书·卓茂传》载,卓茂为密令时,“劳心谆谆,视人如子,举善而教,口无恶言,吏人亲爱……诏曰:‘前密令卓茂,束身自修,执节淳固,诚能为人所不能为,夫名冠天下,当受天下重赏。’”盛德,大德。

㉗师道如桓荣:桓荣,东汉人。《后汉书·桓荣传》载,“习欧阳尚书,事博士九江朱普。”后教授生徒数百人,并“入使授太子,每朝会,辄令荣于公卿前敷奏经书,帝称善曰:得生几晚”。每当帝用人时,他都热心荐举学生。“显宗即位,尊以师注,甚见亲重。”

㉘四姓:东汉外戚樊、郭、阴、马四姓的子弟,朝廷为其“开立学校,

置五经师”，因其侍祠非列侯，故称小侯。见《后汉书·明帝纪》。侍祠：陪祭。《史记·孝文本纪》：“诸侯王列侯使者侍祠天子，岁献祖宗之庙。”《集解》引张晏：“王及列侯，岁时遣使诣京师，侍祠助祭也。”又，此句前的“或”字，胡克家《文选考异》“何校：去‘或’字。按，所校是也。各本盖皆传写衍。”

㉙五侯：汉成帝河平二年(27)封舅王谭平阿侯、王商成都侯、王立红阳侯、王根曲阳侯、王逢时高平侯。五人同日封，时人谓之五侯。事见《汉书·元后传》。

㉚“既义”几句：是说荣封与实绩不相称，受封有愧。李周翰注：“畴，酬。庸，功也。言我无功可酬，又非儒德，虽小人之性贪幸爵禄，岂独无愧于心者哉！”

【译文】

掌铨选职位的吏部尚书之重要，关系到国家的兴隆衰废，要有远思知人之智，就是帝尧也很难做到。汉魏以来，号称善于鉴识的人很多，而为风雅之士与流俗之人所归向的只有许劭、郭太二人；选拔十人而得到了五人，尚且可以说是得失相等，其余的人举贤得失多少没有听说，偶尔也会有人发现童幼之中天赋聪明的，那是天机的暂时显露，所以这部分人是不值得算在其中的。在魏朝，尚书毛玠用人公正；在晋朝，吏部尚书山涛亦有见识与度量。拿臣与他们相比，是多么的悬殊啊！齐王朝的末年，国势衰落，朝政极为混乱。学府不遵纲纪，西园成为卖官的地方，因而有官印满箱的说法，有华貂深感不足的慨叹。而今陛下万事开头，义理应保持在新旧更替之中，以严肃的态度约束自己，从而驾驭天下，督责完成任务。难道陛下可以乱加恩于私亲，而荒废王事；臣可以戴上饰以黄金的侍中官帽，徒为朝中贵官？臣无才而受此宠幸，于公于私，授与受都错了。近世封侯的人，其功绩大小参差不齐。有的留守关中，使军民丰足；有的守河内，在军事上取得成功；有的运筹帷幄之中，决胜于千里之外；有的自为皇上所用，门人亦对皇上更加亲近；有的紧随时世变化，进退有法；有的威重若敌国；有的在禁中参与拥立新帝的大计；有的有野战之功；有的大德如卓茂；有的为师之道高尚，有如桓荣；有的侍祠陪祭因为是东汉外戚四姓子弟，已不值得述录他们了；成帝时所封的五侯，都是因为外戚的关系，不是遵循汉朝原有的规章。而臣之封侯所依附的，仅仅在于陛下的恩泽。既与酬奖功臣的本意有异，又事实上殊荣也与儒德不称，即使是贪求爵禄的小人，岂能无愧于心！

臣本自诸生①，家承素业②，门无富贵，易农而仕③。乃祖玄平④，道风秀世⑤，爰在中兴⑥，仪刑多士⑦，位裁元凯，任止牧伯⑧。高祖少连，夙秉高尚⑨，所富者义，所乏者时；薄宦东朝，谢病下邑⑩。先志不忘，愚臣是庶。且去岁冬初，国学之老博士耳⑪；今兹首夏，将亚冢司⑫。虽千秋之一日九迁⑬，荀爽之十旬远至⑭，方之微臣，未为速达。臣虽无识，惟利是视⑮；至于亏名损实，为国为身，知其不可，不敢妄冒⑯。陛下不弃菅蒯，爱同丝麻⑰，傥平生之言⑱，犹在听览，宿心素志⑲，无复贰辞⑳。矜臣所乞㉑，特回宠命㉒，则彝章载穆㉓，微物知免㉔。臣今在假，不容诣省㉕，不任荷惧之至，谨奉表以闻。臣云诚惶以下。

【注释】

①诸生：众儒生。

②素业：清素之业。董仲舒《士不遇赋》："孰若反身于素业，莫随世而轮转。"

③易农而仕：《汉书·东方朔传赞》："戒其子以上容，首阳为拙，柱下为工，饱食安步，以仕易农。"

④玄平：范汪字，善言玄理，为吏部郎，徙吏部尚书、徐兖二州刺史。

范云系汪六世孙。

⑤道风：吕向注："谓妙达玄理。"

⑥爰：句首语气词。中兴：东晋自元帝始，故李善注："中兴，元帝也。"

⑦仪刑多士：《诗经·大雅·文王》："济济多士，文王以宁。"又"仪刑文王，万邦作孚"。仪刑，犹言法式，作为模范。多士，此谓贤良之士众多。

⑧"位裁"二句：李善注："尚书，即古元、凯也。刺史，即古牧伯也。"又，吕向注："裁，减也。"元凯：指八元、八凯，古代传说中的才德之士。《春秋左传·文公十八年》："昔高阳氏有才子八人，苍舒、隤敳、梼戭、大临、尨降、庭坚、仲容、叔达……谓之八恺。高辛氏有才子八人：伯奋、仲堪、叔献、季仲、伯虎、仲熊、叔豹、季狸……谓之八元。"

⑨"高祖"二句：李善注："王僧孺《范氏谱》曰：汪生少连。"

⑩"薄宦"二句：李善注："王僧孺《范氏谱》曰：少连，太子舍人，余杭令。"又，吕延济注："东朝，谓经任宋太子谘议郎也。"东朝，即太子所居东宫。谢病，因病引退。《战国策·秦策》："应侯因谢病，请归相印。"

⑪"且去岁"二句：李善注："刘璠《梁典》曰：'齐永元初，云为广州刺史，因废家居，久之，为国子博士。'"

⑫"今兹"二句：指天监元年(502)范云迁散骑常侍、吏部尚书。首夏：农历四月。冢司，犹言冢宰，百官之首，执掌国政。

⑬虽千秋之一日九迁：千秋，车千秋。李善注引《东观汉记》载马援与杨广书曰："车丞相，高祖园寝郎，一月九迁为丞相者，知武帝恨诛卫太子，上书讼之。"李善指出，日，当为"月"字之误，是。

⑭荀爽之十旬远至：《后汉书·荀爽传》："献帝即位，董卓辅政，复征之。爽欲遁命，吏持之急，不得去。因复就拜平原相，行至宛

陵，复追为光禄勋，视事三日，进拜司空。爽自被征命及登台司，九十五日。”

⑮惟利是视：以利为行动的出发点。《春秋左传·成公十三年》：“余虽与晋出入，余惟利是视。”

⑯妄冒：非分冒进。

⑰“陛下”二句：《春秋左传·成公九年》：“《诗》曰：虽有丝麻，无弃菅蒯；虽有姬姜，无弃蕉萃。”菅蒯，茅草之类，喻微贱之人。

⑱平生之言：吕延济注：“谓与帝相知之时，有隐逸之言。”

⑲宿心素志：一向的心志。

⑳贰辞：即贰言，异议。

㉑矜：同情，怜悯。

㉒宠命：加恩特赐的任命。

㉓彝章：常典。载穆：和穆。载，语助词。

㉔微物：范云自谓。免：免咎责。

㉕省：此指尚书省。

【译文】

臣本是读书人出身，继承清素的家业，没有富贵的门第，以做官代替务农。远祖玄平虽以妙达玄理突出于世，而在东晋中兴之时，可效法的贤良之士甚多的情况下，他的职位低于尚书，所任只及刺史而已。高祖少连，平素秉持高尚的节操，他所富有的是道义，而所缺少的是时机；他只做了东宫的小官，后又因病引退故里。先祖隐逸的志节，愚臣将遮几不忘。再说，去年冬初，臣只是一名老博士而已；可而今值此孟夏之时，将要接近百官之首了。虽然车千秋一月而九次升迁，荀爽十旬而能远至台司，与微臣相比，他们还算不上速达。臣虽然无知识，将利作为行动的出发点；但有损名实的事，无论为国为己，也还知道它不对，不敢非分冒进。陛下不嫌弃臣下如菅蒯之低微，而将它当成丝麻一样赏爱，倘若平生臣说过的话语还在陛下耳目听觉之中，对于臣一向的心志就不会再有异议了。陛下能同情臣的请求，特意收回加恩赐封的任命，则常法和穆，微臣也就得免咎责了。臣现今正在休假之中，不能够亲自到尚书省去，不禁惶恐之至，特以此表奉闻圣上。臣云诚惶以下。

为萧扬州荐士表一首

【题解】

萧扬州，指始安王萧瑶光。《南齐书·明帝纪》载，明帝建武元年(494)十一月，瑶光为扬州刺史，故此处称萧扬州。又，李善曰："刘璠《梁典》曰：'齐建武初，有诏举士，始安王表荐琅邪王暕及王僧孺。'"此表正是任彦昇为始安王所写荐举王暕、王僧孺的奏表。

表中首先论说求贤之重要，言之以理，为荐士张本。接着举荐王暕、王僧孺二人，紧紧围绕"贤才"二字做文章，具体描写，生动渲染，展现了他们的风采。荐者无私，被荐者贤，表中处处可见。

袁本、茶陵本于标题"荐"字前有"作"字，胡克家《文选考异》："按，尤本脱。"卷首目录亦然。

臣王言：臣闻求贤暂劳，垂拱永逸[1]。方之疏壤，取类导川[2]。伏惟陛下道隐旒纩[3]，信充符玺[4]；六飞同尘[5]，五让高世[6]。白驹空谷[7]，振鹭在庭[8]，犹惧隐鳞卜祝[9]，藏器屠保[10]，物色关下[11]，委裘河上[12]。非取制于一狐，谅求味于兼采[13]。五声倦响[14]，九工是询[15]；寝议庙堂，借听舆皂[16]。臣位任隆重，义兼家邦[17]，实欲使名实不违，徼倖路绝[18]。势门上品[19]，犹当格以清谈[20]；英俊下僚[21]，不可限以位貌。

【注释】

①“臣闻”二句:《吕氏春秋·士节》:“贤主劳于求人,而佚于治事。”垂拱,垂衣拱手。形容无所事事,不费力气。《尚书·武成》:“惇信明义,崇德报功,垂拱而天下治。”

②“方之”二句:《孟子·滕文公》:“禹疏九河”,“禹掘地而注之海……水由地中行,江淮河汉是也”。吕向注:“疏,通;导,引也。通壤引川,则溺者安,任贤用能,则乱者理。”

③道隐:《老子》四十一章:“大象无形,道隐无名。”河上公注:“道潜隐,使人无能指名也。”此言道德精深。旒(liú):冕冠前后悬垂的玉串。纩(kuàng):耳塞,冕、弁等皆有之。班固《白虎通·绋冕》:“纩塞耳,示不听谗也。”李善注:“《大戴礼》曰:‘孔子曰:古者绕(冕)而前旒,所以蔽明也;黈统(纩)塞耳,所以掩听也。’”旒纩,有避谗邪之意。

④充:满。符玺:古代帝王的印信。《庄子·胠箧》:“为之符玺以信之,则并与符玺而窃之。”

⑤六飞:古代帝王用六匹马驾车。飞,状其马奔驰之快。《汉书·爰盎传》:“今陛下骋六飞,驰不测山。”同尘:本指同乎流俗。《老子》四章:“和其光,同其尘,湛兮似或存。”这里当作“尘迹与之相同”讲,参见刘良注。

⑥五让:五次辞让。《史记·孝文本纪》:“代王西向让者三,南向让者再。”共五次辞让天子位。

⑦白驹空谷:见桓元子《荐谯元彦表》注。

⑧振鹭在庭:《诗经·周颂·振鹭》:“振鹭于飞,于彼西雝。”毛传:“振,群飞貌。”

⑨隐鳞:张铣注:“谓君子如龙之隐也。”卜祝:指严君平。《汉书·王吉传序》:“君平卜筮于成都市”,“得百钱足自养,则闭肆下帘而授《老子》……年九十余遂以其业终。”

⑩藏器:《周易·系辞》:“君子藏器于身,待时而动。”器,此作才能。屠保:屠户与酒保,指屠牛于朝歌的姜太公与曾为酒家佣保的伊尹。李善注:“《鹖冠子》曰:伊尹酒保,太公屠牛,海内荒乱,立为世师。”

⑪物色关下:李善注:“《列仙传》曰:‘关令尹喜,内学。老子西游,先见其气,知真人当过,物色而遮之,果得老子。’”物色,本指形貌。《后汉书·严光传》:“帝思其贤,乃令以物色访之。”注:“以其形貌求之。”引申作按一定标准去访求。关下,关门之下。这里指经过关下的老子。

⑫委裘:与“垂衣裳”同义,喻无为而治,后称任用贤能。李善注:“晏子曰:‘治天下若委裘。用贤,委裘之实,桓公听管仲,而赵襄子信王登,此之谓委裘。’”河上:指河上公。葛洪《神仙传》:“河上公者,莫知其姓名也。汉孝文帝时,结草为庵于河之滨。”

⑬“非取制”二句:谓治国应当依靠众贤。李善注:“王褒《讲德论》曰:‘千金之裘,非一狐之腋。’张璠《易注序》曰:‘蜜蜂以兼采为味。’”

⑭五声:即五听。审案的五种方法。《周礼·小司寇》:“以五声听狱讼,求民情。一曰辞听,二曰色听,三曰气听,四曰耳听,五曰目听。”

⑮九工:谓九官。见卷第三十六王元长《永明九年策秀才文五首》。

⑯“寝议”二句:李周翰注:“庙堂,谓贵臣;舆皂,贱士也。言寝息卿相之议,借听微贱之言。”舆皂,舆人与皂隶。皂,谓地位低贱之人。

⑰“臣位”二句:张铣注:“任重,谓始安王扬州刺史;义兼家邦,谓与国君为兄弟也。”

⑱儌(jiǎo)倖:同“侥幸”。因偶然的原因获得成功或免除不幸的事。

⑲势门：权势之门。上品：魏晋南北朝时，统治阶层中门阀最高的等级。《晋书·刘毅传》："是以上品无寒门，下品无势族。"

⑳格：推究。清谈：犹清议。

㉑英俊下僚：左思《咏史》："世胄蹑高位，英俊沉下僚。"

【译文】

臣始安王奏言：臣听说过，求贤之事虽然暂时费力，得贤而用，君王就将垂衣拱手永为逸乐。这与掘地引川的作用相比，颇为类似。臣想陛下道德精深，远避谗邪，信满天下有如符玺；当初，汉文帝超乎世俗而五让天子位，陛下尘迹与之相同。现在虽然贤者走出山林，奔向陛下，有如百鸟齐集王庭，还是担心有严君平那样的君子如龙之隐没卜祝之间，有姜太公、伊尹那样的治国人才被隐藏于屠户、酒保之中，于是去物色像老子那样的路过关下的君子，去访求任用像河上公那样的贤人。制裘非取于一狐之皮，美味必求于兼采众味。因而君王倦于以五声听治，就问事于九官；寝息贵臣的评议，往往借听于贱士的见解。臣位高任重，与国君兼有兄弟之义，的确想使所任之人名与实不相矛盾，使侥幸的门路断绝。权势之门位居上品者，还应该推究其清议的水平；俊杰之士往往职位低微，而不能因其位卑貌丑而限制不用。

窃见秘书丞琅邪王王暕，年二十一，字思晦，七叶重光①，海内冠冕②，神清气茂③，允迪中和④，叔宝理遣之谈⑤，彦辅名教之乐⑥，故以晖映先达，领袖后进⑦。居无尘杂，家有赐书⑧；辞赋清新，属言玄远⑨；室迩人旷，物疏道亲⑩。养素丘园，台阶虚位⑪；庠序公朝⑫，万夫倾望。岂徒荀令可想⑬，李公不亡而已哉⑭！

【注释】

①七叶：指王暕自远祖辈王祥以来七代。重光：指日和月，旧时多用以比喻帝王功德相继。《尚书·顾命》："昔君文王、武王，宣重光。"此谓七代功业相继。

②冠冕：比喻首位、第一。《三国志·蜀书·庞统传》："（司马）徽甚异之，称统当为南州士之冠冕。"

③神清气茂：神情俊茂。李善注："《淮南子》曰：'神清者，嗜欲不能乱。'蔡洪《张锜状》曰：'锜资气早茂，才干足任。'"

④允迪：诚信地实行。《尚书·皋陶谟》："允迪厥德。"中和：《礼记·中庸》："喜怒哀乐之未发，谓之中；发而皆中节，谓之和……致中和，天地位焉，万物育焉。"

⑤叔宝理遣之谈：《晋书·卫玠传》载："玠字叔宝……及长，好言玄理。""拜太子洗马"，"玠尝以人有不及，可以情恕；非意相干，可以理遣，故终身不见喜愠之容"。

⑥彦辅名教之乐：《晋书·乐广传》："是时王澄、胡毋辅之等，皆亦任放为达，或至裸体者。广闻而笑曰：'名教内自有乐地，何必乃尔！'"彦辅，乐广字。

⑦领袖：衣服的领和袖。借指为人表率的人。《晋书·魏舒传》："魏舒堂堂，人之领袖也。"

⑧家有赐书：《汉书·叙传》："（班）彪字叔皮，幼与从兄嗣共游学，家有赐书。"赐书，皇帝赐予的书籍。

⑨属言玄远：与人言谈，深奥幽远。《晋书·阮籍传》："籍虽不拘礼教，然发言玄远。"

⑩"室迩"二句：是说他的为人重道德。《诗经·郑风·东门之墠》："其室则迩，其人甚远。"又，李善注："《尹文子》曰：'处名位，虽不肖，不患物不亲己；在贫贱，不患物不疏己。亲疏系乎势利，不系乎不肖与仁贤也。'"

⑪“养素”二句：是说他如养素丘园，则将使三公之位空缺无人。养素，涵养其素性。嵇康《幽愤诗》：“志在守朴，养素全真。”丘园，丘墟、园圃，多指隐居的地方。《周易·贲》：“贲于丘园。”疏：“丘谓丘墟，园谓园圃，唯草木所生，是质素之处，非华美之所。”台阶，即三台星。《后汉书·郎𫖮传》：“三公上应台阶，下同元首。”后因以台阶指三公之位。

⑫庠序：古代地方所设的学校，后泛指学校。《孟子·梁惠王》：“谨庠序之教。”注：“庠序者，教化之宫也，殷曰序，周曰庠。”公朝：见卷第三十六曹植《求通亲亲表》。

⑬荀令：指荀彧，魏太尉。其第六子荀𫖮，字景倩，“魏时以父勋除中郎。宣帝辅政，见𫖮奇之，曰：‘荀令君之子也。’”（《晋书·荀𫖮传》）

⑭李公：指李固。《后汉书·李固传》载，“李固，字子坚，汉中南郑人，司徒郃之子也”，“少好学……结交英贤，四方有志之士，多慕其风而来学。京师咸叹曰：‘是复为李公矣。’”注：“言复继其父为公也。”

【译文】

臣见秘书丞琅邪王王暕，年龄二十一岁，字思晦，七代功业映辉相承，被海内推誉为第一。神情俊茂，诚信地遵循中和之道，既有卫叔宝以玄理排遣非意相干之事的那种修养，又有乐彦辅以名教为乐事的那种风范，所以，他的言行既使先达的风范得以光大，又是后进的楷模。家居无尘俗之染，家中藏有皇帝赐予的书籍；所作辞赋，风格清新；与人言谈，深奥幽远。居室虽然与人相近，众人却与他之间显得是那样相隔遥远；他虽然与物疏远，却与道十分亲近。如果他守朴养素于丘园，三公之位就将空缺而无适当人选；如果使他居庠序立公朝，则将受到万人的倾望钦慕。这岂只是荀令之具有父风可以令人推想，岂只是李公未死时的影响所能比拟的！

前晋安郡候官令东海王僧孺[①],年三十五,字僧孺。理尚栖约[②],思致恬敏,既笔耕为养[③],亦佣书成学[④],至乃集萤映雪,编蒲缉柳[⑤]。先言往行[⑥],人物雅俗,甘泉遗仪[⑦],南宫故事[⑧],画地成图[⑨],抵掌可述[⑩]。岂直鼮鼠有必对之辩[⑪],竹书无落简之谬[⑫]。暕坐镇雅俗[⑬],弘益已多;僧孺访对不休,质疑斯在。并东序之秘宝,瑚琏之茂器[⑭],诚言以人废[⑮],而才实世资[⑯]。

【注释】

①王僧孺:李善注:"刘璠《梁典》曰:'王僧孺,字僧孺,东海郯人,六岁解属文。梁兴,除镇军记室,稍迁兰陵太守,卒于咨议。'"

②栖约:安于俭约。

③笔耕:以笔代耕,即靠文字工作维持生活。《艺文类聚》卷五八引晋华峤《后汉书》:"班超投笔叹曰:'大丈夫安能久事笔耕乎!'"

④佣书:受雇为人抄书。《南史·王僧孺传》:"家贫,常佣书以养母。"《后汉书·班超传》:"家贫,常为人佣书以供养。"

⑤"至乃"二句:言其读书求学之刻苦勤奋。集萤,指车胤事。《晋书·车武子传》:"(车胤)家贫,不常得油。夏月,则练囊盛数十萤火以照书,以夜继日焉。"映雪,指孙康事。李善注:"《孙氏世录》曰:'孙康家贫,常映雪读书,清介,交游不杂。'"编蒲,指路温舒事。《汉书·路温舒传》:"父为里监门,使温舒牧羊。温舒取泽中蒲,截以为牒,编用写书。"缉柳,指孙敬事。李善注:"《楚国先贤传》:'孙敬到洛,在太学左右一小屋安止母,然后入学,编杨柳简以为经。'"

⑥先言往行:《周易·大畜》:"君子以多识前言往行,以畜其德。"

⑦甘泉遗仪:李善注:"胡广《汉官制度》曰:天子出,车驾次第谓之卤簿。"长安时,出祠天于甘泉用之,名曰甘泉卤簿。甘泉,宫名。

故址在今陕西淳化西北甘泉山，汉武帝常在此避暑，接见诸侯等。故甘泉遗仪当指汉代的帝王仪仗制度。

⑧南宫故事：《后汉书·郑弘传》："弘前后所陈，有补益王政者，皆著之南宫，以为故事。"南宫，古称尚书省。

⑨画地成图：在地上指画，说明地理形势。《汉书·张安世传》："（长子千秋）还，谒大将军（霍）光，问千秋战斗方略，山川形势，千秋口对兵事，画地成图，无所忘失。"

⑩抵（zhǐ）掌：击掌。《战国策·秦策》："（苏秦）见说赵王于华屋之下，抵掌而谈，赵王大悦。"

⑪鼮（tíng）鼠有必对之辩：指窦攸事。李善注："挚虞《三辅决录》注曰：窦攸举孝廉，为郎。世祖大会灵台，得鼠如豹文，荧荧光泽，世祖异之，以问群臣，莫能知者。攸对曰：鼮鼠也。诏问何以知之，攸对曰：见《尔雅》。诏案秘书，如攸言，赐帛百匹。"辩，通"辨"，辨别。

⑫竹书无落简之谬：指束皙事。李善注："张骘《文士传》曰：人有嵩山下得竹简一枚，两行科斗书，人莫能识。张华以问束皙，皙曰：此明帝显节陵策文。验校果然，朝廷士庶皆服其博识。"竹书，即竹简书。古代无纸，记事于竹简上，编缀成册，故称。

⑬坐镇：安坐而以德威服人。

⑭"并东序"二句：李周翰注："言二人可以为宗庙之任。"东序，相传为夏代的大学，即传道之所。秘宝，奇珍异宝。瑚琏，古代祭祀时盛黍稷的器皿。常用以比喻人有才能，堪当大任。《论语·公冶长》："子贡问曰：'赐也何如？'子曰：'女，器也。'曰：'何器也？'曰：'瑚琏也。'"

⑮言以人废：即因人废言。《论语·卫灵公》："子曰：君子不以言举人，不以人废言。"

⑯世资：处世治事的才能。

【译文】

前晋安郡侯官令东海王僧孺,年龄三十五岁,字僧孺。他的意趣爱好是安于俭约,他的思想情致在于静达,既依靠笔耕维持生活,也受雇为人抄书以资学业,以至于像车胤集萤照书、孙康映雪读书、路温舒编蒲书写、孙敬编杨柳简以为经那样勤奋苦读。因此,对于古代人物的言行、雅俗,以及西汉帝王仪仗制度、后汉的南宫故事,皆能像张千秋那样画地成图而无忘失,像苏秦那样抵掌而谈。这岂只是像窦攸那样,对鼮鼠有辨别能力;像束皙那样,没有犯把帝陵中被盗的竹书当作民间落简的错误。他们如能进用,王暕将安坐而以德威使风雅之士与流俗之辈折服,大有好处;王僧孺也将会应对不休,答疑在朝。二人将似东序之秘宝,瑚琏之茂器一样,堪当大任。果真是因人废言,但他们也确实有处世治事的才能。

临表悚战[①],犹惧未允,不任下情云云。

【注释】

①悚:恐惧。

【译文】

面对奏表,恐惧战栗,还担心不得恩准。禁不起如此难受的心情。

为褚谘议蓁让代兄袭封表一首

【题解】

据《南齐书·褚渊传》载,南康郡公褚渊死后,长子贲袭爵封,永明六年(488),"(贲)上表称疾,让封与弟蓁"。"蓁字茂绪。永明中,解褐为员外郎,出为义兴太守。八年,改封巴东郡侯。明年,表让封还贲子霁，诏许之。”此表即为任彦昇为褚蓁所写让封的奏表。

表中既对兄贲让封一事极力称许，又陈述自己决意让代兄袭封的诚意。短幅之中，表达了褚蓁弃德不让“岂曰能贤”的思想。

李善注指出：“此表与集详略不同，疑是稿本，辞多冗长。”又，吕向曰：“蓁上此表让于贲也。”不以备考。

臣蓁言：昨被司徒符[①]，仰称诏旨，许臣兄贲所请，以臣袭封南康郡公。臣门籍勋荫[②]，光锡土宇[③]。臣贲世载承家，允膺长德[④]，而深鉴止足[⑤]，脱屣千乘[⑥]，遂乃远谬推恩[⑦]，近萃庸薄[⑧]，能以国让[⑨]，弘义有归。

【注释】

①司徒：官名。《南齐书·百官志》：“太尉、司徒、司空，三公，旧为通官。司徒府领天下州郡名数户口簿籍。”符：朝廷传达命令的凭证。

②门籍：出入宫门的牒籍。《史记·魏其武安侯列传》：“太后除窦婴门籍，不得入朝请。”

③锡：赐。土宇：封疆，此谓南康郡。

④“臣贲”二句：是说贲的确年长有德，可以继承家业。《国语·周语》：“奕世载德，不忝前人。”世，父子相继。允，确实。膺，当。

⑤止足：《老子》：“知足不辱，知止不殆，可以长久。”

⑥脱屣（xǐ）：比喻看得很轻，不足介意。左思《吴都赋》：“轻脱蹝（屣）于千乘。”屣，鞋。

⑦远谬推恩：是说远推袭封之恩而误。

⑧近萃庸薄：是说贲将袭封之恩让于蓁。萃，聚。庸薄，平庸浅薄之人，此是蓁自谓谦辞。

⑨能以国让：《春秋左传·僖公八年》：“能以国让，仁孰大焉？”

【译文】

臣褚蓁奏言：昨日被司徒以符相召，向臣传达了陛下的圣旨，恩准臣兄贲的请求，以臣袭父所封南康郡公。从此臣靠祖先的功勋可以出入宫门，并拥有大量赏赐的封地。而兄贲的确是正当年长又有德，可以于父死之后承继家业。但是他深以止足为鉴，轻视千乘之封如脱屣，于是才错误地远推此恩，使其及于庸薄之人，能以郡国相让，大义应归于兄贲。

匹夫难夺，守以勿贰。昔武始迫家臣之策，陵阳感鲍生之言，张以诚请，丁为理屈[①]。且先臣以大宗绝绪[②]，命臣出纂傍统[③]，禀承在昔，理绝终天[④]，永惟情事，触目崩殒！若使贲高延陵之风，臣忘子臧之节[⑤]，是废德举，岂曰能贤[⑥]？

【注释】

①“昔武始”几句：李善注：“《东观汉记》曰：张纯，字伯仁。建武初先诣阙，封武始侯。子奋，字稚通。兄根，常被病。纯病困，敕家丞翕，司空无功，爵不当传嗣。纯薨，大行移书问嗣，翕上书夺诏封奋，奋上书曰：根不病，哀臣小称病，今翕移臣。”又，“丁綝为陵阳侯，薨，长子鸿，字季公，让位于弟盛，逃去。鸿初与九江鲍骏友善，及鸿亡，较遇于东海，阳狂不识骏，骏乃止让之曰：今子以兄弟私恩而绝父不灭之基，可谓智乎？鸿感悟垂涕，乃还就国”。

②先臣：蓁之父。大宗：古代宗法社会，以始祖的嫡长子为大宗。此指蓁之伯父宗。绝绪：谓无嗣。

③纂：继承大宗。傍统：大宗无嗣，以傍支而承统系。

④“禀承”二句：是说蓁“出纂傍统”，伯父宗就不再愁统系断绝了。终天，久远。谓如天之久远无穷。潘岳《哀永逝文》：“今奈何兮

一举，邈终天兮不返。”

⑤“若使”二句：《春秋左传·襄公十四年》：“吴子诸樊既除丧，将立季札，季札辞曰：曹宣公之卒也，诸侯与曹人不义曹君，将立子臧，子臧去之，遂弗为也，以成曹君。君子曰：能守节，君，义嗣也，谁敢奸君，有国，非吾节也。札虽不才，愿附于子臧，以无失节。”延陵，即指季札。

⑥“是废”二句：《春秋左传·隐公三年》：“宋穆公疾，召大司马孔父而属殇公焉……对曰：‘群臣愿奉冯也。’公曰：‘不可。先君以寡人为贤，使主社稷，若弃德不让，是废先君之举也，岂曰能贤？’”

【译文】

臣守抱匹夫难夺之志，而无二心。从前武始侯受封，是迫于家臣的主意；陵阳侯止让，则是为鲍生的话所感悟。张奋以诚恳之心请求让封，丁鸿则因理屈而就封。再说，父亲在世时，因伯父无子嗣而叫臣去承其统系。秉承父亲在昔之命，则从道理上讲将不会再有无穷的悲哀。长思此情，真是触目而心摧魂坠啊！如果使兄贲有延陵季札之高风，臣却忘了子臧的节操，则是弃德不让，废先君之举，这岂能叫贤德？

陛下察其丹款①，特赐停绝。不然，投身草泽，苟遂愚诚耳。不胜丹慊之至②，谨诣阙拜表以闻。臣诚惶诚恐以下。

【注释】

①丹款：赤诚之心。

②丹慊：内心的不满足（遗恨）。

【译文】

愿陛下明察臣的一片赤诚之心，特赐臣停止袭封一事。如果不被恩准，臣将身窜草泽，以遂愚诚之志。受不住内心遗恨之苦，特到阙下呈奉此表以闻圣上。臣诚惶诚恐表以下情。

为范始兴作求立太宰碑表一首

【题解】

范始兴，即范云。太宰，此指萧子良。李善曰：“吴均《齐春秋》：竟陵文宣王子良薨，西昌侯（萧鸾）以天子命假黄钺太宰。”又据《南齐书·竟陵文宣王子良传》：“建武中，故吏范云上表为子良立碑，事不行。”此表即为范云所上之表。

作者在表中首先论说立碑的作用，引故实，讲道理，似未直接入题，却已为求立太宰碑作了铺垫。接着，陈述太宰功业盛德及人们对他的思慕敬仰之情，为立碑之由大书一笔。最后，又从个人恩遇、情谊着笔，为立碑之由再书一笔，层层写来，意直情切，虽为求立太宰碑，实犹一碑文。

臣云言：原夫存树风猷，没著徽烈①，既绝故老之口，必资不刊之书②。而藏诸名山，则陵谷迁贸；府之延阁，则青编落简③。然则配天之迹，存乎泗水之上④；素王之道，纪于沂川之侧⑤。由是崇师之义，拟迹于西河⑥；尊主之情，致之于尧禹⑦。故精庐妄启，必穷镌勒之盛⑧，君长一城，亦尽刊刻之美⑨，况乎甄陶周、召⑩，孕育伊、颜⑪！

【注释】

①“原夫”二句：《尚书·毕命》：“彰善瘅恶，树之风声。”又应璩《与王将军书》：“雀鼠虽愚，犹知徽烈。”风猷，风范与品德。徽烈，美好的业绩。

②“既绝”二句：谓知情的故老死后，人之徽烈就只有凭借不刊之书铭记了。潘岳《西征赋》：“兆惟奉明，邑号千人，讯诸故老，造自帝询。”又，扬雄《答刘歆书》：“是悬诸日月，不刊之书也。”不刊，

不削除，不修改。古代刻书于竹简，有错即削除，不刊，即不可磨灭，不需修改。

③“而藏”几句：谓书简不易保存传世，不如立碑之长久。司马迁《报任安书》：“仆诚以著此书，藏诸名山。”迁贸，移易。延阁，汉宫廷藏书处。刘歆《七略》：“内则有延阁、广内、秘室之府。”

④“然则”二句：《汉书·平帝纪》：“郊祀高祖，以配天。”又，李善注引郦道元《水经注》：“泗水南有泗水亭，汉高祖庙前有碑，延熹十年立。”配天，祭天时以祖先配享。泗水，即泗河，发源于今山东泗水陪尾山。经曲阜、徐州，至洪泽湖附近入淮河。

⑤“素王”二句：素王，指孔子。王充《论衡·定贤》：“孔子不王，素王之业在《春秋》。”沂川，即沂水，源于山东曲阜东南的尼丘，西流经曲阜、兖州合于泗水。李善注：“沂水南有孔子旧庙，汉魏以来，列七碑，二碑无字。”

⑥“由是”二句：《礼记·檀弓》：“（曾子谓子夏曰）吾与汝事夫子于洙泗之间，退而老于西河之上，使西河之民疑女于夫子。”拟迹，虚拟的事。西河，战国时魏地，今陕西东部黄河西岸地区。

⑦“尊主”二句：指伊尹耻其君不如尧舜（见曹植《求通亲亲表》）。尧禹，即圣王尧、舜、禹。

⑧“故精庐”二句：谓精雅的讲习之所一开，碑颂刊刻就会随之而盛。精庐，精雅的讲习之所。

⑨“君长”二句：李善注：“《陈寔别传》曰：寔卒，蔡邕为立碑刻铭。然寔为太丘宰，故曰一城也。”吕向注：“一城，谓牧宰。”

⑩甄陶：本指锻炼成器。这里引申作造就、培育人才。扬雄《法言·先知》：“甄陶天下，其在和乎？”周、召：周公、召公。

⑪伊、颜：伊尹、颜回。

【译文】

臣范云奏言：原来人活着树立有风范品德的，死后就应将其美好的业绩显扬出来，故老既已去世，就一定要凭借不刊之书将其铭记下来。但是将著书藏于名山，则担心山谷移易；放置于书府之中，则又担心编简残毁。既然如此，人们就将汉高祖配祭皇天的事迹，记存于泗水边的庙碑上，将素王孔子之道，记存于沂川之侧的孔庙碑上。因此，尊崇孔子为师的行为，在西河为人学习；尊崇君主的感情，以至于以尧舜为标准。因此，精雅的讲习之所一开，必定会有穷尽镌刻碑颂的盛举，就是一城之长，也会尽量将其善美之行刊刻碑颂，何况乎人世间造就了类似周公、召公、伊尹、颜回这样的贤人呢！

故太宰竟陵文宣王臣某，与存与亡，则义刑社稷①；严天配帝，则周公其人②。体国端朝，出藩入守③，进思必告之道，退无苟利之专④。五教以伦⑤，百揆时序⑥。若夫一言一行，盛德之风⑦；琴书艺业⑧，述作之茂，道非兼济⑨，事止乐善，亦无得而称焉。人之云亡⑩，忽移岁序⑪，鸱鸮东徙，松槚成行⑫。六府臣僚，三藩士女⑬，人蓄油素⑭，家怀铅笔⑮，瞻彼景山，徒然望慕⑯。昔晋氏初禁立碑⑰，魏舒之亡，亦从班列⑱；而阮略既泯，故首冒严科，为之者竟免刑戮，致之者反蒙嘉叹⑲。至于道被如仁，功参微管，本宜在常均之外⑳，故太宰渊，丞相嶷，亲贤并轨，即为成规㉑。乞依二公前例，赐许刊立。宁容使长想九原，樵苏罔识其禁，驻跸长陵，辒轩不知所适㉒！

【注释】

①“与存”二句：谓竟陵文宣王是社稷之臣。《汉书·爰盎传》：“（盎曰）社稷臣，主在与在，主亡与亡。”注：“如淳曰：人主在时，与共治在时之事；人主虽亡，其法度存，当奉行之。”刑，同“型”。

②"严天"二句:《孝经·圣治章》:"孝莫大于严父,严父莫大于配天,则周公其人也。昔者周公郊祀后稷以配天,宗祀文王于明堂以配上帝。"严天,孝敬父亲。

③"体国"二句:刘良注:"体国,谓为政化之体以正朝廷。"出藩,谓为刺史也;入守,谓为司徒也。

④专:专擅。

⑤五教:谓父义、母慈、兄友、弟恭、子孝等五种封建伦理道德。《尚书·舜典》:"敬敷五教在宽。"《春秋左传·桓公六年》:"故务其三时,修其五教。"

⑥百揆时序:《尚书·舜典》:"纳于百揆,百揆时叙。"孔传:"揆,度也。"

⑦盛德:此指人的品德。《史记·老子韩非列传》:"君子盛德,容貌若愚。"

⑧艺业:此指礼、乐、射、御、书、数。

⑨道非兼济:《周易·系辞》:"知周乎万物,而道济天下。"

⑩人之云亡:《诗经·大雅·瞻卬》:"人之云亡,邦国殄瘁。"此言竟陵文宣王去世。

⑪岁序:时序,季节。此泛指时间。

⑫"鸱鸮"二句:谓郁林王对子良的嫌疑之事,已过去很久了。《诗经·豳风·鸱鸮》毛序:"《鸱鸮》,周公救乱也。成王未知周公之志,公乃为诗以遗王,名之曰《鸱鸮》焉。"李善注:"言成王未知周公之意,类郁林之嫌子良,而周公有居摄之情由,子良有代宗之议,故假鸱鸮以喻焉。"《说苑》中记载了一段枭与鸠的对话,枭说,西方之人皆讨厌我的叫声,因此"我将东徙"。鸠说,你只要改变叫声就可以了;不改,即使东徙,那里的人也会讨厌你。松槚(jiǎ)成行,言年月久远。松槚,木名。一名山楸。古人常用以做棺椁,或植墓前。

⑬“六府”二句：据《齐书·竟陵文宣王子良传》载，子良为辅国将军、征虏将军、竟陵王、镇北将军、征北将军、护军将军，六府指此。又，子良为会稽太守、南徐州刺史，南兖州刺史，三蕃指此。士女，指成年男女。

⑭油素：光滑的白绢，多用于书画。扬雄《答刘歆书》：“齐油素四尺，以问其异语。”

⑮铅笔：古人以铅书字，古称。李周翰注：“铅，粉笔也，所以理书也。”

⑯“瞻彼”二句：《诗经·商颂·殷武》：“陟彼景山，松柏丸丸。”李善注：“景山，谓坟也。”望慕，指思慕为王立碑。

⑰昔晋氏初禁立碑：李善注：“晋令曰：诸葬者，不得作祠堂碑石兽。”

⑱“魏舒”二句：魏舒，晋朝樊人，字阳元，官至司徒。班列，犹言位次。

⑲“而阮略”几句：李善注：“《陈留志》曰：阮略，字德规，为齐国内史，为政表贤黜恶，化风大行，卒于郡。齐人欲为立碑，时官制严峻，自司徒魏舒已下皆不得立。齐人思略不已，遂共冒禁树碑，然后诣阙待罪。朝廷闻之，尤叹其惠。”泯，张铣注：“没也。”故，胡克家《文选考异》：“何校云，‘故’下疑有脱文。按，所说是也，何意谓此当云‘故吏’‘故民’之类，未知所脱果何文耳，今无以补之。”科，此指有关不准立碑的禁令。

⑳“至于”几句：谓功德高如管仲的人本宜在平常禁令之外。如仁，《论语·宪问》：“子曰：桓公九合诸侯，不以兵车，管仲之力也。如其仁，如其仁！”微管，无管仲。《论语·宪问》：“子曰：管仲相桓公，霸诸侯，一匡天下，民到于今受其赐，微管仲，吾其被发左衽矣。”常均，平常。

㉑“故太宰”几句：太宰渊，即褚渊，字彦回，官至司空，封南康郡公。

后王俭为其制碑。嶷,豫章文献王嶷,字宣俨,死后赠丞相,乐蔼为其建碑,次子恪托沈约、孔稚珪为文。

㉒"宁容"几句:谓无墓碑带之而来的种种遗憾。九原,本山名。在山西新绛北。《礼记·檀弓》:"赵文子与叔誉观乎九原。"又,"是全要领以从先大夫于九京(原)也"。注:"晋卿大夫之墓地在九原。"后因称墓地为九原。樵苏,即樵采。《战国策·齐策》:"昔者,秦攻齐,令曰:'有敢去柳下季垄五十步而樵采者,死不赦。'"驻跸(bì),帝王出行,中途暂住。长陵,萧何、曹参陪葬之所。李善注:"《东观汉记》:和帝诏曰:高祖功臣,萧曹为首。朕望长陵东门,见二臣之垅,感焉。"輶(yóu)轩,使臣所乘之车。

【译文】

已故太宰竟陵文宣王臣某,与人主共存亡,则道义成为社稷的典型;尊主敬父,则与周公的为人相同。以教化治理国家以正朝纲,出为刺史,入为司徒,进则考虑着以善道忠言告谏君主,退则无专擅苟且于私利的行为。将五教作为为人的准则,处理百事皆有秩序。至于说到他的一言一行,品德风范,琴书礼乐,著书之多,如果不是大道兼济天下,只是自乐独善,也就不可能为人称道。竟陵文宣王去世后,时光在匆匆推移,当初像鸱鸮东徙那样的遭际,转眼又是很久了。但是,当年六府的臣僚,三藩的士女,人皆积有供书写用的白绢、铅笔,瞻仰那高高的坟墓,思慕为王立碑也只是徒然。从前晋朝开始禁止立碑,魏舒死后,亦按他的位次特赐立碑;齐国的阮略死后,齐人首先冒犯严厉的禁令,特意为他立了碑,而为其立碑的人竟免受刑戮,到朝廷待罪的人反受赞美。至于人的大德所及于管仲的,功业近于管仲的,本来就应该在平常禁令之外,所以太宰褚渊之贤,丞相王嶷同君王之亲与竟陵王情况相同,为他们立碑,即成了现成的规矩了。请求陛下按褚、王二公的前例,诏赐许为竟陵王刊立墓碑,岂容使竟陵王抱恨长想于九原之下,采樵人不知禁令，驻跸长陵而使臣之车竟不知所到是何处！

臣里闾孤贱[①]，才无可甄[②]，值齐网之弘，弛宾客之禁[③]，策名委质[④]，忽焉二纪[⑤]。虑先犬马[⑥]，厚恩不答。而弊帷毁盖，未蓐蝼蚁[⑦]；珠襦玉匣，遽饰幽泉[⑧]，陛下弘奖名教，不隔微物[⑨]，使臣得骏奔南浦[⑩]，长号北陵[⑪]。既曲逢前施[⑫]，实仰觊后泽[⑬]，傥验杜预山顶之言[⑭]，庶存马骏必拜之感[⑮]。

【注释】

①里闾：里巷，乡里。

②甄：培养，造就。

③"值齐网"二句：谓逢齐法令放宽，废禁宾客游王门之法。齐网，齐国的法令。

④策名委质：指投靠竟陵王。《春秋左传·僖公二十三年》："策名委质，贰乃辟也。"策名，谓出仕。委质，有归顺之意。

⑤二纪：古代纪年，十二年为一纪。二纪，即二十四年。

⑥犬马：自谦之辞。

⑦"而弊帷"二句：是说自己还来不及效力于太宰，他就去世了。《礼记·檀弓》："（仲尼曰）吾闻之也，敝帷不弃，为埋马也；敝盖不弃，为埋狗也。"又《战国策·楚策》："安陵君泣数行而进曰：'……大王万岁千秋之后，愿得以身试黄泉，蓐蝼蚁。'"鲍彪注："愿为蓐以辟二物。"

⑧"珠襦"二句：谓太宰已去世了。珠襦玉匣，李善注引《西京杂记》："汉帝及诸侯王送死，皆珠襦玉匣。"幽泉，黄泉。

⑨微物：此为谦辞。

⑩骏奔：《诗经·周颂·清庙》："骏奔走在庙。"骏，指迅速。南浦：

刘良注："迎丧处也。"

⑪北陵：竟陵王葬处。李善注："南浦迎丧，北陵送葬。"

⑫前施：指在前同意送葬。

⑬觊(jì)：希望得到。

⑭傥验杜预山顶之言：李善注："《襄阳记》曰：杜元凯好为身后名。常自言：百年后必高岸为谷，深谷为陵。作二碑叙其平吴勋。一沉万山下，一沉岘山下。为参佐曰：何知后代不在山头乎？"

⑮庶存马骏必拜之感：《晋书·宣五王传》："扶风武王骏字子臧。""骏善抚御，有威恩……发病薨。西土闻其薨也，泣者盈路，百姓为之树碑，长老见碑无不下拜。其遗爱如此。"

【译文】

臣出身孤贱，才能无可造就，正逢齐国的法令放宽，废除了宾客游王门的禁令，臣便委质投靠于竟陵文宣王，转眼已有二十四年了。曾忧虑犬马之臣先死，文宣王于臣的厚恩又不能报答，谁想弊帷毁盖，自己还来不及效力于文宣王，而文宣王已成幽泉之魂了。陛下大奖名教，从不将微臣蔽隔于外，使臣得以迅速奔走到南浦，放声大哭于北陵。既曲逢前次陛下施恩，确实也希望陛下再降恩泽。倘若当年杜预山顶之言应验，希望能保存马骏墓碑见者必拜那种令人感慨的情况。

临表悲惧，言不自宣。臣诚惶已下。

【译文】

面对此表，悲伤恐惧不已，言不自宣。臣诚惶诚恐。

卷第三十九

上书

李斯

李斯(? —前208),战国末至秦代著名的政治家、文学家。年轻时曾为小吏,由于激愤贵贱悬殊,锐意追求功名富贵,曾向荀卿"学帝王之术",学成西游秦国。因丞相吕不韦的推荐,得到秦始皇的器重,拜为客卿,为秦国的内政外交出谋划策。秦始皇统一天下后,被任为丞相,在统一全国的政治、经济、文化方面,起了重要的作用。秦始皇死于沙丘时,在赵高的威逼利诱下,李斯篡改了秦始皇的遗嘱,废除长子扶苏,改立次子胡亥为二世皇帝。不久,为赵高所害,被腰斩咸阳,诛灭三族。

上书秦始皇一首

【题解】

本文最早见于《史记·李斯列传》,《文选》题名《上书秦始皇》,后世一般选本均题作《谏逐客书》。秦始皇年轻时锐意治国,重用各国贤才,因此不少非秦国贤士被拜为客卿。由于客卿集团的权势日益扩张,触犯了秦国宗室贵族集团的利益,所以两者之间形成了不可调和的矛盾。其时,韩国曾派水利专家郑国为秦国开渠。这条水渠虽对秦国的农业生产有利，但对秦国进军韩国造成不便。秦国宗室贵族集团就利用了这件事，打击客卿集团的势力，强烈要求秦始皇下令驱逐所有的客卿。于是秦始皇就在前237年下了逐客令，李斯当然也在被逐之列。就是在这关键的时刻，李斯写了这篇有名的奏书。由于这篇奏书具有很强的说服力与感染力，终于打动了秦始皇，使他不仅收回成令，而且很快恢复了李斯的官职。刘向《新序》说："斯在逐中，道上上谏书，达始皇。始皇使人逐至骊邑，得还。"

"书"是我国古代一种常见的实用文体，大约相当于奏、章、表、议。《文心雕龙·书记》："战国以前，君臣同书。秦汉立仪，始有表、奏。"当时秦国尚未统一天下，故仍称"书"。

臣闻吏议逐客①，窃以为过矣②。

【注释】

①吏议逐客：《史记·李斯列传》："秦宗室大臣皆言秦王曰：'诸侯人来事秦者，大抵为其主游间于秦耳，请一切逐客。'"

②窃：私自，私下。谦辞。

【译文】

臣下听说官吏们建议驱逐客卿，我私下认为这是一种错误的意见。

昔穆公求士①，西取由余于戎②，东得百里奚于宛③，迎蹇叔于宋④，来邳豹、公孙支于晋⑤。此五子者，不产于秦，穆公用之，并国三十，遂霸西戎。孝公用商鞅之法⑥，移风易俗，民以殷盛，国以富强，百姓乐用⑦，诸侯亲服，获楚、魏之师⑧，举地千里，至今治强⑨。惠王用张仪之计⑩，拔三川之地⑪，西并巴蜀⑫，北收上郡⑬，南取汉中⑭，包九夷⑮，制鄢郢[16],东据成皋之险[17],割膏腴之壤,遂散六国之从[18],使之西面事秦,功施到今[19]。昭王得范雎[20],废穰侯,逐华阳[21],强公室,杜私门[22],蚕食诸侯,使秦成帝业。此四君者,皆以客之功。由此观之,客何负于秦哉?向使四君却客而弗纳[23],疏士而弗用,是使国无富利之实,而秦无强大之名也。

【注释】

①穆公:秦穆公(前659—前621在位),为"春秋五霸"之一。

②由余:晋人,在西戎任职,曾出使秦国,秦穆公很赏识他的才能,后用离间的计策,迫使他投奔秦国。戎:我国古代对西部少数民族的统称。

③百里奚:本是虞国的大夫,有贤才。晋灭虞后,沦为奴仆,途中逃亡,为楚兵所执,秦穆公用五张黑羊皮去赎他,后任用为相。宛:楚地,今河南南阳。

④蹇(jiǎn)叔:因百里奚的推荐,秦穆公派人去宋国以厚币迎回蹇叔,任用为上大夫。

⑤邳豹:晋人,因其父邳郑被杀,逃奔秦国,秦穆公任用为将。公孙支:晋人,有远见卓识,秦穆公任为大夫。

⑥孝公:秦孝公(前361—前338在位)。商鞅:姓公孙,名鞅,卫国人。他主张法治,注重农业和军事,为秦孝公所重用,执政十年,秦国因而富强。后因受封于商地,故称商鞅或商君。

⑦乐用:乐于被使用,即乐于效力。

⑧获楚、魏之师:秦孝公二十二年(前340)商鞅大破魏军,俘获魏公子卬,迫使魏惠王迁都大梁(今河南开封)。同年又攻打楚国取胜。师,军队。

⑨治:治绩,政绩。

⑩惠王:秦惠王(前337—前311在位),又称惠文王。秦国称王自惠王始。张仪:战国时期最著名的政客、谋士之一,他为秦国筹划了有名的连横策略,为秦国的强大做出了卓越的贡献。

⑪三川之地:指今河南西北地区,因境内有黄河、洛水、伊水三条河流,故称。本属魏地,秦攻取后置三川郡。按,甘茂攻取三川,乃秦武王时事,当时张仪已死。之所以归功于张仪,是因为攻取三川的策略是张仪制订的。

⑫巴蜀:古国名。巴,指今四川东部。蜀,指今四川西部。

⑬上郡:本属魏地,在今陕西榆林地区。

⑭汉中:本属楚地,在今陕西汉中地区。

⑮包:兼并。九夷:即属楚之夷。

⑯鄢(yān)郢(yǐng):楚国先后建都的地方。鄢,在今湖北宜城。郢,在今湖北江陵。

⑰成皋:著名的军事要塞,即今河南荥阳的虎牢。

⑱六国之从:指魏、韩、赵、燕、楚、齐由北到南的合纵抗秦联盟。

⑲施(yì):延续。

⑳昭王:秦昭襄王(前306—前251在位)。范雎:魏人,任秦相,用"远交近攻"的策略为秦国扩大了领土。

㉑"废穰(ráng)侯"二句:穰侯、华阳,都是秦昭王的母舅,专权骄横,不可一世,秦国的政权实际上操纵在他们的手里。由于范雎的建议,秦昭王把他们驱除出境。

㉒杜:杜绝。私门:指行私请托的门路。

㉓向:过去。使:假使。却:拒绝。

【译文】

以前秦穆公征求贤士,他获取了西方戎国的由余,获得了东方宛地的百里奚,迎来了宋国的蹇叔,召来了晋国的邳豹、公孙支。这五位贤士,都不生在秦国,但穆公任用了他们,因而并吞了三十个诸侯国家,终于成为西戎的霸主。秦孝公采用了商鞅变法的主张,移风易俗,百姓因而殷实兴盛,国家因而富裕强大,百姓乐于效力,诸侯亲近诚服,俘获了楚国、魏国的军队,攻占了上千里的地方,直到如今依然政绩显赫、国家强盛。秦惠王采用了张仪连横的策略,攻占了三川一带的地方,西面并吞巴、蜀,北面收取上郡,南面攻克汉中,兼并九夷,控制鄢、郢,东面占据成皋的要塞,割取肥沃的土地,这样就解散了六国的合纵联盟,使六国向西事奉秦国,功绩延续直到今天。秦昭王得到了范雎,废弃穰侯,驱逐华阳君,增强了王室的权力,杜绝了私人请托的门路,用蚕食桑叶的方法逐步攻取了诸侯的领土,使秦国成就了称帝的伟业。这四位君主,都凭借客卿的功劳。由此看来,客卿有什么对不起秦国的地方呢?假使以前这四位君主辞退了客卿而不招纳,疏远贤士而不任用,这就会使当今的秦国没有富厚的实利和强盛的名望了。

今陛下致昆山之玉①,有和、随之宝②,垂明月之珠③,服太阿之剑④,乘纤离之马⑤,建翠凤之旗⑥,树灵鼍之鼓⑦。此数宝者,秦不生一焉,而陛下悦之,何也?必秦国之所生然后可,则夜光之璧,不饰朝廷;犀象之器,不为玩好;而赵、卫之女,不充后庭;骏良駃騠⑧,不实外厩;江南金锡不为用,西蜀丹青不为采。所以饰后宫、充下陈、娱心意、悦耳目者⑨,必出于秦然后可,则是宛珠之簪、傅玑之珥、阿缟之衣、锦绣之饰不进于前⑩;而随俗雅化、佳冶窈窕赵女不立于侧也⑪。夫击瓮叩缶⑫,弹筝搏髀⑬,而歌呼呜呜快耳者,真秦之声也。郑卫桑间⑭,韶虞武象者⑮,异国之乐也。今弃叩缶击瓮而就郑卫,退弹筝而取韶虞,若是者何也?快意当前,适观而已矣⑯。今取人则不然,不问可否,不论曲直,非秦者去,为客者逐。然则是所重者在乎色、乐、珠、玉,而所轻者在乎民人也。此非所以跨海内、制诸侯之术也。

【注释】

①昆山之玉：昆仑山北麓的和阗，以产美玉著称。

②和、随之宝：和，指楚国的和氏之璧。随，此指随侯之珠。两者都是著名的国宝。

③明月之珠：即夜光珠。

④太阿：宝剑名。相传为越国欧冶子和吴国干将所铸造。

⑤纤离：骏马名。

⑥翠凤之旗：以翠羽编为凤形的装饰之旗。

⑦鼍(tuó)：俗名猪婆龙，今称扬子鳄，其皮所蒙之鼓声音洪亮。

⑧駃騠(jué tí)：良马名。

⑨下陈：即"下墀(chí)"，指宫殿台阶下面歌舞的地方。

⑩宛珠：靠近汉水的宛地，以产珠著称。簪：簪子，古人用来插定发髻或连冠于发的一种长针。傅：附，依附。玑(jī)：不圆的珠。珥(ěr)：耳饰。阿：东阿，地名。今分属山东茌平、寿张二县，古代以产绢著称。缟(gǎo)：白色的绢。

⑪冶：艳丽。窈窕：体态美好。

⑫瓮：瓦罐。缶：瓦器。

⑬筝：乐器名。瑟类。搏：击。髀(bì)：大腿。

⑭郑卫：即郑卫之音，指春秋时期流行于郑国、卫国悦耳动听的新乐。桑间：即"桑间濮上"的简称。桑间，卫国地名。在濮水之滨，是卫国青年男女欢会群歌的场所，这里指桑间濮上悦耳动人的音乐。

⑮韶虞：韶，相传是歌颂虞舜的乐舞。武象：象，是周武王时期的乐舞，相传为周公所作。一说，武指《武》乐，象指《象》乐。

⑯观：指观听。古代的乐舞，有乐有舞。舞可观，乐可听。

【译文】

现在陛下得到了昆山的美玉，拥有和、随的宝物，悬挂明月似的珍珠，佩带太阿的名剑，乘纤离骏马，树立翠凤彩旗，架起灵鼍的巨鼓。这几样宝物，没有一件是产于秦国的，但陛下却如此喜爱它们，这是什么原因呢？如果一定要秦国出产的然后才可用，那么这些夜里发光的宝玉，就不该用来装饰朝廷；犀角、象牙制成的器具，就不该用来充当玩好；赵、卫两国的美女，就不该充满后宫；駃騠一类的骏马，就不该养满马棚；江南的金锡不能用来作器用，西蜀的丹青不能用来作彩色。所以用来装饰后宫、充作姬妾、娱乐心意、快活耳目的，如果一定要秦国出产的然后才可用，那么这些嵌有宛珠的发簪、缀有珠玉的耳环、东阿白绢制成的衣服、锦绣华丽的装饰就不该进呈到面前；而随着流行的式样打扮自己、美好艳丽体态苗条的赵国美女也不该立在君王的旁边了。那敲击陶罐、瓦器，弹奏竹筝，拍击大腿打拍子，而且以呜呜地歌唱为悦耳的，那才是秦国真正的声乐。郑卫、桑间之音，韶虞、武象之乐，是其他国家的音乐。现在废弃敲击陶罐、瓦器而追求郑卫之音，放弃弹奏竹筝而选取虞舜的韶乐，为什么这样做呢？因为眼前面对的乐舞令人快意，适于观赏罢了。现在陛下选用人才却不是这样，不问可否，不论曲直，不是秦国的就除去，是客卿就驱逐。这就表明陛下所看重的是美色、音乐、珍珠、宝玉，所轻视的是平民士人。这不是用来统一天下、控制诸侯的方法。

臣闻地广者粟多，国大者人众，兵强者则士勇。是以太山不让土壤，故能成其大；河海不择细流，故能就其深；王者不却众庶，故能明其德。是以地无四方，民无异国，四时充美，鬼神降福，此五帝三王之所以无敌也。今乃弃黔首以资敌国①，却宾客以业诸侯②，使天下之士，退而不敢西向，裹足不入秦。此所谓藉寇兵而赍盗粮者也[3]。

【注释】

①黔首:秦时对百姓的称呼。黔,黑色。

②业:成就事业。

③藉:借。兵:武器。赍(jī):给,送。

【译文】

臣下听说地域辽阔的国家粮食就富裕,国家广大的人口就众多,军队强盛的士兵就勇敢。因此,泰山不推辞土壤,所以能成就它的高大;黄河、大海不拒绝细小的流水,所以能造就它的渊深;当君王的不推却百姓,所以能昭彰他的德行。因此只要能做到地域不分四方,百姓不分国别,那么一年四季必定充盛美好,鬼神也会降赐洪福,五帝三王之无敌于天下,就是这个道理啊。现在陛下却抛弃百姓去资助敌国,辞退宾客去成就诸侯的功业,使天下的贤士,退缩而不敢向西,裹住脚步不进入秦国。这就是所谓的借兵器给寇贼和送粮食给强盗啊!

夫物不产于秦,可宝者多;士不产于秦,愿忠者众。今逐客以资敌国,损民以益仇,内自虚而外树怨诸侯,求国无危,不可得也。

【译文】

不出产在秦国的物品,可宝贵的很多;不生长在秦国的贤士,愿意效忠的很多。现在驱逐客卿去资助敌国,减损百姓去增添敌国的利益,对内使自己陷于虚弱,对外又与诸侯各国结下怨仇,想以此求得秦国没有危险,是不可能的。

邹阳

邹阳(前206—前129),齐(今山东东部)人。西汉前期文学家。为人正直,有智谋,以文章、辩才著称。起初,他投靠吴王濞,因发现吴王有反叛朝廷之意,上书劝阻,吴王不听,又投奔梁孝王。当时汉景帝有立梁孝王为嗣之意,但大臣爰盎等极力反对,梁孝王与羊胜、公孙诡等谋议派人刺杀爰盎,邹阳极力劝阻。公孙诡乘机毁谤邹阳,因而被梁孝王囚入狱中。后邹阳上书自辩,孝王感悟,他才得以解脱。其传世名篇,颇有战国纵横家善辩之风格。

上书吴王一首

【题解】

吴王濞为汉高帝兄刘仲之子,因有军功,高帝封为吴王。汉文帝时,吴王濞之子吴太子入朝,与皇太子饮博,因吴太子骄横无礼,被皇太子所杀。吴王濞因而怨愤,称病不朝,后朝廷察知吴王濞无病,对吴国的使者重加系禁责治,吴王濞因而恐惧,有谋反之意。所以《汉书·邹阳传》说:"吴王以太子事怨望,称疾不朝,阴有邪谋,阳奏书谏,为其事尚隐,恶指斥言,故先引秦为谕,因道胡、越、齐、赵、淮南之难,然后乃致其意。"

臣闻秦倚曲台之宫①,悬衡天下②,画地而人不犯③,兵加胡、越④;至其晚节末路⑤,张耳、陈胜连从兵之据⑥,以叩函谷⑦,咸阳遂危⑧。何则?列郡不相亲,万室不相救也。今胡数涉北河之外⑨,上覆飞鸟,下不见伏兔⑩,斗城不休,救兵不至，死者相随，辇车相属[11]，转粟流输[12]，千里不绝。何则？强赵责于河间[13]，六齐望于惠、后[14]，城阳顾于卢博[15]，三淮南之心思坟墓[16]。大王不忧，臣恐救兵之不专[17]。胡马遂进窥于邯郸[18]，越水长沙[19]，还舟青阳[20]。虽使梁并淮阳之兵[21]，下淮东、越广陵以遏越人之粮；汉亦折西河而下，北守漳水，以辅大国[22]。胡亦益进，越亦益深。此臣之所为大王患也。

【注释】

①倚：恃。曲台之宫：宫殿名。

②悬衡：谓轻重相等，势均力敌。

③画地而人不犯：此指法制之行。

④胡、越：分别指北方与南方的少数民族。

⑤晚节：这里指末世。

⑥张耳：大梁人。陈胜起蕲，以张耳为校尉。陈胜：字涉，阳城人。胜为王，号为张楚，西击秦。从兵：指秦国崤山以东诸侯合纵抗秦的残余兵力。据：引。

⑦函谷：即秦国的函谷关。

⑧咸阳：秦国的京都。

⑨涉：徒步渡水。这里指超越。北河：戍地之河上。

⑩“上覆”二句：以飞鸟、伏兔之尽，衬托出胡兵所到之处，人烟荒绝的情景。

⑪辇（niǎn）车：用人力推拉的车。属：连。

⑫流输：川流不息地运输。

⑬强赵责于河间：应劭曰：“赵幽王为吕后所幽（禁闭）死。文帝立其长子遂为赵王，取赵之河间，立遂弟辟彊为河间王，至子哀王无嗣，国除，遂欲复还得河间。”

⑭六齐望于惠、后:《汉书》注引孟康曰:“高后(吕后)割齐济南郡为吕王(台)奉邑,又割琅邪郡封营陵侯刘泽为琅邪王。文帝乃立悼惠王六子为王。言六齐不保今日之恩,而追怨惠帝与吕后也。”六齐,汉高祖刘邦封其子刘肥为齐王,至惠帝时,分齐为六,分封肥的六子:将闾为齐王,惠为济北王,贤为淄川王,雄渠为胶东王,卬为胶西王,辟光为济南王。

⑮城阳顾于卢博:李善注引孟康曰:“城阳王喜也。喜父章与弟兴居讨诸吕有功,本当尽以赵地王章,梁地王兴居。文帝闻其欲立齐王,更以二郡王之。章失职,岁余薨。兴居诛死。卢博、济北王治处,喜顾念而恨也。”李善注:“二郡,谓城阳章所封,济北兴居所封。兴居诛死,故喜顾念而恨也。”

⑯三淮南之心思坟墓:《汉书》注引张晏曰:“淮南厉王三子为三王,念其父见迁杀,思墓,欲报怨也。”李善注引《汉书》曰:“上怜淮南王不轨,上乃立厉王三子,安为淮南王,勃为衡山王,赐为庐江王。”

⑰不专:不专心。李善注引孟康曰:“不专救汉也。”又引如淳曰:“皆自私怨宿愤,不能为吴也。若吴举兵反,天子来讨,谓四国但有意,不敢相救也。”李善注:“以孟康解其文,故言不专救汉;如淳解其意,故云不能为吴。二说相成,义乃可明。”《汉书》颜师古曰:“二说(指孟康、如淳之说)皆非也。言诸国各有私怨,欲申其志,不肯专为吴,非不敢相救也。”按,李善、颜师古之说均有见解,可参照加以理解。

⑱窥:窥视,企图。邯郸:本是战国时期赵国的首都。这里指西汉前期的赵王遂的赵国。

⑲越水长沙:指越人从水路攻伐长沙。

⑳还舟青阳:还舟,聚舟。青阳,水名。李善注引《史记·秦始皇本纪》曰:“荆王献青阳之田,已而背约,要击我南郡。”

㉑梁：指梁孝王的梁国。

㉒大国：此指赵国。

【译文】

臣下听说秦朝倚仗曲台的宫殿，高悬法度统治天下，划定地域而人们不敢侵犯，兵力施及北胡、南越；到秦朝穷世末路时，张耳、陈胜联合东方合纵抗秦的兵力互相引援，来攻打函谷关，咸阳就岌岌可危了。这是为什么呢？这是因为各郡不互相亲近，数以万计的家族集团不互相救援。现在胡兵多次越过北河之外，上绝高飞之鸟，下尽低伏之兔，攻城的战斗连续不断，救兵不至，战死的人接连相随，人力推拉的车子先后相连，粮食的转运川流不息，绵延千里不相断绝。这是为什么呢？这是因为强大的赵国责求朝廷归还河间之地，齐国的六位君王追怨惠王与吕后，城阳王顾念其弟被杀而不满朝廷，淮南王的三子想到杭州墓中被迁杀的父王而欲报仇。对此，大王不感到忧虑，臣下却担心各路救兵没有专心救援的诚意。胡人的骑兵乘机进一步窥视攻取邯郸，越人从水路进逼长沙，聚集战船在青阳一带。虽然朝廷派遣梁孝王集中淮阳的兵力，下淮东，越广陵，来阻遏越人的粮道；汉军也拦截西河而下，北守漳水，以辅助赵国抗击胡骑。但胡兵更加进逼，越军也更加深入。这就是臣下所以为大王感到忧患的原因。

臣闻蛟龙骧首奋翼[①]，则浮云出流，雾雨咸集[②]；圣王底节修德[③]，则游谈之士归义思名[④]。今臣尽知毕议，易精极虑[⑤]，则无国而不可奸[⑥]；饰固陋之心，则何王之门不可曳长裾乎[⑦]？然臣所以历数王之朝，背淮千里而自致者，非恶臣国而乐吴民[⑧]，窃高下风之行[⑨]，尤悦大王之义。故愿大王无忽，察听其至。

【注释】

①骧(xiāng):本指马首上举,后引申为上举。

②"则浮云"二句:古人认为龙有兴云作雨的神奇功能。

③底(dǐ):磨砺。

④游谈:游说。

⑤易:通"埸",指边界。这里指穷、极。

⑥奸:干,求取。

⑦长裾:长长的衣袖。这里借指取得君王的宠爱。

⑧吴民:这里实指吴国。

⑨高下风之行:李善注引《新序》公孙龙谓平原君曰:"臣居鲁,则闻下风,高先生之知,悦先生之行。"《汉书》颜师古注:"言在下风侧听,高尚美悦大王之行义也。"

【译文】

臣下听说蛟龙昂首振翅,就会浮云流动,雾雨会集;圣王磨砺节操修养品德,游说之士就归从德义、思慕美名。而今臣下诚能竭尽才智毕呈谏议,耗尽精思尽献谋虑,那么没有哪一个国家不能求取高位;如能掩饰固塞鄙陋的心意,以迎合曲从去讨好的话,那么有什么君王的大门之前不能牵引长长的衣袖以博得宠爱呢?然而臣下经历过很多君王的朝廷,离开淮地不远千里找上门来,不是厌恶臣下所居之国而喜爱吴国的百姓,只是由于暗自在下风侧听,推崇大王的德行,尤其悦服大王的高义。所以希望大王不要忽视,能审察听取我的赤诚之言。

臣闻鸷鸟累百,不如一鹗①。夫全赵之时②,武力鼎士袪服丛台之下者一旦成市③,不能止幽王之湛患④。淮南连山东之侠,死士盈朝,不能还厉王之西也⑤。然则计议不得,虽诸、贲不能安其位⑥,亦明矣。故愿大王审画而已⑦。

【注释】

①“臣闻”二句：鸷(zhì)鸟，凶猛的鸟。鹗(è)，又称鱼鹰，常活动于江河海滨，以食鱼为主。此处鸷鸟比诸侯，鹗比天子。

②全赵：赵未分之时。

③袨(xuàn)服：盛服。鼎士：举鼎之士。丛台：赵王之台，在邯郸。

④幽王：谓赵幽王。

⑤厉王之西：淮南厉王长谋反，西迁蜀。《汉书》颜师古注：“西谓废迁严道而死于雍也。”

⑥诸：专诸。贲：孟贲。二人皆为古勇士。

⑦画：指计划。

【译文】

臣下听说成百只凶猛的鸟比不上一只鱼鹰。那赵国保持完整的时候，丛台之下身被盛服，力举重鼎的武士，其人数之多可谓一朝成市，但并不能阻止赵幽王被吕后禁闭而死的祸患。淮南王联合崤山以东地区的豪侠，敢死之士挤满朝廷，但并不能挽回厉王西迁被杀的命运。由此可知，要是计谋不当，即使有专诸、孟贲一样的勇士，也不能确保君王地位的安全，这是很明白的道理啊。希望大王能审慎谋划。

始孝文皇帝据关入立，寒心销志，不明求衣[①]。自立天子之后，使东牟、朱虚东褒仪父之后[②]，深割婴儿王之壤[③]。子王梁、代，益以淮阳[④]。卒仆济北，囚弟于雍者，岂非象新垣等哉[⑤]？今天子新据先帝之遗业[⑥]，左规山东[⑦]，右制关中[⑧]，变权易势，大臣难知。大王弗察，臣恐周鼎复起于汉[⑨]，新垣过计于朝[⑩]，则我吴遗嗣，不可期于世矣[⑪]。高皇帝烧栈道、灌章邯[⑫]，兵不留行[⑬]，收弊人之倦[⑭]，东驰函谷，西楚大破[⑮]。水攻则章邯以亡其城，陆击则荆王以失其地[⑯]，此皆国家之不几者也[17]。愿大王熟察之。

【注释】

①“始孝文”几句:《汉书》注引臣瓒曰:“文帝入关而立,以天下多难,故乃寒心战栗,未明而起。”又引张晏曰:“求衣,夜索衣着,不及待明,意不安也。”

②“自立”几句:李善注引应劭曰:“天下已定,文帝遣朱虚侯章东喻齐王,嘉其首举兵欲诛诸吕,犹《春秋》褒邾仪父者也。”东牟,指东牟侯兴居,为朱虚侯刘章之弟。

③深割婴儿王之壤:《汉书·高五王传》:“文帝元年,尽以高后时所割齐之城阳、琅邪、济南郡复予齐,而徙琅邪王王燕。”当指此事。

④“子王”二句:此言文帝之时,梁王揖、代王参、淮阳王武,后梁王揖早薨,徙武为梁王。

⑤“卒仆”几句:《汉书》注引应劭曰:“仆,僵仆也。济北王兴居反,见诛。囚弟于雍者,淮南王长有罪、见徙,死于雍。所以然者,坐二国有奸臣如新垣平等,劝王共反。”

⑥今天子:指汉景帝,为汉文帝之子。遗业:指遗留的基业。

⑦规:规范。山东:指崤山以东的地区。

⑧关中:指函谷关以西,战国时期秦国所占有的地区。

⑨周鼎:相传周朝有九鼎,“问鼎”指谋取政权。此言不仅周鼎终不可得,且有诛灭之祸。

⑩过:误。

⑪“则我”二句:言吴当绝灭无遗嗣。

⑫高皇帝烧栈道、灌章邯:章邯为雍王,高祖(刘邦)以水灌其城,破之。烧栈道,言高祖所烧之栈道。

⑬兵不留行:言攻之易,故不稽留。

⑭弊人:疲困的人民。倦:疲劳,劳累。

⑮西楚：项羽自号西楚霸王。

⑯荆：荆亦楚，谓项王败走。

⑰不几：庶几，也许可以，表示希望。

【译文】

当初孝文皇帝据关进入皇宫即位的时候，心惊胆寒、意志消沉，天不亮就索衣起身。自即位天子之后，派遣东牟侯、朱虚侯东至齐国褒奖齐王，就像春秋时期褒奖仪父一般，深深割切年幼王侯的土壤，归还齐王的本土。分封自己的儿子为梁王、代王，并增封淮阳之地。但最终因济北王谋反身死，胞弟淮南王因不轨而在雍地被囚禁，之所以如此，难道不是两国有像新垣平一类的奸臣吗？当今天子新近继承先帝遗留的基业，左边使崤山以东的地区加以规范，右边控制关中地区，朝廷权势的改动变化，大臣难以知晓。大王对此不加审察，臣下恐怕诈言寻求周鼎的风波再一次在汉朝兴起，新垣平在朝廷因计谋有失而三族被诛的事件再一次发生，那么我吴国将灭绝，遗留的子孙不可能有希望在当世存在。高祖皇帝刘邦当年火烧栈道，水灌章邯，进军神速，毫不稽留，收留困疲劳累的百姓，向东奔驰攻打函谷关，大破西楚霸王项羽。用水灌攻，雍王章邯就丢失了他的城池，陆地攻击，楚王项羽就丧失了他的地盘，这些都说明国家的政权是不能靠侥幸得到的。敬望大王能仔细考察这些情况。

狱中上书自明一首

【题解】

邹阳因吴王不听劝阻，又投靠梁孝王。梁孝王是汉文帝之子，又与汉景帝同母，深得其母窦太后的欢心。因此当景帝废除栗太子时，窦太后想要景帝立孝王为嗣，但因大臣袁盎（一作“爰盎”）等极力反对，景帝改立胶东王为太子。梁孝王由此怨恨袁盎及议臣，乃与羊胜、公孙诡等谋议派人刺杀袁盎及其他议臣十余人。邹阳得知后极力加以劝阻，公孙诡等本已忌恨邹阳，乘机毁谤邹阳，因此被孝王囚禁狱中，并准备将其处死。他在狱中上书自明，论辩有力，情辞恳切，孝王读后醒悟，不仅立即将之释放，而且待为上客。此文是邹阳的代表作，在西汉前期就名传遐迩，司马迁在《史记·鲁仲连邹阳列传》中评价说："邹阳辞虽不逊，然其比物连类，有足悲者，亦可谓抗直不桡矣！"

臣闻"忠无不报，信不见疑"，臣常以为然，徒虚语耳。昔者荆轲慕燕丹之义①，白虹贯日，太子畏之②；卫先生为秦画长平之事③，太白食昴④，昭王疑之。夫精诚变天地⑤，而信不谕两主，岂不哀哉！今臣尽忠竭诚，毕议愿知⑥，左右不明⑦，卒从吏讯⑧，为世所疑。是使荆轲、卫先生复起，而燕秦不寤也⑨，愿大王熟察之⑩。昔玉人献宝，楚王诛之⑪；李斯竭忠⑫，胡亥极刑⑬。是以箕子阳狂⑭，接舆避世⑮，恐遭此患。愿大王察玉人、李斯之意，而后楚王、胡亥之听⑯，毋使臣为箕子、接舆所笑。臣闻比干剖心⑰，子胥鸱夷⑱，臣始不信，乃今知之。愿大王熟察，少加怜焉。

【注释】

①荆轲：战国末期卫国人，为行刺秦始皇的著名勇士。燕丹：燕国太子丹。他曾在秦国为人质，秦王很不尊重他，他逃回燕国后，厚养荆轲等勇士，意欲刺杀秦王报仇雪耻。

②"白虹"二句：相传由于荆轲的精诚感动了上天，因而出现了"白虹贯日"的天象。贯，贯穿。

③卫先生：秦国人。画：谋划。长平之事：秦国名将白起伐赵，在长平（今山西高平西北）大败赵军，打算乘胜灭赵，派遣卫先生劝说

秦昭王增兵输粮，但因范雎反对此举，因而“昭王疑之”。

④太白食昴(mǎo)：《史记集解》引苏林曰：“其精诚上达于天，故太白为之蚀昴。昴，赵地分野。将有兵，故太白食昴。”太白，即太白金星。按古代五行说，西方为金，故太白为主西方之星。昴，星宿名。二十八宿之一，古人认为昴星为赵国的分野，故可指代赵国。

⑤夫精诚变天地：古人认为天与人可以互相感应。

⑥“今臣”二句：尽其计议，愿王知之。竭、毕，均“尽”义。

⑦左右不明：言左右不明者，不欲斥王。

⑧讯：鞫问。

⑨寤：醒悟，觉醒。

⑩熟：仔细。

⑪“昔玉人”二句：指卞和献宝，楚王刖之。

⑫李斯：战国末至秦代著名的政治家、文学家。

⑬胡亥极刑：指秦二世胡亥因听信赵高的谗言，斩杀宰相李斯。

⑭箕子：殷纣王的叔父，因纣王昏庸暴虐，箕子装疯避祸。阳：假装。

⑮接舆：楚贤人，佯狂避世。

⑯后：指后退、退却。引申为放弃、捐弃。

⑰比干：殷纣王的叔父。

⑱子胥：姓伍，名员，春秋时楚人。因其父兄被楚平王杀害，逃至吴国，尽心辅佐吴王阖闾得王位。后因夫差听信谗言，子胥被害。鸱(chī)夷：李善注引《史记》曰：“子胥自刭，王乃以子胥尸，盛以鸱夷之革，浮之江中。”鸱，猫头鹰。

【译文】

臣下听说“忠诚的人无不得到报答，守信的人不会被人猜疑”，过去臣下常认为这话是对的，现在看来，这只是一句空话罢了。过去荆轲仰慕燕太子丹大义凛然的正气，他刺杀秦王的决心竟演化为白虹穿过太阳的天象，但太子丹还担心他不去行刺秦王；卫先生为秦国谋划长平的战事，他的忠心谋划已演化为太白金星侵蚀昴宿的天象，但秦昭王还对他疑心重重。荆轲、卫先生的精诚已感应天地，但却不能取信于两位君主，这怎能不使人痛心疾首！现在臣下竭尽忠诚，知无不言，希望大王知道事情的可否，但由于大王左右的侍从不明事理，最终把我置于听从狱吏审讯的困境，使我受到世人的怀疑。这样，即使荆轲、卫先生能复生，但燕太子、秦昭王也不会省悟了，希望大王能仔细地审察这些情况。从前卞和献宝，楚王却砍了他的脚；李斯竭尽忠心，胡亥却以极刑处之。因此，箕子假装疯狂，接舆躲避乱世，就是害怕遭受这种祸患。希望大王审察卞和、李斯的心意，而捐弃楚王、胡亥的谗言，不要使臣下被箕子、接舆所讥笑。我听说比干被挖了心，伍子胥被装进猫头鹰式的皮口袋里，臣下起初不相信，至今才明白是实有其事。希望大王仔细审察，对臣下稍加怜悯。

语曰："白头如新[1]，倾盖如故[2]。"何则？知与不知也。故樊於期逃秦之燕[3]，藉荆轲首以奉丹事[4]；王奢去齐之魏，临城自刭，以却齐而存魏[5]。夫王奢、樊於期非新于齐、秦，而故于燕、魏也；所以去二国死两君者，行合于志，而慕义无穷也。是以苏秦不信于天下[6]，为燕尾生[7]；白圭战亡六城[8]，为魏取中山。何则？诚有以相知也。苏秦相燕，人恶之于燕王，燕王按剑而怒，食以駃騠[9]；白圭显于中山，人恶之于魏文侯，文侯投以夜光之璧。何则？两主二臣剖心析肝相信，岂移于浮辞哉[10]！

【注释】

①白头如新:人不相知,自初交至白头,犹如新也。

②倾盖如故:李善注引《孔子家语》曰:“孔子之郯,遭程子于涂,倾盖而语终日,甚相悦。”盖,指车盖。

③樊於期:原为秦将,因被谗逃至燕国,投靠太子丹,秦始皇以重金购买他的头。

④藉荆轲首以奉丹事:李善注引《史记》曰:“轲曰:‘愿得将军首以献秦王,秦王必喜见臣,臣左手把其袖,右手揕其胸。’於期遂自刭。”

⑤“王奢”几句:李善注引《汉书音义》曰:“王奢,齐臣也。自齐亡之魏。齐伐魏,奢登城谓齐将曰:‘今君之来,不过以奢故也;义不苟生,以为魏累。’遂自刭。”

⑥苏秦:战国时期著名的谋臣,曾联合山东列国共同对抗秦国,后来由于秦国的破坏,“合纵”策略失败,因而不再为天下诸侯所信任。

⑦为燕尾生:苏秦失败后,只有燕昭王仍始终信任他。苏秦入齐从事反间活动,忠心为燕效劳。尾生:《庄子·盗跖》:“尾生与女子期于梁下,女子不来,水至不去,抱梁柱而死。”

⑧白圭:本是中山国的将军,在战争中丢掉六城,将要被杀,逃至魏国,受到魏文侯的厚遇,为魏国占据了中山。

⑨駃騠(jué tí):良马。

⑩浮辞:飘浮之辞,即流言蜚语。

【译文】

俗话说:“有些人相处到老,仍然一如新交;有些人乘车路上相遇,交情犹如老友。”这是什么原因呢?就是相知与不相知的缘故。所以樊於期逃离秦国到燕国,把头颅借给荆轲,以便完成太子丹刺杀秦王的重任;王奢离开齐国到魏国,在城上面对讨伐的齐军自刎,以此退却齐军而保存魏国。王奢、樊於期对齐、秦的君主来说并非新交，而对燕、魏的君主也并非旧交；他们之所以离开齐、秦二国而为燕、魏两君效死，是因为燕、魏两君的行为符合他们的志向，是因为他们无限仰慕燕、魏两君的德义。所以苏秦虽然不被天下的诸侯所信任，却成为燕昭王忠信之臣；白圭在战争中丢失了六座城池，却因魏文侯厚遇攻取了中山。这是什么原因呢？诚然是由于彼此相知的缘故。苏秦辅佐燕君的时候，有人向燕君进谗说苏秦的坏话，燕君按剑怒视进谗者，并且宰杀骏马宴请苏秦；白圭因攻取中山而地位显赫之时，有人向魏文侯进谗说白圭的坏话，魏文侯却赐给白圭夜光宝璧。这是什么原因呢？这是由于两位君主与两位臣子能推心置腹互相信赖，怎能为流言蜚语所动摇！

故女无美恶，入宫见妒；士无贤不肖，入朝见嫉。昔者司马喜膑脚于宋[①]，卒相中山；范雎摺胁折齿于魏[②]，卒为应侯。此二人者，皆信必然之画，捐朋党之私，挟孤独之交[③]，故不能自免于嫉妒之人也。是以申徒狄蹈雍之河[④]，徐衍负石入海[⑤]。不容身于世，义不苟取，比周于朝，以移主上之心。故百里奚乞食于路[⑥]，穆公委之以政；甯戚饭牛车下，而桓公任之以国[⑦]。此二人，岂素官于朝，借誉于左右，然后二主用之哉？感于心，合于意，坚如胶漆，昆弟不能离，岂惑于众口哉？故偏听生奸，独任成乱。昔鲁听季孙之说而逐孔子[⑧]，宋信子冉之计囚墨翟。夫以孔、墨之辩，不能自免于谗谀，而二国以危。何则？众口铄金[⑨]，积毁销骨[⑩]。是以秦用戎人由余而霸中国[⑪]，齐用越人子臧而强威、宣[⑫]。此二国岂拘于俗，牵于世，系奇偏之辞哉[⑬]！公听并观，垂明当世。故意合则胡、越为昆弟[⑭]，由余、子臧是矣；不合则骨肉为仇敌，朱、象、管、蔡是矣[15]。今人主诚能用齐、秦之明，后宋、鲁之听，则五霸不足侔[16]，三王易为比也[17]。

【注释】

①司马喜：战国时人，曾三相中山。膑：古刑法，指砍掉膝盖骨。

②范雎(jū)：战国时魏人。因宰相魏齐怀疑他把魏国的机密泄露给齐国，用毒刑拷打，以至肋断齿脱，几乎死去。后范雎逃到秦国为相，封为应侯。

③“皆信”几句：《汉书》本传颜师古注：“言直道而行，不求朋党之助，谓忠信必可恃也。画，计也。”朋党，指结党营私。

④申徒狄：战国时人。或云殷末时人。

⑤徐衍：周末时人。

⑥百里奚：虞人，听闻秦穆公贤德，欲往干之，乏资，乞食以自致。

⑦“甯戚”二句：甯戚，春秋时卫人。齐桓公在夜里听到甯戚敲着牛角唱歌，召他谈话，知道他是贤者，就任用为大夫。

⑧季孙：春秋末年鲁国的上卿，因他与孔子政见不一，导致孔子被逐。

⑨众口铄金：《汉书》颜师古注：“美金见毁，众共疑之，数被烧炼，以至销铄。”当以颜师古说为是。

⑩积毁销骨：毁之言，骨肉之亲，为之消灭。

⑪由余：春秋时晋人，在戎国任职，很有才能。穆公任用他后方称霸西戎。霸中国：是夸张之辞。

⑫子臧：言齐任子臧，故威、宣二王所以强盛。

⑬奇：也作“阿”，指曲从、迎合。

⑭胡：指地处西北的西戎。这里指由余。越：指地处东南的越国。这里指子臧。

⑮朱：丹朱，帝尧之子，以顽凶著称。象：舜同父异母之弟，象多次

谋害舜并欲争夺舜妻。管、蔡:即管叔、蔡叔。他们与周公都是文王之子、武王之弟。武王死后,周公摄政,管、蔡却伙同殷人武庚一起发动叛乱。

⑯五霸:一说指齐桓公、晋文公、楚庄王、吴王阖闾、越王勾践。也有说指齐桓公、晋文公、秦穆公、宋襄公、楚庄王。侔:等同。

⑰三王:指夏禹、商汤、周文王或周武王。

【译文】

所以女子不分美丑,进入后宫就会被妒忌;士人不分优劣,进入朝廷就会被妒忌。从前,司马喜在宋国受刑被去掉了膝盖骨,但最终还是做了中山国的宰相;范雎在魏国被打得断肋脱齿,但最终还是做了秦国的应侯。这两个人,都深信自己的计划一定能实现,捐弃结党营私的行为,只保持少数知己的交往,故而不能免受别人的嫉妒了。因此,申徒狄抱瓮自沉于河,徐衍背石自沉于海。他们在当世不能容身,坚持正义不苟且贪取私利,也不在朝廷上拉关系结私党,去转移主上的心意。所以百里奚在路上讨饭,秦穆公委任他担当政事;甯戚在车下喂牛,而齐桓公委任他承担国事。这两个人,难道是一向在朝里当官,依靠君主左右的侍从替他传布声誉,然后两国的君主才任用的吗?这是因为彼此心意相通,志向相合,君臣之间的关系亲密无间如胶似漆,像兄弟一样不能离间,难道能被众人的浮言所迷惑?所以偏听必生奸邪,独信必成祸乱。从前,鲁君偏听季孙之说而驱逐了孔子,宋君独信子冉之谋而囚禁墨子。以孔子、墨子的辩才,尚且不能使自己避免谗言的诬陷,而鲁、宋两国也因此受到了危害。这是什么原因呢?这是因为众人的谗言可以销熔金子,多次的诽谤可以消灭骨肉之亲。因此秦君任用西戎的由余而称霸中原,齐国任用越国的子臧而使威王、宣王的国势强盛。这两位国家的君主,难道是被世俗之见所牵制,被迎合或片面之词所制约的吗?他们广泛地听取意见,观察各个方面的情况,因而能在当世传扬美名。所以意相合,那么就是胡、越之人也可以成兄弟,由余、子臧就是这样；意不合，那么就是骨肉之亲也可以成为仇敌，丹朱、象、管叔与蔡叔就是这样。当今的人主真能采取齐、秦两君的明智的做法，捐弃宋、鲁两君的偏听偏信，那么，五霸的功业不足以相比，三王的美政也是容易做到并可与之媲美的。

是以圣王觉悟，捐子之之心①，而不悦田常之贤②；封比干之后，修孕妇之墓③，故功业覆于天下。何则？欲善无厌也。夫晋文公亲其仇④，而强霸诸侯；齐桓公用其仇⑤，而一匡天下。何则？慈仁殷勤，诚嘉于心，此不可以虚辞借也。至夫秦用商鞅之法⑥，东弱韩、魏，立强天下，而卒车裂之⑦；越用大夫种之谋⑧，禽劲吴而霸中国，遂诛其身。是以孙叔敖三去相而不悔⑨，於陵子仲辞三公为人灌园⑩。今人主诚能去骄傲之心，怀可报之意，披心腹，见情素⑪，隳肝胆⑫，施德厚，终与之穷达⑬，无爱于士⑭，则桀之狗可使吠尧⑮，而跖之客可使刺由⑯。何况因万乘之权⑰，假圣王之资乎？然则荆轲湛七族⑱，要离燔妻子⑲，岂足为大王道哉？

【注释】

①子之：战国时燕王哙的宰相，他因骗得燕王的信任，燕王把王位让给了他，结果导致燕国大乱。

②田常：即陈恒。春秋时期齐简公的臣子，有才能，常施惠于民，声誉很高，但最后杀了简公，篡夺了齐国的政权。

③修孕妇之墓：殷纣王曾剖孕妇之腹以观胎儿，周武王灭殷后，为被害孕妇修墓。

④亲其仇：指寺人勃鞮，晋献公时他曾奉命追逐文公，并斩断了文公的衣袖。晋文公在外十九年后，回国即位，勃鞮求见，文公不

记昔日之仇接见了他。由于勃鞮告密,文公免除了一次被暗杀的阴谋。

⑤用其仇:指重用管仲。齐公子纠与公子小白争位时,管仲曾事奉公子纠,并在交战中射中小白的带钩。后来小白即位,是为齐桓公。桓公不记往日之仇,用管仲为相,成为五霸之首。

⑥商鞅:战国时著名法家人物,曾辅佐秦孝公改革,成绩卓著。

⑦车裂:古酷刑,即五马分尸。

⑧种:文种。春秋时期越王勾践的重要谋臣,越国灭吴称霸,他有特殊的功绩,但功成之后,他却被勾践诛杀。

⑨孙叔敖:《史记·循吏列传》曰:“孙叔敖者,楚之处士也。虞丘相进之于楚庄王以自代也。三月为楚相……三得相而不喜,知其材自得之也;三去相而不悔,知非己之罪也。”

⑩於陵子仲:李善注引《列女传》曰:“於陵子终贤,楚王欲以为相,使使者往聘迎之。子终出使者,与其妻逃,乃为人灌园。”三公:周代指司马、司徒、司空。这里指宰相的高位。

⑪见:显现。素:通“愫”,诚意,真情。

⑫隳(huī):毁坏。这里作披露解。

⑬穷达:指穷困与显达。

⑭无爱于士:李善注:“于士所求,无所爱惜也。”

⑮桀:指暴君夏桀。尧:唐尧,五帝之一,有圣君之称。

⑯跖(zhí):盗跖,古代横行中原的盗匪之首。由:指许由,尧时著名的隐士。

⑰万乘:本指万辆战车,后泛指帝王。

⑱湛七族:荆轲不成而死,其七族坐之。湛,没。七族,上至高祖,下至曾孙。

⑲要离燔妻子:李善注引《吕氏春秋》曰:“吴王阖闾欲杀王子庆忌,要离曰:‘王诚助臣,请必能。’吴王曰:‘诺。’明旦加罪焉,执其妻

子，燔而扬其灰。”燔，烧。

【译文】

因此，圣明的君主警觉明悟，捐弃子之的邪心，也不欣赏田常的贤能；封赏比干的后嗣，修建孕妇的坟墓，所以他们功业覆盖天下。这是什么原因呢？这是因为求善之心永远不会感到满足。晋文公亲近他的仇人勃鞮，因而能在诸侯中称强称霸；齐桓公任用他的仇人管仲，因而能匡正天下。这是什么原因呢？这是因为他们仁慈殷勤，心意真诚美善，这样的美誉不是可以凭借空话而得到的。至于秦王采用商鞅的新法，向东削弱了韩国与魏国，以武力称强天下，但最终却把商鞅车裂了；越王勾践采用了大夫种的谋略，制服了强大的吴国而称霸中国，然后却杀害了文种。因此，孙叔敖三次被免去相位而不悔恨，於陵子仲推辞三公的高位去给人家浇灌园圃。当今的人主真能去掉骄傲的心意，怀有忠贞必报的诚意，推心置腹，显扬诚意，披露肝胆，施加厚恩，自始至终与士人同患难共富贵，对士人的需求尽量满足无所吝惜，那么夏桀的狗就会对唐尧吼叫，盗跖的门客就会刺杀高士许由。更何况能依靠君主的权势，凭借圣王的声望呢？既然如此，那么荆轲甘冒诛灭七族的风险，要离甘愿付出烧死妻子的代价，难道还有必要给大王讲述吗？

臣闻明月之珠，夜光之璧，以暗投人于道①，众莫不按剑相眄者②。何则？无因而至前也。蟠木根柢③，轮囷离奇④，而为万乘器者⑤。何则？以左右先为之容也⑥。故无因而至前，虽出随侯之珠⑦，夜光之璧，只足结怨而不见德。故有人先谈⑧，则枯木朽株树功而不忘。今天下布衣穷居之士⑨，身在贫贱，虽蒙尧、舜之术，挟伊、管之辩⑩，怀龙逢、比干之意，欲尽忠当世之君，而素无根柢之容，虽竭精神，欲开忠信，辅人主之治，则人主必袭按剑相眄之迹矣⑪。是使布衣之士，不得为枯木朽株之资也。是以圣王制世御俗,独化于陶钧之上[12],而不牵乎卑辞之语,不夺乎众多之口。故秦皇帝任中庶子蒙嘉之言以信荆轲之说[13],而匕首窃发[14];周文猎泾、渭[15],载吕尚而归[16],以王天下。秦信左右而亡,周用乌集而王[17]。何则?以其能越拘挛之语[18],驰域外之义,独观于昭旷之道也。今人主沉谄谀之辞,牵于帷墙之制[19],使不羁之士,与牛骥同皂[20],此鲍焦所以忿于世[21],而不留富贵之乐也。

【注释】

①暗:忽然。

②眄(miǎn):斜视。

③蟠(pán):曲。柢(dǐ):下李。

④轮囷(qūn)离奇:盘绕屈曲的样子。

⑤器:服玩。

⑥容:雕饰。

⑦随侯之珠:相传随侯救活了一条受伤的蛇,蛇含来一颗罕见的明珠报答他。随,春秋时国名。

⑧谈:游说。

⑨布衣:指没有做官的读书人。

⑩挟:夹持。伊:指伊尹,辅佐商汤的功臣。辩:治理。

⑪"欲尽忠"几句:《汉书》本传作"而素无根柢之容,虽竭精神,欲开忠于当世之君,则人主必袭按剑相眄之迹矣"。意较简明。开,陈述。袭,重。

⑫陶钧:陶工使用的转轮。《汉书》颜师古注:"言圣王制驭天下,亦犹陶人转钧。"

⑬中庶子:太子的属官。蒙嘉:人名。荆轲因贿赂蒙嘉,由他引进

得见秦王。

⑭匕首窃发：荆轲见秦王，献上樊於期的首级和燕国督亢的地图，在展开地图之时，拿起暗藏在地图中的匕首行刺秦王。

⑮泾、渭：水名。在今陕西。

⑯吕尚：即姜太公，因祖先封于吕，所以称吕尚。

⑰乌集：指偶然相遇的人。这里指吕尚。

⑱拘挛（luán）：拳曲。这里有固执偏颇的意思。

⑲帷墙：李善注引《汉书音义》曰："言为左右便辟侍帷墙臣妾所见牵制。"墙，《史记》作"裳"。

⑳皂：养马器。此指喂牛马之槽。

㉑鲍焦：春秋时人，因怨恨当世无人任用自己，在路上采菜。被孔子的学生子贡嘲笑后，丢掉蔬菜，抱树而死。

【译文】

臣下听说，拿着明月之珠、夜光之璧，突然向路人投去，人们没有不握剑怒目斜视的。这是什么原因呢？这是由于宝物无缘无故地落到面前。弯木曲根，盘绕屈折，却成为君王赏玩的器具。这是什么原因呢？这是因为君王左右的人已事先对它雕饰加工。所以无缘无故落到面前的，虽然投出的是随侯之珠、夜光之璧，只是导致结怨而不见感恩。所以有人先去游说宣扬，那么即使是枯木朽株，也可树立功业而不为人们所遗忘。而今天下没有功名处于困境的士人，生活贫困，地位低贱，虽然蒙被尧、舜之道，持有伊尹、管仲的治理能力，怀有龙逄、比干的忠心，虽有向当世之君尽忠的心意，但他们素来没有像树根那样经过雕饰加工，这样即使费尽精神，想要表达赤诚忠心，辅佐人主治理国家，但人主也必然要依照握剑怒目斜视的方式来对待的。这就使没有功名的士人，连枯木朽株的资历地位都得不到了。因此，圣明的君主驾驭统治天下，就像陶工使用转轮一样，要独自融会了，而不被卑下混乱的言论所牵制，不为纷纭众说改变主意。所以，秦始皇由于听信了中庶子蒙嘉的推荐,相信了荆轲的说辞,而导致了匕首暗杀的事件;周文王在泾、渭流域打猎,车载吕尚而归,因而称王天下。秦始皇因信任左右的亲信而亡国,周君因任用偶然相遇的人而称王天下。这是什么原因呢?这是因为周文王能超越固执偏颇议论的包围,奔驰外出听取朝廷以外的高论,独自看到了光明宽广的治国大道。当今的人主,沉溺于阿谀奉承的赞扬声中,被爱妾宠臣所左右,使不受世俗拘束的有识之士,过着与牛马同槽般的生活,这就是使鲍焦所以愤世嫉俗,不留恋富贵之乐的原因。

臣闻盛饰入朝者,不以私污义;砥厉名号者①,不以利伤行。故里名“胜母”,曾子不入②;邑号“朝歌”,墨子回车③。今欲使天下恢廓之士④,诱于威重之权,胁于位势之贵,回面污行⑤,以事谄谀之人,而求亲近于左右⑥,则士有伏死堀穴岩薮之中耳⑦,安有尽忠信而趋阙下者哉⑧!

【注释】

①砥厉:即砥砺,为磨刀石。这里作动词用,指修养的培养。

②“故里”二句:曾子以孝顺父母著称,“胜母”之里名不合孝道,所以曾子不进去。

③“邑号”二句:朝歌是殷代所建别都的名称,在今河南淇县。因“朝歌”之称有朝朝歌唱之嫌,墨子主张“非乐”,所以听到朝歌的地名,就回车不入。

④恢廓:远大之度。

⑤回:转变,改变。

⑥亲近于左右:左右,本指君主的亲近侍从。这里借指君主。作者以此表示对梁孝王的高度敬意。

⑦伏死:同“伏尸”,指横尸。堀:通“窟”,穴。薮(sǒu):泽无水

曰薮。

⑧阙:宫阙。引申为宫廷、朝廷。

【译文】

臣下听说穿戴整齐注重威仪的入朝者,不会因私情玷污道义;加强道德修养而注重名声的人,不会因私利伤害德行。所以遇到"胜母"的里巷,鲁子拒不进入;遇到叫"朝歌"的城邑,墨子掉转车子。现在如果想要使天下志向高远的士人,用威重的权势引诱他们,用尊位权势胁迫他们,故而改头换面,玷污品行,去事奉那些阿谀奉承的人,而以此求取亲近君王,那么,士人只有横尸在山洞与沼泽之间罢了,怎么还能有竭尽忠信奔赴朝廷的人呢!

司马长卿

见卷第七《子虚赋》作者介绍。

上书谏猎一首

【题解】

《汉书·司马相如传》说:"(相如)尝从上至长杨猎,是时天子方好自击熊豕,驰逐野兽,相如因上疏谏。"可知《上书谏猎》是司马相如规劝汉武帝不要亲自打猎的一篇奏章。由于作者说理充分,表述精当,言辞委婉,陈情恳切,因而成为"尤著公卿"(《史记·司马相如列传》司马迁语)的名篇之一,并得到汉武帝本人赞赏。

臣闻物有同类而殊能者,故力称乌获①,捷言庆忌②,勇期贲、育③。臣之愚暗,窃以为人诚有之,兽亦宜然。今陛下好凌岨险、射猛兽[4]，卒然遇轶才之兽[5]，骇不存之地[6]，犯属车之清尘[7]，舆不及还辕，人不暇施功，虽有乌获、逢蒙之伎，力不得用[8]，枯木朽株尽为难矣。是胡、越起于毂下[9]，而羌、夷接轸也[10]，岂不殆哉？虽万全无患，然本非天子所宜近也。

【注释】

①乌获：秦武王的大力士，相传能力举千钧之鼎。

②庆忌：春秋时吴王僚的儿子，相传他敏捷出众，跑起来连马也追不上。

③贲、育：孟贲，古之勇士。水行不避蛟龙，陆行不避豺狼，发怒吐气，响声动天。夏育，亦猛士。

④凌：指逾越。岨(zǔ)险：阻险。

⑤卒：突然。轶才：即指“殊能”。这里指凶猛异常的野兽。

⑥不存：不可得安存。

⑦属车：言相连续。清尘：车尘言清，尊之意。

⑧“虽有”二句：力，因乌获以有力著称。伎，指逢蒙射箭精妙而言。逢蒙是神箭手后羿的学生，以善射著名。

⑨毂(gǔ)：指皇帝的车驾之下。

⑩羌、夷：指西方、东方少数民族。轸(zhěn)：车厢的底框。这里指车厢。

【译文】

臣下听说万物中有同属一类但才能却很不相同的情况，所以论力气要数乌获，论敏捷要算庆忌，论勇敢必称孟贲与夏育。以臣下的愚昧之见，私下认为人类诚然有这种情况，野兽也应该是这样。现在陛下爱乘飞快的马车逾越险要的地方，追射猛兽，要是突然碰上凶猛异常的野兽，在不能安存的地方受惊，猛兽闯入陛下随从车队所扬起的飞尘之中，车辆来不及调转车辕，武士们来不及施展武功，这时即使有乌获的力气、逢蒙的善射也用不上，连枯木朽株都成为危害之物了。这就像北胡、南越的蛮军突起于车驾之下，又像西羌、东夷的骁骑逼近车厢一样，难道不危险吗？即使万分安全没有祸患，但这样的事本来就不是天子所宜接近的。

且夫清道而后行[1]，中路而驰[2]，犹时有衔橛之变[3]；而况乎涉丰草，骋丘墟，前有利兽之乐，而内无存变之意，其为害也不亦难矣！夫轻万乘之重，不以为安，而乐出万有一危之途以为娱[4]，臣窃为陛下不取也。

【注释】

①清道：指清除道路，驱逐行人，以确保安全。

②中路：指大道的中间。

③衔橛之变：《汉书》颜师古注："衔橛之变，言马衔或断，钩心或出，则致倾败以伤人也。"衔，铁制马具，放在马口内，用以勒马。橛，车钩心，固定车厢底部和车轴之间的木橛。

④万有一危：有万分之一的危险。

【译文】

再说，在清除道路之后出行，车驾到大路中间之后才奔驰疾行，还时常发生脱衔断橛的突变事故；更何况越过茂密的草地，驰骋在起伏不平的丘陵之上，眼前有猎取野兽的乐趣，而心里却没有防止突变事故的准备，那就容易发生灾害了！忽视天子的尊贵地位，不考虑自身的安全，而爱好在有万分之一危险的道路上奔驰并以此为乐，臣下私自认为陛下不宜这样做。

盖闻明者远见于未萌，而智者避危于无形，祸固多藏于隐微，而发于人所忽者也。故鄙谚曰：“家累千金，坐不垂堂。”此言虽小，可以喻大。臣愿陛下留意幸察。

【译文】

听说明智的人在事故尚未萌芽之前就能有所预见，聪明的人在危害还没有形成的时候就避开它，祸患本来多半藏匿在隐微的状况之中，而发生在人们疏忽大意的时候。所以俗话说：“家积千金财，不坐屋檐下。”这话虽然讲的是小事，却可以说明大道理。臣希望陛下留意敬察。

枚叔

见卷第三十四《七发》作者介绍。

上书谏吴王一首

【题解】

枚乘字叔，当时投靠吴王濞，任郎中之职。由于吴王濞的太子被皇太子所杀(详情参见邹阳《上书吴王》“题解”)，吴王因而有谋反之意。枚乘知情上书，规劝吴王不要“背义弃理，不知其恶”，否则将导致自取灭亡。该文善以比喻说理，联想丰富，辞意畅达，颇有战国时期纵横家的风格，是西汉前期的散文名篇之一。

臣闻得全者昌，失全者亡[①]。舜无立锥之地[②]，以有天下；禹无十户之聚[③]，以王诸侯；汤、武之土不过百里[④]，上不绝三光之明[⑤]，下不伤百姓之心者，有王术也。故父子之道，天性也[⑥]；忠臣不避重诛以直谏，则事无遗策，功流万世。臣乘愿披腹心而效愚忠，惟大王少加意，念恻怛之心于臣乘言[⑦]。

【注释】

①“臣闻”二句：李善注引《史记》淳于髡说邹忌：“子曰：得全全昌，失全全亡。”《汉书》本传引作“得全者全昌，失全者全亡”。全，本义指纯玉。引申为纯道、纯德。

②舜：古代圣君，五帝之一。立锥之地：指地之微。锥，钻孔的工具。

③禹：夏代开国的明君。

④汤、武：商、周的开国明君。

⑤三光：日、月、星。

⑥“故父子”二句：言父子、君臣，其义一也。

⑦恻怛(dá)：同情，哀怜。

【译文】

臣下听说得道的人昌盛，失道的人消亡。舜最初没有立锥之地，最终却拥有天下；禹最初没有十户人家的村落，最终却称王诸侯；商汤、周武的土地没有超过方圆百里，上感天象使日、月、星辰光明不绝，下怀百姓不损伤他们的心意，这是因为汤、武据有王道。所以君臣之道一如父子之道，都出自天然的本性；忠臣如能不躲避重刑诛杀的危险而直率谏议的话，那么凡事就不会有失策，君王的功绩便可流传万世。臣下枚乘甘愿剖开腹心以死效忠，只是希望大王能对臣下的谏言稍微加以体谅与同情。

夫以一缕之任，系千钧之重，上悬之无极之高，下垂之不测之渊，虽甚愚之人，犹知哀其将绝也[①]。马方骇，鼓而惊之；系方绝，又重镇之。系绝于天不可复结，坠入深渊难以复出[②]。其出不出，间不容发[③]。能听忠臣之言，百举必脱。必若所欲为，危于累卵[④]，难于上天。变所欲为，易于反掌[⑤]，安于泰山。今欲极天命之上寿[⑥]，弊无穷之极乐，究万乘之势[⑦]，不出反掌之易，居泰山之安，而欲乘累卵之危，走上天之难，此愚臣之所大惑也。

【注释】

①“夫以”几句：李善注引《孔丛子》曰：“齐东郭亥欲攻田氏，子贡曰：‘今子，士也，位卑图大，殆非子之任也。夫以一缕之任系千钧之重，上悬之于无极之高，下垂于不测之深；傍人皆畏其绝，而造之者不知，其子之谓乎！’”缕，线。任，承担。钧，三十斤。

②“马方骇”几句：李善注引《孔丛子》曰：“马方骇，鼓而惊之；系方绝，重镇之。马奔车覆，六辔不禁；系绝其高，坠入于深，其危必矣。”镇，重。

③间不容发：指成败得失，其间不容一根头发的差错。比喻情势危急到极点。

④累卵：指重叠起来的蛋很容易倒下打碎，比喻处境十分危险。

⑤反掌：把手掌反过来。

⑥上寿：高寿，长寿。

⑦究：竟，终。万乘：指君王。

【译文】

一根绳索的承受力，系上三万斤的重物，其顶端悬挂在没有终极的高空，其尾端下垂至不可探测的深渊，即使是很愚笨的人，也知道为绳索的即将断绝而哀叹。马刚刚受惊，又击鼓而使马受惊，一定会使马奔车覆；与之同理，所系之绳快要断，又增加绳索承受的重量，一定会立即断绝。所系之绳在高空断绝不能再次联结，所系重物坠入深渊也难以再出。其避祸取福之计出与不出，必须当机立断，其间不容一根头发的差错。如能听取忠臣的谏言，举办百事必能尽免灾祸。如果一定要按自己的意愿去做，那就比把蛋重叠起来的情势更危险，比登上青天还困难。反之，改变原本想做的事，比反转手掌还容易，而且地位如泰山般安定。现在大王想断绝上天赐予的高寿，弃绝无穷的极乐，终结君王的权势，不采取容易的方法，不居泰山之安，而想登上危如累卵的险峰，走难如上天的道路，这就是愚臣为大王感到困惑的原因。

人性有畏其影而恶其迹，却背而走，迹逾多，影逾疾，不如就阴而止，影灭迹绝①。欲人勿闻，莫若勿言；欲人勿知，莫若勿为。欲汤之沧②，一人炊之，百人扬之，无益也，不如绝薪止火而已。不绝之于彼，而救之于此，譬由抱薪而救火也。养由基，楚之善射者也，去杨叶百步，百发百中。杨叶之大，加百中焉，可谓善射矣。然其所止，百步之内耳，比于臣乘，未知操弓持矢也③。

【注释】

①“人性”几句：《庄子·渔父》：“人有畏影恶迹而去之走者，举足愈数而迹愈多，走愈疾而影不离身，自以为尚迟，疾走不休，绝力而死。不知处阴以休影，静处以息迹，愚亦甚矣。”却，退却。背，离开，逃离。阴，通“荫”。

②沧：作“冷”解。

③“比于”二句：《汉书》颜师古注：“乘自言所知者远，非止见百步之中，故谓由基为不晓射也。”

【译文】

有人天生害怕自己的影子并厌恶自己的足迹，为此退却逃离，这样留下的足迹愈多，影子跟随的速度也愈快，不如在树荫下休息，影子消失踪迹灭绝。要想使人听不到，不如不讲话；要想使人不知道，不如不去做。想要热汤冷却，一人用火为汤加温，百人扬汤止沸，无益于事，不如断绝木柴使火熄灭。不断绝那一方，而想营救这一方，就像抱着木柴去救火一样。养由基，是楚国的神箭手，距离柳叶百步，百发百中。以柳叶的大小，加上百次射中柳叶，可以称得上神箭手了。但他的范围，只是限于百步之内，比之于臣下枚乘的远见卓识，养由基还只是一个不懂拿弓持箭的新手。

福生有基，祸生有胎①；纳其基②，绝其胎，祸何自来？太山之溜穿石③，殚极之绠断干④。水非石之钻，索非木之锯，渐靡使之然也⑤。夫铢铢而称之⑥，至石必差⑦；寸寸而度之，至丈必过。石称丈量，径而寡失⑧。夫十围之木⑨，始生而蘖⑩，足可搔而绝⑪，手可擢而抓⑫，据其未生，先其未形。磨砻砥砺⑬，不见其损，有时而尽；种树畜养，不见其益，有时而大；积德累行，不知其善，有时而用；弃义背理，不知其恶，有时而亡。臣愿大王熟计而身行之，此百世不易之道也！

【注释】

①"福生"二句：基、胎，始。

②纳：采纳，接受。

③太山：即泰山。溜：滴下的水。

④殚：竭尽。绠(gěng)：井上汲水的绳索。干：晋灼曰："井上四交之干，言为汲索所契伤也。"

⑤靡：散。这里引申为损耗。

⑥铢：《汉书·律历志》："二十四铢为两，十六两为斤。"

⑦石:《汉书·律历志》:“三十斤为钧,四钧为石。”即一百二十斤为一石。

⑧“寸寸”几句:李善注引《文子》曰:“寸而度之,至丈必差;铢而称之,至石必过。石称丈量,径而寡失。”径,直截了当。

⑨围:计量圆周的约略单位。或指两手的拇指和食指合拢起来的长度,或指两臂合抱的长度。

⑩蘖(niè):树木的嫩芽。

⑪搔:骚扰。这里指侵扰。

⑫擢(zhuó):抽引,提升。抓:当作“拔”。

⑬砻:磨。砥砺:磨刀石。

【译文】

福生有其根基,祸生有其始因;接受福生的根基,断绝祸生的始因,祸患从什么地方来临?泰山的滴水穿透顽石,败坏而又不断更新的井绳磨断了井上的横木。滴水不是石头的钻具,绳索不是木头的锯子,是逐渐的损耗使木、石形成这样的结果。一铢一铢地过秤,积累到一石必有差错;一寸一寸地计量,积累到一丈必有误差。以石过秤,以丈计量,直截了当而且很少失误。十围的树木,开始生长之时只如嫩芽一般,可以用脚侵扰使之断绝,也可以用手抽引连根拔起,这就是在其未生、未成形之时抢先占取。刀刃在磨石上磨动,不见刀刃的损耗,但到一定的时候就会消尽;种植培养树木,不见树木增长,但到一定的时候就会长大;积累德行,不知道积累德行是善事,但到一定的时候就会有用;背弃义理,不知道背弃义理是恶事,但到一定的时候就会灭亡。臣下希望大王仔细思考之后再亲自去做,这是永远也不会改变的道理啊!

上书重谏吴王一首

【题解】

《汉书·枚乘传》:“景帝即位,御史大夫晁错为汉定制度,损削诸侯,吴王遂与六国谋反,举兵西乡,以诛错为名。汉闻之,斩错以谢诸侯。枚乘复说吴王。”“吴王不用乘策,卒见禽灭。”

枚乘深知汉景帝斩杀晁错只是汉王朝安抚诸侯的权宜之计,而事实上经历了“六国谋反”事件之后,景帝对以吴王为首的谋反势力更为警惕与关注。因而枚乘在上书中着重强调三点:其一,以秦灭六国为喻,说明汉王朝实力强大,无法抗拒,一旦抗拒,适为“吴祸”;其二,以诛晁错为转机,安于诸侯之位,安享富甲天子之福,实为上策;其三,如坚持谋反抗拒之策,必遭覆灭之祸。说理清晰,剖析深刻,情意恳切,是一篇颇有代表性的谏文。

昔秦西举胡戎之难[①],北备榆中之关[②],南距羌莋之塞[③],东当六国之从[④]。六国乘信陵之藉[⑤],明苏秦之约[⑥],厉荆轲之威[⑦],并力一心以备秦。然秦卒禽六国,灭其社稷[⑧],而并天下,是何也?则地利不同[⑨],而民轻重不等也[⑩]。今汉据全秦之地,兼六国之众,修戎狄之义[⑪],而南朝羌莋[⑫]。此其与秦,地相什而民相百[⑬],大王之所明知也。今夫谗谀之臣为大王计者[⑭],不论骨肉之义,民之轻重,国之大小,以为吴祸[⑮],此臣所以为大王患也。

【注释】

①胡:我国古代对北方和西方各族的泛称。戎:国名。位于秦国之西。难:发难。

②榆中:金城郡有榆中县。

③羌莋(zuó):西羌的一个分支。散居在今四川汉源地区。披发左衽,从事农牧业,曾一度强盛。

④从:南北谓纵。这里指赵、韩、魏、燕、齐、楚六国由南到北联成一

体共同对抗秦国的军事联盟,当时称之谓“合纵”。

⑤乘:趁,因。信陵:魏公子无忌,号信陵君,战国时著名的四公子之一。藉:凭借,依靠。

⑥苏秦:六国合纵计策的创始人。

⑦厉:疾飞。这里引申为奋发、振荡。荆轲:行刺秦始皇的著名勇士。

⑧社稷:本指祭祀的土神与谷神,后泛指朝廷、国家。

⑨地利:指战略上有利的地势。秦国地势险要,居高临下,攻守两利。

⑩民轻重不等:指民众素质的不等同。轻指轻率、轻佻。重指厚重。轻率、轻佻者,难以持久,与素质厚重的士兵相遇,在艰苦的战斗中容易失败。

⑪修戎狄之义:修恩义以抚戎狄。

⑫南朝羌莋:使南方的羌莋朝贡。

⑬“此其”二句:此言地多秦十倍,民多百倍。什,指十倍。

⑭谗谀:谗言奉承。

⑮吴祸:《汉书·枚乘传》颜师古注:“言劝王之反,则于吴为祸也。”

【译文】

从前秦国向西举兵阻止了胡戎的发难,向北设防榆中的关口,向南抗拒羌莋的要塞,向东抵挡六国的合纵联盟。六国因有信陵君的依靠,彰明苏秦合纵的盟约,振扬荆轲的神威,同心合力地来防备秦国。然而秦国最终擒获六国,消灭它们的国家,从而并吞天下,这是什么原因呢?这是由于战略上有利的地势不同,民众轻重素质的不等。现在汉王占据了全部的秦地,兼有六国的民众,修义施恩以安抚戎狄,因而使南面的羌莋朝拜汉朝。这样汉朝与秦国相比,土地增加了十倍,民众增加了百倍,这是大王明白知道的事实。如今进谗奉承的臣子替大王谋划的计策,不考虑骨肉兄弟的情义,不考虑民众素质的不同,不考虑国家大小的不等，因而造成了吴国的灾祸，这就是臣下为大王担忧的原因。

夫举吴兵以訾于汉[1]，譬犹蝇蚋之附群牛[2]，腐肉之齿利剑，锋接必无事矣[3]。天下闻吴率失职诸侯[4]，愿责先帝之遗约[5]，今汉亲诛其三公[6]，以谢前过。是大王威加于天下，而功越于汤、武也[7]。夫吴有诸侯之位，而富实于天子；有隐匿之名[8]，而居过于中国[9]。夫汉并二十四郡，十七诸侯，方输错出，军行数千里，不绝于郊，其珍怪不如山东之府[10]；转粟西乡，陆行不绝，水行满河，不如海陵之仓[11]；修治上林[12]，杂以离宫，积聚玩好，圈守禽兽，不如长洲之苑[13]；游曲台[14]，临上路，不如朝夕之池；深壁高垒，副以关城[15]，不如江、淮之险[16]。此臣之所为大王乐也。

【注释】

①訾(zī)：计量。

②蚋(ruì)：昆虫名。体形如蝇，稍小，褐色或黑色，雌虫刺吸牛、羊等牲畜血液。

③无事：即无补于事，对事情无所补益。

④失职：《汉书》颜师古注："谓被削黜，失其常分。"

⑤责：负责。

⑥诛其三公：此指诛晁错。晁错为御史大夫，故曰三公。

⑦汤、武：殷汤王、周武王。

⑧隐匿：指偏僻。

⑨居：积蓄。

⑩"夫汉并"几句：《汉书》颜师古注："言汉此时有二十四郡，十七诸侯，方轨而输，杂出贡赋，入于天子，犹不如吴之富也。"

⑪“转粟”几句：乡，方向。海陵，县名。有吴大仓。

⑫上林：即上林苑。

⑬长洲之苑：《汉书》注：“服虔曰：‘吴苑。’孟康曰：‘以江水洲为苑也。’韦昭曰：‘长洲在吴东。’”

⑭曲台：长安台，临道上。

⑮副：辅助。

⑯江、淮：长江、淮河。

【译文】

试举兵力而言，吴国与汉朝相比较，就好比是蝇蚋依附在群牛身上，又好比是用腐肉来阻挡利剑，腐肉与剑锋一旦接触，就必然无成于事。天下听说吴国率领被削弱的诸侯起事，并愿意为维护先帝的遗约而提出责问，如今汉王亲自诛杀三公晁错，借以对前段削弱诸侯的过失表示歉意。这是大王的威望施及天下，而且功劳超越了商汤王、周武王。吴国虽居诸侯之位，但富厚殷实超过天子；吴国虽有偏僻之名，但积蓄储备超过中原。汉王朝共有二十四郡，十七个诸侯之国，四方运输，交错贡奉，运行数千里，车队在大道上络绎不绝，但汉王的珍宝异物比不上中国的府库山东；汉王朝由崤山以东辗转运粮调向西方，陆地粮车络绎不绝，水路粮船布满河道，但粮食之多比不上吴国海陵的粮仓；汉王整修上林苑，临时居住的行宫错杂其间，积聚玩好之物，圈围猎取禽兽，但比不上吴国的长洲之苑；汉王游览曲台，临驾上路，但比不上吴国以海水朝夕为池；汉王深壁垒，辅以雄关坚城，但比不上吴国长江、淮河的天险。这就是臣下为大王高兴的原因。

今大王还兵疾归，尚得十半①。不然，汉知吴有吞天下之心②，赫然加怒③，遣羽林黄头循江而下④，袭大王之都；鲁东海绝吴之饷道⑤；梁王饰车骑⑥，习战射，积粟固守，以逼荥阳⑦，待吴之饥。大王虽欲反都，亦不得已。夫三淮南之计，不负其约[⑧]，齐王杀身以灭其迹[⑨]，四国不得出兵其郡[⑩]，赵囚邯郸[⑪]，此不可掩[⑫]，亦已明矣。今大王已去千里之国，而制于十里之内矣[⑬]。张、韩将北地[⑭]，弓高宿左右[⑮]，兵不得下壁[⑯]，军不得太息[⑰]。臣窃哀之，愿大王熟察焉[⑱]。

【注释】

①十半：《汉书》颜师古注："十分之中可冀五分无患，故云尚得十半。"

②吞天下之心：并吞天下的野心。

③赫然加怒：勃然加怒。

④羽林黄头：指习水战者。

⑤鲁东海绝吴之饷道：李善注："吴饷军自海入河，故命鲁国入东海郡，以绝其道也。"

⑥饰：整治。

⑦荥阳：地名。在今荥阳东北部。

⑧"夫三淮南"二句：吴楚反，皆守约不从。

⑨齐王杀身以灭其迹：《汉书》注引晋灼曰："齐孝王将闾也。吴、楚反，坚守距三国。后栾布闻齐初与三国有谋，欲伐之，王惧自杀。"颜师古曰："《齐王传》云吴、楚已平，齐王乃自杀，今此枚乘谏书即已称之。二传不同，当有误者。"

⑩四国：《汉书》注引晋灼曰："胶东、胶西、济南、淄川王也。发兵应吴、楚，皆见诛。"

⑪赵囚邯郸：《汉书》注引应劭曰："汉将郦寄围赵王于邯郸，与囚无异。"

⑫掩：匿。

⑬"今大王"二句：李善注引张晏曰："吴地方千里，梁下屯兵方十里，言王必见制于此地。"

⑭张、韩：《汉书·韩安国传》："韩安国……事梁孝王，为中大夫。吴、楚反时，孝王使安国及张羽为将……张羽力战，安国持重，以

故吴不能过梁。”将北地：言将兵在吴军之北地。

⑮弓高宿左右：言弓高所将之兵屯止于吴军左右。

⑯壁：营垒。

⑰太息：大声叹息。

⑱熟：精审。

【译文】

而今大王如能还兵速归，十分之中尚可希望得五分的安全。不然的话，汉王知道吴国有并吞天下的野心，勃然加怒，派遣熟悉水战的羽林黄头郎沿长江而下，袭击大王的国都；又派遣鲁王的军队进入东海郡截断吴国的粮道；梁王整治车骑，熟悉车战远射，积粟坚守，以此逼迫荥阳，等待吴军的断粮挨饥。到时候大王即使想返回国都，也不可行了。淮南王三子的援吴之计因不敢违背汉约而废弃，齐王自杀以消除叛汉的踪迹，四国不得从其郡出兵，赵王被囚禁在邯郸，这些事实不可掩匿，也业已彰著天下了。大王已经失去了千里的诸侯之国，而将被控制在十里的范围之内。张羽、韩安国一定会率兵控制吴军北面的地盘，弓高一定会屯兵在吴军的左右，以致吴军不能走下营垒，不敢大声叹息。臣下暗自为这样的结局而哀伤，希望大王能精审地明察这些情况。

江文通

见卷第十六《恨赋》作者介绍。

诣建平王上书一首

【题解】

《梁书·江淹传》：“宋建平王景素好士，淹随景素在南兖州。广陵令郭彦文得罪，辞连淹，系州狱。淹狱中上书……景素览书，即日出之。”以上记载，说明了本文写作的起因与本文所起的作用，江淹因而得以解脱。

本文的部分内容与构思，颇受邹阳《狱中上书自明》一文影响。大体而言，在引证前人备受冤屈的史实与传闻方面，在叙述自己入狱后沉痛抑郁的心情方面，思路较为相似，有沿袭的痕迹。不同之处，邹阳以“抗直”取胜，而江淹则以柔顺见长。江淹上书的另一个重点，是对建平王歌功颂德，深表感恩图报，借以博取建平王的欢心与怜悯。由于作者才华出众，文笔秀美，善于倾诉自己的冤屈之情，善于表述感恩戴德迎合之辞，因而能如愿以偿。

昔者贱臣叩心①，飞霜击于燕地②；庶女告天，振风袭于齐台③。下官每读其书④，未尝不废卷流涕⑤。何者？士有一定之论，女有不易之行⑥。信而见疑，贞而为戮⑦，是以壮夫义士，伏死而不顾者此也⑧。下官闻仁不可恃，善不可依，谓徒虚语，乃今知之。伏愿大王暂停左右⑨，少加怜察。

【注释】

①贱臣：指邹衍。叩心：叩击胸心。

②飞霜击于燕地：《淮南子·淮南子逸文》曰：“邹衍尽忠于燕惠王，惠王信谮而系之。邹子仰天而哭，正夏而天为之降霜。”

③“庶女”二句：《淮南子·览冥训》曰：“庶女告天，雷电下击，景公台陨，支体伤折，海水大出。”李善注引许慎曰：“庶女，齐之少寡，无子，养姑。姑无男有女，女利母财而杀母，以诬告寡妇。妇不能自解，故冤告天。”庶，民。振，通“震”，指震雷。

④下官：官吏自称的谦辞。

⑤废卷流涕：李善注引太史公曰："始齐之蒯通读乐毅《报燕书》，未尝不废书而泣也。"废，弃置，搁置。卷，书卷。

⑥"士有"二句：一定，固定。论，通"伦"，指伦理道德。易，改变。行，品行。

⑦戮：羞辱。

⑧伏死：指伏剑而死。

⑨伏愿：敬辞。伏，犹言在下。暂停左右：指暂时停止左右之人不明之见的干扰。左右，指侍奉身侧的亲信。

【译文】

从前贱臣蒙冤叩击胸心，六月降霜飞击燕地；民女含冤呼告上天，震雷狂风猛击齐台。下官每次阅读那一类的书卷，没有不搁置而涕泪俱下的。为什么会这样呢？这是因为男士有确定的伦理准则，女子有专一不变的品行。心怀诚信而被怀疑，行为忠贞而被羞辱，因此壮夫义士，宁可为了保全名誉伏剑自杀而不顾其他。下官听说仁义不可凭借，善良不可依靠，以前认为只是虚妄之言，如今才知道是经验之谈。只是希望大王能暂时制止左右亲信的流言，对我少加怜悯审察。

下官本蓬户桑枢之人[①]，布衣韦带之士[②]，退不饰诗书以惊愚，进不买名声于天下[③]。日者谬得升降承明之阙[④]，出入金华之殿[⑤]，何常不局影凝严[⑥]，侧身扃禁者乎[⑦]？窃慕大王之义，复为门下之宾，备鸣盗浅术之余[⑧]，豫三五贱伎之末[⑨]。大王惠以恩光[⑩]，顾以颜色[⑪]，实佩荆卿黄金之赐[⑫]，窃感豫让国士之分矣[⑬]。常欲结缨伏剑[⑭]，少谢万一[⑮]。剖心摩踵[⑯]，以报所天[⑰]。不图小人固陋，坐贻谤缺[⑱]，迹坠昭宪[⑲]，身恨幽圄[⑳]，履影吊心[㉑]，酸鼻痛骨[㉒]。下官闻亏名为辱[㉓]，亏形次之[㉔]，是以每一念来，忽若有遗[㉕]。加以涉旬月[㉖]，迫季秋[27],天光沉阴[28],左右无色[29],身非木石,与狱吏为伍[30],此少卿所以仰天槌心[31],泣尽而继之以血也。

【注释】

①蓬:草名。蓬草。户:门户。枢:门户的转轴。

②布衣韦带:古时指未仕或隐居在野者的粗陋之服。韦,熟牛皮。

③"退不饰"二句:《淮南子·本经训》曰:"饰智以惊愚,设诈以巧上。""缘饰诗、书,以买名誉于天下。"饰,巧饰。诗书,《诗经》《尚书》。

④谬:错误。升降:即登降,亦指出入。承明之阙:即承明阙。宫阙之名。阙,古代宫殿、祠庙或陵墓前高耸的建筑物。

⑤金华之殿:即金华殿。宫殿之名。

⑥常:通"尝",曾经。局影:俯屈自己的身影。局,弯曲。引申为俯屈。凝严:这里指严格地约束自己。凝,凝滞。这里指拘束、约束。

⑦侧身:倾侧身体,指忧恐不安的样子。扃(jiōng)禁:宫禁。

⑧鸣盗:据《史记·孟尝君列传》载,孟尝君的门客有能为鸡鸣、狗盗之徒。孟尝君入秦,曾被秦昭王囚禁,并将处死,靠门下客盗得白狐之裘,贿赂昭王宠爱之姬得脱。逃至关口,关法鸡鸣出客,有门下客能做鸡鸣之声,因得开关而出。

⑨豫:与上文之"备"义同。三五:李善注引《抱朴子·军术》曰:"五为死,三为生。能知三五,横行天下。"

⑩恩光:犹恩荣。

⑪顾以颜色:赐以面子,赐予光彩的意思。

⑫佩:感佩。荆卿:即荆轲,以行刺秦始皇而名传天下。卿,这里指君对臣的爱称。黄金之赐:据《燕丹子》载,燕太子丹为了讨取荆轲对自己的好感与信任,曾以黄金供荆轲作为投掷青蛙之用。

⑬豫让:战国时期著名的刺客,为其主智伯之死而行刺赵襄子。国士:一国杰出的人物。分:名分。

⑭结缨伏剑:孔子的弟子子路在战斗中“结缨而死”,见《春秋左传·哀公十五年》。晋国大夫里克“伏剑而死”,见《春秋左传·僖公十年》。作者借用这两个典故,是表明以死相报的至诚之心。缨,系在额下的冠带。

⑮万一:万分之一。指以死相报,也只是表达万分之一的谢意。

⑯剖心:形容掬诚相示。摩踵:指从头顶到脚跟都摩伤了。形容不畏劳苦,不顾身体。

⑰天:此指君主。

⑱坐:因。贻:致送。这里指导致。谤缺:诽谤毁损。

⑲迹:踪迹。这里拟指寻踪问迹。昭宪:明法。宪,法令。

⑳圄(yǔ):囹(líng)圄,即牢狱。

㉑履影:指步行时唯有孤影伴随。吊:悲伤。

㉒酸鼻:悲痛之时常有鼻酸之感,因而借以形容悲痛。痛骨:痛入骨髓。

㉓亏名为辱:以名义的亏损为羞辱。

㉔形:指形体。

㉕遗:指遗生,即轻生之念。

㉖涉:经。旬:十天为旬。

㉗季秋:指晚秋。古以季秋为用刑之期,故获罪之人以季秋为忧。

㉘天光沉阴:天色阴沉。

㉙左右:这里泛指周围。

㉚狱吏:法官。为伍:打交道。

㉛少卿:李陵,字少卿。槌心:击心。

【译文】

下官本是以蓬草编门、桑条为户枢的穷人,是身穿粗布衣以熟牛皮为衣带的寒士，退居在野不巧饰精通《诗经》《尚书》以惊吓愚民，进仕当官不向天下万众收买名声。近来承蒙错爱而得以出入承明阙、金华殿，但何尝不是俯屈身影严格约束自己，在宫禁之中小心翼翼呢？只是由于暗自钦慕大王的德义，再一次成为您门下的宾客，充当鸡鸣狗盗技术浅薄处于末尾的备用人员，充当推知三五技术低下处于末等的预备人员。大王惠赐以恩荣，顾赐以光彩，使我深受感动，一如荆轲因黄金之赐而感激燕丹，又如豫让因得到国士的名分而感激智伯。我常想为大王结缨而死伏剑而亡，以略微表示我答谢大王万分之一的心意。我甘愿剖胸取心，摩伤头顶直到脚跟，以此报答大王。但没有想到由于自己的固塞鄙陋，因而导致对我的诽谤毁损，由于寻踪问迹落入昭明的法网，幽禁监狱遗恨己身，行步唯对孤影伴随令人悲痛伤心，以致鼻酸落泪痛入骨髓。下官听说名誉的亏损是最大的耻辱，形体的亏损则为其次，因此每每想到名誉亏损的时候，就忽然之间好像丧失了生命的价值。随着一旬一月的匆匆过去，时间已迫近用刑的晚秋，天色阴沉，周围黯淡无色，人不像木石那样能无动于衷，整天与狱吏打交道，这就是少卿仰天浩叹、叩击胸心、泪尽而继之以血的原因啊！

下官虽乏乡曲之誉[①]，然尝闻君子之行矣。其上则隐于帘肆之间[②]，卧于岩石之下[③]。次则结绶金马之庭[④]，高议云台之上[⑤]；退则虏南越之君[⑥]，系单于之颈[⑦]。俱启丹册[⑧]，并图青史[⑨]。宁当争分寸之末[⑩]，竞锥刀之利哉[⑪]？下官闻积毁销金，积谗磨骨。远则直生取疑于盗金[⑫]，近则伯鱼被名于不义[⑬]。彼之二子，犹或如是，况在下官，焉能自免？昔上将之耻，绛侯幽狱[⑭]；名臣之羞，史迁下室[⑮]。至如下官，当何言哉！夫鲁连之智，辞禄而不返[⑯]；接舆之贤，行歌而忘归。子陵闭关于东越[⑰]，仲尉杜门于西秦[⑱]，亦良可知也。若使下官事非其虚，罪得其实，亦当钳口吞舌[19]，伏匕首以殒身[20]。何以见齐、鲁奇节之人[21]，燕、赵悲歌之士乎[22]！

【注释】

①乡曲：乡里。

②帘肆：竹帘店铺。

③岩石之下：李善注引《论衡》曰：“谷口郑子真，耕于岩石之下，名震京师。”

④结绶：腰间结着绶带。指朝廷显要的官员。金马：庭名。

⑤云台：台名。

⑥虏南越之君：《汉书·终军传》曰：“南越与汉和亲，乃遣军使南越……军自请：‘愿受长缨，必羁南越王而致之阙下。’”

⑦单于：北方匈奴最高首领的称号。

⑧丹册：皇帝的诏书，用朱笔所写。

⑨青史：古代在竹简上记事，因称史书为青史。

⑩分寸之末：一分一寸的微利。

⑪锥刀之利：比喻微小的利益。锥，钻孔的工具，其锋端尖细。

⑫远则直生取疑于盗金：《汉书·直不疑传》曰：“直不疑……其同舍有告归，误持其同舍郎金去。已而同舍郎觉，亡意不疑。不疑谢有之，买金偿。后告归者至而归金，亡金郎大惭。”

⑬近则伯鱼被名于不义：《后汉书·第五伦传》曰：“帝戏谓伦曰：‘闻卿为吏，篣妇公，不过从兄饭，宁有之邪？’伦对曰：‘臣三娶妻，皆无父；少遭饥乱，实不敢妄过人食。’帝大笑。”

⑭绛侯幽狱：周勃封绛侯，任太尉、丞相之职，诛灭诸吕，安定刘氏有大功。后因被疑谋反，被狱吏审讯。

⑮史迁下室：司马迁《报任少卿书》：“仆又佴之蚕室。”

⑯“夫鲁连”二句：李善注引《史记》曰：“秦使白起围赵，闻鲁仲连责

新垣衍,秦军遂引去。平原君欲封仲连,连谢,终不肯受。”

⑰子陵闭关于东越:范晔《后汉书·逸民列传》曰:“严光,字子陵……少有高名,与光武同游学。及光武即位,乃变名姓,隐身不见。”按,严子陵隐于今浙江富春江,故称“闭关于东越”。

⑱仲尉杜门于西秦:赵岐《三辅决录》注曰:“张仲蔚,平陵人也。与同郡魏景卿隐身不仕,所居蓬蒿没人。”

⑲钳口吞舌:闭口缩舌。钳,夹持。

⑳伏匕首:以匕首自刎。

㉑奇节:节操奇特。

㉒燕、赵悲歌之士:李善注引《史记》曰:“荆轲之燕,高渐离悲歌击筑,荆轲和而歌于市中。”又曰:“赵大夫悲歌慷慨者也。”

【译文】

下官虽然缺乏乡里的称誉,但也曾听说过君子德行的准则。君子的上等,则应隐居在放下竹帘关闭的店铺之内,或安卧于岩石之下。君子的次等,则应在金马之庭腰结显赫的绶带,在云台之上高谈阔论;离开朝廷则应俘虏南越的君王,拴缚单于的人头。功名都记载在丹册之内,并绘制在青史之上。难道该争夺一分一寸粉末般的细利,竞争锥尖之细、刀锋之薄的微利吗?下官听说积累的毁谤可以销熔金子,积累的谗言可以磨灭骨肉之亲。远则直生被怀疑偷盗金子,近则伯鱼被加以不义之名。那样的两位先生,尚且如此,更何况下官,怎能自免毁谗?往昔上将的耻辱,绛侯周勃被幽禁监狱;名臣的羞辱,太史公司马迁被下至蚕室。至于下官,又该说什么呢?以鲁仲连的智能,推辞爵禄而不返;以接舆的贤明,边行边歌而不归。严子陵在东越闭关自守,张仲蔚在西秦闭门不出,由上数例也确实可以推知他们不愿出仕的原因了。假使下官之事所传不虚,罪名得到证实,也就应当闭口缩舌,以匕首自刎而死。否则将有什么脸面去见齐、鲁节操奇特的贤人与燕、赵悲歌慷慨的壮士呢?

方今圣历钦明[①]，天下乐业，青云浮洛，荣光塞河[②]。西洎临洮、狄道，北距飞狐、阳原[③]，莫不浸仁沐义[④]，照景饮醴而已[⑤]。而下官抱痛圆门[⑥]，含愤狱户，一物之微[⑦]，有足悲者。仰惟大王少垂明白，则梧丘之魂不愧于沉首[⑧]；鹄亭之鬼，无恨于灰骨[⑨]。不任肝胆之切[⑩]，敬因执事以闻[⑪]。

【注释】

①历：历练。本指办事老成富有经验。这里指治理有方，或美称为“德治”。

②“青云”二句：李善注引《尚书中候》曰：“成王观于洛河，沉璧礼毕，王退俟。至于日昧，荣光并出……青云浮洛。”洛，指洛水。河，指黄河。

③“西洎(jì)”二句：李善注引《淮南子》曰：“秦之时，丁壮丈夫，西至临洮、狄道……北至飞狐、阳原。”高诱曰：“临洮，陇西之县，洮水出此。狄道，汉阳之临洮也。飞狐，盖在代郡飞狐山。阳原，盖在太原。”洎，及，到。距，到。

④浸仁沐义：指沐浴在仁义之中。

⑤照景：实指为圣上之明德所普照。饮醴：这里喻指圣德普照的醇美境界。醴，甜酒。

⑥圆门：指狱城。

⑦一物之微：指微小的差错。

⑧梧丘之魂不愧于沉首：李善注引《晏子春秋》曰：“景公田于梧丘，夜坐睡，梦见五丈夫，倚徙称无罪。公问晏子，曰：‘昔先公灵公出畋，有五大夫来，惊兽，悉断其头而葬之，命曰丈夫丘。’命人掘之，五头同穴。公令厚葬之，乃恩及白骨。”

⑨“鹄亭”二句：李善注引《后汉书》曰：“苍梧广信女子苏娥，行宿高

安鹊巢亭，为亭长龚寿所杀。及婢致富，取其财物，埋致楼下。交阯刺史周敞，行部宿亭，觉寿奸罪，奏之，杀寿。”《列异传》曰：“鹄奔亭。”

⑩不任：不胜。指不堪承受、禁受不住。肝胆之切：指发自内心真诚的迫切心情。

⑪执事：古时指侍从左右供使令的人。

【译文】

当今圣上德治敬钦昭明，吉祥的青云浮动在洛水之上，祥和的荣光充满黄河。西至临洮、狄道，北到飞狐、阳原，没有谁不被仁义所沐浴，在德星的普照之下进入如饮甜酒的醇美境界。而唯独下官在监狱伤痛，在牢房悲愤，一物之微的差错，会酝酿成终生的悲剧。仰首敬望大王稍加明察，那么梧丘丈夫的冤魂，便不再有埋首地下的愧恨；鹄亭孤女的冤鬼，也不再有枯骨成灰的怨恨。不堪承受至诚急切的心情，恭敬地通过您的侍从传书得以闻知。

启

任彦昇

见卷第二十三《出郡传舍哭范仆射》作者介绍。

奉答敕示七夕诗启一首

【题解】

启，是古代常用的一种文体。《文心雕龙·奏启》："启者，开也。高宗云：'启乃心，沃朕心。'取其义也。孝景讳启，故两汉无称。至魏国笺记，始云启闻。奏事之末，或云谨启。自晋来盛启，用兼表、奏。陈政言事，既奏之异条；让爵谢恩，亦表之别干。必敛饬入规，促其音节，辨要轻清，文而不侈，亦启之大略也。"

李善注引《任昉集》："诏曰：聊为《七夕》诗五韵，殊未近咏歌。卿虽讷于言，辩于才，可即制付使者。"诏书是皇帝的命令。这里是指梁武帝曾下诏书给任昉，并赐示《七夕》五韵一首，希望任昉读后立即撰诗作答，交付使者带回。任昉奉命作答，交付以短启回呈禀报，故题称《奉答敕示七夕诗启》。本文首先对梁武帝的诗歌做了高度的评价，其次对梁武帝的恩遇表示感激之情，最后以自谦作结。文辞典雅，表述得体，言简意明，自是佳作。当然溢美之词，也在所难免。

臣昉启：奉敕并赐示《七夕》五韵[1]。窃惟帝迹多绪，俯同不一[②]；托情风什[③]，希世罕工。虽汉在四世，魏称三祖，宁足以继想《南风》、克谐《调露》[④]。

【注释】

①敕：自上命下之词，特指皇帝的诏书。《七夕》：七夕，节日名。指阴历七月初七的晚上，相传这天为牛郎织女在天河一年一度相会的日子。歌咏这一类题材的诗作，称《七夕》。五韵：当时作诗两句押韵，故五韵为十句。

②"窃惟"二句：李善注引《春秋合诚图》曰："黄帝布迹，必稽功务法。"又引宋均曰："迹，行迹，谓功绩也。"李周翰注："绪，事也。俯，下也。不一，言多也。"按，俯，指俯就。同，会合。这里指惠顾。

③风什：这里指诗篇。

④"虽汉"几句：意谓汉武帝与魏之三祖，虽擅长诗赋但不足以继想《南风》之诗，也不能与《调露》之诗和谐相称，唯梁武帝之诗赋能与之媲美。汉在四世，汉武帝善作诗赋，为汉代第四代君王，故云。魏称三祖，魏代三位君王善于作诗，即魏武帝曹操、文帝曹丕、明帝曹叡，并称"三祖"。

【译文】

臣下昉启：敬奉诏书，并惠赐恩示《七夕》五韵。暗自思念圣上功绩、事业隆盛，却多次俯就惠顾；圣上寄情于诗，诗之佳美为世所少见。虽然汉代的武帝，魏代的武帝、文帝、明帝，也以写诗著称，但既不足以继想《南风》之诗，也不能与《调露》之乐相和协。

性与天道，事绝称言[①]，岂其多幸，亲逢旦暮[②]。臣早奉龙潜[③]，与贾、马而入室[④]；晚属天飞[⑤]，比严、徐而待诏[⑥]。惟君知臣，见于讷言之旨[⑦]；取求不疵[⑧]，表于辩才之戏[⑨]。

【注释】

①"性与"二句：作者之意当指，人性与天道之事，虽因孔圣人不言已不可得而闻知，但天道、天命是存在的，下文之"多幸"，即是明证。

②旦暮：这里指早期与晚期。

③龙潜：指梁武帝在齐朝未称帝之时。

④与贾、马而入室：这里作者自谓在齐朝时，自己的文才已像贾谊、司马相如一样，有升堂入室的名声。

⑤天飞：谓帝建梁而登极。

⑥比严、徐而待诏：李善注引《汉书》曰："严安、徐乐上疏言世务，上召见，乃拜乐、安偕为郎中。"诏，皇帝的命令。

⑦"惟君"二句：李善注引《左传》："古人有言曰：'知臣莫若君。'"又引《论语》："子曰：'君子欲讷于言而敏于行。'"讷，出言迟钝。

⑧疵：本指美玉中斑点。此喻指毛病。

⑨戏：戏谑。

【译文】

关于人性与天道之事，虽因圣人不言已不可得而闻知，但难道不是天命多幸，得以早晚亲遇陛下！当圣上尚未称帝之时，臣下在早年就曾有幸事奉陛下，那时的臣下就像贾谊、司马相如一样，在文学方面已登堂入室；当圣上已称帝登极之时，臣下在晚年有幸归属陛下，这时的臣下就同严安、徐乐一样，正待诏入朝。只有圣上深知臣下，赐旨明言臣下有语言迟钝之失；求取拙诗不以为病，特意戏谑臣有辩才之美。

谨辄牵率庸陋[①]，式酬天奖[②]。拙速虽效[③]，蚩鄙已彰[④]。临启惭恧[⑤]，罔识所寘[⑥]。谨启。

【注释】

①辄:犹即。牵率庸陋:指写出牵强草率平庸浅陋的答诗,均为谦辞。

②式:用。酬:酬答。天:君。这里指梁武王。奖:奖励。此指恩宠。

③拙:笨拙,谦辞。速:快速。效:征验,实现。此指“成”。

④蚩(chī):通“媸”,丑陋。鄙:鄙陋。彰:显著,显明。

⑤惭恧(nǜ):惭愧。

⑥罔识:不知。寘:通“置”,置辞,措辞。

【译文】

谨即牵强、草率、平庸、浅陋地写出,用来酬答圣上的恩奖。拙作虽已匆匆写成,但丑陋之貌毕露无遗。写启之时深感惭愧,不知还要说些什么。谨启。

为卞彬谢修卞忠贞墓启一首

【题解】

卞彬,字士蔚,任职齐、梁,官至绥建太守。卞彬的高祖卞壸是晋朝著名的忠臣,在一次激烈的战斗中,晋军大败,卞壸却乘马披甲奔赴敌阵,其二子嗣盱也随父俱往,均被强贼所害。其后追赐侍中开府,谥忠贞公。梁帝为表彰卞壸的功绩,并弘扬教义,特下诏书修整卞忠贞的旧墓。当时任昉(字彦昇)替卞彬撰写此文,以答谢梁武帝修墓的洪恩。全文由三部分组成。第一部分简叙下诏修墓之事。第二部分对亡祖的不幸遭遇与坟墓的年久失修表示感慨。此部分写的感情深沉,但这一部分是为突出答谢的宗旨服务的,因为唯有发自内心的感慨才能映衬出皇恩的浩荡。第三部分为答谢之辞。答谢之辞写得简明而得体,是本文的重点。本文的结构布局,颇有独到之处。

臣彬启：伏见诏书[1]，并郑义泰宣敕，当赐修理臣亡高祖晋故骠骑大将军建兴忠贞公壶坟茔[2]。

【注释】

①伏：俯伏。诏书：帝王布告臣民之书。

②茔（yíng）：墓地。

【译文】

臣下卞彬启禀：俯伏拜接诏书，并由郑义泰宣读诏书，当面恩赐修理臣下已故高祖晋故骠骑大将军建兴忠贞公壶的坟墓。

臣门绪不昌[1]，天道所昧[2]，忠遘身危[3]，孝积家祸[4]，名教同悲[5]，隐沦惆怅[6]。而年世贸迁[7]，孤裔沦塞[8]，遂使碑表芜灭[9]，丘树荒毁，狐兔成穴，童牧哀歌[10]。感慨自哀，日月缠迫[11]。

【注释】

①门绪：家业。绪，业。

②昧：昏暗不明。

③忠遘（gòu）身危：指卞壶因忠贞而造成身危。遘，通“构”，构成。此处意为造成。

④孝积家祸：指卞壶二子因孝行而积累成家庭的灾祸。

⑤名教：指封建社会的等级名分和礼教。这里指名教之士，王隐属名教之士。

⑥隐沦：即隐没，隐逸。按，翟汤为征士。征士，指曾经朝廷受聘而不肯受职的隐士。故翟汤为隐沦之士。

⑦贸：这里指变易、变化。

⑧沦塞：沉沦，时运不通。

⑨碑表：墓碑的标记。

⑩"丘树"几句：李善注引桓子《新论》曰："雍门周以琴见孟尝君曰：'臣切悲千秋万岁后，坟墓生荆棘，狐兔穴其中，樵儿牧竖，踯躅而歌其上也。'"

⑪缠：通"躔"，指日月星辰运行的度次。迫：紧迫。这里指紧急。

【译文】

臣下家业素不昌盛，为天道的昏暗所笼罩，以致因忠贞而造成己身的危殆，因孝行而累积成家庭的灾祸，名教之辈为此而同悲，隐逸之士为此而惆怅。而随着年代的变移，孤弱的后代子孙更日趋沉沦时运不通，致使墓碑的表记荒芜湮灭，丘垄的树木荒废毁绝，坟墓成为狐狸、兔子的洞穴，放牧的儿童在此踏足而歌。此情此景令人感慨不已、独自哀伤，深感日月运行的急速紧迫。

陛下弘宣教义，非求效于方今①，壸余烈不泯②，固陈力于异世③。但加等之渥④，近阙于晋典⑤；樵苏之刑⑥，远流于皇代⑦。臣亦何人，敢谢斯幸⑧？不任悲荷之至⑨，谨奉启事以闻⑩。谨启。

【注释】

①效：效果，功效。方今：当今。

②烈：功绩。泯：灭，尽。

③陈力：贡献才力。异世：指今世。

④渥（wò）：沾润。这里指君王的恩泽。

⑤阙：同"缺"。

⑥樵苏之刑：李善注引《战国策》颜斶谓齐王曰："秦攻齐，令曰：'敢

有去柳下季垄五十步樵采者,罪死不赦。'"苏,柴草。

⑦皇代:美好的时代。皇,美。

⑧敢:岂敢、怎敢的省词。用以表示自谦。

⑨荷:担负。至:极点,顶点。

⑩谨:慎重小心,含有郑重和恭敬之意。

【译文】

陛下的恩赐是为了弘扬宣传教化与道义,不是为了追求眼前的功利,下壶遗留的功绩因陛下而不泯灭,其后代子孙必将在今世贡献其才力。只是增加等级赏赐的恩泽,在近代的晋典中就缺乏记载;为砍伐坟地的柴草而制订的刑罚,因皇恩而流传于今天美好的时代。臣下算是什么样的人物,岂敢辞谢这样恩幸?无法承受内心悲痛到极点的重负,谨慎小心地尊奉启事使圣上得知。谨启。

启萧太傅固辞夺礼一首

【题解】

李善注引刘璠《梁典》曰:"昉为尚书殿中郎,父忧,去职居丧,不知盐味,冬月单衫,庐于墓侧。齐明作相,乃起为建武将军骠骑记室。再三固辞,帝见其辞切,亦不能夺。"又《梁书·任昉传》:"(昉)入为尚书殿中郎,转司徒竟陵王记室参军,以父忧去职。性至孝,居丧尽礼。服阕,续遭母忧,常庐于墓侧,哭泣之地,草为不生。"按,《梁书》所载较翔实。据《南齐书·武帝纪》载,永明五年(487),竟陵王子良始任为司徒骠骑将军。由此可知,任昉转为竟陵王记室参军,当为永明五年或其后之时。又据《南齐书·郁林王传》载,永明十一年(493)八月,因齐武帝遗诏,任命竟陵王子良为太傅。可知本文当作于萧太傅任命之后。任昉因父母相继亡故,不胜哀痛,不忍心在守孝未满期以前任职,因而上启固辞,由于情辞恳切,终得恩准。

昉启：近启归诉[1]，庶谅穷款[2]，奉被还旨[3]，未垂哀察[4]，悼心失图[5]，泣血待旦[6]。君于品庶[7]，示均镕造[8]，干禄祈荣[9]，更为自拔[10]，亏教废礼，岂关视听？所不忍言，具陈兹启[11]。

【注释】

①归诉：辞归的诉说。

②庶：幸。希冀之词。谅：信。穷款：至诚之心。穷，极。款，诚。这里指诚心。

③奉：敬受。被：加。这里指君王的恩被。还旨：谓不许其辞。

④垂：犹“俯”。用为敬辞。哀：哀怜。

⑤悼：悲伤。失图：荒迷。

⑥泣血：言极度哀伤。旦：天亮。

⑦品庶：众人，百姓。

⑧镕：同“熔”，高温使固体的物质转变为液态。

⑨干禄：营求官职俸禄。祈荣：祈求荣耀或荣宠。

⑩自拔：自拔擢于众。

⑪“所不忍言”二句：当指本不忍言，因事迫情切，故陈此启。不忍言，非指口头，亦指书面。

【译文】

昉启：近来启禀辞归的诉说，敬幸以至诚之心而见信，敬受恩被仍回复起用的原旨，未蒙哀怜俯察，我内心悲伤深感迷惘，只有泪如血流等待天亮。君王对于众人，就像熔炉铸造众器一样，理当显示均匀，至于在营求俸禄、祈求荣宠方面，使守孝未满的我更超越于众人之上，这是属于亏损教义废弃礼仪的大事，怎能与公众的视听无关呢？鉴于事迫情切，本来不忍心讲的话，只能都在这封启书中加以陈述了。

昉往从末宦[1]，禄不代耕[2]，饥寒无甘旨之资[3]，限役废晨昏之半[4]。膝下之欢[5]，已同过隙[6]；几筵之慕，几何可凭[7]？且奠酹不亲[8]，如在安寄[9]？晨暮寂寥[10]，阒若无主[11]。所守既无别理[12]，穷咽岂及多喻[13]。

【注释】

①末宦：低微的官职。

②禄不代耕：指俸禄抵不上耕作的收入。

③甘旨：同"旨甘"，指美好的食品。资：供给，资助。

④限役：限于职位的奔忙。役，驱使。晨昏：即晨省昏定的简称。晨省昏定，意指夜晚服侍父母就寝，清晨省视父母问安。

⑤膝下之欢：指幼时依于父母膝下的欢乐。膝下，谓孩幼时。后用以表示对父母的爱慕。

⑥过隙：喻时间短暂，光阴易逝。

⑦"几筵"二句：古制，父母亡故，其子当筑草庐于墓侧，守孝三年。这二句指依凭几筵思慕双亲的神灵，三年之期能有多少时间？几，矮或小的桌子。筵，竹席的坐具。几何，多少。

⑧奠：献上祭品。酹（lèi）：以酒洒地，表示祭奠。不亲：指一旦出任官职，不能亲自祭奠父母。

⑨如在：这里指父母之灵好像存在。

⑩晨暮寂寥：晨暮无人哭临。

⑪阒（qù）若无主：指无祭主。阒，空。

⑫守：守孝。

⑬穷咽：哀泣。多喻：多比喻。

【译文】

我任昉以前从事低微的官职，俸禄所得还抵不上耕作的收入，因为自身处于饥寒之中，没有能力供给父母好的食物；因职务奔忙，早晚侍奉父母的礼节就缺了一半。依恋父母膝下的欢乐，已如白驹过隙一般，瞬息之间就消失了；依凭几筵思慕父母的恩情，短暂的三年又有多少？况且不能亲自献上供品，以酒洒地祭奠父母，那么祭亲如亲在的哀思又如何寄托？早晚无人哀祭一片寂静，空空荡荡的就像没有祭主一样。所以守孝既没有其他的理由，哀泣伤痛又何必引及更多的晓喻。

明公功格区宇①，感通有途②，若霈然降临③，赐寝严命④。是知孝治所被⑤，爰至无心⑥。锡类所及⑦，匪徒教义⑧。不任崩迫之情⑨，谨奉启事陈闻。谨启。

【注释】

①明公：指萧太傅，即竟陵王子良。格：至，达。区宇：区域，疆域，天下。

②感通有途：指萧太傅善于以诚心感通万民。感通，旧时以为诚心能感万物。途，道路。

③霈(pèi)然：雨盛貌。比喻恩泽如大雨普降。

④寝：停止。严命：紧急的命令。这里指紧急起用的命令。

⑤孝治：昔者明王之以孝治天下。所被：广被天下。

⑥爰至无心：此指圣人无常心，以百姓为心。爰，于。

⑦锡类：意谓孝子的孝心不断竭，神灵永远赐给治理家庭的好法则。锡，赐予。类，法则。

⑧匪：同“非”。徒：只。

⑨崩迫：急切，迫切。

【译文】

贤明的萧公功达天下，善于以诚心感通万民，明公的恩泽就像大雨普降，赐予停止紧急起用的命令。由此则知明公将以孝治广被天下，达到圣人无心，以百姓之心为心的境界了。赐予治家的好法则，其涉及范围很广，不只限于教义的感化作用。禁不住急切的心意，谨奉启事陈述以使您闻知。谨启。

卷第四十

弹事

任彦昇

见卷第二十三《出郡传舍哭范仆射》作者介绍。

奏弹曹景宗一首

【题解】

弹事，弹劾官吏之奏疏。《文心雕龙·奏启》："若乃按劾之奏，所以明宪清国……后之弹事，迭相斟酌，惟新日用，而旧准弗差。"然函人欲全，矢人欲伤，故言词锋利峻刻，是其特点。

初，司州被围，曹景宗为郢州刺史。诏荆、郢二州发兵救援，景宗率援军至三关，屯兵不进。闻司州没，即日退还延颈；敌人纵暴缘边，景宗不能抵御，遂失三关。永元二年(500)，为御史中丞任昉所奏，高祖以功臣"寝而不治，征为护军"不予问罪。

御史中丞臣任昉稽首言[①]：

臣闻将军死绥[②]，咫步无却[③]，顾望避敌，逗桡有刑[④]。至乃赵母深识，乞不为坐[⑤]；魏主著令，抵罪已轻[⑥]。是知败军之将，身死家戮[⑦]，爰自古昔[⑧]，明罚斯在。

【注释】

①御史中丞：官名。汉以御史中丞为御史大夫之佐。外督部刺史，内领侍御史十五人，受公卿奏事，举劾案章，其权颇重。梁因之。据《南史·任昉传》：梁武帝践阼，昉历给事黄门侍郎、吏部郎。寻转御史中丞、秘书监。弹劾之事，由其主司。稽(qǐ)首：古代所行跪拜礼，以首至地，表敬之极。

②绥：退军。

③咫：八尺曰咫。却：退。

④逗桡(náo)：曲行避敌而顾望之。

⑤"至乃赵母"二句：《史记·廉颇蔺相如列传》曰："赵括自少时学兵法，言兵事，以天下莫能当。尝与其父奢言兵事，奢不能难，然不谓善。括母问奢其故，奢曰：'兵，死地也，而括易言之。使赵不将括即已，若必将之，破赵军者必括也。'及括将行，其母上书言于王曰：'括不可使将。'王曰：'何以？'对曰：'始妾事其父，时为将，身所奉饭饮而进食者以十数，所友者以百数，大王及宗室所赏赐者尽以予军吏士大夫，受命之日，不问家事。今括一旦为将，东向而朝，军吏无敢仰视之者，王所赐金帛，归藏于家，而日视便利田宅可买者买之。王以为何如其父？父子异心，愿王勿遣。'王曰：'母置之，吾已决矣。'括母因曰：'王终遣之，即有如不称，妾得无随坐乎？'王许诺。"乞，要求，请求。随坐，连累而获罪。坐，获罪。

⑥"魏主"二句：魏主，指魏武帝曹操。《三国志·魏书·武帝纪》："(建安八年)己酉，令曰：'《司马法》：将军死绥。故赵括之母，乞不坐括。是古之将者，军破于外，而家受罪于内也。自命将征行，但赏功而不罚罪，非国典也。其令诸将出征，败军者抵罪，失

利者免官爵。'”著令,颁发命令。抵罪已轻,轻则抵罪。

⑦身死家戮:谓败军之将则身死,其家属则连株。

⑧爰自古昔:古来如此。

【译文】

御史中丞臣任昉稽首禀报:

臣听说,古时打仗,自当寸步不让,将军退军要处死,迂回避敌,罪当问斩。历史上,赵括之母,深明大义,敬告赵王不可任用己子赵括为将,否则,请不要牵连自己获罪;魏武帝曹操命令部将,败阵者必须抵罪,军法决不容情。由此可知,败军之将,自身必死,还要连累家属获罪。自古以来,赏罚必究。

臣昉顿首顿首,死罪死罪:窃寻獯猃侵轶①,暂扰疆陲②;王师薄伐③,所向风靡④。是以淮徐献捷,河兖凯归⑤。东关无一战之劳⑥,涂中罕千金之费⑦。而司部悬隔⑧,斜临寇境⑨,故使狡虏凭陵⑩,淹移岁月⑪。故司州刺史蔡道恭,率厉义勇,奋不顾命,全城守死,自冬徂秋⑫;犹有转战无穷,亟摧丑虏⑬。方之居延,则陵降而恭守;比之疏勒,则耿存而蔡亡⑭。若使郢部救兵⑮,微接声援⑯,则单于之首⑰,久悬北阙⑱。岂直受降可筑⑲,涉安启土而已哉⑳!寔由郢州刺史臣景宗受命致讨㉑,不时言迈㉒,故使猬结蚁聚㉓,水草有依㉔。方复按甲盘桓㉕,缓救资敌㉖,遂令孤城穷守㉗,力屈凶威㉘。虽然,犹应固守三关㉙,更谋进取,而退师延颈㉚,自贻亏衄㉛。疆埸侵骇㉜,职是之由㉝。不有严刑㉞,诛赏安置㉟,景宗即主㊱。

【注释】

①窃寻:暗自探究。獯狁(xūn xiǎn):匈奴名。此指后魏。侵轶:突袭,包抄。

②疆陲:边境。

③王师:指梁军。薄伐:征伐。薄,发语词。

④风靡:顺风倾倒。

⑤"是以淮徐"二句:淮、徐、河、兖,指淮河、徐州、济河、兖州,皆梁地。献捷,报捷。凯归,胜利而归。

⑥东关:关隘名。即东兴堤。三国吴黄龙二年(230)始筑,以遏巢湖水。建兴元年(252)十月,诸葛恪会众于东兴,更筑大堤,并于左右两侧傍山筑两城。一名东关,一名西关。事见《三国志·吴书·诸葛恪传》。故址在今安徽含山县西南。

⑦涂中:地名。罕:无。千金之费:刘良注:"凡起十万之师,日费千金也。"

⑧司部:司州。南朝宋刘裕收复河南,置司州。悬隔:谓去京城远。

⑨斜临寇境:谓司州面临北魏。斜临,因与北魏交界而贬言之。

⑩狡虏:狡猾的敌人。凭陵:侵凌,进逼。

⑪淹移:延宕。

⑫"故司州"几句:李善注引刘璠《梁典》曰:"天监三年,司州刺史汉寿伯蔡道恭卒于围。道恭少以勇力闻。及病,犹自力战,守城数日,不能起,闻战鼓声,愤叱而卒。众犹拒守,无有二心,攻围二年,无有叛者。入秋,霖雨洪澍,一夜城颓,壮士犹不降。及城陷,捶其余众,求恭尸,卒不能得也。"徂,往。

⑬亟:数。丑虏:北魏。

⑭"方之"几句:这几句谓蔡道恭过于李耿二人。陵降而恭守,指李陵败降,蔡道恭死守。《汉书·武帝纪》:"(武帝)遣骑都尉李陵将步兵五千人出居延北,与单于战。斩首虏万余级。陵兵败,降

匈奴。”居延，县名。故地在今内蒙古额济纳旗。西汉置，属张掖郡，为郡都尉治所。踈勒，即疏勒。汉西域城国，故地在今新疆喀什一带。《后汉书·耿弇传》曰：耿恭，字伯宗，为戊己校尉。恭以疏勒城旁有涧水可固，乃据之。匈奴复来攻恭，于城中穿井十五丈，不得水，恭仰叹曰：“闻昔贰师将军拔佩刀刺山，飞泉涌出；今汉德神明，岂有穷哉！”乃整衣服，向井再拜，为吏士祷，有顷，飞泉奔出，众皆称万岁。乃令吏士扬水示虏，以为神明，遂引去。

⑮郢部：郢州。曹景宗时为郢州刺史。

⑯微接：稍相接应、会合。声援：声势相通，互为声助。

⑰单(chán)于：汉时匈奴称其君长为单于。此指后魏主。

⑱北阙：古代宫殿北面之门楼。

⑲受降可筑：《汉书·武帝纪》：“(汉武帝)遣因杅将军公孙敖筑塞外受降城。”受降城，故城在今内蒙古乌拉特中旗北。

⑳涉安启土：李善注引《汉书》曰：“涉安侯于单于，以匈奴单于太子降。”启土，开启夷狄之土。

㉑受命致讨：奉皇帝诏命致力讨伐北魏。

㉒不时：不及时。言：语气词。迈：行。

㉓猬结蚁聚：喻人多而聚集在一起。

㉔水草有依：李善注引《汉书》曰：“猃狁獯鬻居于边地，逐水草迁徙。”

㉕按甲：李善注引《魏志》曰：“司马文王征诸葛诞，六军按甲，而诞自困。”按，下甲。盘桓：不进。

㉖资敌：助敌。

㉗孤城：指司州。

㉘力屈：犹言力挫。凶威：凶贼为害。

㉙三关：谓上党关、壶口关、石陉关。《后汉书·冯衍传》：“夫上党之地，有四塞之固，东带三关，西为国蔽。”

㉚延颈：李善谓戍关名。

㉛自贻：自取。亏衄(nǜ)：亏损，挫折。

㉜侵骇：受侵，惊骇。

㉝职是之由：唯此职司是问。

㉞严刑：严峻的法制。

㉟诛赏安置：赏罚难以分明。置，用。

㊱主：谓罪魁祸首。按，据钱锺书《管锥编》，某即主，为古代法律常用语。此前为罪状，后作判词。

【译文】

臣任昉顿首顿首，死罪死罪：我获悉北方匈奴为患，骚扰边疆，王师讨伐，所向披靡。淮河、徐州捷报频传；济河、兖州胜利而归。东关一战，未动兵甲而城池已获；涂中之役，轻而易举而不费千金。然而，司州远离京城，面敌而据，故易遭顽敌侵凌，此事由来已久。司州刺史蔡道恭，亲率义勇之士，奋不顾身，全城死守，从头年冬天坚持到来年秋季，转战抗争，屡挫凶顽。如若将他与李陵相比，那么李陵降敌而道恭坚守；将他与耿恭相比，则耿恭生还而道恭阵亡。当时，要是郢州援兵稍加声援接应，敌人首级早已悬诸国门。远非修筑受降城，开启夷狄之土可相与比拟！实在是由于郢州刺史曹景宗枉受皇命，征讨不力，坐失战机致使敌人尚能聚集一处，得以喘息。再说，曹景宗按兵不动，延宕盘桓，耽误援救等于帮助敌人，于是使司州孤城无援，拼死坚守，奋力抵抗，直到最后。纵然如此，曹景宗还是应该固守三关，再图进取，不料他竟然退师延颈，束手待毙。战事失利，唯职是问，不依军法，置赏罚于何地？曹景宗就是罪魁祸首。

臣谨案：使持节都督郢司二州诸军事、左将军、郢州刺史湘西县开国侯臣景宗①，擢自行间②，遭兹多幸③。指踪非拟，获兽何勤④？赏茂通侯⑤，荣高列将⑥。负檐裁弛⑦，钟鼎遽列[8]。和戎莫效，二八已陈[9]。自顶至踵，功归造化[10]。润草涂原[11]，岂获自己[12]。且道恭云逝，城守累旬，景宗之存，一朝弃甲[13]，生曹死蔡，优劣若是，惟此人斯[14]，有靦面目[15]。

【注释】

①使持节：魏晋以后持节为官名，有使持节、持节、假持节等。以所持符节为凭证，其权力大小有别，皆为刺史总军戎者。

②擢：拔。行(háng)间：行伍之间。

③遘(gòu)：遇。多幸：非分而得。

④"指踪"二句：此言曹景宗非如萧何之发踪指示者。何勤，何功。李善注引《汉书》曰："上先封萧何为酂侯，功臣皆曰：'萧何未有汗马劳，顾居臣等上，何也？'上曰：'诸君知猎乎？'曰：'知之。'上曰：'知猎狗乎？'曰：'知之。'上曰：'夫猎，追杀者，狗也；而发踪指示兽处者人也。今诸公徒能走得兽者，功狗也。如萧何，发踪指示，功人也。'群臣莫敢言。"

⑤赏茂：赏重。通侯：言功德通于王室，通于侯爵。

⑥荣高列将：荣名高同诸将。

⑦檐(dàn)：担荷。裁施：甚轻松。施，同"弛"。

⑧钟鼎：即钟鸣鼎食。古代富贵之家，列鼎而食，食时击钟奏乐。遽：疾。

⑨"和戎"二句：和戎，魏绛为晋悼公和戎狄，使晋无戎患，国势日振，八年之中，九合诸侯，复兴霸业。事见《春秋左传》中襄公四年、十一年。二八，十六人。谓景宗无和戎之功，而已当此赐。《春秋左传·襄公十一年》："郑人赂晋侯……女乐二八。晋侯以乐之半赐魏绛，曰：'子教寡人和诸戎狄，以正诸华。八年之中，九合诸侯，如乐之和，无所不谐。请与子乐之。'"

⑩"自顶"二句：谓自始至终，功归上天。张铣注："造化，喻君也。"

⑪润草涂原：司马相如《喻巴蜀檄》："肝脑涂中原，膏液润野草而不辞也。"

⑫岂获自己：谓付出一切，而无自身存。

⑬"且道恭"几句：谓道恭虽死，犹有数旬守城之功，景宗虽存，却弃甲而逃。

⑭惟此人斯：指曹景宗。

⑮靦（tiǎn）：见。

【译文】

臣任昉敬禀：使持节都督郢司二州诸军事、左将军、郢州刺史、湘西县开国侯曹景宗，起自行伍之间，出身低贱而宠幸颇多。他既无萧何运筹帷幄之策，也无将士决战沙场之劳，功劳何在？然而他所得功赏已同诸侯，所获荣誉犹若将帅。曹景宗负担轻松却钟鸣鼎食，克敌无能却受赐已丰。景宗所得荣耀从头到脚应归功于万岁陛下的恩赐，景宗自应肝脑涂地、血润野草，岂能顾及自身？再说蔡道恭虽已殉难，而守城数十日，曹景宗觍颜苟活，却弃丢盔甲！生曹死蔡，优劣自见，此人此行，面目毕现。

昔汉光命将[①]，坐知千里[②]；魏武置法，案以从事[③]。故能出必以律[④]，锱铢无爽[⑤]。伏惟圣武英挺[⑥]，略不世出[⑦]，料敌制变，万里无差，奉而行之，实弘庙筭[⑧]。惟此庸固[⑨]，理绝言提[⑩]。自逆胡纵逸[⑪]，久患诸夏[⑫]，圣朝乃顾[⑬]，将一车书[⑭]。愍彼司氓[⑮]，致辱非所[⑯]。早朝永叹[⑰]，载怀矜恻[⑱]，致兹亏丧[⑲]，何所逃罪[⑳]，宜正刑书[㉑]，肃明典宪[㉒]。

【注释】

①汉光命将：东汉光武帝任命将领。

②坐知千里：李善注引《东观汉记》曰："代郡太守刘兴，将数百骑攻贾览，上状檄至，光武知其必败，报书曰：'欲复进兵，恐失其头首也。'诏书到，兴已为览所杀。长史得檄，以为国家坐知千里也。"

③"魏武"二句：李善注引《魏书》曰："太祖自作兵书，诸将征伐皆以新书从事。从令者克捷，违教者负败。"案，公文，法典。

④出必以律：《周易·师》："师出以律。"律，法令，法则。

⑤锱铢：轻重。无爽：无差。

⑥伏惟：俯伏思维。下对上之敬辞。圣武英挺：谓梁武帝。挺，拔。

⑦略：谋略。不世出：非世人所能出。

⑧实弘庙筭：弘大克敌制胜之谋略。出征者必祭庙，卜算凶吉，而后行。筭，同"算"。

⑨庸固：昏昧固执。此指曹景宗。

⑩理绝：指不可与言理。言提：提其耳以言，犹言耳提面命。《诗经·大雅·抑》："匪面命之，言提其耳。"

⑪逆胡：指尚未归顺朝廷的北方边境少数民族。此指后魏。纵逸：恣肆骄纵。

⑫诸夏：指中国。

⑬圣朝：指梁朝。乃顾：谓顾念天下。

⑭将一车书：谓欲统一天下，使车同轨，书同文。一，统一。

⑮愍(mǐn)：伤。司氓：司州之民。

⑯致辱：受辱。非所：非其所能忍受。

⑰早朝：早上臣僚入见皇帝议事。《梁书·武帝纪》："经国有体，必询诸朝，所以尚书置令、仆、丞、郎，旦旦上朝，以议时事。"

⑱载：则。矜恻：怜惜。

⑲致兹亏丧：指司州陷落，敌人纵暴，道恭殉职，景宗败亡。致，遭。兹，此。

⑳何所逃罪：谓景宗罪责难逃。

㉑宜正刑书：应端正法典。

㉒肃：敬。宪：法。

【译文】

从前，汉光武帝任用兵将，坐知千里；魏武帝撰兵书，依法从事。所以能赏罚有当，分毫不差。伏思陛下，圣武英挺，雄才大略，出世不群，料敌制变，万里无差，遵命而行，无不克敌制胜。只有曹景宗此人，昏庸固陋，耳提面命之言也不予理会。自从北敌骄纵猖獗，长期以来，犯我中华，圣朝出于顾眷之情，意欲统一。圣朝怜悯司州百姓，不忍遭此侵扰。故早朝时时长叹，常怀悽恻之情，现在遭此灾变，曹景宗罪责难逃，理应尊重国纪军法，肃明大梁之法典。

臣谨以劾[1]：请以见事[2]，免景宗所居官，下太常削爵土[3]，收付廷尉[4]，法狱治罪；其军佐职僚，偏裨将帅[5]，绊诸应及咎者[6]，别摄治书[7]；侍御史随违续奏[8]。臣谨奉白简以闻云云[9]。

【注释】

①劾(hé)：劾奏。向皇帝检举弹劾别人罪状。

②请以见事：弹事体文常用语，谓请见其罪行。

③太常：官名。秦置奉常，汉景帝中元六年(前144)，改名太常，为九卿之一，掌礼乐、郊庙、社稷事宜。爵土：爵位及封地。按，《梁书·曹景宗传》曰：曹景宗于齐东昏侯永元初拜散骑常侍、右卫将军、封湘西县侯，食邑一千六百户。梁武帝天监元年(502)进号平西将军，改封竟陵县侯。

④廷尉：官名。秦始制，九卿之一，掌刑狱。

⑤偏裨将帅：偏将及裨将。

⑥絓(guà):牵连。

⑦摄:追。

⑧随违:根据所犯之事。

⑨白简:御史有所弹奏,用白简。简本为竹或木片,自纸张通行后,书笺亦通称为简。后称弹劾之章奏曰“白简”。云云:公文程式。意为如此如此。六臣本无“云云”二字,有“臣昉诚惶诚恐,顿首顿首,死罪死罪,臣昉稽首以闻”二十字。

【译文】

臣现提出弹劾案:请根据事情本末详情,免景宗的官,由太常免其爵位收其封地,交付廷尉按法问罪;其下属部将官员,受牵连及应治罪者,另行处理,侍御史根据罪行轻重,陆续奏禀。臣敬奉白简,以恭请御览。

奏弹刘整一首

【题解】

李善注引沈约《齐纪》曰:“整,宋吴兴太守兄子也。历位持节,都督交、广、越三州也。”

这篇弹事,与其他同体裁文章不同,中间有一大段文字叙述刘寅、刘整之家庭纠纷,其间瓜葛、牵扯琐碎而细微,文字俚俗又生涩。昭明太子萧统编选《文选》的宗旨是“事出于沉思,义归乎翰藻”,因为这段文字不合选文标准而尽皆删去。唐朝李善在注《文选》时,又觉得删去这段文字则弹劾刘整的原委难明,所以又补录进来。李善曰:“昭明删此文大略,故详引之,令与弹相应也。”

这样处理,事情的来龙去脉虽较清楚,弹劾刘整的原委也较明白,但就文章本身而言,显得雅俗殊体,文风不一,且有悖昭明原旨。为了保存胡刻《文选》之原貌,现原文照录。

御史中丞臣任昉稽首言：

臣闻马援奉嫂，不冠不入①；氾毓字孤，家无常子②。是以义士节夫③，闻之有立④，千载美谈，斯为称首⑤。

【注释】

①“臣闻马援”二句：言以礼事亲。李善注引《东观汉记》曰：“马援事寡嫂，虽在闺内，必衣冠，然后入见。”

②“氾毓”二句：言关怀子侄。字孤，哺育丧父之子侄辈。字，乳哺，喂养。李善注引王隐《晋书》曰：“氾毓，字稚春。济北人也。敦睦九族，青土号其家：‘儿无常母，衣无常主’也。”

③义士：有节操之士。节夫：亦为有节操之士。

④有立：立下高尚志向。

⑤“千载”二句：谓马援、氾毓之事当列为千载美谈之首。

【译文】

御史中丞臣任昉稽首禀告：

臣听说马援事奉寡嫂，穿戴不齐整不入内相见；氾毓抚养族中子侄，有“家无常子”之誉。所以节操之士，慕其风范而立志以此为榜样，这成了千古美谈中的突出事例。

臣昉顿首顿首，死罪死罪。谨案：齐故西阳内史刘寅妻范①，诣台诉②，列称③：出适刘氏④，二十许年，刘氏丧亡，抚养孤弱，叔郎整常欲伤害⑤，侵夺分前奴教子、当伯，并已入众。又以钱婢姊妹弟温，仍留奴自使。伯又夺寅息逡婢绿草⑥，私货得钱⑦，并不分逡。寅第二庶息师利⑧，去岁十月往整田上，经十二日，整便责范米六斗哺食米⑨，未展送⑩，忽至户前，隔箔攘拳大骂⑪；突进房中，屏风上取车帷准米去⑫。

二月九日夜，婢采音偷车栏、夹杖、龙牵，范问失物之意，整便打息逡；整及母并奴婢等六人，来至范屋中，高声大骂；婢采音举手查范臂[13]。求摄检如诉状[14]。辄摄整亡父旧使奴海蛤到台辩问，列称：整亡父兴道先为零陵郡，得奴婢四人。分财以奴教子乞大息寅[15]。亡寅后，第二弟整仍夺教子，云应入众，整便留自使。婢姊及弟各准钱五千文，不分逡。其奴当伯，先是众奴。整兄弟未分财之前，整兄寅以当伯贴钱七千[16]，共众作田。寅罢西阳郡还，虽未别火食[17]，寅以私钱七千赎当伯，仍使上广州[18]。去后，寅丧亡。整兄弟后分奴婢，唯余婢绿草入众。整复云寅未分财赎当伯，又应属众。整意贪得当伯，推绿草与逡。整规当伯还[19]，拟欲自取。当伯遂经七年不返，整疑已死亡不回，更夺取婢绿草，货得钱七千。整兄弟及姊共分此钱，又不分逡。寅妻范云：当伯是亡夫私赎，应属息逡。当伯天监二年六月从广州还至，整复夺取，云应充众。准雇借上广州四年夫直[20]，今在整处。使进责整婢采音[21]：刘整兄寅第二息师利，去年十月十二日，忽往整墅停住十二日。整就兄妻范求米六斗哺食，范未得还，整怒，仍自进范所住屏风上取车帷为质。范送米六斗，整即纳受。范今年二月九日夜失车栏子、夹杖、龙牵等。范及息逡道是采音所偷。整闻声仍打逡。范唤问："何意打我儿？"整母子尔时便同出中庭，隔箔与范相骂；婢采音及奴教子、楚玉、法志等四人，于时在整母子左右。整语采音："其道汝偷车校具，汝何不进里骂之？"既进，争口举手，误查范臂。车栏、夹杖、龙牵，实非采音所偷。进责寅妻范奴苟奴，列：

娘去二月九日夜[22]，失车栏、夹杖、龙牵，疑是整婢采音所偷。荀奴与郎逡往津阳门籴米，遇见采音在津阳门卖车栏、龙牵，荀奴登时欲捉取[23]，逡语荀奴："已尔！不须复取。"荀奴隐僻少时，伺视人买龙牵，售五千钱。荀奴仍随逡归宅，不见度钱[24]。并如采音、荀奴等列状，粗与范诉相应。重核当伯、教子列：娘被夺，今在整处使。悉与海蛤列不异。以事诉法，令史潘僧尚议：整若辄略兄子逡分前婢货卖[25]，及奴教子等私使，若无官令，辄收付近狱测治，诸所连逮，生应洗之源，委之狱官，悉以法制从事，如法所称，整即主。

【注释】

①范：即刘寅之妻范氏。

②诣：到。台：指御史宪台衙门。诉：告状，控告。

③列称：陈述。

④出适：出嫁。

⑤叔郎：小叔。此指刘寅弟刘整。

⑥伯：六臣本无此"伯"字。是。息：子息，儿子。逡：范氏之子，名刘逡。

⑦私货：私自卖掉。

⑧第二庶息：排行第二之庶子，名师利。

⑨责：求。此指刘整迫使范氏交出饭钱米六斗。

⑩展：碾。

⑪箔：门帘。

⑫准：折合。

⑬查：抓。

⑭摄：逮捕。检：询问。

⑮乞:授予,给予。

⑯贴:抵押。

⑰未别:没有分开。火食:即伙食。

⑱仍:乃。使:派遣。

⑲规:企图,内心盘算。

⑳夫直:即佚值。指去广州四年之工钱。

㉑采音:婢名。

㉒去:疑为"云"字之误。

㉓登时:当时。

㉔度:过。此指由买方付钱给卖方。

㉕辄略:废除,放弃。

【译文】

臣任昉顿首顿首,死罪死罪。谨案:齐朝已故西阳内史刘寅妻子范氏,到御史宪台衙门告状,陈述:她出嫁到刘氏门中,约有二十年光景,刘寅去世后,她便抚养儿子,小叔刘整经常想加以伤害欺凌,并侵吞分家以前的家奴教子、当伯,列为刘家共同使唤的家奴。小叔用金钱买通女婢之姊妹和弟弟温,还把两名家奴留给自家使用。刘整还侵夺刘寅之子刘逡的女婢绿草,并私自将其出卖,所得之钱也不分给刘逡。还有,刘寅庶子师利去年十月到刘整田庄上住了十二天,刘整便要范氏交出六斗米饭钱;米还没来得及碾筛,刘整忽然来到门前,隔着门帘捋衣伸拳,破口大骂;冲进房内,从屏风上拿走车帷以抵米钱。二月九日夜,刘整的女婢采音偷去车栏、夹杖、龙牵,范氏问为什么偷她的东西,刘整就动手打她儿子刘逡;刘整和他老母,还有家奴、女婢共六人,来到范氏屋中,高声大骂;女婢采音举手抓破范氏手臂。请求按诉状逮捕询问。接着,传带刘整父亲生前的奴仆海蛤到衙门讯问,据海蛤陈述:刘整亡父刘兴道,原先在零陵郡为官,有奴婢四人。分财产时,把家奴教子给了大儿子刘寅。刘寅死后,二弟刘整将教子夺了过去,说是应归大家使用，实际上刘整留着自用。他的婢女、姊姊和弟弟各分得折合钱五千文，而没有分给刘逡。他自己的奴仆当伯，原先是公用的家奴。在兄弟未分家产以前，刘整的哥哥刘寅把当伯抵押得钱七千，为全家购置田产。刘寅从西阳郡退休回家，虽然尚未分开伙食，刘寅以私钱七千文赎出当伯，派他去广州。此后，刘寅去世。刘整兄弟后来分家奴和女婢，只剩下女婢绿草入众公用。刘整还说，刘寅没有拿私钱赎过当伯，所以当伯仍供大家使用。刘整的意图是想独占当伯，而把绿草推给刘逡。刘整暗自盘算着等当伯从广州回来要独占。当伯一去七年未归，刘整怀疑他已死，不可能再回来，改而夺取女婢绿草，卖得钱七千文。刘整和他弟弟、姊姊共分此钱，还是不分给刘逡。刘寅之妻范氏说：当伯是亡夫花私钱所赎，应归于其子刘逡所有。当伯于天监二年六月从广州回到家中，刘整再次把他夺走，说应充为公众所有。折去雇借上广州四年工钱，现仍在刘整那里。传刘整女婢采音前来接受审问她：刘整的哥哥刘寅的庶子师利，去年十月十二日忽然到刘整田庄住了十二天。刘整向他嫂嫂范氏索米六斗作为饭费，范氏还未来得及还米，刘整就大怒，自己闯进范氏住所，从屏风上取走车帷作为抵押。范氏送去米六斗，刘整收受下来。范氏于今年二月九日夜里，被窃车栏子、夹杖、龙牵等物。范氏和刘逡说是采音所偷。刘整听到后就动手打刘逡。范氏问：“为何打我儿子？”刘整母子这时便一同冲出中庭，隔着门帘与范氏相骂；女婢采音及家奴教子、楚玉、法志等四人这时在刘整母子旁边。刘整对采音说：“她说你偷车校具，你为什么不进去骂他们？”采音进去之后，张口举手，抓伤范氏手臂。而车栏、夹杖、龙牵确实不是采音所偷。再传范氏之奴苟奴来讯问，苟奴述说：娘说二月九日夜里失窃车栏、夹杖、龙牵，怀疑是刘整之婢采音所偷。苟奴和公子刘逡去津阳门买米时，遇见采音在津阳门卖车栏、龙牵，苟奴当时就想捉住她，并取回东西，刘逡对苟奴说：“算了！不须取回东西了。”苟奴隐避了一会儿，看到有人买龙牵，卖得五千钱。苟奴仍跟随刘逡回家，没有看到她将钱交出。采音、苟奴所说情形,大致与范氏诉说相符。重新查核当伯、教子的陈述,都说娘被侵夺,现今还在刘整处供使。这些与海蛤所陈述并无两样。且将此事诉之于法,令史潘僧尚议称:刘整如果改悔出卖分家前属于刘寅、现在属于其子刘逡之婢绿草,并改变教子等家奴被独占的现状,要是没有官职,可交付附近衙门处理,其他所牵连、同伙之人,交给有关狱官清理,都须按法处理,就像法律所说的那样:刘整是罪首。

臣谨案:新除中军参军臣刘整①,闾阎阘茸②,名教所绝③。直以前代外戚④,仕因纨袴⑤,恶积衅稔⑥,亲旧侧目⑦,理绝通问⑧,而妄肆丑辞⑨;终夕不寐⑩,而谬加大杖⑪。薛包分财,取其老弱⑫。高凤自秽,争讼寡嫂⑬。未见孟尝之深心,唯敩文通之伪迹⑭。昔人睦亲,衣无常主;整之抚侄,食有故人⑮。何其不能折契钟庾,而襜帷交质⑯?人之无情,一何至此!实教义所不容⑰,绅冕所共弃⑱。

【注释】

①新除:新近拜官就职。除,除去故官就新官。

②闾阎:里巷。阘茸(tà róng):卑贱小人。阘,通"阘"。

③名教:士君子之道德标准。绝:弃。

④直以:只因。前代外戚:指齐朝后妃之亲。

⑤纨袴:本指细绢制成的裤子,后泛指富贵人家之子弟。含鄙薄之意。

⑥恶积衅稔:累恶至于罪重。衅,罪。稔,熟。

⑦亲旧:亲朋故旧。侧目:言恶之甚。

⑧理绝通问:《礼记·曲礼》:"男女不杂坐……嫂叔不通问。"不通问,故云理绝。

⑨妄肆丑辞:滥施骂詈之词。肆,恣意。谓刘整骂其嫂范氏。

⑩终夕不寐:言刘整私其子,则竟夕不寐。

⑪谬加大杖:谓刘整恶其侄,则妄加大杖。谬,误。

⑫"薛包"二句:李善注引《后汉书》曰:"汝南薛包,字孟尝,好学笃行,弟子求分异居,包不能止,乃中分其财,奴婢引其老者,曰:'与我共事久,若不能使也。'田庐取其荒颓者,曰:'吾少时所治,意所恋也。'器物取朽败者,曰:'吾素所服食,身口所安。'后征拜侍中。"

⑬"高凤"二句:自秽,自我诋毁。李善注引《东观汉记》:"高凤,字文通,南阳人也。凤年老声名著闻,太守连召请,恐不得免,自言凤本巫家,不应为吏,又与寡嫂诈讼田,遂不仕。"

⑭"未见"二句:谓刘整不具薛包之深刻用心,但效高凤之虚假劣迹。劣迹在高凤则虚,于刘整则真。斅(xué),同"学",效法。

⑮"整之抚侄"二句:谓责米。李善注引《西京杂记》曰:"公孙弘起家徒步,为丞相。故人齐高贺从之,弘食以脱粟饭,覆以布被。贺怨曰:'何用故人富贵为,脱粟、布被我自有之。'弘大惭。贺乃告人曰:'公孙弘内厨五鼎,外膳一肴,岂可以临天下。'于是朝右疑其矫焉。弘叹曰:'宁逢恶宾,不逢故人。'"

⑯"何其"二句:谓嫂虽负钟庾之多,亦宜折券不论;而刘整为六斗米而取嫂车帷为质。言刘整之罪深。折契,折券。毁弃债券,不再索偿。古用竹札书,故可折。钟庾,古容量单位。六斛四斗为一钟。十六斗为一庾。襜(chān),车帷。交质,交相为质。

⑰教义:教化之大义。

⑱绅冕:衣冠之士。

【译文】

臣敬禀:新授中军参军之职的刘整,是一个里巷里的卑贱小人,君子之道所不齿之徒,只因为是齐朝外戚,裙带为官,积恶成罪,亲朋故旧都怒目以对。他违背叔嫂之常礼,恶言相加;对自己的儿子百般溺爱,对侄子却棍棒滥施。东汉时代,薛包分家,奴婢专取老弱病残。高凤清廉,宁肯自毁名声,诡称与寡嫂争讼。现在不见薛包的良苦用心,反把高凤的伪称劣迹,以伪当真。前人为了关怀同族儿辈,普施寒衣;刘整对待侄子,却亲而愈疏。何以计较几斗米而强拿车帷为抵押?人情淡薄,竟到了这等地步!实在是为道德之所难容,为体面人士所不齿!

臣等参议:请以见事,免整所除官,辄勒外收,付廷尉法狱治罪。诸所连逮[①],应洗之源[②],委之狱官,悉以法制从事。婢采音不款[③],偷车、龙牵,请付狱测实。其宗长及地界职司[④],初无纠举[⑤],及诸连逮,请不足申尽[⑥]。臣昉云云,诚惶诚恐以闻。

【注释】

①连逮:连及。

②洗:清理。源:事之始末。

③不款:不忠诚。

④宗长:族长。地界职司:地方上主管部门。

⑤纠举:揭发检举。

⑥不足申尽:如有不尽之言,仍可申述。

【译文】

臣等参议:请根据事实本末详情,免去刘整新授的官职,马上收交廷尉治罪。凡有牵连者,应理清其原委,交付狱官,必须以法处置。女婢采音拒不承认偷窃车栏、龙牵等物,请交付狱吏,查证核实。族长及地保,事情一开始并无检举,还有其他连累者,请尽量申述己见。臣任昉所奏如上,诚惶诚恐,以禀陛下所闻。

沈休文

见卷第二十《应诏乐游苑饯吕僧珍诗》作者介绍。

奏弹王源一首

【题解】

沈约于齐武帝萧赜永明八年(490)为御史中丞,奏弹王源事宜当在此时。

东海王源之女,嫁与吴郡满璋之三子满鸾为妻,所得财礼五万。王源先已丧妇,将财礼之余款为自己纳妾。经调查,王源为世族旧家,贵胄之后;而满璋之谎称满宠、满奋之后人,两家联姻,有辱世家身份;嫁女牟利,玷污为官清正,并此二罪而奏弹之。

由此可见南朝时候一承两晋以来门户等第之森严如此!

给事黄门侍郎兼御史中丞吴兴邑中正臣沈约稽首言[①]:

臣闻齐大非偶[②],著乎前诰[③];辞霍不婚[④],垂称往烈[⑤]。若乃交二族之和[⑥],辨伉合之义[⑦],升降窳隆[⑧],诚非一揆[⑨]。固宜本其门素[⑩],不相夺伦[⑪],使秦晋有匹[⑫],泾渭无舛[⑬]。自宋氏失御[⑭],礼教雕衰[⑮],衣冠之族[⑯],日失其序。姻娅沦杂[⑰],罔计厮庶[⑱]。贩鬻祖曾,以为贾道[⑲],明目腆颜[⑳],曾无愧畏。若夫盛德之胤[㉑],世业可怀[㉒],栾郤之家[㉓],前徽未远[㉔]。既壮而室[㉕],窃资莫非皂隶[㉖];结缡以行[㉗],箕帚咸失其所[㉘]。志士闻而伤心,旧老为之叹息。自宸历御寓[㉙],弘革典宪[㉚];虽除旧布新,而斯风未殄[㉛]。陛下所以负扆兴言[㉜],思清弊俗者也[33]。臣实儒品，谬掌天宪[34]，虽埋轮之志[35]，无屈权右[36]；而狐鼠微物[37]，亦蠹大猷[38]。

【注释】

①给事黄门侍郎：秦官名。因给事于黄门，故名。东汉并给事中与黄门侍郎为一官，始设专职，故或称给事黄门侍郎，后因之。出入禁中，省尚书事。中正：官名。负责考察本州人才品德，分成九等，作为选拔官吏的依据。

②齐大非偶：指男女缔婚门第不当。《春秋左传·桓公六年》："齐侯欲以文姜妻郑大子忽，大子忽辞。人问其故，大子曰：'人各有耦，齐大，非吾耦也。'"

③著乎前诰：记载在前人著作上。前诰，指《春秋左传》《说苑》。

④辞霍不婚：李善注："《汉书》曰：隽不疑为京兆尹，大将军霍光欲以女妻之，不疑固辞，不肯当。班固《不疑述》曰：不疑肤敏，应变当理，辞霍不婚，逡巡致仕。"

⑤烈：业。

⑥二族：夫妻二姓。

⑦伉合：伉俪。

⑧窳(yǔ)：低下。隆：高。

⑨揆：度。

⑩门素：门第。

⑪夺伦：淆乱伦理次第。

⑫秦晋有匹：即秦晋之好。

⑬泾渭无舛：泾水清，渭水浊，无相杂。

⑭失御：失去统治。

⑮雕衰：凋敝衰败。

⑯衣冠之族：礼义之家。

⑰姻娅：亦作“姻亚”。后泛指有婚姻关系的亲戚。

⑱厮庶：皆贱人之称。

⑲“贩鬻”二句：谓王源以祖曾之高门，嫁子女而取财利，有如商贾之道。贾，居卖物曰贾。

⑳明目：明目张胆。腆颜：厚颜。

㉑胤（yìn）：嗣。

㉒世业：上代传承之德业。

㉓栾郤：皆春秋时晋大夫，以比当时公卿之属。

㉔徽：美。

㉕壮：三十曰壮。室：妻室。

㉖窃资：言嫁娶之家，贵贱杂偶，以相窃其赀。皂隶：奴隶。

㉗结缡（lí）：女将嫁，母为结其缡带。

㉘箕帚：妇人适于人而执箕帚。失其所：非其匹偶，是以失所。

㉙宸（chén）历：天子历数。御寓（yǔ）：谓梁御天下。寓，同“宇”。

㉚弘革：大改。典宪：法。

㉛斯风：谓窃赀之风。殄：灭。

㉜负扆（yǐ）：天子背屏风而立。负，背。扆，屏风。天子所居后有屏风。兴言：倡导新风气。

㉝思清弊俗：考虑清除杂为婚姻之弊俗。

㉞“臣实”二句：沈约自谓儒生，不当执此秉法重任。谬，妄。天宪，国之大法。沈约系御史中丞，故谓此。

㉟埋轮之志：东汉汉安元年（142），选派使节八人，巡视各地，所任皆知名之士，只有张纲一人年纪最轻，官职最小。七人受命出发，张纲才到洛阳（今属河南）都亭，便停下车来，把车轮拆下埋在地里，以示停留于此，不再前进。说：“豺狼当道，安问狐狸。”即上书弹劾当时掌朝廷大权的大将军梁冀和其弟梁不疑，京师为之震动。后以埋轮之志或埋轮喻无所畏惧，敢于抨击权贵。

㊱权右:有权势之用事者。

㊲狐鼠微物:比喻依仗权势作恶的人。狐鼠,指城狐社鼠,即指城墙上之狐狸,宗庙里的老鼠。掘狐恐坏城垣,薰鼠恐毁社庙。微物,谓物之微小者。

㊳蠹:害。大猷:大谋,指天道。

【译文】

给事黄门侍郎兼御史中丞吴兴邑中正臣沈约稽首禀告:

臣听说,春秋时齐大、文姜有门第不当勿为姻亲之说,并载入史册;汉朝俊不疑拒纳霍光之女,亦成千古美谈。至于两姓结合,组成伉俪,富贵贫贱,升降高低,自来不一。但是终须门第相当,不能淆乱等级,应使秦晋之交,门当户对,如泾水、渭水清浊分明。自从刘宋失势,礼教日衰,宦绅之家,日失其序。缔结婚姻,杂乱无章,下人贱役,在所不避。出卖祖宗望族,以换取财利,势同商贾,更无二致,真是明目张胆,厚颜无耻!上代之盛德大业,应当后继有人,贵胄之家,当常保美好前程。凡人成年之际,自当婚配,以婚嫁窃取财物均为下等人所为;致使男婚女嫁,失其所当。这样做,会使志士听后伤心,长者闻而悲叹。自从梁武帝开创新朝,革新国家法典,纵然要除旧布新,然而前朝之遗风并未泯灭。这正是陛下南面而坐,倡导新风,破除陈规陋俗之宗旨所在!臣实在是一介书生,而竟掌此执法大权;尽管我无所畏,不怕权势,但是这类狐鼠之辈的所作所为,也足以毁坏国家大计!

风闻东海王源,嫁女与富阳满氏,源虽人品庸陋①,胄实参华②,曾祖雅位登八命③,祖少卿内侍帷幄④,父璿升采储闱⑤,亦居清显⑥。源频叨诸府戎禁⑦,豫班通彻⑧;而托姻结好⑨,唯利是求,玷辱流辈⑩,莫斯为甚。源人身在远⑪,辄摄媒人刘嗣之到台辩问,嗣之列称:吴郡满璋之相承云是高平旧族[12],宠奋胤胄,家计温足[13]。见托为息鸾觅婚[14],王源见告穷尽[15],即索璋之簿阀[16],见璋之任王国侍郎,鸾又为王慈吴郡正阁主簿[17],源父子因共详议[18],判与为婚。璋之下钱五万,以为聘礼[19]。源先丧妇,又以所聘余直纳妾[20]。如其所列,则与风闻符同。窃寻璋之姓族,士庶莫辨,满奋身殒西朝,胤嗣殄没,武秋之后,无闻东晋[21]。其为虚托,不言自显。王满连姻,寔骇物听[22],潘杨之睦[23],有异于此。且买妾纳媵,因聘为资。施衿之费,化充床笫[24]。鄙情赘行[25],造次以之[26]。纠慝绳违[27],允兹简裁[28],源即主。

【注释】

①庸陋:平庸,鄙陋。

②胄:本指贵族或帝王之子孙。此指后代。参:参与,加入。华:荣华。

③雅:王源曾祖名。位登:位居。八命:周代官秩自一命至九命,凡九等。八命是官爵的第八等,即王之三公及州牧。泛指高级官员。

④少卿:为侍中常侍。帷幄:谓在天子之左右。

⑤父璿:王源之父王璿。采:事。储闱:东宫。

⑥清显:清明显要。

⑦叨:受到好处。诸府:诸禁府。

⑧豫班:预列。通彻:通侯。爵位名。应劭《汉书》注曰:"旧曰彻侯,避武帝讳,曰通侯。"按,汉武帝名刘彻。

⑨托姻结好:托于婚姻,缔结为好。

⑩玷辱:玷污凌辱。流辈:一代人。

⑪人身在远:谓王源远在南郡丞。

⑫满璋之相承：上代之继承者之谓。李善注引《魏志》云："满宠字伯宁，景初二年，为太尉，薨。子伟嗣。"又引《世说》曰："伟弟子奋，元康中至司隶校尉。"又引荀绰《冀州记》曰："奋，高平人也。"

⑬家计：家庭生计。温足：温饱而富足。

⑭见托：受委托。息鸾：璋之之子满鸾。

⑮见告穷尽：谓王源见媒人刘嗣之所告满家情况详尽周到。

⑯索：讨取。簿阀：前代官籍。

⑰王慈：李善注引吴均《齐春秋》曰："王慈，字伯宝，早有令誉。稍历侍中、吴郡太守。"主簿：官名。汉以后中央各机构及地方郡、县官府都设有主簿，负责文书簿籍，掌管印鉴，为掾史之首。

⑱源父子：王源父女。

⑲聘礼：娶妻及纳征皆曰聘。

⑳余直：科钱。直，同"值"。

㉑"满奋"几句：满奋已为西晋苗愿所杀，东渡之后，未闻复有其后。满奋身殒，李善注引干宝《晋纪》曰："苗愿杀司隶校尉满奋。"又引荀绰《冀州记》曰："满奋，字武秋。"西朝，指西晋。

㉒骇：惊。物听：犹言众听。

㉓潘杨之睦：潘岳作《杨仲武诔》曰："潘杨之睦，有自来矣。"按，潘岳妻杨氏，为杨仲武之姑，属于世亲联姻。后称姻亲关系为潘杨，或潘杨之睦。

㉔"且买妾"几句：言买妾纳媵：本因聘妇之资而取之，今王源以嫁女之财而纳妾，成帷房之私，罪甚。媵，从妇者。施衿之费，谓嫁女之资。施衿，女嫁，母施衿结帨。床笫(zǐ)，床席之间。

㉕鄙情赘行：言王源情、行鄙恶。赘，疣，恶物。

㉖造次：贸然行事。以：用。

㉗纠慝(tè)：纠正邪恶。绳违：绳正错违。

㉘允：信。简裁：即指呈此奏弹，听裁制之。

【译文】

臣听说，东海王源嫁女儿于富阳满氏。王源虽然人品猥琐，毕竟也是贵族后裔，其曾祖王雅，身居高位，祖父官至少卿，常在天子左右，父亲王璿出入东宫，也是清明显要之职。王源叨光而入于禁府，预列通侯之高爵。但他竟借嫁女之机，大饱私囊，玷污吾辈声誉，无过于此！现在王源居职在外，马上传讯媒人刘嗣之到衙门讯问，刘嗣之交代说：吴郡满璋之，自称系高平旧族之嫡传子孙，满宠、满奋之后裔，家财富足。我受其嘱托，为其子满鸾寻觅佳偶，王源听说满家详情，就索取满璋之家的前代官籍，看到璋之任王国侍郎，满鸾又为王慈吴郡正阁主簿，王源父女共同商议，决定与满家联姻。满璋之送钱五万以为聘礼。王源原先死了妻子，便把聘礼余款为自己纳妾。刘嗣之的交代正好与我听到的相符。我思忖：满璋之的家世到底是高门还是寒族，很难确认。从前，满奋殒命于西晋，已无后人，满奋之后人，早在东晋已经绝嗣。明是虚托，不言自明。王满联姻，骇人听闻，潘杨之睦，与此绝不相同！更何况用聘金为自己买婢纳妾。以嫁女聘礼，谋本人床第之乐！卑鄙的私欲，丑恶的行径，轻举妄动，为所欲为。纠错惩恶，全凭奏弹裁制，王源是罪魁。

臣谨案：南郡丞王源，忝藉世资[1]，得参缨冕[2]，同人者貌，异人者心[3]，以彼行媒[4]，同之抱布[5]；且非我族类[6]，往哲格言[7]，薰莸不杂[8]，闻之前典[9]。岂有六卿之胄，纳女于管库之人，宋子河鲂，同穴于舆台之鬼[10]。高门降衡[11]，虽自己作[12]，蔑祖辱亲，于事为甚。此风弗剪，其源遂开，点世尘家[13]，将被比屋[14]。宜置以明科[15]，黜之流伍[16]，使已污之族[17]，永愧于昔辰[18]，方媾之党[19]，革心于来日[20]。

【注释】

①忝(tiǎn)藉:有愧于载入。世资:乃祖、乃父之业。

②参:入仕。缨冕:为官之服饰。

③“同人”二句:言王源貌同于常人而心异于常人,亦即人面兽心之意。

④行媒:做媒。礼,男女非有行媒,不相知名。

⑤同之抱布:此句谓王源险恶之心深藏。《诗经·卫风·氓》:“氓之蚩蚩,抱布贸丝;匪来贸丝,来即我谋。”

⑥非我族类:《春秋左传·成公四年》曰:“公至自晋,欲求成于楚而叛晋……季文子曰:‘……史佚之《志》有之,曰:非我族类,其心必异。’”按,《春秋左传》言非我族类,指非我同族之人。此言非我族类,则是非我人类之意。

⑦往哲格言:指“非我族类,其心必异”一语,为从前哲人的名言。

⑧薰:香草。莸(yóu):臭草。

⑨前典:指《孔子家语》。

⑩“岂有六卿”几句:谓出身高贵的王源家之人,使其女嫁于舆台之贱人,且同穴为鬼。六卿之胄,指王源之家。六卿,周代的六官:冢宰、司徒、宗伯、司马、司寇、司空。《尚书·周官》:“六卿分职,各率其属,以倡九牧,阜成兆民。”纳,致送。管库之人,从事贱职者。指满璋之家。宋子河鲂,《诗经·陈风·衡门》:“岂其食鱼,必河之鲂。岂其取妻,必齐之姜。岂其食鱼,必河之鲤。岂其取妻,必宋之子。”舆台,指地位低微的人。古代分人为十等,舆为第六等,台为第十等。《春秋左传·昭公七年》:“人有十等……皂臣舆,舆臣隶,隶臣僚,僚臣仆,仆臣台。”

⑪高门降衡:言以己高门,自降于凡庶。衡,横木为门。指凡庶之家。

⑫虽自己作:虽然出于自己的所作所为。

⑬点世尘家：玷污社会，辱没世家。点，通“玷”，污，辱。

⑭将被比屋：言此风被及。

⑮明科：法律。

⑯流伍：流放者之行列。

⑰已污之族：指王氏之家。

⑱昔辰：已过之时光。

⑲方媾之党：指已结为如此不当姻亲之家族。

⑳革心：痛改前非。

【译文】

臣敬禀：南郡丞王源，忝居世家之列，身有官职，衣冠楚楚，人面兽心，他以行媒嫁女，牟取暴利。“非我族类，其心必异”，前哲格言历历在目，薰莸不杂，往昔成语，记录在册。岂有官宦之后，而致送女儿给贫贱人为妻；贵胄之嗣，与引车卖浆之流同坟为鬼！亵渎高门，虽是他自己所为，凌辱祖先却事关重大。此风不除，会泛滥成灾；玷污世家，将不堪收拾。应当交付法律，贬斥到流放者之列，使已玷污之家永愧于所犯之错误，结姻之徒，改过自新于来日。

臣等参议：请以见事，免源所居官，禁锢终身。辄下禁止①，视事如故②。源官品应黄纸③，辄奉白简以闻。臣约诚惶诚恐，云云。

【注释】

①辄下禁止：立即颁布禁止王源视事之法。

②视事如故：谓禁止王源视事，如往昔无官之时。

③黄纸：古制，凡皇帝文告、诏书均用黄纸书写，故称黄卷。意谓源之官秩为皇家所封。

【译文】

臣等参议:根据所陈事实之本末详情,免去王源所任之官职,判其终身禁锢。立即下达禁令,禁止他处理日常政务。王源受封于朝廷,现在臣就奉白简予以奏弹,上呈陛下。臣沈约诚惶诚恐,云云。

笺

杨德祖

杨修(175—219),字德祖,弘农华阴(今属陕西)人。太尉杨彪之子。据《三国志·魏书·陈思王植传》注引《典略》曰:“谦恭才博。建安中,举孝廉,除郎中,丞相请署仓曹属主簿。是时,军国多事,修总知外内,事皆称意。自魏太子已下,并争与交好。又,是时临菑侯植以才捷爱幸,来意投修,数与修书……其相往来,如此甚数。”曹植先是见幸于武帝,后以骄纵而见疏,杨修因与植友善,亦受连累。建安二十四年(219)秋,因杨修前后漏泄言教,交关诸侯,收杀之。杨修临死,谓故人曰:“我固自以死之晚也。”

答临淄侯笺一首

【题解】

《文选》选笺八篇。刘勰《文心雕龙·书记》曰:“迄至后汉,稍有名品,公府奏记,而郡将奏笺。记之言志,进己志也。笺者,表也,表识其情也。”又曰:“原笺记之为式,既上窥乎表,亦下睨乎书,使敬而不慑,简而无傲,清美以惠其才,彪蔚以文其响,盖笺记之分也。”范文澜注云:“谓敬而不慑,所以殊于表(表有诚惶诚恐,死罪死罪之语);简而无傲,所以殊于书(上文云,书体在尽言,宜条畅以任气,则有类乎傲也)。”这是笺之特点。

此《答临淄侯笺》,为曹植《与杨德祖书》之回书。其中论及当时文人盛况与二人文事、交谊，文情相谐，自是佳作。《文选》选此篇入编，盖因其文章典丽而文采斐然故也。

修死罪死罪[①]。不侍数日[②]，若弥年载[③]。岂由爱顾之隆[④]，使系仰之情深邪[⑤]？损辱嘉命[⑥]，蔚矣其文[⑦]！诵读反覆，虽讽雅颂，不复过此[⑧]。若仲宣之擅汉表，陈氏之跨冀域，徐、刘之显青豫，应生之发魏国，斯皆然矣[⑨]。至于修者，听采风声[⑩]，仰德不暇[⑪]，自周章于省览[⑫]，何遑高视哉[⑬]？

【注释】

①死罪死罪：古代奏章和书札中的习惯用语，意为“冒死”。

②侍：事奉，陪从尊长身旁。

③弥：终。

④爱顾：爱怜，眷顾。隆：重。

⑤系仰：系念，仰慕。

⑥损辱嘉命：古代书札常用敬语，意谓给我来信，有辱您的身份。损辱，玷污。嘉命，指曹植的来信。嘉，美。命，令。此指来信。

⑦蔚：盛。

⑧“诵读”几句：谓曹植之作虽比之《诗经》而无愧。曹植《与杨德祖书》云：“今往仆少小所著词赋一通相与。”故有此三句。讽，吟咏。雅颂，《诗经》中两种诗体。

⑨“若仲宣”几句：此谓同意曹植来信中对他们的评价。曹植《与杨德祖书》有云：“然今世作者，可略而言也：昔仲宣独步于汉南，孔璋鹰扬于河朔，伟长擅名于青土，公幹振藻于海隅，德琏发迹于大魏，足下高视于上京。”故杨修复信曰：“斯皆然矣”。仲宣，王粲之字。擅，占有，亦独步之意。汉表，即汉南，王粲寓于楚地，

故云。孔璋，陈琳字。陈琳依附袁绍，袁绍踞于河北，故曰冀域。跨，据有。徐、刘，徐幹、刘桢。徐幹寄身高密（今属山东），高密属青州（今属山东）。刘桢沦飘许京，故曰豫。显，亦擅名、振藻之意。应生，应玚，字德琏。应玚时居汝颍，汝颍为太祖曹操食邑，故云魏国。发，发迹。然，同意，然诺。

⑩听：聆听。采：采撷。风声：指植之诗赋。

⑪仰德不暇：敬慕大德，忙而无暇。

⑫周章于省览：周览篇章。

⑬遑：暇。高视：即高视阔步。按曹植《与杨德祖书》有句："足下高视于上京"，故有"何遑高视"之对。

【译文】

修死罪死罪。一日不见，如隔三秋。岂不是由于您对我垂爱顾念太深，致使我对您敬仰之情如此厚重？承蒙来信，并寄来词赋文章，文采繁丽得很啊！经反复诵读，纵然是《诗经》中的"雅颂"，也难以胜过。正如来信所述：王粲独步汉南，陈琳雄踞冀州，徐幹、刘桢各显身手于青、豫二州，应玚发迹于大魏国，诚然如此！至于我，学习您的诗赋，仰慕您的大德，忙而无暇，周览文章篇什，谈不上什么"高视上京"了。

伏惟君侯①，少长贵盛②，体发、旦之资③，有圣善之教④，远近观者，徒谓能宣昭懿德⑤，光赞大业而已⑥；不复谓能兼览传记⑦，留思文章。今乃含王超陈⑧，度越数子矣！观者骇视而拭目⑨，听者倾首而竦耳⑩；非夫体通性达⑪，受之自然⑫，其孰能至于此乎？

【注释】

①伏惟：伏思。伏，以下见上之卑称。君侯：古代称列侯为君侯。

②少长：指青少年之时。贵盛：甚为高贵。

③体：同。发：周武王名。旦：周公名。资：用。

④圣善：指曹植父魏武帝。

⑤宣：布。昭：明。懿德：美德。

⑥光赞：光大，赞佐。大业：指父业，帝业。

⑦不复谓：意谓想不到还能。兼览：兼阅。

⑧含王超陈：谓超越王粲、陈琳等数人。含，包含。亦超越之意。

⑨骇视：惊视，以其文章令王超陈而惊视。拭目：指抹眼睛。

⑩竦耳：立耳。此指注意倾听。

⑪体通性达：体性通达。

⑫自然：指天禀、天赋、天才。

【译文】

伏想君侯青少年时便高贵已甚，具有武王、周公的资质，加之魏武帝的教化，不论远近，都称颂您能远播、发扬美德，光大、赞佐帝业，却不知道您还博览史传、书记，留意于文章之事。现在已经超越王粲，胜过陈琳，远比上述数人为强。观看者因惊奇而几乎不相信自己的眼睛，听闻者因被吸引而侧着脑袋耸起耳朵，要不是体性通达，出于天才，谁能达这等程度呢？

又尝亲见执事[①]，握牍持笔[②]；有所造作[③]，若成诵在心[④]。借书于手[⑤]，曾不斯须少留思虑[⑥]。仲尼日月，无得逾焉[⑦]。修之仰望[⑧]，殆如此矣。是以对鹖而辞[⑨]，作《暑赋》弥日而不献。见西施之容，归增其貌者也[⑩]。

【注释】

①执事：书札中对对方的敬称。这里指曹植。

②握牍持笔：谓执笔为文。牍，书板，以供书者。

③造作：制作。此指文章。

④成诵在心：将现成文章背熟，牢记于心。

⑤借书于手：用手书写。书，写。

⑥曾不：不曾。斯须：片刻。少留思虑：稍留于心。

⑦“仲尼”二句：以孔子若日月，不可超越，以喻曹植文章之美，无与伦比。《论语·子张》：“叔孙武叔毁仲尼。子贡曰：‘无以为也！仲尼不可毁也。他人之贤者，丘陵也，犹可逾也；仲尼，日月也，无得而逾焉。’”逾，超过。

⑧仰望：抬头而望，以示高大。

⑨对鹖(hé)而辞：曹植曾作《鹖鸟赋》，命修作，修辞不为。又命杨修作《大暑赋》，修作而竟日不敢献。

⑩“见西施”二句：谓见西施之容貌，归而自憎其貌之恶。增，六臣本、《三国志》作“憎”，是。

【译文】

又曾目睹您执笔为文，一挥而就，宛若读熟了记在心中一样；挥毫书写，简直无须思索。古人说，孔子像日月，不可逾越，这比喻用在您身上，也是这样。我对您就是这样敬仰啊！所以面对您写的《鹖鸟赋》，我不敢再作；我写好了《大暑赋》也竟日不敢献上。真像见了西施的容貌，回家后更自憎面目之丑陋！

伏想执事[①]，不知其然[②]，猥受顾锡，教使刊定[③]。《春秋》之成，莫能损益[④]，《吕氏》《淮南》，字直千金[⑤]；然而弟子箝口[⑥]，市人拱手者[⑦]，圣贤卓荦[⑧]，固所以殊绝凡庸也[⑨]。

【注释】

①伏：头手着地，作匍匐状。言伏者，奏章、书札中常用敬辞。

②不知其然：不了解情况。

③“猥受”二句：曹植《与杨德祖书》中有言：“昔丁敬礼尝作小文，使仆润饰之，仆自以才不能过若人，辞不为也。敬礼云‘卿何所疑难乎！文之佳丽，吾自得之。后世谁相知定吾文者邪?’吾常叹此达言，以为美谈。”今曹植将“少小所著词赋一通相与”，“教使刊定”。猥，辱，谦辞。顾锡，眷顾赐命。刊，删削。

④“《春秋》之成”二句：《史记·孔子世家》：“至于为《春秋》，笔则笔，削则削，子夏之徒，不能赞一词。”

⑤“《吕氏》”二句：秦相吕不韦使其门客各著所闻，集论成书，为《吕氏春秋》。书成公诸咸阳城门，声言有能增删一字者，赏予千金。事见《史记·吕不韦列传》。又，汉刘安著《淮南子》，亦悬置千金，征求士人意见。

⑥弟子箝口：意谓“子夏之徒，不能赞一词”。

⑦市人拱手：指《吕氏春秋》《淮南子》二书，置千金以增删一字，延示众士，而莫有刊削者。

⑧卓荦：卓绝出众。

⑨殊绝凡庸：与凡庸之辈相殊。

【译文】

伏想您一定不知详情，下寄词赋于我，教我删改。孔子作《春秋》，不能增删一字，《吕氏春秋》和《淮南子》，也号称一字千金；弟子缄口不语，天下士人也拱手而退，可见圣贤之卓绝，和凡庸之辈决然不同。

今之赋颂，古诗之流①；不更孔公，风雅无别耳②。修家子云③，老不晓事④；强著一书⑤，悔其少作⑥。若此仲山、周旦之俦，为皆有愆邪⑦！君侯忘圣贤之显迹⑧，述鄙宗之过言⑨，窃以为未之思也。

【注释】

①“今之赋颂”二句：此言曹植相与之词赋，乃与古诗相类。班固《两都赋序》曰：“赋者，古诗之流也。”

②“不更”二句：言虽未经孔子删定，当与《诗经》之风雅无异焉。按，古有孔子删诗之说。

③修家子云：杨修，扬雄，其姓略同，故云修家。扬雄字子云。

④老不晓事：老而不通晓事理。

⑤强著一书：指《法言》。

⑥悔其少作：扬雄《法言·吾子》曰：“或问：‘吾子少而好赋？’曰：‘然，童子雕虫篆刻。’俄而曰：‘壮夫不为也。’”时至壮年，悔其少作；而曹植相与之词赋为“少小所著”，按扬雄之说，自当不予出示，既相与焉，故曰扬雄“老不晓事”。

⑦“若此仲山”二句：仲山，仲山甫，周樊侯，鲁献公次子，宣王时为卿士。周旦，周公。諐：过。张铣注：“仲山甫作《周颂》，周公作《鸱鸮》诗，言如雄言，则此二人皆有过也。”

⑧圣贤之显迹：即仲山甫作《周颂》，周公作《鸱鸮》。

⑨鄙宗之过言：谓与杨修同姓之扬雄说的过头话。指“壮夫不为”。鄙，谦辞。

【译文】

您的词赋，属于古诗一类的佳作，虽未经孔子删削，但与风、雅毫无两样。我家子云，老而不通事理，强作《法言》一书，称早年所作诗赋谓“壮夫不为”。倘若这样，那么不是仲山甫、周公等先哲都有过错了吗！君侯您不称述圣贤的功绩，而去复述扬雄过激之言，我以为这是您的考虑不周！

若乃不忘经国之大美①，流千载之英声②，铭功景钟③，书名竹帛④，斯自雅量素所畜也⑤，岂与文章相妨害哉？辄受所惠[⑥]，窃备矇瞍[⑦]，诵咏而已，敢望惠施，以忝庄氏[⑧]！季绪璅璅[⑨]，何足以云。反答造次[⑩]，不能宣备[⑪]，修死罪死罪。

【注释】

①经国：治国。

②英声：美名。

③铭功景钟：景钟，景公钟。后因以景钟为褒功之典故。《国语·晋语》："昔克潞之役，秦来图败晋功，魏颗以其身却退秦师于辅氏，亲止杜回，其勋铭于景钟。"

④竹帛：史书。

⑤雅量：度量之敬辞，谓曹植之度量。素：常。畜：养。按，曹植《与杨德祖书》有云："吾虽薄德，位为藩侯，犹庶几勠力上国，流惠下民，建永世之业，流金石为功，岂徒以翰墨为勋绩，辞颂为君子哉？"因有斯言，故修以此数语为答。

⑥所惠：指赐文章而言。

⑦矇瞍：盲者。又，古之乐工，常以盲者任之。此修自谦之辞。

⑧"敢望"二句：此修言己岂敢望比惠施之德，以忝辱于庄周之相知乎？曹植《与杨德祖书》曰："其言之不怍，恃惠子之知我也。"庄氏，喻植。

⑨季绪：刘季绪，名修，刘表之子，官至乐安太守。曹植《与杨德祖书》有云："刘季绪才不逮于作者，而好诋呵文章，掎摭利病。"璅璅（zǎo）：言人品猥琐。

⑩反答：复信。造次：草率。

⑪宣备：详备。

【译文】

至于不忘治国之大德，留下千载之美名，把功劳铸在景钟上，名留青史，这是您度量平素畜养所致，与文章有什么妨害呢？收受您惠寄的文章，我蒙昧之人当倍加诵读，我怎么敢自比惠施，以至于辱没您庄生的相知呢！刘季绪猥琐小器，何足道哉！回信草草不恭，书不尽怀，修死罪死罪。

繁休伯

繁(pó)钦(？—218)，字休伯，汉末颍川(今河南禹州)人。以文才机辩，少得名于汝颍之间。以豫州从事，稍迁至丞相(曹操)主簿。钦既长于书记，又善为诗赋。徐陵《玉台新咏》收其《定情诗》一首，《文选》收《与魏文帝笺》一首。《文帝集序》云："上西征，余守谯，繁钦从。时薛访车子能喉啭，与笳同音。钦笺还与余而盛叹之，虽过其实，而其文甚丽。"

与魏文帝笺一首

【题解】

汉献帝时，都尉薛访的车夫，年仅十四，而善为喉啭引声，音同胡笳。"喉所发音，无不响应，曲折沉浮，寻变入节"。甚至黄门鼓吹温胡欲以曲难之，也没有成功。当车子吹咏北狄远征、胡马长思等古歌的时候，观者人人动情，个个泫然。确实是见所未见、闻所未闻的奇事。繁钦与曹丕相知，特函告其事，望其公余即返，目睹"诡异"。后来曹丕谈到繁钦此笺时说："虽过其实，而文甚丽。"这封信，文字优美典雅，值得一读。

正月八日壬寅，领主簿繁钦死罪死罪①：近屡奉笺②，不足自宣③。顷诸鼓吹广求异妓④，时都尉薛访车子⑤，年始十四，能喉啭引声[⑥]，与笳同音[⑦]。白上呈见[⑧]，果如其言。即日故共观试，乃知天壤之所生，诚有自然之妙物也。潜气内转，哀音外激，大不抗越[⑨]，细不幽散[⑩]，声悲旧笳[⑪]，曲美常均[⑫]。及与黄门鼓吹温胡迭唱迭和[⑬]，喉所发音，无不响应，曲折沉浮，寻变入节[⑭]。自初呈试，中间二旬[⑮]，胡欲慠其所不知[⑯]，尚之以一曲[⑰]，巧竭意匮[⑱]，既已不能[⑲]。而此孺子遗声抑扬[⑳]，不可胜穷[㉑]；优游转化，余弄未尽[㉒]。暨其清激[㉓]，悲吟杂以怨慕。咏北狄之遐征[㉔]，奏胡马之长思[㉕]，凄入肝脾[㉖]，哀感顽艳[㉗]。是时，日在西隅，凉风拂衽[㉘]，背山临溪，流泉东逝。同坐仰叹，观者俯听，莫不泫泣殒涕[㉙]，悲怀慷慨[㉚]。自左骐史妠謇姐名倡能识以来[㉛]，耳目所见，佥曰诡异[㉜]，未之闻也。窃惟圣体[㉝]，兼爱好奇[㉞]，是以因笺先白委曲。伏想御闻，必含余欢。冀事速讫[㉟]，旋侍光尘[㊱]，寓目阶庭[㊲]，与听斯调[㊳]。宴喜之乐[㊴]，盖亦无量[㊵]。钦死罪死罪。

【注释】

①领主簿：管理文书、档案、印章之职。

②奉笺：承蒙来信。

③自宣：告知自己的近况。

④顷：近来。鼓吹：本乐名。此处系指乐工。异妓：有特殊技能者。妓，技。

⑤薛访：都尉名。车子：驾车之人。

⑥喉啭：喉咙转折发声。

⑦笳：古管乐器名。箫管之属。

⑧白上：说于主上闻听。文帝时未受禅，当指献帝。呈见：呈于上

以见。

⑨大:音高。抗越:高而过头。

⑩细:声音细小。幽散:声绝。

⑪声悲旧笳:其声哀怨,一若昔日之胡笳。

⑫常均:常曲。

⑬黄门鼓吹:乐曲名。后汉乐有四品,一曰大予乐,二曰周颂雅乐,三曰黄门鼓吹,四曰短箫铙歌。宴乐群臣,用黄门鼓吹。太仆少府有黄门鼓吹百四十五人。此言黄门鼓吹盖指其中之乐工。温胡:乐工姓名。迭:更替。

⑭变:曲会处。节:节拍。

⑮间:间隔。二旬:二十天。

⑯胡:指温胡。慠:同“傲”,欺。其:指车子。

⑰尚:胜。

⑱巧竭意匮:竭尽其巧,尽乏其意。

⑲既已不能:竟不能胜。

⑳孺子:儿童。指车子。遗声抑扬:余声忽低忽高。

㉑不可胜穷:变化无穷。

㉒余弄:余曲,余调。

㉓暨:到。清激:清扬激越。

㉔遐征:远征。

㉕胡马:亦称代马,北方胡地之马。按,《北狄征》《胡马思》皆古歌曲。

㉖凄:伤。

㉗顽艳:言顽钝者、美艳者皆闻乐而感焉。

㉘衽:衣襟。

㉙泫:泪流貌。殒:隆落。

㉚慷慨:叹息貌。

㉛左骥(diān)史妠(nà)謇(jiǎn)姐：皆乐人名。名倡：有名之乐人。能识：有识。

㉜佥(qiān)曰：都说。佥，皆，都。诡异：稀奇。

㉝窃惟：我暗自思忖。圣体：指曹丕。

㉞兼爱：爱好广泛。

㉟事：指西征。速讫：尽快结束。

㊱光尘：喻人风采。

㊲寓目：观看。

㊳斯调：指车子喉啭。

㊴宴喜之乐：宴饮嬉乐。

㊵无量：无可计量。

【译文】

正月八日壬寅，领主簿繁钦死罪死罪。近来承蒙多次来信，而我自己的近况不值得一提。近日，这里的乐工们正在广为搜求有特别技能的乐人，眼下都尉薛访的车夫，年龄只有十四岁，善为喉啭发声，与胡笳之音相同。说与主上听后便召见其人，果然像所说的那样。当天就共同观试，方知天地竟造出天生妙物。下运其气，胸中转动，哀怨之声，激发于外，高音不过头，低音不绝声，声悲犹如昔日之胡笳，比平时演奏的乐曲更加美妙动听。等到与黄门鼓吹温胡和声合唱，喉头发出的乐音无不与之配合响应，曲折高低，迂回合拍。自从最初呈试后，间隔了二十来天，温胡傲慢地用车子所不熟悉的曲子来难为他，想胜他一曲，费尽心机，还是没有达到目的。而这孩子余音袅袅，随声抑扬，优游不迫，变化无穷，曲尽而余音不尽。到了清扬激越之处，悲吟中略带怨慕之情。当他歌咏北狄远征，胡马长思等古歌时，凄楚动人，令人肝肠寸断，感人之深，无分顽艳。当时，日薄西山，凉风吹衣，背山临溪，流水东去。同坐之人都赞叹不已，观者俯首而听，无不泪流满面，长叹唏嘘！自有左骥、史妠、謇姐等精通音乐的乐人以来，耳闻目睹者都说稀奇异常，闻所未闻。我暗自思忖，您爱好广泛，所以先写信禀告，说明原委。我想您听了之后，一定余兴不尽。希望尽快结束西征，恭候大驾早日到来，观看于庭阶之上，闻听此乐。宴饮嬉乐，其乐无穷。钦死罪死罪。

陈孔璋

陈琳(？—217)，字孔璋，广陵射阳(今属江苏)人。初为何进主簿，何进欲诛诸宦官，并引兵向京城，劫恐太后。陈琳进谏，何进不纳其言，竟以取祸。陈琳避难冀州，依附袁绍，袁绍使典文章。尝为袁绍作檄文，数曹操罪状。袁氏败，陈琳归太祖。太祖谓曰："卿昔为本初移书，但可罪状孤而已，恶恶止其身，何乃上及父祖邪？"陈琳谢罪，太祖爱其才而不咎，以为记室。

明人张溥《汉魏六朝百三家集题辞》云："孔璋赋诗，非时所推……诗则《饮马》《游览》诸篇，稍见寄托，然在建安诸子中篇最寥寂……彼所出尘，惟章表书记。"

答东阿王笺一首

【题解】

陈琳给东阿王曹植所写的这封笺，史书上没有记载，故其写作年月不得而知。在这封笺里，陈琳对曹植所作并赠予的《龟赋》赞赏不已；对曹植的才干、人品、学识、文章也倍加称扬。这封笺，内容虽然不多，但写得情真意切，行文流畅；文字精练扼要，典丽华美；比喻生动贴切，文雅有致，显示了陈琳长于章表书记的特色。

琳死罪死罪。昨加恩辱命[①]，并示《龟赋》[②]，披览粲然[3]。君侯体高世之才[4]，秉青萍、干将之器[5]，拂钟无声，应机立断[6]，此乃天然异禀[7]，非钻仰者所庶几也[8]。音义既远[9]，清辞妙句，焱绝焕炳[10]。譬犹飞兔流星[11]，超山越海，龙骥所不敢追[12]，况于驽马可得齐足！夫听《白雪》之音，观《绿水》之节，然后《东野》《巴人》[13]，蚩鄙益著[14]。载欢载笑[15]，欲罢不能，谨韫椟玩耽[16]，以为吟颂。琳死罪死罪。

【注释】

①昨：昨天。加恩辱命：犹言来信如加恩于我。辱命，谓来信。

②《龟赋》：曹植有《神龟赋》。

③披览：翻阅。粲然：明亮貌。

④君侯：东阿王亦诸侯，故称君侯。高世：超乎世俗。

⑤青萍、干将：皆剑名。

⑥"拂钟"二句：喻曹植之才艺同于此。拂钟无声，李善注引《说苑》曰："西闾过东渡河，中流而溺。船人接而出之，问曰：'子何之？'过曰：'欲说东诸侯。'船人曰：'子渡河而溺，安能说东诸侯乎？'过曰：'独不闻干将、莫邪，拂钟不铮，试物不知，然以之缀履，曾不如两钱之锥。今子持檝乘扁舟，子所能也；若试与子东说诸侯王，见一国之主，子之蒙蒙然无异于未视狗也。'"应机立断，《说苑》："淳于髡三称邹忌，三知之，髡等辞屈而去，故所以尚干将、莫邪者，贵于立断。"

⑦天然：谓天性自然。异禀：禀受异气。

⑧钻仰：《论语·子罕》："颜渊喟然叹曰：'仰之弥高，钻之弥坚。'"邢昺疏："言夫子之道，高坚不可穷尽……故仰而求之则益高；钻研求之则益坚。"庶几：接近。

⑨音义：意义。

⑩焱(yàn)绝焕炳:文词华美。

⑪飞兔:骏马名。因日行万里,驰若兔之飞,因以为名。流星:言疾。

⑫龙:马八尺以上曰龙。骥:良马名。

⑬“夫听《白雪》”几句:这几句以《白雪》《绿水》比曹植之文,《东野》《巴人》,楚之下曲,陈琳自比其文。《白雪》之音,宋玉《讽赋》:“臣援琴而鼓之,为《幽兰》《白雪》之曲。”《绿水》,古诗名。《东野》,下里之音,俗曲。《巴人》,俗曲名。

⑭蚩鄙益著:文之低下,不堪入目者尤甚。

⑮载:则。

⑯韫椟玩耽:谓将植文视若珍宝,藏之于椟,以供品玩。韫,藏。椟,盒。玩,珍。耽,好。

【译文】

琳死罪死罪。昨天蒙开恩来信,并寄我以《神龟赋》,翻阅一通,文采粲然,君侯具绝世之大才,秉有青萍、干将利剑一般的品性,削铁如泥,截然断绝,这是天才特异禀性所致,非追攀而敬仰者所能达到的。大作意义深远,清词丽句,文词华美。好像骏马流星,越山跨海,千里龙驹也不敢追攀,何况像我这种驽马,怎能与您相提并论!君侯犹如高雅乐曲《白雪》、美妙古诗《绿水》,我一似《东野》《巴人》之类低劣的音乐;听了高妙的乐曲,低俗之乐愈显得鄙陋可笑了。愉快地读着您的大作,欲罢不能。我恭敬地珍藏、品味您的大作,日夜吟咏。琳死罪死罪。

吴季重

吴质(177—230),字季重,济阴(今山东菏泽)人。以文才为文帝所善,官至振威将军,假节都督河北诸军事,封列侯。

吴质以才学通博,为五官将及诸侯所礼爱;亦善处于曹植曹丕兄弟之间，尤与曹丕为好。据《三国志·魏书》注引《质别传》曰：“帝尝召质及曹休欢会，命郭后出见质等。帝曰：‘卿仰谛视之。’其至亲如此。”及文帝崩，吴质思慕作诗曰：“怆怆怀殷忧，殷忧不可居。徒倚不能坐，出入步踟蹰。念蒙圣主恩，荣爵与众殊。自谓永终身，志气甫当舒。何意中见弃，弃我归黄垆。茕茕靡所恃，泪下如连珠。随没无所益，身死名不书。慷慨自俛俛，庶几烈丈夫。”

吴质卒于魏明帝太和四年(230)，谥曰丑侯，后改谥威侯。

答魏太子笺一首

【题解】

曹丕《与吴质书》现存三封。吴质此笺，主要是对曹丕建安二十二年(217)来信的回复。据李善注引《魏略》曰：“魏郡大疫，故太子与质书，质报之。”故笺中谓陈、徐、刘、应，才学所著，惜其不遂，可为痛切云云。

吴质此笺，对“建安七子”除孔融、王粲外，均有简略的文学评价：将阮瑀、陈琳比为汉朝的东方朔、枚皋，以共“不能持论”故也；将徐幹比为汉朝的司马相如，因其“以著书为务”故也；对曹丕，则更是推崇备至。

二月八日庚寅，臣质言：奉读手命[①]，追亡虑存[②]；恩哀之隆[③]，形于文墨。日月冉冉[④]，岁不我与[⑤]。昔侍左右，厕坐众贤[⑥]，出有微行之游[⑦]，入有管弦之欢；置酒乐饮，赋诗称寿[⑧]，自谓可终始相保[⑨]，并骋材力，效节明主[⑩]。何意数年之间，死丧略尽。臣独何德，以堪久长？陈、徐、刘、应，才学所著，诚如来命，惜其不遂[⑪]，可为痛切。凡此数子，于雍容侍从[⑫]，实其人也。若乃边境有虞[⑬]，群下鼎沸[⑭]，军书辐至[15]，羽檄交驰[16]，于彼诸贤，非其任也。往者孝武之世，文章为盛，若东方朔、枚皋之徒，不能持论[17]，即阮、陈之俦也[18]。其唯严助、寿王[19]，与闻政事，然皆不慎其身，善谋于国，卒以败亡，臣窃耻之[20]。至于司马长卿，称疾避事，以著书为务，则徐生庶几焉[21]。而今各逝，已为异物矣[22]。后来君子，实可畏也[23]。

【注释】

①手命：犹手示、手谕。此指曹丕来信。命，令。

②追亡虑存：曹植信中言及同辈文人之生死存殁，故言尔。追，追思。

③恩哀：恩典和哀思。

④冉冉：渐进的样子。屈原《离骚》："老冉冉其将至兮，恐修名之不立。"

⑤岁不我与：时不再来之意。

⑥"昔侍"二句：指建安七子及邯郸淳、繁钦、路粹、丁仪、丁廙、杨修、荀纬、吴质等人。厕，参与。

⑦微行之游：按，微行有二义：一谓小径，一谓不使人知其尊贵身份，便装出行。未知何指。

⑧赋诗称寿：以诗祝寿诞。

⑨终始相保：永远友好相处下去。

⑩效节：效忠。

⑪"陈、徐"几句：建安二十二年(217)，文帝书与元城令吴质曰："昔年疾疫，亲故多离其灾，徐、陈、应、刘，一时俱逝。观古今文人，类不护细行，鲜能以名节自主。而伟长独怀文抱质，恬淡寡欲，有箕山之志，可谓彬彬君子矣。著《中论》二十余篇，词义典雅，足传于后。德琏常斐然有述作意，其才学足以著书，美志不遂，

良可痛惜！孔璋章表殊健，微为繁富。公幹有逸气，但未遒耳。元瑜书记翩翩，致足乐也。仲宣独自善于辞赋，惜其体弱，不起其文，至于所善，古人无以远过也。昔伯牙绝弦于锺期，仲尼覆醢于子路，痛知音之难遇，伤门人之莫逮也。诸子但为未及古人，自一时之俊也”。文见《三国志·魏书·王卫二刘传》。来命，来信。不遂，未酬其才志。

⑫雍容：容仪温文。《汉书·薛宣传》：“宣为人好威仪，进止雍容，甚可观也。”

⑬有虞：有忧患，有战事。

⑭群下：群小。鼎沸：本指水势汹涌滚动，如鼎中沸腾开水，后用以喻形势骚动不安。

⑮辐至：辐辏。

⑯羽檄：檄为战书，插以羽，以示火急。

⑰持论：立论，提出主张。

⑱阮、陈：阮瑀、陈琳。俦：类。

⑲严助：汉会稽吴(今江苏苏州)人，武帝时为中大夫，常与大臣辩论政事，与东方朔、枚皋、吾丘寿王为帝所亲幸。后淮南王刘安谋反，严助与刘安交好，被诛。寿王：吾丘寿王，字子赣。从董仲舒受《春秋》，武帝时拜东郡都尉，后征入为光禄大夫侍中，后坐事被诛。

⑳“善谋”几句：谓严助、吾丘寿王，虽善为国家谋事，后以败亡被诛，吴质耻为之。

㉑“至于司马”几句：《汉书·严朱吾丘主父徐严终王贾传》曰：“相如常称疾避事。”《汉书·司马相如传》曰：“长卿妻曰：‘长卿未尝有书也。时时著书，人又取去。’”徐生，指徐幹。文帝《与吴质书》曰：“伟长独怀文抱质，恬淡寡欲，有箕山之志，可谓彬彬君子矣。著《中论》二十余篇，词义典雅，足传于后。”故将徐幹比诸汉

之相如，庶几近之。

㉒异物：言人死物化。

㉓“后来”二句：言逝者已去，来者可畏，吾等已不及见之。文帝《与吴质书》有云：“今之存者已不逮矣，后生可畏，来者难诬，然吾与足下不及见也。”

【译文】

二月八日庚寅，臣质言：奉读来信，追思已故文友，又想念活着的故旧；您的恩典之重，哀思之深，溢于言表。日月如梭，时不我待。想从前，侍奉于您左右、陪随您的许多贤德朋友，出则同行，入则同乐，举杯欢饮，赋诗相赠，总以为可以永为相处，竭尽其才，报效明主。想不到，数年之间，竟死丧殆尽。我何德何能，居然苟活至今？陈琳、徐幹、刘桢、应玚，才学向来为人称道，诚如来信所说，可惜他们有志未遂，实在令人痛心万分。上述几位，温文尔雅，仪态万方，作为您的友好侍从，实在是最合适的了。假如边境有事，百姓骚乱，战事频仍，兵书往来，他们就难以为任了。以前汉武帝时代，文章大盛，像东方朔、枚皋等人，不能参与政事方面的主张，就像阮瑀、陈琳一样。只有严助、吾丘寿王能参与政事，但由于处事不慎，虽善谋国事却死于非命，我以之为耻。至于司马相如，称病避事，专事著书，徐幹可相与为类。现在，他们纷纷作古，人死物化。后来的年轻人，真所谓后生可畏了。

伏惟所天①，优游典籍之场，休息篇章之囿②，发言抗论③，穷理尽微④；摛藻下笔⑤，鸾龙之文奋矣⑥。虽年齐萧王，才实百之⑦，此众议所以归高⑧，远近所以同声⑨。然年岁若坠，今质已四十二矣，白发生鬓，所虑日深，实不复若平日之时也！但欲保身敕行⑩，不蹈有过之地，以为知己之累耳！游宴之欢，难可再遇，盛年一过，实不可追。臣幸得下愚之才⑪，值风云之会[12]。时迈齿䀹[13]，犹欲触匈奋首[14]，展其割裂之用也[15]。不胜慺慺[16]，以来命备悉[17]，故略陈至情[18]。质死罪死罪。

【注释】

①伏惟：伏思。所天：谓曹丕为太子，所属于天。

②"优游"二句：以文章、典籍为场、为圃，优游而休息于其间。

③抗论：发表高论。

④穷理尽微：穷极道理，尽探奥微。

⑤摛藻：下笔为文。

⑥鸾龙之文：言文章五彩纷呈，犹若鸾凤飞翔。奋：振。

⑦"虽年齐"二句：文帝《与吴质书》曰："已成老翁，但未白头耳。光武言'年已三十，在军十年，所更非一'，吾德虽不及，年与之齐。"故吴质回笺有"虽年齐萧王"之语。光武帝刘秀更始帝刘玄时封萧王。才实百之，才干百倍于萧王。

⑧归高：同归于高。

⑨同声：同声拥戴。

⑩敕行：正行。

⑪下愚：下等愚顽之人。《论语·阳货》："唯上智与下愚不移。"

⑫风云之会：犹言风云际会，遭逢时会之意。

⑬时迈齿䀹(dié)：谓年老。迈，往。齿，年齿。䀹，同"耋"，亦老。

⑭触匈奋首：谓敢冒锋刃之触胸，亦当奋首报德。匈，同"胸"。

⑮展其割裂之用：亦冒死报德之意。

⑯慺慺(lóu)：勤恳、恭敬貌。

⑰备悉：都知道。

⑱至情：至深之情。

【译文】

伏想殿下，游览于典籍之所，吟咏于文章之府，发言高论，穷理尽兴;下笔为文,文采飞扬。您虽然年已三十,但与当年萧王相比,才干胜他百倍,所以众望所归,同声拥戴。然而,光阴似箭,今年吴质我已四十有二,两鬓染霜,忧思日深,已不像往日无忧无虑了!只想束身正行,不蹈是非之地,免得为知己者增添烦恼。游宴之乐,难可再得,盛年一过,时不再来。臣以下愚之才而忝值风云际会,实为平生所幸!纵然年龄渐老,还想昂首挺胸,不畏风险地去努力报答大恩大德。诚恳敬谨,因来信之坦诚,也就实情以告。质死罪死罪。

在元城与魏太子笺一首

【题解】

吴质于建安二十二年(217)迁元城令,在赴任途中,经过邺城(今河北临漳),向曹丕辞行;到任之后,与曹丕此笺。

笺文表面上说到任之后察看地形,调查物产。元城(今河北大名)东接巨鹿(今属河北),西连常山,北邻柏人(今河北邢台),南抵邯郸(今属河北)。由这四方而联想到历史上的人物事件,思古之幽情,申今之感慨,言下之意,不愿久出外任,还望早日返回京城。言短意长,情意缠绵,回味深永。

臣质言:前蒙延纳[①],侍宴终日,耀灵匿景[②],继以华灯[③]。虽虞卿适赵[④],平原入秦[⑤],受赠千金[⑥],浮觞旬日[⑦],无以过也。小器易盈[⑧],先取沉顿[⑨],醒寤之后,不识所言。即以五日到官,初至承前[⑩],未知深浅[⑪]。然观地形,察土宜[⑫]。西带常山[⑬],连冈平代[⑭];北邻柏人[⑮],乃高帝之所忌也[⑯]。重以泜水[⑰],渐渍疆宇[⑱],喟然叹息。思淮阴之奇谲,亮成安之失策[⑲]。南望邯郸[⑳],想廉蔺之风[㉑]。东接钜鹿,存李齐之流[22]。都人士女[23],服习礼教[24],皆怀慷慨之节[25],包左车之计。而质暗弱[26],无以莅之[27]。若乃迈德种恩[28],树之风声[29],使农夫逸豫于疆畔[30],女工吟咏于机杼,固非质之所能也。至于奉遵科教[31],班扬明令[32],下无威福之吏[33],邑无豪侠之杰[34];赋事行刑[35],资于故实[36],抑亦懔懔有庶几之心[37]。往者严助释承明之欢,受会稽之位[38],寿王去侍从之娱,统东郡之任[39]。其后皆克复旧职,追寻前轨[40]。今独不然[41],不亦异乎?张敞在外,自谓无奇[42];陈咸愤积,思入京城[43]。彼岂虚谈夸论[44],诳耀世俗哉[45]!斯实薄郡守之荣[46],显左右之勤也[47]。古今一揆,先后不贸[48],焉知来者之不如今[49]?聊以当觐[50],不敢多云。质死罪死罪。

【注释】

①延纳:被邀请。

②耀灵:太阳。匿景:日影已藏匿,即日落西山。

③华灯:灯火光辉耀目。

④虞卿适赵:《史记·平原君虞卿列传》:"虞卿者,游说之士也。蹑跻檐簦说赵孝成王。一见,赐黄金百镒,白璧一双;再见,为赵上卿,故号为虞卿。"

⑤平原入秦:《史记·范雎蔡泽列传》:"秦昭王闻魏齐在平原君所,欲为范雎必报其仇,乃详为好书遗平原君曰:'寡人闻君之高义,愿与君为布衣之友,君幸过寡人,寡人愿与君为十日之饮。'平原君畏秦,且以为然,而入秦见昭王。"

⑥受赠千金:指虞卿受黄金百镒。千金,言其多。

⑦浮觞旬日:指平原君与秦昭王十日之饮。浮觞,罚人饮酒。浮,罚。此处指饮酒。

⑧小器易盈：自谓酒量小而易醉，犹器之小而易满。

⑨沉顿：酒醉而困。

⑩初至承前：言初赴元城之任，一切规章制度均承前任所定。

⑪深浅：犹言好坏。

⑫土宜：土之所宜。指不同土壤宜乎不同植物之生长。

⑬常山：山名。即恒山，在山西浑源东，汉避文帝刘恒讳，改名常山。

⑭冈：山脊。平代：均为县名。汉属代郡。

⑮柏人：古县名。属赵国，故城在今河北邢台。《史记·张耳陈馀列传》："汉八年，上从东垣还，过赵，贯高等乃壁人柏人，要之置厕。上过欲宿，心动，问曰：'县名为何？'曰：'柏人。''柏人者，迫于人也！'不宿而去。"

⑯高帝：汉高祖。

⑰重(chóng)：再。泜水：即槐河，源于河北赞皇西南，东流入滏阳河。

⑱渍：浸。疆宇：疆域。《史记·张耳陈馀列传》："汉三年，韩信已定魏地，遣张耳与韩信击破赵井陉，斩陈余泜水上。"

⑲"思淮阴"二句：《汉书·韩彭英卢吴传》："信、耳以兵数万，欲东下井陉击赵。赵王、成安君陈馀闻汉且袭之，聚兵井陉口，号称二十万。广武君李左车说成安君曰：'闻汉将韩信涉西河，虏魏王，擒夏说，新喋血阏与。今乃辅以张耳，议欲以下赵，此乘胜而去国远斗，其锋不可当。臣闻：千里馈粮，士有饥色；樵苏后爨，师不宿饱。今井陉之道，车不得方轨，骑不得成列，行数百里，其势粮食必在后。愿足下假臣奇兵三万人，从间路绝其辎重；足下深沟高垒勿与战。彼前不得斗，退不得还，吾奇兵绝其后，野无所掠卤，不至十日，两将之头可致戏下。愿君留意臣之计，必不为二子所禽矣。'成安君，儒者，常称义兵不用诈谋奇计，谓曰：

‘吾闻兵法:什则围之,倍则战。今韩信兵号数万,其实不能,千里袭我,亦以罢矣。今如此避弗击,后有大者,何以距之?诸侯谓吾怯,而轻来伐我。’不听广武君策。信使间人窥知其不用,还报,则大喜,乃敢引兵遂下。未至井陉口三十里,止舍。夜半传发,选轻骑二千人,人持一赤帜,从间道草山而望赵军,戒曰:‘赵见我走,必空壁逐我,若疾入,拔赵帜,立汉帜。’令其裨将传餐,曰:‘今日破赵会食。’诸将皆呒然,阳应曰:‘诺。’信谓军吏曰:‘赵已先据便地壁,且彼未见大将旗鼓,未肯击前行,恐吾阻险而还。’乃使万人先行,出,背水陈。赵兵望见大笑。平旦,信建大将旗鼓,鼓行出井陉口,赵开壁击之,大战良久。于是信、张耳弃鼓旗,走水上军,复疾战。赵空壁争汉鼓旗,逐信、耳。信、耳已入水上军,军皆殊死战,不可败。信所出奇兵二千骑者,候赵空壁逐利,即驰入赵壁,皆拔赵旗帜,立汉赤帜二千。赵军已不能得信、耳等,欲还归壁,壁皆汉赤帜,大惊,以汉为皆已破赵王将矣,遂乱,遁走。赵将虽斩之,弗能禁。于是汉兵夹击,破虏赵军,斩成安君泜水上。”按,奇谲,指拔赵帜,立汉帜。失策,言不用李左车之计。成安,即成安君。秦末,赵封陈馀为成安君。亮:信。

⑳邯郸:曾为赵国之都城。

㉑廉蔺:指廉颇和蔺相如,皆为赵国之贤良将相。谓想其高风。

㉒“东接”二句:《汉书·张冯汲郑传》曰:“文帝曰:‘吾居代时,吾尚食监高祛数为我言赵将李齐之贤,战于钜鹿下。吾每饮食,意未尝不在钜鹿也。’”

㉓都人士女:谓男女百姓。

㉔服习:服从,遵循。

㉕慷慨:此指贞廉。

㉖暗弱:无能。吴质谦辞。

㉗莅(lì):临。

㉘迈德种恩:勉行其德,播种恩惠。

㉙风声:风教,美好之风气。

㉚逸豫:逸乐。疆畔:田边。

㉛奉遵:即遵奉。科教:法律条令。

㉜班扬:颁布宣扬。

㉝威福:作威作福。

㉞豪侠:强横任侠。杰:六臣本作"桀"。桀,凶暴。

㉟赋事行刑:按事实行赏罚。

㊱资于故实:依历史惯例行事。

㊲懔懔:危惧貌。庶几之心:大致接近之心情。

㊳"往者严助"二句:《汉书·严朱吾丘主父徐严终王贾传》:"上问所欲,对愿为会稽太守。于是拜为会稽太守。数年,不闻问。赐书曰:'制诏会稽太守:君厌承明之庐,劳侍从之事,怀故土,出为郡吏。会稽东接于海。南近诸越,北枕大江。间者,阔焉久不闻问,具以《春秋》对,毋以苏秦从横。'助恐,上书谢称:'《春秋》天王出居于郑,不能事母,故绝之。臣事君,犹子事父母也,臣助当伏诛。陛下不忍加诛,愿奉三年计最。'诏许,因留侍中。"按,张宴注:"承明庐在石渠阁外。"

㊴"寿王"二句:《汉书·严朱吾丘主父徐严终王贾传》:"吾丘寿王字子赣,赵人也。年少,以善格五召待诏……迁侍中中郎……会东郡盗贼起,拜为东郡都尉……后征入为光禄大夫侍中。"

㊵"其后"二句:皆能复旧任轨迹,追寻严助、寿王之前轨。其后,指其后任。

㊶今独不然:吴质自言未得入侍,此与严助、寿王异。

㊷"张敞"二句:《汉书·赵尹韩张两王传》:"张敞字子高,本河东平阳人也。"张敞《为胶东相与朱邑书》曰:"直敞远守剧郡,驭于绳

墨，匈臆约结，固亡奇矣。”

㊸“陈咸”二句：《汉书·公孙刘田王杨蔡陈郑传》曰：“咸字子康……为南阳太守……咸数赂遗陈汤，予书曰：‘即蒙子公力，得入帝城，死不恨。’后竟征入为少府。”

㊹彼：指张敞、陈咸。

㊺诳耀：以虚言炫耀。

㊻薄：看轻。

㊼左右之勤：侍奉于皇帝左右。

㊽贸：易。

㊾焉知来者之不如今：《论语·子罕》：“后生可畏，焉知来者之不如今也。”谓己之心情，与张敞、陈咸相类。来者，谓己。今，指张敞、陈咸。

㊿觏：见。

【译文】

臣质言：上次承蒙款待，欢宴终日，白天兴犹未尽，于是继以华灯。纵然虞卿到赵国，平原君赴秦国，受赠黄金百镒，欢宴十日，也不会有这样的快乐。只是由于酒量太小，不期先醉；醒后，竟不知醉中所言。五日到达元城就职，初到任上，一切悉如旧规，未知妥当与否。然后观察地形，考查物产。元城西连常山，平、代二县，一脉连岗。北邻柏人县境，此地乃为当年汉高祖之忌地。加上泜水浸渍土地，不禁一声长叹：想当年，淮阴侯韩信巧使奇计，成安君陈馀兵败身亡。南望邯郸，追怀廉颇、蔺相如之大义高风。东接巨鹿，默想李齐之贤德之风。这里男女百姓，风范甚佳，人品贞廉，头脑聪颖。而我吴质，愚顽无能，难以为人尊长。如果要播施恩德，树立教化，使农者乐于耕耘，织者安于机杼，我的能力有所不及。至于遵奉法律，布明条款，下面杜绝作威作福之吏卒，乡里根除横行之徒的暴行；据事赏罚，依惯例行事，只要勤勉小心，是可以努力做到的。历史上，严助放弃朝廷欢乐，远守会稽；吾丘寿王不顾侍中待遇，出任东郡都尉。之后都官复原职，回归本位。而我独赴元城，不是同他们很不一样吗？张敞去胶东赴任，自称无奇；陈咸重返京城，积愤方平。他们都不是虚张声势，大言欺人啊！实质是轻视郡州之荣，而乐为京官，以侍奉左右罢了。此情此理，古今皆同，先后无异，怎么能说现在和从前不一样呢？见信如见面，恕不多言。质死罪死罪。

阮嗣宗

见卷第二十三《咏怀诗》作者介绍。

为郑冲劝晋王笺一首

【题解】

据《晋书·文帝纪》：景帝崩，司马昭“进位大将军，加侍中，都督中外诸军、录尚书事，辅政，剑履上殿”。司马昭固辞不受。甘露元年(256)“夏六月，进封高都公，地方七百里，加之九锡，假斧钺，进号大都督，剑履上殿。又固辞不受”。甘露三年(259)“五月，天子以并州之太原、上党、西河、乐平、新兴、雁门，司州之河东、平阳八郡，地方七百里，封帝为晋公，加九锡，进位相国，晋国置官司焉，九让，乃止”。景元四年(263)“冬十月，天子以诸侯献捷交至，乃申前命……司空(按，据《三国志·魏书·高贵乡公纪》，甘露元年郑冲已由司空改官司徒，此仍作司空，恐误。)郑冲率群官劝进”，乃有此笺之作。司马昭乃受命。

据《晋书·郑冲传》：“郑冲字文和，荥阳开封人也。起自寒微，卓尔立操，清恬寡欲，耽玩经史，遂博究儒术及百家之言。有姿望，动必循礼，任真自守……冲以儒雅为德，莅职无干局之誉，箪食缊袍，不营资产，世以此重之。大将军曹爽引为从事中郎，转散骑常侍、光禄勋。嘉平三年,拜司空……俄转司徒。常道乡公即位,拜太保,位在三司之上,封寿光侯。"盖以其位阶台辅,故借名以为劝晋王笺。

冲等死罪,伏见嘉命显至[1]。窃闻明公固让[2],冲等眷眷[3],实有愚心[4],以为圣王作制[5],百代同风,褒德赏功[6],有自来矣[7]。昔伊尹[8],有莘氏之媵臣耳[9],一佐成汤[10],遂荷阿衡之号[11];周公借已成之势,据既安之业[12],光宅曲阜[13],奄有龟蒙[14];吕尚[15],磻溪之渔者[16],一朝指麾[17],乃封营丘[18]。自是以来,功薄而赏厚者[19],不可胜数,然贤哲之士,犹以为美谈。况自先相国以来[20],世有明德[21],翼辅魏室[22],以绥天下[23],朝无阙政[24],民无谤言。前者明公西征灵州[25],北临沙漠,榆中以西[26],望风震服[27];羌戎东驰[28],回首内向[29],东诛叛逆[30],全军独克[31];禽阖闾之将[32],斩轻锐之卒[33],以万万计。威加南海[34],名慑三越[35]。宇内康宁,苛慝不作[36]。是以殊俗畏威[37],东夷献舞[38]。

【注释】

①嘉命:王赐予臣下之土地、物品等瑞命。显至:高贵之至。

②明公:对权贵长官之尊称。固让:坚决不接受。让,辞让。此指不受魏帝册封。

③眷眷:依恋向往貌。

④愚心:笨拙的想法。

⑤制:皇帝诏命曰"制"。

⑥褒德赏功:褒扬美德,赏赐功勋。

⑦有自来矣:从来就如此。自,从。

⑧伊尹:商汤臣,名挚。佐商汤伐夏桀,被尊为阿衡。

⑨有莘氏：古国名。故址在今河南开封境。商汤娶有莘氏之女为妻。媵(yìng)臣：诸侯嫁女，派大夫随行，称为媵臣。《史记·殷本纪》："伊尹名阿衡。阿衡欲奸汤而无由，乃为有莘氏媵臣。

⑩佐：辅佐。成汤：商朝开国之君。夏桀无道，汤伐之，遂有天下，国号商。

⑪荷(hè)：负有。阿衡：商代官名。俞樾《群经平议》以为"阿""保"一也。金兆梓《尚书诠译》："保有保抱义；衡，平也；平，治也，故'保衡'意即保抱而治，也即百官以听于冢宰。"

⑫"周公"二句：谓周公辅佐成王，其帝业已成，与伊尹对言耳。

⑬光宅：充满，覆被。引申为居有、占据之义。曲阜：地名。周武王封弟周公旦于曲阜，为鲁国都。以城中有阜，委曲长七、八里，故名。

⑭奄(yǎn)：古国名。今山东曲阜东有奄里，传即古奄国地。龟蒙：山名。即龟山、蒙山。

⑮吕尚：周初人，姜姓，吕氏，名尚。相传钓于渭滨，周文王出猎相遇，与语大悦，同载而归，曰："吾太公望子久矣！"因号为太公望，立为师。事见《史记·齐太公世家》。

⑯磻(pán)溪：相传为周太公望未遇文王时垂钓之处。在今陕西宝鸡东南，源出南山，北流入于渭。

⑰一朝指麾：李善注引《史记》："西伯以吕尚为太师。武王东伐，师尚父左仗黄钺，右秉白旄以誓，武王以平商，封尚父于齐营丘。"

⑱营丘，吕尚封地。

⑲"自是"二句：谓自此后功薄赏厚，未必能名实相符。

⑳先相国：指晋高祖宣帝司马懿。曹魏时，为曹操父子所重用。曹芳即位，以太傅与丞相曹爽同辅政。嘉平元年(249)，杀曹爽，自为丞相，独揽国政。

㉑世有明德：代代皆有完美之德行。

㉒翼辅：帮助治理国家。

㉓绥：安。

㉔阙(quē)政：错误之政事。

㉕前者明公西征灵州：《晋书·文帝纪》："蜀将姜维又寇陇右，扬声欲攻狄道。以帝行征西将军，次长安。会新平羌胡叛，帝击破之，遂耀兵灵州，北虏震耆，叛者悉降。"灵州，属北地郡，即今宁夏灵武。

㉖榆中：即榆林塞，亦名榆谿，故址在今内蒙古准格尔旗，古属金城郡。

㉗望风：犹言闻声。震服：惧而从。

㉘羌戎：泛指古代西部的少数民族。东驰：谓归顺中原。

㉙回首：回头。内向：亦归顺中原之意。

㉚东诛叛逆：李善注引王隐《晋书·文纪》曰："诸葛诞反，上亲临西园，四面并攻，须臾陷溃。斩送诞首。"又引《魏志》曰："诞闭城自守，遣小子靓至吴请救。吴遣唐咨、王祚来应诞。及斩诞，唐咨、王祚皆降。吴兵万众，器仗军实山积。"

㉛全军：保全军队的实力。《孙子兵法·谋攻》："凡用兵之法，全国为上，破国次之；全军为上，破军次之。"独克：只消灭敌人。

㉜禽：同"擒"。阖闾：春秋时，吴国之王名阖闾。此指代孙权。

㉝轻锐：轻捷锐利。

㉞南海：泛指南方。此指东吴。

㉟慑：惧。三越：吴越、南越和闽越。泛指我国东南沿海一带。

㊱苛慝(tè)不作：谓盗贼尽除。慝，邪恶。

㊲殊俗：谓夷狄。畏威：害怕中原之神威。

㊳东夷：古代中国对东方诸民族的称呼。

【译文】

冲等死罪，伏见魏王册封，显赫已极。听说明公坚辞不受，冲等依恋不舍，实是出于一片赤诚之心，认为圣上下诏书，历代皆然；褒扬功德，恩赏勋绩，从来如此。从前，伊尹只是有莘氏陪嫁过来的奴隶，一旦辅佐成汤，就有了阿衡的美名；周公仰仗已成之势，凭借既定之业，才受封于曲阜，占有龟山、蒙山之地；吕尚原先是磻溪的渔翁，一朝辅助武王，方分封营丘。从此之后，功劳不大而受赏不薄者比比皆是，但贤哲之士仍然称颂不已。何况自从先相国司马懿以来，代代都有大德，辅佐魏室，安定天下，使得朝政无误，民无怨言。以往，明公曾经西征灵州，北抵沙漠，榆中以西，无不望风臣服；西部的羌戎，纷纷东来，归服朝廷；东讨叛贼，我军全无伤亡而敌军全面败北；生擒孙权之战将，斩杀骁勇之劲敌，其数以万万计。威加南方，声震三越；环宇康宁，盗贼绝迹。四周异族畏我神威，东方蛮夷，来献乐舞。

故圣上览乃昔以来礼典旧章①，开国光宅②，显兹太原③。明公宜承圣旨，受兹介福④，允当天人⑤。元功盛勋⑥，光光如彼⑦。国土嘉祚⑧，巍巍如此⑨。内外协同⑩，靡愆靡违⑪；由斯征伐，则可朝服济江，扫除吴会。西塞江源，望祀岷山⑫。回戈弭节⑬，以麾天下。远无不服，迩无不肃⑭。今大魏之德，光于唐虞⑮，明公盛勋，超于桓文⑯。然后临沧洲而谢支伯⑰，登箕山而揖许由⑱，岂不盛乎⑲？至公至平⑳，谁与为邻㉑？何必勤勤小让也哉㉒！冲等不通大体㉓，敢以陈闻㉔。

【注释】

①乃昔以来：自古以来。礼典：礼法制度。旧章：从前的典章制度。

②开国：建立邦国。此指司马昭被封为晋公。国，指诸侯国。

③显：显赫，显扬。太原：太原郡。晋国所在地。

④介福:大福。

⑤允:信。当:宜,合。天人:天理人事。

⑥元功:大功。

⑦光光:光明显耀。

⑧嘉祚:晋公之王位。

⑨巍巍:高大貌。

⑩内外协同:指晋国与大魏和睦协调。

⑪靡愆靡违:无过无错。

⑫“则可朝(cháo)服”几句:前二句谓扫东吴,后二句谓灭西蜀。朝服,喻不战而胜。《国语·齐语》:“教大成,定三革,隐五刃,朝服以济河而无怵惕焉,文事胜矣。”济江,渡过长江,指灭东吴。吴会,地名。秦会稽郡,东汉分为吴郡、会稽郡二郡,合称吴会。塞,堵截,阻隔。江源,长江之源。指西蜀。望祀,遥望而祝祭。岷山,在四川松潘北,为长江、黄河之分水岭,岷江、嘉陵江发源地。又名渎山、汶山、汶焦山。泛指西蜀。

⑬回戈弭节:停戈止车。弭,止。节,行车进退之节。

⑭肃:揖拜,手至地。

⑮光:显赫。唐虞:尧舜时代。

⑯桓文:齐桓公、晋文公。皆为春秋五霸。

⑰沧洲:滨水之地,古隐者之所居。支伯:子州支伯,字支父,传说为尧舜时贤人。《庄子·让王》:“舜让天下于子州支伯,子州支伯曰:‘予适有幽忧之病,方且治之,未暇治天下也。’”

⑱许由:上古高士,隐于箕山。相传尧让以天下,不受,遁耕于箕山之下,尧又召为九州长,由不欲闻之,洗耳于颍水之滨。事见《史记·伯夷列传》。

⑲岂不盛乎:言盛于尧舜之时。

⑳至公至平:公平之至。意谓理当受魏册。

㉑邻：比。

㉒勤勤：诉说不尽之意。

㉓大体：大礼，大要。

㉔敢：谦辞。

【译文】

所以圣上参阅了古来典章制度，册封晋公，光耀太原之郡。明公应顺承圣旨，受此荣福，理应接受天理人事的安排。大功大业这样显赫，国土社稷如此壮观。内外协调，无过无错。由此出发，向外征讨，则南渡长江，不战而胜，可扫除东吴。西截江源，一统西蜀。然后班师回朝，指挥天下。远无不服，近无不敬。现在，大魏之德胜过唐虞，明公功勋赫然超过了齐桓公、晋文公。然后像水滨的支伯、箕山的许由向舜、尧辞让天下一样，难道不是很辉煌吗？公平之至，谁与伦比？何必频频谦让不已！冲等不识大体，冒昧陈述以闻。

谢玄晖

见卷第二十《新亭渚别范零陵诗》作者介绍。

拜中军记室辞隋王笺一首

【题解】

谢朓少而好学，甚有美名，文章清丽。解褐豫章王太尉行参军，度隋王东中郎府；后为隋王镇西功曹，转文学。《南齐书·谢朓传》："（隋王）子隆在荆州，好辞赋，数集僚友。谢朓以其文才，尤被赏爱，流连晤对，不舍日夕。长史王秀之以朓年少相动，密以启闻。世祖敕曰：'侍读虞云自宜恒应侍接，朓可还都。'朓道中为诗寄西府曰：'常恐鹰隼击，秋菊委严霜。寄言罻罗者,寥廓已高翔。'迁新安王中军记室。"此笺以辞隋王子隆。文章情真意切,情意缠绵,用典贴切允当,文字典雅华丽。

故吏文学谢朓死罪死罪①。即日被尚书召②,以朓补中军新安王记室参军。朓闻潢污之水③,愿朝宗而每竭④;驽蹇之乘⑤,希沃若而中疲⑥。何则?皋壤摇落⑦,对之惆怅⑧;歧路西东⑨,或以歍唈⑩。况乃服义徒拥⑪,归志莫从⑫,邈若坠雨⑬,翩似秋蒂⑭。朓实庸流,行能无算⑮,属天地休明⑯,山川受纳⑰,褒采一介⑱,抽扬小善⑲,故舍耒场圃⑳,奉笔兔园㉑。东乱三江,西浮七泽㉒,契阔戎旃,从容宴语㉓。长裾日曳㉔,后乘载脂㉕,荣立府庭,恩加颜色㉖。沐发晞阳㉗,未测涯涘㉘;抚臆论报㉙,早誓肌骨㉚。不悟沧溟未运㉛,波臣自荡㉜;渤澥方春,旅翮先谢㉝。清切藩房㉞,寂寥旧荜㉟。轻舟反溯㊱,吊影独留㊲,白云在天,龙门不见㊳。去德滋永,思德滋深㊴。唯待青江可望,候归艎于春渚㊵;朱邸方开㊶,效蓬心于秋实㊷。如其簪履或存㊸,衽席无改㊹,虽复身填沟壑,犹望妻子知归㊺。揽涕告辞㊻,悲来横集㊼。不任犬马之诚㊽。

【注释】

①故吏文学:谢朓原为隋王子隆文学,故自称故吏。按,文学,官名。汉州郡及王国皆置文学,略如后世之教官。晋诸王置师友、文学各一人。

②被:蒙。

③潢污:低洼积水处。畜小水谓之潢,水不流谓之污。

④朝宗：百川归海曰“朝宗”。《尚书·禹贡》：“江汉朝宗于海。”伪孔安国传：“二水经此州而入海，有似于朝。百川以海为宗。宗，尊也。”每：常。竭：水涸。

⑤驽：马之不善奔驰者。蹇：跛。乘（shèng）：古战车一乘四马，故乘为四之代称。此处指代马。

⑥沃若：马行健壮威仪貌。中疲：中途疲惫。

⑦皋壤：泽旁洼地。摇落：秋至，草木凋谢、零落。

⑧惆怅：因失意而感伤。

⑨歧路西东：《淮南子·说林训》：“杨子见岐路而哭之，为其可以南，可以北。”

⑩欤唈（wū yì）：失声抽泣。按，欤，同“呜。”

⑪服义：奉行仁义。徒拥：空有服义之志向。拥，抱。

⑫归志：归隋王之志。

⑬邈：远邈。坠雨：落雨。

⑭翩：落。秋蒂（dì）：郭璞《游仙诗》：“在世无千月，命如秋叶蒂。”坠雨离云，秋蒂去树喻己别于隋王。

⑮“朓实庸流”二句：皆自谦之辞。庸流，平庸之辈。行（xíng）能，品行才能。无算，无数。

⑯属：适值，恰好。天地休明：以天地喻帝，故曰休明。休明，美善旺盛。

⑰山川受纳：以山川喻王。受纳，接收。

⑱褒采：博采。一介：一人。

⑲抽扬：《南齐书》作“搜扬”。搜扬，谓访求推荐。小善：非真贤大能者。

⑳舍耒：罢于农耕。场圃：田园。

㉑兔园：也称菟园、梁园、梁苑。汉文帝儿子刘武（梁孝王）的园囿。刘武为宫室园囿，筑东苑，作为享乐和招纳宾客之所。事见《史

记·梁孝王世家》。

㉒“东乱”二句:谓常从隋王子隆。按,隋王子隆曾为东中郎将、会稽太守,后又迁西将军、荆州刺史,故曰东乱、西浮。乱,横流而渡。三江,泛指吴越之地。七泽,泛指荆州楚地。

㉓“契阔”二句:谓苦乐均相从隋王子隆。契阔,勤苦。戎旃(zhān),兵旌。宴语,燕乐笑语。宴,安乐,安闲。

㉔长裾日曳:谓朝夕游于王门。

㉕载脂:以油膏涂抹车轴。

㉖“荣立”二句:谓沐王之德深。荣立府廷,以立于隋王子隆之庭为荣。恩加颜色,谓隋王特别垂恩,以和颜悦色对待之。

㉗沐发晞阳:洗发而以阳光晒干。

㉘涯涘:水边。此指边界,意谓受隋王之恩无际涯。

㉙抚臆:抚胸。报:报恩。

㉚早誓肌骨:誓以刻骨铭心。

㉛不悟:不觉。沧溟:指大海。运:转。

㉜波臣:古人以为江海水族亦有君臣之序,波臣为水族中被统治之奴隶。《庄子·外物》:“周顾视车辙中有鲋鱼焉。周问之曰:‘鲋鱼来,子何为者邪?’对曰:‘我东海之波臣也,君岂有斗升之水而活我哉?’”荡:失。

㉝“渤澥(xiè)”二句:谓王在位已已自去王。渤澥,渤海。旅翮,飞鸟。谢,去。

㉞清切:凄伤。藩房:藩邸。此指诸侯王之府邸。

㉟旧荜:谢朓舍。荜,柴门。

㊱轻舟:驾轻舟辞别隋王。反溯:反向而望,回首而望。

㊲吊影:言自己形影相吊。

㊳“白云”二句:己想望于王,犹白云之在天;既与王隔,犹龙门之不见。按,龙门,楚东门。李善注引《穆天子传》曰:“西王母为天子

谣曰：'白云在天，山陵自出；道路悠远，山川间之；将子无死，尚能复来。'"

㊴"去德"二句：《庄子·徐无鬼》："徐无鬼曰：'吾直告之吾相狗马耳。'女商曰：'若是乎？'曰：'子不闻夫越之流人乎？去国数日，见其所知而喜；去国旬月，见所尝见于国中者喜；及期年也，见似人者而喜矣。不亦去人滋久，思人滋深乎？'"滋，越。德，指隋王之德。

㊵"唯待"二句：言己不可得往，唯待王还京都。青江，犹言春江。候归艎，等候隋王之归舟。艎，春秋时古船名艅艎号。

㊶朱邸：朱红色门户之官邸。指隋王在京之府邸。

㊷蓬心：比喻浮浅，心无主见。后多作自喻浅陋之谦辞。秋实：《韩诗外传》："简主曰：'夫春树桃李，夏得阴其下，秋得食其实。'"

㊸簪履或存：李善注引《韩诗外传》曰："少原之野，妇人刈蓍薪，而失簪。哭甚哀。"又注引《贾子》曰："楚昭王亡其踦履，已行三十步，复还取之。左右曰：'何惜此？'王曰：'吾悲与之俱出，不俱反。'自是楚国无相弃者。"

㊹衽席无改：李善注引《韩子》曰："文公至河，命席褥捐之。咎犯闻之曰：'席褥所卧也，而君弃之，臣不胜其哀。'"衽席，单席。

㊺"虽复"二句：谓相交之深。言谢朓即身死，亦望能以妻子儿子相嘱托。身填沟壑，死。妻子知归，李善注引《东观汉记》："张湛谓朱晖曰：'愿以妻子托朱生。'"

㊻揽涕：掩泪。

㊼横集：交集。

㊽不任：不胜。犬马：臣下对君王之鄙谦之辞。

【译文】

旧部属文学谢朓死罪死罪。当天蒙尚书召见，将朓补为中军新安王记室参军。朓听说：沼泽之水，纵然想流向大海而往往半途干涸；跛足驽马，即使想快行疾走却时觉中途疲惫。这是什么原因？就像秋风萧瑟，草木凋零，令人惆怅不已；就像杨子临歧路，可北可南，不免唏嘘为涕。更何况，空怀仁义，有志莫酬！一似雨滴离云而坠地，秋蒂去树而飘飞。朓实属平庸之辈，品行才能，无足称道；有幸适遇圣上英明，隋王宽容，接纳我一介书生，用我不才。于是我告别了农耕之舍，忝居于梁园之内。跟随隋王，东渡三江，西浮七泽；戎马颠沛，夜宴销魂；进出相随，车乘与共；荣登府第之门，幸得恩加垂怜青睐。所受之恩，无可计量；抚胸思报，刻骨铭心！不料，大海镇定自若，而波臣已失其所；春临渤海，而飞鸟自去。致使王府凄然，寒舍冷寂。现在轻舟已远，回首顾望，唯有形影相吊，顾影自怜；犹若白云在天，而王府之门从此难望。越离越远，越觉得隋王之恩德深厚。只有盼望春天早日到来，好在江边相候隋王之归舟；侯门方开，我等待着报效的机会。簪履为伴，交谊永存，即使身死异地，亦望能使妻子儿女有所依托。拭泪相别，哀思交集，愿以犬马之诚相报。

任彦昇

见卷第二十三《出郡传舍哭范仆射》作者介绍。

到大司马记室笺一首

【题解】

《梁书·武帝纪》曰：齐中兴二年(501)正月戊戌，"宣德皇后临朝，入居内殿。拜帝(萧衍)大司马，解承制，百僚致敬如前。高祖固辞。二月辛酉，府僚重请，于是始受相国梁公之命。"又《梁书·任昉传》："始高祖与昉遇竟陵王西邸，从容谓昉曰：'我登三府，当以卿为记室。'"萧衍既受封大司马，以任昉为记室，践诺也。昉到官，则以笺谢之。

记室参军事任昉死罪死罪[①]。伏承以今月令辰[②]，肃膺典策[③]。德显功高，光副四海[④]，含生之伦[⑤]，庇身有地[⑥]。况昉受教君子[⑦]，将二十年，咳唾为恩[⑧]，眄睐成饰[⑨]，小人怀惠[⑩]，顾知死所[⑪]。

【注释】

①记室参军事：官名。东汉置，诸王三公及大将军都设有记室令史，掌章表书记文檄。后代因之，或称记室督，记室参军等。

②今月令辰：本月之好时辰。

③肃：恭敬。膺：当。典策：典册，册封。指齐宣德皇后以梁武帝为大司马。策，连编诸简谓之"策"，亦作"册"。

④副：被，加。

⑤含生之伦：有生之年。

⑥庇身：以身相托。

⑦受教：蒙受教导。君子：指梁武帝萧衍。

⑧咳(ké)唾：比喻人的言论。

⑨眄睐(miǎn lài)：顾盼。饰：谓光益于己。

⑩小人：任彦昇自称。怀惠：怀恩惠。

⑪顾知死所：自顾知以身报德。死所，死处。

【译文】

记室参军事任昉死罪死罪。伏承本月佳辰，敬当领受册封。您德业卓绝，功勋显赫，光辉普照四海，我有生之年，有了托身之所。而况昉受教于您近二十年，时蒙垂恩，备受青睐，小人感恩戴德，自当以死相报。

昔承嘉宴，属有绪言，提挈之旨，形乎善谑，岂谓多幸，斯言不渝[①]。虽情谬先觉[②]，而迹沦骄饵[③]，汤沐具而非吊[④]，大厦构而相贺。

【注释】

①“昔承”几句：《梁书·任昉传》：“高祖克京邑，霸府初开，以昉为骠骑记室参军。始高祖与昉遇竟陵王西邸，从容谓昉曰：‘我登三府，当以卿为记室。’昉亦戏高祖曰：‘我若登三事，当以卿为骑兵。’谓高祖善骑也。至是，故引昉符昔言焉。”嘉宴，《梁书·武帝纪》：“竟陵王子良开西邸，招文学，高祖与沈约、谢朓、王融、萧琛、范云、任昉、陆倕等并游焉，号曰八友。”故吕延济注：“嘉宴，谓于竟陵王席也。”绪言，谓预言。提挈，提携。指许以为记室。旨，意。不渝，不变。

②情谬先觉：言当初误谬不能先觉高祖之必贵。

③迹沦骄饵：谓高祖仕齐是论没于骄君之饵。饵，食。

④汤沐：《淮南子·说林训》：“汤沐具而虮虱相吊，大厦成而燕雀相贺。忧乐别也。”

【译文】

前承西邸欢宴，曾有预言在先；虽是笑话一句，但您的提携之情显而易见。此言终于践诺，我真是三生有幸！尽管当初没有想到您日后必贵，只见您屈为人臣，真所谓汤沐具而虱相吊，大厦成而燕雀相贺，忧于一时，乐于一时之谓也。

明公道冠二仪[①]，勋超遂古[②]，将使伊、周奉辔，桓、文扶毂[③]，神功无纪[④]，作物何称[⑤]。府朝初建[⑥]，俊贤翘首[⑦]，惟此鱼目[⑧]，唐突玙璠[⑨]。顾己循涯[⑩]，寔知尘忝[⑪]。千载一逢，再造难答[12]。虽则殒越[13],且知非报[14]。不胜荷戴屏营之情[15]。谨诣厅奉白笺谢闻[16]。昉死罪死罪。

【注释】

①明公:谓高祖。二仪:天地。

②遂古:往古。

③"将使伊、周"二句:谓高祖功大,将使伊、周为之执辔驭车,齐桓、晋文相与推毂。伊、周,指伊尹、周公,辅佐殷周者。桓、文,指齐桓公、晋文公,翼戴周室者。

④神功无纪:谓高祖之功,神妙而不可纪述。

⑤作物何称:高祖功大,类乎造化之造物,何以称扬。

⑥府朝初建:谓大司马之府第初建。

⑦俊贤翘首:俊杰贤士企盼。

⑧鱼目:鱼之眼珠。任昉自喻。

⑨唐突:本意为横冲直撞,后引申为冒犯、亵渎。此处意为掺杂、乱真。玙璠(yú fán):鲁之美玉。

⑩顾己循涯:回首自身,遵沿本分。

⑪尘忝:犹言忝居。尘,污。忝,辱。

⑫再造难答:言王者之恩,胜于再造,故谓难以报答。

⑬殒越:毁灭,坠落,言谓虽死亦难以报答。

⑭非报:难报。

⑮荷(hè)戴:受恩感激。屏(bīng)营:惶恐貌。汉魏以来章表书笺之习惯用语。或言"不胜屏营",或言"屏营之至"。皆诚惶诚恐之意。

⑯诣厅:到官府。厅,古代官府办公地。

【译文】

明公德同天地,功越前贤,可以使伊尹、周公为您执辔,齐桓公、晋文公为您推车，您的功劳之大，无可言说；造化若天，难以称颂。王府初建，众贤引颈而盼；我好像鱼目混珠，混充在美玉之间。回望自身，自应恪守本分；忝居此列，委实有愧。千载一逢，再造之恩难以相报！纵然献出生命，也难报万一。诚惶诚恐，感激涕零，谨到厅奉白简谢恩。昉死罪死罪。

百辟劝进今上笺一首

【题解】

齐中兴二年(503)正月戊戌，宣德皇后临朝，入居内殿，拜萧衍为大司马，诏曰云云，萧衍不受。于是左长史王莹等劝进，其词云云，又固让不受。二月辛酉，莹等府僚百官重又劝进，于是始受相国梁公之命。数笺并任昉之词也。

此笺首言前诏未受，"措绅颙颙"；次言"弘致""小节"之别，周公、吕尚就封而"不以为疑"，次言萧衍"世哲继轨"，功盖天下；末言萧衍本"道风素论"，"取乐名教"，然使"龟玉不毁"，受封梁公当之无愧也。

近以朝命蕴策[1]，冒奏丹诚。奉被还命[2]，未蒙虚受[3]，搢绅颙颙[4]，深所未达[5]。盖闻受金于府[6]，通人之弘致[7]；高蹈海隅[8]，匹夫之小节[9]。是以履乘石而周公不以为疑[10]，增玉璜而太公不以为让[11]。况世哲继轨，先德在民[12]，经纶草昧[13]，叹深微管[14]。加以朱方之役，荆河是依[15]，班师振旅[16]，大造王室[17]。虽累茧救宋[18]，重胝存楚[19]，居今观古，曾何足云[20]。而惑甚盗钟，功疑不赏[21]，皇天后土[22]，不胜其酷[23]。是以玉马骏奔[24]，表微子之去[25]；金版出地，告龙逄之怨[26]。明公据鞍辍哭，厉三军之志；独居掩涕，激义士之心[27]。故能使海若登衹[28]，罄图效祉[29]，山戎孤竹，束马景从[30]。伐罪吊民[31]，一匡靖乱[32]，匪叨天功[33]，实勤濡足[34]。且明公本自诸生[35]，取乐名教[36]，道风素论[37]，坐镇雅俗[38]。不习孙吴[39]，遘兹神武[40]。驱尽诛之氓，济必封之俗[41]，龟玉不毁，谁之功欤[42]？独为君子，将使伊、周何地[43]？某等不达通变，实有愚诚；不任悾款[44]，悉心重谒[45]。伏愿时膺典册[46]，式副民望[47]。

【注释】

①朝命：天子之命。按，时齐宣德皇后临朝称制。蕴策：尊崇而加册命。策，通“册”。

②奉：奉朝命而加封萧衍以梁公。被：加。还命：言萧衍还让帝命，不受梁公之封。

③虚受：虚其心以受册封。

④搢绅：指劝进之群僚百官。搢，插笏于绅。绅，大带。颙颙(yóng)：敬仰貌。

⑤未达：不了解萧衍辞让之由。

⑥受金于府：此为劝进之言，谓萧衍不可复让。《吕氏春秋·先识览》：“鲁国之法，鲁人为人臣妾于诸侯，有能赎之者，取其金于府。子贡赎鲁人于诸侯，来而让，不取其金。孔子曰：‘赐失之矣！自今以往，鲁人不赎人矣。’”

⑦通人：通达事理之人，通识大体之人。弘致：大志，大愿。

⑧高蹈海隅：《庄子·让王》：“舜以天下让其友石户之农……石户之农，以舜之德为未至也，于是夫负妻戴，携子以入于海，终身不反也。”

⑨匹夫：平民，一般百姓。小节：琐细之事。

⑩履乘石而周公不以为疑：李善注引《尸子》曰：“昔者武王崩，成王

少。周公旦践东宫，履乘石，假为天子七年。”履，践。乘石，王者登车所履之石曰乘石。此以指王者之权。疑，犹豫。

⑪增玉璜而太公不以为让：姜太公吕尚于磻溪之水钓其涯，得玉璜，上刻文字曰：“姬受命，吕佐旌，德合昌，来提撰，尔雒钤报在齐。”及佐周，克殷，遂封于齐。事见《尚书》《宋书·符瑞志》。增，得。玉璜，半圆形之璧。让，辞让。

⑫“况世哲”二句：谓萧衍之家，代有圣哲，有遗德于民。父萧顺之为齐侍中，兄萧懿为齐监郢州。世哲，上代之贤者。继轨，循沿德业。先德在民，谓有遗德于庶民。

⑬经纶草昧：经理草创于冥昧之时。

⑭叹深微管：《论语·宪问》：“子曰：‘管仲相桓公，霸诸侯，一匡天下，民到于今受其赐。微管仲，吾其被发左衽矣。’”

⑮“加以朱方”二句：言齐所以破惠景，实依高祖之兄懿之功。朱方之役，李善注引刘璠《梁典》曰：“萧顺之生高帝及兄懿。懿为豫州刺史，镇历阳。护军将军崔慧景反，破左兴众十万于钟山，宫城拒守。豫州闻难，投袂而起，战于越，城破。慧景走，追斩之。除侍中，迁尚书令。”朱方，春秋吴邑，今江苏镇江丹徒。荆河，豫州。

⑯班师：还师。振旅：师入。

⑰造：成。王室：齐室。

⑱累茧：手足上磨出的厚茧。救宋：《战国策·宋卫策》：“公输般为楚设机械，将以攻宋。墨子闻之，百舍重茧往见公输般……公输般服焉，请见之王……王曰：‘善哉，请无攻宋。’”

⑲重胝（zhī）：即累茧。存楚：李善注引《淮南子》曰：“申包胥累茧重胝，七日七夜，至于秦庭，以见秦王，曰：‘使下臣告急秦王。’乃发军击吴，果大破之，以存楚国。”

⑳“居今”二句：以今观古，谓以懿观之，墨翟、申包不足云也。

㉑"而惑甚"二句:谓齐东昏侯欲掩已过,不赏萧懿。惑甚盗钟,《吕氏春秋·自知》:"范氏之亡也,百姓有得钟者,欲负而走,则钟大不可负,以椎毁之,钟况然有音,恐人闻之而夺己也,遽掩其耳。"功疑不赏,《汉书·蒯通传》载,蒯通谓韩信曰:"且臣闻之,勇略震主者身危,功盖天下者不赏。"

㉒皇天后土:天地。

㉓酷:痛。

㉔玉马骏奔:喻贤者离去。

㉕表微子之去:微子,商纣王庶兄,名启。因数谏纣不听,去国。周灭商,称臣于周。周公旦既杀纣子武庚,乃以微子统率殷族,封于宋,为宋国的始祖。事见《史记·宋微子世家》。

㉖"金版"二句:传说夏桀杀关龙逢后,地庭中所出之金版书。按,龙逢与夏同姓,东昏与萧懿同姓,其怨咎若此。李善注引《论语阴嬉谶》曰:"庚子之旦,金版尅书,出地庭中,曰:'臣族虐,王禽。'宋均曰:'谓杀关龙之后,庚子旦,庭中地有此版异也。'"

㉗"明公"几句:言萧衍于兄如此。据鞍,身居鞍马之上。汉马援年六十二,请出征,光武帝以其老,未许。援曰:"臣尚能披甲上马。"帝令试之。援据鞍顾眄,以示可用。帝笑曰:"矍铄哉是翁也。"事见《后汉书·马援传》。辍哭,止哭。《三国志·吴书·张顾传》载,孙策亡,权悲感未视事。张昭谓权曰:"方今天下鼎沸……孝廉何得寝伏哀戚,肆匹夫之情哉?"乃扶权上马,陈兵而出。独居掩涕,李善注引《东观汉记》曰:"光武兄齐武王,以谮遇害。上独居,不御酒肉,坐卧枕席,有涕泣处。"

㉘海若:北海之神名。登祇:登山之神祇。《管子·小问》:"登山之神有俞儿者,长尺而人物具焉。霸王之君兴而登山,神见,且走马前疾,道也。"

㉙罄:尽。图:欲。效祉:效其福祉。

㉚“山戎”二句:《汉书·郊祀志》曰:“桓公曰:‘寡人北伐山戎,过孤竹,西伐,束马悬车,上卑耳之山。’”束马,马行山路,包裹其马足,以防跌滑,谓之束马。景从,如日影之从于人。景,同“影”。

㉛伐罪:讨伐有罪者。

㉜靖乱:靖其乱,谓除逆。言萧衍征伐之事。

㉝匪叨天功:《春秋左传·僖公二十四年》:“介之推曰:‘窃人之财,犹谓之盗,况贪天之功以为己力乎?’”叨,贪。

㉞濡足:湿足。喻做出牺牲而救天下百姓。《韩诗外传》:“申徒狄非其世,将自投于河,崔嘉闻而止之,曰:‘吾闻圣人仁士之于天地之间也,民之父母也;今为濡足之故,不救溺人,可乎?’

㉟本自诸生:儒生出身。《梁书·武帝纪》谓萧衍“博学多通,好筹略,有文武才干,时流名辈咸推许焉。”又与沈约、谢朓、王融、萧琛、范云、任昉、陆倕等并游,号“竟陵八友”。

㊱取乐名教:以名数为乐事。名教,正统的礼教。

㊲道风素论:清谈之风可鉴,素心以处。

㊳坐镇:安坐而起镇定作用。雅俗:使俗为雅,雅其俗者。

㊴孙吴:指《孙子》《吴子》,皆兵书。

㊵遘:成。神武:神明而威武。

㊶“驱尽诛”二句:谓变风俗如此。尽诛之氓,必封之俗,陆贾《新语·无为》:“尧舜之民,可比屋而封;桀纣之民,可比屋而诛,何者?化使其然也。”济,成。

㊷“龟玉”二句:指宝龟与宝玉,皆为国家重器。后因以龟玉指国运。此指高祖之功。

㊸“独为”二句:言使伊尹、周公独为君子,将何地自处。意为萧衍之功不下伊、周。

㊹悾(kōng)款:诚恳。

㊺重谒:重相请求。

㊻时膺：是当。

㊼式：语气词。副：符。

【译文】

近以天子之名加封册命，谨奏上我们的赤诚之心。前次册封之命曾被奉还，因您的谦逊而未予领受，群僚百官深怀敬意而未知辞让之原因。曾听说，赎人受金，这是事理通达者的意愿；石户入海，只是平庸凡人的小节。所以，周公摄政七年，从不考虑别人的诋毁；吕尚佐周克殷受封于齐，也不加辞让。而况您家世代大功，有德于民；草创鸿业，功若管仲。再加上，朱方一战，萧懿建勋，班师还朝，齐室大兴。纵然是墨子千里跋涉营救宋国，申包胥累茧重胝挽救楚国，与此相比，也显得他们无足挂齿了。东昏侯的作为更蠢于掩耳盗铃，功盖天下历来就无可封赏。老天在上，大地在下，如此遭遇，实在也太惨烈了。殷纣无道，使贤者远遁；夏桀不贤，龙逢遇难。萧懿之死，您身居鞍马而毅然止泣，以激励三军之志；独居掩涕，以引发义士之心。所以能使海神、山祇尽显其灵，这是王业之兴的佳兆。您像齐桓公一样，北伐山戎，艰苦卓绝而人心所向。伐其罪者，怜恤百姓，使天下清平，并不是叨受上天之功，实在是解民于倒悬。再说，明公出身儒生，以名教为乐事，恬淡处心，清静养神，以雅驭俗。虽不习孙吴兵书而与之暗合，以成神明威武之势。将流氓无赖、可杀之徒尽量驱除，使良民善士、百姓人等遍受封赏，国家社稷则长存不毁，岂不都是您的大功？功高如此，如果只让伊尹、周公享有君子之称，他们也会感到无地自容！我等虽不知通变，但有一片赤诚之心。无比恳切，重相请求。伏愿您受此册封，以孚众望。

奏记

阮嗣宗

见卷第二十三《咏怀诗》作者介绍。

诣蒋公一首

【题解】

刘勰《文心雕龙·书记》曰:“盖圣贤言辞,总为之书。书之为体,主言者也……战国以前,君臣同书;秦汉立仪,始有表奏。王公国内,亦称奏书……迄至后汉,稍有名品,公府奏记,而郡将奏笺。记之言志,进己志也。”可见,笺与奏记,只是名分不同,而其实一也。

据《晋书·阮籍传》载,阮籍,字嗣宗,陈留尉氏(今河南开封)人。籍容貌瑰杰,志气宏放,傲然独得,任性不羁。太尉蒋济闻其有俊才,而欲召为掾属。籍闻,诣都亭奏记。起初,蒋济以为阮籍不肯出仕,故得记欣然,以为籍应召出仕;便派遣士卒前往迎候。殊不知阮籍已出走,于是蒋济大怒。乡里故友人等都来规劝阮籍以应召为好,阮籍于是就吏,后又称病谢归。后复为尚书郎,不久又以病免职。

籍死罪死罪。伏惟明公以含一之德[①],据上台之位[②],群英翘首[③],俊贤抗足[④]。开府之日,人人自以为掾属[⑤];辟书始下[⑥],下走为首[⑦]。子夏处西河之上[⑧],而文侯拥彗[⑨];邹子居黍谷之阴，而昭王陪乘⑩。夫布衣穷居韦带之士⑪，王公大人所以屈体而下之者⑫，为道存也。籍无邹、卜之德⑬，而有其陋⑭，猥见采擢⑮，无以称当⑯。方将耕于东皋之阳⑰，输黍稷之税⑱，以避当涂者之路⑲。负薪疲病⑳，足力不强，补吏之召，非所克堪㉑。乞回谬恩㉒，以光清举㉓。

【注释】

①含一之德：德之全者。

②上台之位：星名有三台：上台、中台、下台，共六星，两两相比，起文昌，列抵太微。也作三阶，又称泰阶。古代以星象征人事，称三公为三台。《晋书·天文志》曰："在人曰三公，在天曰三台。"蒋济位在太尉，即三公。言上台，尊重之词。

③翘首：抬头而望。形容盼望殷切。

④抗足：举足。此谓举足相趋。

⑤掾属：佐治的官吏。汉代自三公至郡县，都有掾属，人员由主官自选，不由朝廷任命，故长官与属吏有君臣的名分。魏晋以后，改由吏部任免。

⑥辟(bì)书：征召的文书。辟，征召。

⑦下走：自称的谦辞。

⑧子夏：卜商，字子夏，孔子弟子。西河之上：《礼记·檀弓》："吾与女事夫子于洙泗之间，退而老于西河之上。"

⑨文侯拥彗：文侯，指魏文侯。魏文侯师子夏。拥彗，犹言持帚，谓恭敬以事。彗，帚。

⑩"邹子"二句：谓燕昭王敬邹子之德而陪乘。李善注引刘向《别录》："邹衍在燕，有谷，寒不生五谷。邹子吹律而温，生黍。"又注引《七略》曰："《方士传》言，邹子在燕，其游，诸侯畏之，皆郊迎而

拥彗。”昭王，燕昭王。陪乘，参乘。

⑪布衣：与“韦带”皆贱者所服。韦，皮。

⑫屈体：以礼待人。

⑬邹、卜之德：指邹衍、卜商之德。

⑭陋：鄙陋之处。

⑮猥：辱，谦辞。采擢：提携，提拔。

⑯无以称当：谓不当。

⑰东皋之阳：田野或高地之泛称。盖指籍之居地。

⑱税：税收，国税。

⑲当涂：权贵者。

⑳负薪：士自称有疾。负，担。薪，樵。《礼记·曲礼》：“君使士射，不能，则辞以疾。言曰：‘某有负薪之忧。’”

㉑“补吏”二句：谓籍无力胜任掾属之职。克堪，能够胜任。

㉒乞回：希望收回。谬恩：谬施恩典。已既无德，则辟命无异谬恩。

㉓以光清举：以光耀此清雅之举。言已出为掾属则玷辱此清雅之举。

【译文】

籍死罪死罪。伏思明公以大全之德，居三公之位，豪杰向往，俊贤趋归。自从开府之日起，人人自愿为您的掾属；召书初下，仆便忝居在列。古时候，子夏居于西河，魏文侯执帚相侍；邹衍身居不毛之地，燕昭王陪乘在侧。布衣之士，穷居陋巷，王公大人甘愿礼贤下士，是由于他们道德高尚。阮籍我不具备邹衍、卜商之德行，反有他们的不足，明公见爱，甚为不当。我耕作于东皋之地，种田纳税，以避仕途。身有贱恙，力气菲薄，召我为掾属，实在力所不能胜任。万望收回成命，不致玷辱清雅之举。